Judith Zander

Johnny Ohneland

»Eine Geschichte über das Glück und Unglück, die Lust und die Last des Dazwischen und des Uneindeutigseins. ›Johnny Ohneland‹ strotzt vor literarischer Kraft und Intensität und ist ein Tagebau an aufgeworfenen Erinnerungen, ein Werk, das den Akt des Erzählens und des Sich-Erinnerns selbst nachfühlbar in Form gegossen hat. In ihm sind lauter Schätze zu heben.« *Aus der Jurybegründung zur Verleihung des Fontane-Literaturpreises 2021*

»Ein intensiv schillerndes Buch, in dem sich Selbstsuche, Erinnerungssuche und soziale Recherche auf wundersame Art und Weise durchdringen.« *Nico Bleutge, Süddeutsche Zeitung*

»Ein erstaunlicher Roman, der einen tief hineinzieht in die Erfahrungswelt eines sexuell nicht festgelegten Menschen und dabei völlig ohne Genderdiskurs-Vokabeln auskommt.« *Frank Meyer, Deutschlandfunk Kultur*

Judith Zander, 1980 in Anklam geboren, lebt heute in Greifswald. Neben dem Schreiben übersetzt sie aus dem Englischen. Sowohl ihre Prosa als auch ihre Lyrik wurden vielfach ausgezeichnet. Ihr Debütroman ›Dinge, die wir heute sagten‹ wurde 2010 für den Deutschen Buchpreis nominiert, mit einem Textauszug gewann sie den 3sat-Preis des Ingeborg-Bachmann-Wettbewerbs. Für ›Johnny Ohneland‹ erhielt sie 2021 den Fontane-Literaturpreis. Zuletzt wurde ihr für ihren Lyrikband ›im ländchen sommer im winter zur see‹ der Peter-Huchel-Preis 2023 überreicht.

JUDITH ZANDER

JOHNNY OHNE LAND

ROMAN

dtv

Die Arbeit an diesem Roman wurde gefördert durch ein Arbeitsstipendium der Stiftung Preußische Seehandlung sowie Aufenthaltsstipendien des Künstlerhofes Schreyahn, des Künstlerhauses Lukas Ahrenshoop für die NES Artist Residency in Skagaströnd/Island sowie auf Schloss Wiepersdorf, vergeben vom MWFK Brandenburg.

Die Übersetzung des auf S. 7 zitierten Essays ›Dreierlei Umgang: Freunde, Frauen, Bücher‹ von Michel de Montaigne stammt von Arthur Franz, zu finden in: Michel de Montaigne, Die Essais, Leipzig 1953, S. 292.
Die ebenfalls auf S. 7 zitierte Erzählung ›The Member of the Wedding‹ von Carson McCullers entstammt dem Band Collected Stories of Carson McCullers, New York 1998, S. 352 und 384.

Von Judith Zander ist bei dtv außerdem lieferbar:
oder tau
Dinge, die wir heute sagten
manual numerale
im ländchen sommer im winter zur see

FSC
www.fsc.org
MIX
Papier aus verantwortungsvollen Quellen
FSC® C019821

2023 dtv Verlagsgesellschaft mbH & Co. KG, München

Umschlaggestaltung: dtv nach einem Entwurf von
Ruth Botzenhardt | buxdesign, München
Satz: Uhl + Massopust, Aalen
Druck und Bindung: Druckerei C.H.Beck, Nördlingen
Printed in Germany · ISBN 978-3-423-14866-5

JOHNNY OHNELAND

Wenn es in meiner Macht stünde, mich zuzustutzen, wie ich wollte, so kenne ich keine Form, in die ich hineingepreßt werden möchte, wenn ich sie dann nie wieder ablegen könnte: das Leben ist eine ungleichartige, unregelmäßige, vielgestaltige Bewegung.

Michel de Montaigne, *Dreierlei Umgang: Freunde, Frauen, Bücher*

Suppose we all suddenly change to entirely different names. Nobody would ever know who anybody was talking about. The whole world would go crazy. […]

The fortune of Big Mama had turned out true – about the sort of trip and a departure and a return […]. And there was the sum of money in her father's wallet, so that already she had lived up all the fortune Big Mama had foreseen. Should she go down to the house in Sugarville and say that she had used up the whole future, and what was she now to do?

Carson McCullers, *The Member of the Wedding*

2. SEPTEMBER

Johnny, nicht mehr recht in Sicht, so könnte man sagen. Nichts mehr in Sicht, von dir aus. Zwängest du dich, die Augen noch einmal zu öffnen, hielte dein Blickfeld nichts bereit als deinen eigenen Schoß, die immer noch nackt in Sandalen steckenden Füße der Frau neben dir, deine eigenen in den immer noch zu großen alten *Coles*-Männersocken und die nahe Begrenzung der Rückenlehne vor dir, alles im gedimmten zwischenweltlichen Licht von ungefähr halb vier AEST. Rechts weißt du den Gang, the aisle, ein spät erworbenes Wort. »An aisle seat, please.« Ein Fensterplatz wäre nichts als Blödsinn gewesen auf einem Langstreckenflug, ein Anfängerfehler, und es mag ja sein, dass auch dies wieder nur *des Schrecklichen Anfang* ist, zunächst aber ist es des Schrecklichen Ende, und etwas anderes ist nicht zu sehen. Kein Abschiedsblick auf die nächtlichen Glühwürmchenlichter einer Stadt, die dir unvertraut blieb, zum Glück. Und es ist kein Abschied. *Don't look back in anger. Don't look now.*

Später, später wird früher sein, und obwohl du Abflugs- und Ankunftszeit kennst, Anfang und Ende, gelingt es dir nicht, Zeitdifferenz und Zeitverschiebung stimmig miteinander zu verrechnen zur Reisedauer, einen Zusammenhang herzustellen zwischen zwei äußersten Punkten und dem Dazwischen. Es gibt einen Widerstand, ein eigentliches Nicht-verstehen-Wollen, der Verdacht ist nicht neu: dass diese Verweigerung wirksamer zu befriedigen vermag als alle Erkenntnis, dass alle kurz- und langlebigen Kulte sich auf ihr gründen, dass alle schlimmen Geschichten eher zu ertragen sind in der Annahme, etwas daran bliebe grundsätzlich und auf immer undurchschaubar, jenseits der unwirtlichen Grenzbereiche unserer Logik, und dass, gingen alle Rechnungen restlos auf, es keinen Grund mehr gäbe weiterzumachen.

Fragt sich, womit. Womit, und: womit? Stellt sich heraus, in zwölf Kilometern Höhe, es existiert kein Wort dafür in der Sprache, an die du dich irgendwann gewöhnt haben musst, nach einer längeren Zeit, in der dir nur noch übel davon geworden war, täglich wie um eine heiße Kartoffel in deinem Mund herumreden zu müssen. Vomit. Auch Wombat hopst dir durch den Kopf, das seine nackte oder haarige Nase, du kannst dich nicht erinnern, beständig gen Zaungrenze reckende Exemplar im Zoo. Womit, ein Wombat mit ewig leerem Beutel. *Woman.* Geschlechtgewordene Infragestellung. *I've given up on ...*

Die Aufgabe ist überschaubar. Es gilt, 27 Stunden in der Luft und dem luftleeren Raum von ein paar Flughäfen zu überstehen und anschließend das Delirium noch so lange im Zaum zu halten, bis du aus einem Taxi einem Nachtportier vors Rezeptionsdesk und endlich in jenes vor einer Woche reservierte Bett gestolpert sein wirst, das unglaublicherweise auf der anderen Seite der Welt sanft und anspruchslos bereitsteht, dich aufzunehmen in die saubere Kühle seiner Laken. Das heißt, es würde ein Laken sein, unten, und eine Bettdecke in einem echten Bezug, oben, nicht dieses ständig verrutschende Gewurschtel eines Laken- und Deckengefüges, das zudem noch mit sich dir nie erschließender Fertigkeit ringsum unter der Matratze festgestopft war, unter dem man so, wie in eine Tüte gesteckt, niemals warm werden und einschlafen konnte, und zerrte man es mühsam heraus und damit unweigerlich auch das untere, das eigentliche Laken, sah alles nur noch nach einem Werk der Zerstörung aus, einer mutwilligen Torpedierung des Ordnungssinns anderer Leute. Selbst Renata war diese alltägliche Unnötigkeit nicht abzugewöhnen gewesen. *Oh Johnny.* Ihr nachsichtiges Lächeln, als seist du es, der nicht zu helfen ist. Dir ist, als verstündest du es auf einmal: Womöglich hätte das Auslassen dieser Handgriffe eine Lücke in Renatas

Tagesablauf verursacht, die, gerade weil sie unter der Bewusstseinsoberfläche geblieben wäre, mit nichts anderem hätte gefüllt werden können, sondern lediglich alles Weitere ins Stocken gebracht hätte. So wie überhaupt ein Vorlauf an Zeit eigentlich nie zu etwas zu gebrauchen ist und nur leichte Panik aufwirft.

Du denkst an dieses Bett in der vaterländischen Fremde wie an eine Wiedergutmachung, ohne dich um diese Stunde dem Zuendeführen eines Gedankens verpflichtet zu fühlen. Wiedergutmachen was an wem oder woran. Schon wieder. *Woman.* Oh, hebe dich hinweg, du nicht mal falsche Freundin. Welcome womit, wodurch, wobei, wohin, wofern, wovon, worin, woran, wohlan! Not to mention wogegen!

Ich reise gegen die Zeit, formulierst du dir deutlich in deiner Muttersprache, unsicher, ob das in überhaupt irgendeiner Weise einer Tatsache entspricht. Es könnte sein. Es könnte auch sein, dass zwei Bewegungen gleichzeitig stattfinden, grundsätzlich, das ungeschriebene Naturgesetz von der Relativität des Unterwegsseins. Ja, so nennen wir es vorläufig. Bis morgen die Welt schon wieder anders aussieht. Das war stets als Trost gemeint gewesen, auch dies aber hatte sich als zweierlei entpuppt: In der Kindheit tropfte ein sachter Schrecken, es könnte so sein und was, wenn, hinein, obwohl daran nicht recht zu glauben war, keinesfalls gleich morgen, und nur die Ahnung von einem abrupten, womöglich unabwendbaren Hineingeraten in den sogenannten Ernst des Lebens, unter dem doch alle, die ihn beschworen, zu leiden schienen, fällte sich nach und nach sichtbar aus. Und später, später bewahrheitete sich alles.

Zum Beispiel also dieser Nacht-Tag-Nachtflug auf eine Hauptstadt zu – und der Reflex, *die* zu denken, verlernt sich wie angeblich Schlittschuhlaufen nicht, obschon angespannte Wackligkeit auf den ersten Eismetern die Glieder versteift, und du hast nun einige Winter, Herbst-Winter, Sommer-Winter, keinen zugefrorenen See, Tümpel, Fluss gesehen, das kann doch nicht sein – diese Flugreise also, in einem Dreisprung sozusagen über die Städte Dubai und Düsseldorf, zu gleichen Teilen unvertraut, kann doch, was ein mögliches Protokoll beträfe, kaum anders denn als Rückwärtsbewegung bezeichnet werden. Was die Bewertung einer solchen Bewegung angeht, herrschen verschiedene Ansichten. Der Rückzug, die Flucht, das Scheitern, die Schmach, und auch diese einst in ein Blankobuch abgeschriebene, die du festhieltest wie eine letzte Gewissheit damals: *Es gibt aus jeder vertrackten Lage einen Ausgang, in den man hineinfinden kann, …, man muss nur bedächtig rückwärts gehen, so wie ein Krebs in sein Schlupfloch zurückweicht.* Und: *Wenn man nichts mehr ist, dann ist man immer noch, was man war.* Bloß wann? Wann war man das, und was? Diese Methode des Zurückgehens, Zurückverfolgens führt ja schon, wenn man sich ihr nicht ernsthaft, nur mal antestend nähert, an den Rand ihres Magnetfeldes gerät, zu einer wilden Drehung der Gedanken, einem Verrücktspielen der inneren Anzeiger, die nicht entscheiden können, worauf sie sich ausrichten sollen, denn jeder sogenannte Punkt in der Erinnerung, der eigenen Historie, entpuppt sich als ganz und gar nicht klar scheidbar von seiner unmittelbaren Umgebung, den Nachbarpunkten, Punkten nun schon in Anführungszeichen, jenem amorphen Davor und Danach, dem er in jeder ehrlichen Erzählweise – und dahinter kommt man ja nicht, kann man nicht zurück, hinter ein Erzählen – gleichermaßen doch zuzurechnen ist. Das heißt, du Hilfsphilosophin, es gibt nur den Fluss. Oder es gibt ihn nicht. Todd River. Mal so, mal so. Das weiß jeder, und keiner will es so haben. Womöglich, aber dies ist eine aeroplane Idee im Zustand des Nichtschlafenkönnens und der Gewissheit des Nichtschlafenkönnens für den Rest dieser Luftfahrt (ab wann kann man von Rest sprechen, wann von rest, oh, restlose restlessness, ach, das geht doch zu weit), womöglich gab dieses schwimmende Dasein im Fluss, die Schwammigkeit einer Ruhe im Flussbett nicht den letzten Grund ab für Erfindung – oder musste man von Entdeckung sprechen? – und Triumph des Digitalen. Entweder oder. Und es ist doch gar kein neues Kunsthandwerk, das vergangene eigene Leben in den Berichten davon automatisch umzuwandeln von analoger Abfolge in digitale Treppenstufen, zusammenhängende Tonfolgen auch etwas ahnungslos zu zerschneiden in verschiedene Lieder, sodass ein Knacken zu hören ist am Übergang, kann sein, es geht einzig darum, den Beweis der Grenze, der Andersartigkeit der Phasen anzutreten, vor sich selber zuerst.

Als ein Schlupfloch schlechthin aber ist dir doch stets das Reisen vorgekommen. Du verdächtigst dich seit Längerem der Scharlatanerie, wenn du dieses Wort benutzt für das, was richtigerweise Angewohnheit genannt in den Ohren mancher erst recht falsch und kokett klingen müsste, eine Angeberei per Understatement. Vor Jahren wäre das die Wahrheit gewesen. Als du vorhin – vorhin? im anderen Leben noch? – den übergewichtigen Koffer einchecktest, später, der Herde folgend, dich in die Boardingschlange reihtest, durch den Schlauch in den Bauch des Flugzeuges trabtest, stellte sich jedoch als einzige Gefühlswahrheit die ein, dass du nach längerer Abstinenz dich einer alten Gewohnheit wieder überließest. Abhauen, schlichtweg. Sich hinwegbegeben, aber nicht in Haltung und Verfassung einer Flüchtenden, nicht im Krebsgang, zurückweichend. Sondern sozusagen mit zum Pfeifen gespitzten Lippen, *La Paloma,* als die Taube auf dem Dach, unerreichbar zu bleiben für die begehrlich greifenden Umstände und das Nicht-mehr-Aushalten transformieren ins Nicht-nötig-Haben und in diesem Umhang genäht mit Galoppstichen aus fliegenden Fahnen von dannen ziehen, in den Siebenmeilenstiefeln zweiter Klasse. *Freilich ist es seltsam, die Erde nicht mehr zu bewohnen, kaum erlernte Gebräuche nicht mehr zu üben.* Dies ließ sich dann, leicht fröstelnd von den Nebenwirkungen der Entschlossenheit, rituell und gutheißend denken.

»I thought her feet must be boiling!« Dir bleibt nichts übrig, als die Stimme der Frau als an dich gerichtet zu deuten, trotz Verwendung der dritten Person, durch die jene Engländerin unwissend, mehr unsensibel als unschuldig – doch trägt einer Schuld an einem Mangel an Feinfühligkeit? und änderte Klarheit in dieser stets wieder auf dem Wochenplan der unverdaulichen Speisen stehenden Frage etwas? und was hat das schon mit der Unbekannten neben dir zu tun? –, die nun also ihre Sympathien gleich verspielt hatte dadurch, dass sie an dich gewandt über deine Füße als die einer Nichtangeredeten mutmaßte. Als die du dir denn auch vorkommst, ein schwächer gewordenes, aber nie ganz verblasstes Nachbild des Kindes vor der Bäckersfrau, *Hat sie denn keinen Groschen?*, als Subjekt-Objekt, suspekt und unfähig zu einer rettenden, rächenden Reaktion, abhauen geht nicht. So tun, als sei man nicht angesprochen, auch nicht, was überhaupt das Demütigendste daran ist. Die Situation ist (hier und jetzt und immerdar): dein abwesender Blick auf die Hände der Sitznachbarin, wie sie die Sandalenriemen lösten, die nackten Füße, wohl in der Absicht, etwas Reibungswärme zu erzeugen, kneteten, wurde nur allzu bereitwillig aufgefasst als Anteilnahme, gar Neugier, an der sich endlich jener Kommentar anbringen ließ, und zwar einer zu Füßen, die nicht ihre eigenen waren und in dicken, hässlichen Socken steckten, eine Anrede unter Vermeidung einer Anrede, das heißt Erschleichung von Zuwendung ohne Gegenleistung. Verschleierung der Erschleichung, des Nötighabens mittels Herabminderung des Gegenübers zu einem Nichtgegenüber. Schuldig. Wir alle dreimal die Woche. Trivial. Schwachsinn. Immerhin gibt sie doch zu, dass Sandalen fürs Flugzeugklima zu leichtsinnig waren und ihre Vermutung über »ihre«, Johnnys (was sie nicht vermuten würde), also deine in den Socken kochenden Füße falsch; leistet sie also nicht vielmehr ohne Not und sich selbst sogar etwas der Dummheit bezichtigend Abbitte, noch dazu mit der freundlichen Absicht, die dröhnende Anonymität dieses Zusammengepferchtseins aufzulockern, euch das, was nichts als zähes Warten ist, zu verdünnen?

Beides, wie immer beides, du weißt es doch, du hast es doch gewusst. Wie erwartbar, wie variationslos das Leben in seiner Ambivalenz doch irgendwann wird, alles hat zwei Seiten mindestens, das trifft immer zu. Das trifft, immerzu. Aber nicht unbedingt ins Schwarze, die Resultate dieser schwer zu kontrollierenden Neigung, die Worte doppelt und dreifach nutzbar zu machen, ihnen zweite und dritte Ebenen abzupressen, nichts umkommen zu lassen. Und kannst du das nun in Beziehung setzen zur Ambivalenz, stellt es einen durch ihre dir in Fleisch und Blut gezogene Allgegenwärtigkeit entstandenen Fall von vorauseilendem Gehorsam dar oder eher von Unterwanderung durch Übertreibung? Oder auch wieder nur verbale Notzucht? Nebenbei: Du wolltest doch wegkommen von den Absolutismen.

Was auch noch wahr ist: das Dröhnen der Maschine bohrt sich erst jetzt in deine Wahrnehmung, nachdem es von der gar nicht mal unangenehmen Frauenstimme unterbrochen worden ist. Ein Sinnbild aller Routine, denkst du, die erst unerträglich zu lasten beginnt durch den Einbruch des Glücks, das heißt natürlich inklusive seines Wiederverschwindens. Kann das gelten als menschliches Unglück? Mit dem Glück ist es so, das hat man bald heraus, dass das Gegenteil, oder sagen wir milder, die Abwesenheit der Normalfall ist, das, mit dem man lebt, das, was man erwartet und berechtigterweise erwarten zu dürfen glaubt. Das Glück zu erwarten gilt als naiver und vernunftwidriger als jeder Aberglaube, was nichts ändert am abergläubischen Vermeidungsverhalten, eingetrichtert von Verwandtenzungen, eingeübt in einem Alter, in dem man vertrocknete Marienkäfer begräbt und beim späteren Wiederaufwühlen der Stelle darauf setzt, sie nicht mehr vorzufinden, da sie nunmehr in den Himmel gekommen sind: *wenn du's dir zu doll wünschst, passiert's nicht, freu dich mal nicht zu früh, man hat schon Pferde kotzen sehen.* Die ganze Skala, auf der auch das fast todsicher eintretende Glück kaum näher an der Wirklichkeit rangieren durfte als das tollkühnste Wunschdenken, sondern mit dem gleichen Misstrauen bedacht wurde, und bald scheuten die Gedanken von allein vor dem unberechenbaren möglichen Glück zurück, wurden zurückgepfiffen von sich selbst und belohnt in der Logik des Aberglaubens, der nicht nur nüchtern darauf abzielte, eine Enttäuschung zu vermeiden, sondern unter diesem Deckmäntelchen stets auch seine wahre Natur durchblitzen ließ, süßes magisches Denken: Schlägst du die Augen nieder vorm Wunsch, vorm Glück, sieht es auch dich nicht und wagt sich näher heran. *Denk gar nicht dran*, dann kommt es schon, irgendwann. Wie fest und vollständig dich diese Gänsehaut umspannt, merkst du erst jetzt, wo ja nicht mehr viel passieren kann und du sie dir aus Neugier hier und da abzupulen beginnst mit alltäglichen Wünschen, kleinen Phantasien, die du dir nicht länger versagst und die dadurch offenbar trotzdem nicht davon abgehalten werden, sich zu verwirklichen. Doch ganz überzeugen tut es dich nicht, das sind nichtige Testfälle, hasenfüßige Simulationen, die wohl kaum etwas aussagen über die Chancen eines echten ersehnten Glücks. Und da kannst du nichts sehen, es liegt außer Reichweite vor allem schon deshalb, weil dir seit Wochen ist, als hättest du alle Fähigkeit eingebüßt, überhaupt solch einen Wunsch zu entwickeln, du kannst keine Vorstellung in dir bilden davon, in welchen Formen bestenfalls die Zukunft auf dich zukommen sollte, vorläufig kommst du nicht weg von diesem blinden Fleck. Ein Wunschfensterplatz auf einem Langstreckenflug mag gedankenlos sein, auf einem Nachtflug aber ist er sinnlos.

Witzlos. Dass sich dieses Wort plötzlich wieder anfindet, das irgendwann da und in Gebrauch war, in dem der anderen, irgendwann auch euch manchmal entschlüpfte, dir mit dem Gefühl einer Verunreinigung, Charlie hatte da weniger Skrupel, doch auch aus seinem Mund klang es dir als Urteil fremdbestimmt, nicht nach Charlie, witzlos im ursprünglichen Sinne, ohne Sinn und Verstand, herzlos. Einmal lasest du über Bach, in seinem Nekrolog hieße es, er habe von Natur aus ein etwas *blödes Gesicht* gehabt, womit nichts weiter gemeint gewesen sei, als dass er kurzsichtig war. Es gefällt dir immer noch, diese einstigen Bedeutungen mitzudenken, in deinem

Reden mitschwingen zu lassen, das heißt, inzwischen kannst du wohl nicht mehr anders, nur ist es witzlos fürwahr, pointless, damit mehr als nur den gegenwärtigen Endpunkt der Bedeutungsverschiebung auch im Gegenüber anklingen lassen zu wollen. Doch geht ja auch dein Blick, dein Empfinden stets vom Ende der Geschichte aus und lässt die historischen Stufen und Schwundstufen in einem deiner Natur entsprechenden leicht komischen Licht erscheinen, die fortwährende Verschiebung, Metaphorisierung ist nicht retuschierbar. Es wäre auch schade drum, setzt du jetzt, wo du denkst, dass du nur an die Worte denkst, hinzu.

Sich das Unglück vorzustellen, ist kein Witz und auch nicht weitsichtig, es ist blödsinnig, es ist die umgekehrte Methode. Sie kam von innen, musste dir nicht beigebracht werden, war lediglich eine sich von selbst einstellende Schlussfolgerung: Wenn das Glück dadurch verhindert wurde, dass man es sich ausmalte, konnte dann nicht, indem man das innere Auge vor ein mögliches Unglück führte, sich zwang, das Ungeheure in aller Detailliertheit und Düsternis anzusehen, es durch diesen Trick in Bann geschlagen werden? Konnte nicht die Wahrscheinlichkeit, dass just dieses Unglück einträte, entscheidend abgesenkt werden mithilfe dieser Art von Vorschau? Schließlich funktionierten, wie du später lerntest, auch Impfungen so ähnlich: Eine dem Körper vorsorglich zugeführte abgeschwächte Form der Katastrophe wird genau diese in Zukunft abschmettern. Den kurzen Schmerz des Einstiches, die einen Abend währende Mattigkeit danach nahmst du gerne in Kauf. Und konntest nicht verstehen, dass dieser Nutzen, den du so der ursprünglich eingeimpften Denk- und Handlungsanweisung abluchstest, geradezu gefürchtet und verpönt war. *Bloß nicht den Teufel an die Wand malen*, hieß das. So viel Schwarzmalerei aber lag dir nicht. Dass das Glück im Grunde nur zu verscheuchen war, das mochte sein, aber dass man obendrein das Unglück mit der gleichen Gedankenoperation auf sich ziehen würde, sprengte für dein Empfinden jedes Maß und erschien dir wie eine empörend ungerechte Strafe, und die Frage war ja, wofür eigentlich. Es konnte nicht sein. Das Unglück kam auch so, von allein. Und es war doch besser und letzten Endes sogar vernünftiger, sich schon mal ein Bild von ein paar seiner möglichen Erscheinungsformen zu machen, auf dass es einen nicht völlig wehr- und ahnungslos erwischte. Meintest du.

Ein Problem indes zeigte sich nach und nach, zuerst als das unbestimmte Unbehagen, etwas sei nicht berücksichtigt worden in dieser Theorie, vergleichbar dem zu jedem Reiseaufbruch gehörenden Gefühl, etwas vergessen zu haben, und sicherlich hast du irgendwas bei Renata liegenlassen, zum ersten Mal wäre es dir nicht nur egal, sondern ganz recht. Später gab es konkrete Situationen, die immerhin halfen, das Problem herauszuschälen, auch wenn damit keinem geholfen war: Das erwünschte Glück ist überschaubar und endlich, das unerwünschte Unglück hingegen unermesslich; man weiß ungefähr und manchmal genau, was man ersehnt, aber nicht, was man alles auf keinen Fall verwirklicht haben möchte. Du stutzt, jetzt wo du erneut vor diesem immer noch für gültig erachteten Abbild deiner Version von Fatalismus stehst, denn dir fällt auf, es verkehrt plötzlich wie ein Vexierbild den bekannten Fall, dass man oft nicht recht weiß, was man will, sehr wohl aber, was nicht, in sein genaues Gegenteil. Und in diesem Zustand, der alles auf einmal ist, das heißt, alles nicht, kein Boden, kein Schlaf, keine Zeit, keine Aussicht, fängst du langsam an, dir schwer auf die Nerven zu gehen. Vielleicht ist ja wieder alles verkehrt. Aber das lässt sich auch immer sagen, wenn man nicht weiterweiß. Nichts, alles, immer, wieder, ja, ja.

Doch du kannst nicht anders, auch dir selbst gegenüber musst du das letzte Wort behalten, wohl wissend, es wird niemals das letzte sein, sondern das erste eines neuen Gedankenknäuels. Jedenfalls scheint dir, dies sei längst noch nicht alles, was sich dazu in dir aufgespult hat, du hast lediglich an einer unordentlichen Schlaufe gezupft und einen Faden hervorgezogen, dessen Hervorgezogenwerden den

Rest zu immer garstigeren Knoten festzurrt. In ferner Vorzeit saßest du da mit angehobenen Ellbogen, gestreckten Händen, die den um sie gelegten Wollstrang auf Spannung hielten, und Oma Meta wickelte Runde um Runde ab und säuberlich auf ein wachsendes Knäuel, dessen Mitte ein zusammengerolltes Stück Pappe bildete, das später wieder zum Vorschein kam beim Wachsen des Pullovers, in dem du dann dasaßest irgendwann auf demselben Platz. Auf demselben Platz hängst du in der Luft bis Dubai, die Hände im Schoß, mit dem zunehmend höhendünnen und, nun sag's schon, fadenscheinigen Gedanken, dass Glück und Unglück letztlich derselben Kategorie angehören, nämlich der der unerhörten Begebenheit, nicht gerade eine Novelle. Dünn wie ein Stück Pappe, das nicht wärmte unterm Hintern, zum Beispiel an einem 29. Februar, diesem unerhörten Datum. Die stets irritierende Monatsübersicht im Kalender, der Blick auf den Februar als den zu kurz gekommenen Monat. Bloß hilft die Tatsache, dass er manchmal diesen zusätzlichen Tag zugestanden bekommt, gerade nicht über jenen Anomalieeindruck hinweg, sondern verstärkt ihn nur noch, denn der Monat bleibt zu kurz wie ein eingelaufener Ärmel, trotz und gerade wegen des angestrickten Tages, an dem doch am meisten verwirrt, dass es ihn ab und zu gibt, sein Vorkommen wirkt befremdlicher als seine normale Abwesenheit, mit der man sich abfinden kann, und an deiner kindlichen Frage, wo er denn abbliebe in den nicht Schaltjahr genannten Jahren, ist die Beunruhigung bis heute nicht ganz verblasst. Der Februar hat zwei letzte Tage, einen Normalausgang und einen Ausnahmeausgang, ganz wie in strengster Traumlogik, und man kann ihn sich nicht aussuchen.

Ob die Engländerin neben dir, die vielleicht eine Waliserin war, jemals darüber nachgedacht hat, ob jemals jemand darüber nachgedacht hat, du wiegst dich ein in eine weitere deiner notorischen Kinderfragen, die selbst schon Teil deiner Eigentümlichkeit für dich war, ohne dass du darüber nachdachtest, ob du die Einzige seiest, die sie stellte. *Am I the first one to think of it?* Es wurde dir spät bewusst, es ist kaum zu glauben. Dass du niemals die Einzige bist. Zu Anfang glaubtest du auch, mit dem Glauben der nie herausgeforderten Überzeugung, du seiest die Einzige mit deinem Namen, aber auch das war ein Irrtum.

Eine Landung? Die Ankündigung von etwas Unangekündigtem. Gerade gerät dir alles zum Gleichnis, nun mach mal halblang, aber du gibst dich dieser Automatik doch hin, weil es im Moment weit und breit nichts anderes zum Hingeben gibt. Also: Klar war wieder nur, *dass* etwas käme, aber nicht *was.* Und das heißt *1 technical stop* auf dem Ticket. Und das ist nun also Singapur, und wenn nicht, ist es auch egal.

POMMERLAND

Als du anfingst, den zu deinem Glück wie deiner Besorgnis zahlreich vorhandenen Sofakissen im Hause Wolkenzin nicht nur deine Puppensachen, sondern auch Charlies wie deine Pullover und Jacken über die Zipfel zu ziehen, ging das Kopfschütteln deiner Mutter abrupt in Meckern über und du zucktest zusammen, obwohl du schon nach diesen wenigen Jahren eures Beisammenseins an ihre häufigen Launenumschwünge so gewöhnt warst, dass du ihnen inzwischen keine größere Bedeutung mehr zumaßest und wohl auch aus relativem Vergleichsmangel sie einfach als hinzunehmende Eigenarten des erwachsenen Menschen an sich akzeptiertest. Deinen Vater begriffst du womöglich schon zu der Zeit als Ausnahme, was mit seinem Ausnahme-Schlaf-Wach-Rhythmus zu tun haben mochte, und weil auch die Kindergärtnerinnen mehr zur Sorte deiner Mutter schlugen. Außer Fräulein Wernicke. Andere Väter, Männer kanntest du noch kaum, sie schienen auch zwei unterschiedliche Kategorien zu bilden in deinem Kopf, es gab die nur selten und kurz sichtbaren Vatis der anderen Kinder, und es gab die Männer im Park neben ihren Flaschen. Es gab nur einen Papa, und der war deiner, eurer. Deine Mutter versuchte sporadisch, euch das Mama-Sagen abzugewöhnen zugunsten von *Mutti*, zumindest bei dir aber wollte das gar nicht fruchten. *Du bist doch kein Baby mehr.* Charlie war noch ein bisschen näher am Babysein, ließ sich jedoch zu deinem Missfallen bereits auf *Mutti* umerziehen, andererseits wunderte es dich nicht. Er hatte anfangs noch größeren Schiss vor anderen Kindern als du, bei dir überwog mehr die Abneigung, Charlie aber ging es instinktiv um ihre Gunst, also um die Vermeidung von Alleinstellungsmerkmalen.

Das gab sich, bei dir nicht. Von Anfang an konntest du in ihm keinen Verbündeten sehen, wie leicht man das anders verstehen kann. Du weißt, du meinst: nicht von Anfang an. Am Anfang war es schwierig mit ihm. Und dann wurde es.

»Joana!« Damit aber wurde es nichts. Du reagiertest natürlich, das heißt reflexhaft, auf deinen Namen, zumal in diesem Ton. Doch es ähnelte dem Gefühl, mit dem du dich im Kindergarten wie alle anderen zum Mittagsschlaf auf die Liege aus Presspappe legtest und ordnungsgemäß die Augen zumachtest, um nicht ermahnt zu werden, obwohl du genau wusstest, dass du mitten am Tag niemals schlafen würdest. Du konntest noch nicht mal begreifen, wie die anderen es fertigbrachten, aber dir ist, als hättest du dich bei dieser Frage gar nicht aufgehalten, sondern von vornherein konstatiert, dass dies eben etwas für die anderen war und auf dich nicht richtig zutraf, nur hätte dir das keiner durchgehen lassen, nicht mal geglaubt. Du musst sehr früh begonnen haben, die Welt realistisch, in der dunkel abgetönten Variante, einzuschätzen, anhand von Wahrscheinlichkeiten. Du spürst es heute als einen nicht zu überwindenden Automatismus: Wie geradezu allergisch du immer noch reagierst auf Vorschläge, Annahmen, Bewertungen, die dir einer halbwegs wahrscheinlichen Grundlage zu entbehren scheinen. Es macht dich fassungslos, wenn anderen für solche Abwägungen, Gewichtungen, Ordnungen jeder Sinn abzugehen scheint. Es machte dich wahnsinnig bei Charlie, immer wieder, und du musstest dich zügeln, ihn nicht jedes Mal anzufahren deshalb. Du bewundertest es auf der anderen Seite: Seine vollkommen unhierarchische Grundhaltung, seine allem Anschein nach ebenso unbewusste, jedenfalls gar nicht ideologisch an den Tag gelegte Unvoreingenommenheit, Unbedarftheit gar gegenüber dem Spektrum der Möglichkeiten. *Wieso, kann doch sein.* Charlie war, was Entscheidungen anging, die eine Einschätzung der Lage erforderten, hoffnungslos unpraktisch. Und langwierig. Vermutlich nervte dich das am meisten, du wolltest nicht jedes Mal neu nachdenken müssen über Sachverhalte, die *doch offensichtlich,* logisch, klar waren, denn die Welt funktionierte nun mal leider so und nicht anders. Charlie war ein super Korrektiv, sozusagen. Du merkst, wie du herumläufst mit zusammengebissenen Zähnen, du wachst morgens so auf.

Wenn Mutti früh zur Arbeit geht, das sangst du mit im Kindergarten, ohne jemals dabei deine eigene Mutter vor Augen zu haben, sondern ein mehr oder weniger idealisches, gesichtsloses Wesen, die Mutti, wie sie sein sollte, du sie dir aber keinesfalls wünschtest. Dich selbst erkanntest du auch nicht in dem beschürzten, die Stube ausfegenden Mädchen, ganz zweifellos handelte es sich um ein Mädchen, obwohl doch die Jungs mitsingen mussten, erschreckenderweise also waren die Grenzen mit vier oder fünf Jahren bereits unverrückbar gezogen. Deine Nichtidentifikation indes lag wohl darin begründet, dass bei euch die Stube wie alle anderen mit Auslegware bis zu den Scheuerleisten versehenen Zimmer mit dem Staubsauger gereinigt wurde, was auch im Kindergarten der Fall war und dabei jedes Mal Anlass allgemeiner und gemeiner Erheiterung, weil Holger Kruse eine erbärmliche Furcht vor dem Ding zeigte und man ihn leicht zum Heulen bringen konnte, wenn man versuchte, ihn aus der Ecke hinter den Spielsachenschränken hervorzuzerren, hinein ins Getöse. Du wolltest nicht, dass er heulen muss, konntest dich aber ebensowenig halten vor Lachen bei dem regelmäßig hinausposaunten *Holger hat Angst vorm Staubsauger!* Und dachtest nicht daran, dass kaum ein Jahr zuvor das gewaltsame Glucksen der Klospülung in dem thüringischen Urlaubsplatzhaus dich mit solchem Schrecken erfüllt hatte, dass du in sicherer Entfernung auf der Treppe verharrt und von dort herab deinen Eltern täglich befohlen hattest: *Nicht spülen!*

Zu Hause befand sich das Klo eine halbe Hausflurtreppe tiefer, und das Rauschen seiner Spülung, für die man nicht an einer Strippe ziehen, sondern nur einen Metallhebel herunterdrücken musste, war von gänzlich sanfterer Art. Dort brauchtest du nur, bevor du deinen

Fuß in das kaum einen Quadratmeter messende Kämmerchen setztest, mit einem Blick nach oben überprüfen, ob alle Oma Langbeins noch an ihrem Platz in angemessener Entfernung hingen. Mit ihnen hattest du dich arrangiert in einer Art Nichtangriffspakt. Ein ganz anderes Thema waren die fetten braunen und schwarzen, schaurig unberechenbaren Spinnen, und einmal ertapptest du gar eine mit gesprenkelten Beinen dreist in der Badewanne hockend, was dir eine erste Ahnung von der unkontrollierbaren Entsetzlichkeit der Welt gab. Auch Charlie waren sie nicht geheuer, aber er traute sich, mit einem Ball nach ihnen zu werfen, wovon du ihn kreischend abzuhalten versuchtest, denn es gab keinen Fall, in dem er jemals getroffen hätte, vielleicht war es auch eine Frage mangelnder Wucht, was deine Vermutung zum Nichtotkriegen dieser Ausgeburten nur bestätigte. Derartig aufgestachelt huschten sie nur schneller, als man gucken konnte, hinter den Schrank, unters Bett, oder sie ließen sich wie zum Beweis ihrer Todesverachtung einfach von der Decke fallen, weshalb du einmal wochenlang weiträumig einen bestimmten Sessel umschifftest, kaum in die Wohnstube mochtest. Beizukommen war ihnen nur durch sofortige durchdringende Alarmierung eures Vaters, bloß war gerade das oft unmöglich, weil verboten. Wenn er schlief. Und er schlief zu den unmöglichsten, nämlich den Zeiten, in denen ihr ihn am dringendsten gebraucht hättet. Im Übrigen glaubst du ja noch heute an die Quartalsspinne, es frappiert dich, wie unwahrscheinlich wahrscheinlich es ist, dass du früher oder später wieder dieser initialen Panik ausgesetzt sein wirst, kein Leben ohne Spinne. Kein Leben, ohne irgendwann wieder in einer Schweißschicht auf einem Zahnarztstuhl zu kleben. Gewisse Dinge sind einfach so absehbar. Zugegeben, übler können die nicht absehbaren ausfallen, sie sind ja auch nicht das Gegenteil. Das Gegenteil wäre das Ein-für-allemal, und das scheint sich zunehmend rarer zu machen, dir ist danach zu sagen, das Leben sei seine Grenzwertbestimmung.

Aufs Klo musste man auch immer wieder, sommers wie winters,

und wenn man nicht rechtzeitig einschlafen konnte, dann musste die Bettwärme noch einmal mit der Hausflurkälte wechseln, und Unlust und Lust vermischten sich in deinem Schlafanzugzittern. Absichtlich zogst du dir nichts über, schlüpftest nur mit nackten Füßen ins Kunstfell der Hausschuhe, ein delikates Gefühl. Auf der Treppe, im trostlosen 25-Watt-Licht oder manchmal auch belassener Dunkelheit, fühltest du dich wie verstoßen, warst du das arme Mädchen, die Magd aus den Märchen, besaßest du nichts als das dünne Kleid auf deinem Leib und musstest so durch Nacht und Winter. Oder, umgekehrt, ließ man dich einfach nicht fort, warst du ans Haus und die Herrschaft gekettet, ausgesetzt den Launen einer bösen Königin, verdammt dazu, von morgens bis abends die Stube auszufegen und nicht nur das, warst du die Demut selbst, doch im Geiste frei und versehen mit einem guten Herzen, das dir die widrigsten Umstände nicht zu verderben vermochten. So musstest du hausen in einer winzigen Kammer im letzten Winkel des Hauses, wo deine einzige leibliche Annehmlichkeit in der Wärme eines schweren Federbetts bestand, und diese Wärme, die man umso mehr genießen konnte, je durchdringender man sich auskühlte, an die deine Haut eine noch frische Erinnerung besaß und die noch unter dem Deckbett gespeichert war, bildete deine köstlichste Aussicht auf diesen Toilettenausflügen, wenn Charlie sich längst in andere Heldenrollen träumte.

Deine, so meinst du es zu überblicken, speisten sich zumeist aus Selbst- und anderem Mitleid und riefen wiederum solches hervor, mit Vorliebe imaginiertest du dich in Bredouillen und Bedrängnisse hinein oder warst bestrebt, anderen aus ebensolchen herauszuhelfen, sie zu beschützen. Wobei es sich bei den anderen, wie dir, nicht gerade zu deiner Verwunderung, auffällt, nie oder fast nie um andere Menschen handelte, Spielkameraden, jedenfalls keine tatsächlich anwesenden. Zwar konntest du auch mit ihnen, neben den üblichen Puppenwagen-, Gummihüpfer- und Klettergerüst-Nachmittagen, epische und ausgefeilte Abenteuer- und Rettungsgeschichten durchspielen, doch empfandest du, soweit du dich erinnern kannst, nie Mitleid mit den Verschleppten, Eingekerkerten und Versklavten unter deinen Freunden, und auch nicht mit dir selbst, wenn du diese Rolle übernehmen solltest, was selten vorkam und dir nicht lag, du warst darin auch vor dir selbst nicht halb so überzeugend wie in den Viertelstunden allein auf dem Dachboden, wenn dich dort der Zauberer mit dem Auge am Hinterkopf gefangen hielt. Eine Schreckensphantasie, die du zwar bis in die Härchen eurer Gänsehaut mit Charlie teiltest, aber nicht mit ihm ausagieren konntest; in der Rolle des Zauberers, die er nur allzu gern übernehmen wollte, fandest du ihn lächerlich und wichtigtuerisch, denn er war schließlich dein kleiner Bruder, und mit ihm als Leidensgenossen kamst du überhaupt nicht in Stimmung, blieb alles nur ausgedacht.

Herzzerreißend aber, quälend und absorbierend wirkte auf dich das Schicksal der Gegenstände und Tiere, der zwei- bis sechsbeinigen jedenfalls. Eine Zwischenstellung nahmen anscheinend deine Plüschtiere ein, auch die Puppen, für die du dich jedoch nur sporadisch interessiertest, lieber schobst du Mausi, von der dein Vater immer behauptete, sie wäre ein Fuchs, wo doch jeder schon an den runden Ohren deutlich erkennen konnte, dass sie eine rote Maus war, Hasi oder Bello in der mit hellblauen Polyesterkissen und Verdeck versehenen Sportkarre umher, die du zu Weihnachten mit einer *Negerpuppe* darin bekommen hattest. Die *Negerpuppe* mochtest du sehr, sie verdankte ihre Anwesenheit auf deiner Seite des Kinderzimmers einer Spontanregung von Oma Meta, die das kaum zwanzig Zentimeter messende kurzhaarige Geschöpf im Schaufenster des Spielzeugladens erspäht und es nicht über sich gebracht hatte, es dort zwischen den sich dagegen riesenhaft ausnehmenden Babypuppen mit den Schlafaugen und den blondmähnigen braven Schürzenträgerinnen auf seinem einsamen Posten sitzen zu lassen. Womöglich also hast du das geerbt. Wie du später hörtest, existierte bereits ein Präzedenzfall in Sachen Negerpuppenrettung, einst war auch deiner Mutter von Oma Meta, deren Enkeltochter sie ebenfalls, kaum begreiflicherweise, schon gewesen war – in eurem Verhältnis verzichtete man lediglich auf die Vorsilbe Ur- –, eine solche Puppe aus deiner zukünftigen Heimatstadt mitgebracht worden, wo sie sie in schmachvollsten Umständen, nämlich in einer gewöhnlichen grauen Mülltonne entdeckt und darauf zu sich selbst die Worte gesprochen hatte: »Nee, kiek eis, dän schön'n Neger, dän könn's doch nich wegschmietn!« Und bestrickt worden war dies Findelkind von ihr aus den Resten der Wolle, die die fürs Dorf nicht gemachte empfindliche Haut deiner Mutter kratzte. Du aber findest dich bestätigt bis heute in der kindlichen Ahnung, deine Uroma sei deine nächste Verwandte. Die sowohl Mülltonnen wie auch deren Vorstufe, die Schaufenster, für Verhältnisse hielt, aus denen es zu retten galt.

Und diese Erinnerung einer Erinnerung ist etwas, das du auf der ganzen Welt keinem erzählen könntest, jedenfalls nicht so.

Ebenso Schinschinatus. Dieser frühe Zuwachs deines Bestiariums sollte nicht nur am Schrank hängen müssen, sondern jener Spazierfahrten die Wollweberstraße rauf und runter teilhaftig werden, auch wenn es eine Verpackungsherausforderung darstellte, den in rotschwarzen Blockstreifen gebänderten Körper in dem kleinen Wagen unterzubringen. Schinschinatus war als noch namenlose Plüschschlange, in der Länge etwa das Doppelte deiner zweijährigen Körpergröße messend, eines Abends von deinem jüngsten Onkel mit in die Wohnung gebracht worden, die in jener sich nur durch fotounterstützte Erzählungen in deinem Gedächtnis befindlichen Zeit noch aus nicht mehr als einem Raum, Küche und teilendem wie geteiltem Flur bestand. Den, um in den hinteren zweizimmrigen Teil, nämlich ihre Wohnung, zu gelangen, auch die alte Käthe Riechow benutzte, die euch so gern beim Gebadetwerden zusah, sich das Zusehen regelrecht erbettelte bei deiner Mutter und mit euch zusammen in hohen Tönen aufjuchzte, wenn das Wasser spritzte. Weil sie selber keine Kinder hatte, erklärte deine Mutter später, und ein Fräulein geblieben war. Das wollte dir nicht ganz in den Kopf und kam dir wie eine unpassende Behauptung vor, denn du kanntest nur das schöne Fräulein Wernicke im Kindergarten, das, wie du dir dachtest, selbstverständlich deshalb nicht wie die älteren Tanten mit *Frau* angeredet wurde, weil es so viel jünger, lieber und überhaupt ganz anders war und deine Gruppe auf einem Spaziergang mitnahm in ihre Dachwohnung, wo alle eure für sie gemalten Bilder an der Wand hingen. Vom Fräulein Riechow hingegen ist als deine eigene Erinnerung nur ein Besuch im Altersheim greifbar, das wie vieles andere auch einen sich dem Verständnis verweigernden offiziellen und als bloße Lautfolge im passiven Wortschatz abgespeicherten Namen trug, *Feierabendheim*, und in das die Mitmieterin der Wohnung, die so schrittweise von ihrer zu eurer geworden war, schließlich hatte umziehen müssen. Du weißt noch, dass sie deiner Mutter am Ende eures Besuchs in dem hohen und schmalen und *nach Altersheim* riechenden Zimmer, aus dem es dich dringend fortzog, etwas Eingewickeltes mitgab, es wird aber wohl nicht das am Henkel verformte, im Krieg aus dem Feuer gerettete Glas gewesen sein, das dich deine ganze Kindheit hindurch elektrisierte, deinen befühlenden Finger anzog, oder die drei Sammeltassen, aus zweien von ihnen trinkst du noch heute Tee, eine ging später kaputt, sie waren klein, mittel und groß, für dich Vater, Mutter, Kind.

Zu deinen deutlicheren frühen Erinnerungen gehört allerdings die Zeit, in der ihr dies nicht wart, in der ihr Mutter, Kind und Charlie wart – denn dass dein Bruder auch das Kind deiner Mutter war, wusstest du zwar, aber es wollte dir schwer in den Kopf, dass er es in gleicher Weise wie du Erstgeborene war – und in Vaterabwesenheit so nah und friedlich miteinander lebtet wie später nie mehr. Du erkennst deine Mutter kaum als eure wieder, wenn du sie mit dem umgedrehten Fernrohr des Rückblicks dort im Mittelzimmer der nunmehr vergrößerten Wohnung, das später zur Küche mit eigenhändig eingebautem Bad-immer-noch-ohne-Klo umgestaltet wurde, zunächst aber als Kinder- und Allzweckzimmer diente, über den fürs Bügeln benutzten Tisch gebeugt sitzen und Seite um Seite des grün gemusterten Briefpapiers füllen siehst, während du fast geräuschlos und selbstgenügsam unter der gelben Stehlampe vor dich hinspieltest und klein Charlie im Gitterbettchen schlief, ein Herbstabendidyll in der Ofenwärme eines realsozialistisch sich selbst überlassenen Altbaus Anfang des vorletzten Jahrzehnts im vorigen Jahrhundert. Dein Vater diente seit Wochen als Reservist der Nationalen Volksarmee, die ihm wenige Jahre nach seinem Grundwehrdienst die Erinnerung an diese achtzehn Monate etwas aufzufrischen gedachte. Damals hatten beinahe tägliche Briefe in krakeliger Schrift seine Verlobte erreicht, die sie postwendend nach Schichtende beantwortet hatte. Vielleicht frischte auch in ihr die neuerliche Entfernung des Mannes von ihrer Seite etwas auf, denn wieder schrieb sie, statt das erste oder zweite Programm einzuschalten, nicht nur sonntagnachmittags Briefe und blieb in Gedanken, wenn sie euch im Park beim Aufsammeln der bunten Blätter half, die zu Girlanden aufgefädelt an den Tapeten des, wie dir schien, einzig von euch dreien wirklich bewohnten Zimmers hin und wieder luftzugbewegt leise vor sich hinraschelten.

Du hast kein Bild vom Ende dieser Zeit, der Rückkehr deines Vaters, mit der offenbar das vorherige halbwegs eingespielte Leben wiederaufgenommen wurde, in dem an Freitag- oder Sonnabendabenden der ein oder andere deiner Onkel, Bruder deiner Mutter, vorbeischneite, Brett und Messer am Abendbrotstisch bekam und hernach Bier und Gläser voll durchsichtigen oder braunen Schnapses, die ob ihrer Kleinheit ständig nachgefüllt werden mussten. Bei einer dieser Gelegenheiten also wollte dein Onkel, der knapp die Volljährigkeit erklommen haben konnte, wohl der Tatsache wiederholter Gastfreundschaft wie auch der des Vorhandenseins von Kindern Rechnung tragen und brachte ihnen als Gabe die Schlange dar. Charlie angeblich fing beim Anblick des rotschwarzen Dings mit

Kugelkopf und Kulleraugen an zu heulen und verkroch sich hinterm Sessel, womit ihn euer Vater noch Jahre später aufzog. Du kannst es nicht bestätigen, weißt nichts über deine eigene, vermutlich weniger hysterische Reaktion, hast nur sogleich das hochformatige Schwarz-Weiß-Foto vor Augen, dessen rechte Hälfte hinter einem durchsichtigen, mit Reihen winziger Quadrate gemusterten Vorhang zu liegen scheint, einem Mysterium deiner Kindheit, das du nicht mit der Information in Einklang bringen konntest: *Da war der Film zu Ende.* Es zeigt deinen leicht unterernährt anmutenden Onkel Ingo mit mittelgescheitelten, abgestuften und sich merkwürdig über die Ohren wölbenden Haaren, durch die er sich nicht von anderen Jungmännern auf Fotos jener Zeit unterscheidet, wie er mit zu übermütigem Lachen aufgerissenem Munde in eurem graugrauen, aber gelbbraunen Sessel lümmelt, die Plüschschlange um den Hals. Du kannst dir nicht vorstellen, wer an jenem Abend vor zweieinhalb Jahrzehnten durch den Sucher der Kamera geguckt und auf den Auslöser gedrückt haben sollte und so eine der vermutlich letzten Regungen kindlicher Ausgelassenheit bei deinem Onkel, aus dem, wie du weißt, späterhin ein echter Mann und echter Deutscher wurde, festhielt. Dein Vater, der doch höchstens mal nach Aufforderung ein Foto von euch auf einem Sonntagsausflug schoss? Deine Mutter, die doch wie alle Mütter und *anständigen* Frauen Besäufnisse vor den Kindern missbilligte und sie ansonsten als Unbeteiligte vorübergehen ließ? Der Film aber war noch nicht zu Ende oder die Flasche noch nicht alle, dort steht sie verschwommen schwarz auf weiß auf dem Tisch und half, die Szenen des Westerns im Schwarz-Weiß-Fernseher zunehmend vergnüglicher zu gestalten. Jedenfalls war stets in den Berichten deiner Mutter von einem irgendwann auch in der Küche vernehmbaren Wiehern Onkel Ingos die Rede, das seinen Höhepunkt fand mit Erscheinen einer Schinschinatus geheißenen Figur auf der Bildfläche. Ein Saloonwirt, laut dem Gedächtnis deiner Mutter, falls du dich recht erinnerst, ein *patron*, wie der noch ganz unvorhersehbare

Französischunterricht dir beibrachte, der dem englischen *patron* in Gestalt deines jugendlichen Onkels, dem Gönner und Stammgast, umgehend als Namenspatron taugte für das kopfüber ihm am Hals baumelnde flauschige Reptil, noch bevor du aus deinem geringen Namensvorrat wählen konntest.

Eine Puppe von fast deiner Größe hattest du zur Überraschung deiner Eltern Beate genannt, bis sie herausfanden, dass es ein Mädchen gleichen Namens in deiner Krippengruppe gab, dem du offenbar geneigt warst und mit dem du deine erste kulinarische Leidenschaft, für Fleischsalat nämlich, entdecktest. Einmal, als deine Mutter dich nachmittags abholen kam und an die Gruppe gerade statt Kuchen in Häppchen geschnittene belegte Brote verfüttert wurden, warst du nicht zum Aufbruch zu bewegen, ohne wenigstens noch ein weiteres Fleischsalatstüllchen an Beates Seite schmausen zu dürfen, du liefst ganz entgegen deiner üblichen Scheu zur Erzieherin und erbatest noch eine Ration und erklärtest dabei vernehmlich und bestimmt: »Beate auch!« Du weißt nicht mehr, wie sie aussah, weißt nicht, wie lange eure zarte Gemeinschaft währte noch wie sie endete, wahrscheinlich bald nach diesem Höhepunkt, als ihr nach Ende der Krippenzeit verschiedenen Kindergärten zugeteilt wurdet, aber eine erste Freundin muss sie gewesen sein, und gemeinsam müsst ihr gedurstet haben, wenn die Erzieherinnen euch wieder zu wenig zu trinken gaben, um euch nicht so häufig aufs Töpfchen setzen zu müssen. Zu Hause angekommen, stürztest du gierig den für dich vorbereiteten kalten Tee hinunter. Beate zotteltest du im Würgegriff unter deinen fleischigen Arm geklemmt durch die Zimmer, bis zu jenem Tag, an dem etwas dumpf neben dir aufkam und du ihren Kopf über den Boden kullern sahst. Dein Entsetzensgeschrei ließ deine Eltern panisch herbeistürzen, deinen Bruder in Unkenntnis der Lage in seinem Laufgitter lautstark miteinstimmen, ließ deine Mutter dich eilends vom Ort der Enthauptung wegtragen und Minuten später deinen Vater behaupten, es sei doch alles in Ordnung, wobei er dir die wieder vervollständigte Beate unter die nassen Augen hielt, womöglich in Erwartung eines dankbaren Kleinkindlächelns. Hauptsache, alles sah wie vorher aus. Als hättest du dir alles vielleicht nur eingebildet. Doch du wandtest dich ab. Das war nicht mehr Beate, und sie würde es nie mehr sein. Etwas war geschehen, das sich nicht rückgängig machen ließ.

Zu Schinschinatus – ein Name, den du akzeptiertest wie irgendeinen – blieb das Verhältnis ungebrochen wie auch ungeklärt in der Frage, die dich anscheinend nie beschäftigt hat, ob es sich bei diesem Haus-, Spiel- und Bettgenossen – tatsächlich wurden ja diejenigen Plüschtiere, die Charlie und du jeweils abends zum Mit-ins-Bett-Nehmen erkort, selbstverständlich *Beischläfer* genannt, und nicht dieser, sondern der Gebrauch des Wortes in nur noch einem spezifischen Sinne später erscheint dir naiv – ob es sich bei Schinschinatus also um einen Er oder eine Sie handelte. Bei allen anderen hatte es sich wohl von allein ergeben durch die in deiner Muttersprache angeblich unberechenbare, quasi bedeutungslose Verteilung der grammatischen Geschlechter, der Hund, der Hase, die Maus, die Katze, wobei gerade wegen möglicher doppelter Zuordnungen der Leopard schon changierte, und auch die Dinge waren der, die, das, und Letzteres bildete eine eigene, kann sein, etwas näher am Männlichen befindliche Gattung, zum Beispiel das rosa Schwein, das du aber erst zur Einschulung bekamst. Schinschinatus, die Schlange, jedoch stellte eine unbedachte Ausnahme dar. Einen Schlangurri vielleicht, wie von deinem Vater so titulierte überschlank in die Höhe geschossene Geschlechtsgenossen mit mangelnder Körperspannung und unkoordinierten Bewegungen, die auch dich an vergeilte Pflanzen denken lassen. In den Grenzjahren zwischen Kindheit und Jugend schien sich eine äquivalente Entwicklung bei dir abzuzeichnen mit plötzlichem starken Längen-, nicht jedoch Dickenwachstum, im Gegenteil, und du selbst fühltest die ungewohnte Ungelenkheit und wusstest nicht wohin mit deinen Gliedmaßen. Es wuchs sich aus, du wuchst wie alle anderen aus all deinen Entwicklungsphasen heraus, es erschien dir normal, das heißt, du bemerktest es kaum, nur, als du eines Sommernachmittags mit zehn oder elf dich fragtest, ob du nun zu alt seist, um mit Puppen zu spielen, du besprachst es mit deiner ein Jahr jüngeren Freundin, du fühltest Neid in dir aufsteigen und eine noch unvertraute Trauer, und dann war es so und du an anderem interessiert im nächsten Sommer, wobei du dich kaum entsinnen kannst, woran, in jenem komischen zerflockten Alter. Schinschinatus muss noch an deinem Schrank gehangen haben, doch bis wann? Wo ist er abgeblieben? Deine Mutter, die in Erziehungsanfällen aus verschiedenen Gründen stets drohte, all deine Plüschtiere an arme Kinder zu verschenken, sie hat es nie wahr gemacht. Du weißt, dass sie alle noch da waren, in der Truhe neben der Tür zum Dachboden, als sie weg war.

Zwischen Schinschinatus und dir – es fiel dir aber nie auf – bestand mehr als bloß vorübergehend eine Ähnlichkeit, und mehr als äußerlich, denn ein Name ist nichts Äußerliches. An deinem einzigen je in der Stadt Mailand verbrachten Tag erst, näher am heutigen als an dem von Schinschinatus' Einzug in die Wollweberstraße 54, doch einem anderen Leben zugehörig, erreichten sich in dir endlich die Parallelen eurer Namensgebung, wie du da standest auf der Piazza Cincinnato und diese zumindest, was einen Filmsaloonwirt anging, etwas in dir erhellte. Vielleicht ein Spaghettiwestern, dachtest du amüsiert, und da fiel dir der andere ein. Denn auch du verdankst, es sei unumwunden vermerkt, einem Film dieses Genres, ob nun gedreht in den Abruzzen, in Apulien oder Arizona, deinen eigenen Namen. Nicht gerade etwas wie Schinschinatus, *effanineffable*. In den großen wie kleinen Sprachen dieser Welt vertreten mit unzähligen Varianten, in Benennungen von Stadt, Land, Fluss ungefähr das Gegenteil des Namensvorbildes einer Stadt wie Cincinnati, ein Allerweltsname. *There are fancier names if you think they sound sweeter, / Some for the gentlemen, some for the dames.* Was euch aber just in dieser Verschiedenheit verband, war die nicht wenigen nicht evidente Zuordnung von Namen und Namensträger_in. Eine Schlange unklaren Genus mit Namen Schinschinatus. *A girl named Johnny.* Dabei hast du ja nie herauskriegen können, ob Patti das wirklich singt, nur ist es egal, denn du hießest schon so, bevor du wieder und wieder versuchtest, mit dem Ohr verifizierend in die Plattenrille zu kriechen. Kaum glaubtest du es bewiesen, bezweifeltest du es wieder, Musikhören im Stile Sisyphos', und was du hier an Eindeutigkeit wolltest, gegen das übtest du doch mit ebensolcher Arbeit in größerem Stil stille Gegenwehr, bis auf diesen Tag. *Schischyphusch*, es ist zum Lachen und zum Heulen. *The Naming of Cats is a difficult matter, / It isn't just one of your holiday games.* Doch genau das war es.

Aber als du den kleinen nachgiebigen, fast bemitleidenswert verformbaren wie auch den prallen und kaum von dir zu bewegenden Sofakissen, deren Steifheit dich auf ganz ähnliche Weise rührte, die herbeigeschleppten Jacken, Pullover und sogar Hosen überzogst, hattest du noch keine Ferien, sondern deine Mutter Haushaltstag, an dem du einmal im Monat nicht in den Kindergarten brauchtest und *Mutti* nicht *früh zur Arbeit* ging. Sie ging sowieso nicht, sondern schwang sich, nachdem sie euch im Kindergarten abgeliefert hatte, mit dem linken Fuß auf der linken Pedale anrollend in einer einzigen fließenden, kühn-eleganten Bewegung aufs Fahrrad, du lerntest es nie, so aufzusteigen, zu deiner Schande. Meistens schafftest du es, vom Vorraum rechtzeitig zum Fenster im großen Gruppenraum zu rennen, um diesen Abgang deiner Mutter verfolgen oder wenigstens noch ihren Rock auf dem roten *Diamant*-Rad um die Ecke flattern zu sehen. Dabei galtest du eigentlich als Papakind. Nicht nur, dass man euren Physiognomien eine stärkere Ähnlichkeit zusprach und sich das Rot des väterlichen Bartes ins bräunliche Haar seiner Kinder mischte, auch empfingst du ihn gerade im ersten Kindergartenjahr abends, wenn er dich abholte, mit einer Begeisterung, stürztest ihm derart entgegen, dass es für die noch anwesenden Erzieherinnen, die um diese Zeit gegenüber den Kindern nicht selten schon in der Überzahl waren, nichts als ein Ausdruck abgöttischer Liebe sein konnte. In der Tat hasstest du die dauergewellten alten Tanten dafür, wenn sie sich über dich mokierend damit drohten, deinen Papa mit nach Hause zu nehmen, er gefiele ihnen so gut. Sie ergötzten sich an deinem erbosten Gesicht, auf dem sie so sehr die Eifersucht sich winden sehen wollten, dass sie darunter nicht glatt und fest anliegend die entschiedene Abneigung erkennen konnten, den Ausdruck gänzlicher Fremdheit. Ein dich von oben bis unten durchziehendes Gefühl, das sich steigerte gegen den späten Nachmittag, wenn das Verhältnis von Kindern zu Erzieherinnen immer ungünstiger wurde, du manchmal die einzige noch Verbliebene aus der Gruppe warst und mit der ungeteilten seufzenden Aufmerksamkeit jener Tanten konfrontiert, die dich, bis du endlich abgeholt wurdest, beschäftigen mussten. Dabei mussten sie gar nicht, du konntest dich alleine beschäftigen, nur machte es keinen Spaß unter ihren behindernden Blicken. Dein Vater war die Rettung aus diesen zäh verspielten Stunden, und was sein Erscheinen an offener Freude bei dir auslöste, war zum größeren Teil die Erleichterung über das Wieder-Sichtbarwerden der anderen, eigentlichen Welt, in der du sein konntest, wie du warst, und das verdrängte sogar den Groll darüber, dass er hätte früher kommen können, wie du sehr wohl wusstest. So viel Schlafen brauchte doch kein Mensch. Und dann noch der langweilige lange Weg zu Charlies Krippe, auf dem du lauf- und maulfaul neben ihm hertrotteltest. Nicht, dass er viel geredet hätte, dein Vater. Sofort nach der Abholfreude also setzte etwas ein, das dem Gegenteil dieser Freude nahe kam, nämlich das plötzliche Unverständnis für sie, Anlass und Ausmaß verdünnten sich auf einmal wie in der kühlen Luft der Zigarettenrauch deines Vaters und ließen nichts zurück als eine Art Schamgefühl und den Ärger über dich selbst. Als hättest du dich in deiner Freude verraten, und zwar nicht nur deine Bedürfnisse, sondern dich selbst, weil der Mensch, dem du sie entgegenbrachtest, doch nicht der richtige war, jedenfalls nicht ganz.

Und dieses rasche Vor-Zurück mit den übertriebenen Ausschlägen in entgegengesetzte Richtungen ist dir noch immer wohlbekannt, du wirst nicht klug, du könntest Wetten darauf abschließen und solltest nicht mehr überrascht sein, wenigstens. Wenn wiederum jemand im rechten Moment erscheint, dich erlöst, sich deiner annimmt und deine Dankbarkeit dafür ins Überschwängliche, Unverantwortliche, Missverständliche gerät, die Dankbarkeit gegenüber dem Schicksal in Gestalt dieser Person. Es ist keine Lüge, es ist die ganz natürliche Folge des Wartens. Und du bist nicht dafür, Vergleiche anzustellen und abzumessen, wer schlechter wegkam, aber gewartet hast du viel. Und das mit einer ungeduldigen Natur. Du kannst dich nicht beschweren, vergessen hat das Schicksal dich nie, du wurdest immer abgeholt. Aber es dauerte so lange, schrammte so knapp am Vergessenwerden vorbei, dass daraus keinerlei Sicherheit zu gewinnen war, keine Zuversicht. Vielmehr kamst du dir meist wie die gerade so noch einmal Begnadigte vor, wie die, für die sich zufällig doch noch etwas fand. Es war nicht immer das Falsche. Aber auch das Richtige, gerade das, gewann dadurch so unverhältnismäßig an Gewicht und zehrender Nachwirkung, erlangte eine Bedeutung, die es an sich doch nicht besitzen konnte. Und so etwas zelebriert dann als periodische Erinnerung noch immer den einstigen Einschlag im Gefühlshaushalt und tut, als gäbe es keinen Unterschied zu dem, bei dem sich die Frage nach einem An-Sich nie stellte, das kommt dir schändlich vor. Du strengtest dich an, versuchtest, das Schicksal etwas besser in die Gänge zu bringen, zu überreden, durch Tricks und Betragen in deine Richtung zu biegen. Es klappte nie. *Don't speak until you're spoken to.* Alle Erinnerungen um die Beine schmierende Katzen, die herrschsüchtig das Weitergehen hindern, aber dir unter den Händen wegspringen.

Irgendwann hattet ihr einen Nymphensittich. Aber irgendwie war er nicht ganz das, was du dir unter einem Haustier vorstelltest. Man konnte ihn nicht streicheln, das war dir klar noch vor dem ersten Versuch, *der lässt sich nich ankommn,* Annäherungsversuche kamen nicht gut an bei ihm, Ottokar. Deinen Vater kümmerte das nicht, er ließ sich von Ottokar in den Finger hacken und lachte, je empörter der Vogel in seinen Händen die Kakaduhaube aufstellte und kreischend wütete. Du sahst es mit an, weil du die Unempfindlichkeit deines Vaters nicht enträtseln konntest. Lag sein Empfinden unter der Kruste jahrealter Teigschichten? Würde es, wenn du erst erwachsen warst, auch für dich Schutzschichten geben, die dich davor bewahrten, mit Ottokar in seiner gepeinigten Papageienhaut zu stecken, im Griff einer hornhäutigen Hand, die nicht begriff, was sie festhielt, und daneben gleichzeitig an den erschreckenden Schmerz in deiner eigenen Daumenhaut zu denken, sollte sich dieser kräftige Schnabel hineinhauen? Dir war zum Heulen, wenn dein Vater den sich nicht beruhigenden Ottokar schließlich freiließ, und du ahntest, es geschah weniger aus Einsicht denn aus Überdruss. Und weil ja die Kartoffeln, mit deren Schalen Ottokar umherschleudernd gespielt hatte, fürs Sonntagmittag aufgesetzt werden mussten. Weil die Tochter ja nicht über Nacht im Kindergarten bleiben konnte, deshalb holte er sie ab.

Einmal flog Ottokar direkt aus deines Vaters Hand auf deine Schulter, im Vogelherzen noch die Panik, mit der er blindlings diesen ungewohnten Platz ansteuerte, ahnungslos, was die Angestammtheit seiner Artgenossen auf Piratenschultern betraf, im Anflug streifte sein Flügel deine Wange. Stumm und ernst vor Überraschung wagtest du, vorsichtig ein paar Schritte mit dem neuartigen, zugleich deutlich fühlbaren, dennoch unerwartet geringen Gewicht auf deiner Schulter zu gehen, als wolltest du ihm, von seiner endlich gefundenen Zuflucht aus, die ihm zur Genüge bekannte, doch nicht vertraute Welt eurer Wohnung noch einmal aus neuer Perspektive zeigen, behutsam im Rückwärtsgang an ihm vorbeiziehend, denn er war so gelandet, dass das plötzliche zwittrige, zittrige Wesen, das ihr deinem Gefühl nach bildetet, janusköpfig in zwei Richtungen blickte. Du konntest dich nur halb schielend der Ruhe von Ottokars Schwanzfedern versichern und spürtest, sie war trügerisch. »Na, Seeräuber-Jenny, fehlt nur noch die Augenklappe!«, rief dein Vater aus, lockte damit Charlie herbei, der wie auf ein Stichwort aus dem Kinderzimmer angerannt kam und noch mitkriegte, wie Ottokar auf dein Nicki kackte, bevor er, dir die Krallen in die Schulter bohrend, grob aufflatterte, und vorbei war die Vorstellung. *Und sie wissen immer noch nicht, wer ich bin.*

Es wiederholte sich nie und Ottokar blieb auf Distanz, vielleicht schämte auch er sich seiner Verirrung. Du wusstest wohl, dass du nicht seine Rettung warst, und schämtest dich gleich mit. Trotzdem mochtest du ihn, du mochtest sie alle, die massige schwarze, doch früh verstorbene Senta deiner ebenfalls vorzeitig verschwindenden Großeltern, deren schmales Gehöft sie bewachte und auf deren Rücken man dich setzte, bevor du laufen konntest. Die Katzen jenes löchrigen Dorfes, deren aberwitzige Musterungen – du erinnerst dich an eine weiße mit roten Ohren und einem wie angeheftet wirkenden graugetigerten Schwanz – dich zu Spekulationen über ihre Verwandtschaftsgrade veranlassten. Du mochtest sogar die Hühner und konntest ihnen lange zusehen, ohne noch darauf zu warten, dass sie deinen Blick erwiderten. Du mochtest insbesondere die selten zu erspähenden Frösche am verkeimten Tümpel im Park, in den euer Hinterhof nur durch einen Zaun getrennt überging. Und die bis in eure Küche i-ahenden Esel, die Ziegen und Schafe, Kaninchen und Hängebauchschweine, die dieser Park zu bieten hatte, der kein Tierpark war, Tierparks gab es nur in anderen Städten, und in den es dich immer wieder zog, um *die Tiere* an ihren Gehegen besuchen zu können, für die man dir Aufmerksamkeit und Zuneigung nicht erst hatte nahelegen müssen, *guck mal da, mach mal ei, ei!* Es war einfach da und wird vom Wort *tierlieb* nicht erfasst, du nimmst an, dass auch *kinderlieb* kaum das beschreibt, was Menschen, die es beschreibt, empfinden, doch fehlt dir der Vergleich. Auch du bist lieb zu Kindern, fühlst dich seltsam geehrt, richten sie ihre Worte an dich, und hilflos gerührt, fassen sie gar Vertrauen zu dir, nehmen dich an die Hand. Du greifst instinktiv ein bei absehbaren Gefahren, versuchst dich als Trösterin, und die zahlreichen Gründe zum Weinen, der initiale Entsetzensschrei der Neugeborenen resonieren in dir. Doch zu sagen, es wäre das Gleiche, geschähe aus der gleichen ungreifbaren, unmöglich bis an seinen Ursprung rückverfolgbaren unwillkürlichen Hinneigung, wäre eine Lüge. Und du schafftest es ja nicht mal, die anderen, denen gegenüber du lange glaubtest, dieses Defizit nicht sichtbar werden lassen zu dürfen, so zu imitieren, dass sie es nicht doch witterten. Es hatte den Vorteil, dass du meist nicht diejenige warst, der man automatisch das eigene Baby überreichte, und den Nachteil, dass es aus kaum bewusster diebischer Freude daran, wie du dich anstellen würdest, mitunter doch geschah, letztlich aus Lust an der Zurechtweisung. Es war schließlich normal, Kleinkinder niedlich zu finden, sie auf den Arm nehmen zu wollen und anteilnehmende Konversationen über Wohl und Wehe des Hosenscheißeralltags zu führen. Der Mutterschaft die gebührende Reverenz zu erweisen. Aber du konntest nicht, *weiß der Fuchs*, warum. Das Einzige, was dich daran beschäftigte, war, warum du die Einzige weit und breit zu sein schienst. Das kam dir unnormal vor. Es verstärkte dein Misstrauen gegen die Art, der du angehörtest, und das speiste sich wiederum ein in dein Gefühl gegenüber den Mechanismen und Ergebnissen ihrer Fortpflanzung. Kinder waren auch Menschen. Wie einen leichten und entgegen aller selbstverordneten Unempfindlichkeit nicht ignorierbaren Zahnschmerz spürtest du stets den guten Willen in deinem seltenen Umgang mit Kindern, das kurze Dich-Zusammenreißen, das nötig war, um dich ihnen zuzuwenden (und nicht so zu tun, als bemerktest du sie nicht), und merkwürdigerweise am stärksten wahrnehmbar, je jünger sie waren.

Mag sein, es lag daran – abgesehen davon, dass du wie die meisten Lebewesen dem schlichten Schiss vor Ungewohntem unterliegst –, dass ihre Mütter meist direkt danebenstanden. Und man nur alles falsch machen konnte. Das gibt schon ein gutes Beispiel dafür ab, was dir an menschlichem Verhalten, unweigerlich eingeschlossen deines eigenen, widerwärtig ist: dass die Entbehrungen, die ein bestimmter Weg mit sich bringt, offenbar immer dadurch wieder reingewirtschaftet werden sollen, dass man die, die diesen Weg nicht eingeschlagen haben, nicht für voll nimmt. Und handelt es sich gar noch um einen empfohlenen und ausgeschilderten Hauptweg, so glaubt man auch das Recht dazu zu besitzen, denn stehen nicht seit jeher die übrigen Wege im Verdacht, Schleichwege zu sein?

Drücken wolltest du dich gewiss als Kind vor deinen gesellschaftlichen Verpflichtungen im Wartezimmer der Kinderabteilung der Poliklinik und sahst keine Veranlassung, dich zu wohlgefälligem, also unauffälligem Verhalten zu überreden oder von deiner Mutter überreden zu lassen, die dich von ihrem Schoß hinunter zu den anderen kranken, aber munter spielenden Kindern schieben wollte, was dir im Rückblick nur noch ungeheuerlicher vorkommt. Als dürften gegenüber der Unerlässlichkeit gesunden Sozialverhaltens die Gefahren einer weiteren Ansteckung nicht ins Gewicht fallen. Den Götzen menschlicher Überzeugung musste geopfert werden und schon allein die Befolgung des Rituals würde die Folgsamen immunisieren. Und genau genommen ging es ja um nichts anderes als eine Ansteckung. Doch als deiner stummen Weigerung nicht beizukommen war, holte deine Mutter endlich das Buch aus der Tasche und begann, dir in vor Missbilligung verhaltenem Ton die bebilderten Zeilen vorzulesen, die du auswendig kanntest, unerbittlich erhobst du Einspruch, wollte sie ein Wort vergessen oder ganze Sätze unterschlagen. Eure nicht ganz einhellige Beschäftigung aber lockte wie eine gegrillte Wurst die Wespen, von denen man doch stets dachte, sie seien nur aus auf Süßes, deine lästigen Altersgenossen an, die sich mit begierigen offenen Mündern um deinen Thron scharten und auch was abhaben wollten von der Geschichte. Aber das ging doch nicht, es war deine Geschichte und es war deine Mutter und es war Verrat, dass sie die Schmarotzer einfach gewähren ließ, wo sie sie mit einer Bewegung ihres vertrauten Handgelenks hätte verscheuchen sollen. Doch jetzt starrtest du mit steigendem Tränenpegel auf diese Knöchel und die glatte, feste, doch entspannte Haut ihrer Hand und es war keine andere als die einer fremden Frau. Am schlimmsten aber befiel dich die Trauer darüber, dass die ganze Freude weg war, die Vorfreude auf diesen Tag allein mit deiner Mutter, mit der du, hattest du erst mal das Ausziehen für die Waage, das kalte Metall auf deiner Brust mit dem mürrischen Gesicht der Ärztin am anderen Ende des Schlauchs und die sich in deinen Bauch drückenden Finger willig über dich ergehen lassen, zu ungewöhnlicher Vormittagszeit durch die Stadt spazieren konntest, mit dem hehren Gefühl einer Ausnahme, und zu Hause würde es in Kürze nach Stampfkartoffeln, zerlassener Butter und Bratei riechen, der Kranken bekömmliche Nahrung.

Wobei dir nie der Gedanke kam, solch eine Ausnahme könnte sich abnutzen, gäbe es sie jeden Tag, und obwohl du später diese Erfahrung machtest, ist sie nicht eigentlich zur Überzeugung geworden, sondern es blieben doch deine Bewegungen und Richtungswechsel nach wie vor unterströmt vom Trachten nach einer generellen Ausnahme für dich, das gestehst du dir ruhigen Blutes ein. Denn es ging nicht darum, vor den anderen etwas Besonderes zu sein. Vielmehr darum, gewissermaßen hinter ihnen unbemerkt verschwinden zu können, abhandenzukommen; schon auf den Kindergartenspaziergangen, auf denen ihr euch paarweise an den Händen fassen musstet, imaginiertest du dir wiederkehrend zurecht, wie du als Überzählige allein am Ende der Schlange aus bunten Anoraks den Abstand Schritt für Schritt sich dehnen lassen würdest, um schließlich an einer Wegbiegung dich einfach abzuschneiden und in anderer Richtung ganz aus dem Staub zu machen, mit dem Tag zu deiner Verfügung. Das würde niemals geschehen und im Grunde beruhigte es dich, keine Entscheidung für oder gegen dieses Abenteuer fällen zu müssen; ging die Kinderzahl nicht auf, erging als Order an die Letzten, sich zur Dreiergruppe zu formieren, und nicht selten traf es dich, weil du keine besondere Freundschaft pflegtest oder besaßest und bei Aufstellung der Gruppe zögertest, wohl auch in der winzigen Hoffnung, irgendetwas möge einmal zu einer anderen Ordnung führen, was aber nur dazu führte, dass du, der man etwas wohl anmerkte, in der Mitte des Dreiergespanns endetest, die Hände festgeklemmt an beiden Seiten, ein Schwitzkasten, eine Zwickmühle. Da hattest du deine Ausnahme und begriffst, dass es falsche und richtige gab, und die richtigen lerntest du später leicht zu erkennen als ein anderes Wort für Ausweg.

Denn was taugt eine für den Kinder- oder Erwachsenentagesablauf, die in diesem Ablauf stets nur die Zeit ablaufen fühlte, in der man sie vom Eigentlichen abhielt, deren Ehrgeiz zum Beispiel in schulischen Angelegenheiten hauptsächlich darauf zurückzuführen war, diese Angelegenheiten möglichst schnell und stockungsfrei erledigen und abschütteln zu können, *das schüttelst du dir doch ausm Handgelenk.* Und wenn schon, es half ja nichts, es half für den Nachmittag, aber nicht fürs Leben, denn kaum hatte man das eine hinter sich gebracht, kam die nächste Stufe der Vereinnahmung, Kindergarten, Schule, Beruf, diese Aussicht war schlimm und unausdenkbar, *was willst du mal werden,* ein neues Mädchen in deiner Klasse antwortete ernst und prompt: »Rentner«, und da dachtest du, sie müsse deine Freundin werden, wurde sie auch.

Nein, es war nie das Wahre, denn das war, wenn du unbehelligt die Geschicke von Mausi, Wauwi und Leo lenken konntest, in denen du Charlie eine passende Rolle zuwiesest, die er nicht ungern übernahm und eigenwillig auslegte, er schien stets begierig auf die Erzeugnisse deiner Phantasie und versuchte sie mit zwar meist unbrauchbaren, aber unterhaltsamen Einfällen zu füttern.

Das Wahre war, wenn dir die ganze Wohnung mit ihren in wechselndem Jahreszeitenlicht erscheinenden Sesseln, Läufern, Vasen, Gardinen, dem Inhalt der Kleiderschränke und den biedermeierlichen Zierdeckchen und -döschen der Anbaureihe, mit dem schmiedeeisernen Unterleib der Nähmaschine und dem dunklen Verlies des Besenschranks zu einer Ausformung deines Reiches wurde, in dem du den urtümlichen Bedürfnissen von Höhlenbau, Grenzziehung und Erkundung nachgehen und mit den Tassen des bulgarischen Keramikservices stille Verhandlungen führen konntest.

Das Wahre war, wenn du Stunde um Stunde an dem dir für deine Hausaufgaben zur Verfügung gestellten Esstisch sitzen konntest ohne Hausaufgaben und vor dich hin basteln, malen, ausschneiden, falten, zusammenkleben, du warst versessen auf die stechenden Dünste von *Kittifix*, und mit Hingabe mischtest du die Farben des Tuschkastens zu Tönen, die noch kein Mensch zu Gesicht bekommen hatte, jedenfalls nicht mal eure Zeichenlehrerin, die stets forderte, *die Farben* zu *säubern*. Warum gab es Hellrot und Dunkelrot, aber nur ein Blau? Auf dem Metalldeckel gab es Autos zu sehen, die dir unbekannt waren. »Die gibs nich mehr«, sagte dein Vater zu den äußeren beiden, zum mittleren »nich bei uns«, und lachte, als müsstest du sein Lachen verstehen, und merkwürdigerweise ist dir, als sei dem auch so gewesen. Er brachte dir *zwischen den Jahren* bei, Pappe in Spiralen zu schneiden, am Mittelpunkt mit einer Stiftspitze einzudrücken, damit man sie so auf den Stift gehängt über eine Kerze oder den Dauerbrandofen halten konnte, auf dass sie sich wundersam drehten. Dich erfasste eine Spiralenmanie, bis Silvester basteltest du unzählige, verziertest sie mit allem, was die Buntstifte, Konfetti, Lametta und dein Tuschkasten hergaben, und präsentiertest die wachsenden Ergebnisse eines Nachmittags deinem Vater, der mit Baumann, genannt Schwarte, Nachbar und Kollege, in der Küche saß und sich offenbar durch dein häufiges Erscheinen bei etwas gestört fühlte, er ermahnte dich erstmalig und mit fremdem Ton, aufräumen zu gehen in eurem Zimmer, »sieht doch bestimmt wüst aus da«, worauf du, zu deiner eigenen Verblüffung, prompt repliziertest: »Nee, is ja gar kein Sand da«, und Schwarte dröhnend auflachte, dabei war es ja gar nicht so lustig.

Das Wahre war der hausinterne Briefwechsel mit Madlen, die du mickrig und mit abgefressenem Pisspottschnitt zu Beginn eines Frühlings im Hof abgestellt und ihren Eltern unschlüssig beim Einzug zugucken sahst, du beobachtetest sie eine Weile aus eurem Fenster, dann gingst du runter. Manchmal überrundetest du dich selbst. Vielleicht, weil dir keiner, deine Mutter, dein Vater, einen Schubs gegeben hatte, weil das blonde Mädchen dort auf den grasrissigen Wegplatten im Hof noch keinem aufgefallen war. Die folgende Szene, eure nächsten Begegnungen, ersten gemeinsamen Spielnachmittage sind deinem Kopf gänzlich abhandengekommen. Vermutlich, weil einen an der unbefestigten, hakeligen Phase des Anfreundens im Nachhinein stets etwas peinlich berührte. Das warst du auch, als man nicht mehr übersehen konnte, wie es um Charlie bestellt war, der die neue gleichaltrige Nachbarin als eine Eroberung deinerseits anfangs mit Missachtung umging, um sich dann kurz nach ihrer gemeinsamen Einschulung prompt in sie zu verknallen und als Zeichen seiner Entflammtheit aus dem Hausflurfenster für sie in den Hof zu springen, »gute drei Meter fuffzig«, womit er von eurem gerade aus dem Keller auftauchenden Vater eine notdürftig abgebremste Backpfeife erntete. Madlen, erst wie angewurzelt vor Ungläubigkeit, lachte plötzlich los wie bei den Charlie-Chaplin-Filmen, die ihr freitagabends zusammen gucken durftet, und du stimmtest lauthals mit ein, obwohl etwas in dir dort mit dem verdutzten, dem Heulen nahen Charlie am Boden kauerte und sich die angestauchten Knöchel rieb, *Menschenskinder!* Überhaupt war das Irgendwo-Runterspringen eine Zeit lang groß in Mode und auch du versuchtest den Jungs zu imponieren, aber nicht aus Charlies albernen Gründen, bis dir aufging, dass es nicht reichte, sich von den gleichen Schuppendächern zu stürzen wie sie, obwohl sie doch selbst dieses Können einem Mädchen schon absprechen wollten, dass die Schuppen mindestens doppelt so hoch hätten sein müssen, und selbst dann hätten sie dir nicht auf die Schulter geklopft, sondern sich lustig gemacht über den Schmerz, den Moment der Ohnmacht auf deinem Gesicht.

Nicht lange nach Einzug der Duwes bekam Madlen *ein Brüderchen*, nämlich Dennis, umgehend genannt *Dennis Doofie,* und du warst zum ersten Mal froh, schon einen Bruder zu haben, was deine Eltern vielleicht von einer weiteren derartigen Anschaffung abhalten würde und zugleich von altersbedingter ungleicher Behandlung. Bis zu dem Tag, an dem ihre Mutter mit ihm aus dem Krankenhaus entlassen wurde, erfüllte die Aussicht auf Dennis Madlen mit kaum begreiflichem Stolz, danach mit gemischten Gefühlen, die sich im Laufe der nächsten Jahre zusehends entmischten in Richtung analysenreinen Geschwisterhasses, wofür jeder außer ihren Eltern Madlen lebenslange Absolution erteilt hätte. Fortan drehte sich alles um *Dää-nis,* und seiner Schwester Name mit der Betonung auf der zweiten Silbe eignete sich hervorragend für Barschheiten aller Art, *Madlen!* wurde Hüterin ihres Bruders und zu einem rechtlosen Wesen, das man nach Herzenslust anschnarchen konnte. Durfte sie wieder mal nicht raus, halft ihr euch schriftlich über die Dürre hinweg, du mit großzügiger Auswahl aus all den Briefpapiersets, die sich als Geburtstags- und Weihnachtseinfallslosigkeiten bei dir anzusammeln begannen; selbst deine Verwandten, die sich notdürftig auf ihren Patenstatus besannen, schenkten dir Briefpapier, in den diversen Varianten von Löschblattqualität, als gäben sie sich der absonderlichen Hoffnung hin, du würdest ihnen dafür Dankesbriefe schreiben, oder – und das schien dir zumindest überhaupt einen weiteren Gedanken wert – als werde entweder für die liebste oder die beste Beschäftigung für Mädchen in deinem Alter das Briefeschreiben gehalten, denn auffällig war es, dass weder Charlie noch deine Eltern jemals die einschlägige milde Gabe auswickeln mussten, vielmehr schob dir Charlie unterm Weihnachtsbaum einmal ohne jeden Zweifel ein von ihm *aus Versehen* oder Neugier halb ausgepacktes Präsent rüber mit den lapidaren Worten: »Für dich«, in denen weder für dich noch über das abgetretene Geschenk Bedauern mitklang, sondern etwas wie frühe Einsicht in die Natur der Sache, wenn auch nicht umgekehrt, deren Quintessenz lautete: *Tja, Pech gehabt.*

Du versuchtest, das Beste draus zu machen, und fülltest die vorgedruckten Linien zwischen den Blumen, Buntstiften und Bällen mit wohltuenden Sätzen wie: *Wenn klein Doofie so weitermacht, landet er in der Bombe, hä, hä!!!,* die als Trost in zwei Richtungen funktionierten, zum einen für die an ihren kronprinzlichen Tyrannenbruder gekettete Freundin, zum anderen für dich selbst. Denn zwar gebärdete sich auch Charlie mitunter arttypisch als kleiner Bruder, ohne dafür gebührend mit mindestens einer Nacht im Keller zwischen kohlestaubigen Spinnweben und verschimmelnden Einweckgläsern bestraft zu werden, aber wenigstens war er nicht doof. Und wer war nicht alles *doof, dööfer, am dööfsten,* mit geklauter Kreide öffentlich bekanntgegeben an allen beschreibbaren Wänden, Kratzputz bot einen gewissen Schutz. Auch deinen Namen fandest du, aber es konnte immer noch die andere sein. Immerhin gingt ihr die ersten zwei Jahre zu deiner namenlosen Scham in eine Klasse und du wohntest in nur dünner Hülle eines anderen Nachnamens am selben Fluss, wenn auch anderen Ufer, wie dieses leseschwache Homonym. Joana, die Cousine von Danilo Möller, die unter auch dessen entweder von Abriss oder Zerfall bedrohten Adresse zu finden und seine Halbschwester war, *weiß doch jeder.* Joana Möller war doof und brachte die Läuse mit und dann kam sie in *die Bombe*, und Danilo ein Jahr später, ein Aufschub, für den es keine Erklärung gab. In Sachen Doofheit nahmen sie sich nichts, in all deren Aspekten, doof war doof, strohdoof, bescheuert, behämmert, hirnverbrannt, gemein, frech, eingebildet, hässlich, eklig, abartig, schleimscheißerisch, doof blieb doof, da halfen keine Pillen, auch die Hilfsschule nicht, doof war nur, dass dir Joana manchmal sogar leidtat. Wieso auch war deiner Mutter nichts Besseres eingefallen.

Madlen schrieb *Liebe Jo*, denn sie stand auf modische Verkürzungen und war zu deiner hellen Freude und Überraschung selbst darauf gekommen, du noch nicht. Es blieb ein Briefname, sie nannte dich nicht so, was dir andererseits ganz recht war, die sorgsam unter den Schuhschrank im Hausflur geschobene Korrespondenz blieb ein so penibel gehütetes Geheimnis einer Zweitwelt, als handelte es sich um Liebesbriefe. Corpora delicti bildeten sie in der Tat, aber nicht in der Art wie wahrscheinlich nur sehr kurze Zeit später, kein Jahr, als es trotzdem keine Beweise gab und parallel noch immer diese papierenen Zustandsmeldungen aus euren Kinderzimmern zum Ernst der Lage, zum Spiel kein Wort. *Liebe Jo,* schrieb Madlen, mit selten weniger als drei Ausrufezeichen, die sie manchmal auch einfach als offenbar grafische Elemente zum Ausfüllen des Restes der Zeile einsetzte, und schilderte dir in schon rein optisch ständig unterbrochenen Hauptsätzen, unbekümmerten Anakoluthen mit den vier wechselnden Farben des Kulis, einem Prestigeobjekt ganz oben auf den inneren Begehrlichkeitslisten aller Minderjährigen, ihren Gefängnisalltag auf skrupellos entwendetem Goldrandpapier, dessen Schwinden ihren Eltern in hundert Jahren Tochtereinsamkeit nicht aufgefallen wäre, vermutlich ein Hochzeitsgeschenk. Doch war euch beiden klar, dass dies am Todesurteil bei Entdeckung nichts geändert hätte, und du bewundertest ihr Schulterzucken. Es hieß aber: Nichtsmehrzuverlieren.

Liebe Jo!!!!

Es tut mir sehr leid, das ich gestern Abend nicht mehr geschrieben habe aber ich habe es vergessen. Ist es schlimm oder nur halb-so schlimm aber ich glaube Du kannst mir noch mal verzeihen. Es ist gerade 9.49 Uhr. Vielleicht wird es ja nächstes Wochenende was, das ich bei Dir oder Du bei mir schläfst hoffentlich wird es was hoffentlich bitte bitte!!!!!!!!!!!!!!!!!!!!!!!!!!!!!!!!! Es ist furchtbar ich weiß nicht was ich Dir schreiben soll. Eine blöde Frage wie findest du meine Schrift, wie du weißt finde ich Deine Schrift sehr schön. Es ist gerade 9.59 Uhr bis jetzt habe ich zehn Minuten gebraucht für dieses kleine Stück sowas gibt es doch nicht. Was hattet ihr denn gestern zum Mittag? Wir hatten süßsaure Soße mit Senfeier. Es hat aber nicht geschmeckt weil wir erstens zu wenig Soße hatten und zweitens die Soße war viel zu dick. Ich mußte gestern noch mit Dennis baden und Haare waschen und dann gleich mit ihm ins Bett bis er schläft aber er kratzt mich immer und haut und ich darf nicht zurück hauen denn petzt er der Blödi!! Jetzt ist es genau 10.08 Uhr jetzt sitze ich schon neunzehn Minuten an diesem Brief. Ich werd noch mal verrückt ich komm und komm und komm nicht weiter es ist furchtbar. Du schreibst mir doch gerne habe ich recht. Oder stimms nicht aber ich glaube es stimmt wenn nicht kannst du mir ja in deinem nächsten Brief schreiben (wenn Du mir noch einen schreibst). Aber Du schreibst mir bestimmt noch einen. Na ja ich werde mal Schluß machen sonst schläft meine Hand noch vom vielen Schreiben ein

Tschüß Madlen
(Schreiben nicht vergessen)

PS: Heut schreibe ich noch ein paar Witze dazu ich muß aber erst in mein Witzbuch gucken.

Wie es Madlen mit diesem Zeitvertreib ergangen sein mag, lässt sich nicht mehr feststellen, und damals fiel dir natürlich nicht ein, sie zu fragen. Es war deine geniale Idee gewesen und sie machte mit, und du stecktest in deiner eigenen Kinderhaut, die als Begrenzung nicht spürbar war, vor allem nicht, wenn du diese Hausbriefe verfasstest und dabei Madlen keineswegs vermisstest, im Gegenteil. Gerade ihre Abwesenheit bescherte dir ja einerseits das Vergnügen des Wartens auf und Empfangens von Post wie einen gefüllten Nikolausstiefel, andererseits die Möglichkeit, dich hemmungslos und ohne unmittelbare Gegenrede auszubreiten über alles, was passierte und dich anstank. Oder auch freute, aber das mehr der Vollständigkeit halber. Du versuchtest bald gar nicht mehr dir vorzugaukeln, was du tätest, sei ein sparflammiger Ersatz für gemeinsam veralberte Nachmittage. Du vergaßest, dass du ihr schriebst, während du schriebst. Du führtest Tagebuch. Und diese Adressatenvernachlässigung zieht sich als Webfehler noch durch deine maßlosen Mails, sie mag der eigentliche Grund sein, warum du nicht telefonieren kannst.

Das Wahre war und blieb das Aufgeschriebene. Die Bücher, die du in rauen Mengen aus der einzigen dir keine Gefühle der Ausgesetztheit einflößenden öffentlichen Einrichtung nach Hause schlepptest und im allgemeinen Wochenendausschlafen vor Morgengrauen dir gierig in deinem Bett einverleibtest. Charlie wollte zum Glück an diesem Glück nicht teilhaben und konnte auch bei Nachttischlampenlicht gut weiterdämmern. Im Grunde war er pflegeleicht, hing selbstgenügsam – darin glicht ihr euch wie sonst nur äußerlich – seinen eigenen Leidenschaften an, eure Kreise störten sich manchmal tagelang nicht, du wuchsest auf als ein Wechselwesen zwischen Einzelkind und Zwilling. Als man dich endlich für alt genug befunden hatte, dir das Lesen beizubringen, fingst du bald an, dich in ebenjenem Unterricht zu langweilen, dem deine Eltern nicht hatten vorgreifen wollen mit häuslichen Leselektionen, *denn langweilst du dich doch in der Schule.* Während Frau Warmbier von den zukünftigen Sitzenbleibern nicht abließ und sie damit knechtete, mühsam Buchstabe auf Buchstabe zu Worten zusammenzustottern, blättertest du in den hinteren Kapiteln der Fibel und stelltest hochzufrieden fest, du hattest das Lernziel dieses ersten Jahres bereits erreicht und die Schule damit ihren dir einzig einsichtigen Daseinszweck erfüllt. Dass du für dieses niemanden störende stumme Schmökern in nicht gerade fesselnden, aber immerhin eine ganze Seite füllenden Geschichten eine harsche Zurechtweisung kassiertest, sodass du die Fortsetzung der Lektüre auf zu Hause verschieben und weiter die Kakofonien von Danilo, Jens und Joana auf dich einwirken lassen musstest, die in der Pause wieder obenauf sein und durch ihre Trinkröhrchen Schokomilch auf die Köpfe ihrer sogenannten Klassenkameraden abfeuern würden, diente dir nur als weiterer Beweis für die verkehrte Welt der ganzen Einrichtung. Oder gar umgekehrt.

Du kanntest deine Bücher auswendig und die faden Fibelgeschichten haktest du mit ein- oder zweimaligem Lesen ab, sie waren danach im Unterricht nur noch schwer zu ertragen und ließen als Erstes jenen *horror repetitio* in dir kribbeln, eine Überempfindlichkeitsreaktion, die sich dir seitdem als treue Begleiterin zugesellte. Du liebtest, auch über das Kinderalter hinaus, die tröstlichen Rituale, und du verzehrtest dich, auch das wuchs in dich ein und wucherte, nach unerhörter Abwechslung. Mit dem Dazwischen aber war nur schwer auszukommen, das immer wieder durchpflügte und bestellte Kulturland der Wiederholungen und Variationen blieb dir ein einförmiges Feld, so weit das Auge reichte, zumal auf euren mageren Böden. Du sorgtest für Nachschub an neuen Landschaften aus der Bibliothek, im Übrigen aber hieltest du deiner alten Methode zur Weltverbesserung die Treue und dachtest dir selber zusammen, was niemand dir erzählen mochte oder konnte, *blöd wie sie sind.* Halbblind.

Auch Anne und Mirko sahen nicht, was es mit der Wasserpumpe auf sich hatte, die du im frühen Nachmittagsdunkel von Annes Geburtstag als formgewordene Trostlosigkeit auf ihrem Hof entdecktest und sogleich als eines jener Dinge erkanntest, die ungefragt in eure Welt verschlagen waren und ihren Nutzen unter Beweis zu stellen hatten, andernfalls galten sie als keiner Beachtung mehr wert, konnten von Hunden angepinkelt, am Polterabend an Hauswänden zerdeppert, von Kindern, ans Fahrrad gebunden, übers Pflaster geschleift, im Winterregen in der Dreckecke des Hofs vergessen werden. Diese unausweichlichen Anblicke machten dir zu schaffen, es machte dich elend, wie Anne und Mirko, hinter deren Genecke und Gebalge du schon die Treppe lustlos und als *fünftes Rad am Wagen* hinabkullertest, obwohl ihr doch nur zu dritt wart auf diesem siebten Geburtstag, sich schließlich zu schaffen machten an der Wasserpumpe, nachdem ihnen dein geräuschloses Lehnen dort aufgefallen war, das heimliche Streicheln des kalten Metalls nicht. Des alten Eisens, das den Tritten und Kletterversuchen noch standhielt, dich mit seinem gequälten Wackeln jedoch an einen sich lockernden Milchzahn denken ließ, und das machte es nicht besser. Das dich mit hinab ins Jammertal ziehende Schicksal dieser unbeständigen Zähne verfluchtest du, gleichzeitig taten sie dir leid, wenn sie nach wochenlangem Martyrium endlich vor dir auf dem Tisch lagen, entwurzelt und zu nichts mehr gut. Ein Teil von dir. »Dat olle Ding steht hier schon hunderttausend Jahre«, posaunte Anne, wie um deinem bekümmerten Blick, deinem Danebenstehen, das ein einziges Auf-Abstand-Bleiben war, das schlagende Argument dafür zu liefern, dass Mirko inzwischen affengleich am Pumpenhebel hing und ihn unter Einsatz seines gesamten Körpergewichts mit beharrlichem, rüttelndem Geschaukel offenbar zu demontieren gedachte; den unerschütterlichen Willen zur Zerstörung, dieses dumpfe Aroma, verströmten deine ersten versuchsweisen Schulfreunde, ein Fehlgriff von beiden Seiten, so viel war klar. Auch, dass es sich bei der mit blasenwerfender grüner Farbe überzogenen Wasserpumpe nicht um eine verwunschene Prinzessin oder etwas in der Art handelte, solche Hilfskonstruktionen der Phantasie besaßen für dich keinerlei Reiz, was nicht nur mit der Fragwürdigkeit von Prinzessinnen und Prinzen zu tun hatte, die eine Funktion als übliches Märcheninventar zu erfüllen hatten, dich aber ansonsten kalt ließen. Die Wasserpumpe war nichts anderes als sie selbst, ein Ding an und für sich, und das war es ja gerade, denn das durfte sie nicht sein. Warum war es den anderen nicht möglich, ihr unantastbares Eigenleben wahrzunehmen, warum löste in ihnen das Geheimnisvolle dieser Existenz nicht automatisch die Hemmung aus, daran zu rühren, woher nahmen sie das Vergnügen an der Zudringlichkeit, am Zunichtemachen, an der Leugnung jedes Geheimnisses? Du hieltest dich weder für spleenig noch für auserkoren, von diesen Empfindungen bewegt zu werden, es wunderte dich vielmehr, dass sie nicht bei allen zur Grundausstattung gehörten, du brauchtest lange, bis du es überhaupt als Tatsache akzeptieren konntest. Die Andersheit der anderen.

Und in so einer Welt musstest du nun leben, es vermag dich zu jeder Zeit das Grausen darüber zu packen. Wenn in einem gänzlich unspektakulären Moment plötzlich wieder der Lack abplatzt und die sogenannte dünne Schicht der Zivilisation sichtbar wird, bei der es sich, da bist du dir sicher, um nichts anderes handelt als eine unauflösliche Legierung mit dem gefürchteten Darunterliegenden, das doch überall durchschimmert. Als du in jenem überlangen letzten Sommer in deiner Heimatstadt wie an den Abenden zuvor ein Stück mit dem Rad rausfuhrst und die üppig bewucherten Wegränder fotografieren wolltest, an denen die Kolonien der Wilden Möhre, umstanden von Beifuß, Rotem Klee, Fenchel-Dill-Bastarden, Goldgarbe, Süßgräsern, im dunstigen Gegenlicht der sinkenden Sonne den Eingang direkt in ein generelles Hinaus, Hinweg, in einen *Wald bei Athen* zu säumen schienen – da fandest du sie an jenem Abend ratzekahl abgemäht. An einem nicht von Autos befahrenen Weg durch Brachland am Ende der Stadt. Da machtest du kehrt, rolltest erneut an den immer noch rasenmähenden Doppelhaushälftenbesitzern, die dich immer noch anglotzten, vorbei und wusstest wieder, du lebst inmitten der Grausamkeit. Unter Feinden. Sie werden keinem den Kopf abhacken, aber sie werden jeden Sinn ihrem Ordnungssinn opfern, sie werden entschieden vorgehen gegen alles, was ins Kraut schießt, sie werden alles tun, was alle anderen tun, was getan werden muss. Und sie werden ihre Rasenmäher anwerfen mit dem ersten Strahl der Sonne und nicht ablassen, sie anzulassen, als bis die Nacht anbricht. Denn alles Gras, es ist wie Fleisch. Es muss ja weg. Es muss weg wie der große geschmückte Weihnachtsbaum und die Märchenlandschaft in der Rathaushalle drei Tage vor Weihnachten, wie geschrieben stand noch im selben Jahr in der Lokalpresse als ein Skandal, der selbst dem Bürgermeister die Sprache hätte verschlagen. Dich aber wunderte es nicht, dass er unpopulär war unter den Leuten und Rathausbediensteten, wo er so wenig sich einzufühlen vermochte in ihr rechtschaffenes Wesen, dessen eine Maxime lautete: *Denn is das schon mal erledigt*, und in solch redlicher Arbeitsmoral verließen sie am letzten Werktag vor den Weihnachtsfeiertagen ihre Wirkungsstätte mit befriedigten Kontrollblicken in die blitzblanke Rathaushalle und den Hof, wo daselbst der Tannenbaum – die Abbauer des Weihnachtsmarktes, deren Arbeitsenergie man effektiv bis zur Rathausdekoration zu lenken gewusst hatte, waren zu loben – als säuberliches Kleinholz bereitlag zum Abtransport.

Du denkst dir das nicht aus, es wirkt nur so, nach all den Jahren. In denen sich sonstwas ereignet haben mag dort, nur keine Veränderung, es ist gewiss. Du wirst dich wie zu Hause fühlen.

Und was konnte man tun. Fliehen, wohin? Es gibt nur ein Land und seine Einwohner heißen Menschen. Sie sind das Volk. Dem du entstammst, da konntest du dich noch so an die Wasserpumpe klammern und sie verteidigen wollen, vor den Brutalitäten schützen, dieses Land würde doch kein Stück an deine Innenwelt abtreten und dich ebenso wenig auf Dauer fortlassen, du unternahmst nichts und standest weiter neben zwei fremden Kindern, mit denen du noch den Rest des Geburtstages zu überstehen hattest, und diese Feigheit setzte dir erst recht zu, sie trennte dich von der Wasserpumpe, ohne dich Anne und Mirko näher zu rücken, dafür immerhin besaßen sie einen untrüglichen Instinkt. Später gingst du so weit, eine gesetzmäßige Antiproportionalität zu behaupten: mit je weniger von dem, was jenseits seiner Triebe lag, ein Mensch auskam, desto sicherer witterte er, dass du nicht zum Rudel gehörtest.

Du gehörtest zu eurem Familienkleeblatt, hegtest aber manchmal leise Zweifel, ob es sich wirklich um ein vierblättriges handelte. Deine Mutter und du, wie gesagt, ihr redetet euch gegenseitig mit Namen an, die euch nicht passten. Mama wäre das Tun ihrer Tochter, als sie barmherzig die nackten Kissen kleidete, einsichtig gewesen, Mutti aber musste sie daran erinnern, dass sie ihr den Namen *Joana* verpasst hatte, und die Kissen, die nicht frieren sollten, »haben doch schon was an«. Eine enttäuschende Reaktion, in der ja genau genommen schon eine gewisse Nachsicht, ein Eingehen auf dein Spiel lag, nur entging dir das natürlich in einem Alter, in dem es dir noch nicht selbstverständlich war, dass die anderen sich nicht wie du in deiner Welt bewegen konnten. So etwas lernt sich dann schnell, doch heilt die von da an klaffende Hoffnung, der Herd aller möglichen Illusionen, bei keinem vollständig aus, es ist dir nicht untergekommen, sondern stets nur das Gegenteil in sämtlichen Interaktionen, bei dir zuerst, ein Kontinuum reichend von unerschütterlicher Annahme bis gerade noch nicht zerbröseltem Restglauben daran: verstanden zu werden. Doch dies bezeichnet eben die andere Strecke, ein weiteres Kontinuum, du weißt immer noch nicht, ob man von einem Ende zum anderen laufen kann.

*

Der vierzehnte August lag zu jenen Zeiten noch unangefochten inmitten der großen Ferien, was einer natürlichen Gegebenheit gleichkam, denn auch, wenn ihr von den Anfechtungen, denen eure *Heimat, das sind nicht nur die Städte und Dörfer*, schon in den Wochen vor Vollendung deines neunten Lebensjahres ausgesetzt war, mehr mitbekommen hättet, als sich nun erinnern ließ, es läuft gegen null – sogar dann hättet ihr euch nicht versehen, dass im Zuge dieser Veränderungen selbst die unwandelbaren Schulrhythmen unter andere Sterne und Zeichen gelangen würden und die Feriensommerwende im Laufe der nächsten Jahre immer merklicher in den August fiele, durch widernatürliche Stauchung von acht Wochen zu sieben, sechseinhalb, schließlich sechs, auch wurden ihr Anfang und Ende vollkommen unberechenbar, den Launen weltanschaulicher Willkür unterworfen.

Ob es ein schöner Augusttag des Jahres 1989 war, ob die Vollmilchschokolade in ihrem blauen Papier mit den weißen Punkten, gewickelt in mehrere Lagen der *Freien Erde* und gut umschnürt von Meridianen aus Paketband, beim schlicht so geheißenen, aber alle Leidenschaften entfesselnden *Schokoladenessen* auf der Geburtstagstafel unter der Hofsonne schnittunfähig wurde, ob dir und deinen Gästen – welchen, wie vielen? – der Schweiß nicht nur vor Gefechtseifer unter der hektisch übergestülpten Mütze, unter obligatorischem Schal, obendrein Handschuhen und gar dem ausrangierten Brillengestell deiner Mutter ausbrach, das entzieht sich allen Rekonstruktionsversuchen. Ob deine Mutter euch die Bowle mit den Erdbeeren und Kirschen aus den ersten geöffneten Weckgläsern servierte, ob dein Vater spätnachmittags den Grill *Marke Eigenbau* anwarf für die bedenkenlos in einen Bier-Zwiebel-Sud eingelegten Würste, es ließe sich lediglich mit einiger Wahrscheinlichkeit ableiten von den ein Jahr später gemachten Fotos, die in erst- und einmaliger Fülle das Geburtstagsgeschehen dokumentieren. Als hätte es etwas ganz Besonderes zu feiern gegeben, mehr als nur die Möglichkeit, von nun an Ereignisse selbstverständlich farbig festhalten zu können. Ob du bis dahin noch etwas behalten hattest vom vorjährigen Geburtstag, ob die Tatsache, dass es der letzte gewesen war, auf dem alle dich Joana genannt hatten, eine Rolle spielte, wer weiß, du nicht, sondern nur als eine plötzliche banale Wahrheit, dass man als Kind eben nicht mit Erinnerung beschäftigt ist, und schon gar nicht mit der Furcht, sie könnte abhandenkommen.

Prompt scheint die Ausnahme auf, eine erste Ahnung vielleicht von der Vergänglichkeit: Wiederum fiel dich ein Mitleid an, der vertraute, oft als jähe Wallung auftretende Zustand jener zartbesaiteten Jahre, in denen der Filz aus Erfahrung und Wiederholung noch nicht dick genug ist, die dissonanten Empfindungen abzudämpfen, was umgekehrt nur den Schluss zulässt, es handle sich eigentlich nicht um das verletzlichste, sondern robusteste Lebensalter. An Zumutungen herrschte wie bei allen Kindern kein Mangel, so musste zum Beispiel Charlie es Jahr für Jahr hinnehmen, dass er zu seinem Geburtstag ganz augenscheinlich weniger Geschenke bekam als du an deinem, stets mit dem wohl kaum als Trost gemeinten Hinweis versehen, es sei ja schließlich vor einer Woche erst Weihnachten gewesen. *Tja, Pech gehabt.* Dir war längst aufgefallen, und es beschäftigte dich schon damals als eine Anomalie, dass dein Bruder, obwohl er doch das kleinere der Geschwister und zudem ein Junge war, entgegen allen dir bekannten Beispielen nicht einen Extrastein im Brett hatte bei euren Eltern, keine Extrawurst gebraten kriegte, sondern im Gegenteil dir oft schien, sie machten es extra umgekehrt, deine Eltern, ließen als seine Eltern die Erziehungsmaßnahmen, vor denen man bei dir oft am Ende doch Milde walten ließ, ihm angedeihen. Sie bildeten entweder mit ihrem Sohn eine vorbildlich konsequente, gar strenge kleinste Keimzelle der sozialistischen Gesellschaft, oder mit dir eine mitunter haarscharf an der Dysfunktionalität vorbeischrammende, in Unkenntnis des Wortes geradezu Laisser-faire-Familie, mit euch beiden zusammen ein sonderbar hin- und herschwappendes Gebräu, von dem Charlie zumeist mehr Bitterstoffe zu schmecken bekam. Du warst noch längst nicht erwachsen, da kam dir ein Grund in den Kopf, und wie du deine Mutter kanntest, konnte es ein möglicher sein: Dich und Charlie, euch trennten ein Jahr nur und gut vier Monate, woraus sich als Annahme berechnen ließ, dass mit einem seit sieben Monaten ununterbrochen unartikulierte Forderungen stellenden Baby im jungen Hausstand Wolkenzin der Wunsch nach einer baldigen Wiederholung dieser Anfangsschrecken nicht groß gewesen sein mag, im Sinne von: unter null. Charlie war, wie du, im Bauch deiner Mutter gewesen, aber nicht im Plan. Dass es sich bei dir selbst um ein sogenanntes Wunschkind handelte, lässt sich aber auch nicht ohne Weiteres behaupten, du warst das Kind, das selbstverständlich war, mit knapp über oder unter zwanzig, wenn man heiratete. Es wäre sonst auch schwer geworden auf dem Wohnungsamt, im Sinne von: hoffnungslos.

Charlie ertrug die familiäre Hackordnung mit Gleichmut, der sich jedoch fern von Demut bewegte, statt des Hangs zum Widerstand, wie bei dir, wohnte ihm vielmehr eine beachtliche Widerstandsfähigkeit inne, war er begabt mit einer Unverzagtheit, die dich bereits als Kind auf die Palme bringen konnte und dich gleichwohl besänftigte, die dir grundlos, dumm, bequem und später sträflich affirmativ erschien, von der du dich unverstanden fühltest und derer du dennoch dringend bedurftest in den düsteren Löchern, in die du dich selber bockig und verbiestert hineinschraubtest. Natürlich ließest du dich nur widerwillig auf Charlies Aufheiterungsversuche ein, hättest du niemals zugeben können – nicht können, ohne dich und damit das Gleichgewicht zwischen deinem Bruder und dir arg ins Wanken zu bringen –, dass es dich quälte, solcher Unverdrossenheit niemals teilhaftig zu werden. Ihr gehörtet zusammen. Du hattest es leichter und schwerer, er umgekehrt. Ihr wart beide gefügt in die Verhältnisse, ohne diese Fügung oder Verfügung sonderlich beanstandenswert zu finden, auch wenn nicht selten in dir der Satz aufstieg: *Na ja, ich an seiner Stelle,* aber du warst nicht an seiner Stelle, und die Idee, er wäre lieber an deiner gewesen, lag nicht nahe; so wie du dir nicht vorstellen konntest, irgendeinen ernsthaft um sein Leben oder auch nur einen Gegenstand zu beneiden, so wenig hätte dir ein Neid auf dich eingeleuchtet, und Charlie zeigte keine Anzeichen, dies anders zu sehen. Für Neid warst du dir deiner selbst zu bewusst und Charlie sich seiner zu wenig, was heißt, er dachte nicht so viel nach, und daraus wurde: Er nahm sich nicht so wichtig. Diese allen Argwohn werte Belobigung einer Eigenschaft, die auch dir angenehm ist, den *Umgang mit Menschen* ungemein erleichtert, deshalb ja.

Es hatte aber die Wirkung, dass auch andere Charlie nicht so wichtig nahmen, und du zum Beispiel als Kind nahmst sein Heulen für überhaupt nicht wichtig, sondern die Tatsache, dass deine Mutter dir an jenem Abend einen erwachsenen Blick zuwarf und sagte: »Er is übermüdet.« Du nicktest bedächtig, mit abschätzig geschürzten Lippen, denn du warst kein bisschen übermüdet und in deinem Ornat aus nagelneuem *Mickimauspullover* und Papierschlangen vollauf damit beschäftigt, die verfügbaren Ingredienzien zu den phantastischsten Gesöffen zu mischen, was aber nichts daran änderte, dass ihr wie jedes Jahr vor Mitternacht gemeinsam ins Bett geschickt wurdet, mit dem Versprechen, euch rechtzeitig zu wecken. Was diesmal gar nicht nötig sein würde bei dir, denn du lagst wach und offenen Auges im Dunkel des Kinderzimmers, lauschtest auf die vereinzelten, in dir zugleich bedeutsam und trostlos hallenden Knaller und dazwischen Charlies tiefe, noch wie von Erbitterung durchzitterte, doch regelmäßige Atemzüge und wusstest, du würdest nicht einschlafen. Zu viele Gedanken oder Gefühle, oder wie mochte man bloß das Dazwischen, den *Mischmasch* daraus nennen, rieselten dir in den Kopf, ein Gedankengestöber, Schneeersatz, ebenso still, aber nicht halb so schön. Kurzzeitig wolltest du dich ablenken davon, flüstertest etwas zu Charlie hinüber und erhofftest eine Reaktion, einen kleinen Wortwechsel, aus dem vielleicht eine Idee erwüchse, wie die Zeit bis Mitternacht herumzukriegen sei, aber in Charlies Schlaf drangen nicht mal die bedrohlichsten Explosionen vor, und du verspürtest auch eigentlich keine Lust auf seine Gesellschaft, rüstetest dich also, dich diesem leicht schwindlig machenden Gedankenniederschlag allein auszusetzen. Kaum eine der Flocken streifte deine unmittelbare Gegenwart, und doch hatten alle unauslotbar damit zu tun, mit diesem Silvesterabend '89, aber an deine Eltern dachtest du, soweit du weißt, gar nicht, Charlie im noch kaum verklungenen Kummer seines achten Geburtstages tat dir nicht leid. Sondern: das alte Jahr. Ein Tröpfchen der Essenz von Charlies Geheule mochte dich mitinfiziert haben, denn auch dir wurde auf einmal recht heulig zumute bei der Vorstellung, die wie üblich eine ganz bildliche war, dass es nun so bald ans Abscheiden dieses Jahres ging, dass es einfach mit Blitzknallern und geradezu pietätlos bunten Raketen abgeschossen würde, dass es in der Schwäche seines auf ein paar Minuten zusammengeschrumpften Seins sich schließlich nicht mehr würde halten können und abgerissen werden – wovon, wie das letzte Blatt des Abreißkalenders in der Küche, auch so, und noch wie etwas anderes, du sahst ein dunkles, fadenscheiniges, zerfetztes Gewand davonwehen. Wohin.

Nie wieder Achtziger, so dachtest du es sicher nicht, denn es war das einzige Jahrzehnt, das du kanntest und diese Zeiteinteilung wohl noch kaum, doch genau damit mochte es zu tun haben, als dir mit Bestürzung, auch darüber, wie dir dies Bevorstehende bisher hatte entgehen können, bewusst wurde, ihr würdet von nun an in den Heften und an der Tafel und überhaupt nie wieder eine mit acht beginnende Jahreszahl schreiben, der Name des Jahres würde in deinem Leben nie mehr auf -achtzig auslauten, und es war doch die einzige Endung, die dir geläufig war, alles andere klang nach einer unvorstellbaren, vollkommen historischen Vorzeit, und sei es 1979, als eure Eltern sich im *Volkshaus* beim Fasching *kennengelernt* hatten, oder nach einer doch nie wirklich werden könnenden Zukunft, nach dem Jahr 2000, in dem du längst erwachsen warst und alle mit Raumschiffen durch den Kosmos sausen würden, beschrieben von deiner Mutter in einem Schulaufsatz zu einer Zeit, die dir, obschon ins Ockerfarben-Legendenhafte verfärbt, im Grunde nicht weiter entfernt schien von jener Zukunft als deine jetzige eigene. Jedenfalls bisher. Nun aber würde gleich deine bis zu dieser Minute noch selbstverständlich und allumfassend herrschende Gegenwart Vergangenheit werden, du konntest es dir nicht anders denken, als dass du fortan in jener nebulösen Zukunft leben müsstest, die mit einer neun anfing, mit dem Jahr, in dem du zehn werden würdest, so zweistellig alt, wie doch bisher nur *die Großen* aus der Vierten, der letzten Klasse der Unterstufe, gewesen waren. In die würdest du auch kommen in diesem neuen Jahr, und was dann? Dann würdest du auch schon das Insignium des Aufstiegs tragen dürfen, das rote Halstuch, rot wie ein verschärftes Pioniergebot, der Kinderernst des Lebens. Oder jetzt nicht mehr? Durften jetzt alle die Westsachen anbehalten an den Pioniernachmittagen?

Mag sein, diese Fragen tauchten erst auf, als die Zeichen der Umschichtung, nach der bisher Hochgehaltenes nun mit der Marmeladenseite nach unten gleich einem weggeworfenen Pausenbrot, lange für unbekömmlich Gehaltenes hingegen verführerisch verpackt obenauf zu liegen kam, sichtbarer geworden waren als an einem windigen Novembermorgen zwei Stunden vor Sonnenaufgang, als eure Mutter hastig ins Kinderzimmer trat, euch für die Schule zu wecken, und mit ihrem schon zugeknöpften Wintermantel sogleich die Kühle des sofortigen Aufbruchs hineinwehte, die Stullen lägen geschmiert auf dem Küchentisch, in der Kanne befinde sich der heiße Tee, beeilt euch, sie müsse los zum Bahnhof, fahre mit einer Kollegin aus dem Kleiderwerk, du erinnerst dich, sie hieß Roswitha wie deine Mutter, nach Berlin und komme sehr spät zurück, bleibt nicht auf, geht ins Bett, und ihr müsst das nicht gleich in der Schule erzählen. Zwei Abschiedsküsse, die Wohnungstür mit den verschieden geriffelten Glasscheiben donnerte altbekannt, als wolle sie euer Zutrauen zu dieser nie dagewesenen Situation erheischen, ins Schloss; in einer sagenhaften Nacht, ein Paradestück des Wolkenzin'schen Anekdotenschatzes, hatten eure Eltern in schierer Verzweiflung die unterste der Scheiben einschlagen müssen, nachdem sie, von einer Feier heimkehrend, keinen Wohnungsschlüssel in ihren Taschen vorgefunden hatten und alle Versuche, euch mit Sturmklingeln und Rufen aus eurem Kindertiefschlaf zu reißen, fehlgeschlagen waren, auch die nachbarnschreckende Zertrümmerung des Glases entging euch vollständig. *Man hätte euch wegklauen können.* Als du morgens in den Flur tratest, spürtest du den kühlen Zug vom Eingang her und starrtest auf das Loch als eine Unerklärlichkeit, Unerhörtheit, den Einbruch des Chaos.

So einiges an dieser Episode wäre heute nicht mehr denkbar. Du hast begonnen auszuloten, wie tief der Anker, den man vorläufig ein ›Zuhausegefühl‹ nennen mag, in dieser Schicht des inzwischen Undenkbaren steckt. Ob sie anwächst, die Schicht, oder sich nach und nach abbaut, es ist noch nicht auszumachen.

Unerhört mittlerweile auch jener Morgen, der ein ähnliches Gefühl kurz vor der Übelkeit in dir aufsteigen ließ, du sprangst auf, triebst Charlie an, der den Auftritt eurer Mutter schon wieder zu vergessen und noch mal wegzudämmern drohte, machtest Katzenwäsche und zogst die wie immer schon am Vorabend von deiner Mutter bereitgelegten Sachen an, diesmal konnte es keine Diskussion darüber geben, ob es wirklich diese Bluse mit diesem Pullover sein musste, und obwohl dir nun alle Freiheit gegeben war, eine bevorzugtere Kombination aus dem gelblackierten Kleiderschrank zu fischen, verspürtest du heute nicht die geringste Lust noch Dringlichkeit dazu, schien es dir vielmehr dringlich angeraten, die Wahl deiner Mutter kritiklos hinzunehmen, dir gar ein inneres Einverständnis abzuringen, um nicht noch Schlimmeres als ihre morgendliche und abendliche Abwesenheit heraufzubeschwören. Dein Blick fiel durch die einen Spalt breit offene Schlafzimmertür auf das gemachte Ehebett, euren Vater wusstest du seit deinen tiefsten Traumstunden in der Backstube zugange, und die wie zwei ebenmäßige Brotlaibe im Halbdunkel ruhenden Federbetten vermochten dir eine gewisse Beruhigung einzuflößen, eine Zuversicht, dass eure Mutter abends, wenn auch sehr spät, keinesfalls durfte man sie zu früh erhoffen, wiederkehren würde und womöglich doch fast alles beim Alten war. Du machtest das Radio an, schlürftest den warmen

Pfefferminztee, hieltest auch Charlie dazu an, kautest eine Marmeladenstulle runter, fegtest nicht die Stube aus, denn *Mutti* war ja nicht früh zur Arbeit gegangen, aber die Krümel vom Tisch, packtest Charlie seine Brotbüchse in den Ranzen, du absolviertest alle Abläufe, die zwischen zehn nach sechs und zehn vor sieben fielen, wie immer und organisiertest sie zugleich in der Rolle deiner Mutter, diese Geschäftsmäßigkeit ließ vorerst keine Lücke, in die wie ein Ohrenkneifer das mulmige Gefühl kriechen konnte und sich festsetzen und zu *Bauchschmerzen*, deiner häufigsten und angeblich grundlosesten Plage, auswachsen. Auch an Charlie bemerktest du eine Irritation, die sich im Unwillen zeigte, deinen Anweisungen Folge zu leisten, zwischendurch aber wechselte mit seinem üblichen tranceartigen Morgenzustand, der dich dazu verdammen würde, bis ans Ende seiner Schulzeit mit ihm gemeinsam den Weg bis zur *Karl-Liebknecht* zurückzulegen, auf dass er heil über die Thälmannallee käme, nicht *breitgefahren* würde, was in dir stets nur das Bild der *bösen Buben von Korinth* aufrief, die *plattgewalzt* wie Plätzchenteig ihr komisches Ende fanden, Charlie aber mochte diese Geschichten nicht. *Sind die jetz tot?* Schon seit *Max und Moritz* wollte er immer zuerst *auf das Ende* sehen, um danach zu entscheiden, ob er das, was dahin führte, überhaupt hören wolle, die Bilder, die doch *das Beste dadran* waren, guckte er kaum an. Du gabst es auf. Wahrscheinlich sprang dieser Schutzmechanismus, die bei ihm bis ins Erwachsenenalter gut funktionierende Weigerung wahrzunehmen, auch an jenem mutterlosen Spätherbstmorgen an, er stellte dir keine Frage zu dieser doch irgendwie nach Gefahr im Verzug riechenden Situation, auf dem ganzen fünfminütigen Schulweg spracht ihr, jedenfalls ist dir so, kein Wort. Und du bewahrtest, eingedenk der Ermahnung deiner Mutter, ihr Geheimnis von Pause zu Pause, sahst deinen Bruder auf dem Schulhof mit seinen Freunden herumrennen und warst dir sicher, dass auch er dichthielt, wenn auch aus Gründen, die dich im Innersten aufseufzen ließen. Du warst allein mit der Ahnung um die

Außerordentlichkeit dieses für eine Reise nach Berlin verwandten Haushaltstages, es handelte sich zweifellos um etwas noch Halbverboteneres als Westfernsehen, schien dir aber in die gleiche Kategorie zu fallen, die es in der Hälfte der Wirklichkeit, zu der die Schule, die Patenbrigade und der NVA-Soldat, der eure Klasse besucht und 2,02 m groß gewesen war, zählten, für anrüchig zu halten galt.

Eure Mutter kam wieder, als Charlie schon schlief und du noch nicht. Du hörtest sie rascheln auf dem Flur, endlich guckte sie doch noch zu euch ins Zimmer, und auf deinen Flüsterruf kam sie kurz an dein Bett, mit Haut und Haar noch voller Novembernachtkälte, es war deine Mutter, die sagte »schlaf jetzt, Joana«, mit einer Stimme, bei der du dich fragtest, ob sie dir innerhalb eines Tages fremd geworden sein konnte. »Ich hab dir was mitgebracht.« Du warst dir sicher, sie wusste nun etwas, von dem ihr keine Ahnung hattet.

Dass du zuerst nicht recht etwas anzufangen wusstest mit dem Malbuch, das deine Mutter dir am nächsten Tag als Überraschung auf den Hausaufgabentisch legte, weil du doch die Märchenfiguren gewohnt warst, nach deinen eigenen Kopfbildern und nicht nur auszumalen, und sie sahen alle ganz anders aus – dass dir die ein paar Wochen später nunmehr mit der ganzen Familie angetretene Fahrt nach *Westberlin* unheimlich war und du inmitten des Menschenstroms kurz vor der *Grenze* dich beklommen fragtest, ob und warum es denn unbedingt notwendig sei, dass ihr *da rübergeht*, und es dich am Ende, nach all den Kaufhäusern, peinlich berührte, Brause aus einer Dose mit scharfkantigem Loch trinken zu sollen, du wusstest nicht, wie – dass Charlie an seinem Geburtstag so heulte, trotz all der tollen Westspielsachen, die er bekommen hatte, und du dich immer mehr verfingst in dieser Silvestergedankenbangigkeit – das scheint dir alles eine angemessene Reaktion. Es muss eine kindgerechte Auskristallisation dessen gewesen sein, was sich aus Worten und Gebärden eurer Eltern und der Eltern der anderen, eurer Klassen- und Musiklehrerinnen, Turn- und Werklehrer, der Kassiererinnen in der

Konsumkaufhalle und der Schwestern in der Poliklinik, der Ansagerinnen im Fernsehen und der Nachrichtensprecher, aus allen Gesichtern, die ihr kanntet und nicht kanntet, in euch niederschlug. Das war der Anfang der Veränderung. Um Mitternacht öffnete sich die Kinderzimmertür, dir war wenig feierlich.

Nicht verhehlen konnte man sich allerdings die Überlegenheit des Geruchs. Nicht nur der ab und an über verschlungene Verwandtschaftsgrade auch zu euch gelangten *Westschokolade*, sondern der aller *Westware* schlechthin, deren allmähliche reale Einnahme der östlichen Regale, Laden- und Gabentische, Privat- und Gefühlshaushalte das exquisite Aroma jedoch unmerklich schwinden ließ. Immer tiefer stecktest du deshalb deine Nase ins Buch, zwischen die glänzenden Doppelseiten des überraschenderweise für dich, nicht für Charlie ins altbekannte blässliche Weihnachtspapier verpackten *Großen Bildatlas für Kinder*, um am Falz ein restliches Molekül des Duftwunders einzusaugen, im Grunde dir jedoch noch nicht des Abschieds für immer bewusst, denn sollte es nicht jetzt erst richtig sich offenbaren? Mit dem *Bildatlas für Kinder*, der euch in Farbe und Detail alle Enden der Welt vorstellte, erschienen just ein Jahr zuvor in einem fremden Land, in dem nun auch ihr wohntet und ganz ohne Umzug. Ein solcher Existenzeinschnitt entzog sich ohnehin deiner Vorstellungskraft, fiel, zusammen mit gebrochenen Gliedmaßen, Krankenhausaufenthalten, Sitzenbleiben, Schulverweisen, Scheidung der Eltern, Stiefvätern mit Tätowierungen oder eigenen Kindern und Beerdigungen von Großeltern in den erschreckenden Erlebnisbereich, in den nur andere gerieten, du bliebst verschont. Eine andere Aufteilung war undenkbar, die Lebensräume schienen dir zugeschnitten auf ihre Bewohner wie die Räume der Wohnung Wollweberstraße 54 auf eure Familie, die Straßenverläufe eures Spielgebiets auf die engeren und weiteren Freundschaftskreise deiner Klasse 2, 3, 4b. Zwar gab es Bewegungen innerhalb des Systems, wurden zum Beispiel die schlimmsten *Rattenlöcher* am Ende der Wollweber *zusammengescho-*

ben, der klassenfremde Bernd *vom Zirkus* für ein paar Wochen in die hinterste Bank gesetzt und nachmittags mit in den Park genommen, entpuppte sich der neue Freund von Sandras Mutter ungeachtet der Anker und nackten Frauen verschiedenen Ausmaßes auf seinen Armen als *nett* und *besser als ihr richtiger Vater*, überlebtet ihr drei lange Kurwochen eurer Mutter allein mit eurem Vater, tauschten eure drei Zimmer mehrfach ihre Bestimmung zwischen *Kinder-*, *Wohn-* und *Schlafstube*, das Inventar jedoch blieb das gewohnte und ein Wechsel der Systeme fand niemals statt. Die Bezüge, in denen ihr stecktet, blichen leicht aus, doch zerschlissen noch nicht. Als dies indes lange schon geschehen war, fiel eines Tages dein Blick auf eine Umfrage im Lokalteil des heimischen Tageblatts: ob die Befragten noch etwas besäßen aus jener nun *Zeiten* genannten Zeit, sofort machtest du dich an eine innere Bestandsaufnahme, einen Abgleich zwischen dem damaligen, dir zusammengewürfelt erscheinenden Zustand der Wohnung und dem vormaligen, dir quasi geschlossen – ja, auch das im doppelten Sinne – museal vor Augen stehenden, aus der Epoche deiner Kindheit. Seitdem hat die Frage dich in Abständen wieder aufgesucht, dabei stets das gleiche Objekt im Schlepptau, den niedrigen *Blumenhocker* nämlich, der, soweit du dich erinnern kannst, nie eine andere Funktion zu erfüllen hatte, als mit seiner von vier dünnen Holzbeinen gestützten, hellgelb-blaugrau gekachelten Hockerfläche Jahr für Jahr den Thron des Weihnachtsbaums abzugeben, an dessen angestammtem Platz zwischen den Fenstern. Und du bist dir sicher, warst es durch alle Zeit, dass dieser Hocker noch dort ist und seine Aufgabe erfüllt, die einfach darin besteht: zu bleiben. Mit der Zeit jedoch hörten auch die Weihnachtsbäume in ihrer Evolution von der lichten *Krücke* mit maximal einer Schauseite zur fülligen Bilderbuchtanne auf zu duften, was du zuerst für eine Art negativer Einbildung hieltest, die mit dem Erwachsenwerden zusammenhängt. Doch das Abhandenkommen vermeintlicher Konstanten wurde fester Bestandteil der Wirklichkeit.

Vorerst aber blieb das Klima noch günstig für die Ausbildung neuer Gewohnheiten, in der noch nicht beschnittenen dreiwöchigen Winterferienfreiheit zumal, als es euch nicht langweilig wurde, allabendlich bei abnehmendem Orange am Fensterchen des Dauerbrandofens sämtliche Extremitäten einschließlich der beinah verwechselbaren Köpfe unter die Federbetten zu ziehen und einzuziehen in die Länder des *Großen Bildatlas*, deren Vorzüge vor dem euren dialektisch zu erwägen, einerseits andrerseits gab es dort Känguruhs und mit Sicherheit riesige Spinnen, schien nachts die Sonne, regnete es nie, trugen die Männer Röcke, aßen sie Meerschweinchen, schüttelten sie den Kopf, wenn sie ja sagten, sprachen sie Sprachen, deren Schrift nicht den beigebrachten Weg einschlug, sondern sich kühn in die andere Richtung aufmachte, was besonders Charlie den Glauben einpflanzte, die Linkshänder seien dort nicht komisch angesehen, sondern in der Mehrheit. Bald wucherten auf den Rändern der *Freien Erde* und für den Rest des Schuljahres in seinen Heften am Spalier jenseits des Randstriches Hecken aus den unlesbarsten Zeichen, von denen nur Charlie wusste, es handele sich um Arabisch, oder *natürlich Japanisch*. Du selbst versuchtest dem niemals doch lächelnden Lächeln einer Maske auf die Spur zu kommen in den Ecken deines Hausaufgabenheftes, unterzeichnetest die Ferienbriefe an Madlen mit *NO*, als eine Ahnung, ein Zwischenname, und überprüftest heimlich, wann immer du nicht am *Atlas* vorbeikamst, ohne ihn aufzuschlagen – eine magnetische Eigenschaft, die sich auf alle seine Nachfolger vererbte –, ob das Gesicht, deinem nachgestaltet, zuverlässig als Transplantat auf dem Körper eines abgebildeten Eskimos geblieben war und Charlie es nicht herausgepult hatte wie du selbst zuvor den Harzfleck mitsamt dem inkludierten Originaleskimoantlitz. Dessen Ersatz nun mochte, versetztest du dich selbstkritisch in die Rolle des unbeteiligten Betrachters, was in jener Zeit eine frisch erworbene Fähigkeit gewesen sein mag – dieses zweite Gesicht nun also mochte kaum unterscheidbar sein von den Zügen einer Puppe oder Larve, wenigstens aber auszumachen als eindeutig nicht Charlies, denn wenn auch das Buntstiftrot euer beider Haarton in gleicher Weise verfehlte, so konnte man doch das Braun der Augenpunkte klar erkennen als kein Blau. Und damit war befriedigend deine Profession im Schneefall festgelegt, der gemäß der väterlichen Prophezeiungen doch noch eintreten musste, *am Ende zu Ostern*, und welches Pflichtengeflecht, wo sich doch aus dem Leitfaden von Pioniernachmittagen bereits Fasern zu lösen begannen und Abende mit Elternversammlungen ausfransten in immer vollkommenere Sturmfreiheit, sollte euch dann noch hindern, Iglubauer wie -bewohner zu werden, mit dir nach dem Atlasbild als unbestreitbarer Maurerin.

Bis zum endgültigen Anbruch dieser Grandiosität aber schien es euch angesichts kobolzender Tiefebenenwetter wohl nur allzu angeraten, erst mal innerhalb eurer Hausmauern, die sichtbar *den Krieg* überstanden hatten, die nomadische Wohnweise einzuüben, und der Höhlenbau erfuhr zu jener im Zeichen des Untergangs stehenden Zeit einen letzten ungeahnten Aufschwung. Das Umfunktionieren als Kulturtechnik beherrschtet ihr bereits mühelos und haustet so zwischen täglich neu errichteten Wänden aus Nachttischen und Stühlen, unter Decken aus Decken, mit *Meyers Jugendlexikon* von 1975, mütterlichseits in die Ehe gebracht, und dem seit 1986 laut Stempeln lediglich dreimal der Bibliothek entfleuchten *Tierreich – Insekten* als statisch delikatem, doch massivem Verbundmaterial. Und nicht lange, so zog auch der Fortschritt ein in Form nie dagewesenen Luxus, ihr wurdet Privateigentümer eines Minifernsehapparats, von eurem Vater eigens für euch am Abend zum bäckereifreien Montag mit Kreuzköniginnen erspielt, *Glückssache,* weil *Schmidti, der Luftikus* unsolide und auch *nicht flüssig* mit am Tisch gesessen und sonst nicht viel vermocht hatte. Auf diese Weise aber waren bereits so viele Gegenstände und Dienstleistungen dem Wolkenzin'schen Haushalt zugeflossen, dass ihr vermutlich nicht ganz fehlgingt in der Annahme, diese Zugewinne seien das selbstverständliche Ziel der doppelköpfigen Sonntagsgeselligkeiten eures Vaters. Viele Jahre sollte es dauern und sich im Grunde als Erfahrung nie gänzlich in euch niederlassen, dass das Missverhältnis von Geld- und Warenvorhandenheit ein anderes sein konnte als drei Mark zu *schon wieder kein Suralin.* In der Zukunft gab es fast alles: was man nicht brauchte.

Ihr brauchtet nichts weiter, als nicht an das Ende der Ferien zu denken. Trotz Empfangs von grauem *Schnee* nur in einem Quadrat von sechs Zoll diagonal ließ sich damit vorzüglich im Deckendämmer die Unterbrechung von der *Liebknechterei* verbringen, zum Beispiel mit erahnbarer Totale auf eine Prärielandschaft, durch welche eines entscheidenden Tages, kaum dass die Grenzen zwischen Männern und Übrigem zu bestimmen gewesen wären, zwei mit Cowboyhüten galoppierten bis ans Ende des Bildes, sofern diesem nicht selbst im Laufen die Pferde durchgingen, was Charlie stets mit links und kühner Faust regelte. *Leichte Schläge auf den Hinterkopf* erhöhten auch das spezifische Vermögen eures Flimmerkästchens. Geredet indes wurde innerhalb und außerhalb wenig, die Wilden des Westens entzogen schon durch die bloße realisierte Möglichkeit ihres Erscheinens in den Wigwams eines nördlichen Niemandslandes euch Eingeborenen so viel Geistesgegenwart, dass der Rest nicht mehr zur Realisierung der Sprachfähigkeit ausreichte, über welche indes der schmalere jener Reiter gar nicht erst verfügte, sondern nur stumm sein Ohr zu leihen hatte den Verfügungen des hauptsächlichen Helden. Einen Namen aber besaß er. Noch einmal wehte er rauh wie schön an die Nieren der Stubenhocker, als dem kühnen Wortführer seine Künste auf einmal nicht mehr anzusehen waren, sondern etwas anderes und am erschütterndsten sich auswirkte, dass es zugegeben werden musste von dem, wie es schien, mehr noch vor Kränkung verzerrten großen Munde: *Mich hat's erwischt, Johnny!*

Charlie, noch vorm *The End*-Schlussakkord, verwischte bei sich hastig, was in deinem Gesicht noch als Spur emotionaler Unordnung glitzerte, und machte sich daran, eine gewohntere herzustellen mit zerstreuenden Ritten in allen vier Wänden, dabei lustvoll vom Kissenross sinkend und röchelnd, auch ihn habe es *erwischt, Johnny!* Was dich zumindest nicht unmittelbar reizte, es als Anrede zu verstehen, noch zu angerührt warst du vom stummen und im Schlussbild dennoch seltsam zu verstummen scheinenden mageren Kompagnon des Totgebliebenen, bis Charlie aus Ungeduld die Fortsetzung seiner Heldentodserie mit einem Testbild unterbrach, in welches ein Mädchen namens Johnny gerückt wurde und angewiesen, sich endlich in seine vorgesehene Rolle zu fügen. Umgekehrtes aber geschah an der unbefestigten Grenze des Spiels, *frontier,* Unumkehrbares seither, ein Name preschte heran und begann, eine große Rolle zu spielen, so traumverwandt, dass du, seine Blutsschwester, nicht nur bis nach Anziehen des Schlafanzugs, sondern auch gleich nach der morgendlichen Feststellung weiterer Schneeverspätung verlangtest, von Charlie so verändert angeredet zu werden. Charlie hingegen verstieg sich im Glauben, er könne ihn dir wieder ausziehen, den Namen, Johnny für unmöglich erklären wie seinen grünen Pullover, wenn eure Mutter in Kleiderwerkseile auch dich in einem solchen in die Schulwelt hinausschicken wollte. *Johnny* sei, so erfuhrst du in schließlicher Nachfragepein, zu ähnlich. Charlie hatte es gut, gut reden, redlicher Besitzer seines unvergleichlichen Namens von Geburt an. Geduld gehörte bei euch beiden nicht zu den angeborenen Eigenschaften, Quengeleien jedoch übertrafen an Ödigkeit das Warten, und so blieb ein jeder von euch bei seiner Methode, Charlie beim Vergessen, Johnny, unvergesslich, beim Pessimismus. Und so blieb es, drei Winterferienwochen, dem Namen nach, und was du nicht glaubtest, war: dass, was sich in drei Wochen nicht ändert, jemals sich ändern wird.

Was aber Charlie nicht gesagt hatte, war, was du am deutlichsten hattest hören können – aber er hatte es nicht gesagt –, nämlich, du seist doch ein Mädchen, *ja doch!*, wenn deine Eltern dich riefen, bei denen ein anderer und so ein Name niemals durchsetzbar sein würde, *is doch egal.* Johnny, dir ging das beim Nachdenken auf, bloß: dass eben Charlie nicht zu versetzen wäre in die Egalität, dass er dir fürs Erste hinreichend, aber auch unabdingbar schien für diese Namensüberfärbung, weil man alleine sein konnte, was man nur wollte, nie aber rauskriegen, ob man es wirklich war.

Man war, leider, bis dato Joana, und keine Anzeichen gab es, dass dieses Verdikt mütter- oder unwahrscheinlicher väterlicherseits für revisionsbedürftig gehalten wurde, auch wenn es ein Irrtum war, siehe Joana die Andere, und schon in dieser Optik befand sich ein gewaltiger Knick, die andere setzte die eine voraus, band sie an sich, sogleich bildeten sie ein Paar, wenn auch ein Gegensatzpaar, die fatale Wahrnehmung ist ab diesem Punkt nicht mehr zu korrigieren, dafür konntest du später ausreichend Beweise sammeln und beim Aufschnappen der Information, aus den früheren Stufen eurer Sprache seien nur Singular und Plural geblieben, verschwunden jedoch der Dual, nur denken, hat gar nichts genutzt. Auch Charlie und dich hielt man am liebsten für Zwillinge.

Niemand aber und, wie du ihn kanntest, selbst Charlie nicht, hätte ausmachen können, was zu jenem finalen Umschlagen nach dem Abendbrot am letzten Ferientag führte, an dem sich in deine Laune bereits verdrießliche Zweifel, ob man an einem Sonntag überhaupt Ferien haben konnte, eingefressen hatten und du mit Charlie in einer Art Fluchtrevolte um die Wette die Treppe zur Außentoilette herabpoltertest, dabei zum letzten Mal Joana um Zentimeter gewann, vielleicht auch nicht, stehen blieb jedenfalls am offenen Treppenhausfenster und entschieden einwandfreien Schneegeruch bemerkte. Nach kurzem Ausloten des Hofdunkels war Charlie nicht mehr von der Überzeugung abzubringen, die erste Flocke gesichtet zu haben, was deinen skeptischen Schwesterblick zu gründlicherer Untersuchung an den strukturschwachen Himmel heftete und zwar bis zu Charlies schwerwiegender Leichtfertigkeit im Aus- und Aufruf:

Musst du denn jetz aufs Klo, Johnny, oder nich! Das war keine Frage, und du antwortetest nicht, zogst nur still die Klotür hinter dir zu und Johnny, der die Klobrille, *arschkalt*, nicht das Geringste anhaben konnte, die Hose runter und am Montagmorgen hoch und schrittest gegürtet auf *Karliknecht* zu, dem du mehrere Schneebälle an die Backsteinbacke zwirbeltest, um dich sodann zurückzusortieren in die jeweiligen Unterrichtsfächer und nebenbei, unter der Hand, der Bank mitten im dritten Schuljahr Johnny Wolkenzin zu werden, mit eng bekrakelten Löschblättern als Dokumenten einer Unsicherheit nur in der Buchstabenfolge. *Dschonny, Jonni, Jhonny, Johnnie, Johnny, Die Brück' am Tay* zum Glück erst später. *Ich lache, denk ich an früher zurück.*

So könnte es gewesen sein, so wahr du dir nicht helfen kannst.

Von jenem Tag an aber fand Charlie nicht nur Gefallen an deinem neuen Namen, sondern auch daran, eine Sammlung anzulegen aus lauter gleichnamigen Fundstücken und jedes dir als einen stechenden Beweis unter die Nase zu reiben wie die gelbe Chinasalbe, dass du eine verhältnismäßige Rarität eingetauscht hattest gegen einen Beitrag zu einer weltweiten Namensinflation. Du jedoch atmetest freier unter dem Argument, dein alter Name sei nicht rar genug gewesen immerhin, um nicht eine Verwechslung beim Zahnarzt zu verursachen, wohingegen dir wenigstens an diesem Ort keine weiteren Johnny geheißenen Mädchen bekannt seien, eine Wahrscheinlichkeit, die sich ausweiten ließ zu einer Wahrheit geradezu an alle Enden der Welt. Selten auch infiziertest du dich mit dem Bazillus der Identifikation, eher immunisierend wirkte solch epidemisches Johnny-Vorkommen, insbesondere in Form seiner degenerierten Mutanten in Mutter-Ausdrücken wie *solche Johnnies* in Betrachtung der im Nachbarhofe flatternden stattlichen Schlüpfer der *ollen Ziege* Frau Behling mit dem Ohr an eurer Wand.

Ob sie damit durch eure alltäglichen Störgeräusche hindurch jemals die Verkürzung eines Namens von drei auf zwei Silben, die

Verschiebung seiner Betonung und den plötzlichen Wechsel in der Anlautung von einem Näherungslaut zu einem explosiv eingeleiteten Reibelaut erlauschen konnte und was die weiterverarbeitenden Abteilungen ihres Kopfes wohl anfingen mit dieser Neuigkeit, das würde dich erst jetzt interessieren, nur kommst du kaum an der Vermutung vorbei, dass die Johnnywerdung in gewissen und großen Teilen deines Umfelds nie über die Wahrnehmungsschwelle trat und vordrang in die Bereiche, die mit semipermeablen Stores verhangen gehalten wurden. Mit deinen Eltern übtest du von vornherein Nachsicht, es stand nicht zu erwarten, dass sie jemals wirklich über die Stufe hinauskommen würden, auf der sie Charlies nunmehr ausschließliche Anrede für dich und deine Erklärung, es sei eine, die du dir nicht nur gefallen ließest, sondern dein tatsächlicher Name, für mehr als die neue Mode ihrer vorpubertären Nachkommen hielten. Aus Spaß machten sie sie, wenn ihnen gerade so und nicht nach Ermahnungen war, manchmal mit. Mehr noch als dir eine Freude zu machen gedachten sie wohl, dich sachte aufzuziehen, und vielleicht prickelte es auch auf ihrer Zunge ein wenig, wenn sie ihre erstgeborene Tochter so riefen, wie sie sie nicht hätten nennen können. *Wenn du 'n Junge geworden wärst…* Dann hättest du Toni geheißen, ja ja. Nach dem ersten Einfall deiner Mutter, den dein Vater im Vorbeigehen erledigte per Kommentar: *Toni Eins, bitte kommen!* Den *Polizeiruf* guckten sie beide, doch kamen wohl verschiedene Filme heraus dabei. *Wenn du ein Junge geworden wärst* aber behielt auch nach gewissen Zuwächsen an Kenntnissen für dich stets einen Zug ins Ungewisse, als sei beileibe nicht alles von Anfang an entschieden, man wusste nicht, *was es wird*, und deutete die Zeichen nach der Geburt. Du wurdest und hättest also auch werden können.

Für Frau Warmbier hättest du dauerhaft und unangefochten Klassenbeste werden können, aber bis in alle Schulstundenewigkeit nur als Joana Wolkenzin, es lohnte sich also nicht. Dein Turnlehrer Herr Zippel nannte dich stumpfsinnig *Johanna*, die anderen lachten jedes

Mal, bis dir, als Johnny, jetzt aber, der Kragen platzte. »Ick heiß nich Johanna!«, ein Schmetterball direkt auf das, wie ihr ihn unter euch tituliertet. *Pimmelchen* fasste dich ins Auge und krähte: »Na wie denn dann, Frolleinchen!« Schöner Mist. Weiter nämlich reichte deine Traute nicht. Aber du konntest auch nicht, nein, das nicht mehr. Drei Augenblicke Turnhallenstille, ein Unding. »Na Johnny!« Rief Ronny, und die anderen johlten, es klang dir aber gänzlich anders in den Ohren als ihr Lachen, es war die Krönung der Stunde und irgendwie auch deine, und Ronnys, es hatte sich rumgesprochen also, du warst verblüfft über mehrere Dinge auf einmal. *Zappelpimmel* offenbar auch, ihm stand nichts zu Gebote als: »Blödsinn!« und der Befehl zum Weitermachen, womit auch immer, Rolle vorwärts, Rolle rückwärts, Balancieren auf den umgedrehten Bänken. In unkontrollierbaren Schüben schoss dir die heiße Röte ins Gesicht, es konnte aber von der Anstrengung kommen, das dazwischenzuckende Lächeln nicht, du zogst die Lippen ein wie auf *Zippelmützes* Order den Bauch, du musstest gleich nach dem Klingeln und Waschen und Umziehen schleunigst aufs stinkende Schulklo, um zwei Minuten alles zu bedenken und dir kurz in die Faust zu beißen, du musstest heute ausnahmsweise den von deinem Vater gewünschten *Zahn zulegen* und die Erste sein. Nach dem Klingeln aber, auf dem Weg in die Umkleidekatakomben, kurz bevor sich die Klasse 3b wie die Zunge einer Schlange aufspaltete in *Mädchen* und *Jungen*, versetzte Ronny dir einen Klaps auf die Schulter und ließ seine erhitzte Hand dort liegen, als er sagte: »Stimmte doch, oder?« Du nicktest nur, dankbar, dass Ronny aus welch noch nicht erschließbarem Grunde auch immer in diesem Moment nicht noch beschloss, dich wie sonst zu necken, zu *ärgern*, dir mit seinen harten Fingern in die Seite zu greifen zum Beispiel, weil du dann dich aufjuchzend wehrlos dem Kitzelreiz hättest ergeben müssen, und vorbei wäre alles gewesen.

Deine Klassenkameradinnen, Mitschülerinnen, Schulfreundinnen oder wie immer sie sich unter ihren Eintragungen in dein Poesiealbum verzeichneten, verhielten sich alles in allem vorhersehbarer, da musstest du durch. »Na, Johnny!«, rief laut und herausfordernd Cindy Wrase, so war sie nun mal, da war nichts zu machen, wenn eine fünf Geschwister hatte und fett war wie *Die dicke Tilla* und in Sport nicht die Stange hochkam und es bei ihr keine *ausgleichende Gerechtigkeit* gab zum Beispiel in Mathe, da schon gar nicht, wenigstens hatte sie dich noch nie verkloppt. Bettina war ein anderer Fall, nämlich die Tochter von Frau Liepke, eurer Musiklehrerin, erst später jedoch fand einer das heraus, was alles erklärte, aber keiner von euch gewagt hätte, sich auszudenken: Frau Liepke hieß mit Vornamen Bettina. Bettina die Jüngere hegte beständige Phantasien, Klassenbeste zu werden, da war aber die gerechte Rechtschreibung vor, denn *wer nämlich mit h schreibt ist dämlich.* »Johnny, ey! Du hast wohl 'n Piepmatz untern Pony!« Sie hatte eben alles von der Mutter, einschließlich des Angebersoprans und bis in die Wendungen, die vor Begeisterung über ihre Geistesblitze stets beider Stimme überschlagen ließ. *Spricht einer schlächt von dir sei es ihm ehrlaupt, du aber lebe so das keiner es ihn glaubt.*

»Na Hauptsache: *Tinilii!*«, warf Katja ein, als talentierte Stimmenimitatorin, die das Lachen aus den Kehlen der anderen befreite, das es sich in Gegenwart der Vorbilder und besonders Frau Liepkes zu versagen galt. Bettina war leicht, wenn auch nie lange durch Beschämung zum Schweigen zu bringen. In die unsportliche Erheiterung hinein, wohl in der Hoffnung, diese noch zu steigern wie auch um deren ursprünglichen Gegenstand nicht zu verschwenden, prustete dann noch eine: »Johnny mit'm Pony!« Aber du trugst gar keinen und saßest bereits zu hoch auf deinem Ross, sodass auch ein verspätetes »Johnny! Bist du bekloppt? Oder willste jetz 'n Junge sein? Denn geh doch rüber, na los, Johnny, ab zu den Bengels!« dir nichts mehr anhaben konnte; so weit, dich von Mädchen einschüchtern zu lassen, warst du noch nicht. Doch in dem Moment, wo dein Kopfkreisen an die fatale Stelle gelangte und einrastete, hatte Bettina, spezialisiert in dieser einen Disziplin, dort schon angeschlagen und musste es so schnell wie möglich als probates Mittel ihrer Rehabilitierung in hochfrequentem Singsang verkünden: »John-ny-und-Ron-ny, John-ny-und-Ron-ny!«

Wiederum war auf Katja Verlass, einerseits, wenn auch in einer Art, die sie weder von ihrem stillen Krankenpfleger-Vater noch der ausnahmslos fröhlichen *Gemüse-Evi,* die ja ihre Mutter war, was du in dir nie recht zusammenbrachtest, geerbt haben konnte. »Halt die Fresse, Liepke, sonst polier ich se dir!« Andererseits fragte sie dich leise beim Rausgehen: »Findste denn Ronny gut?« Auf so etwas konnte man nur inbrünstig mit *Quatsch!* antworten, doch du zucktest wohl bloß mit den Schultern, wie als Gegenstück zum noch kaum Vergangenheit gewordenen Nicken vorhin, und weil Katja doch deine Freundin war und Rentner werden wollte. Vorher aber wollte sie dir offenbar noch ein bisschen auf den Zahn fühlen. »Aber der find't dich gut, glaub ich!« Und das glaubtest du allerdings auch und nicht erst seit heute, bloß dass es sich wie bei allen Jungs auch bei ihm so merkwürdig äußerte, dass man sich eigentlich dumm stellen und ans Gegenteil glauben musste. Noch letztes Jahr hatte er dir einen, wenn auch nur noch am seidenen Faden hängenden, Milchzahn ausgeschlagen, wofür du ihm trotz Schreckgeheule insgeheim dankbar gewesen warst, es gehörte aber in die Kategorie der nicht zugebbaren Dinge. Dieses hier erst recht. Außerdem wolltest du von keinem gut gefunden werden, weil man dann am Ende noch mit ihm *gehen* sollte, so wie Sandra mit Christian, die sich von ihm manchmal knutschen lassen und nach der Schule den ganzen Weg mit ihm nach Hause latschen musste, obwohl sie in der anderen Richtung wohnte, er schleifte sie neben sich her, legte ihr in Beschützerverlogenheit die Hand ums Genick. Also, man hatte nichts davon, und du scheutest vor solchen Ent- und Verwicklungen im Innersten zurück, weil sie dir Schritte in die Unentrinnbarkeit zu sein schienen, solche, die man leichtfertig mitgeht, aber nicht mehr rückgängig machen kann, auch nicht, wenn man nach drei Wochen *Schluss macht.* Es kam dir wie eine, wenn auch noch unernste, deshalb aber nicht weniger vollkommen überflüssige, innere Eheanbahnung vor, und die damit zwangsläufig einhergehende Persönlichkeitsverschiebung und dessen zum *Ernst des Lebens* gehörendes Endstadium bereiteten dir ob ihrer Irrsinnigkeit solche Bauchschmerzen, dass man sich nur ins Ignorieren flüchten konnte, solange es ging. Thorsten Mayer hatte dich schon im Kindergarten heiraten wollen, es hatte sich dir als peinlich, wie durch eigene Schuld, und unfassbar zudringlich ins Gedächtnis gehakt, auch wenn Thorsten Mayer oder Meier jetzt in die Parallelklasse, die hochnäsige a, ging und dich keines Blickes mehr für wert hielt, vielleicht gerade deshalb.

Trotzdem konntest du nicht umhin, jetzt an Ronny zu denken, und zwar zum ersten Mal, weil du es wolltest, die schwere Frage abwiegend, ob man mit einem Jungen befreundet sein könnte. So richtig.

Ronny hatte *richtig rote* Haare, einen runden Kopf, aber braune Augen wie du, die funkelten gefährlich, wenn er dich ärgerte, kündigten seine Ärgerbegierigkeit an. *Was sich liebt, das neckt sich*, aber du necktest ihn nicht, wehrtest dich nur, und außerdem stimmte es nicht, denn *Gegensätze ziehn sich an*, und er hätte doch fast für deinen Bruder gehalten werden können, eure Erd- und Kupferfarben, die Herden von Sommersprossen machten euch kenntlich als Artverwandte, stachen hervor aus den zwanzig anderen hell- bis aschblonden Schöpfen, Mary hatte schwarze Haare, aber ihr Vater war auch *ein Zigeuner.*

Später dachtest du, ihr könntet Ronny adoptieren. Es wäre gar nicht aufgefallen.

Gleich und gleich gesellt sich gern, doch das rief euch keiner nach, aus gleichem Holz wart ihr nicht und Ronny da schon von allen unterschieden. Du mochtest seine Gesellschaft, mit der Zeit, die schon die andere war, in der er mit seinem Bruder bei ihrer Tante wohnte, am Ende eurer Straße, und ihren Hund mit in den Park nehmen durfte, du mochtest auch den Hund, eine Foxterrier-Promenadenmischung, Billy. Mit ihm wart ihr manchmal nur zu zweit unterwegs, du immer ein bisschen aufgeregt, ein bisschen stolz und immer auch bedrückt, du wurdest den Gedanken nicht los; wenn Ronny lachte, konntest du es ihm kaum glauben. Du hast keine Ahnung, was ihr eigentlich redetet auf diesen Frühsommerstreifzügen, wieso Charlie nicht dabei war, Katja nur manchmal, was aus dem Rest des Sommers wurde und überhaupt, alles verschwommen. Es passierte auch nichts weiter. Es war nach dem Unvorstellbaren, eine Nach-Zeit, in der ihr vorsichtig das zu tun schient, was noch oder da erst getan werden konnte, du siehst dich und Ronny wie durchscheinend, in blendendem Junilicht, das leere Gelände der abgerissenen Häuser in der Wollweber passieren, herumstochernd in ein paar Resten. Ihr wart elf Jahre alt. Deine kurzzeitige Anhängerschaft hatte sich wieder aufgelöst, und sollte es jene Kinderromantik zwischen Ronny und dir gegeben haben, und ja doch, du erinnerst dich an den Schokoriegel unter deiner Bank, von einer Sorte, die es bei euch zu Hause nie gab, der klobige Riegel war dir peinlich, du konntest ihn unmöglich essen, wohin damit, Ronny war berühmt für die Fülle seiner mitgebrachten Süßigkeiten, er saß vor dir, vorletzte Bank rechts, sein flinkes Umdrehen, flinkes Grienen, zehnmal jede Stunde – du erinnerst dich, wie du auf diesen kugeligen Hinterkopf gucktest und für einen Moment ganz unbedingt einmal mit der Hand über die dichten, wirbeligen kurzen Haare fahren wolltest und dir im nächsten Moment eingebungsartig klar wurde, dass Ronny der einzige Junge war, von Charlie abgesehen, mit dem du zur Not *nur im Schlüpper* im Dallwitzer See baden gehen würdest – sie lag nun nicht mehr in der Luft, diese fragile Verheißung, sondern war aus dieser Luft, die kaum zum Atmen reichte, aus der das Trabiknattern, die blauen Auspuffgase beinahe unbemerkt getilgt wurden, ganz verschwunden.

Auch ihr besaßt seit einiger Zeit ein Auto. Als du den weinroten

Ford Escort mit deinem Vater vom Autohaus abholen gingst, Charlie krank im Bett bleiben musste und maulte, wünschtest du dich, trotz *Magen-Darm*, an seine Stelle, saßest du steif mit schwitzigen Achseln auf der kurzen Fahrt nach Hause auf den staubgrau gemusterten, stumpfsynthetischen Rücksitzpolstern, *unempfindlich*, trautest den frisch erworbenen Fahrkünsten deines Vaters kaum und hattest das nun häufiger aufkommende Gefühl, der Situation nicht gerecht zu werden. Genau wie mit Ronny. Das Leben drohte auf einmal wöchentlich neue Kompliziertheiten hervorzubringen, und deine Eltern waren keine große Hilfe. Sie fragten dich nicht nach deinen Nachmittagen mit Ronny, gleichwohl ließen sie sie dir stets als Generalentschuldigung durchgehen, wenn du zu spät zum Abendbrot kamst, *achso.* Sie fragten nicht, wie es ihm gehe, was ihr machtet, sie schienen es zufrieden, dass einer, du, ihre Tochter, sich seiner annahm, das war ihr Beitrag; wenn deine Mutter seine Tante bedauerte, die es nun auch nicht einfach habe, so begriffst du es kommentarlos als Umschiffung und gleichzeitig äußerste Annäherung an das Thema, das nun schon ein paar Monate alt, keine Neuigkeit mehr war, sondern eine Tatsache, *was willste denn machen.*

Solltest du ihn jetzt beschreiben, Ronny mit den widerborstigen roten Haaren, deinen Klassenkameraden, eine Bank vor dir, deinen Verteidiger gegen Enrico, neben dem du eine Weile sitzen musstest und mit dem er sich mitunter auch gegen dich verschwor, aus unwiderstehlicher Lust am *Ärgern*, Ronny, als dessen Vor- und Abbild du stets *Plumps* sahst, den Kobold aus dem *Sandmännchen*, dem man nicht böse sein konnte, eher musste man über ihn wie sich selbst lachen, Ronny, deinen halben Freund, den halben Freund aller, so fiele dir nichts weiter ein. Sein Nachname war Wildermuth, wirklich wahr. Für dich als Kind stellte es eine seit der ersten Klasse mit seinem Vornamen verknüpfte Lautfolge dar, drang dir nicht tiefer ins Gemüt. Er hatte einen älteren Bruder, dessen Namen du vergessen hast. Sie kamen beide ins Heim nach Preetzow, es muss in jenem

Sommer gewesen sein. Im neuen Schuljahr ging Ronny Wildermuth nicht mehr in deine Klasse, aber das taten viele nicht mehr, nach der *Orientierungsstufe.*

Da warst du in der c, 6c, einer dritten oder vielmehr ersten Klasse neben und vor den anderen beiden, die *ausgelagerte Gymnasialklasse*, was etwas anderes meinte, als es bedeutete, denn ausgelagert warst du nun in der Tat aus dem Lager der anderen, deiner ehemaligen, in den *Realschulklassen* verbliebenen Mitschüler, was manche anging, Enrico zum Beispiel, hattest du diese Separierung regelrecht herbeigesehnt. Dabei wart ihr doch verblieben im selben Schulgebäude, in das ihr gemeinsam eingeschult worden wart, doch verbrachtet ihr wie von heute auf morgen die Nachmittage nicht mehr zusammen, nicht mal die großen Pausen, der Schulhof, der unfarbene Splittsand, auf dem man sich so gut die Knie aufschlagen und gleichzeitig mit hundert spitzen Steinchen bekleben konnte, war höchst überschaubar, doch ihr saht euch nicht mehr, nicht dass du wüsstest, du wüsstest aber gern mehr. Damit du dich besser sehen kannst: wie es für dich ganz normal sein konnte, fast alles einfach hinter dir zu lassen bis auf deinen Namen. Warum wundert es dich jetzt, wie etwas dir Neues? Weil es das erste Mal war, hinter dem du einen Zipfel der ersten Ursache erhaschen zu können glaubst, die alles Weitere ohne weiteres erklärte? Unverfälscht durch spätere sogenannte Umstände?

Deine Umstände zu verfälschen, darin fingst du nun an dich zu üben. Echte Lügenmärchen erzähltest du nie, doch lag dir offenbar zunehmend daran, Hintergründe unbeleuchtet zu lassen, für die anderen, es reichte, wenn du dich darin zurechtfandest, mag sein, das schien dir ganz natürlich, weil du mit einem wie geschmiert laufenden Gedächtnis dafür, wem du was erzählt hattest und wie viel, mühelos operiertest; du kannst das nur schließen aus deiner seit Jahren andauernden Beunruhigung, fast Empörung darüber, dass dir solche, dir ureigen gehörenden Informationen nicht mehr selbstverständlich und fehlerfrei zur Verfügung stehen, einfach da sind, ohne dass dir der Prozess des Abrufens überhaupt bewusst wird. Du hast angefangen, Fehler zu machen. Und womöglich deshalb angefangen, allen einfach *die Wahrheit*, das heißt, nicht nur das eine, sondern auch das andere zu sagen. Eine Weile jedenfalls, eine Weile schien es zu funktionieren.

Wahrscheinlich hattest du deinen zunächst noch nicht fest an der Realität haftenden Namen nur durch die anderen behalten, nur durch ihren Gebrauch war Johnny gediehen und dir fest eingewachsen, wenn du kokett halb und halb überzeugt auch beschworst, auch dich selber, Johnny, das seist du ja schon immer gewesen. Für deine neuen Mitschüler, Mädchen, ein paar wenige Jungs aus fremden, bisher Niemands- bis Feindesland zugehörigen Schulen, wurdest du umstandslos Johnny, ohne Fragen nach den zwei Jahren zuvor, in denen du es geworden warst. Ihr interessiertet euch doch nicht für eure Vergangenheit, ihr glaubtet noch, gar keine zu haben. Und deshalb wohl auch, keine zu verlieren zu haben. Empfunden hingegen hattest du den nun ebenfalls vergangenen Zugewinn, dritte Klasse, vierte Klasse, neunundachtzigneunzig. Nie davor, geschweige denn, danach, war euer Hof jemals so bevölkert gewesen von Kindern aus deiner, Charlies, sogar Madlens Klasse, so viel los an Einfällen und *Dummheiten*, halsbrecherischen Aktionen, ausgefuchsten Plänen und Bandengeist, Allianzbildungen und Verfeindungen und Klettern und Schaukeln und Runterspringen und Rennen und Verstecken und Federball und Rollschuhfahren, Gleitschuhe im Winter, und manchmal einfach stundenlang den Hintern hartsitzen auf den Apfelbaumästen und alles bequatschen und nebenbei bunte Fäden an die Zweige binden und zu langen Schnüren flechten, flechten wie eure Haare, selbst versuchsweise die rausgewachsenen der Jungs, doch fielen auch die Mädchenfrisuren selten bis über die Schultern, es war alles anders, Pink als Farbe geradeso bekannt. Und du, du warst neu. *Man erkennt dich ja kaum wieder.* Zugegeben. Mitunter stutztest du über dich selber, fühltest du dich momentweise unbehaust in deiner neuen Haut. Die Joanajacke hattest du abstreifen können, zum Vorschein kam ein exquisites Hochgefühl, doch funkelte es so stark bei jeder deiner Bewegungen, dass sich nicht gleich feststellen ließ, aus welchem Stoff es gemacht war, es war dir peinlich manchmal. Ein Stolpern, an dem du merktest, du hattest dich selbst überholt. Ohne dich einzuholen. Johnny, der plötzliche *Wildfang*. Ein Wort, es gehörte zu denen, die dich genierten, gegen die du einen wirklich dich peinigenden Widerwillen verspürtest, wie etwa auch gegen *Nesthäkchen* und *Nachkömmling*, die dich zum Glück nicht betrafen. Unter einem *Wildfang* stelltest du dir ein haarig-ungekämmtes, irre durch die Gegend sausendes, debil grinsendes und dabei für unerträglich niedlich befundenes Etwas vor, ungefähr wie das jüngste Mitglied der unfassbaren *Kelly Family*, die im *Kessel Buntes* aufgetreten war, es kam dir schon auch damals als ein altmodisches Wort vor, umso überraschter, und erneut peinlich berührt, warst du später, als du es immer wieder als eine stereotype, stets danebenliegende Übersetzung vorfandest für ein englisches Kategorienwort, das dir in seinen Bestandteilen ebensowenig einleuchtete, das du im Grunde ebenso abartig fandest, insofern passte es wieder. Aber es passte dir nicht. Er passt dir nicht, dieser übertreibende Ausdruck absichtlicher Ahnungslosigkeit, der einer doppelten Verneinung gleichkommt. Weder Mann noch Junge aber wolltest du jemals sein, warum auch, mochte doch *Tom boy* sein, Johnny nie. Was sie plötzlich alle in dir sahen! Du weißt es gar nicht, weißt nur, es hätte ärger ausfallen können als die Auffälligkeit, mit der deine Mutter zu wünschen begann, du mögest wenigstens sonntags einen deiner Röcke anziehen. Wenn du zum Beispiel ein Junge gewesen wärst und diese Röcke hättest anziehen wollen. Wie Reiko, der aber nur mal zum Fasching *als Mädchen* gegangen war, seine langen Haare zu Zöpfen gebunden. Wenn es danach ging, warst du immer verkleidet, gingst du jeden Tag als Junge, es wäre aber kein gutes Faschingskostüm gewesen, *das soll 'n Kostüm sein?* Sollte es nicht; warst du gehalten, Rock, schlimmer noch Hosenrock mit Pepitamuster und weiße Strumpfhosen anzuziehen, fühltest du dich plötzlich Reiko *als Mädchen* verwandt.

Jedoch war das alles kein Thema. Vielleicht sahen die Jungs eine in dir, die sie zu ihrer Anführerin machen konnten, ohne sich einem Mädchen oder ihresgleichen unterwerfen zu müssen, vielleicht hattest du aber auch einfach die besten Ideen und endlich wurden die mit Blindheit Geschlagenen sehend, zu dieser Sichtweise neigtest du zweifellos damals, in deinem Element. Doch trautest du diesem rauschenden Frieden nicht ganz, *freu dich ma nich zu früh,* mag sein, er war unterspült von der Ahnung, dass dieser Höhepunkt eurer Kindheit zusammenfiel mit ihrem Wendepunkt. Es war alles nicht ganz normal. Etwas entglitt dir, schnellte über dich hinweg, du warst keine Anführerin, du warst eines Tages die, die die Jungs abholten und in den Flur des Nachbarhauses mitnahmen, um dir etwas zu zeigen, Charlie war auch dabei. Flüstern und unterdrücktes Kichern, als sie auf den Türvorleger der ollen Behling zeigten, auf dem zwei straßenstaubige Hundehaufen lagen, sie hätten ganz schön lange suchen müssen. Und erwarteten deinen Beifall, und ja, wo blieb er, da du sie doch erst über die Nichtswürdigkeit der Behling in Kenntnis gesetzt, sie mit immer neuen Geschichten gefüttert und somit zur Überzeugung gebracht hattest, da hülfe nur noch Hundescheiße auf dem Fußabtreter. Du gucktest Charlie an, vielleicht auch nicht. Du weißt nicht mehr, was als Nächstes passierte, nur, dass keiner die Haufen wegnahm, du sie abends im Bett noch vor dir sahst, weil du dich nicht getraut hattest, später noch mal zurückzugehen, wegen der ollen Behling, wegen Charlie, und wie auch, mit Handfeger und Müllschaufel, die du auch erst in einem unbeobachteten Moment aus dem Besenschrank hättest entwenden müssen, später spiegelbildlich zurückordnen. *To undo*. Kindheit war kompliziert, selbst und vor allem, wenn man die besten Absichten hegte. Einmal warst du zum Einkaufen geschickt worden, hattest im neuen Supermarkt, wo es dänische

Marmelade in kleinen blauen Plasteeimern gab, die Madlens Eltern tatsächlich kauften, aus einer plötzlichen Hochstimmung heraus zusätzlich eine Schachtel Konfekt mitgenommen, um sie abends deinen Eltern als Überraschung zu präsentieren. Aber deine Mutter zählte, einmal in hundert Jahren, das Wechselgeld nach. Die Schmach: Du musstest die Schachtel wieder unter deinem Bett hervorziehen, und wie wolltest du nun das Gegenteil des Offensichtlichen beweisen, von euren Eltern hatte Charlie seine grundsätzliche Gleichbehandlung aller Möglichkeiten jedenfalls nicht. Und du konntest seit Langem ebenso gut durch die Augen deiner Eltern wie durch deine eigenen sehen, also was hatte dich bloß geritten? Dein Vater wollte gar Nachsicht walten lassen. Du wolltest so etwas Ähnliches wie sterben, vor Scham und Unglück: Wenn nicht mal deine Eltern dich kannten, nur reagierten, wie alle Welt reagiert hätte, wie in aller Welt sollte es dann erst später, da draußen, wohin es dich aus unabwendbaren Gründen des Erwachsenwerdens verschlagen würde, etwas werden mit dem Johnnysein? Und dann konnte man sie ja – nämlich so, dass dir nun selbst schon die Konfektidee absonderlich vorkam – sogar verstehen, nur nicht umgekehrt.

Die lausige Einsicht, dass am Ende immer die Ohnmacht stand, das Leben war ganz schön beschissen, wie Käthe Behlings Fußabtreter, so sah es aus, Johnny Wolkenzin. Du hattest auch nicht die Macht besessen, die Jungs oder dich zum Wegräumen der Haufen zu bringen. Harmlos alles, aber genug, um dir klarzumachen, dass du für solche Posten, die der Befehler und Gönner, nicht taugtest. Sie nahmen dich dir weg. Egal, was du anstelltest, du würdest für jeden sein, was zu ihm passte, und nur mit Glück passte dies zu dir.

Es gefiel dir nicht unbedingt, der Junge sein zu müssen, wohl aber die Aufregung des Spiels. Du dachtest nicht darüber nach, ob es dein neuer Name war, der Madlen auf die Idee gebracht hatte, in den Sommerferien, in denen du zehn wurdest. Oder war es ein Jahr später? Ein Jahr später, nach der vierten Klasse, steckte dir Sandra ihre

Zunge in den Mund. Beide Erlebnisse blieben anscheinend unverknüpft in deinem Kopf, sortiert in separate Gedächtnisfächer. Dabei kannst du dir noch heute den Geschmack, den Geruch der ungelenken Kussversuche mit Madlen zurückrufen, und einer Art Schock wie auch Erleuchtung, einer persönlichen Aufklärung kam es gleich, als dir dies nach etlichen Jahren der Vergessenheit erstmalig mehr passierte als gelang, es war dir dabei gemischt zumute: etwas zu wollen, das dir mit diesem Madlengeschmack, diesem Mädchenmundgeschmack schlechthin auch die Frage dazwischenschob, ob es sich nicht um die unzulässige Fortsetzung eines Kinderspiels handelte, in dem du dieses Wollen noch nicht kanntest. Ob nicht dieses Wollen doch näher dem damaligen verwandt war, als du zugeben mochtest. Warum? Weil du damals nur die Aufregung wolltest, das Neue, das Ausprobieren und vor allem das dir diffus als bestimmt verboten Bewusste und nicht wirklich das, was du tatest: Madlen auf den Mund küssen? Wie willst du das wissen, kannst du das beschwören, ergründen kannst du es nicht. *Is doch egal.*

Madlen akzeptierte Johnny umstandslos, was sich gerade darin zeigte, dass sie dich dennoch hin und wieder Joana nannte, und zwar nicht aus Versehen. Erstaunlicherweise hatte gerade sie sofort begriffen, dass du damit zu piesacken warst, worauf sie manchmal Lust verspürte, besonders wenn sie sich von dir belehrt fühlte, und darin warst du ja schon immer gut. Sie machte sich über dich lustig. Aber sie hing an dir. Wankelmütig zwar in ihrer Gunstverteilung, hätte sie doch keiner anderen ihrer Freundinnen an jenem wohl etwas langweiligen Feriennachmittag vorgeschlagen, *Disco* zu spielen, mit verteilten Geschlechterrollen; wahrscheinlich hatte sie genügend Filme gesehen, denn sie wusste ganz genau, dass es bloß auf ein Mädchen dabei und einen Jungen ankam, alles andere war nur Kulisse, die sich ohne Weiteres dazuphantasieren ließ. Discos waren dir schon Jahre bevor du eine von innen zu sehen bekamst, spät und unerfreulich, hochgradig suspekt. *Wenn du erst zur Disco gehst*, brachte deine Mutter manchmal an wie ein allgemeinverständliches Synonym für ein bestimmtes, in nicht mehr allzu ferner Zukunft liegendes Lebensalter, es überliefen dich dabei Schauer des Widerwillens wie auch der Ungläubigkeit, nicht nur, weil diese Einleitung fortgesetzt zu werden pflegte mit einer Variation von: dann würdest du dich schon noch darauf besinnen, dass du ein Mädchen warst. Dabei traten dir stets Katjas bescheuerte ältere Schwestern sowie auch eine Vorstellung deiner jugendlich herumalbernden Mutter, wie du sie von unscharfen Fotos kanntest, vor Augen, wie sie aufgedonnert in unbequemen Klamotten auf Hackenschuhen, einer unbegreiflichen Erfindung, zur Disco gingen, um dort darauf zu warten, dass irgendeiner von den dämlichen Jungs, über die sie sich sonst kaum einkriegen konnten vor Verachtung und Gegacker, sie *aufforderte*, in der *Schmuserunde* antatschte und sie, wenn er es *ernst meinte,* davon abhielt, mit anderen Jungs zu tanzen. Die Zukunft war ungewiss, aber in einem Punkt nicht: das würde garantiert nicht passieren, nicht dir. Und noch standen die Chancen ganz gut, auch Katja von dieser Totalverweigerung überzeugen zu können. Bei Madlen hingegen schienen längst Hopfen und Malz verloren, sie war vollkommen verseucht von Romantik, kämpfte sich heimlich durch die Heftchenromane ihrer Mutter und wusste genauestens Bescheid. Sich die Details des neuen Spiels auszudenken, fiel ihr nicht schwer, vielleicht geschah es in einer Mischung aus Eingeschüchtertheit und neidloser Anerkennung, dass du die für dich vorgesehene Rolle übernahmst, nur für wahrscheinlich halten kannst du, dass auch eine abwartende Amüsiertheit über die jüngere Freundin hineinspielte, außerdem kitzelte dich die Neugier. *Wo soll das hinführn?* Das wolltest du immer wissen, pastpresentfuture, *wo kämen wir denn da hin,* es musste doch ergründet werden, aus Gründen der Belehrung und Ergötzung, das vor allem. Die Situationen, in denen der Ausgang nicht abzuschätzen war, *alles Mögliche* passieren konnte, kamen dir dünn gesät vor, ein rarer Glücksfall, den man auf keinen Fall durch Schiss verschwenden durfte.

Außerdem tanztest du für dein Leben gern, besonders mit Madlen, sie war so klein und leicht, *fipsig*, dass du sie sogar ein bisschen hochheben konntest, nicht selten gingen eure Tänze, zu denen Roger Whittaker, Howard Carpendale, G.G. Anderson, Costa Cordalis, Boney M. und natürlich in Endlosschleife das Lambadalied aus dem Kassettenrekorder schmetterten, nahtlos in Akrobatik über. Hin und wieder war sich auch Charlie nicht zu schade mitzumachen, seine Verknalltheit war noch nicht ganz abgeklungen. Madlen entdeckte schließlich in der Vierten doch noch ihr Herz für ihn, aber da ging er schon mit der Schönheit der Parallelklasse, *wie das immer so ist*, für dich stellte es ein neuerliches Beispiel dar für einen Situationenkomplex, an dem gleich mehrere Dinge auf einmal unverständlich blieben. Ausgerechnet dein Bruder! Bald danach zogen sie weg, die Duwes, zwar lediglich an ein unvertrautes Ende der Stadt, doch Madlen sahst du nur noch in immer größeren Abständen wieder, besuchtest sie zwei-, dreimal in dem fremden Haus, dann nicht mehr. *Dennis Doofie* ging inzwischen zur Schule, aber es half nicht. Die letzte Auffrischung deines Wissens über ihr Ergehen geschah in dem langen Sommer mit deinem Vater, der alle zwei Tage bekundete, *eigentlich* könne man die Zeitung abbestellen, du fühltest dich aber seltsam angewiesen auf sie, vielleicht nur, weil die Zeitung dir erlaubte, das Frühstück bis zum Mittag hinzuziehen, und schon war wieder ein halber Tag geschafft, nicht so sehr, weil sie Überraschendes verkündete, wie zum Beispiel die Geburt von Lukas Duwe auf der Babyseite, Mutter Madlen lächelte zwanzigjährig wie als Achtjährige in die Kamera, es überraschte dich nicht.

Du gingst davon aus, dass aus ihrem Gedächtnis selbstverständlich alles gelöscht war, das heißt, sie ein Leben führte, in dem es keinen Unterschied machte, ob dies tatsächlich der Fall war oder nicht. Ob sich ein Mädchen namens Johnny einmal im Jahr unter ihre Alltagsgedanken mischte, als der Junge, der für ihr Discospiel unabdingbar gewesen war, wie sie ihn in der betonierten Kirschbaumecke des

Hofes an die gegenüberliegende Mauer gestellt hatte, sich selbst in ihrem *Lambadarock* aufs wacklige Geländer geschwungen mit übergeschlagenen Beinen und der Regieanweisung, mit der *Disco* seinen Anfang nahm, das Spiel, das auch fortan mit diesem Namen auskam, *wollen wir Disco spielen*, und ihr wusstet beide, was gemeint war. Sie konnte dich das fragen, ohne rot zu werden, trotz der Stimmverlegenheit, die gleichwohl den Eindruck erweckte, sie sei im Grunde mehr einer Konvention geschuldet, Madlen schämte sich nicht im Geringsten, dessen bist du dir sicher. Du hättest nämlich sonst nicht mitspielen können. Du hättest sie vielleicht noch auf ihre Aufforderung hin *auffordern* und mit ihr Lambada tanzen können, so *verboten* eng, wie ihr es aus dem Fernsehen kanntet und unter den Augen eurer Eltern niemals gewagt hättet, es war euch *klar wie Kloßbrühe*, was ging und was nicht, und es ging ganz bestimmt nicht, dass du als Junge wie auch als Mädchen namens Johnny Madlen als Mädchen namens *Angelica* aus *Mallorca* – auch wenn ihr im Winter Eiskunstlaufen spieltet, startete Madlen mit patriotischer Ausnahmslosigkeit für *Mallorca* – nach der höchstens zwei Lieder währenden Disco nach Hause und bis in ihr Appartement brachtest, das sich unklimatisiert auf dem Dachboden befand, sodass angesichts stickiger *Demse* nicht direkt etwas dagegen einzuwenden war, ein paar Sachen abzuwerfen und sich selbst auf die Luftmatratze, die dort wochenlang vor sich hinschmachtete, jedes Mal Luft gelassen hatte, manchmal pustetet ihr etwas nach. Dir war stets ein bisschen schwindelig, dort oben in der dünnen Luft. Wo ging, was nicht ging. Wo Madlens Mäusezähne auf deine trafen, denn das gehörte doch dazu, dass sie sich küssten, der Junge und das Mädchen nach der Disco, und man musste irgendwie den Mund aufmachen dabei, damit ein Erwachsenenkuss daraus wurde, und die Augen zu. Madlen brachte ihr Wissen als *Zungenkuss* ins Spiel, aber wie das funktionieren sollte, konntet ihr nicht ganz rauskriegen, es kam euch ein bisschen unbequem und ausgedacht vor, auch eklig, endete wahrscheinlich in einem Gackeranfall. Der eurer Nachahmungskonzentration keinen Abbruch tat, dieser Gewissenhaftigkeit, mit der ihr euren Spielregeln nachzukommen suchtet. Die als nächsten Schritt vorsahen, worüber ihr noch keinen Erwachsenen hattet reden hören oder nur in einer Form, in der die dümmliche Annahme mitschwang, in euren Ohren ergäbe dies alles sowieso keinen Sinn. Das erstaunte dich immer wieder. Vielleicht hatten ja sie selbst als Kind *nur Bahnhof verstanden*, was auch an ihrer heutigen Person einiges erklären würde, aber trotzdem sollte man ja nicht immer *von sich auf andere schließen*. Ihr jedenfalls hattet schon alles verstanden, denn viel und kompliziert war es ja nicht gerade: dass man sich nackig auszog und zusammen ins Bett legte, der Mann auf die Frau – was du typisch erwachsenenunsinnig fandest, weil es in dir ein Bild hervorrief, das in unmittelbarer Nähe zu den plattgewalzten *Buben von Korinth* lag, auch dachtest du dabei an deinen Zweizentnervater –, um dann Bewegungen miteinander zu vollführen, die sich mehr oder weniger automatisch ergeben würden, wenn es sich um einen richtigen Mann und eine richtige Frau handelte, also nicht um euch, darüber musstet ihr euch keine technisch detaillierten Gedanken machen, sondern nur so tun als ob.

Es hatte natürlich mit der *Muschi* zu tun, deshalb durfte man darüber nicht reden, aber *Muschis* hattet ihr beide, sie sahen ungefähr gleich aus, nur war Madlen braun und du *käseweiß*, und sie roch nach etwas, nämlich nach Madlen, und du nicht. Angeblich steckte der Mann sein Ding in die Muschi der Frau, du fragtest dich, wie soll das gehen, da käme er ja nicht gerade weit, und hieltest es mehr für ein Gerücht, für eine der üblichen Umschreibungen, die in Wirklichkeit etwas anderes meinten, doch gingst du sowieso davon aus, es würde dir erspart bleiben, denn was immer es war, es war einfach unvorstellbar. Das Wort *Pullermatz* konntest du nicht ausstehen, obwohl du lachen musstest über die *Pullimatzei*, besonders wegen Bettinas Vater, *der is Polizist*, tat sie mit wichtigtuerischer Betonung auf der letzten Silbe bei allen Gelegenheiten kund, einmal jedoch auch, gegenüber deiner Mutter: »Mein Vater ist Geheimnisträger!« Das verbuchtest du als eine dieser Umschreibungen. Wie auch immer, was er da trug unter seiner Uniform, war kein Geheimnis, es wurde bezeichnet mit einem lächerlichen Wort und konnte in keiner Weise ein Pendant zur *Muschi* abgeben. Mit dem Kinderkriegen hatte es außerdem zu tun, doch existierte dies für euch mehr als abgespaltenes Wissen, es interessierte euch nicht so, *Vater-Mutter-Kind* hattet ihr hinter euch gelassen, und um Babys machtest du schon damals lieber einen Bogen, du hattest Angst vor ihnen, ihrem Schreien und Angewiesensein. Schnell weg.

Schnell mit Madlen auf die Luftmatratze, schnell sich aus Nickis, Hose, ihrem Rock, Hemd und Schlüpfer pellen, dass keine Zeit blieb für die Gedanken, die alles bis zur Unausführbarkeit komisch finden würden. Jede ein Ohr zur Treppe, obschon bei vernehmbaren Schritten keine Zeit geblieben wäre, alles ungeschehen aussehen zu lassen, das Tun ein Un-Tun. *Was macht ihr da? Nichts! Ni-hichts!* Durch die Bodentür, die ihr mit der vereinten Kraft eurer nackten Mädchenkörper, du in Socken, gegen Charlies Eindringversuch stemmtet, in deiner Vorstellung. Es geschah nie, und es wäre auch das Ende gewesen dieses Nichtstuns, nicht nur, weil er das nächste Mal mit seiner Bande den Boden erstürmt hätte. Es hätte sich auch für euch in ein Etwas umgewandelt, etwas, das voreinander und der Welt nicht bestehen konnte. Es hatte ja noch nicht mal einen Namen, nur einen Decknamen, mit dem ihr es statt eurer zudecktet. Es schlief, wenn ihr wach wart. Wenn ihr die Bodentür zum Hausflur wieder öffnetet und in den Sachen des jeweiligen Tages schwellenlos zurück tratet in die Abendbrotswelt mit den Sommerinsignien der grünen Gurken und Tomaten, die manchmal schon von zwei Stockwerken tiefer das Warnsignal »Madlen!« aussandte. Ihr hopstet die oberste, unabgenutztere, leuchtender bohnerwachsrötliche Treppe hinunter in der stillen Genugtuung über ein gemeinsames Geheimnis, das ihr zwischen euch jedoch nicht zelebriertet, das euch weder zu schwächen noch zu stärken schien, dir nur allein etwas unheimlich war, aber nicht auf der Seele lag, sondern gewissermaßen außerhalb von dir. Du auf Madlen, manchmal umgekehrt, oder weder-noch, das war am angenehmsten, nur anfassen, nicht erdrücken, das lenkte nur ab. Lenkte dieses Bild dich kurz ab, vom Stullenschmieren, vom Abtrocknen und Zähneputzen, hattest du nicht das Gefühl, etwas zu verheimlichen, obschon du es auf keinen Fall und niemandem erzählt hättest. *Is doch gar nix passiert.*

Als Charlie zeitweilig seine Bande links liegen ließ, um mit dem Parallelklassenmädchen Annika zu gehen, und Madlen deshalb anfing zu fluchen und schließlich dir unverhohlen die Ohren vollzujammern, blieb dein Herz völlig verschont von drei naheliegenden Plagen: Schadenfreude, Eifersucht und Neid. Und Mitleid fiel dir nicht im Traume ein, deinen Träumen jedoch fielen immer neue Konstellationen aller Beteiligten ein, keine davon überzeugte dich. Sie schienen dir auch nur eine Ablenkungsmaßnahme, die dir nicht weiterhalf in der Frage, ob du nun eigentlich besser oder schlechter dran warst, du kipptest fortwährend von der Über- in die Unterlegenheit und zurück. Madlen: war jünger als du und wusste nun dennoch schon, was es hieß, verliebt zu sein, andererseits brachte es sie in einen jämmerlichen Zustand, man konnte nichts mehr mit ihr anfangen, vor allem nicht sie selbst, das schreckte dich am meisten. Annika: hatte nun *schon einen Freund*, aber es handelte sich lediglich um deinen Bruder und außerdem wolltest du doch gar keinen Freund. Charlie – Charlie machte dir unbegreiflicherweise am meisten zu schaffen. Er hatte nun also eine Freundin, länger als drei Tage, und allein das versetzte ihn plötzlich auf einen viel ferneren Planeten als all sein Bandenblödsinn, an dem es ohnehin nichts zu verstehen gab, den er als Junge nun mal wie Scharlach oder Ziegenpeter durchmachen musste und dann nie wieder, und besser jetzt denn als Erwachsener, das sollte es auch geben. Aber musste er eine Freundin haben? Ob er Annika wirklich anfasste? Charlie und anfassen! Das stieß sich derartig magnetisch ab, dass es einfach nicht sein konnte. Die küssten sich ja nicht mal richtig, weder mit Zunge noch ohne, soweit du das von deinem Spionageposten aus, den du natürlich Madlen zuliebe bezogst, ausmachen konntest. Aber selbst wenn, er musste sich dafür nicht mit Annika auf dem Boden verstecken, warum eigentlich nicht. Alle sollten es sehen, auch wenn er zehnmal so tat, als ob nicht: dass Charlie Wolkenzin nun wusste, wie es ist, ein Mädchen zu küssen. Dabei wusste Johnny Wolkenzin das schon lange, und vor allem besser. Aber das zählte nicht, das ging nicht ein in die Wollweber-Annalen und unterlief jede Statistik, das sollte und wollte keiner wissen, da hätten sie nur gelacht, sogar Madlen. Charlie war in sie verknallt gewesen, aber es war ihr nicht in den Sinn gekommen, das auszunutzen, sondern du warst ihr in den Sinn gekommen, euer Spiel. Und jetzt war sie in Charlie verknallt, und das war dir zwar egal, aber Verrat. Weil sie das Spiel, das ihr nicht mehr spieltet, so verzweifelt gegen den Ernst eintauschen wollte, dass es sich nur um eine komplette innere Annullierung handeln konnte. Die dir absprach, was du erfahren hattest, und das ging entschieden zu weit. Das ging dir gegen den Strich, das ging nicht. Sie hatten doch alle überhaupt keine Ahnung!

»Annika, Annika!«, äfftest du Charlies häufigste neue Vokabel nach, an einem Abend, an dem ihm endgültig was zu Kopfe gestiegen schien und er der Meinung, seiner triumphalen Lebensfreude am besten dadurch Ausdruck zu verleihen, indem er jede Bewegung und Äußerung seiner älteren Schwester imitierte und für seine Lachmuskeln durch den Kakao zog. Es war aber einer der sich bedenklich vermehrenden Tage, an denen dir nicht zum Lachen war, sondern nur mit Mühe das Gegenteil verhindert werden konnte. Oder mit einem Wutanfall: »Annika hinten, Annika vorne! Weißt du eigentlich, wie ihre Muschi aussieht?!« Du glaubtest selber kurz, dich verhört zu haben, aber Charlie lief zum Ergötzen puterrot an, eine Eigenschaft, die eure weiße Haut zu deiner Genugtuung teilte. »Halt die Fresse, du blöde Kuh!« Und pflichtbewusst wie nie Richtung Zähneputzen strebend, fügte er, fast verhalten schon und als sei es einfach nicht zu fassen, noch hinzu: »Du bist eklig, Johnny!« Und das alles war eine befriedigende Antwort.

Du warst eifersüchtig und neidisch auf dich selbst. Du hattest etwas, das du nicht haben konntest. Als Annika Schluss machte mit deinem Bruder, warst du morgens schadenfroh und abends hattest du Mitleid, denn Charlie heulte wirklich *Krokodilstränen* auf sein Kissen und brachte nichts raus als: »Blöde Kuh!«

Ungefähr damit brach die undeutliche Zeit an. Die Problematik beschäftigte dich nicht länger, sämtliche Jungs waren dir sowieso schnuppe, bis auf Ronny, bei dem du nicht wusstest, was du dir wünschen solltest. Mitten in Geschichte, dem ersehnten neuen Fach, das zunächst nur mit Faustkeilen langweilte, stand eure Klassenlehrerin auf einmal im Raum mit einem Gesicht, das ihr nicht zu gehören schien. Sie nahm Frau Mahlow durch ein Flüstern mit vor die Tür, Flüstern wollte sich auch unter euch anfachen, doch konnte es nicht aufflammen, als mangele es an Sauerstoff, als entwiche er durch den Türspalt, der gleich darauf weit und flurdunkel wurde, zwei Lehrerinnen hereinschob, und aus ihren Mündern strömte es wie Stickstoff. »Frau Warmbier muss euch etwas Trauriges mitteilen«, sagte Frau Mahlow mit über euren Köpfen hinwegflatternden Augen. Frau Warmbier sagte: »Ronnys Eltern hatten vorgestern Nacht einen Autounfall, sie sind tödlich verunglückt. Ronny wird erst mal nicht zur Schule kommen.« Sie sah Frau Mahlow an, als habe sie den Rest vergessen, eine zum Weinen neigende Schülerin. »Wir beenden die Stunde für heute«, sagte Frau Mahlow. Es folgten noch drei oder vier.

Auf dem Nachhauseweg erwogst du mit Katja, ob »tödlich verunglückt« noch etwas anderes bedeuten konnte. »Ich dachte erst …«, sagte Katja. Ja, du auch. Kreuzottern besaßen tödliches Gift, aber meistens blieb man von einem Biss nicht tot. Fünf Hornissenstiche reichten aus, oder waren es sieben? Jedenfalls war es unwahrscheinlich. Aber es konnte passieren, man konnte sterben an einer einzigen Biene. Am Sonntag war dir oft todlangweilig auf euren Familienausflügen, bei denen man *stundenlang* im Auto sitzen musste, um dann irgendwo ratlos herumzulatschen, du sahst förmlich die Zeit verrinnen bis zum Montagmorgenekel. Jetzt aber und noch lange Zeit übernahmst du jeden Sonntag deinen Platz auf dem Rücksitz wie eine Aufgabe, und überstehen war alles. Du konntest nicht allein zu Hause bleiben. Sondern dir nur wünschen, der Ford solle einfach über Nacht kaputtgehen oder geklaut werden oder was einem Auto sonst so zustoßen konnte, und der Bäckerladen, den dein Vater aufmachen wollte, möge niemals genug abwerfen für ein neues. Deine Mutter hatte ihre Kündigung schon.

Und während sie sich einer Umschulung zur Floristin unterzog, schultest auch du den Umständen entsprechend um auf ein Metier, dessen Notwendigkeit stets zweifelhaft blieb, ein Alibi der Entbehrlichkeit. Vielleicht gab es auch von deiner Sorte zu viele, bloß sehen konntest du sie nicht, dir schienst du die Einzige deiner Art. Keine Verbündeten weit und breit. Verbündete hatte auch deine Mutter nicht, nur noch *Konkurrenz.* Und in deiner neu zusammengewürfelten Klasse, in der kein Ronny Wildermuth mehr saß, aber auch kein Enrico, keine Bettina, ging es nach ersten Sondierungen, versuchsweisen Sortierungen alsbald um die Plätze an der Sonne, zwei Sonnensysteme formten sich aus, tarierten ihr Gleichgewicht aus, und mochte man es nicht halten mit dem Gestirn Jessica, das schwarzweiß-grobkarierte Hemden trug und die obligatorische sprayfixierte hohe Scheitelwelle am höchsten und nach rechts, als Ausweis ihrer Gesinnung, wobei es Gegenstand von Debatten wurde, ob solche Haarwellen nicht vielmehr nach links toupiert sein müssten, auf dass sie für den Betrachter in die rechte Richtung wiesen, was unter den Planeten des Jessicasystems zeitweilig zu einer Scheitelspaltung führte – wenn einem also der Sinn für Haarspaltereien und Grobschlächtigkeiten abging und man nicht zur Minderheit der vier Jungs gehörte, die sich jeweils paarweise zusammenschlossen als der dicke und der dünne Christian einerseits und die beiden Chorknaben andererseits, ergab sich als Umlaufbahn von allein eine engere oder exzentrischere um Frauke als die einzige und zugleich beste Möglichkeit. Eine Konstellation, die du fürchten lerntest, die nur, zitternd, zu ertragen war, solange sie funktionierte, und ansonsten schlimmer als alles andere. Für Katja standen die Sterne gut, ihr lockeres Mundwerk kam an bei Frauke, sie avancierte innerhalb eines Schuljahres zu ihrer Busenfreundin, schob sich zwischen das bisherige, aus der anderen Schule herübergekommene Doppelsternsystem Frauke und Annett, was unmittelbar zu einer Annettverfinsterung führte, schließlich zu gänzlichem Erkalten, nach der Achten wanderte sie ab in eine andere Galaxie, die Realschule. Du selbst hieltest in der Zehnten im Einjahres- und Einstundenfach Astronomie einen Vortrag über Pluto, schon nahe daran, den Planetenstatus aberkannt zu bekommen.

Deine Mutter errang eine Stelle im Blumenladen bei der kurzbeinigen Inhaberin, die schon immer *privat* gewesen war und der deine Mutter noch immer *privat* nachts die Hosenbeine kürzte, inzwischen sogar die von Steghosen. Als Kind besaßest du eine Sammlung aus abgeschnittenen oktavheftbreiten Stoffringen, allerdings in so scheußlichen Farben, dass dir nie eine passende Verwendung dafür einfiel, selbst für die bei eurer Kunstlehrerin so beliebten Collagen waren sie später kaum zu gebrauchen, außer einmal zum Thema »Träume« für die plastische Darstellung eines Albtraums. Der Blumenladen befand sich direkt neben der Bäckerei, was deine Mutter kommentierte mit: »Na toll!« Nun wurde sie verfügbar für die Alltags- und Einkaufsfragen deines Vaters allezeit, nach seiner Back- und vor seiner Schlafschicht kam er herüber ins neue pflanzenfeuchte Schattenreich deiner Mutter, und wedelte sie ihn nicht mit einer Handbewegung wieder hinaus, was bedeutete, dass die Chefin *hinten* anwesend war, ließ er eventuell vorhandenen Kunden ganz nonchalant den Vortritt und drückte sich nach deren Abgang so lange auf den Ladentisch gelehnt halb palavernd, halb stumm herum, bis erneut die Türglocke bimmelte, ein Luftzug hereinstrich, der deine Mutter aufatmen ließ. So ungefähr wohl. Sie war allein, aber anders als du. Sie vermisste ihre beschürzten Kolleginnen an den Nähmaschinen, die Gegenwelt des Kleiderwerkkollektivs, die Tagesanbruchsfahrten mit dem *Diamant* in einen anderen Teil der Stadt. Vielleicht meinte dein Vater auch, ihr die Zeit von neun Uhr morgens bis achtzehn Uhr abends willkommen zu verkürzen, während er sich von ihr den Einkaufszettel diktieren ließ, eine Entscheidung in Sachen Sonntagsessen erbat, unerwartete Schrumpfungen des gemeinsamen Kontostandes diskutierte und danach im Allgemeinen geduldig darauf wartete, dass sie einen weiteren Gesprächsgegenstand auftriebe, zu dem er ein paar Worte fallen lassen könnte. Für regelmäßige Kunden, zu denen dank der Ausmaße deiner Heimatstadt so gut wie jeder in ihr ansässige Blumenfreund gehörte, muss es nach Liebe ausgesehen haben.

So wie bei dir nach einem Freundeskreis. Ja, du gehörtest dazu, irgendwie, wurdest eingeladen zu den Geburtstagen, nur nicht allen, eingeweiht in Geheimnisse, nur oft als Letzte, stelltest keine echte Außenseiterin dar, nur eine Randfigur, es zehrte mehr: Die anderen gaben nicht zu, dass du, irgendwie, nicht dazugehörtest, es wurde ein Dazugehören erwartet von dir, selbst wenn es nicht *auf Einbildung beruhte*, dass sie eigentlich auf dich verzichten konnten. *Nu sei ma nich so empfindlich.* Das Dumme war, dass du nicht auf sie verzichten konntest. Frauke und ihre Freundinnen, Katja zumal, sie fielen nicht unter die Sorte blöde Puten, sie watschelten nicht nachmittags zwischen den drei Klamottenläden und zwei Drogerien hin und her, bezogen nicht in der Mitte des Marktes Posten und Positur auf dem Springbrunnenrand, in der Hoffnung, ihr wasserbesprenkeltes Aufjuchzen möge ein paar verpickelte Puter anlocken. Sie liehen sich Bücher aus der Bibliothek aus, färbten ihre T-Shirts selber und ihre Haare mit Henna, sie organisierten Klassenfeste, wollten Theater spielen und schrieben sich dafür die Texte. Wenn überhaupt, hingen sie mit Jungs aus der Elften und Zwölften herum, ließen sich in deren Autos an nahe Seen und zu Dorfdiscos fahren, ohne sich auf allzu viel einzulassen. Sie hatten alles im Griff, sie wussten, wie man es macht. Und du: vermisstest dein früheres Alleinsein, als Abwechslung. Gucktest du jetzt aus deinem Nachmittagsfenster in den Hof, wirkten die wilden Spiele wie aus ihm herausgebürstet, ein zu heller, missfarbener Fleck. Keiner klingelte bei dir und unterbrach dein Alleinsein; gingst du zu ihnen, dann mit dem Gefühl, sie bei etwas zu unterbrechen. Das hättest du bald gelassen, doch mochtest du sie zu sehr, anfangs. Sie mochten dich auch, aber nicht zu sehr. Das Problem lag dennoch woanders: Es gab einfach keine offene Stelle für dich. Später in Chemie brachte man dir einleuchtende Begriffe davon bei, Wertigkeit und Sättigung: Du konntest nicht recht Teil des Freundschaftsmoleküls werden, mitunter jedoch hatte es freie Elektronen zu vergeben, die eine Ankopplung ermöglichten; eine Übersättigung war nur unter bestimmten Bedingungen möglich.

Frauke, Katja, Dani, Susanne, Kirsten, Manja. Johnny manchmal, und manchmal nur als ob. Fraukes Ruhm blieb dir ein Rätsel all die Zeit, deine Versuche, ihn auszumachen in einer hervorstechenden Qualität, brachten dich stets nur an den Ausgangspunkt zurück. Nichts an ihr ragte weit über die anderen hinaus, und du fandest übrigens auch nicht, dass sie bessere Aufsätze schrieb als du, nur war eure Deutschlehrerin Fraukes Charme ebenfalls allzu willig verfallen wie auch dem exzessiven Gebrauch ihres Fremdwortschatzes, das war Fraukes vielleicht einzige Methode: ihre Fähigkeiten jeweils in das Licht zu rücken, in dem sie die meisten Reflexe warfen. *Konvex.* Sie bot keinerlei Angriffsflächen, das war Glück, das war schlau und vermutlich schon alles.

Katja – Katja war natürlich eine Verräterin, Überläuferin, dennoch bewahrtest du dir eine alte Anhänglichkeit an sie, mit ihr teiltest du mehr als immer noch den Nachhauseweg. Zu Zeiten machte es dich nervös, du befürchtetest, sie könnte dich endgültig verraten. Sie kannte dich noch unter dem Namen, der für die anderen lediglich der war, unter dem du aufgerufen wurdest, auch wenn du dich nicht meldetest, und Halbjahr für Halbjahr dein Zeugnis empfingst, unwesentlich. Ein Vorteil, dessen Zahlseite wieder ein Nachteil war: Sie nahmen Johnny nicht als Besonderheit und Errungenschaft wahr, es mangelte an der Differenz, aus der du selbst deine Energie bezogst, das Hochgefühl jener vergangenen Hofnachmittage, jetzt schien sie wie ein nutzloses Geheimnis.

Dani imponierte dir am meisten. Auf Erwartungen, Zurechtweisungen, Ratschläge zog sie es vor, entweder gar nicht oder mit übermütigem Lachen zu reagieren und Schulterzucken. Ihre Unbekümmertheit hatte auf dich die Wirkung einer Schnellkur, konntest du einen Nachmittag lang in ihrer Nähe weilen, meist aber hatte sie anderes vor. Sie ließ sich zur Rettungsschwimmerin ausbilden. Ihr Vater war tot. Ihre Mutter war MTA und hatte MS. Sie hatte drei jüngere Schwestern. Was noch: Sie sagte, Jungs interessierten sie generell nicht. Sie könne sie nicht ernst nehmen. »Wahrscheinlich bin ich lesbisch«, sagte sie und lachte, aber nicht wie über einen Scherz, sondern einen amüsanten, gar nicht so schlechten Umstand. Sie sprach es so leichthin ins Pappelflimmern der großen Pause, dass keine von euch auf die Idee kam, es komisch zu finden. Im Gegenteil, hattest du den Eindruck, eine Mischung aus Besitzerstolz und beinahe Neid schien sich watteweich um sie zu legen. Obwohl keine hätte tauschen wollen, du auch nicht, da bist du dir sicher und auch, dass du dieses Wort, vor dem etwas in dir zurückscheute, aus ihrem Munde zum ersten Mal laut hörtest. Du wolltest nichts wissen – abgesehen davon, dass du dich nie getraut hättest, sie zu fragen – und die anderen offenbar auch nicht, es hatte keinerlei Anteil an eurer Wirklichkeit. Dani, sie lebte mitten unter euch und ihr saht sie nicht.

Susanne wirkte wie etwas sehr Sauberes, das sich niemals waschen muss. Weiß und feingliedrig, mit hellblonden Haaren und anscheinend knitterfreien dünnen Baumwollblusen kam sie morgens, völlig unverschwitzt, aus ihrer Eigenheimsiedlung angeradelt, wo sie zusammen mit Dani Tür an Tür aufgewachsen war. Sie pflegten eine Vertrautheit, die du nicht durchschautest, denn weitere Gemeinsamkeiten besaßen sie nicht. Du fragtest dich, ob sie ein Spiel verband wie Madlen und dich, nicht aber, ob sie es womöglich immer noch spielten. Es war schlichtweg unvorstellbar, bei Susanne. Ihr ganzes Sein mutete so aseptisch an, dass du die spätere Tatsache ihres seit der Elften vorhandenen festen Freundes nie recht zu fassen vermochtest, obschon auch er einen Ausbund an Tadellosigkeit darstellte. Wie in aller Welt war sie zu ihm gekommen oder umgekehrt, wie zum notwendigen Moment der Haltlosigkeit, der Knitterfalte in der Bluse sozusagen, und wie hatte es ohne Schweißausbruch abgehen können? Man sah ihnen so gar nichts an. Als sei der Ist-Zustand nie ein anderer gewesen, so selbstverständlich hielten sie nun Händchen. Solche Dinge blieben dir immer frustrierend unerklärlich. Natürlich, weil sie dir selbst aus noch unerklärlicheren Gründen nicht widerfuhren. Dabei wäre es bei dir doch viel einfacher gewesen, warfst du beständig dem Schicksal vor. Wenn selbst Susanne –!

Und Manja erst. Manja nahmst du nie anders wahr als die Verkörperung des Durchschnitts, die Quersumme jeder Statistik. Weder hübsch noch hässlich, dick noch dünn, weder Intelligenzbestie noch Dumpfbacke, fiel sie kaum jemals in irgendeiner Weise auf, schien sie weder einen Mangel zu leiden noch überhäuft zu werden von glücklichen Fügungen und mit allem mehr oder weniger einverstanden. Sie passte sich umstandslos an, sie passte zu jedem – nur nicht zu dir, was ihr leider entging, wenn sie sich von Zeit zu Zeit an dich hängte, nämlich immer dann, wenn sie sich von Kirsten vernachlässigt fühlte. Doch solcherart notgeborene Gesellschaft war dir lästig und eine Zumutung, eine Frechheit, denn ihre Zuwendung bedeutete nicht nur, dass sie dich als ihresgleichen ansah, sondern erlaubte ihr, neben dir gleichsam doch auf einer um Zentimeter höheren Stufe zu stehen, weil sie, Kirstens sonstige Intima, sich deiner im Niemandsland der Einzelgänger quasi annahm, dich förmlich errettete aus der sie mit Angst und Schrecken erfüllenden Unzugehörigkeit, kaum gewahr, dass es sich vornehmlich um eine Rettung ihrer selbst handelte.

Kirsten war schöner als alle zusammen und brauchte sich nicht die Haare zu färben, sie trug sie erst bis zur Hüfte, ab ihrem sechzehnten Geburtstag kurz wie Sinead O'Connor. Zu ihr blieb der Abstand über die Jahre am größten, was auch hieß, er vergrößerte sich nicht, sie war freundlich und ihr Blick schien aus der Höhe von ein Meter einundachtzig manchmal etwas verwundert auf dich zu fallen, als erinnerte sie sich deiner erst in dem Moment wieder. Was dich Unsichtbarkeit wünschen ließ, so unansehnlich und bedauernswert kamst du dir vor. Manchmal suchtest du kurz danach einen Spiegel auf und warst jedes Mal überrascht: doch gar nicht so übel! Was hatten sie denn? Was hattest *du* denn? Was hattest du denn an dir, das dich kennzeichnete als unzureichend, welcher Mangel erwies deine Untauglichkeit in jener schleichenden Ausmusterung? War es ein Zuviel oder Zuwenig? Dir war das Zuwenig von ihnen zu viel, und ihr Zuviel, ihre klettenhaften Moden, Umarmungen, Demonstrationen mädchenhafter Zusammengehörigkeit waren dir zu wenig, leer wie Behauptungen. Vermutlich rochen sie genau das: dass du aller Unsicherheit zum Trotz, vorbei an aller Ungelenkheit zuinnerst die Hochnäsigkeit in Person bliebst, dich für *was Besseres* hieltest aufgrund von nichts.

NIEMANDSLAND

Kann es sein, dass es dich damals gar nicht wunderte? Du übtest wie mit noch kindhafter Selbstverständlichkeit das Sitzen zwischen den Stühlen ein, *auf den Steinen*, als hättest du gleich eingesehen, dass für dich gar nichts anderes infrage kam, nicht vorgesehen war, du nahmst mit verdrossener Resignation all das hin, was du später gar nicht mehr eingesehen hast, gegen das ein Wüten in dir aufgekommen ist, ein Unverständnis und prinzipielles Nichteinverstandensein, das dir viel pubertärer vorkommt als dein jugendliches Abwinken, Abwarten. Kann man das noch dem verhassten Begriff der *Spätentwicklerin* unterschieben oder müsste man nicht konstatieren: Zu-Spät-? *Na und? Frühreif* ist dir ein widerwärtiges Wort geblieben, das wolltest du schon gar nicht sein. Du wolltest natürlich *normal* sein, aber natürlich ohne so sein zu müssen wie die anderen. Deine Aspirationen rannten schon immer mit Vorliebe in Richtung Unmöglichkeit. Alles andere war nicht akzeptabel. Alle anderen Rennstrecken sahen einfach unzumutbar langweilig aus. Zu bevölkert und ausgetreten. Austreten, jawohl, du meintest, es ginge und müsse geschehen noch vor jedem Eintritt. *Ich muss mal austreten*, das wurde euch beigebracht zu sagen für ein natürliches Bedürfnis, aber nicht zu tun.

Es ging einfach alles an dir vorbei, und das stimmte zwar nicht, fühlte sich aber trotzdem so an. Nur das Unglück nicht, von dem ja ohnehin immer zu viel gekocht wurde, ohne dass einer Appetit hatte, da blieb also noch reichlich für dich übrig. Und der Teller wird leergegessen, *Fräulein, eher stehst du hier nich auf.* Das Unglücklichmachende am Unglück war immer etwas, das man nicht vermutete.

Das Leiden nie das ausgemalte, denn das fiel ins Gebiet der Romantik, und Romantik und Unglück hatten überraschenderweise nichts miteinander zu tun, wirkten noch weniger aneinander gebunden als gewöhnliche Gegenteile, vielmehr gänzlich verschieden funktionierenden Phänomenklassen angehörend – mit dem Unglück als einer Klasse für sich –, was allgemein so wider alle Erwartung zu sein scheint, dass das Unglück in seiner Zukunfts- wie auch Vergangenheitsform, das befürchtete wie hinter sich gelassene, ohne viel Federlesens doch dem Zuständigkeitsbereich der Romantik zugeschlagen wird. Man selbst heroisch im Schmerz, komme, was wolle, und wie hatte man gelitten, wie ein Hund, und was für Geschichten durch, so ist das Leben.

Das Leben aber ist so, dass man es ohne Verwandlung in Geschichten kaum aushielte, deren Existenz einen erst recht das Leben vor Verwandlung in eine Geschichte kaum aushalten lässt. Das Leiden am Unglück ist das Leiden an seiner plotfernen Unordnung, seinem Mangel an Motiven, seiner Banalität und absoluten Ödigkeit.

Es war jedenfalls etwas anderes als unglückliches Verliebtsein. Du warst siebzehn und noch immer *ungeküsst*, denn Madlen zählte doch nicht und Sandras dreiste Zunge an einem toten Wohnungsnachmittag konnte man nur in den Müllschlucker der Verdrängung, nicht in die Waagschale werfen. Du warst zu spät dran, das stand fest, für alle, es ließ sich nicht mehr aufholen, was du auch anstellen würdest. Ganz besonders nicht, wenn du etwas anstellen würdest, etwas Ausgefallenes wagen, so wie es die jugendlichen Außenseiterfiguren in den Büchern und Filmen indirekt empfahlen, man sah gleich, das konnten sich nur wohlmeinende Vierzigjährige ausgedacht haben, die jenseits von Gut und Böse waren, es war *phony* und Holden Caulfield der einzig glaubwürdige Charakter. Du liebtest das *Hasenherz*, das Mädchen in der Prinzenrolle und vor allem in der anderen, aber wie sich dann vermittels einer Föhnwelle alles in Wohlgefallen auflöste – zum Kotzen. Und wenn der Zweck der ungewöhnlichen Tat letztlich in nichts anderem bestand als Aufnahme in die Gewöhnlichkeit – wozu dann der Aufwand? Mit siebzehn konntest du damit nichts mehr anfangen. Nur leider warst du seit zwei Jahren in Kai verliebt, der einen Namen trug, den du bis dahin nicht hattest leiden können und mehr oder weniger für eine Erfindung des Sozialismus gehalten hattest, so kurz und unkompliziert, sauber, optimistisch und vorbildlich, so geschichtslos klang er dir in den Ohren. Doch hatte Kai dich nicht vom Gegenteil überzeugen müssen, das tatest du schon selber, und das ging stets am schnellsten. Du sahst ihn nicht plötzlich mit anderen Augen, du sahst ihn überhaupt erst: einen dunkelhaarigen schmalen Jungen, Strich in der Schulhofslandschaft, ein Jahr älter als du. Und leider war nicht vorauszusehen, dass er bald schon ein magnetisches Objekt auch im Gesichtsfeld der anderen werden würde. Diesen Riecher besaßest du damals noch nicht, du gabst dich lieber wirklich eingebildeten Einbildungen hin, deren Unzutreffendheit der Grund ist, warum du deiner Ahnung jetzt so selten über den Weg traust, dabei könntest du sie in den Stand deines verlässlichsten Instruments erheben.

Du verliebtest dich grundlos, das heißt, weil du wissen wolltest, wie es ist, was zwar meist den triftigsten Grund für dich abgab, aber anscheinend den falschen, nicht aufgeführt fandest du ihn in den Listen der zugelassenen Gründe für alle als gewichtig angesehenen Lebensereignisse. Eine Verliebtheit hatte mehr einer Schussverletzung zu gleichen, *mich hat's erwischt,* einer Krankheit, gegen die man nichts auszurichten vermochte und deren Erreger zugleich die einzige bekannte Linderung darstellten. Dafür aber hieß es, den freien Willen restlos abzutreten, was als nicht so schlimm galt, da man es kaum merken würde. Dafür aber würde man die nicht in Worte zu fassende Glückseligkeit erlangen, man würde sprachlos sein. Was aber fing man an mit dem nichtkommunizierbaren Glück? Du erfuhrst es, auch wenn du nur das erfuhrst, was in den Augen der anderen nie das neidstiftende Strahlen des Glücks besaß: Man lief damit nicht weniger allein herum als mit dem Unglück. Selbst wenn die Ursache des Deliriums in einem ebensolchen herumlief, *das Gleiche in Grün* ist nicht dasselbe. Außerdem war es nicht der Fall und grün nur die Hoffnung. Im Ganzen aber sahst du schwarz.

Da es nicht normal war, sich nicht zu verlieben, hattest du eines Tages während eines jener zunehmend an dir vorbeigeführten Mädchengespräche den Schulhof und insbesondere die Raucherinsel einer eingehenden Beschau unterzogen und warst zu dem Schluss gelangt: na wenn überhaupt, dann ja wohl Kai Richter aus der Zehnten. Er trug die schwarzen Haare, wie sie gerade fielen, und sein Gesicht bot die Möglichkeit, als versprengten Vorfahren einen Samurai zu imaginieren, die Bilder einer verrauschten Fernsehserie, die euch als Kinder von einem Auf-nach-Japan als zuvörderstem Lebensziel überzeugt hatten, traten schemenhaft aus Gedächtnisnischen hervor. Mit einer Reise nach Fernost würde es so bald nichts werden, du warst aufgrund äußerst unregelmäßigen Taschengeldeinkommens und strikter Renitenz gegenüber sogenannten Ferienjobs, einem unerkannten Oxymoron, derart mittellos, dass auch Geld für dich in einem Bereich zu liegen schien, der zu dir von Natur aus keine Verbindung aufwies. Wie das spätere Geldverdienen vonstatten gehen sollte, war dir schleierhaft, du konntest dir nicht vorstellen, dass irgendwer dich für irgendeine deiner Fähigkeiten bezahlen würde, da wartete doch niemand, dass ausgerechnet du ankamst, nicht für die Tätigkeiten, die deinen solipsistischen Neigungen entsprachen, und erst recht nicht für die, die ihnen nicht entsprachen, denn zu denen würdest du dich nicht überwinden können. Auch Kai wartete nicht, und ein Aufbruch ins Land der roten Sonne erschien dir recht bald realistischer.

Was hattest du dir da eingebrockt? Anders als spätere Einbrockungen geschah es aus einem Daseinsgefühl, das dir mittlerweile fast vollständig abhandengekommen ist und sich nur noch nostalgisch betrachten lässt: dem der Langeweile. Dir war nicht nur langweilig, dir war vor allem flau von der in all der unausgefüllten Zeit zum Nachdenken unverdrängbaren Tatsache, dass die Langeweile deine Jugend, in der man sich gefälligst nicht zu langweilen hatte, einfach ausschlürfte. Das finale Trinkhalmröcheln würde verkünden, dass es nun vorbei war und du am nächsten Morgen zu einem Bewerbungsgespräch antreten müsstest. Natürlich plantest du die unbestimmte Hinauszögerung mittels vieler Studiensemester. Auch bei Kai ließ sich gut zögern. Du gewöhntest deinem Blick an, in ihm seinen Fixpunkt zu suchen, dort zu verweilen, aber unmerklich, und ihn zu studieren. Bald genügte die rasche Vergewisserung seiner Anwesenheit in ein paar Metern Entfernung oder das vorausberechnete Kreuzen eurer Wege auf den Fluren der höheren Schule, die nicht mehr die *Karli* war, sondern das *Gymnasium*. Du dachtest täglich an ihn, Kai, den Sechzehntelsamurai, und auch nächtlich, dann war es so weit: ein ruckartiges Ziehen fuhr dir in den Bauchraum bei seinem unvermittelten Anblick, das flatternde Schaukelgefühl, du stelltest es mit ungefähr der Befriedigung fest, die du verspürtest, wenn in Chemie das Lackmuspapier die durch das Experiment zu erreichende Farbe annahm.

Dieser Anfang war das Interessanteste gewesen, im Folgenden zog es sich zu einer eher geschmacksneutralen Geschichte aus, gleichwohl konntest du nicht aufhören, darauf herumzukauen wie auf einem sich zu völliger Ungeschmeidigkeit verdichtenden Kaugummi, von dem sich Zähne und Zunge doch nicht trennen mochten um der Beschäftigtheit willen, einer leidlichen oralen Befriedigung. Die relative Ereignislosigkeit bewahrte dich vor der absoluten, mit-ohne Kai ließen sich zumindest ein paar Miniereignisse verbuchen, etwas, womit du dein Tagebuch in Richtung echtes Teenagertum aufpeppen konntest. Du warst recht bald, wie von einer Naturkonstante, davon überzeugt, dass es mit dir und Kai nichts werden würde, umso weniger jedoch konntest du ablassen von dieser In-vitro-Verliebtheit, denn solange du bei ihr, bei dieser Version der Geschichte bliebst, musste dir das Ausbleiben einer anderen, günstigeren Liebesgeschichte, einer unvorstellbar realen, nicht weiter als schweres Versäumnis im Magen liegen. An ungewöhnlich guten Tagen vermochtest du sogar dir selbst, und wem auch sonst, glaubhaft zu versichern, du wolltest eben nur ihn, Kai Richter, und das war doch ganz, wie es sich gehörte, dich durchströmte eine kurze Zufriedenheit. Du befandest dich in der Blüte jener Jahre, in denen man entgegen der allgemeinen Annahme zum Umstand der Liebe nicht etwa die erfrischendsten, sondern die spießigsten Ideale hegt. Auf dem morgendlichen Schulweg, inzwischen durch eine Art Sumpfgebiet des Stadtparks, hieltest du dich mit einem Set aus um eine mögliche Kai-und-Johnny-Paarbildung kreisenden Was-wäre-wenn-Phantasien bei Laune, für die du dich im weiteren Verlauf des Gymnasialnormaltages wieder begannst zu verachten, ein so unausweichliches Hin und Her wie das deines den in unverschämter Anzahl den Plattenweg belagernden Nacktschnecken ausweichenden Vorderrades, unter das sie schließlich doch stets gerieten. An einem klaren Septembermorgen holte Frauke dich auf ihrem Rennrad ein, obwohl sie sonst einen anderen Weg nahm, und verkündete in deine Verwunderung hinein ohne Einleitung noch Verwunderlicheres: »Weißt du eigentlich schon, dass Kai jetzt mit Babette Schmidt geht?«

Die sofortige Mobilmachung deiner Abwehrkräfte gelang dir, wenn auch nur hinreichend für diesen schmalen Moment, also noch vor den sieben Morgenschlägen der Marienkirchturmuhr, denn zehn Minuten später würden die erste und alle weiteren sechs oder sieben Stunden genügend unüberwachten Gedankenraum bieten, eine Art übersehenen Winkel wie in *1984*, in dem man die sich zudringlich vermehrenden Fragen um und um wenden und nach und nach erledigen konnte, sich reinigen von ihren Schleimspuren bis zum nächsten Morgen und der Schulhofswelt mit einem aufgeräumten Gesicht entgegentreten. Als Kostprobe dieses Gleichmutes serviertest du Frauke mit einem Reflexbissen ab: »Nee, aber das intressiert mich auch nich so«, und setztest, um wenn schon nicht den berechtigten Zweifeln, so doch der unberechtigten Gemeinheit einen aufschiebenden Dämpfer zu verpassen, hinzu: »wie dich«. Denn dass trotz Aufwendung deines zu jener Zeit noch vorhandenen Talents zu absoluter Geheimhaltung anscheinend alle Welt im Bilde war über das Bildmaterial deiner Kopfcollagen und dir dies auch noch impertinent aufs Brot schmierte, war ungeheuerlich, aber mitnichten dazu geeignet, dir die Waffe deines Wissens abzunehmen, im Gegenteil fühltest du sie erst jetzt deutlich und brauchbar auf deiner Herzgegend ruhen und zögertest nicht, sie Frauke blitzschnell unter die Nase zu halten. Denn nicht entgangen war dir, dass Frauke deine bevorzugte Schulhofsblickrichtung teilte, dass sie eine ganze Weile lang schon in notdürftig ironisch verbrämter, euphorischer Dankbarkeit Kais Namen aufgenommen hatte, sobald er im Zusammenhang mit den anderen Jungsnamen fiel, die die Freizeit- und Wochenendberichte der anderen dekorierten. Überhaupt hatte jener Kai Richter seit kühnem Beschluss und fortdauerndem Verdruss deiner Verliebtheit eine sagenhafte Karriere in der Aufmerksamkeit der anderen hingelegt, und das ohne eigenes Zutun, ein zweischneidiges Samuraischwert: Du kamst ganz unvermutet voran mit deiner Informationssammlung, aber ganz wie vermutet doch keinen Zentimeter näher. Und dieser Morgen gab nur dem alten Verdacht, das Hauptkennzeichen aller Ereignisse dieser Welt sei profundeste Erklärbarkeitsferne, neue Nahrung: Babette Schmidt! *Die Frau mit den drei Köpfen*, in deren überdimensionaler Oberweite nun der Kopf Kai Richters versinken durfte, du versuchtest, dich von dieser Evokation von Schauerromantik abzuhalten. Und erklärtest ihn für temporär verrückt, Opfer seiner Hormone, um der keimenden Verachtung in dir einen zumindest etwas allgemeineren Anstrich zu geben.

Erst Tage später kam dir die Idee, bei Fraukes umwegiger Direktheit hätte es sich womöglich um einen Solidarisierungsversuch gehandelt. Kein Wunder, dass du ihn unbesehen abschmettertest, entstammte er doch der gleichen Wühlkiste wie der übrige verhasste Mädchenkram, zwanghafte Umarmungen, Küsschen, hysterische Hilflosigkeitszeugnisse und erpresserische Vertraulichkeiten, klebrige Neurosen des Nicht-allein-sein-Könnens. In solch einer Lage konnte man doch unmöglich solidarisch sein, eine Beleidigung basalster Logik wäre das, solltet ihr euch nun etwa gegenseitig was vorheulen? Ihr konntet Kai niemals zusammen bekommen – jedenfalls lag so etwas für euch damals in einem Bereich, der dem der komplexen Zahlen vergleichbar war, und die würdet ihr nicht behandeln; zwar trugt ihr Schlaghosen und gebatikte T-Shirts, aber das reichte euch als Ideologieausweis des Hippietums völlig aus – wie also konntet ihr ihn dann zusammen verlieren? Absurd. Du schriebst in dein Tagebuch *Heute ist der schlimmste Tag meines (bisherigen) Lebens* und weidetest dich an der Übertreibung.

Die folgenden Monate lösten all deine Antizipationen ein, was dir zumindest eine gewisse grimmige Genugtuung bescherte: Es gab die unübersehbaren Knutschanfälle zwischen Fahrradständern und Raucherinsel, nur pro forma etwas separiert von der nicht der Glückseligkeit teilhaftigen grauen Masse, des Weiteren die ostentative Entspanntheit in Kais Gang, die ihm zum lässig zerknitterten Hemd herausschauende Zugehörigkeit zu einer besseren Klasse nunmehr, dann auch nach der zweiten großen Pause den Bioraum, vor dem du mit deinem Kurs wie üblich wartetest, in der Annahme, die Tür sei verschlossen, die sich jedoch plötzlich von innen auftat und aus der heraustraten mit filmreif zerzausten Haaren Kai Richter, ihm anhangend und in viktorianischer Mimik schamhaft zu Boden blickend beziehungsweise auf das, was diese Sichtachse unterbrach, Babette Schmidt. »Na, die haben bestimmt nicht bloß Karten gespielt«, Kirstens Kommentar, der dir die Röte ins Gesicht trieb, als sei er zur Belehrung deiner Weltfremdheit gemeint gewesen.

Dies Stück stand sieben Monate auf dem Spielplan, seine Absetzung indes erreichte dich nur noch als eine Randnotiz, du hattest den Zuschauerraum verlassen, wenn auch nicht freiwillig. Erzählen wir uns eine andere Geschichte übers Verlieren.

Ein Sonnabendmorgen im März. Du wachtest auf mit der über Nacht um kein bisschen klarer gewordenen Frage, warum dich auch gestern nach Ablauf der letzten Doppelstunde keiner von den anderen zur Geburtstagsparty von Susannes Freund eingeladen hatte, obwohl sie in der Pause ganz freimütig darüber palavert hatten, um welche Zeit sich am besten dort einzufinden sei, welche Alkoholika mitzubringen und ob der und der oder der wohl erscheinen würde und man Katja nun nicht endlich mal verkuppeln sollte mit dem. Katja hatte gekichert und ihren Blick millimeterpräzise an dir vorbei gerichtet. So sah es aus, es gab nichts mehr zu beschönigen. Da konntest du auch aufstehen an einem Sonnabendmorgen kurz nach halb acht, du würdest nicht vorschlafen müssen für eine durchgemachte Nacht. Dir war, mit siebzehn, als gehörten sie schon der Vergangenheit an zusammen mit den Schlafanzugpartys, für die ihr mit zwölf verschnörkelte Einladungen maltet. Du würdest lesen, den ganzen Tag, unterbrochen nur von den Senfeiern zum Mittag und der Abtrockenpflicht, die dich zwang, abwaschhalber mit Charlie in der mittagsmatten Küche zu verbleiben, wenigstens herrschte geschlechtsunspezifische Arbeitsteilung, wenn auch seit Längerem keine Teilung mehr der Gesprächsgegenstände. Geteilt worden war vor ein paar Jahren auch das unnütz große Schlafzimmer mittels einer hohlen Wand in zwei wenigstens optisch getrennte Halbzimmer für dich und deinen Bruder, jeder bekam ein Fenster, du selbstgewählt die Außen-, Charlie die Grenzwand zum Wohnzimmer, da er sich unempfindlicher zeigte gegen die Fernsehgeräusche, gegen Geräusche überhaupt, leider.

Das elterliche Schlafzimmer hingegen war umgezogen in euer altes, dessen Schmalheit zusammen mit den Ausmaßen des Kleiderschranks das Doppelbett an die Wand zwang, sodass nicht mehr ehelich egalitär von beiden Seiten hineingestiegen werden konnte, sondern der Mutterseite als Einstieg nur das Fußende blieb, auf den eure Mutter zunehmend jedoch auch noch verzichtete, indem sie auf der Couch im Wohnzimmer nächtigte, eine Verlagerung des Schlafes, die euch nicht entgangen war. Du zucktest mit den Schultern und dachtest, im Verlauf von achtzehn zivilrechtlich geregelten Jahren alltäglichen und -nächtlichen Beisammenseins könne einem wohl schon mal sehr nach Abwechslung, und sei es auch nur in Form von Ab- und Ausweichung, werden. Das alles kam nie und nimmer infrage, und nicht nur das, es kam dir auch wahnwitzig dumm vor, wie sehenden Auges hineinzutappen in ein Tellereisen. Dein frohlockender Trotztrost bestand in der Überzeugung, dass du von nichts und niemandem dazu gezwungen werden könntest, man konnte doch einfach daran vorbeigehen. Womöglich würde dies einen Zusammenhang mit dem Gefühl, dass alles an dir vorbeiging, als seinen Preis offenbaren. Aber das schien dir immer noch besser als Ein- und Abklemmung und Amputation.

Es ist das Wort, das dir nicht einfiel, nachdem du den Zettel gelesen hattest, doch kommt es bei einer Amputation nicht darauf an, benennen zu können, was den Schock kurz vorm Blackout verursacht, sondern nur, irgendwie die nächste Minute zu überstehen und dann die nächste und zu widerstehen und insbesondere der Frage, wozu.

Ein liniertes Blatt Papier auf dem Küchentisch, einmal quer gefaltet, ohne dramatisches Kuvert, sondern leicht vom Luftzug des angekippten Küchenfensters bewegt. Sie fielen dir gleichzeitig auf als noch unbestimmbar, aber unmittelbar alarmierend, das beschriebene Blatt auf dem Tisch und die Märzkühle in der Küche, die dir sofort durch den Schlafanzug zog als Beunruhigung und von dieser gnadenfristartig ablenkende Empörung darüber, warum in aller Welt das Fenster offen stünde. Später, viel später dachtest du: Als habe sie andeuten wollen, nicht mal mehr die Tür benutzen zu müssen, sondern sei einfach, gleichsam ungeheuer verschlankt und leicht geworden nach dem Abwerfen allen bisherigen Ballasts, durch den Fensterspalt davongeflogen, entfleucht. *Hans Huckebein, der Unglücksrabe* kam dir als Erster in der losen Reihe unpassender Gedanken an diesem Tag in den Sinn, du zwangst dich, ein Lachen zu unterdrücken, und währenddessen fiel dir auf, dass du dir in diesem Moment nicht mal das Gesicht deiner Mutter vor Augen rufen konntest, bis auf die von ihr immer wieder in einer Art selbstmissgünstiger Resignation so genannten *Krähenfüße* um ihre weder ganz braunen noch ganz grünen Augen, ein Begriff aus dem gleichen schamlos-infamen Reservoir wie *Besenreiser, Hühneraugen* und *Überbeine*, bei deren Nennung in deiner Gegenwart dir stets ein Wart's-nur-ab mitzuklingen schien, ein Bedürfnis nach prospektiver Schadenfreude aus der Unmöglichkeit, sofort an jemandem oder etwas Rache dafür nehmen zu können, den gnadenlosen Blicken aller Welt auf weibliche Verfallserscheinungen zu unterliegen. Du warst dir sicher, du würdest ihnen entgehen, irgendwie, wenn nicht jenen Erscheinungen, so doch ihren aus der Niedertracht jener Blicke geborenen Namen, du würdest sie weder verwenden noch dulden, sie gehörten verödet noch vor allen *Krampfadern*. Es war unvorstellbar, aber irgendwann würdest du so alt sein wie deine Mutter, und dann würde es darauf ankommen, nicht so alt zu sein, dich nicht bis dahin von anderen und Umständen und schon gar nicht von *anderen Umständen* und schon gar nicht von den gleichen, die du, wenn du wolltest, doch du wolltest nicht, täglich studieren konntest, alt machen zu lassen, Sprach- und anderer Regelung des Alltags zu entkommen, und nicht erst *auf deine alten Tage*. Deine Mutter, sie zählte achtunddreißig Jahre bei ihrer Flucht und musste schon ein ganzes Leben hinter sich lassen. Wie ein dreist zurückgelassenes Exkrement, oder ein Angst-Vogelschiss, kam dir auch der Zettel auf dem Frühstücksteller, dem *Präsentierteller*, vor. Mit verschleiertem Blick wie eine letzte angerichtete, kalte, unbekömmliche Mahlzeit, hohnlächelnde Absage an alle künftige Mahlzeitenbereitung, nicht mal Esspapier, nach dem ihr eine Zeit lang verrückt gewesen wart.

Verrückt. Übergeschnappt. Gehirnamputiert. Diese Worte würden fallen, sie fielen auch in deinem Kopf als zornrotblauschwarzer Niederschlag, Kurzschluss, ein Schlag, der dich niederwarf, doch deine Mutter unterwarf, kurzer Prozess, du hattest schon vor dem Beginn des Ringens die Nase voll davon. Was fiel ihr denn ein! Als ob hier jeder einfach abhauen könnte, wenn überhaupt, dann war es ja wohl euer Privileg, in zwei, drei Jahren, deins und Charlies, denn ihr hattet es euch nicht ausgesucht, *mitgefangen, mitgehangen,* doch was hieß hier ›mit-‹, *selber* angefangen, *selber* dem Glauben angehangen, bei einer *Familie* handle es sich um die alleinseligmachende Zelle, und gerade doch dir gegenüber war dieser Glauben pausenlos verteidigt worden. *Selber schuld.* Und nun stimmte es alles nicht, nun fiel diese Schuld nicht auf sie, sondern euch zurück, ergoss sich über euch wie ein Kübel Pech, nun hocktet ihr da, wie geteert und gefedert, weil ihr zu faul gewesen wart, die Betten auszuschütteln und den Müll runterzubringen und an den *Muttertag* zu denken, oder was, den es früher nicht gegeben hatte, und obendrein behauptete sie jedes Jahr, sie mache sich nichts draus, sie bleibe beim *Frauentag.* Also was? Du klebtest frierend auf einem Stuhl in der Küche morgens um acht und heultest, weil du alles verstandest und dich nicht überzeugen konntest vom Gegenteil. Dass man jede eigene Lebenslage verteidigen konnte bis zum Gehtnichtmehr und es auch tat, keine Ahnung, ob du das wusstest, doch alles in dir empörte sich über die Lage der Dinge: dass sie dir zuvorgekommen war, dass du es ihr nunmehr nicht mehr nicht zutrauen konntest, dass sie sich so verhielt, wie du es später für solche falls nicht von vornherein zu vermeidenden Fälle unbedingt vorhattest. Auf und davon.

Ich breche heute in ein neues Leben auf. Wenn ihr das hier lest, bin ich schon weg und ich werde nicht zurückkommen! Das ist kein Witz! Ich habe das alles lange genug mitgemacht und ihr seid alt genug, um ohne mich auszukommen. Sucht nicht nach mir, ich wurde nicht entführt, ich will mir nichts antun, sondern ich will endlich leben, ich habe ein Recht darauf! Roswitha

Nicht ›Mutti‹, ›Mama‹, geschweige denn ›eure‹, sondern *Roswitha*, die sonst vielleicht nicht hätte aufbrechen können *in ein neues Leben*, aus welcher *Traumschiff*-Folge hatte sie das denn bitte, welchen *Ostseewelle*-Schlager hatte sie zu oft gehört in ihrem dumpfigen Blumenladen, zu Hause gestattetet ihr es ja nicht, Charlie und du, ihr hattet euch angewöhnt, kommentarlos den Sender wegzudrehen, sobald ihr die Küche betratet. *Eine neue Liebe ist wie ein neues Leben, schalala-lalala.* Du musstest wiederum ein hässliches Auflachen unterdrücken. Nicht, dass die ganze Situation, obschon offenbar nun Teil der Wirklichkeit, nicht an sich unannehmbar und irreal blieb, irr flirrte in deinem Kopf und wummerte wie ein entferntes, doch sich unaufhaltsam näherndes gewaltsames Irgendwas, vor dem es sich schleunigst aus dem Staube zu machen galt, die Antizipation einer alles niederwalzenden Druckwelle – Dies, So Was, anzunehmen lag nun endgültig im Bereich des Absurden und ZDF-Abendprogramms. Eure Mutter, durchgebrannt! Die Aufrechterhalterin einer Familie, in der durchweg, auch von ihr, so getan wurde, als fände jegliche Form von Liebe grundsätzlich nur im Fernsehen statt, und dann hatte man jeweils aufzustöhnen und aufzustehen und sich ein Eis aus der Küche zu holen, bei etwaigen Sexszenen jedoch wie versteinert sitzen zu bleiben und sie kommentarlos vorübergehen zu lassen wie eine mitmenschliche Geschmacklosigkeit, gegen die nun mal nichts auszurichten war. Einzig eure Mutter hatte hin und wieder gewagt, mittendrin einen plötzlichen Gesprächsanlass zu fingieren, *was wollt ihr am Wochenende essen nächsten Freitag hat Birgit Geburtstag die gelben Säcke müssen noch raus.* Eine Intervention, die wie Backpulver gleichermaßen für Auflockerung wie Aufschäumung der Peinlichkeitsmasse sorgte und ihre Entsprechung fand in den veränderten Nachtruheumständen: Dass eure Mutter nicht mehr an der Seite eures Vaters schlief, bedeutete einerseits, dass sie beruhigenderweise auch nicht mehr mit ihm schlief, andererseits drängte sich euch erst dadurch die Unaussprechlichkeit ins Bewusstsein, dass sie es so viele Jahre und überhaupt getan hatte. Denn eines schien doch bisher als gemeinsames Mysterium festzustehen, diese Familie war wie auch immer entstanden, aber gewiss nicht durch Sex. Was mehr oder weniger auch auf alle anderen Familien, die du kanntest, zuzutreffen schien. Eure Familienbande waren gesellschaftlich gesehen die natürlichsten, aber natürlich gesehen die undenkbarsten, *nicht gesellschaftsfähig.*

Vielleicht entbehrte es daher nicht einer gewissen Folgerichtigkeit, dass die Nachricht deiner Mutter ganz ohne Anrede auskam, sich in Abrede gestellt sehen sollten die Angehörigen, die Abhängigen ohne Angelpunkt.

Du lauertest darauf, dass endlich einer von den anderen beiden Mitgliedern der amputierten, um nicht zu sagen enthaupteten Familie Wolkenzin aufstünde und in die Küche käme, dein Vater, dein Bruder, möglichst dein Bruder. Zugleich jagte dir diese nächste Zukunft ein gewalttätiges Gefühl in den Bauch, nackte Angst: Die Aufgabe der Überbringung der Nachricht war von jenem Zettel auf dich übergegangen, selbst wenn du ihn wortlos nur überreichtest, nolens volens warst du zur Botin erkoren, über die Zorn und Unbeholfenheit hereinbrechen würden. Befördert noch, wie dir vielleicht jenseits der Formulierbarkeit schien, durch die Tatsache, dass du, auf einmal wurdest du dessen halb panisch gewahr, der einzig verbliebene weibliche Mensch in diesem Haushalt warst – und damit von allen biologisch deiner Mutter am nächsten, am ehesten aus ihrem Geschlecht.

Du erwogst, dich aus der Situation zu stehlen, solange noch Zeit war – war noch Zeit, war für irgendetwas noch Zeit oder diese nunmehr nicht mit einem Schlag, einem rasselnden Rutsch der Zapfenkette aus dem Gehäuse der Kuckucksuhr aufgebraucht, ausgetilgt? –, du erwogst, dich einfach wieder ins Bett zu schleichen, viel später, gegen Mittag erst, aufzustehen und den anderen so den Schwarzen Peter zuzuschieben, am springenden Punkt der Familienhistorie zu schummeln, und du warst schon deshalb versucht, es zu tun, weil dich plötzlich eine fast klinische Neugierde packte, wie sie es anstellen würden, wer von beiden den Verkündungspart übernähme und wie, und dabei würdest du genau das Gesicht des jeweils anderen im Auge behalten, so wie du auch mit argwöhnischem Interesse oft die Darsteller im Hintergrund einer Filmszene beobachtetest. Nur warst du selbst eine zu schlechte Schauspielerin. Vor deinem Vater und Charlie erschüttert oder was auch immer zu tun erschien dir noch unangenehmer und schwieriger, als es schon vor ihnen zu sein, tatsächlich überkam dich auf einmal das Gefühl, ihnen etwas voraus zu haben. Als sei dir durch eine Gnadenanwandlung des Unglücks in diesem eine Position der Macht zugefallen, die einzig verbleibende, einzig mögliche in dieser neuen Konstellation, und du müsstest sie unbedingt halten, jetzt annehmen, und sei es eben als ewige Stellvertreterin der absenten Macht, weil dieser Morgen die Weichen stellen würde für das Kräfteverhältnis eures künftigen Zusammenlebens.

Der Gedanke, etwas zu unternehmen in dieser Situation, kam dir, so weit erinnerlich, nicht, kein Impuls, auf einem Stolpersprint zurück in dein Zimmer den Schlafanzug abzuwerfen, hastig mit notgebotenem Verzicht auf Unterwäsche in Jeans und Pullover zu fahren, mit offenen Schnürsenkeln die Treppen hinunterpolternd auf die Straße zu rennen, zum Bahnhof womöglich, durchzuckte dich. Vielmehr verspürtest du seit jeher eine besondere Abneigung dagegen, *alles Menschenmögliche* entgegen aller Wahrscheinlichkeit zu versuchen, solche Versuche erschienen dir meist abstoßend konfus, jämmerlich, irrational und hauptsächlich dazu da, auch dem unberechtigtsten Vorwurf eines Versäumnisses von vornherein entgegenzuwirken und sich im Licht des Handelns, und sei es des fruchtlosesten, sonnen zu können. Auch und gerade an jenem Morgen wäre dir ein solches Handeln nur wie kitschiger Aktionismus vorgekommen, dir peinlich gewesen, auch aus Düpiertheit. Eure Mutter war weg, auf und davon, *gone gone*, und die Idee, sie könnte an einer windigen Ecke zwischen Bahnhof und Busbahnhof kauern, sich selbst bedauernd dafür, noch immer nicht von einem atemlosen Familienmitglied aufgelesen worden zu sein, abwegig. So etwas im Film, und du stiegst sofort aus, spiegelte es doch nur die selbstsüchtigen Hoffnungen der Angehörigen und vor allem des sich mit ihnen identifizierenden und identifizieren sollenden hasenfüßig-häuslichen Teils der Zuschauer; ein Film mit einer solchen Perspektive bot dir keine. Du identifiziertest dich, Über-Ich-widerstrebend, mit deiner Mutter. Die euch wirklich hatte verlassen wollen, du zweifeltest nicht. Die *die Schnauze gestrichen voll* hatte. Dir wurde etwas wunderlich, doch auch wunderlich abgehoben auf einmal zumute ob der Doppelrolle, die du in dir sprossen und aufschießen fühltest, mit wechselständig sich entfaltenden Blättern: Du würdest nicht nur, wie der Rest des Familiengewächses, vom abrupten Sich-Abrupfen eurer Mutter betroffen sein und sein müssen, sondern sie mit ihren wildgewordenen, womöglich in eine Naturform zurückgeschlagenen Trieben auch verteidigen und auch müssen, weil du es wohl als einzige würdest können. Jedenfalls wolltest du es können.

Roswitha Wolkenzin, geborene Hund, sie war euch verlustig gegangen zu Frühlingsanfang, Wort und Zeit hüpften schon damals zusammen als frivoles Pärchen in deinen Kopf. Es passte. *Die lustigen Weiber von Windsor*, deren Proben auf Hochtouren liefen in der Schultheatergruppe, mit Kai in der Hauptrolle, hatten damit nichts zu tun. Gar nichts. Es gab keine Verbindung mehr zwischen deiner Vorfreude auf die Premiere nächste Woche, während der du Kai anderthalb Stunden lang ungestört würdest mit den Augen abweiden können, und diesem Tag, an dem du versucht hättest, dich mithilfe dieser Aussicht über die Aussichtslosigkeit deines Sonnabendabends hinwegzutrösten. Der jetzt jedoch gar nicht mehr Teil dieses einundzwanzigsten März neunzehnhundertachtundneunzig zu sein schien, ebensowenig wie die Premiere ein zukünftiges Ereignis, du hättest schwören mögen, beides liege bereits hinter dir. Heute geht dir auf, dies gäbe eine Todesdefinition ab: *Überholen ohne einzuholen*. Das Ableben ein Ablegen. Wovon, von wo? Zukünftiger Angelegenheiten. Jetzigen Angelegenheiten. Was lag aber dazwischen beziehungsweise an jener Stelle, an der du dich nun befandest, an der Anstelle-Stelle, an die du versetzt warst? Jenseits? Das war die Frage. Wo warst du?

Wo war deine Mutter? Jetzt? Jetzt stirbt ein Mensch, jetzt wird einer geboren, jetzt haben Tausende Paare Sex, jetzt fährt deine Mutter mit eurem zweiten Ford gen Westen, Osten, Norden, Süden, Osten fällt aus, denn da käme nur Polen, und das wäre dir neu, zöge es sie dorthin, Norden fällt aus, denn da kämen die Ostsee und immer kürzere Sommer, sie war aber *ein Sommermensch*.

Du mochtest nicht aufstehen, aus dem Wohnzimmerfenster sehen, ob *euer* Auto noch auf der anderen Straßenseite stand, schließlich überwandest du dich, überwog die Wissbegier, nein, das war im vorherigen Leben, von jetzt an würde es heißen Gewissheitsbegier, von jetzt an würdest du nichts mehr lernen wollen, du wusstest genug und konntest aus diesem Wissen bereits unendlich viele, also bereits viel zu viele Annahmen bilden, die alle keine Selbstgenügsamkeit kannten, sondern nach Bestätigung verlangten oder Widerlegung, noch nicht mal das war auseinanderzuhalten, unendlich aufwendig die Sortierung der Befürchtungen.

Der Ford stand da, kein gutes Zeichen, kein schlechtes Zeichen, ein falsches Zeichen, es besagte nichts, außer, dass ihr immer noch ein Auto hattet, stand also gar nicht in Beziehung zu der Frage, ob ihr noch eine Mutter hattet. Sie nicht mit dem Auto mit achtzig oder hundertzwanzig Stundenkilometern durch die Gegend schießend unterwegs zu wissen, beruhigte dich nicht halb so sehr, wie es dich beunruhigte: Sie hatte euch zurückgelassen in einer vollständigen

Welt, die ganz wie die alte aussah, aber nicht mehr bewohnbar war; gerade so, wie ein von ausgeströmtem Gas angefülltes Haus ein unsichtbares Zuviel beherbergte und durch eine einzige falsche Bewegung, einen einzelnen Funken offenbaren würde, was an ihm nicht stimmte, so würde das gewohnte Berühren, Benutzen eines Gegenstandes dieser euch noch scheinbar unverändert umgebenden Welt sie umgehend implodieren lassen: ihr Zuwenig, bezeichenbar vielleicht als zunehmendes Vakuum, könnte die Hülle auf Dauer nicht aufrecht erhalten gegen den Außendruck. Dein Blick fiel wieder auf die Fensteröffnung, durch die sich nicht nur deine Mutter verdünnisiert zu haben, sondern die auch eine Art Abzugsschlitz zu bilden schien für die sich dadurch immer weiter ausdünnende Luft, die Atmosphäre eures bisherigen Lebens. Solche Gebilde an der Grenze zur Auslöschung existierten eigentlich schon nicht mehr, ihr Anblick war der Blick in eine unrettbare Vergangenheit.

Hatte sie etwa ein Taxi bestellt, als Fluchtfahrzeug, heimlich Stück für Stück den großen oder nur den kleinen karierten Koffer gepackt, einzig vorhandene und kaum gebrauchte Reiseutensilien eurer zwei Familienurlaube? Und wann? Sie war nie allein zu Hause, nie ohne eure Beaufsichtigung, zu keiner verlässlichen Zeit im Tagesablauf. Du bewundertest sie immer mehr. Je unwahrscheinlicher, untypischer die Details ihres geplanten Verschwindens wurden, desto stärker überzeugten sie dich als unwiderruflich, als unzurückgehbare Stufen.

Die unabgetretenen, rötlich schimmernden Stufen zum Dachboden, die du und Madlen auf Zehenspitzen hinaufgeschlichen wart, eins, zwei Stunden später wieder hinabgeeilt, doch nie mehr ganz, wie dir schien, es war nicht dieselbe Treppe: Auf dem Weg hinunter hatte stets eine Stufe gefehlt. Du hattest gewusst, es lag an der Zählweise, aber es hatte dir gefallen, dass es nur aufwärts *elf, zwölf – dreizehn* in deinem Kopf schlug, dein Herz im Galopp, zurück war beim zwölften Tritt alles vorbei gewesen, die dreizehnte Stufe unausgesprochen in dir geblieben, du warst weitergegangen mit ihr, nicht zurück, hattest das Weitergehen Stück für Stück durch den Flur in die Küche getragen, wo die Ermahnung auf dich gewartet hatte und die mit der kurbelbetriebenen Brotmaschine abgeschnittete Mischbrotstulle.

Insofern war es nicht unmöglich, dass deine Mutter zurückkäme, nur wohl nicht schon zum Abendbrot. In dem Fall würde ihr nichts übrig bleiben als zu behaupten, es habe sich um einen verzweifelten Scherz gehandelt, einen Test aus Notwehr, Neugier auf eure Reaktion. Da wart ihr euch denn doch sehr ähnlich, deine Mutter und du, und auch darin, solche Scherze nicht zu machen. Es zumindest ernst zu *meinen*, wirklich und wahrhaftig, und erst recht, wenn die dramatische Übersteigerung, das vermeintliche *Hineinsteigern*, das Gegenteil erhoffen ließ, denn das wäre ja vollkommen *witzlos* gewesen, und eine wahrhaftige Lüge ein *Ich hab's nicht so gemeint*. Lieber verbarrikadiertet ihr euch den Rückweg, was auch hieß: Niemand konnte euch folgen.

Was folgte, stellte ein voraussehbares und auch vorausgesehenes Szenario dar, weshalb du von dem, an das du dich erinnerst, gar nicht sagen könntest, ob es sich um Erinnertes von Geschehenem oder Höchstwahrscheinlichem handelt oder um das, was du auch jetzt noch als den Verlauf eines solchen – doch was heißt: eines solchen –, also jenes Morgens imaginieren würdest. Eines solchen, dennoch: Es hatte entschieden etwas Exemplarisches. Du entsinnst dich nicht von ungefähr am deutlichsten des Gefühls üblicher Enttäuschung. Und nicht nur, weil das Leben zu jener Zeit hauptsächlich daraus zu bestehen schien. Eher verblüffte es dich, dass selbst angesichts einer Unfassbarkeit wie dieser, die etwas geradezu Unverschämtes, Perverses umwehte, das dich ähnlich einer Katastrophentouristin seltsam frohlocken ließ, euer Verhalten innerhalb der gewohnten Muster, quasi diesseits blieb und somit eine Reaktion auf einer unverwandten Ebene darstellte, eine einzige Kümmerlichkeit.

Eine Tür ging, dir schoss die Angst in die Adern, es war die falsche. Die Küche, die Bühne betrat halb angezogen dein Vater, und dein Schlafanzugsitzen musste inzwischen Merkmale eines Zersetzungsprozesses angenommen haben, bis in deine fahle Haut hinein, die deinem Vater unmittelbares Misstrauen einflößten in der leeren Mitte der Wohnung: »Wo is'n Mama?« Diese Frage, in der eine Art Unwillen mitschwang, der gegen die Frage selbst zu bestehen schien, in der womöglichen Ahnung, mit ihr etwas unausweichlich heraufzubeschwören, war an sich nicht ungewöhnlich. Sie stammte aus dem Repertoire für Alltagssituationen und niemals vorher hatte es dir Rührung eingeflößt, deinen Vater deine Mutter *Mama* nennen zu hören, es war dir nicht mal aufgefallen als Verdrehtheit, weil sich die Kindheit offenbar so stufenlos in die Jugend gedreht hatte, dass dein Vater keinen Umschaltpunkt für *Roswitha* gesehen hatte. Vielleicht sowieso einfach nicht mehr gesehen hatte. Deine Rührung mochte mehr daher rühren: Du konntest keinen Moment aufrufen, in dem er sie *Mutti* genannt hätte, ›wo is denn Mutti‹ hätte in dir nichts als Lachreiz ausgelöst. Er nannte sie bei deinem Namen. Du hieltest ihm das linierte Blatt Papier hin, mit dem Gefühl von Undankbarkeit, von Verrat. Du sahst seine Augäpfel hin- und hergehen, als verfolge er ein Tennismatch, allerdings ohne die Regeln zu kennen, ohne Schimmer, was vor sich geht, was ein Vorteil ist oder ein Love Game.

»Die hat doch'n Stich!« Die Art, wie er das Blatt zurück auf den Küchentisch segeln ließ, ostentativ kopfschüttelnd auf die Hängeschränke zusteuerte, als komme es gar nicht infrage, sich durch diese ihm in den Weg geworfene Nachricht von der eingeschlagenen Route des Vormittags abbringen zu lassen, brauchtest du nur halb im Auge zu behalten, und mehr wolltest du davon auch nicht sehen, es war alles ohnehin als sich selbst ergänzendes Bild in dir abgespeichert, in verschiedenen Varianten, es kam nicht darauf an, welche genau er wählte. Auch, dass er unter dem Wasserhahn ein Glas füllte und dieses in drei, vier Schlucken leertrank, zählte zu seinen rituellen

Verrichtungen, und du fragtest dich langsam, ob er sie gerade mehr für dich vornahm. Du schlucktest, das heißt, du wandtest dich ganz von seinem Rücken ab und ihm erst wieder wie aus einem Erschöpfungsdämmer gerissen zu, als er fragte: »Is sie mit'm Auto weg?« In der vertrauten Intonation des prophylaktischen Vorwurfs, den du stellvertretend entgegennahmst, jetzt schon überdrüssig aller folgenden, dein flaches »Nee« ein steckengebliebener Versuch, ihn zurückzuspielen. *Hätt ja auch grad noch gefehlt!* Sagte er es? Ja. Egal. Sein Gang, nicht anders als geschäftig zu nennen, zum Wohnzimmerfenster. *Kontrolle ist besser.* Denn dass er keinen Anlass hatte, dir nicht zu glauben, bedeutete eben genau das, zu wenig Anlass nämlich für mehr als eine reine Demonstration grundsätzlichsten Misstrauens fortan und bis in alle Ewigkeit. Sich auf dich zu verlassen, hätte symbolisiert, sich auf sie zu verlassen, und *dann war man verlassen*, wie man sah, im Stich gelassen ganz und gar, *Mann, Mann, Mann!*

»Eieiei!«, sagte dein Bruder passend zu seinen sich in blasierte Bögen flüchtenden Augenbrauen, eine gerade erst aufgekommene Mode bei ihm, leider konnte er nie mehr ganz von ihr lassen. Ohne die Hände aus den Taschen seiner in Saumfetzen auslaufenden Cordhose zu nehmen, hatte er sich über den Tisch gebeugt und die Zeilen gelesen; ihm den Zettel ebenfalls zu reichen, wäre dir albern vorgekommen, du verwaltetest schließlich nicht die Hinterlassenschaften eurer Mutter, und falls du ihre Fürsprecherin warst, dieses Gefühl sich hielt, so wolltest du es vorläufig geheimhalten. Charlie kratzte sich unter seinem zerknautschten T-Shirt, in dem er seit mindestens einer Woche herumlief und schlief – oder er hatte mehrere davon: jene Männermodephantasie, die sich dir bei aller Männermodeliebe nie erschloss –, den Bauch, ein bisschen zu lange. »Und nu?« Er atmete hörbar und unzufrieden aus, als sei dies alles einfach eine unverfrorene Inanspruchnahme seiner juvenilen Kräfte. »Ich meine, is hier eigentlich irgendwer der Ansicht, sie meint das ernst?«

Neuerdings sprach er, wenn überhaupt, in einer Kreuzung aus

Schülerzeitungsredakteursdünkel und amerikanischer Vorabendserie mit Lachkonserve. Seit drei oder vier Monaten war er mit einem Mädchen aus der Neunten zusammen, Thea, einem zierlichen dunkelhaarigen Wesen mit akkuratem Pagenschnitt, das in jeglicher Hinsicht reifer wirkte als die anderen Mädchen ihrer Altersstufe und auch die meisten deiner eigenen. Ihre Artikel für die Schülerzeitung ließen das dafür mehr aus Solidarität hergegebene Geld als nicht völlig zum Fenster rausgeworfen erscheinen. Einmal hatte sie dich auf dem Schulflur, nach einem skrupulösen Grüßen deinerseits, gefragt, ob du nicht auch Mitglied der Redaktion werden wolltest, sie könnten noch »jemand Gutes« gebrauchen. Du hattest dich überrumpelt gefühlt und geschmeichelt, aber natürlich nicht die geringste Lust auf solcherart Teamwork verspürt, und was hatte sie eigentlich auf die Idee gebracht, hatte Charlie ihr etwas über dich erzählt? Zu dem Zeitpunkt kam es dir unwahrscheinlich vor, überhaupt innerhalb seines Gedankenkosmos zu existieren. Du hattest hastig nach einer Antwort gekramt, die Thea nicht zu dem Schluss veranlassen würde, du seist *komisch*, und damit die womöglichen Vorschusslorbeeren von Charlies Seite wieder zunichte machen, du hattest dich sagen hören: »Na ja, das könnte ein bisschen zu inzestuös werden«, und zu deiner Überraschung hatte sie aufgelacht, also verstanden, was du meintest, oder? Sicherheitshalber hattest du noch hinzugesetzt: »Ich glaub, Charlie wär nich so begeistert davon«, worauf sie nur – dir fiel im Nachhinein keine passendere Beschreibung ihrer unaufdringlichen, aber auffälligen Art ein – nonchalant mit den mageren Schultern gezuckt hatte. Du bewundertest sie, was dir gleichermaßen Unwohlsein bereitete wie auch eine nicht unerhebliche Befriedigung, denn offensichtlich war, dass diese Fünfzehnjährige mehr auf dem Kasten hatte als Frauke und Katja zusammen, gegen ihre Eleganz vermochte nicht mal Kirsten anzustinken, und sie war die Freundin deines Bruders, Charlie Wolkenzins mit den Sommersprossen so zahlreich wie deine.

Seine erste *richtige* Freundin, und du fragtest dich, ob das hieß, dass er Sex hatte, dir wurde malad zumute bei der immer nicht schnell genug zu verscheuchenden Vorstellung. Du versuchtest, eine definitive Veränderung seit letztem Jahr an ihm auszumachen, schobst alles, was dir auffiel, aber sofort wieder beiseite mit der Begründung, er unterliege ja sowieso gerade dem Metamorphoseprozess der Hochpubertät, und alle deine Wahrnehmungen seien vermutlich darauf zurückzuführen, dass du überhaupt wieder anfingst, ihn wahrzunehmen, nach Jahren versuchten Übersehens der Tatsache, dass du einen zwölf-, dreizehn-, vierzehnjährigen Quälgeist von Bruder hattest. Mit fünfzehn indes war sein Emanzipationsbedürfnis so ausgeprägt gewesen, dass du ihn kaum noch zu Gesicht bekommen hattest, und wenn, dann ohne eine Ahnung, was du ihn fragen solltest zu den umfangreichen dunklen Teilen seiner Zeitausgestaltung, du hättest gar nicht gewusst, wo ansetzen, und die nicht unwahrscheinliche Aussicht, sowieso keine echte Antwort zu erhalten, sondern den mit Unschuldsmiene umgedrehten Spieß einer Gegenfrage – wieso, was machst *du* denn so? – ließen dich von vornherein von dieser schwesterlichen Zudringlichkeit absehen. Du fühltest keine Feindseligkeit von ihm ausgehen, und Hochmut hätte man höchstens dir mit Recht attestieren können, dagegen gab Charlie oft die Inkarnation der Friedfertigkeit und Demut ab, dennoch warst du überzeugt, irgendetwas in ihm verachte dich, sähe zumindest mit kühlem Mitleid auf dich herab, und das Übelste daran war, dass er dies niemals zugeben würde, weil er es selbst nicht glaubte. Zwar unterstelltest du auch so ziemlich allen anderen, dass sie dich insgeheim schmähten, nur würden sie keinen Hehl daraus machen gegenüber sich selbst geschweige denn ihren besten Freundinnen. Das Übelste war, dass du dachtest, aus seiner Perspektive habe er, anders als alle anderen, zweifellos recht. Insbesondere in seiner Gegenwart kamst du dir unbestimmt defizitär vor, und Freud hatte damit nichts zu tun. Denn gerade dies, der Umstand deines

Bruders Männlichkeit, schien dir ja abwechselnd das einzig Defizitäre an Charlie zu sein oder ungefähr so sehr ins Gewicht zu fallen wie die Verschiedenheit eurer Augenfarben: eine augenfällige Differenz ohne jeden Aussagewert, die im Grunde erst dadurch hervortrat, weil alles andere so ähnlich aussah. Mochten die Augen der Welt auch gänzlich anders auf eure Dichotomie blicken, du konntest so nicht sehen und wähntest dich nicht angekratzt davon. Die sich nun aber seit geraumer Zeit verbreiternde Divergenz zwischen Charlie und dir schien nicht entlang jener geschlechtlichen Differenz zu verlaufen, dennoch irgendwie damit verschwistert zu sein. Entweder unmerklich langsam oder für jede Beobachtung zu schnell hatte sich eure traditionelle Hackordnung umgekehrt, Charlies nachgeordnetes Halbschattendasein in ein von Wohlwollen besonntes Plätzchen verwandelt. Den Gesichtern eurer Eltern war deutlich der Stolz über die jüngst gemachte Entdeckung zu entnehmen, ein vorzeigbares Exemplar von Sohn zu besitzen, wider alle Erwartung und reihenweise bestätigt vom Entzücken Bekannter und Anverwandter, das euren Eltern wohl überhaupt erst die notwendige Sehhilfe verpasste. *Er macht sich. Du hast dich aber rausgemacht. An jedem Finger 'n Mädchen, wa?* Du machtest dich nicht, machtest nichts aus dir und dich nicht gut auf Familien- und Klassenfotos, du warst die verspannte Gestalt, die diese unhöfliche Lücke zwischen sich und den anderen ließ, irgendetwas zwischen einem faden Neutrum und einer provozierenden Verfehlung von Mädchentum und -tugend, dabei gab es ja nichts Tugendhafteres als dich, sofern Keuschheit gemeint war. *Na, hast du schon 'nen Freund?* Du verneintest, einsilbig – und damit erlosch ihr Interesse an dir. Du meintest es selbst im Gesicht der Frauenärztin zu beobachten, der du nach zähem, verquältem Hin und Her mit deiner Mutter, die auf einem angeblich längst fälligen Besuch wegen deiner Regelbeschwerden *und überhaupt* bestanden hatte, schließlich in einer Überstehen-ist-alles-Verfassung im idiotischerweise anempfohlenen Rock als angeblich gynäkologischer Gepflogenheit gegenübergehockt hattest. *Haben Sie schon Geschlechtsverkehr?*

Sollte deine Mutter alles wahrmachen, würdest du vorerst keine weiteren Termine zu gewärtigen haben, das warf dir dein unkoordiniert nach Gegengewichten grabbelndes Hirn wie einen in der verkrümeltsten Ecke des *Naschfaches* entdeckten verklebten einsamen Eisbonbon, wenn an einem verzweifelten Nachmittag gerade sonst gar nichts Süßes im Haus war, in die Waagschale.

Charlie blieben nicht nur solche Fragen erspart, sondern er unterlag gänzlich anderen Maßstäben. Obwohl eure äußeren Merkmale also kaum verschieden zu nennen waren, hatten sie bei dir offenbar einen ganz anderen Effekt, der außerdem der landläufigen Ansicht, Menschen mit ins Rötliche gehenden Haaren seien potenzielle Sexbomben, wenn sie Mädchen waren, und designierte Ewigverschmähte, waren sie Jungen, diametral entgegenzustehen schien; so übernahm von euch Charlie die *Weiberrolle*, um die erotische Sensation der Hosenrolle spielen zu können, und du kriegtest keinen roten *Bart* und gabst doch *Flaut, den Bälgenflicker* ein Jahr darauf, die Flaute der Nebenrolle mit gestrichenem Text, denn Johnny fehlte zur *Helena* nicht nur das lange Haar. Selbst der Umstand, dass Charlies Haut kaum von Pickeln heimgesucht wurde, galt als gesondert hervorhebenswert, bei dir aber offenbar als Grundvoraussetzung, als Mädchen hattest du keine Pickel zu haben. Tauschen wollen hättest du nicht, doch eine Fusion, ein Mischwesen aus Charlie und dir mochtest du dir wohl als Ideal phantasieren.

Insgeheim hattest du gehofft, er würde schwul werden. Nach einem Grund gefragt, wärst du etwas ins Schleudern geraten, hättest vermutlich das vorgebracht, was dir ohnehin als Erstes zu allem Möglichen einfiel damals, nämlich dass Normalität dich eben anstank, besonders das, was allgemein und allerorten dafür gehalten wurde. Dazu gesellte sich der unüberprüfbare Verdacht – kein Schwuler ja, nirgends – einer dann womöglich vorhandenen größeren Gemeinsamkeitsschnittmenge zwischen ihm und dir, was du ausgedrückt hättest als: besser mit ihm reden können. Deine Hoffnung aber auf deines Bruders Abweichung bedeutete auch: quasi stellvertretend. Denn du wärst gerne schwul gewesen. Es muss dir unterschwellig wie der glückende Ausbruch aus zwei Kategorienknästen gleichzeitig geleuchtet haben: dem der Mädchen, künftiger Frauen, real existierender Weiblichkeit und dem im Grunde noch furchterregenderen des Mannes, wie er sein sollte. Die deinem Geschlecht entsprechende Variante dagegen erschien dir auch furchterregend beziehungsweise dachtest du gar nicht erst darüber nach, es lag jenseits von allem halbwegs Wünschbaren, spätestens seit Frauke ihren Schauder, vor *dem Wort*, wie sie betonte, geäußert hatte: *lesbisch* klinge für sie »irgendwie nach Häkelzirkel«. »Häkelzirkel mit Stachelbeerbeinen«, hatte Katja noch in ihrem Fanfarenton angefügt, und zwar alles in Danis Gegenwart, die hatte gelacht wie sie. Ihr blicktet noch auf keine sonderlich lange Tradition des Beinerasierens zurück, es war neu wie fast alles, doch für Katja bereits zur Obsession geworden, du fragtest dich, wohin dieses Aufsprießen immer weiterer obligater Blödsinnigkeiten bloß noch führen sollte, *die Welt wird enger mit jedem Tag, man weiß nicht, was noch werden mag.*

An jenem Sonnabendmorgen aber, als ihr zu dritt in der Küche verteilt herumstandet oder -saßet wie vergessen worden, wurde nichts, sondern verging etwas, und das flößte dir zwar kein besseres Gefühl, aber ein anderes ein, etwas wie einen noch nie gekosteten, unerwartet scharfen Schnaps, der dich reizte zu Rücksichtslosigkeiten.

»Ja«, sagtest du. »Sie meint das ernst.« Und gucktest herausfordernd erst Charlie, dann deinem Vater ins Gesicht, die dich einer wie der andere ansahen, als hättest du dies soeben erst für eure Mutter beschlossen, als hättest du dir das ausgedacht. Und folgerichtig, vom Erbostsein über die Verschreckung gänzlich ins Karnickelhafte schrumpfend, dann auch, als erwarteten sie von dir ebenso die Antwort auf die Frage: und nu? Es war fast zu einfach. Würde es aber nicht bleiben, das ahntest du, deine Macht war beschränkt, vielleicht auf diesen Augenblick. Und du hattest schließlich keine Antwort und brauchtest dir auch keine besondere Mühe zu geben, so zu tun, als ob, diese Erkenntnis würde sie im nächsten Moment von selbst ereilen: dass sie dir gar nicht erlauben wollten, eine Antwort zu haben. Hier sollte nun keiner besser dran sein als die anderen, kein Einäugiger unter Blinden, denn Unglück konnte ja überhaupt nur eingestanden werden, wenn es für alle das gleiche war, man dies zumindest behaupten konnte zur Bildung einer einigen, trutzigen Leidensgemeinschaft, diese Methode der Lebensbewältigung war als klotziges Erbstück der bäuerlichen Vorfahren auf euch gekommen und wurde noch stets benutzt wie die alte Kredenz mit den praktischen tiefen Fächern, aus denen sich viel Raum für Angesammeltes herausholen ließ, selbiges aber später nur noch mühsam. Es ist angerichtet, hätte man nun rufen können. Das Unglück dampfte.

An diesem Tag jedoch fiel euch wenig mehr ein, stopftet ihr den faden Stampf nur stumm in euch hinein, und jeder würgte daran für sich allein. *Geh ich in mein Kämmerlein,* das drehte und drehte sich mit in deinem Kopf, wann immer du vom Klo oder der Küche zurückschlurfend wieder die Hand auf die Klinke deiner provisorischen Zimmertür legtest, bis es dir plötzlich in die Speichen geriet, das Wesen vom Rest der Strophe, des Gedichtes nämlich, das *bucklicht Männlein*, was war es denn nun? Nichts Lichtes. Als auch um zehn das Telefon noch nicht geklingelt hatte, sich kein Schlüssel im Schloss eurer Wohnungstür gedreht und du von den verschiedenen Büchern, aus denen du versucht hattest, halbwegs einen Pfad durch den zähen Fluss dieses Tages zu legen, immer wieder wie von glitschigen Steinen abgerutscht warst, zum nächsten gesprungen, nur eine Viertelstunde weiter, alle Sätze ihre Wörter getauscht hatten gegen die, die du morgens bei offenem Fenster zu oft gelesen hattest, befandest du, für diesen Tag sei es genug und du könntest, gerechtfertigt durch zu frühes Aufstehen zumal, dir nun endlich die Decke über den Kopf ziehen.

Von Charlie war nichts zu hören, nach der morgendlichen Küchensession war er bald rausgegangen, vermutlich zu Thea, irgendwann aber wiedergekehrt, was dich wunderte, er blieb jetzt nicht selten am Wochenende halbe oder ganze Nächte weg. Eine Weile hattest du ihn hinter eurer Trennwand rumoren gehört, der *Mauer*, wie Charlie sie bei Errichtung und noch kurz danach genannt hatte, dann jedoch nicht mehr, vielmehr hatte er weder der *Mauer* unter dieser oder einer anderen Bezeichnung noch dem künstlichen Staatengefüge eurer zwei Zimmerschläuche je wieder Erwähnung getan. Die Kammer, die schiere Existenz des Geschwisters das *bucklicht Männlein* des jeweils anderen, eine lästig-unheimliche Halbtatsache, die es zumindest Charlie anscheinend immer wieder zu vergessen gelang. Du trautest dich kaum noch, Geräusche zu machen, wusstest du ihn nebenan, als müsste eine Störung seiner Illusion dir peinlich sein, als bedeutete dein Hocken hinter der Wand an sich schon eine Peinlichkeit, umso mehr, als er sich mit seinen Geräuschen keineswegs zurückhielt. Jedes ungeschickte Poltern und ungenierte Scharren und Kramen in Schubfächern, jeder Fluch, jedes Nasehochziehen, Gähnen und, wenn auch zurückhaltende, Rülpsen versetzten dich in Anspannung. Du fürchtetest dich davor, ihn etwa auch noch masturbieren zu hören, denn das taten Jungs ja beständig, besagte das Weiß-doch-jeder-Allgemeinwissen, und die praktische Wirklichkeit, dass man dazu kein Junge sein musste, aber Charlie würde dich nie und nimmer hören, er würde dich immer überhören in seinem Kokon aus Eigengeräuschen und fehlender Erwartung, während du insgeheim doch darauf lauertest, ihn zu ertappen. Du schliefst mit Ohropax, wenn er nach dem Abendbrot noch rausging und zu vermuten stand, dass er spät nach Hause kommen würde, um nicht aus dem ersten Schlaf gerissen schon wieder darüber nachzudenken, dass und warum bloß du weit und breit keinen Grund für abendliches Rausgehen und verspätetes Nachhausekommen hattest. Das Gefühl, allein auf weiter Flur zu stehen, das war es nicht, das wäre ja jene Erleichterung gewesen, die sich erst später, mit dem Unterwegssein, einstellte. Du warst nicht unterwegs, die Bewegung von Tag zu Tag schien nur die durch eine endlose, sich immer enger ziehende Kurve zu sein, mit anwachsenden Fliehkräften, die dich immer weiter in eine bedenkliche Schräglage brachten und dennoch nicht hinreichen würden, dich herauszutragen, denn da war kein Außen, du lebtest in einer Gegend, in der es nur eine Straße gab, ein paar Trampelpfade ins Dickicht vielleicht, gestrüppig, finster und der Mühe nicht wert, nicht mal eine echte schiefe Bahn, auf die man geraten konnte. Du dachtest an die Suffköppe im Park, an die Pohl am Ende der Wollweber mit ihren neun oder zehn Kindern, von der es hieß, auch sie selbst befinde sich in beinahe absoluter Unklarheit über deren jeweilige Väter, außer beim ersten, bei dem sie sechzehn war, und beim letzten, weil es vom *letzten Kerl* stamme, der überhaupt *noch an sie ranging* und bei dem es sich angeblich um ihren Onkel handelte, den wüstesten der Parksuffköppe. Du dachtest an Schaumi, den *Zigeuner* völlig ungewissen Alters, von dem schon kraft seines Namens eine Anrüchigkeit ausging, die euch in der Unterstufe mit Faszination und Schiss gelähmt hatte, wenn er grinsend am Zaun des Hortgeländes vorbeigestrichen war und versucht hatte, euch mit Kaugummis heranzulocken; auch er war eingereiht in die Pohl'sche Vätersammlung und stand ansonsten in unabänderlichem, jedoch keinerlei Panik oder Vorsichtsmaßnahmen auslösendem Ruf, es auf *kleine Jungs* abgesehen zu haben. Herr Retzlaff, der ambitiöse Knabenchorleiter, bei dem dies indes allmählich ans Licht gekommenen Tatsachen entsprach, hockte inzwischen entfernt aus dem Dienst und eingeknastet in der nächstzuständigen Stadt mit Gefängnis, eine Einrichtung, die dir als Kind und im Grunde auch jetzt noch wie etwas lediglich für Bücher- und Filmwelten Geschaffenes vorkam, so etwas gab es bei euch nicht, und das Gericht, dessen wirklicher Betrieb in eurer Stadt sich ebenfalls an der Grenze der Glaubwürdigkeit bewegte, wurde gerade dichtgemacht, abgewickelt, mit ihm aber die Stellen der Raumpflegerinnen Frau Rehbein und Frau Schwerdtfeger, die sich – die eine hochaufgeschossen und grobknochig, die andere verhutzelt und beinahe durchscheinend, von offenbar schlimmer Skoliose erfasst jedoch beide – Tag für Tag mit der Sauberhaltung des Verhandlungssaals und einiger Büros nach Gerichtsschluss bis in den späten Abend hinein befasst hatten und nicht nur die Arbeit, sondern auch die Wohnung teilten als Halbschwestern oder Cousinen oder womöglich auch gar nicht verwandt, das vermochte keiner genau zu sagen, persönlich schien überhaupt niemand mit ihnen bekannt. Sonntags konnte man ihnen beim Schaufensterbummel begegnen nebst ihren zwei apricotfarbenen Riesenpudeln, du hegtest die seltsam tröstliche Phantasie, einst würden sie alle, Frau Schwerdtfeger und Frau Rehbein und beide Pudel, miteinander in ein Grab gelegt werden; dass auch nur ein Wesen dieses symbiotischen Gespanns die anderen überleben sollte, war nicht vorstellbar. Du dachtest auch an Evelyn aus dem Kirchenbüro mit ihrer mausbraunen Zopf- und Ponyfrisur, ein Mädchen von Ende dreißig sicherlich, die von allen dennoch stets nur mit Vornamen angeredet wurde und auf deren Hochzeit niemand mehr wartete, während sie unabdingbare Konstante sämtlicher Hochzeiten in der Gemeinde geworden war, man sich in Fragen der Organisation wie auch der Koordinierung des gemeindlichen Kuchenbackens, Schmückens und Kinderbeschäftigens vollkommen in die Obhut ihrer Erfahrung begab; eine Erweiterung ihrer Erfahrungen aber hätte inzwischen wohl als geradezu anstößig gegolten. Die Rollen im kleinen Stadttheater, sie waren festgelegt und vergeben, und auch alle Abwege führten nirgendwohin als direkt ins Klischee.

Deine Mutter, so kühn ihr Verschwinden von der Bildfläche im ersten Morgendämmer dieser Revolte schimmern mochte, bildete da nicht gerade eine Ausnahme, wie dir leider noch vor dem Einschlafen, das dann auch ausblieb bis zur übernächsten Nacht, aufging. Es war nicht so wahnsinnig originell, seine Familie zu verlassen. Taten das nicht alle stets und ständig auf die ein oder andere Art? Nicht alle in dieser ruppigen Theatralik, klar. Gerade die begann dich nun abzustoßen wie seit je alles Laute, Aufdringliche, Übertriebene, mehr noch als die leichtfertigen Geschichten aus deiner Mutter Jugendzeit über die diversen dümmlichen Jünglinge, die sie anscheinend im Handumdrehen in sich vernarrt zu machen gewusst und nach kurzem Getändel stets *gleich wieder abgestoßen* hatte. Jetzt hatte sie zweifellos euch abgestoßen, oder musste man sagen, sich von euch abgestoßen? Zwei Bewegungen, die doch ein und dieselbe waren, etwas wegzuschubsen verlieh einem gemeinerweise auch die Schubkraft, ein Stück weit wie von allein in die entgegengesetzte Richtung zu entkommen.

Stellte das nun einen sogenannten Lebenswandel dar? Der Lebenswandel deiner Mutter war als tadellos zu bezeichnen gewesen, solange sich nichts daran gewandelt hatte. Dass eine Wendung wie *unsteter Lebenswandel* nicht als weißer Schimmel angesehen wurde, sagte schon alles. Und letztlich zeichnete auch ein solches Leben, das mit einem neckischen kleinen Wort wie *unstet* zu fassen war, eine Stetigkeit aus, die *stetige Veränderung* nämlich. Es gab kein Entkommen.

Deine Mutter schien nun allerdings merkwürdigerweise beide Extreme auf einmal zu verkörpern, und dir wurde klar, dass dies den Kern der Verstörung bildete, dass darin sozusagen ihre Leistung bestand. Was nur den Schluss zuließ, dass wirkliche Veränderungen *unmöglich* waren, in der dir seit frühester Kindheit am häufigsten untergekommenen Bedeutung des Wortes: Was auch immer dieses Verdikt hervorrief, wurde, obschon als Tatsache vorhanden, für nichtig erklärt mittels eines vernichtenden Urteils, eines Fluch- und Bannspruchs gewissermaßen. *Wat hat'n die für 'ne unmögliche Frisur!* Du sahst deine Mutter mit vom überstürzten Aufbruch verunmöglichter Frisur kreuz und quer durch die Gegend hasten, Züge wechseln, über Bordsteine stolpern, konfus auf der Flucht, sahst im Galopp den karierten Koffer aufklappen und die schwarze Spitzenunterwäsche aufs Trottoir fallen, die sie sich für ihren Liebhaber zugelegt hatte, ein ganzer Koffer voll mit nichts als BHs, Hemdchen, Strapsen, Höschen, sahst sie die Hosen voll haben im wilden Westen und auf der menschenleeren Kreuzung einer Reihenhaussiedlung stehen wie bestellt und nicht abgeholt, sich schließlich zusammenrollen zwischen den Stiefmütterchen auf der Rabatteninsel eines Kreisverkehrs. Dass du nicht lachtest. Lag daran, dass du heultest. In den Schlaf heulen jedoch hatte noch nie funktioniert.

Dein Vater musste lange schon zu Bett gegangen sein. Dass er euch nicht Gute Nacht gesagt hatte, kam dir nur deshalb verdächtig vor, weil es der Alltäglichkeit entsprach und diese also, wie schon morgens in der Küche, nur zu behaupten schien. Andererseits hätte ein Gutenachtsagen an diesem Abend dich zutiefst beunruhigt, du hättest dich darauf gefasst gemacht, ihn ebenfalls am nächsten Morgen auf die ein oder andere Weise nicht mehr vorzufinden.

Tagelang bliebt ihr mehr oder weniger stumm. Dir war ohnehin, nach zwei schlaflosen Nächten, als sei dir die Fähigkeit zu verständlichem Sprechen abhandengekommen, oder vielmehr, als ergebe das Sprechen an sich keinen Sinn, als handele es sich um eine Tätigkeit, deren Zweck oder doch zumindest Effekt darin bestand, alles zu verwischen, euch abzulenken von dem, was es zu verstehen gab und galt. Trotz deiner altersbedingten Anfälligkeit für nihilistische Tendenzen hattest du gleichwohl noch längst nicht aufgehört, den kindlichen Ordnungssinn dazu parallel laufen zu lassen, das menschliche Grundbedürfnis nach Erschließung, Strukturierung und Unterwerfung der Welt oder wenigstens des Verhaltens der eigenen Eltern. Die dazu notwendige Sprachbefähigung aber schien dir gerade ins Sprechen faul und dilettantisch fehlgeleitet, ein Missverständnis, eine unzulässige Ableitung. Ein Oxidationsprozess, der jeglichen

Sinn dunkel anlaufen ließ wie Silber oder die grünen Hüllen der Walnüsse, man setzte die Worte der Luft aus, sozusagen an die Luft, und schon verfielen sie. Es war eine Bewegung in die falsche Richtung, Sprache schien dir nicht für Veräußerung, Äußerungen also, und Verdünnung gemacht, sondern für Verdichtung, ein Innewerden, eine Reduktion. Was du meintest, war Denken. *Nachdenken*, deine *Lieblingsbeschäftigung*. Wie alle glaubtest du die Welt ja nur dann funktionierend, wenn sie in deinem Sinne funktionierte, und da sie dies meistens nicht tat und du meistens nachdachtest, kamst du darauf, dass der permanente Missstand nur einem sowohl familiären wie internationalen Mangel an Nachdenken geschuldet sein konnte. *Da darf man gar nicht drüber nachdenken*, ein Lieblingssatz deiner Mutter. Charlie sagte dir erst später seine Meinung dazu: *Nachdenken*, das stecke ja schon im Wort selbst, sei etwas Nachgeordnetes, etwas, das danach, hinterher komme und damit immer zu spät. So etwas wie *erst mal darüber nachdenken* gebe es somit gar nicht, es setze logischerweise stets schon ein Worüber voraus. Du erhobst Einspruch, der Gegenstand des Nachdenkens müsse ja nicht notwendig etwas schon Geschehenes sein, es werde doch ebenso viel, wenn nicht mehr, über Noch-nicht-Geschehenes nachgedacht. »Genau das is ja dein Problem, Johnnylein«, sagte Charlie, später. Außerdem, das sei schlichtweg unmöglich. Wie könntest du das Für und Wider oder welche Aspekte auch immer von etwas bedenken wollen, das du noch gar nicht kanntest. »Hast du keine Phantasie?«, fragtest du ihn. Schon, doch die würde einem im Falle des Falles nichts nützen, meinte er. Welchen Fall meinte er? Er hatte dich in eine Denkfalle gelockt. Etwas stimmte nicht. Dein Nachdenken kam zu spät, als alles schon stimmte.

Auch jetzt, lange vor Charlies spezifischen Weisheiten, spürtest du, dass etwas auf euch gefallen war, gegen das auch größere Dosen Nachdenkens sich als wirkungslos erweisen würden. Eure ganze Wohnung, die du, warst du allein, fast zwanghaft zu durchwandern begannst wie auf einem dir auferlegten Kontrollgang, dabei fröstelnd vor dem Übertreten jeder Schwelle, jedem erneuten Zimmerstillleben, erschien dir grauschleierig wie schlecht entwickelte Fotos, die ganze Einrichtung wie von Mehltau bedeckt. Auch ein noch unsichtbarer, inwendig jedoch längst unaufhaltbar fortgeschrittener Mottenbefall hätte dich nicht gewundert, angefressen, wie du dich selber fühltest. In diese der Vernachlässigung und alsbald wohl gänzlich dem Vergessen anheimfallende Behausung würden keine Nachrichten mehr gelangen, davon warst du nach drei Tagen überzeugt.

Am Montag, als Charlie eine Viertelstunde vor Unterrichtsbeginn aus dem Bett fiel und ein paar Minuten später die Wohnungstür ins Schloss, bliebst du einfach liegen. Du warst beschäftigt, nämlich damit herauszufinden, wie lange man wohl daliegen könnte, ohne einzuschlafen. Eine jämmerliche Wut durchzuckte dich über solch elendes Ausgeliefertsein, du konntest nichts tun und als schrecklichste Geißel erwies sich die Langeweile. Du versuchtest immer wieder, äußerst gleichmäßig und ruhig zu atmen, dich auf nichts anderes zu konzentrieren, *an nichts zu denken*, nur um festzustellen, dass ein Loslassen der Gedanken zu nichts führte als losgelassenen Gedanken, die ein chaotisches Flohballett in deinem Kopf aufführten und dabei noch nicht mal zu deiner Unterhaltung beitrugen, sondern nur zu einem sich stündlich verschlimmernden Zustand kompletter Entnervung über dein vegetatives Nervensystem. Dass deine Mutter abgehauen war, womöglich auf Nimmerwiedersehen, war dir inzwischen vollkommen egal. Du bezweifeltest, dass ihr plötzliches Wieder-zur-Tür-Hereintreten oder überhaupt irgendetwas auf dieser Welt den anscheinend auf Nimmerwiederkehr abgehauenen Schlaf zur Umkehr beziehungsweise deinen Körper zur Besinnung bringen könnte, das heißt zur Besinnungslosigkeit von zehn Stunden traumlosen Tiefschlafs.

Drei oder vier Stunden wirren Traumgeflackers vor Anbruch des Dienstages richteten dich zumindest so weit auf, dass du in der Lage warst, Hoffnung zu schöpfen für die folgende Nacht und die akkurate, aber einfache Schrift deiner Mutter zu fälschen auf einem Entschuldigungszettel, um damit am nächsten Tag wieder in der Schule zu erscheinen und einem Hausaufgabenvorbeigebrachtbekommen vorzubeugen. Die Wohnung war, obschon auf die bisherige Weise unbewohnbar, zu einer Art Höhle geworden, die es zu verteidigen, am besten ganz zu verstecken galt; undenkbar, dass noch irgendjemand außer euch sie beträte, auch nur die Nase hereinsteckte und die Ausdünstung dessen witterte, was doch niemanden etwas anging, worum die Wohnung sich wie eine Hülle wölbte, tatsächlich schienen sich ihre Winkel, sah man nicht genau oder zu genau hin, zu Krümmungen zu verzerren, schienen sich Umformungen zu vollziehen, die die Ursache des unvermittelten Knackens, unbekannten Ächzens sein mussten, das dich jetzt so oft aufhorchen, aufschrecken ließ.

Der erste Schultag verlief, von der Müdigkeit abgesehen, die sich unter deinen Augen abgelagert hatte und dem angegebenen Krankheitsgrund vielleicht gar eine gewisse Glaubwürdigkeit verlieh, extrem normal, in einem Ausmaß, wenn man so sagen konnte, das dir, stärker noch als das anfängliche Verhalten deines Vaters, extra für dich inszeniert vorkam. Wahrscheinlicher war zwar, dass du lediglich zum ersten Mal die Normalität als solche und als eine Möglichkeit unter vielen, nicht als etwas ohnehin täglich Gegebenes wahrnahmst, aber wie wahrscheinlich war wohl, dass *es* sich noch nicht herumgesprochen hatte?

Sollte euer familiärer Notstand bereits bis ins Lehrerzimmer vorgedrungen sein, führte das deinen Entschuldigungszettel natürlich ad absurdum, da hättest du auch gleich den Küchentischzettel deiner Mutter vorlegen können. Blieb nur die Frage, was peinlicher war, die Lüge oder die Wahrheit. Und ob man dir Erstere vielleicht einfach aus Gründen der Nachsicht und Schonung durchgehen ließ, unerträglich auch dies. Und falls die anderen, deine sogenannten

Mitschüler, Bescheid wussten, würde das die hyperreale Durchschnittlichkeit dieses Schultags erklären und sie zugleich zu einer übermenschlichen – schließlich handelte es sich um Menschen in Form von Jugendlichen – Schauspielleistung erheben. Ob ihnen das zuzutrauen war? Hattest du nicht gerade gelernt, dass man diese Frage fortan immer mit Ja beantworten musste? Du liefst auf einmal herum wie außerirdisch. Das, was du für deine siebzehnjährige Menschenkenntnis und deinen Sinn für Wahrscheinlichkeiten gehalten hattest, fandest du gründlich zerlegt bis pulverisiert und dich folglich nicht mehr zurecht in der Welt, meintest du. Später setzten sich wider Erwarten neue und alte Erwartungshaltungen wieder zusammen und funktionierten oft sogar, obschon ihnen, untersuchtest du sie genauer, etwas Verwachsenes und Behelfsmäßiges eigen blieb und du dich nicht sehr auf sie verlassen mochtest, vermutlich bist du deshalb seitdem ständig mit ihnen befasst und versuchst sie mit immer mehr gesammeltem Material zu verstärken und auszubessern. In jenen ersten Tagen jedoch fühltest du dich all dessen nicht nur beraubt, sondern auch seltsam befreit davon, als träfen mit Ungültigwerden dieser auch sämtliche andere Regeln nicht mehr oder nur noch sehr bedingt auf dich zu, als gingest du alle bekannten Wege, mit ihnen nur noch zufällig verbunden, entlang ohne einengende Garderobe, geradezu nackt und dabei bar jeder Scham, in einsamer Narrenfreiheit. Was konnte schon noch passieren.

Dass sich die irreguläre Abwesenheit deiner Mutter nicht nur auf die Dauer nicht, sondern im Prinzip keinen einzigen Tag, abgesehen vom Nichttag Sonntag, geheim halten ließ, fiel dir ein, als du, benommen von dem offenbar schon seit Montag fortgesetzten Partyauswertungsgeplapper der anderen, den Parabelkurven Frau Tietzes und den triptychonartigen Tafelbildern in Geschichte dich nachmittags die zwei Treppen hoch zurück in die Wohnung schlepptest und deinen Vater zu deiner Überraschung wie auch deinem sofortigen Missfallen nicht schnarchend, sondern vor dem Fernseher sitzend vorfandest. Es lief Springreiten, oder wie auch immer man diese Wettbewerbe mit den zurechtgemachten Pferden nannte, bei deren Anblick einem die Haarwurzeln zu schmerzen begannen. Da du dich selbst in einem Zustand befandest, in dem dir alles Mögliche möglicher schien als sonst, übersprangst du die Frage, ob dein Vater wohl einem plötzlichen Interessenumschwung oder beginnender Unzurechnungsfähigkeit unterliege, und gingst gleich zum anderen ungeklärten Sachverhalt über.

»Was hast du eigentlich Frau Brosch erzählt?«

Denn er musste der Chefin deiner Mutter in den letzten drei Bäckereitagen unweigerlich begegnet sein, vermutlich indem sie mit ihren kurzen Beinen den kurzen Weg von einer Ladentür zur nächsten zurückgelegt hatte, nachdem sie ihre eigene am späten Vormittag, der gewöhnlichen Zeit ihrer ersten und meist auch einzigen Stippvisite im Blumenladen, noch verschlossen und keinen der Körbe mit Osterglocken oder Primeln draußen postiert gefunden hatte.

»Gar nix.«

»Hat sie dich nich gefragt?«

»Jaa – die kam an und wollte wissen, wat mit Mama is, wo denn meine Frau is.«

»Na – und?«

»Ick hab gesagt, die is weggefahrn.«

»Weggefahrn? Wohin denn?«

»Na weiß ick doch nich, wohin!«

»Na ja, aber wollte die denn nix Genaueres wissen, ich mein …«

»Na da kannst aber Gift druff nehmen, dat die dat genauer wissen wollt, der falln doch bald vor Neugier die Augen ausm Kopp, weißt doch, wie die is, die Olle!«

»Ja, aber die is doch denn nich einfach wieder gegangen, oder was, ohne Erklärung?«

»Na hat se wohl müssen! Ick hab nix weiter gesagt. Ick hab gesagt, ick weiß nich, wann meine Frau wiederkommt und ob se wiederkommt und dat se sich nu erst ma morgens selber zu ihrm Laden bequemen muss und den uffschließen.«

»Das hast du nich gesagt!«

»Und ob! Is doch wahr. Dat faule Stück!«

»Papa, ich glaub, die kauft kein Brot mehr bei dir.«

»Na und! Ick kauf ja uch kein Blumenpott bei ihr.«

Aus einem nicht ganz erklärlichen Grunde versetzte dieser Satz dir einen Stich. Vielleicht einfach, weil es um Pflanzen ging. Im Fernsehen riss ein Pferd bei zwei aufeinanderfolgenden Hindernissen die obersten Latten herunter, geriet ins Straucheln. Sprunghaft spürtest du eine Konzentration von dem in dir ansteigen, was du dir unter lebensmüde vorstelltest. Scheißsport, dachtest du.

»Warum schläfst du eigentlich nich?«

»Geht nich.«

Dein Vater blickte unverwandt zum Bildschirm, auf den von einer behandschuhten Hand getätschelten Pferdenacken, die Chiffren der Punktestände.

»Willst du auch'n Kaffe?«

Unverwandt blickte dein Vater dich an.

»Seit wann trinkst du Kaffe?«

»Schon lange.«

»Ach so – dat war ja Charlie.«

Dann, da nichts weiter kam und deines Vaters Abwesenheit sich wieder dem Rücken der Pferde zugewandt hatte – Rösselsprung, dachtest du, warum spielte er Doppelkopf und nicht Schach, das hättest du dir beibringen lassen, ihr hättet Zeit miteinander verbringen können, welch fremdartige Vorstellung, nun ja, womöglich könnte auch das einen spontanen Wandel erfahren, auch wenn du allem anderen inklusive plötzlichem Verschwinden von Familienmitgliedern eine höhere Wahrscheinlichkeit beimaßest – also, als du den Rückzug gen Küche antratest, da hörtest du in deinen Rücken gesprochen: »Nee, jetzt nich, Johnny.«

Du bliebst nicht *wie angewurzelt* stehen, machtest nicht *auf dem Hacken kehrt*, es *klappte* dir nicht *der Unterkiefer runter*, du fülltest den Wasserkocher, nicht mal bis zum Strich der Mindestmenge, und sein augenblicklich einsetzendes Zischen nach dem Einschalten klang dir nicht im Ohr wie das unenglische, stimmhafte sch, mit dem dein Vater deinen Namen hatte anlauten lassen, das ihm aus Wörtern wie Garage, Blamage vertraut war – und in seiner stimmlosen Variante natürlich vom Namen seines Sohnes, denn auch Charlie kam bei ihm stets um seinen Anfangsverschluss. *Scharlie.* Was du unter Gelächter zum ersten Mal bemerkt hattest, als *Scharlie* Scharlach hatte. Geschüttelt von einem stummen, aber ununterdrückbaren Nachzittern des damaligen Albernheitsanfalls, in den sich die Absonderlichkeit eurer Gegenwart mischte, warst du dankbar, dass das siedende Wasser deine konvulsivischen Atemgeräusche übertönte, du ließest es länger blubbern als nötig, bis der Wasserkocher von allein ausging, was deinen Vater, bekam er es mit, regelmäßig zu Maßregelungen veranlasste. Er ging auch herum und machte das Licht aus in allen Zimmern, in denen sich gerade niemand, und sei es aufgrund eines Kloganges, aufhielt, er patrouillierte als Kontrolleur aller Heizungen mehrmals am Tag durch die Wohnung und drehte sie runter. Du konntest dich nicht erinnern, dass er früher die Briketts dem Ofen wie Happen ins Maul gezählt hätte, im Gegenteil hatte er gern *noch was nachgelegt*.

Und daran eben konntest du dich auch nicht erinnern: deinen Vater dich beim Namen nennen gehört zu haben ohne Unterton, ohne den prosodischen Sicherheitsabstand, den man glaubte zum Spleen anderer wahren zu müssen. Du wusstest, das musste noch nichts heißen unter diesen Umständen, bemerkenswerter schien dir deines Vaters Unverblümtheit gegenüber der Blumenhändlerin Frau Brosch, die dir trotz der dich peinigenden Ungeschlachtheit Bewunderung abrang: Er hatte erst gar nicht den Versuch unternommen, irgendetwas zu verschleiern. Natürlich war es das Notbeißen eines in die Ecke gedrängten Hundes gewesen, trotzdem. Die meisten Leute neigten gerade dann zu beharrlichem Lügen. Du fragtest dich, ob dein Vater von einem ähnlichen Gefühl des Losgelöstseins durchweht wurde. Nicht, dass sich darüber mit ihm reden ließe. Dein kurzer Euphorieschub ob seiner konsequenten praktischen Umsetzung deines idealistischen Schwebezustandes mündete sogleich in die Einsicht, dass, falls er etwas dergleichen empfand, er es kaum gutheißen würde. Wie konnte man frohlocken über den Zusammenbruch der Weltordnung. Du hättest es ihm nicht erklären können, du konntest es dir selbst nicht erklären. Sowie auch im Nachhinein jene ersten Tage nur mit zunehmender Paralyse, Schockstarre. Nach dem Wochenende schienen euch die praktischen wie spekulativen Fragen gar nicht mehr zu beschäftigen. Wo eure Mutter hin sein könnte und warum, ob man sie suchen sollte und wie, wer wann und überhaupt in Kenntnis gesetzt werden müsste, wie groß die Hoffnung auf eine baldige Rückkehr sein dürfte und was in aller Welt denn nun bloß werden sollte, das stand zwar alles zur Debatte, aber wie in der Druckerwarteschlange, ihr spucktet nichts aus. Soweit du noch weißt, erwogt ihr nicht ernsthaft, die Polizei zu alarmieren, außer Charlie gleich am Anfang, wofür er sich, als sein Blick deinen entgeisterten streifte, umgehend genierte, als hätte er den falschen Text aufgesagt. »Na ja, nee, vergiss es – die Bullen sind Quatsch, ich mein, is ja kein Verbrechen abzuhauen.« Womit er von deiner in die Blickschusslinie eures Vaters geriet.

Als die erste Nachricht eurer Mutter eintraf, verschwendetet ihr sowieso keinen Gedanken mehr daran. Genau eine Woche nach den Küchentischzeilen, an einem Sonnabend wiederum, dem du als Refugium und Kerker zugleich entgegengesehen hattest, fischtest du eine Art Fortsetzung aus dem Briefkasten. Wie einem das Herz in die Hose rutschen könnte, begriffst du nie, dir schnellte es in den Hals, an die Gurgel, da war sie, die Schrift deiner Mutter, und sah aus wie gefälscht. Du bildetest dir ein, schon auf den ersten Blick darin etwas

Hektisches, Hingeschmiertes zu erkennen, dabei sahst du in Wirklichkeit erst mal weg, dachtest: So ist das also, wirklich, auch dir fiele kein besseres Wort dafür ein als – *schwindlig*. Es kam dir immer noch ungenau vor, aber nicht mehr geschwindelt wie jedes Mal, wenn du es in einem Roman lasest. Du wischtest dir die sich vom heruntergetragenen Müll kontaminiert anfühlenden Finger an der Hose ab und nahmst den länglichen Briefumschlag, einen Amtsbrief, fehlte bloß noch das Sichtfenster, aus dem Kasten, trugst ihn, nur an einer Ecke gefasst, mit spitzen Müllfingern die Treppen hoch, dir war klar, ein Beobachter wäre zu einer fälschlichen Annahme gelangt. Als brächtest du ein neues Stück Müll mit herauf.

Charlie stand auf die offene Kühlschranktür gelehnt mit dem Rücken zu dir und mochte für irgendwen den Anschein erwecken, die verbliebenen Vorräte zu inspizieren und mit seinen momentanen Essgelüsten abzugleichen, nur dass es für diese Operation angesichts ungefähr eines Bechers Margarine, eines seit Wochen dort internierten fast leeren Glases Gewürzgurken, dessen Inhalt langsam das Aussehen hypertropher Tümpel annahm, und vielleicht einer ausgehärteten Scheibe Edamer in der *Käseaufschnitt*-Packung und des Zipfels Schmelzkäse, den außer eurer Mutter niemand aß, nicht mehrere Minuten gebraucht hätte. Du sahst ihn schon so verharrend, als du in die Wohnung zurückkamst, beobachtetest ihn ein bisschen vom Flur aus und gingst schließlich in die Küche, wo du den Brief absichtlich aus einer gewissen Höhe auf den Tisch fallen ließest, ziemlich genau dahin, wo eine Woche zuvor *aus heiterem Himmel* die Verkündigung eurer Mutter gelegen hatte. Die etwas zu laut geratene Landung, dich beschämend und doch auch befriedigend, brachte Charlie tatsächlich wie auf ein Stichwort hin dazu, sich umzudrehen. Schon wieder eine filmreife Szene, sie häuften sich ein bisschen zu sehr in letzter Zeit, und noch nie hatte es dir sonderlich behagt, dir selber zuzusehen, jegliches Rollenspiel barg für dich etwas zutiefst Erniedrigendes. Deine Mutter, sie wäre *gerne Schauspielerin geworden*, wie sie nicht müde geworden war, von Zeit zu Zeit anzumerken, nicht ohne den dich verlässlich deprimierenden Hinweis, auch ein Talent dafür in sich wohnen zu glauben. Du glaubtest es nicht, ihr höchstens die Lust am Melodrama, und manifestierte sich in diesem Brief, was auch immer drinstand, nicht nur ein weiterer Beweis ihrer Provinztheateraspiranzen? Wiederum war dir, als hättest du nun notgedrungen ihre Zweitbesetzung abzugeben, sie in aller Unwürdigkeit würdig zu vertreten. Wahrscheinlich spielte sie gerade die Rolle ihres Lebens, anderswo, wollte es sich aber gleichzeitig nicht nehmen lassen, deren Flamboyanz auch am heimischen Publikum zu testen, und schwuppdiwupp, schon sprangst du ein und ließest das Corpus delicti, die sinistre Epistel auf den Tisch knallen wie ein Schnapsglas auf die Theke: noch einen! Und siehe, es wurde euch eingeschenkt. In der Tat war dir da nach nichts so sehr wie einem Wodka, obwohl du höchstens zweimal welchen getrunken hattest, aber schon bildetest du dir etwas darauf ein, eine exklusive Schnapsvorliebe zu besitzen.

»Was'n das?«, fragte Charlie und wusste es doch schon. Er zögerte nicht, den Brief in die Hand zu nehmen, umzuwenden. »Kein Absender«, sagtest du schnell, wie um ein Hoheitsrecht an diesem Schriftstück zu wahren, das du kaum ansehen konntest. Charlie untersuchte den Stempel auf der Briefmarke. »›Briefzentrum‹. Sehr clever. Wieso drucken die eigentlich keinen Ort mehr rauf? Zwanzig – und noch irgendwas mit Zwei, hat das was zu bedeuten?« Ihr hattet keine Ahnung. Ihr hattet kein Internet. Es hätte nichts geholfen. *27.03.1998.*

Der Brief musste warm geworden sein in Charlies Händen, deine waren noch immer kalt, trotzdem konntest du nicht zu ihm sagen: mach du ihn auf. Dieser Drang, alles selbst machen zu wollen, das Kommando zu führen in steter Annahme der Unzulänglichkeit oder Unbefugtheit aller anderen, er hat sich wenig gebessert. Lange hieltest du ihn für Selbständigkeit und eine nützliche Remedur deiner Menschenscheu, du entschiedest, du nahmst es in die Hand, du gingst voran, du tatest, was getan werden musste, und zwar, bevor es jemand anderes vermasseln konnte. Bevor du angewiesen warst. Bevor überhaupt nichts geschah. Du nahmst Charlie den Brief aus der Hand und zwangst deinen Daumen in den kleinen Spalt an der Ecke, rissest mit genugtuender Handfestigkeit die obere Kante auf. Der Umschlag enthielt ein einziges kariertes Blatt, an der linken Seite gelocht, offenbar aus einem Collegeblock, säuberlich an der Perforation herausgetrennt. Du warst bestürzt, es stürzte dich in heillosen Trübsinn, ein trauriger Wackelpudding, aus der Form *gestürzt.* Der Ausdruck hatte dich als Kind rätseln lassen, da es bei euch nie *Götterspeise* und auch keine Formen dafür gab, genauso wie später *geschürzte* Lippen, die auch nur in Büchern vorkamen. Und jetzt bei Charlie, nebst seinen berühmten hochgezogenen Brauen. Du fühltest die Nacktheit des Wackelpuddings, schämtest dich deiner Mutter, die in solchen Momenten, welchen?, nur deine war und nicht Charlies, wie machte er das? Und was sollte das, solltet ihr dieses mit Kuli geschriebene Lebenszeichen nun abheften, würden weitere kommen, mit vorgestanzten Löchern am Rand, galt es, die ›Akte Mama‹ anzulegen, Mama ad acta zu legen von diesem Tag an?

Du konntest dich nicht dazu bringen, den Brief laut vorzulesen, du legtest das Blatt auf den Tisch, beugtest dich mit aufgestützten Armen darüber und überließest es Charlie, wie er sich in Kenntnis des Inhalts zu setzen gedachte. Als er sich dicht neben dir ebenso wie du auf die Tischplatte stützte, eure Arme sich fast berührten, unterdrücktest du deinen ersten Impuls aus Ungewohntheit, nämlich von ihm abzurücken, hattest aber Schwierigkeiten, dich bei diesen zwei Neuigkeiten auf einmal auf das Geschriebene zu konzentrieren.

Ich wollte euch nur mitteilen, daß es mir gutgeht und ihr euch keine Sorgen machen braucht. Wahrscheinlich wartet ihr darauf, dass ich zurückkomme, aber das werde ich nicht tun. Ich habe eine Entscheidung getroffen und die mache ich nicht mehr rückgängig. Ich lasse mir auch keine Vorwürfe mehr von euch machen

und vorschreiben, wie ich sein soll. Ihr habt mir jeden Tag zu verstehen gegeben, daß ich entbehrlich bin und euch nur auf die Nerven gehe, das hat jetzt ein Ende, ihr könnt endlich tun und lassen, was ihr wollt. Ihr seid mir nicht egal, aber ihr könnt auch nicht verlangen, daß ich mir für den Rest meines Lebens egal bin. Vielleicht versteht ihr das ja eines Tages. Ich habe doch zwei Kinder, die sich für sehr schlau halten. Und einen Mann, der endlich mal aufwachen muß. Roswitha
PS: Ich habe im Blumenladen gekündigt. Ihr könnt alle mal sehen, wie ihr ohne mich zurechtkommt.

Charlie pfiff durch die Zähne. »Mannomann. Die Frau hat aber echt Probleme!« Du hättest ihm am liebsten eine gescheuert. Letztlich aus Wut darüber, dass auch er, und wenn er sich zehnmal beinahe an dich lehnte, doch grundverschieden von dir blieb und ein Produkt seines Umfelds, der Erziehung eben vor allem deiner Mutter geworden war – euer Vater hatte sich auf diesem Felde ja mehr sporadisch betätigt –, die in ihm von Anbeginn nichts anderes hatte sehen wollen als den *richtigen Jungen*, aus dem sie einen *echten Mann* zu formen gedachte, vom hellblauen Strampler auf direktem Wege zum emotionalen Analphabeten. Einen Mann, der niemals aufwachte und den man nur hinter sich lassen konnte. Wenn Thea so gescheit war, wie sie wirkte, konnte dein Bruder sich schon mal warm anziehen, denn dann hätte er ihre Wärme die längste Zeit genossen. Andererseits war dir schon damals das Phänomen bekannt, dass sich Frauen, die dir in jeglicher anderen Hinsicht Bewunderung einflößten, früher oder später stets doch lächelnd wegwarfen an ihr Gegenteil, um fortan Klagen zu führen über ihr Unverstandensein und auf dem Badezimmerboden liegengelassene nasse Handtücher. Du wolltest auch Sex, und ja, Liebe, aber nicht zu diesem Preis. Es musste auch anders gehen. Und selbstverständlich glaubtest du an eine Ausnahme für dich höchstpersönlich.

Deine Mutter kehrte der von ihr erschaffenen Welt den Rücken, erklärte ihre Schöpfung für gescheitert, da sich in ihr nichts mehr fand als ungebärdige Geschöpfe. Doch es war offensichtlich, sie wollte von diesen dennoch nicht für tot erklärt werden. Sondern ihnen die Leviten lesen, die Lektion ihres Lebens erteilen, auf dass sie sich bewusst würden ihrer Verworfenheit und ihrer Verdammnis: Zu spät! Allein, was dich daran aufbrachte, war nicht die Rachsucht, sondern der Verdacht, sie wende sich lediglich ab von diesem Versuch, nicht aber vom Prinzip selbst. Sie würde nicht ins Kloster gehen. Sie würde sich keine sieben Liebhaber halten. Sie würde *einen Neuanfang wagen.* Dir wurde schlecht. Sie konnte mit euch nichts mehr anfangen also. Wem aber wollte sie statt eurer anhangen? Ihr hattet sie enttäuscht, aber anscheinend nicht genug. Die eheliche Liebe, sie hatte nicht vorgehalten, die spät erwachte Passion für das Söhnchen, sie entbehrte nicht der auffälligen Ähnlichkeit mit deiner Kai-Manie, alles für die Katz. Und dir nahm sie anscheinend krumm, dass du kein richtiges Mädchen sein wolltest, mit Sicherheit hielt sie es für eine Willensfrage, und das war es ja auch. Du konntest nicht anders, aber du wolltest auch nicht, insofern stimmte doch alles mit dir. Sie aber verstimmte es, dass du nicht wandeln wolltest auf ihrem Wege, auf einen Ausweg aus warst, noch bevor du *es überhaupt versucht* hattest. Das heißt, bevor sie ihr sauer erworbenes Erfahrungswissen zu Ratschlägen zusammengeballt über dir abregnen konnte. Es stimmte nicht, dass Eltern wollten, ihre Kinder sollten es einst besser haben als sie selbst. Nein, sie sollten es ganz genauso haben, denn Eltern waren auch nur Menschen, und kein Mensch wollte, zumal von Jüngeren, vorgeführt bekommen, dass es auch besser ging, niemand wollte die Infragestellung seines Lebens, alle wollten die Rechtfertigung, die Bestätigung, die Wiederholung. Zu irgendetwas musste es doch alles gut gewesen sein. Aber das war es nicht, es war alles umsonst gewesen.

Tun und lassen. Bloß was? Diese Verhöhnung stellte natürlich einen Teil eurer Strafe dar. Deine Mutter wusste nur allzu gut, dass ihr ohne sie nichts anfangen konntet. Dass der Klotz am Bein, die Spaßbremse, die Meckertante unentbehrlich war als diejenige, der man zu verstehen geben konnte, man bedürfe ihrer nicht; die man sehr wohl brauchte als die Reibungsfläche, an der man das eigene Licht entzündete und sich das Fell schubberte und mithilfe derer man die nötige Reibungswärme erzeugte in einem Gebilde, das die Funktion einer Familie erfüllen sollte. Und natürlich erfüllte vor allem deine Mutter darin eine Funktion, und dass sie dazu keine Lust verspürte, leuchtete dir vollkommen ein. Nur, hatte sie sich nicht entschieden, Mutter zu werden und damit Funktion per se? Ein Wesen, das du dir definiertest als vom Tag des Gebärens an – wenn nicht früher, vielleicht setzte das schon mit der bloßen Idee, schwanger werden zu wollen, ein –, abgeschrieben in puncto eigener Persönlichkeit, gegenüber der nächsten selbsterzeugten Generation von vornherein schon immer im Hintertreffen, automatische Inkorporation all dessen, was diese am Erwachsenendasein schmähte und mit Spott, Verachtung und respektloser Ironie überzog. Und natürlich warst du dir gleichzeitig sicher, dass nur du es so sahst, sehen konntest, dass alle vorhergehenden Generationen sowie große Teile deiner eigenen mit Blindheit geschlagen sein mussten, wie anders war es zu erklären, das Vermehren. Und wie, dass du als die Nutznießerin jener *Blödigkeit* so dagegen zu Felde zogst? Du fragtest dich, ob man notwendig das hervorbringen, quasi veräußern müsse, was man nicht in sich selber trug. Nicht nur deine Mutter hatte sich in dir ihr Gegengewicht erschaffen, auch du modelliertest täglich an ihr als dem deinigen herum. *Verraten und verkauft.*

Dein Vater ließ sich nicht herab, *noch irgendwat* dazu zu sagen, sondern nur das Blatt aus seiner vor Rauheit und Furchen beinahe unbeweglich aussehenden Hand zurück auf den Tisch gleiten, wie irgendeinen *Wisch.* Nach dem Mittag, Bratkartoffeln oder Bohneneintopf aus der Dose oder was es in dieser Zeit so gab, brach er auf zum Fußball, *Lok* hatte ein Heimspiel, da würde er die geschonte Stimme wiederfinden und sie sich aus dem Leib brüllen. Euch war der Abwasch überlassen, *damit ihr euch nich langweilt.* Sie hingen dir zum Halse raus, diese Sprüche. Tatsächlich aber schien es eine Menge Arbeiten zu geben, die hauptsächlich als Langeweilebekämpfungsmittel zum Einsatz kamen und nichts mit Hobbys zu tun hatten, also gewissermaßen zweckentfremdet wurden. Rasenmähen. Rasenmähen, Rasenmähen, Rasenmähen. Bügeln. Gläser putzen. Armaturen putzen. Silber putzen war ausgestorben. Auto waschen. Abwaschen. Staubsaugen. Laubsaugen. Gartenbäume töten, was *Abnehmen* genannt wurde. Beschäftigungen, denen man ihre Nützlichkeit ohne Weiteres abnahm, bei denen die Zeit abnahm, *totgeschlagen* wurde. Gegen die darin steckende Widersinnigkeit sträubte sich alles in dir. Du unterschiedest zwei Arten von Langeweile, nämlich die, die dadurch entstand, dass man nicht wusste, was tun, und die, die sich einstellte, indem man etwas tat; was beide verband, war die Uninteressantheit. Und es blieb dir vollkommen unbegreiflich, wie man auf die Idee kommen konnte, die eine zur Behebung der anderen einzusetzen, denn es war ja kein Fall von Minus und Minus, die sich zu einem Plus verwandelten, sondern jeder, der jemals an Langeweile gelitten hatte, wusste, dass es sich dabei nicht um ein Zuwenig, sondern ein Zuviel handelte, etwas Lastendes, eine beschwerende Leere, eine Arbeit, die einem *zu viel* war, und Plus und Plus vereinigten sich nicht zu einem befreienden, nach Ausatmen klingenden Minus, sie wurden eine Doppelbelastung. Der Hund, das Wesen, das von keiner Arbeit wusste, lag wieder mal begraben im Lehm der öffentlichen Meinung: Denn glichen sich die beiden Langeweilen auch in ihrer Wirkung aufs Gemüt, so sehr, dass ihre Scheidung in verschiedene Spezies höchst zweifelhaft war, so nahmen sie doch auf den Werteskalen der Majorität gänzlich unterschiedliche Plätze ein, die eine galt für nichts, die andere für alles, als Kurzbewertung hatte man erfunden *faul* und *fleißig.* Du wirst es nicht begreifen bis ans Ende deiner Tage, die allzu oft sich anfühlen werden, als seien sie schon wieder vorbei, bevor sie überhaupt begonnen haben. Weil die angesehene Art der Langeweile, die des Tuns, Tun-Müssens, -Sollens und -Nichtwollens trotz aller Gegenmaßnahmen bis hin zur Totalverweigerung seit jenen Jugendtagen beständig an Boden gewonnen hat, während die andere komplett verschwunden scheint. Letzteres zumindest sahst du an als etwas Positives und fragtest dich nie, ob es in Wirklichkeit etwas Negatives sei. Von solch vergessener Langeweile zerdehnte Tage, sie gäben dir nicht das Gefühl, sie seien zu kurz.

Arbeit, das meinte *Mühsal*, *Knechtschaft*, *Sklaverei*, *Not*, *Strafe*, *Kindesnöte*. Es war das *Erbe*, das du ausschlagen wolltest, das heißt, du wolltest dich seiner entschlagen. Deine Not-Wehr aber verschlug nichts, alle Fluchten ins Zögern, in Abschweifungen änderten nichts daran, dass Notwendigkeiten deine Tage verkürzten, nunmehr auf doppelte Weise, durch sich selbst und ebenjene aufschiebenden Ablenkungen, die von der Mühsal der täglichen Pflichten notwendigerweise, als Bedürfnis, überhaupt erst erzeugt wurden.

»Willst du abwaschen oder abtrocknen?«, fragte Charlie, und er fragte sonst nie. Je nachdem, welchen Verdreckungsgrad das Geschirr aufwies, wie dicke Fettschichten die Pfannen, ließ er entweder das Wasser einlaufen oder schnappte sich ein Geschirrtuch, das wirkte bienenfleißig, war aber schlecht verhohlene Drohnenfaulheit. Du hattest keine Lust zu diskutieren, keinen Bedarf an seinen oberschlauen Spitzfindigkeiten, du wolltest die Langeweile hinter dich bringen so schnell wie möglich. Abwaschen war unappetitlich, aber befriedigender, Abtrocknen sauberer, aber überflüssig. »Is mir egal«, sagtest du und das war die Wahrheit, die ganze Wahrheit dieser Tage.

Charlie zuckte mit den Schultern und zog ein Handtuch von der Heizung, das aussah, als täte man gut daran, das Geschirr nach Behandlung mit selbigem gleich noch einmal abzuwaschen.

»Da is noch 'n saubres«, du wiesest mit dem Kopf Richtung Stuhllehne.

»Ja, aber das is nass.« Es war höchstens etwas feucht, weil du dir vorher die Hände damit abgetrocknet hattest, aber Charlie war auf sehr spezielle Weise etepetete, man konnte ihm mit den einfachsten Dingen wahrhaftigen Schauder einflößen, einen Schüttelekel, was du früher weidlich ausgenutzt hattest. Er löffelte begierig alle breiartigen Speisen, deren Konsistenz wiederum dir Übelkeit verursachte, aber er fürchtete sich vor der Berührung mit allen nicht ganz trockenen Tüchern.

»Vielleicht sollte man mal die Waschmaschine anwerfen.« Absichtlich formuliertest du es so, denn *man*, damit konntest fortan ja nicht immer nur du gemeint sein. Seit eure Mutter die Mechanismen des Haushalts nicht mehr bediente, schienst du auch in dieser Hinsicht ihre natürliche Vertretung geworden. Dein Vater speiste euch mit den zwei Gerichten ab, die er beherrschte, Gulasch und Bratkartoffeln, und hatte an dem einen Abend, als du gekocht hattest, was du beherrschtest, Spaghetti mit Tomatensauce, einen halben Teller gegessen und war dann kommentarlos zur üblichen Stulle übergegangen. Charlie beherrschte überhaupt nichts, auch wenn er auf diversen Familienfeiern gern den kreativen Chef de cuisine gegeben und zum Beispiel dem Kartoffelsalat vor dem Auftragen noch die unabdingbare Note diverser Gewürzpulver als buntes Mandala obenauf hatte verpassen müssen.

Er überging deinen Hinweis, was dich nicht weiter überraschte, im Gegensatz zur weiteren Entwicklung dieses Wortwechsels in der dünnen Luft frühnachmittäglichen Eintopfdunstes, das heißt, dass es eine gab.

»Denkst du, der Alte überlebt das?«

Du sahst ihn an, als hätte er etwas in der Preisklasse von Furzen von sich gegeben.

»Was?«

Du fragtest nicht nach dem Objekt, sondern dem Subjekt seiner Frage, also: wer, und wer war dir klar, nur bisher nicht, dass Charlie zum Jargon dieses Wer und seiner abgedampften Ehefrau übergegangen war, die ihre Väter auch nie anders zu bezeichnen pflegten als mit jenem Distanzhalter, der auf dich die Wirkung eines Tritts in den Hintern hatte, den man mitansehen musste und an dem das Grausamste die in die Grausamkeit verwickelte Komik war.

»Na, ich mein, guck ihn dir doch ma an, der is doch kurz davor, zu Boden zu gehn, der is doch so was von angezählt!«

Wie lange hattest du kein Gespräch mit deinem Bruder geführt? Wann und wodurch hatten solche Einspeisungen in sein Repertoire an Metaphorik stattgefunden?

»Und du?«, fragtest du. Es war heraus, bevor du Angst bekommen konntest vor Charlies Reaktion. Im Laufe der Zeit entdecktest du, wie gut sich diese Methode eignete, um deiner Unsicherheit ein Schnippchen zu schlagen – und wie unversehens man sie zu weit treiben konnte.

»Wie, und ich?«

»Na ja, macht es dir denn nix aus?« Jetzt verkauf mich nicht für dumm, Brüderchen, du hast nicht aus plötzlicher zerrüttender Sorge um Papa den Mund aufgemacht, das wolltest du sagen, warst dir aber gar nicht sicher, ob sich solch ein Angriff nicht in erster Linie verheerend gegen deine eigene transparentpapierene Haut richten würde, gerade wenn er auch Charlies durchdränge.

»Davon war ja jetz gar nich die Rede. Die Frage is, was wird denn nu aus unserm Väterchen?«

»Sag ma, sprichst du hier grade von Papa oder Väterchen Frost oder was? Das intressiert dich doch in Wirklichkeit gar nich! Außerdem hätt er sich ja auch ma diese Frage in Bezug auf Mama stellen können, hm? Dann wär sie vielleicht noch da!«

Charlie trieb natürlich seine Augenbrauen in die Höhe und guckte dich an, als seiest du eben unleugbar die Tochter deiner Mutter, einer Hysterikerin. »Was soll das denn bitte heißen? Und wieso würd ich denn sonst wohl fragen, wenn nich aus *wirklichem Interesse*?«

»Na aus wirklichem Schiss natürlich. Du hast die Hosen voll, Charlie Brown, soll bloß keiner sehn! Deshalb verdünnisierste dich ja auch ständig und kümmerst dich 'n Scheißdreck darum, was hier passiert. Aber ich geh nich in dein Zimmer und sammel deine Unterhosen vom Fußboden auf, wie Mama, und wasch sie dir aus. Ich putz auch nich das Klo für euch oder *lerne endlich*, wie man Soße macht, bloß damit Papa Mamas Wegsein möglichst wenig auf den Magen schlägt. Könnt ihr euch abschmatzen. Und du brauchst mich gar nich so angucken, als hätt ich nich mehr alle Tassen im Schrank!«

Die Unterhosen hatten dich einige Überwindung gekostet, und dabei hattest du gar nicht von *Unterhosen* gesprochen, denn sie bezeichneten zu jenen Zeiten noch ausschließlich eine lange Winterunterbekleidung, gemeint aber hattest du *Schlüpper*. Und gesagt hattest du es so, wie du es gemeint hattest. Charlie aber fiel darob nicht nach hinten über, er wurde nicht rot und noch nicht einmal wütend, wie du es doch zumindest erwartet hättest, er wurde vernünftig von einem Moment auf den anderen. Und seitdem hattest du einen Bruder.

»Denkst du auch manchmal, es wäre irgendwie einfacher, wenn sie gestorben wär?«

»Ja.«

Erst hattest du Widerspruch einlegen wollen, aus einem doppelten Prinzip, aber es hätte nicht gestimmt und wiederum hättet ihr euch verpasst.

»*Ein neues Leben!* Und was is mit uns? Wir sind dann ja wohl ihr altes Leben und können nich einfach was Neues anfangen, ich mein, können wir schon, aber stell dir das ma vor, wir machen jetzt so unser Ding, als wenn's sie gar nich mehr gäbe, weißte, vergessen sie irgendwie völlig und alles, was vorher war, und dann steht sie eines Tages wieder vor der Tür, kann doch passiern. Na dann sind wir doch alle sofortimento reif für die Klapse. Da kommt doch dann keiner mehr mit keinem klar.«

Das sahst du genauso. Es waren deine Überlegungen, die also auch in deines Bruders Kopf herumgingen. Das konnte nicht allein Thea zu verdanken sein; ob er mit ihr überhaupt so halboffenen Herzens redete? So jedenfalls sah es aus: Ihr hattet nun für immer und unveränderlich das Alte zu sein, beim Alten zu bleiben. Du hättest vor Schreck auflachen mögen, als dich der Doppelsinn im Sinne der initialen Frage Charlies ansprang: als verhängte das Verschwinden eurer Mutter ein märchenhaftes Verdikt über euch, das euch für immer an euren Vater ketten würde, als hätte es eine chemische Reaktion ausgelöst, in der die Ablösung eines Elements zur unauflöslichen Verklumpung der verbleibenden führte. Das durfte nicht geschehen.

»Charlie«, sagtest du, und wann hattest du deinen Bruder zuletzt mit Namen angeredet, »ich muss hier auch weg!«

Es war nicht das Bekenntnis einer lange gehegten Überlegung. Vielmehr eine Art spontaner Fruktifikation am Baum der Erkenntnis, der lange und langsam im Schatten deines wenig jugendlichen Daseins vor sich hin gemickert war. Ein Apfel, der nun nicht weit vom Stamm fiel, wie Charlie vielleicht auch bei sich dachte, aber dankenswerterweise nicht sagte, sondern: »Nimmst mich mit?«

So weit hattest du nicht gedacht, daran war gar nicht zu denken gewesen noch vor fünf Minuten. In deiner bis heute nicht auskurierten Gutgläubigkeit nahmst du es ernst, ohne indes glauben zu können, was du gehört hattest. Durch Charlies Gesicht hüpfte kein Anzeichen geschwisterlichen Foppens oder Gemeineres, dennoch entwischtest du zunächst auf einen Nebenschauplatz, der ihm doch kein solches Nebenbei sein konnte und also auch der Prüfung seiner Absichten diente: »Und Thea?«

In der Tat fiel dir dies als Erstes und nichts Besseres ein, es war dir entschlüpft wie die so nicht genannten Unterhosen und ebenso genant. Charlie zuckten denn auch ein wenig die Wimpern, er musterte dich kurz und sagte: »Ma sehn.«

Aller Wahrscheinlichkeit nach bildete dieses kluge nicht das letzte Wort zwischen euch an jenem Nachmittag, denn das musstest ja stets du haben, es lässt sich dem aber nichts hinzufügen in deiner Erinnerung. Ihr hattet noch Zeit, ihr hattet noch jede Menge Zeit abzusitzen in den verätzten Bänken des Chemieraums, auf den abgewetzten Schülerstühlen eurer Lehranstalt, ohne ihren Segen in Form des Abizeugnisses wäre kein rechtes Fortkommen hier, davon warst du damals überzeugt als von einer hochfahrenden Wahrheit. Außerdem wäre sonst alles umsonst gewesen, elf Jahre. Außerdem hättest du gar nicht gewusst, wohin. Ihr hattet alles noch vor euch, solcherart Reden hörtest du schon schwingen und klingen durch die Aula zur finalen Zeugnisübergabe, wer's glaubte aber als eine frohe Botschaft, dem würde man die Höhere Reife doch umgehend wieder aberkennen müssen. Ihr hattet alles noch vor euch, was euch bis jetzt erspart geblieben war. Alles Gute zu wünschen kam nie aus der Mode, es blieb das, was das alles zu wünschen übrig ließ. Aus dem nicht vorhandenen Guten hattet ihr das Beste zu machen. Gerne hättest du einen Aufsatz darüber geschrieben, eine *Erörterung* über den Nicht-Ort. Eine Topologie der begrenzten Möglichkeiten.

Thea ging nach Amerika für ein Austauschjahr nach den Sommerferien. Ein Kaff in Minnesota. Dein Neid war ihr gewiss, trotz Amerika und Gastfamilie. Du wolltest da nicht hin, du wolltest weg, das saß dir seit jenem Abwasch nun in den Knochen, du hattest sie morsch werden gefühlt den ganzen Sommer, zu nichts zu gebrauchen, eine falsche Bewegung, und du würdest zerbröseln, dein unerfülltes Verlangen nach Fortbewegung rief nichts als eine Bewegungsunfähigkeit auf den Plan. Eine Schwindsucht, eigentlichen Sinnes – die zehrende Sehnsucht zu verschwinden. Du machtest die Augen zu und sahst die Wüste Nevadas, Bilder, die nicht mehr dem *Bildatlas* entstammten. Sie zogen dich an, in sich hinein auf schwer bestimmbare Weise. Eine Landschaft der Stillgestelltheit und Leere, Menschenleere. Deine Fluchtträume richteten sich nicht am Gegenteil deiner Gegenwart aus, du verspürtest kein Bedürfnis, dich ins sogenannte Leben zu stürzen, in die Metropolen, in Straßencafés, Studentenkneipen, Großraumdiscos, Shoppingtempel, in Beziehungen und WGs, in denen es auch nur darum ging, wer das Klo putzte. Wer am Ende wen verließe. Du lagst, in dem, was einst die nachlässig bewirtschaftete Gartenecke gewesen war, in eurem einzigen klapprigen Liegestuhl, bezogen mit bleichgestreiftem DDR-Markisenstoff, den du bei jedem greisinnenhaft-vorsichtigen Hineinhocken im Geiste endlich knirschend reißen hörtest, dich auf den Boden plumpsen, doch es geschah nicht, und schautest, was vor dir lag, wie eine lange schon überwundene Ödnis an.

Alles war bekannt, alles ans Licht gekommen inzwischen und deine Mutter auch nach Monaten nicht wieder, du sagtest dir, du habest nunmehr aufgehört zu warten, mit der Begründung, dass dir wenig nach einem Wiederumgewöhnen gewesen wäre, nach doppelter Lächerlichkeit. Sie konnte von dir aus zurückkehren: wenn du weg warst. Und nicht mehr ihre Pressesprecherin abgeben musstest gegenüber deinen Beileid heuchelnden Freundinnen. Kirsten hatte dir gar den Arm gestreichelt, von Stund an hasstest du sie, da sie dir mit ihrer Verlogenheit die Wahrheit abpresste in Form nicht zu verbeißender Tränen, darauf hatten sie gelauert. Irgendwie brauchbarere Reaktionen waren weder ihnen noch dir eingefallen, und das Thema wurde fortan umschifft, was hieß, du wurdest umschifft, und es machte dich nicht gänzlich unfroh, in dieser schmählichen Schieflage kurz vorm Kentern allein gelassen zu sein. Nicht beachtet zu werden bedeutete auch, nicht beobachtet zu werden.

Alles in allem ließ sich das vorherrschende Daseinsgefühl in diesem auf deine Volljährigkeit zusteuernden Sommer mit zwei Worten zusammenfassen: unglaublich beschissen. Unglaublich und beschissen gleichermaßen, du wartetest vergeblich darauf, dass eins von beiden sich durchsetzen würde, du wartetest auf den totalen Untergang, wie auch immer er aussehen sollte, suizidale Depressionen und Trunksucht deines Vaters, ein tödlicher Mopedunfall oder Drogensucht Charlies, Anorexie oder Bulimie und Einweisung in die Klinik deinerseits nebst Durchs-Abitur-Fallen. Durchdrehen auf die ein oder andere Art. Du hieltest das alles für möglich auch ohne bisherige Anzeichen etwaiger Anfälligkeit, denn *Bisher* besaß keinerlei Validität mehr, war ein gänzlich entwertetes Zahlungsmittel. *Davon kann ich mir auch nix kaufen.* Und dieses Für-möglich-Halten auch der schundliterarischsten Dinge hing eben mit der Unglaublichkeit zusammen, die jedoch ebenso wenig sich als dominierende Gefühlslage etablieren mochte, als eine dicht an der Wunderlichkeit, einem Sonderlingstum, entlangstreichende Freiheit, tatsächlich imaginiertest du dir etwas innerlich und äußerlich Landstreicherhaftes, eine stillvergnügte Absage an alles, was von einem erwartet werden konnte, denn du wolltest auch nichts mehr erwarten. Stattdessen: Wischiwaschi. *Zum Leben zu wenig und zum Sterben zu viel*, wie immer. Was hatte sich geändert. Eine Modulation ins Dauer-Moll, eine Abtönung in eine Schlammfarbe, sonst nichts. Es enttäuschte dich sagenhaft, falls man das so nennen kann; da war dir nun etwas *Einschneidendes* widerfahren, und es setzte nichts in Gang als einen langwierigen Prozess aus Gerinnung, Eiterung, Schorf- und Narbenbildung, etwas Unansehnliches und Automatisches, für das man am Ende noch dankbar sein musste. *Es hätte schlimmer kommen können.* Ja, war es aber nicht, es war ein banales Unglück, ein Hilfsunglück, dessen du dich schämtest wie eines persönlichen Versagens, da hatten wir es wieder mal, Johnny Wolkenzin kriegte es einfach nie ganz hin.

Auf dem Postwege waren noch zwei, drei Nachrichten deiner Mutter eingetroffen, die alle nichts Neues enthielten. *Es geht mir gut … ich habe viel zu lange gebraucht, um … wenn ich euch etwas bedeute, dann solltet ihr euch für mich freuen … ihr seid erwachsen … und ich komme nicht zurück*, ja, ja. Man gewöhnte sich an alles, sogar an eine Stimme aus dem Off, die zwanghaft immer gleiche Versuche unternahm, sich zur Hauptperson des von euch darzustellenden Geschehens zu machen und gleichzeitig zu behaupten, sie wolle mit diesem Film überhaupt nichts zu tun haben.

Enttäuscht und erleichtert fandest du den Briefkasten leer vor am 14. August. Du hattest nicht das Geringste geplant für diesen Tag, niemanden eingeladen, soweit du wusstest, waren sowieso fast alle weggefahren, Charlie war weggefahren mit Thea, an die Ostsee nach Zingst, ihre letzte gemeinsame Zeit vor Theas Abflug an den Mississippi, dein Bruder, er war schon Tage vorher zu nichts mehr zu gebrauchen gewesen, du kriegtest aber kein Mitleid für ihn zustande und seine Abwesenheit an deinem Geburtstag, dieser Fallgrube des Selbstmitleids, kam dir ganz recht. Was hättet ihr auch miteinander angefangen an diesem Tag, der auf dir allein schon genug lastete mit seiner Unübergehbarkeit, und obschon eure Verständigung über dem Abwasch im Frühjahr keinen exzeptionellen Schwäche- oder Stärkeanfall dargestellt hatte, sondern tatsächlich einen Wechsel eurer Gangart miteinander, in den folgenden Wochen weiter erprobt und ertüchtigt, konntest du dir nicht vorstellen, auf welche Weise ein trostloser Geburtstag geschwisterlich zu bestehen gewesen wäre. Ein Eisbecher im *Café am Markt* hätte alles nur noch schlimmer gemacht. Zwar erwartetest du insgeheim, dass man sich dir an besonderen Tagen, bei Festen und Krankheiten, widmete, dich bedachte, sich um dich kümmerte, dir seine Aufwartung machte und alles nach deinem Wohlgefallen einrichtete, mit einer dir kaum noch bewussten Selbstverständlichkeit, in Wirklichkeit aber, sobald diese Selbstverständlichkeit nicht gegeben war, unterminiert oder unterernährt, unentsprossen, unentschlossen, bereitete dir wenig größeres Unbehagen als solcherart anlassgeschuldete Aufmerksamkeit. Dein Bruder war immer noch dein Bruder und damit genau in der Art nicht zuständig, wie du dich auch umgekehrt nicht zur Mitgestaltung seines Geburtstages berufen fühltest, was sich bei einem Geburtstag zu Silvester zum Glück ohnehin erübrigte. Ein stummes Abkommen, das eure Eltern nicht einmal kommentierten, dein Vater hatte selbst keine Geschwister, eine beinah unzulässige Anomalie, und deine Mutter war mit ihren eben genauso verfahren. Zu geschwisterlicher Liebe wart ihr nicht sonderlich angehalten worden. Erstens schloss nach allgemeiner Auffassung eine Bruder-Schwester-Konstellation, vor allem mit einem jüngeren Bruder, diese sowieso aus, zweitens schienen euch selbst eure Eltern wie eher zufällig kurz nacheinander aufgetaucht und nun nebeneinander existierend zu betrachten; man heiratete, das hieß, man bekam eine Wohnung und einen Ehekredit, das hieß, man gründete eine Familie, das hieß, man bekam Kinder, das hieß, im Normalfall mehrere, das hieß noch nicht, dass diese Ereignisse und ihre Verkörperungen in innerer Beziehung zueinander standen. *Da muss man ja erst ma abwarten. Was nich is, das is nich.*

Dein Vater war immer noch dein Vater, sagte mittags »Herzlichen Glückwunsch« und schob dir einen Hundert-Mark-Schein über den Tisch. Du trautest dich kaum, ihn zu berühren, ließest ihn unangetastet neben deinem Teller liegen und nahmst ihn erst in die Hand, als dein Vater die Küche Richtung Nachmittagsschlaf verlassen hatte. Vermutlich ging er davon aus, dass du so viel Geld am Stück, konzentriert in einer einzigen blauen Banknote, die noch immer etwas vom Inbegriff des *Westgeldes* umwehte, bisher nie in den Fingern gehabt hattest – und nunmehr das dafür angemessene Alter erreicht. Du legtest das Geld zwischen die Seiten deines Tagebuchs, in dem jener Tag nicht verzeichnet wurde, seine Kläglichkeit muss jedes Formulierungsbedürfnis erschlafft haben. Es muss öfter vorgekommen sein in dem Jahr, die Einträge folgen zögerlich aufeinander, meist kurz oder wie abgebrochen, mit einigen Ausreißern nach oben, ellenlangen Tiraden, die nicht nur die Seiten, sondern auch die Zeit füllten und nervtötend inhaltsleer um etwas rotieren, dass du gleichwohl kaum benanntest; aus diesen Aufzeichnungen könntest du nicht rekonstruieren, wie du lebtest damals, wahrscheinlich lebtest du nicht. Aber man ist doch die ganze Zeit da, mit sich, wie machte man das bloß, es ist nicht *learning by doing*, es ist gewissermaßen das Gegenteil, es ist das, was immer unklarer wird.

So wie du nicht lebtest, so gabst du auch kein Geld aus, nicht an deinem Geburtstag und auch sonst nicht, was nicht stimmen kann. Du zogst dir eins von den karierten Hemden aus der Herrenabteilung an, die mit der Zeit etwas verblichen, aber nie kaputtzugehen schienen, schobst dein klappriges Fahrrad vom Hof und fuhrst die Landstraße nach Südwesten raus. Den *Berg* hoch, durch die Ermüdungsstrecke der düsteren Allee, an deren Rändern die Wurzeln den antiken Asphalt aufwarfen, dann vorbei am ersten Dorf und endlich die weiten Sichten über die Felder rechts und links, längst abgemäht oder noch mit niederen Nutzpflanzen bestanden, Runkelrüben, Zuckerrüben, zu ihnen hatte deine Mutter, jünger als du, sich niederknien müssen, sie zu *verziehen*, auf allen vieren im Kriechgang immer die Reihe entlang bis zum Horizont. *Das kennt ihr ja heute gar nich mehr.* In der Tat, schon das Tätigkeitswort war ein nahezu unbekanntes geworden, wurde gegenwärtig nicht mehr gebraucht, lediglich in der Vergangenheit, benannte nicht einmal einen Vorgang mehr, nur noch einen Zustand: Als Kind war man immer noch *verzogen*, als Mutter neuerdings nach *unbekannt*.

Zwischen zwei Dörfern bogst du ein in deinen Lieblingsweg, einen mit verwilderten Apfelbäumen, Holunderkrüppeln, Schlehen- und Weißdorngestrüpp gesäumten Pfad, den deine Mutter nie hatte leiden können, wegen der leidigen *Storys*, die sich in ihrer Jugend dort abgespielt hatten, Dorfdiscoliebschaftsquerelen, um die du sie trotz und wegen etlicher beteiligter Jungs nicht beneidetest, Freundinnenzerwürfnisse, die damals noch in Form offen ausgetragener Zankereien stattfanden und nicht wie heute in stillschweigendem Auseinanderdriften. Offenbar wurde dieser unbefestigte Verbindungsweg immer dann eingeschlagen, wenn es etwas zu *besprechen* gab, was ein gängiger anderer Ausdruck gewesen sein muss für nichts-mehr-zu-retten.

Zu Illusionen war man hier ebenso geneigt wie in allen anderen Gegenden der Welt vermutlich auch, Optimismus jedoch stellte ein nahezu unbekanntes Konzept dar, Leichtlebigkeit ein zumindest frivoles, in jedem Fall grundloses, und Gelassenheit sah dem Gemeinen Schlendrian so ähnlich wie Stockschwämmchen dem Gifthäubling, dass man besser von vornherein die Finger davon ließ. *And what it all comes down to is that everything's gonna be quite alright. 'Cause I've got one hand in my pocket, and the other one is flicking a cigarette.* Du hörtest das, sicher auch auf dieser Fahrradausflucht vor der Ereignislosigkeit des Geburtstagsereignisses, in jener Zeit rauf und runter, in der Hoffnung wohl einer Anverwandlung, Inkorporation dieser unaufwendigen Coolness. Für die du in keiner Hinsicht die besten Voraussetzungen mitbrachtest. Du hattest nicht nur die schweren Bauernwaden von deinen Vorfahren geerbt, *Sauerkrautstampfer*, die sich ewig unproportional zu deiner sonstigen Halbmagerkeit ausnahmen; du fühltest förmlich dieses unverhältnismäßige Gewicht deiner Beine an dir hängen beim Hochsprung, beim Sprint, die träge Masse, dem Boden verhaftet, hemmendes Rudiment.

In diesem Sommer erwogst du mehrfach, dir das Rauchen anzugewöhnen. Du stibitztest eine in der Küche herumliegende Schachtel deines Vaters, denn zum Angewöhnen würde eine Zigarette allein nicht reichen und ein Komplettverschwinden ließe ihn eher an sich selbst als an deiner Tugend zweifeln. Allerdings steckten in der Packung auch nur noch zwei. So wie du als Einzige noch euren unkrautbewucherten Hof als Aufenthaltsplatz benutztest – nach Madlens Wegzug mit ihren Eltern und Bruderplage Dennis in ein rasch hochgezogenes Eigenheim am Stadtrand schon bald nach der Wende war in die Wohnung unter euch keine neue Familie, sondern ein Vermessungsbüro eingezogen – so wurde auch der Boden dein alleiniges Reich. Zwar bequemte sich Charlie hin und wieder zum Wäscheaufhängen, aber erst nach Aufforderung, und weder ihn noch deinen Vater streifte jemals der Gedanke, dass diese Wäsche auch irgendwann wieder abgenommen werden musste und die Dürre in ihren Kleiderschränken nicht höherer Gewalt geschuldet war, die man nur ergeben und ohne allzu viel Nachdenken hinnehmen konnte. Du stelltest bald fest, die ungleiche Arbeitsverteilung auf diesem Haushaltsgebiet war dir nicht nur egal, sondern insgeheim willkommen, der Zyklus der zweiten Haut, die getragen, gewaschen, in frische zurückverwandelt wurde, um von Neuem angezogen werden zu können, hatte für dich etwas zutiefst Befriedigendes, das mit dem im Grunde gleichen Kreislauf des Geschirrs gar nicht zu vergleichen war. In den Viertelstunden allein auf dem Boden, beschäftigt mit den regelmäßigen Handgriffen, die die nasse oder getrocknete Wäsche verlangte, ein Stockwerk höher gleichsam über dem sonstigen Alltag in beinahe einer Choreografie zwischen Wäschekorb und Leine, dem Auf und Ab der Arme dich hin- und herbewegend – das Aufhängen und Stunden oder Tage später das Abnehmen derselben Wäsche schienen wie die zwei Teile einer Spiegelfuge aufeinander bezogen, Gegentätigkeiten, *do/undo* –, fandest du zu einer bemerkenswerten Ruhe, weiltest du vorübergehend auf der Insel der Sinnhaftigkeit. Wozu brauchtest du Abitur? Was du brauchtest, war ein winziges Häuschen am Waldrand, in dessen Garten du alle paar Tage deine wenigen Wäschestücke aufhängen konntest, dich ums Gedeihen der essbaren und dekorativen Pflanzen kümmern und die Hühner füttern. Dies bildete die nicht minder häufige Parallelsehnsucht zu der von der weiten Welt, und keinen Widerspruch. Beide liefen auf etwas Eremitisches hinaus, eine Entfernung.

Vorläufig entferntest du dich aus deiner täglichen Gegenwart, die nur noch aus Gefühlsrestposten zu bestehen schien, die keiner brauchen konnte, immer öfter Richtung Boden, des vergessenen Orts. Dort konntest du besser lesen als in deinem Zimmer, das sich dir mehr und mehr in ein Verlies verkehrte, in dem du beim verschimmelnden Brot und Wasser deiner Gedanken gehalten wurdest. Auf dem Boden öffnetest du die Dachluken und niedrigen Fenster, hocktest dich davor, jedes Mal wieder sacht verblüfft über die ungewohnt erhöhte Perspektive auf den Hof, bis in den Park, und zündetest dir die erste Zigarette deines Vaters und deines Lebens an, was nicht funktionierte. Du hattest vergessen einzuatmen, Luft anzusaugen durch die dünne Röhre aus gepresster Schädlichkeit und Schadensbegrenzung, der Filter kam dir wie ein stilloses Eingeständnis vor. Beim nächsten Versuch bemühtest du dich, gleich richtig zu inhalieren, bei jedem Zug, ganz oder gar nicht, und warst überrascht, wie wenig dein Körper sich sträubte, von wegen Hustenanfall. Es schmeckte nicht, aber das war vorher klar gewesen, niemand gewöhnte sich des Geschmackes wegen das Rauchen an. Der leichte Schwindel gefiel dir, die leichte Übelkeit nicht, beides würde sich wohl geben mit der Zeit, mit der Abhängigkeit. Der Rauch strömte widerstandslos in dich ein und wieder hinaus, anscheinend warst du ein Naturtalent. Das genügte dir. Du würdest, ohne vor dir oder anderen eine dumme Figur abzugeben, rauchen können, wann immer du wolltest, und zwar, wenn du wolltest, und nicht, wenn du musstest. Darauf kam es an. So wie Raucher trotz gegenteiligen Vorhabens nicht von ihrer Sucht lassen konnten, so ließen sich bei dir die alten Reflexe nicht unterdrücken: Schon jedwede Vorstellung von Unterworfensein jagte dir eine körperliche Widersetzlichkeit durch die Gefäße, instinktivste Fluchtimpulse und ein panisches Nein-Nein-Nein. Stets wolltest du die Dinge können, beherrschen, Ahnung haben von ihnen, ohne dich ganz auf sie einlassen, dich ihnen völlig verschreiben zu müssen, eine typische Vertreterin von Irgendwas zu werden. Du standest nicht zufällig am Rande, wie du langsam merktest, auch nicht schicksalsverdonnert. Du wolltest in Wahrheit dort stehen. Und alles auch wieder sein lassen können.

Hinzu kam noch, dass du deinen Körper seit jeher als etwas teils mit dir Identisches, teils Eigenständiges betrachtet hattest, fast ein Tier, dir anvertraut und gänzlich für deine Zwecke da, das auch dann noch funktionierte und durchhielt, wenn dir nur noch nach Aufgeben war. Und das im Gegenzug deiner Fürsorge bedurfte: Du brachtest es nicht über dich, ihm wissentlich Schaden zuzufügen. Der Gedanke an dein pausenlos schlagendes Herz. Wenn es nun einfach aufhörte oder auch nur ins Stolpern, ins Stocken geriete, es wäre ihm ja nicht zu verdenken. Bis dahin aber würdet ihr eine Arbeitsteilung vornehmen, du und dein Körper, sein Metier bildete die Beständigkeit, und du bildetest dich fort im Fortkommen. Einen fortwährenden Zustand, einen dauerhaften, konntest du dir gar nicht vorstellen, alles wechselte unversehens in dir, ob du wolltest oder nicht. Du warst durch deine sogenannte Teenagerzeit geschlittert oder getappt ohne irgendeine Art von Devotion, von Kai Richter mal abgesehen, bei dem es ja auch weniger um ihn als eben die Erfahrung eines Sich-Einschwörens gegangen war. Boygroups vermochtest du einfach nicht als Bestandteil der Wirklichkeit zu begreifen, selbst während einer kurzen Take-That-Phase mit vierzehn gelang es dir, und zwar zu deinem Bedauern, nicht, das Gefühl der Blödsinnigkeit in dir zu tilgen, und die Selbstversklavung der anderen an irgendwelche Vorabendserien blieb dir sowieso ein Rätsel. Du wusstest nicht, ob es an dir lag, dass dich keine Leidenschaft packte, oder es einfach nichts gab, was sie hätte entfachen können – was letztlich das Gleiche bedeutete. Deine Mutter hatte dich erst *mäklig*, später *wählerisch* genannt, eine eindeutig negative Eigenschaft, die sie auch gewissen Kundinnen im Blumenladen attestierte, *die wolln ja karierte Maiglöckchen*, ohne deine Begeisterung über die Passendheit dieser Wendung nachvollziehen zu können. *Na is doch wahr!* Du hattest die Schachblume vor Augen, ohne jemals eine gesehen zu haben. Erst am anderen Ende der Welt hörtest du Leute nicht ohne Stolz von sich selber sagen, sie seien *picky*, was du anfangs aufrichtig und reizend fandest, später nur noch aufreizend: Es ging stets nur, unter Wehklagen, um gutes Essen, gute Schuhe, gute Messer, teure Einrichtungsgegenstände, bibliophil ausgestattete Bücher und die passende Sportart, diese Leute hatten Geschmack und Geld und von beidem eindeutig zu viel. Sie schüttelten, beinahe mütterlich, lächelnd – das heißt amüsiert, das Befremden kaschiert –, den Kopf über deine geringeren, fast schon proletarischen Ansprüche. Aber du kamst ja auch aus *East Germany*, und sie waren sich nicht zu schade, ihrem vorrangig nach Gesichtspunkten der Exotik zusammengestellten Bekanntenkreis ein Klischee einzufügen.

Die zweite Zigarette fügtest du deinem Sammelsurium disparater Dinge bei, die sich über die Jahre in einem brandmalereiverzierten Kästchen angehäuft hatten: ein billiger Kinderfingerring, Milchzähne, eine Sonnenbrille mit nur noch einem Bügel, eine an einen angelutschten Karamellbonbon erinnernde Brosche deiner Uroma, DDR-Pfennige, eine im Hofsand gefundene Mark von 1949, Muscheln und Steine, Freundschaftsbänder und ein unbenutztes Taschentuch Kais, das ihm einmal in der Pause aus der Jacke gefallen war und das du nach Unterrichtsschluss noch an der gleichen Stelle vorgefunden und mit Beutetriumph eingesteckt hattest. Diese Dinge dienten eigentlich nicht deiner Erinnerung. Du konntest sie nur nicht wegwerfen.

Auch Madlens orange geblümte Luftmatratze war nicht weggeworfen worden, sondern beim Auszug absichtlich oder nicht vergessen, sie fristete erschlafft in einer Bodenecke ihr verstaubtes Nachleben und ließ dich an Andersens *Tannenbaum* denken. Auch sie kannte nur eine wirkliche Geschichte. *Vorbei, vorbei.* Jahrelang war sie nur einer der Gegenstände gewesen, die du gar nicht mehr sahst. In diesem Dachbodensommer inspiziertest du das herumliegende Gerümpel genauer und erinnertest dich halb belustigt, halb unbehaglich der Rollen, die diese nie zu Wasser gelassene Matratze und ihr einst gespielt hattet, es erschien dir vollkommen historisch. *Tempi passati.* Klumpe-Dumpe fiel die Treppe herunter und kriegte am Ende doch die Prinzessin. Und Johnny, Johnny fiel nicht die Treppe herunter. Auch Bohnerwachs war Geschichte. Wachsbohnen auch, die konnte nur deine Mutter zubereiten, du hattest sie sowieso nie gemocht.

In der Truhe gegenüber der Bodentür lagen Mausi und Wauwi und Schinschinatus, lag deine Kindheit verwahrt, verwehrt. Vier Treppen tiefer ein Brief an dich im Briefkasten am Tag nach deinem achtzehnten Geburtstag. Auf weißem, nicht kariertem Papier stand *Herzlichen Glückwunsch* mit Ausrufezeichen. Aus dem Falz fielen hundert Mark, in zwei Fünfzigern. Du konntest dich kaum überwinden, sie aufzuheben, und am meisten brachte dich auf, dass du sie nicht postwendend zurückschicken konntest. Eine Ohnmachtswut wie gegenüber dem Schicksal höchstpersönlich, das auch nie einen Absender angab. Deine Mutter spielte die ferne Göttin, Fortuna, *ohne Ansehen der Person. Falsche Fuffziger*, wolltest du verächtlich schnaubend denken, schnauben aber musstest du wie immer nur ins Taschentuch, elende Heulerei. Wenn du drei Wünsche frei hättest, dachtest du öfter, wäre der zweite, nicht bei jedem Anlass und Nicht-Anlass losheulen zu müssen, es passte irgendwie auch gar nicht zu dir. Der erste, immer und überall und wenn du es wolltest, schlafen zu können. Den dritten hobst du dir noch als Joker auf.

Das Geld empfandest du als so beschämend, du wolltest es erst deinem Vater verheimlichen. Dann sagtest du doch abends: »Guck ma.« Und wusstest selber nicht, ob als Verteidigerin oder Zeugin der Anklage. Dein Vater machte nur »ts«, konnte sich aber natürlich schlecht über deine Mutter erheben, schließlich war ihm auch nichts Besseres eingefallen. Etwas daran befriedigte dich, glich sich aus, du standest auf niemandes Seite außer auf deiner eigenen.

»Und was soll ich nu damit?« *Davon kann ich mir auch nichts kaufen.*

»Hast du denn keine Wünsche?«, fragte dein Vater und winkte gleich selber ab. »Na ja, ick versteh schon. Mir wär uch lieber, wenn … na ja.«

Wenn was? Wenn alles wieder wie vorher wäre? Wovor? Du begriffst, dass es nicht nur deshalb nicht zurückging, weil die Zeitmaschine noch nicht erfunden war. Sondern auch und vor allem nicht, weil es keinen Landeplatz für Zeitreisende gab, keinen stabilen Ort oder Zeitpunkt, man konnte nicht andocken an eine Lebensform, die genau genommen keine war, vielmehr amorph oder jedenfalls amöbenhaft, ständigem Wechsel unterworfen. Keine Sekunde glich der anderen. Ein Zurückgehen in der Zeit würde lediglich bedeuten, alles noch mal erleben zu müssen, und dieses Alles war nichts als die permanente Veränderung zur Unkenntlichkeit oder Selbstähnlichkeit; welchen Verlauf sie nahm, ob denselben oder einen ganz anderen, blieb dafür nebensächlich, das Prinzip das Gleiche. Jedem würde immer alles durch die Finger rinnen. Es *passierte* eben. Chaos.

»Kannst ja deine Freundin zum Eisbecher einladen«, hörtest du deinen Vater sagen, als du mit dem Umschlag, widerwillig zwischen Zeige- und Mittelfinger geklemmt wie ein schlechtes Zeugnis, die Küche verließest. Nichts stimmte, du fühltest dich schon wieder verwechselt. Ein schlechtes Zeugnis hattest du nie gehabt, und welche Freundin in aller Welt?

Ein paar Tage später liefst du vorbei an der Eisdiele, die im Außer-Haus-Verkauf noch immer Softeisvarianten wie den *Eisneger* feilhielt, die *Geschäftsstraße* entlang, deren Schaufenster nicht die geringste Orientierung boten, worin zweihundert Mark oder auch nur ein Zehntel davon am besten zu investieren seien. Deiner inneren Mangelwirtschaft dich wie einer großen Sommermattigkeit ergebend, kauftest du im Schreibwarenladen, der zu deinem Glück noch über nur langsam schrumpfende DDR Restbestände verfügte, ein neues Tagebuch in blassgrünem Pappeinband, was dich gegenüber der Verkäuferin für gewohnlich etwas ins Schwitzen brachte, denn zwar lag die Verwendung dieses linierten leeren Buches in einer Stadt, deren Anteil an Tagebuchschreibern wohl im unteren zweistelligen Bereich anzusetzen war – eigentlich konntest du dir nicht vorstellen, dass überhaupt jemand außer dir dieser Art von Selbstbefleckung nachging –, nicht unbedingt auf der Hand, aber was sollte man sonst damit machen? Gedichte reinschreiben? Du wundertest dich immer, dass Dinge hergestellt wurden für Beschäftigungen, die allgemein in einem so schmählichen Ruf der Lächerlichkeit oder Überflüssigkeit standen, dass schlechterdings so gut wie keine Abnehmer für solche Produkte zu erwarten gewesen wären.

Auf der gegenüberliegenden Straßenseite fiel dein Blick durch die offene Tür des *Nähstübchens* auf übereinandergehäufte Stränge petrolblauer Wolle, und damit hattest du gleich ein weiteres Beispiel vor Augen. Wer sollte die denn kaufen, hier? Kein Mensch strickte mehr Pullover, deine Mutter hatte es spätestens zur *Wende* aufgegeben, das Fach *Nadelarbeit* war ersatzlos gestrichen vom Grundschullehrplan, und den Omas, die einzig noch mit eben *omahaften* Handarbeiten assoziiert wurden und unverdrossen Mützchen und Jäckchen aus billigem rosa und hellgelbem Akrylgarn für vorhandene oder nicht vorhandene Enkelchen fertigten, bot diese grobe, dunkle Schurwolle, die dich unvermittelt in den Schatten des Ladens gezogen hatte, sicherlich keinerlei Anreiz zum Portemonnaiezücken. Du aber konntest sie dort nicht liegen lassen. Diese Fürsorglichkeit für die Dinge, sie überfiel dich noch immer. Deine Mutter hatte früher versucht, dies auszunutzen, wenn du nicht aufessen wolltest, einen Haps übrig ließest: *Och, der fürchtet sich doch so alleine.* Es funktioniert bis heute, deine Skrupel, Essen *umkommen* zu lassen, rühren aus einer Verschwendungsabneigung her, die bei dir selbst im Verdacht steht, lediglich die Vernunftüberformung deiner animistischen Grundüberzeugungen zu bilden.

Gekoppelt zu allem Überfluss auch noch mit einem beinahe unabweisbaren Gefühl der Für-dich-Bestimmtheit. So wie du dir nicht denken konntest, dass irgendjemand außer dir die übriggebliebenen hellgrünen Notizbücher kaufte – der Stapel im Laden schien stets nur auf dein Wiedererscheinen gewartet zu haben, weshalb du dir geradezu vorwarfst, so leichtfertig selten für deinen Nachschub zu sorgen und damit die Wegrationalisierung des ganzen Bestandes zu riskieren, beziehungsweise: nicht alle zu *retten*! –, so stießest du in

Geschäften und auch im Supermarkt immer wieder auf disparate Einzelexemplare, displaced objects sozusagen, die sich in konforme Siedlungen ganz anderer Dinge verlaufen hatten, die dich gar nicht näher angingen, wohingegen dich dieses eine unzugehörige meist als wie eigens für dich geschaffen ansprang und du ihm deutlich anzumerken meintest, es harre seiner Erlösung just durch dich, umso mehr, als seine Herkunft, sosehr du dich auch umsahst, keineswegs rückverfolgbar schien. Auch das tiefe Petrol der noch nicht einmal knäuelgewordenen Wolle inmitten des üblichen *Nähstübchen*-Sortiments verband sich unmittelbar mit dem Stoff, aus dem du gemacht bist, und konnte niemanden meinen als dich. Die Meeresfarbe an einem Sommertag, an einer idealisch leeren Ostsee, die dir sonst im Sommer zuwider war, der Strand überquellend von engerlingweißen Leibern und dem Dörrobst alter Lederhäute und quietschenden versengten Kindern und schmerzender Buntheit und Sächsisch. Diese quasi extrahierte Farbe aber versprach eine Ruhe und Sättigung, eine undifferenzierbare Tiefe, in die du dich hüllen wolltest. Am selben Nachmittag fingst du im Schatten des Apfelbaumes, an dessen stärkstem Ast sich noch schwach die Male der Schaukelseile abzeichneten, an, einen Pullover zu stricken, ohne dich lange mit Maßen und Berechnungen aufzuhalten. *Probieren geht über Studieren*, eine Weisheit, die du oft zur Belehrung hattest anhören müssen und deshalb nicht leiden konntest, der du praktisch dennoch folgtest, wenn auch mehr aus Bequemlichkeit. Dass du gut in der Schule warst, sagte noch nichts über deine Liebe zu Geistesanstrengungen aus, denn diese war eine flüchtige, *Strohfeuer*, basierend und balancierend auf einem Talent, das du ausbeutetest bis an die Grenzen der Disziplin, aber nicht weiter. Dass die anderen dich für eine Streberin hielten, lag an ihnen, nicht an dir. Auch beim Bilden von rechten und linken Maschen griffst du zurück nur auf eine Fertigkeit, die du irgendwann erworben hattest und nun ohne darüber nachzudenken besaßest, also etwas beinahe in den Stand einer Fähigkeit Erhobenes, eine von denen allerdings, für die du wenig Verwendung hattest. Erstaunlich vieles, was du gut konntest – stundenlang lesen, Bäume bestimmen, Songtexte auswendig mitsingen, Socken stricken, die Aussprache fremder Sprachen lernen statt ihres Vokabulars, Telefonnummern merken, in Gesellschaft schweigen –, war nicht gefragt, gefragt war, was du nicht konntest.

Der Umwandlung eines Fadens in geformte Materie wohnte etwas zugleich Wundersam-Befriedigendes wie Verunsicherndes inne, dachtest du an das entstehende und jedes andere Kleidungsstück, das du besaßest: Es war alles nicht mehr als ein Faden. In unzählige einander umschlingende Schlingen gelegt oder mit anderen Fäden verkreuzt, eine unechte Fläche. Jederzeit auflösbar, zupfte man an einem offenen Ende. An diesem Nachmittag, zu heiß für Winterphantasien, gabst du bald auf, deine Finger durchschwitzten die Maschen, die nur mühsam dazu gebracht werden konnten, von einer Nadel auf die andere zu gleiten.

Mühsam auch schlepptest du dich die Treppen hoch, deine Hand drohte unauflöslich mit dem Geländer zu verkleben, als du nach den ersten Stufen stehenbliebst, um deinen Ohren zu trauen. Es konnte nur aus eurer Wohnung kommen, aber dass dein Vater vom Springreiten nun noch zu Bach in Kirchenlautstärke übergegangen war, weigerte dein Möglichkeitssinn sich zu glauben, auch wenn du ihn bis zum Anschlag aufdrehtest. Im Wohnzimmer stand denn auch Charlie, Hände in den Hosentaschen, mit prüfend-zufriedenem Blick Richtung Plattenspieler und wippenden Fußes. Du hättest kaum ein Stück dieses Johann Sebastian benennen können, außer eben *Toccata und Fuge d-Moll*, das jedoch deines Wissens ebenso wenig zu eurer schmalen Musikaliensammlung zählte wie irgendein anderes Werk sogenannter klassischer Musik. Du warst schließlich aufgewachsen in einem klassischen Arbeiterhaushalt, wo man es für unter seiner Würde befand, solcherart Kunstgenüssen zu frönen, und sich gleichwohl auf die Feinheiten diplomatischer

Rede verstand: *Dat is mir zu hoch.* Deine Mutter immerhin hatte sich fernsehanimiert bis in den Grenzbereich der Klavierkünste eines gewissen Richard Clayderman vorgetastet, der mit blonder Künstlerfrisur wie ein tadelloser Schwiegersohnaspirant von der pastellrosa Plattenhülle lächelte, aber in all den Jahren bei euch wenig zum Einsatz gekommen war.

»Cool, oder?«, sagte Charlie und blickte erst dann zu dir. Du wurdest plötzlich der Plattenlawine gewahr, die die Sitzfläche eurer einseitig abgesessenen Couch bedeckte. Du hattest ganz vergessen, dass Charlie heute zurückkommen würde, und es wahrscheinlich nicht mal genau gewusst, denn Charlie kaprizierte sich zunehmend auf die prinzipielle Nichtfestlegung, was sein Wandeln und Wirken betraf. So etwas wie vergessen hattest du im Grunde auch die Existenz des Plattenspielers, er war entrückt in die Gesellschaft von Fleischwolf, Briefwaage, Schnittmusterausradler, Flachbatterie, Teppichklopfer, Eierschneider, Kaffeewärmer, Wäschemangel, Heizdecke, jenen dir als Kind geheimnisvoll-vertrauten Dingen, die aus ungeklärten Gründen in eurem Haushalt hausten, angeblich nützlich und doch kaum benutzt. Dinge, die auch auf dem Flohmarkt an der Ostsee herumgelegen haben mochten und dich vermutlich abgelenkt hätten von dem, was Charlie dort entdeckt und in rauen Mengen für mitnehmenswert gehalten hatte. Bisher warst du davon ausgegangen, dein Bruder interessiere sich nicht für Musik, sondern höchstens für eine *Musikmachen* genannte Beschäftigung, mit der er alle paar Wochen stunden- oder tagelang in unvorhersehbarer Weise Geräusche durch eure Trennwand abfeuerte, die abwechselnd auf einen Zustand bösartiger Gereiztheit oder schwermütiger Übelkeit der verursachenden Geräte hinzuweisen schienen und diesen jedenfalls auch in dir hervorriefen. Charlie hatte sich von einem aus der Zwölften, der für seine sämtliche Klassenstufen bis hinab zur Grundschule umfassenden Transaktionen bekannt war, einen mackenbehafteten Analogsynthesizer andrehen lassen, was nur einen weiteren Beweis für das Talent jenes Oberschülers und Erzschacherers ablieferte, beliebigen Individuen beliebige Dinge eben unabdingbar erscheinen zu lassen, sowie auch für die anfällige Disposition deines Bruders, der den Möglichkeiten keine Grenzen setzte. Und somit sich vermutlich auch nicht anmaßen wollte, Musik von experimentellem Fiepen, Knattern, Brummen, Quaken in unberechenbarer Lautstärke zu scheiden und viertelstundenlangen invariablen Schwingungen in Frequenzen, die sich dir direkt in die Magengrube bohrten. Charlies Unempfindlichkeit, die kein Stumpfsinn, sondern ein sanftes Gewährenlassen war, kochte eine Wut gegen ihn in dir auf, die du aus Handlungsunfähigkeit so lange brodeln ließest, bis sie eingekocht war zu konzentrierter Verachtung. Du verabscheutest nicht nur alles, was dich zusammenschrecken ließ oder mit Wiederholung quälte, sondern auch alle, denen jeglicher Sinn für diese Zumutungen abging. Verwandtschaft schien überhaupt nichts zu besagen, und du warst dir noch nicht sicher, ob diese Arbitrarität dich eher tröstete oder verstörte.

Ganz ähnlich verhielt es sich mit Überraschungen in Wesen und Verhalten eines Menschen, die dich auch zunächst mehr als alles andere in ein Erschrecken versetzten. Selbst positiven standest du skeptisch und beinahe beleidigt gegenüber, auf Distanz, vielleicht auch, weil sie der optimistischen Möglichkeitenegalität deines Bruders beizupflichten schienen. Um die du ihn in Momenten wie diesen – was die Schraube der Kränkung nur fester anzog – auch noch beneidetest: Er konnte sich jede Woche neue Steckenpferde und Persönlichkeitsschmucksteine zulegen, wahre Klunker mitunter, ohne sich lächerlich zu machen, im Gegenteil, er machte sich interessant. Er machte sich überhaupt keinen Kopp und du dir von Anfang an viel zu sehr, sein kindliches Zeigebedürfnis hatte keine nennenswerten Abschleifungen erfahren, während du auch in der Kindheit eigentlich keins gehabt hattest, dabei warst du ermuntert worden und dein Bruder oft zurückgewiesen. *Umwelt formt den Menschen,* bloß wie? Du glaubtest an die Grundverschiedenheit, und bis auf den Grund konnte man nicht blicken. Bloß wenn man von Anbeginn alles lieber allen Blicken entzog, musste man wohl nicht überrascht sein, wenn einem nur misslingen konnte, worin andere täglich reüssierten: sich zu zeigen. Vor allem formte und verformte man sich selbst, bog und krümmte sich um den eigenen Kern, schmiegte sich fest an das unebene Ich.

Auf eurer Couch lagen neben- und übereinander Beethoven, Janis Joplin, Tanita Tikaram, The Kinks, Lotte Lehmann, Schubert, Schostakowitsch, Deep Purple, Nina Hagen, Udo Lindenberg, Ravel, Rainbirds, The Eagles, The Rolling Stones und sogar Roxy Music, Bach, Brahms, Bessie Smith und Patti Smith und The Smiths, überlappten sich Ohrwümer, halbwegs Bekanntes und Niegehörtes, vermengten sich Gattungen und Ären ganz wie in der Jukebox deines Kopfes. Und nicht weniges, was heute regelmäßig darin abgespielt wird, den Grundstock deiner musikalischen In- und Auswendigkeiten bildet, verdankt seine Einritzung und Pressung Charlies gewichtigen Mitbringseln von damals.

Er fragte dich, vielleicht auf ein Zeichen deiner Mitbegeisterung hoffend – dabei kannte er dich, oder nicht?, jedenfalls gab er die Hoffnung nie auf –, was du hören wollest; das war höflich, aber unangenehm. Es verlangte dir das Bekenntnis einer Vorliebe ab, oder das Eingeständnis der Ahnungslosigkeit, für gewöhnlich flüchtetest du dich in Letzteres, das kleinere Übel. Zwar fandest du es späterhin höchst albern, und ebenso ärgerlich, wenn Leute in Zügen und Straßenbahnen ihrer Lektüre einen Schutzumschlag aus Geschenk- oder Zeitungspapier verpasst hatten und so der allgemeinen und deiner Neugier entzogen, aber das lag nur daran, dass dir deine Bücher nie peinlich waren, oder du nahmst sie nicht mit. Lesen ließ sich bestens heimlich, Musikhören kaum, du befürchtetest ja selbst mit Kopfhörern ständig das verräterische Hinterlassen identifizierbarer Tonspuren und benutztest sie nur bei ausreichend Umgebungslärm, dir brach der Schweiß aus, stellte der Busfahrer für eine fahrplanmäßige Pause den Motor ab. Außerdem schien es dir fast unmöglich, Musik bewegungs- wie regungslos leeren Gesichtes anzuhören, *witzlos* vor allem. Kurzum, der Kurzschluss zum Gefühl, die inhärente Emotionsgeladenheit machte sie zu einer schwierigen Beschäftigung *in public* und privat erst recht, denn mit niemandem würde man jemals so intim werden, dass man ihm alle musikalischen Dauerliebesaffären ohne Erröten gestände und sich, tat man es dennoch, hinterher nicht sagen müsste, das hast du nun davon. Es bleibt eine heikle Selbstentblößung und Verrat an Herz und Nieren. Es lässt sich über alles reden, aber nicht den Soundtrack dazu.

Wie so oft entschlossest du dich zur halben Feigheit, oder zum halben Mut, und zogst, wie eher zufällig, die Rainbirds-Platte heraus. Was du hören wolltest, war klar, und klar auch, dass es Charlie nichts anging und du in seiner Gegenwart den einzigen Rainbirds-Song, den du kanntest, und zwar auswendig, nicht mitsingen konntest, von tanzen ganz zu schweigen. *I would better run for cover.*

Du gabst ihm die Platte, als stehe fortan ihm allein als einer Art Hohepriester die Handhabung des Plattenspielers zu.

»Aha«, sagte Charlie und sah dich an, seine Augen kamen dir blauer als sonst vor. »Was Bestimmtes?«

Gab es irgendwelche Braten zu riechen, so roch dein Bruder sie. Du ärgertest dich über deine Naivität, die du nun jedoch aufrechterhalten musstest.

»Nö«, sagtest du. »Ich kenn die eigentlich gar nich.« Gesprochen mit festem Ausweichblick in Katharina Francks angstlos fragendes Gesicht, von dem du plötzlich wusstest, es fehlte dir, ein solches, hier, warum gab es solche Mädchen hier nicht, mit denen du befreundet hättest sein wollen, gegen die Welt. Verbündet. *I walk ahead alone.*

»Sieht ganz gut aus, oder?«

Irritiert sahst du zu Charlie auf, gleich wieder weg.

»Das Cover, mein ich. Die Farben, ziemlich cool.«

»Hm-m«, du nicktest. Notfalls würdest du beim zweiten Lied aufs

Klo verschwinden. Mit der zweiten Seite konnte man auch nicht anfangen bei Titeln wie *No Greater Love* und *We Make Love Falling*. Charlie griente überhaupt nicht, und doch hattest du die ganze Zeit das Gefühl, er täte es. War dir bewusst, was du sahst? Nein. Es gelang dir nie, bei den englischen Nomina Agentis die weibliche Form automatisch mitzudenken, *eine Frau zu sehen*, in the first place. *A blueprint of my lover.*

Statt deiner ging Charlie aufs Klo, du tanztest textsicher durchs Wohnzimmer, *sneak around the corner*, als er zurückkam, waren die Rainbirds längst zurückgeflattert in die Plattenhülle. Später. Später würde Charlie zu Thea gehen, ihr Abflug stand unmittelbar bevor – wobei du feststelltest, dass beides dich erleichterte –, und du könntest dich nach dem frühen Zubettgehen deines Vaters ungestört durch A- und B-Seiten hören. Vielleicht gar mit einem Bier. Dein Vater tolerierte, dass Charlie sich ab und an aus seinem Vorrat bediente, wahrscheinlich hielt er das für einen Beitrag zum Erwachsenwerden seines Sohnes. Es würde also nicht auffallen, auch wenn er seine Tochter ebenso wahrscheinlich nie für erwachsen genug halten würde, Kronkorken zum eigenen Vergnügen von Flaschen zu hebeln. Was es bedeutete, eine Frau zu werden, darüber herrschten, zum Glück auch, wohl höchstens diffuse Vorstellungen in deines Vaters Kopf, was ihn indes nicht hinderte, sehr genaue davon zu haben, was es nicht bedeutete, und es bedeutete nicht, erwachsen zu werden in vollem Umfang und abends zum Doppelkopfspielen in die Kneipe zu gehen. Und wer es dennoch tat, war ein *Mannweib* und auf wiederum eigene, nämlich umgekehrte Art nicht für voll zu nehmen.

Als Kind hatte er dich an seinem Bier nippen lassen, nach allgemeinem Väterbrauch, aber solcherart Erfahrungen auf Zuteilung genierten dich nur und reichten nie hin, verdarben dir bloß auf lange Zeit die Neugier, und vermutlich war das auch der Sinn der Sache. Die wichtigsten Entdeckungen machtest du immer von dir aus, und immer alleine, möchtest du behaupten, aber das fiele entweder in den Bereich selbstverständlicher Logik oder selbstverständlicher Lüge. Du entdecktest das Johnny-Lied, als du allein mit Patti warst, nachts, in der Neige des *Lübzer*, als du die Augen kaum noch aufhalten konntest und dir dennoch der Weg ins Bett als verfrüht erschien. Es war schließlich der vorletzte Ferientag, der letzte schon. *Goodbye. Johnny.* Nein. Noch nicht. Noch mal. Von was für einem Johnny war hier die Rede? Das Lied gefiel dir so gut, Patti Smith sah so überzeugend aus, dass dieser Johnny auch ein Schuft sein konnte, du würdest ihm trotzdem dein Gesicht aufsetzen, und zwar freiwilliger als in dieser Schnulze *Ginny come lately*, bei der du dich nie der reflexhaften Besserwisserei von Es-heißt-aber-›Johnny-come-lately‹! enthalten konntest, obwohl damit auch nichts Schmeichelhaftes zu gewinnen war. Trotzdem, die *Ginny*-Verniedlichung machte es erst ungenießbar wie Gin, verharmloste deinen Namen auf ein handschmeichlerisches Tätschelformat, Johnny hatte ein Mädchen zu sein, *sweet sweet as can be.*

Im *Free Music Store* jedoch, am Strand von *Redondo*, war alles andersrum. Und siehe, es wurde ein Mädchen angespült. Diese Nacht und tags und all die Jahre spieltest du den Song immer wieder und konntest dich doch keines Missverständnisses überführen; du setztest die Nadel wieder und wieder zurück an die eine Stelle, was den vollautomatischen Plattenspieler gänzlich durcheinanderbrachte, und konntest doch nichts anderes hören als: *a girl named Johnny*, und das brachte dich durcheinander, das aber war das falsche Wort und vielleicht der erste Fall von Ungenügen an dem Umstand, dass es offenbar kein Wort gab für das, was du urplötzlich als auf dich zutreffende Tatsache erfuhrst: dass Dinge dadurch in Ordnung kamen, dass sie in Unordnung kamen. Es kam lediglich das Wort *richtig* über dich, die ungeahnte Wortgruppe *a girl named Johnny* ging dir ins Blut wie Traubenzucker, fühlte sich so richtig an, dass es dich high machte allein schon ob der Verwunderung, dass *richtig* etwas anderes sein konnte als das Richtig, das sonst doch nichts als das

Gegenteil von Leidenschaft zu sein schien, und das Gegenteil von richtig, eine Mischung aus jenem altrosafarbenen Ja-ja-ich-weiß-schon und den getrimmten unbegreiflichen allgemeinen Ansichten. Verwirrt warst du nur noch über dich selbst: Da liefst du jahrelang als Mädchen und als Johnny durch die Gegend und doch musste dir erst eine Sängerin, deren wirkliche Existenz wie die aller Berühmtheiten mehr eine Erfindung schien, sagen, wer du warst, musste eine andere die Puzzleteile für dich zusammenfügen? Zu was eigentlich? Du starrtest verblüfft auf die Verbindungsstelle und vergaßest darüber, das entstandene Bild zu betrachten. *Puzzled*, ein Lieblingswort und schwer zu korrigierende Eingefleischtheit, denn obschon sich alles zum zweiten Mal änderte in puncto Johnny, änderte sich erst mal nichts in puncto der bezeichneten Person, der Zauber blieb auf halber Strecke, die Verwandlung unvollständig, die Gefühle gemischt. Es fehlte an allem. *Johnny, no answer.*

Another dimension, so lautete diese Halbzeile angeblich offiziell, und *a girl named Johnny*: *Was small, an angel*, nicht zu fassen, das nanntest du Verrat. In Finnland bemühtest du das Internet, du befragtest es in Australien, du gingst alles Verfügbare an um eine Verifizierung deiner Version. Aber es kannte sie nicht. Es gab sie nur auf deiner Platte, und die gab es nicht oft, wie zu erfahren war. Du besaßest eine Rarität. Das war nicht halb so befriedigend, wie du gedacht hättest. Bevor du Charlie, den ersten Zeugen Johnnys, zurate ziehen würdest, wärst du lieber allein mit siebzehn Spinnen gewesen. Mit anderen Worten: verging einige Zeit. Schon halb auf dem Sprung nach Helsinki, in einer Raunacht zwischen den Jahren, etwas glühweinduselig, machtest du ihn schließlich bekannt mit deinem Fund, dem kalifornischen Strandgut, Johnny gleichen Geschlechts.

»Oder?«

Charlie ließ es sich noch mal vorspielen, wippte ein bisschen mit und sagte dann: »Kann sein.«

Und das war alles. Charlie war nicht doof, er sprach und verstand

Englisch, er hatte gute Ohren und einen guten Blick, er hatte die unappetitlichen Zeichen bittender Erwartung in deinem Gesicht gesehen, und er wollte ein wochenlanges Quartier bei dir in Finnland, was er ›besuchen‹ nannte. Er konnte es nicht zugeben und nicht für Quatsch erklären.

»Aber findst du nich auch …«

»Is das so wichtig – für dich?«

Du hättest ihn prügeln mögen, dich ohrfeigen. Da hattest du dich getraut, schließlich, und er kapierte es nicht, ihm fiel wieder nichts ein, als dich aalglatt in Richtung einer Antwort zu bugsieren, die du nicht geben konntest.

Ja. Ja, verdammt noch mal. Es war wichtig, dass es so war. Es war wichtig, dass dein Bruder Johnny erkannte und anerkannte, dass die Legitimität deines Namens nicht allein auf seinem Einfall fußte. Das war wichtig für dich, aber nicht für ihn. Mit eurer Einigkeit war es traditionell nicht weit her, vielmehr schien dir jede Übereinstimmung mit Charlie zu drei Vierteln zufälliger Natur, wobei du nie ganz den Verdacht abschütteln konntest, dies wiederum beruhe nicht auf Zufälligkeit, sondern Charlies Natur, die in der Furcht zu leben schien, Ansichten mit seiner älteren Schwester zu teilen, schramme allzu nah an einer Coolness-Bankrotterklärung entlang. *There's a good tradition of love and hate, staying by the fireside. And though the rain may fall, your father's calling you – you still feel safe inside. And though your ma's too proud, your brother's ignoring you – you still feel safe inside.* Ja, Tanita. Das wäre gut gewesen. Und es war auch so, aber unter anderem.

Unter anderem aber findet sich auch der Abend, an dem dein Vater drei Koteletts briet und sich die Schwaden überm Gasherd mit *Smoke on the Water* zischend vermischten, durch die blaue Küche *Deep Purple* gewitterte. Es zeigte sich, Charlies Souvenirs waren etwas für die ganze Familie, vermochten auch ihr Oberhaupt zurückzuversetzen in seliger Jugend Erinnerungen und voreheliche Zeiten.

Charlie griente dich übern Küchentisch hinweg an, euer Vater ging mit der Pfanne herum und teilte jedem Teller eine Scheibe Schwein zu, stellte die gleiche Anzahl Biere in die Mitte, dich mit kurzem Frageblick bedenkend, worauf du ebenso kurz nicktest und ins Gitarrensolo des *Stormbringer* drauf und dran warst, die Frage einzuflechten: *When shall we three meet again?*

An diesem Abend, den dein Gedächtnis dir stets als den des letzten Sommerferientages unterjubeln will, dabei war die Schule, dein finales Jahr, schon seit ein paar Tagen im Gange, wie du wohl weißt, fiel die Dämmerung über euren Abendbrotstisch und es stand keiner auf und ließ sich einfallen, das Decken- oder Spülenlicht anzuknipsen, abzulassen das Spülicht, in dem die *eingeweichte* Bratpfanne schwamm und die Fettaugen obenauf, die hitzemüden Augen aufzutun für die weiteren Erfordernisse des Abends. Stattdessen bewegte nur Charlie seinen langen Arm rückwärtig in Richtung Gefrierfach und angelte die halbleer-halbvolle Packung Schokoeis heraus, in dessen zerfurchter Faltengebirgsstruktur du Charlies Abschiedsschmerz um Thea zu lesen glaubtest. Du gewahrtest den breiten Schweißfleck in seiner Achsel, auch deinem Vater glänzten Nacken und Stirn, du selbst fühltest dich staubverklebt wie die beinahe schon angewachsene Bewohnerin eines brütenden Südstaatenkaffs. Es war August, ein Monat, in dem man unterwegs sein sollte, nicht gezwungen, für die erste Kurzkontrolle zu lernen. Es lenkte dich ab, on the other hand. Mit der anderen Hand wühlte Charlie aus dem Besteckfach drei große Löffel hervor, legte jedem einen hin.

»Nee«, sagte dein Vater und schob seinen, zufällig oder nicht den größten, den angelaufenen uralten, beiseite und erinnerte sich dann, wie sein *Alter* ihm weiland für Vergehen bei Tisch »mit so ei'm« empfindlich auf die Finger gehauen hatte. Und ahmte mit einem in den zusammengepressten Lippen verfangenen Grinsen die einstige Vaterbewegung ohne Löffel nach über Charlies allerdings zur losen Faust eingerollten Hand.

»Wann hat'n der eigentlich –«, Charlie musste sich mühen, das Lachen zu bändigen, »den Löffel abgegeben?«

Du prustetest los, fandest Charlie unmöglich und großartig. Der einzige Sohn des Totgelachten, eures unbekannten Opas immerhin, zuckte nicht mit der Wimper.

»Hat er nich – der lebt noch. So weit ick weiß. Drüben, in Kassel, mit seine reiche Lady.«

»Könnten ihn ja ma besuchen.«

»Bloß nich. Als die bucklige Verwandtschaft ausm Osten, wa? Dat muss ja nu nich sein.«

»Aber er is doch dein Vadder, ich mein – willst du ihn nich ma wiedersehn?«

Du dachtest, Charlie könnte es mal gut sein lassen, denn er bohrte eine Schale an, die sich einer zugelegt hatte, dem mehr als einmal ein westwärtiger Verlust widerfahren war, und wer wusste, was sonst noch.

»Ick hab ihn oft genuch gesehn, und meistens im falschen Moment.« Dein Vater schnaubte kurz amüsiert auf, was reichte, dir die Spannung aus den Schultern zu nehmen, und das war genauso unangebracht wie deines Bruders beharrliche Lust, seine Nächsten zu kitzeln, bis es wehtat. Seine *Hartnäckereien*, wie du sie nanntest für dich. So unangebracht auch wie deines Vaters Bemerkung, gegenüber zwei Kindern, denen ein Elternteil weggelaufen war. Nun, sie waren keine Kinder mehr, sondern *alt genug*, und wann etwas genug für jemanden sei, *lange genug* und *oft genuch*, das wurde ausgemessen und bestimmt von dem, der genug hatte. Genug war niemals genug, es war entweder *mehr als genug* oder *genügend*, ein unansehnliches Geradeso.

»So außer Packung, hier is wat eingerissen!«, kommentierte dein Vater euer familiäres Gelöffel aus dem Eistrog, worauf Charlie, unverdrossen, offerierte: »Willste vielleicht 'n Schälchen?«

Damit aber durfte das Thema des verlorenen Opas wieder in Frieden ruhen, für die nächsten drei Jahre, und Wilfried Wolkenzin geriet ins Unterholz weiterer Reminiszenzen, Untaten seiner Vorkonfirmandenjugend, als er mit der berüchtigten *Hecht-Bande*, fünf Brüdern einer vielköpfigen Sippe, *Mist gebaut* hatte; und während du den alten Sagas von *Portemonnaie-am-Band* und *Kartoffelkäfer-in-der-Kaffeemühle* mit halbem Ohr lauschtest, es in der anderen Hälfte rauschte und dein Vater in gedankenverlorener Mechanik mittels des großen Löffels das verbliebene Schokomoor in der Packung bis auf die letzte Pfütze trockenlegte, dachtest du, dies sei der Moment für eine epochale Erkenntnis, doch sie blieb aus. Wie vorläufig weitere Botschaften deiner Mutter, blieb aus wie ein Abfall von schulischen Leistungen, wie ein Auffälligwerden der Schülerin J. Wolkenzin, blieb aus wie ein neuer Haarschnitt, schwarz lackierte Fingernägel und wahlloser Geschlechtsverkehr, überhaupt Geschlechtsverkehr, selbst Charlie hatte keinen mehr und dein Vater auch nicht. Die Novemberdepression blieb aus und die Weihnachtskatastrophe, die dich spätestens seit September in antizipatorische Schrecken versetzt hatte, denn wie sollte ein festverklebtes Gefüge von rituellen Handlungen vonstatten gehen, wenn seine alleinige Hohepriesterin *weggefahrn* war und nicht rechtzeitig wiederkam, woran du dich bis Heiligabend nicht enthalten konntest, eine verächtliche kleine Hoffnung zu knüpfen, bis zum zweiten Weihnachtstag gar, dem rituellen Tag für Verwandtenbesuche, auch wenn diese seit Jahren schon ausgesetzt worden waren. Immerhin wart ihr doch nun so etwas wie entfernte Verwandte. Du ahntest, das würde ungefähr so gut funktionieren wie der gute Vorsatz sich trennender Paare, gute Freunde zu bleiben, und ihr hattet ja noch nicht mal diesen Vorsatz gefasst, ihr hattet euch nicht gefasst machen können auf sein womögliches Auf-der-Strecke-bleiben, ihr wart abgekoppelt worden vom Streckenverlauf. Der *Zug* war *abgefahrn* und ihr verstandet sowieso nur *Bahnhof*, aber die Ente kriegtet ihr trotzdem knusprig und am Tannenbaum durften die bunten, schneeüberstäubten Kugeln aus eurer Kindheit baumeln, die bei eurer Mutter lange schon in ästhetische Ungnade gefallen waren, und irgendwie bewerkstelligtet ihr sogar eine Art Bescherung, während unterstützungshalber *Familie Heinz Becker* in einem dritten Programm das Gleiche versuchte und euch einen Grund zu Heiterkeit, nicht allzu eingehenden Blicken auf die ausgewickelten Socken, Kalender und Gutscheine sowie ein Vergleichsbild von Familienleben bot, gegen das ihr doch erstaunlich feierlich abstacht. Die künftigen Jahre, sie ergaben, dass dieses erste Weihnachtsfest in der Schadhaftigkeit euer leichtestes gewesen war, vollbracht und überstanden mit der Kraft des Trotzes.

Zu Silvester, seinem siebzehnten Geburtstag, wurde Charlie ein Ferngespräch gewährt über den Ozean. Womit euer Vater sich, als Charlie nach einer halben Stunde – schon, dachtest du – wieder mit dem Telefon aus seinem Zimmer hervorschlurfte, auch das Recht auf Nachfragen erworben zu haben glaubte.

»Na, wie geht's ihr denn so bei de Amis?«

Dein Bruder zog vernehmlich die Luft ein und stieß sie mit einem langgezogenen »Sehr – gut« wieder aus.

»Hat se denn schon 'n paar Freunde gefunden da?«

»Ja«, sagte Charlie. »Allerdings.«

Euer Vater war zu Scherzen aufgelegt. »Na denn pass ma bloß uff, dat se am Ende nich noch da bleibt.«

»Papa!«, sagtest du. Er guckte dich verwundert an und Charlie nutzte den Moment, sich wieder in sein Zimmer zu verdrücken.

Du sahst ihn erst im nächsten Jahr wieder, als er mit ein paar Kumpels plötzlich auf der Party auftauchte, auf die man auch dich in anscheinend vorweihnachtlicher Milde eingeladen hatte und der du in aller Alternativlosigkeit ferngeblieben wärst, hätte Katja nicht so unerwartet inständig um dein Kommen gebeten, was sie jetzt vergessen hatte oder bereute, und du bereutest, dich aus Schiss nicht gleich nach Mitternacht durchs Böllergewitter hindurch verpisst zu haben. Sondern das neue Jahr mit alten Fehlern zu beginnen, indem du das

Herumhocken auf demselben Stuhl einfach wieder aufnahmst, um so zu tun, als seist du mit dem Futtern von Erdnüssen vollauf beschäftigt. Als dein Bruder hereinkam, nicht mehr ganz stabilen Ganges, wie du wohl registriertest, tatest du so, als bemerktest du ihn vor lauter Beschäftigtheit gar nicht. Dann saß er neben dir.

»Langweilig?«

Du sahst noch immer nicht auf. »Ja.«

»Find ich auch. Wat hängst du eigentlich hier bei diesen Schnepfen rum?«

Na wo denn sonst, wolltest du ihn anfahren, und ob er etwa hier reingetorkelt sei, um dir dein klägliches Sozialleben aufs Brot zu schmieren oder zufälligerweise just zu dieser Doppelfestivität auch seine vielfältige Gesellschaftsauswahl nicht zur Verfügung stünde, auch 'n bisschen alleine heute, was?

»Ich geh jetz«, erklärtest du stattdessen und standest sogleich auf. Und Charlie, dein Bruder, stand auch auf und schloss sich dir an ohne ein Wort. Das Erste, das er nach halbem Wege sprach, schien weniger an dich als in den Pulverdunst der feuchtkalten Nacht gerichtet, die dir den Rücken hochzog und deine Schultern in Richtung Ohren; wie immer trugst du aus angewöhnter wie nutzloser Eitelkeit keine Mütze und konntest es deshalb deutlich verstehen.

»Bradley!«

So deutlich, dass sich ein Nachfragen eigentlich erübrigte, du wolltest es aber und deinen Bruder nicht so in der ungesunden Luft hängen lassen und antwortetest mit einem anderen Namen, warfst wie beim Maumau Bild auf Bild, die passende Dame zum Buben, das Bild ging nicht auf, doch einer, der Bradley hieß, konnte nun mal kein König sein, da warst du ganz Charlies atemwolkensichtbar herausgeschnaubter Meinung.

»Thea.«

»Ja.«

Es bedurfte keiner weiteren Ermunterung, aus deinem Bruder

quoll bier- und tequilaflüssig, wie ein Schwall von Erbrochenem, alles hervor. Thea, sie war keines Versäumnisses anzuklagen an ihres fernen festen Freundes Geburtstag, vielmehr eines gewissen Zuviel, einer veränderten Stimme, unbändig gut aufgelegt hatte sie einen kosmopolitischen Plauderton angeschlagen und durchgehalten bis zu Charlies Beendigung des interkontinentalen Gesprächs in Hinsicht auf die Wolkenzin'sche Telefonrechnung und während dieses mehr einseitigen Austausches von Neuigkeiten aus der Neuen und Alten Welt es fertiggebracht, »ungefähr hundertachtzig Mal« den Eingeborenen *Bradley* unterzubringen, sodass Charlie gegen Ende nicht mehr gewusst hatte, wohin mit sich. Und vor dir Gericht hielt über seine Freundin in einem Indizienprozess, bei dem zu verweisen auf die fehlenden Beweise dich in Charlies wenn auch glasigen Augen nur disqualifizieren konnte. Du hasstest sie selber, solche falschen Beschwichtigungen. Wie gesagt, Charlie roch die Braten, ob er wollte oder nicht, noch bevor sie das Licht des Ofens erblickten, zumal einen Bratling wie *Bradley*. Und dir war gegeben die andere Hälfte des Spürsinns, du führtest die Addition eins und eins stets aus unter der Tageslichtlampe der Wahrscheinlichkeit.

Vielleicht also geschah es in dieser Neujahrsnacht des Jahres neunundneunzig, dass ihr eurer zusammengesetzten Fähigkeit erstmalig gedachtet als einer den zwölf Fenstern der Königstochter ähnlichen, durch die ihr alles zu sehen vermöchtet, *was über und unter der Erde war* und euch *nichts verborgen bleiben* könnte. Wenigstens flackerte wie ein stummer Funkenregen der Raketen, die dir die liebsten waren, der Gedanke im Kopf, dass jene Hell- oder Übersichtigkeit den Hauptgrund abgeben mochte für euer unentwegtes Euch-aus-dem-Wege-Gehen, denn sie brachte es mit sich, dass Charlie und Johnny auch gegenseitig sich nicht verborgen bleiben konnten.

Das *Meerhäschen* in eurem Märchen aber, das war eure Mutter. Zu sicher, sie jederzeit zu sehen, saht ihr sie nicht. Und als sie sich ganz euren Blicken entrückt hatte, da spürtet ihr nur ihre Unauffindbarkeit euch hocken im Nacken und wolltet sie von euch schleudern als ein impertinentes Tierchen. Was in aller Welt war ein Meerhäschen? Etwas Äffisches hattest du dir gedacht, possierlich, anhänglich, dreist und tückisch, etwas, dessen Anschaffung im Überschwang man allzu bald nicht mehr verstand. Für Affen aller Art hattest du noch nie sonderliche Sympathien gehegt und dieses Märchen machte es dir schwer, überhaupt welche zu verteilen. Dir imponierte die Überlistung der Königstochter, und es empörte dich ihre Selbstunterwerfung. Dein Mitleid zog den Nebenschauplatz der erlegten Tiere vor.

Erledigt ganz und gar war Charlie dann im März, so ungefähr. *Bradley* war immer seltener genannt, schließlich aber offiziell bekannt worden und Charlie damit offiziell wieder *solo*. Du kriegtest keine Krokodilstränen zu sehen wie damals in der causa Annika, du kriegtest es erst eine Woche später mit, als Charlie in einem alten Waschbecken im Hof mit ein paar Spritzern Grillanzünder ein Feuerchen entfachte und die Flämmlein ganz unzeremoniell fütterte mit Briefen, Fotos, etwas Kleinem, das du vom Fenster aus nicht erkennen konntest, und einem schwarzen BH, Größe schätzungsweise 75 B, was dich an jenem blasssonnigen Vormittag seltsam unbeeindruckt ließ, als sei mehr als ein Funke von Charlies Abgeklärtheit auf dich übergesprungen und du beinahe eher anstelle seiner als zusammen mit ihm ein plötzliches Stück in Richtung Erwachsensein vorangekommen. Du hättest gern etwas mit hineingeworfen, aber dir fiel nichts ein. Deine einzigen beiden BHs, bei denen sich stets die Frage stellte, wer da eigentlich wen hielt, brauchtest du zumindest noch bis zur endgültigen Sportbefreiung in zwei Monaten. Charlie und Thea, es war einmal und man musste sich wieder umgewöhnen. Sie hatten eine Ferntrennung vorgenommen. Sie kamen dir ungeheuer erwachsen vor.

Am einundzwanzigsten März fuhrst du an die Ostsee. Das hatte sich lange schon in dir verfestigt, dass es auf keinen Fall anginge, an diesem Jahrestag zu Hause zu hocken und darauf zu warten, dass er verginge. Du brachst auf, noch bevor irgendein Brief euch ins Haus flattern konnte, dann fiel dir wieder ein, dass der Sonnabend des letzten Jahres in diesem ein Sonntag war. Sowieso trautest du deiner Mutter so viel Abgeschmacktheit denn doch nicht zu und im Grunde noch nicht mal, dass sie dieses Datums gedachte, sich den genauen Tag ihres großen Abgangs gemerkt hatte. Auch bei deinem Vater und Charlie hatte sich kein Anzeichen eines solchen Gedächtnisses gezeigt, weshalb du, unwillig, die selig in ihren Gedächtnislücken schlummernden Hunde zu wecken, dich am liebsten einfach so morgens davongemacht hättest und nur einen Zettel auf dem Küchentisch hinterlassen. Das ging natürlich nicht. Diese Lautlosigkeit wäre der am lautesten rasselnde Wecker gewesen, alarm clock. Also setztest du deinen Vater, gerade noch rechtzeitig vor seinem Schnarchkonzert, in Kenntnis über deinen Ausflug und sagtest, du führest mit Dani. Wieso mit Dani, dachtest du und fügtest hinzu: und Kirsten. Das ergab nun erst recht keinen Sinn, aber du hattest zu schnell umdisponieren müssen, nämlich schon Katja auf der Zunge gehabt, der dein Vater jedoch in der Wollweber über den Weg laufen konnte und als Einziger deiner *Freundinnen* ihren Namen zuordnen. »Hm«, machte dein Vater. »Mit'm Auto?«

»Mit'm Bus«, sagtest du, obwohl Dani einen alten Ford Fiesta besaß, aber der Bus war die beruhigende Wahrheit.

»Hm«, machte dein Vater noch einmal und schlummerte weiter. Charlie hätte das niemals geschluckt und deshalb erfuhr Charlie nichts. Natürlich würde er es trotzdem erfahren, aber erst hinterher. Du hattest Zeit und Raum, dich zu verbergen, bis er dich entdeckte.

Du träumtest, du führest wirklich mit Dani und hocktest in ihrem Ford Fiesta auf der Rückbank und gucktest die ganze Zeit auf ihren Nacken. Kirsten kam nicht vor. Ihr wart noch nicht angekommen und du hattest keinmal ihr Gesicht gesehen, als dein Wecker unterm Kopfkissen erstickt klingelte und du weiter den Traumausflug wolltest, zur Tageswirklichkeit aber gar keine Lust mehr verspürtest.

Doch es musste sein, es ging dir darum, dem kleinen Flämmchen des Gefühls, erwachsen zu werden, Luft zuzufächeln, es nicht wieder verlöschen zu lassen, und dazu gehörte, ungewohnte Dinge zu tun, und zwar oder notfalls allein. Du nahmst mehrere Bücher mit, denn auch ein Trieb nach selbständiger Bildung hatte dich erfasst, nach überlegener Autodidaktik jenseits des Lehrplans, der ohnehin an sein Ende geraten war, ihr käutet nur noch unterm Dräuen der heraufziehenden Prüfungen wieder. Romane aller Arten, gar Dramen, Gedichte und was die Stadtbibliothek hergab an Metaphysischem und den einschlägigen Werken zur Durchdringung der Psyche, du lasest sie durch von vorn bis hinten und hast, was drinstand, durch und durch vergessen, doch brachten sie dich allein in ein Café an der Strandpromenade, als du durchgefroren genug warst vom Sitzen im Sand. Auch die Ostsee schwappte noch zu winterkalt, um die Füße hineinzutauchen, was du genau deshalb trotzdem tatest. Die Erkältung oder Blasenentzündung, die deine Mutter dir prophezeit hätte, blieb aus. Du fühltest dich nicht einsam unter all diesen Sonntagsfamilien, du fühltest dich schwindelerregend unabhängig, ein Schwindel wie von märzkaltem Wind um den kapuzenlosen Kopf. Nur kroch, wie auch später auf allen Alleinreisen, ein Gefühl der Ratlosigkeit deinen Rücken hinauf, was nun eigentlich mit dieser Ungebundenheit, all der Zeit, anzufangen wäre. Sie konnte nicht nur in fortwährender Selbstüberwindung bestehen, alles aber, was du allein unternahmst unter anderen Menschen, kostete dich diese eigenartige Anstrengung.

Abends erzählte dir Charlie, auch er habe einen Ausflug gemacht. Als sei es eben ein Tag wie geschaffen für Ausflüge gewesen. Mit dem Fahrrad war er zum Dallwitzer See gefahren, an dem auch *die Anderen* häufig Sommernachmittage veralberten, wie du wusstest. Nur dass es jetzt Spätwinter war, Frühlingsanfang, und Charlie trotzdem ins Wasser gegangen. Du wolltest das erst nicht glauben. Andererseits kanntest du deinen Bruder und kanntest ihn nicht als

Abenteuererfinder, und wünschtest, er hätte dich mit dieser wahren Geschichte, obschon sie nur aus zwei oder drei Sätzen bestand, verschont. Sie bereitete dir schlechtere Laune als die ewigen Sommernachmittagserzählungen der anderen, denn von ihnen fühltest du dich nur ausgeschlossen, was du insgeheim als Abzeichen zu tragen begonnen hattest, von deinem Bruder aber wiederum übertrumpft, überholt, der Armseligkeit deines Mutes, allein an die Ostsee zu fahren und die Füße bis über die Knöchel hineinzuhalten, überführt. Dass er zwei Tage später mit Bronchitis zu Bette lag, half auch nichts, sondern adelte mit jedem Tag und Nacht durch die Wand und ins Mark dringenden Hustenanfall seine tollkühne Tat nur noch mehr, an der das entsetzlich Imponierendste war, dass sie ganz ohne Publikum sich vollzogen hatte.

Johnny hatte auch keinen Resonanzraum mehr. Dir fiel auf, dass die anderen dich nicht mehr mit Namen nannten, und wenn doch einmal wieder, so tönte es dir verlogen im Ohr und geradezu beschämend, nämlich wie in der Absicht gesprochen, dich zu beschämen, ein ironisches Zitat.

Der Abiball fiel aus, so hattest du es beschlossen. Du nahmst erst gar nicht teil an den Partnerwahlen und Formationsübungen in der Turnhalle und hieltest deinen Entschluss wochenlang gegen das wiederholte gute Zureden eures Tutors und der anderen aufrecht und sie allesamt für beleidigend dumm: als ob die Chancen auf einen Meinungsumschwung stiegen mit jedem erneuten In-dich-Dringen und sich nicht vielmehr dein Widerstand unter dieser Bearbeitung bis zum prinzipiellen Starrsinn verdichten würde. Mochte ja sein, dass andere – dir stand sogleich Manja in all ihrer Profil- und Haltlosigkeit vor Augen – sich in den lächerlichsten Angelegenheiten weichkochen ließen. Hätten sie dich gekannt, hätten sie doch zumindest geahnt, dass Johnny ein rohes Ei war, das man nur hartkochen konnte.

Mit deinem Jahrgangszweitbestenzeugnis spaziertest du aus dem

Schulgebäude wie endlich entlassen nach zwölf Jahren Knechtschaft, jedoch ihres Gewichtes auch just in dem Augenblick ledig, sie besaßen keinerlei Recht mehr an dir und ihre Bedeutung schnurrte zusammen auf die einer langweilig-losen Materie. Du gingst einfach weg, in den Frühsommertag hinein, ohne dich von irgendwem zu verabschieden; entweder du sähest sie wieder oder du sähest sie nicht wieder, beides war dir gleich gleichgültig, und eigentlich dachtest du kaum daran, sondern nur, dass es schon wieder Sommer wurde und dein Vater und Charlie neben dir in ihren uneingetragenen Anzügen sicher schwitzten und froh sein würden herauszukommen und dass dein Vater dir ein wenig Dank schuldete dafür, dass du ihm den Abiball erspartest. Als Einziger hatte er dich nicht ernsthaft umzustimmen versucht, nur zu bedenken gegeben, ob sich das wohl gehöre. Er hätte sich dort an die Tafel im Saal stumm und duldsam zwischen die paarweisen Eltern gesetzt und auf üblen Launen gebrütet und das immer noch *richtiger* gefunden, als dass seine Tochter aus der Reihe tanzte. Charlie fühlte sich um eine Gelegenheit gebracht, sich danebenzubenehmen, er versprach dir sogar, deinen *Freundinnen* unter Vortäuschung von Trunkenheit höchst zweifelhafte Komplimente zu machen und seine am Butterigel eingefetteten Finger an ihren Polyesterroben abzuwischen, du versprachst ihm im Gegenzug bei sofortigem Klappehalten, mit ihm im Sommer zu verreisen. Natürlich wusste er, dass es vor allem deine einzige Möglichkeit war zu verreisen, außer allein. Du fandest, das gliche sich aus durch den Umstand, dass allein du über die finanziellen Möglichkeiten für eine Reise verfügtest, seit noch vor der Zeugnisausgabe ein nie gesehenes Dokument dich erreicht hatte, ein Orderscheck über fünfhundert Mark, seit mehr als einem dreiviertel Jahr ein Lebenszeichen deiner Mutter, das dich vor allem vor das Rätsel stellte, warum sie tatsächlich nur noch als *deine* Mutter auftrat, ausschließlich dich bedachte, das ungünstigere Kind. Zu Charlies Geburtstag nichts. Als Begleittext wiederum die Sparsamkeit zweier Worte, die auch die

Verdoppelung der Ausrufezeichen nicht in Großzügigkeit verwandeln konnte: *Zum Abi!!* Sie wusste doch nicht mal, ob du bestanden hattest oder längst alles hingeschmissen. Hingeworfen war dir ein Kälberknochen, ein unförmig Ding, von dem du lange zehren konntest, säuberlich herausgelöst aus dem Fleisch, das andernorts verblieb. Man musste das Beste draus machen. Das Ausgelöste einlösen und mit Charlie in aller Augustmorgenfrühe in einen Regionalexpress steigen, von dort in den nächsten und immer so weiter, zehn oder zwölf Mal, achtzehn Stunden lang, und die theoretische Verheißung des Wochenendtickets, quer durch die Republik zu gelangen, ummünzen in eine praktische und längs hindurchgelangen und um Mitternacht aussteigen in einem Grenzort den Alpen zu Füßen. Füssen. Für dieses Ziel gab es nur zwei naheliegende Gründe: Es war nicht naheliegend und es lag in der totalen Zone.

In der Jugendherberge musstet ihr in verschiedenen Zimmern nächtigen, du tapstest im Dunkeln in eines, in dem du am nächsten Morgen von dir unverständlichem Geschnatter geweckt wurdest; vom Doppelstockbett herab blicktest du auf vier schwarze und einen blondierten Schopf, die deiner fünf japanischen Zimmergenossinnen. Charlie war unter die Amerikaner gefallen. Auch sonst aber hätte euch niemand für ein Paar gehalten. Du sahst wohl schon damals eher wenig nach einem Mädchen mit einem Freund aus, und eure Verwandtschaft war offensichtlich, allein an der Art, wie ihr euch die Marmelade aufs Brot schmiertet, auf die *Stulle* natürlich, und an der du auch euren Vater umstandslos in der Fremde erkannt hättest. Gewisse Gesten schienen dir mehr vererbt als übernommen. Ihr lachtet in diesem wie auf Lebensgröße gebrachten Spielzeugstädtchen im Allgäu – tatsächlich existierte diese dich stets an Sahne denken lassende Gegend, tatsächlich wart ihr hier – gemeinsamer über Dinge und Leute als jemals zu Hause.

Die Märchenschlösser, der Forggensee, der Lechfall und der Kalvarienberg, die Skischanzen in Garmisch-Partenkirchen, die sich also auch nicht erst alljährlich zum Neujahrsspringen fürs Fernsehen materialisierten, sondern mitten im Sommer ihre grünen Zungen heraushängen ließen: Dass es viel zu warm sei, dachtest du bei ihrem Anblick unwillkürlich, als befürchtetest du, sie könnten schmelzen. Sieben Tage saht ihr das alles und am vierten stiegt ihr auf ins Gebirge. Füssen schrumpfte auf Spielzeuggröße zusammen, eure Blicke aber hefteten sich an den Himmel, hüteten die Wolken, es fehlte ein windschneller Hund, sie auseinanderzutreiben. An der Almhütte blinzelte die Sonne durch, war noch Zeit, ein Mittag einzunehmen, an der Almhütte wimmelte es von Menschen. Als Charlie endlich seinen bestellten Germknödel aufgetischt bekam, triebst du ihn an, ihr hattet noch drei Minuten, und er schluckte das monströse Ding mehr oder weniger unzerkaut hinunter, jedenfalls grollte er dir, als sei es ihm im Ganzen in der Speiseröhre stecken geblieben, und von angemessener Sammlung und Ernsthaftigkeit dem Jahrhundertereignis gegenüber konnte die Rede nicht mehr sein. Ihr setztet die Brillen auf, am Vortag ergattert bei strömendem Regen in München. Die Sonne war da. Der Mond warf den Schatten. Die Schatten flogen über die Wiese und der Wind dir ins Haar. Es wurde kalt im fahlen Licht dieses Mittags. Selene schob sich über Helios, hob sich hinweg und die Welt ging nicht unter und Charlie flüsterte dir ins Ohr: »Das ist die Zukunft.« Jedenfalls war dir so.

FINNLAND

Ein irgendwie, nun ja – erhebendes Gefühl, hattest du einen Tag später ins Tagebuch geschrieben, einen Satz, der dich bei jedem Wiederlesen enttäuschte und dir auch just diese Beschäftigung, schlechte Angewohnheit, als ebenso läppisch vor Augen führte. Dennoch stromertest du noch oder gerade Monate später immer wieder zu ihm zurück, zu einer längst schon ausgelöffelten Hoffnung, in diesen Anfangsaufzeichnungen auch Anfangsabzeichnungen, Abzeichen oder Zeichen zumindest zu finden der Dinge, die da kommen sollten, ein Abkommen womöglich mit der Zukunft oder eines von den bisherigen Wegen des hinter dir gelassenen anderen, doch immer nur einen, achteren Ostseeendes. Hier war vorn. Der eigentliche Norden. Auf allen modernen Karten gelegen: oben. Über. Aufwärts sollte es gehen nicht nur in Höhenmetern – -kilometern!, welch bis heute nicht fasslicher Wahnsinn – auf deiner ersten Teilnahme am Menschenflug, dessen heimatstädtischen Pioniers du kaum gedacht haben magst beim Abheben der *Finnair*-Maschine in Tegel, dem Kleinerwerden des Flughafens, der seinen Namen trug. Ein bescheidener Schriftzug am Hauptgebäude, den du übersahst. Du warst noch nicht weit genug weg gewesen. Das Gymnasium gleichen Namens noch nicht gänzlich ausgespült aus dir und deinen Tagebuchsätzen.

Ein dir damals noch innewohnendes Chronistenpflichtbewusstsein angesichts von *Ereignissen* sowie auch die inzwischen gänzlich, nun ja – abhandengekommene gymnasiale Leichtgängigkeit deiner Schreibhand ließen dich treulich die Begebenheiten der ersten finnischen Tage verzeichnen, und gleichwohl doch merkwürdig nachlässig. Der nicht zu befriedigende Blick des Nachhinein, der nicht sucht, was er alles findet: die mitternächtliche Landung in Helsinki, Päivi, die Studentin mit gebrochenem Bein und Krücken, abgesandt, dich zu empfangen, und keine Hilfe beim Transport der zwei Schwergewichtstaschen, die enthielten, was du für fünf Monate zu brauchen glaubtest, inklusive Schlittschuhen und einer Bratpfanne. Die endlose Busfahrt durch städtischen Schneedreck und endliche Ankunft in einem Neubaugebiet namens Pihlajamäki; dass ›mäki‹ ›Hügel‹ bedeutete, wusstest du schon und bekamst du sogleich bestätigt, als es galt, einen vereisten solchen mit zwei Taschen hinaufzugelangen, in die Vuolokiventie geheißene Straße, deren Namen und Betonung du fleißig übtest unter wörterbuchbefragender Zerlegung in seine Einzelteile. Dieses einleuchtende Prinzip der finnischen Sprache, Komposition durch Akkumulation, hatte dich sofort überzeugt und für sie eingenommen, man musste nicht erst Skrupel hegen wie im Englischen, ob eine Wortbildung ein Gebilde werden durfte oder man sich einer Native-Speaker-Gehirnarbeitsspeicherzeichengrenzüberschreitung strafbar machte. Dem Englischen indes verdanktest du dein Hiersein, dieses *Austauschsemester*, dessen ersten Bestandteil du von Anfang an nicht verstandest im Sinne eines Gebens und Nehmens, in der Art eines Agenten- und schon gar nicht eines Gedankenaustausches – der Gedanke, es fände ein tatsächlicher Studentenaustausch, die internationale Eins-zu-Eins-Verschickung und -gegenverschickung akademisch sich mühender Individuen statt, kam dir gar nicht –, sondern als etwas, für das dir als schulisches Beispiel noch der Ionenaustauscher irgendwo im Gedächtnis haftete, ein Austausch also verstanden als Vorgang des Ersetzens. Des Auswaschens gar und Ausschwemmens alles Schädlichen oder nicht zu Gebrauchenden, und zwar aus dir selbst, durch den Einfluss und das Einströmen des Unbelasteten und Nötigen, schlechthin Neuen, einer Blutwäsche, die dir nach und nach zurückverhülfe zu einem Johnnysein, das dir verschwommen und flirrend, fatamorganisch, mit neun oder zehn vorgeschwebt hatte, oder sagte man: war?, es war eine Uneindeutigkeit darum bis ins Grammatische hinein, und eben nach ihr sehntest du dich. Dass du deine Jugend hinter dir lassen wolltest, hieß nicht, dass du erwachsen werden wolltest. Eine solche Entwicklung besaß nach wie vor das gleiche unverminderte Maß an Unvorstellbarkeit wie auch Unattraktivität. Es hätte dir auch keineswegs die Loslösung von deiner Jugend bedeutet, sondern ihre Fortsetzung, ihre natürliche Mündung. Ihre Verbreiterung in ein Spülbecken, ein Delta der Sedimentierung durch Ausfransung sozusagen, die endgültige Schwächung deiner Widerstandskräfte durch das Divide-et-Impera des Lebensernstes, eine Zerstreuung aller Ideale und Eigentlichkeiten, die nur zu ertragen sein würde mit Zerstreuung, in den zugigen Schlupflöchlein von Zeit, die dann noch blieben, Zigarettenpausen.

Es hieß vielmehr zurückzugehen. Sich ein Beispiel zu nehmen am heimatlichen Fluss, dessen, oder eher deren (denn er trug doch einen weiblichen Namen) Gefälle – Gefälligkeit, dachtest du und warst stolz auf diesen Geistesfunken – so gering war, deren Hang, ihren vorgeschriebenen Weg zu nehmen und aufzugehen im großen Ganzen, so wenig ausgeprägt, dass man sie nicht selten dabei ertappen konnte, wie sie *rückwärts* floss, mit Rückenwind, nicht *gegen den Strom,* sondern als Strom selbst. Als zöge es sie zu ihrer Quelle, als sähe sie gar nicht ein, warum sie sie fortwährend nur verlassen sollte. *Darum wird ein Mann Vater und Mutter verlassen und seinem Weibe anhangen,* was aber eine Frau tat, blieb so ungeklärt wie das umfassende Warum. Warum? Darum. Eine Antwort für Kinder, mit der sich nur Erwachsene zufriedengeben.

Die neue Umgebung kam dir unerwartet entgegen, gleich in den ersten Tagen flößte sie dir ein Zutrauen ein, das von ihrer kaum konkret benennbaren Seelenverwandtschaft mit deiner Kindheitsumgebung herrührte, der untergegangenen Welt. Hier schien sie, evolutionär und breitenspezifisch anverwandelt, fortzubestehen, ungestörte Kontinuität zu besitzen. Die verbesserte DDR, dachtest du beim Berühren der Fensterknäufe und Öffnen der Verbundfenster, der Betätigung der Lichtschalter und der Duscharmaturen, beim Anblick der Shampooflasche und des bodenbedeckenden Linoleums, auch der Geländer draußen, der Bushaltestellen und Straßenbahnen, obwohl du als Kind, soweit du weißt, gar keine zu Gesicht bekommen hattest, außer im Schwarz-Weiß-Fernseher. Mit den Gehwegplatten standest du auf vertrautem Fuße. Was du einkauftest am unteren Ende deines Hügels, glaubtest du weniger den Regalen eines kleinen Supermarktes, sondern denen einer Kaufhalle zu entnehmen, abgesehen davon, dass dir als häufigste Vokabel *rasvaton*, ›fettfrei‹, unterkam, und das wäre in deinem Ex-Heimatland keinem eingefallen, jedenfalls nicht, es zu deklarieren. Alles in allem schienen die Dinge in irgendwie menschlicheren Maßen vorzukommen, ein wenig kleiner zu sein und dir damit einen Bezug zu ihnen zu ermöglichen, eine Fraglosigkeit des täglichen Umgangs; du überlegtest, ob die DDR-Dinge vielleicht noch kleiner gewesen waren und nun, mit deinem eigenen Großgewordensein, die finnischen Dinge zufällig genau das richtige Verhältnis zwischen dir und ihnen wieder herstellten. Zweifellos hatte es auch damit zu tun, dass sie leicht altmodisch wirkten, es wohl auch waren, im Sinne von: länger schon unverändert in Gebrauch, sich jedoch gar nicht die Frage stellte, warum man sie hätte verändern sollen. Sie funktionierten tadellos und vor allem intuitiv, schnörkellos, designattitüdenfrei, man kam sich nicht doof, also weder ahnungslos noch peinlich berührt, beim Versuch, sie zu benutzen, und nicht beherrscht von ihnen vor. Vielmehr schien sich eine Art Symbiose zwischen Menschen- und Dingwelt etabliert zu haben, ein harmloses, organisches und nicht weiter der Rede wertes Miteinandereingespieltsein. Ab und an mochte es Neuerungen geben, doch sie hielten sich in erwartbaren Grenzen, die du geradezu als die des guten Geschmacks hättest bezeichnen wollen, wäre der Ausdruck nicht längst so durch Protzerei verdorben gewesen wie jene Dinge selbst, mit denen du diese neuen alten verglichst. Ihre tägliche Anwesenheit, Normalität erfüllte dich mit kaum zu beschreibender Befriedigung, auch für dich wurden sie normal, ohne dass du das Bewusstsein um ihre Differenz ganz verlorst; du fühltest dich, wie durch einen Gnadenerweis, zugehörig und den Rentnern, die hauptsächlich deinen Block und die ganze Vuolokiventie bewohnten, deren Husten du durch die Wände hörtest und die alle zwei Tage im Hof auf das *kauppaauto* warteten, in einer Weise verbunden, die du, was alte Leute betraf, ausschließlich gegenüber deiner Uroma empfunden hattest, die in deinem Kopf zu all den patinierten und mitunter auch schon etwas angeranzten Dingen sagte: *Dat is doch noch gaut!* Es handelte sich nicht um Geiz, es handelte sich um das Gegenteil von Verschwendung, oder schlichtweg: *Qualität*, ein Prädikat, mit dem deine Mutter ihre textilen Neuerwerbungen vor deinem Vater und auch dir beworben und gerechtfertigt hatte, dir zur Schulung wohl, deren tatsächlich hinterlassenen Eindruck du erst jetzt bemerktest, seine Aktualisierung durch die passenden Gegenstücke.

Kaum verwunderten dich dann noch deine späteren Entdeckungen, obschon sie dir immer aufs Neue ein luxuriöses Gefühl bescherten, nämlich das des Ja-genau-so-sollte-es-sein-aber-wie-seltsam-dass-es-wirklich-so-ist. Wann immer du einen der *UFF*-Läden betratest und dich die Wolke des unvermeidlichen, offenbar international standardisierten Secondhand-Geruchs umfing, vergaßest du diesen sogleich angesichts der Fülle an unglaublich brauchbaren Klamotten, und ›brauchbar‹ hätte unter heimischen Bedingungen bedeutet: großartig, weshalb du es etwas bedauertest, in diese Hemden, Pullover und Hosen gewandet nicht noch mal zur Schule gehen oder in die knarzenden, nun gegen Fünfziger-Jahre-moderne vertauschten Uni-Hörsäle spazieren zu können. Diese Sachen hatten entschieden *Qualität*, du stauntest insbesondere über die zeitlosen wollenen Pullover und Strickjacken, nordisch gemustert oder ganz schlicht, *80 % villa, 20 % silkki, 100 % Shetland Wool*, und legtest dir einen Vorrat zu, den du als beste Investition deines noch lange nicht überwiesenen Auslands-BAföGs ansahst. Zum ersten und auch einzigen Mal in deinem Leben bestand der Inhalt deines Kleiderschranks ausschließlich aus geliebten Stücken, denn von zu Hause hattest du auch nur die Auslese mitgebracht. Du gingst morgens ganz anders aus dem Haus. Dieser Osten sei der wahre Westen, dachtest du, nicht das, was eurem Osten als solcher übergeholfen worden war, auch nicht das, was an BRD nicht hatte übertragen werden können, beinahe unaufgestört in seiner Muffigkeit weiterresidierte und ebenfalls nicht den diffusen Gegenstand jahrzehntelanger Sehnsüchte gebildet hatte.

Im *Bildatlas* war die entsprechende Doppelseite nur deshalb manchmal nicht überblättert worden, weil an die westliche Grenze dieses *Westens* einer der Staaten stieß, die dir nur so genannt vorkamen, es doch aber in Wirklichkeit bei solcher Winzigkeit kaum sein konnten, und doch, sie vermochten etwas zu sein, dem sie sich gleichzeitig entzogen. Ein Großherzogtum, unwiderstehlich deinem frühjugendlichen Hingezogensein zur distinguierten Anomalie; eine Zeit lang hattest du dir sehnlichst einen Adelstitel gewünscht, dir eine bisher unbekannte, plötzlich durch einen entfernten Erbgroßonkel offenbar werdende edle Abkunft erhofft und in detailreichen Tagtraumgeschichten, teils niedergeschrieben, imaginiert, deine Mutter bedrängt, sich doch euren Ahnen forschend zu widmen und derweilen schon mal vorgreifend und übungshalber deine Tagebucheinträge mit *J. von Wolkenzin*, wechselweise auch *van* oder *de la*, gezeichnet. Und die Augen leidend verschlossen vor der ganzen unübersehbaren Unvornehmheit eures Drei-Zimmer-Anwesens. Allzu gern hättest du deine Eltern – Charlie galt dir gleich als ungeeignet und eben das schwarze Schaf der Familie – zur Anhebung ihrer Manieren ins Hochwohlgeborene angehalten, kanntest dich aber selbst, was ihre Konkretisierung anging, nicht aus, und deine zum Glück meist nur gedanklichen Ermahnungen blieben stecken in einem Könntet-ihr-nicht. Sie bekamen dennoch genug davon mit, um es deinen *Höhenflitz* zu nennen, deine *Allüren*, und insbesondere deinem Vater verfestigte es sein Misstrauen, sein Töchterlein hielte sich *für wat Bessres.*

Dennoch glaubtest du im ersten Moment, dich verhört zu haben. Als du am dritten Tag, an dem du in morgendlicher Finsternis, hektisch doppelkonsonantisch gemusterte Straßennamenschlangen mit denen des Stadtplans abgleichend, auf der Suche nach dem richtigen Unigebäude hakenschlagend umhergeirrt warst, etliche langweilige Stunden später, es dämmerte schon wieder, nach Ende der Informationsveranstaltung für alle ausländischen Studenten, dich plötzlich allein im großen Hörsaal, von den Massen verlassen, fandest, weil du in den bündigen Schlussansagen nicht mitbekommen hattest, welcher der Tutorengruppen du dich anzuschließen geheißen warst. Und dich dann irgendwer – du musst hilflos genug dagestanden haben – ins Foyer führte, einen Namen rief, woraufhin ein stämmiger Blonder sich umwandte, langsam lächelnd, und tatsächlich war auch sein Lächeln von langsamer Art, auf dich zukam, einen anderen, Dunklen im Schlepptau und dir nochmals seinen Namen nannte. Jaakko, das also war Jaakko, dein Hilfestellungsbeauftragter für die Notwendigkeiten der ersten Tage. Dein Blick aber ging fast sofort am teigigen Ohr seines freundlichen Bauerngesichtes vorbei, hin zu dem anderen, das sich halb neugierig, halb ungeduldig halb dir, halb dem Kommen und Gehen an den Schwingtüren zuwandte. Nicht minder ländlich, im Sinne einer aparten, stadtunüblichen Frische, wirkten seine Züge, jedoch in gänzlich anderer, viel feinziselierterer Art.

Jaakko fragte dich, mit fortwährendem bedächtigen Lächeln, das auf halber Höhe unlösbar eingerastet schien, nach deinem Namen, und zwar deinem vollen Namen, wiederholte ihn wie eine auswendig zu lernende Formel ein paarmal in voller Länge und tönte sein Lächeln in Richtung sachten Stutzens ab: »Johnny –« – er versah deinen Anlaut mit einer nie gehörten ›Dz‹-Färbung, geschuldet wohl der Zischlautlosigkeit seiner Muttersprache –, »ist das kein Jungenname in Deutsland?« Du warst kurz versucht, reflexhaft zu antworten, du seist ja auch ein Junge. Jedenfalls kam dir ›Mädchen‹ plötzlich wie die am wenigsten zutreffende Bezeichnung für dich vor. Weil es deine Blicke immerzu zu jenem anderen Gesicht zog, das dir ein unversehenes Identifikationsangebot zu machen schien; zwar warst du kein Junge im eigentlichen Sinne, dir aber sicher, dass ein Gesicht wie das hinter Jaakkos Schulter im Zweifelsfall – und um einen solchen handelte es sich hier ja – das passendste für dich abgäbe und du es in einer männlichen Version von dir gar noch dem deines Bruders vorzögest. So weit aber musste es doch eigentlich nicht kommen, es musste doch nur näher kommen, ein solches Gesicht, da dir plötzlich sogar für Jaakko eine Antwort einfiel, die dir zu stimmen schien: ›Johnny‹ sei ein Jungenname, den bei euch auch Frauen tragen könnten. Unter Umständen. Die du nicht nanntest. Selber kaum kanntest, was dir in dem Moment nicht weiter auffiel, da sich deine Gedanken mit dem erstmalig öffentlich auf dich selbst angewandten Wort ›Frau‹ beschäftigten, während Jaakko »aahaa« sagte, sich sammelte und dann, als sei es ihm geglückt, zum nächsten Programmpunkt überzuspringen, eine ausholende Geste nach hinten machte: »Das ist Loïc Schoos aus Luxemburg.« Sein Lächeln verbreiterte sich ins Hochzufriedene, wie über eine richtig abgerufene Prüfungsantwort. Tatsächlich verstandest du, obschon nie zuvor gehört, diesen sonderlichen Vornamen sofort, den Nachnamen reimtest du dir, Jaakkos Sch-Schwäche einberechnend, halbwegs zusammen, völlig im Unsicheren blieb dir jedoch die einzige schon seit der Atlaskindheit vertraute Bezeichnung in dieser Reihe, die Herkunftsangabe. Man konnte nicht wirklich aus Luxemburg sein. Schon der ganze Name klang zu unverschämt nach Luxus. Du mustertest diesen feingliedrigen Jungen, ›Mann‹ konnte man wirklich kaum sagen, dessen wohlklingender Vorname dir plötzlich etwas schnöselig vorkam. Von Jaakko, der vielleicht die geringe Anzahl seiner Schützlinge auszugleichen beabsichtigte durch ein möglichst pompöses Zeremoniell, wurdest du ihm in ebensolcher Manier vorgestellt wie er dir, doch dieser großherzogliche Loïc nickte lediglich verhalten und etwas abwesend lächelnd, und du bezweifeltest, dass dein Name auch nur seinen Hörnerv erreicht hatte, geschweige denn die Schwelle seines Kurzzeitgedächtnisses überschritten.

Mit Loïc Schoos aber, deine prophetische Antenne täuschte dich nicht, hatte es noch seine Bewandtnis und nahm dein Leben einen unerhörten Aufschwung. Es ging gleich los am nächsten Nachmittag. Die Wurzel ward gesenkt in deine achtsame Unaufmerksamkeit, als euch Jaakko zwischen Kontoeinrichtung und Vorstelligwerden bei der Polizei zwecks temporärer Aufenthaltsgenehmigung in ein Café auf der Pohjois Esplanadi führte und du, um den luxemburgischen Knaben in seiner Komposition aus tadellosem Oberhemd und gut abgehangenem dunkelblauem Strickpulli nicht unentwegt anzustarren, deinen Blick so fest an die glasierten Gebäcke in der Auslage klebtest, dass deine Ohren gleich mitverkleistert sein mussten, jedenfalls überhörten sie eine Frage, die deshalb eine andere nach sich zog: »Johnny?« Was war das positive Pendant zu einer Ohrfeige? Es ließ deinen Kopf herumschnellen, vom Korvapuusti, der Zimtschnecke, deren wörtliche Namensbedeutung dir Jaakko mit einem abgebremsten Schlag auf deine Wange demonstriert hatte, direkt in Loïc Schoosens rosenfrisches Gesicht mit den abzählbaren Sommersprossen. Er lächelte dich mit einer Art Engelsmilde an, als hätte er genau diese Wirkung beabsichtigt und wüsste gleichzeitig tatsächlich von nichts. Also alles. Und nichts sei ihm fremd. Es bedeutete, dass er deinen gewöhnungsbedürftigen Namen behalten hatte, ihn nicht nur ver-, sondern angenommen, so wie du ihn einst angenommen hattest und einfach behalten, und du errichtetest aus den doppelten Bedeutungen blitzschnell eindeutige Gemeinsamkeiten. Denn bedürftig warst du der Gewöhnung an jemanden, und zwar sofortiger.

An jenem Nachmittag und in den folgenden Tagen wuchs euer Grüppchen, geleitet von Jaakko, um weitere ausgetauschte Studenten, zwei Ungarinnen, eine Französin, einen Holländer, einen Tschechen, schließlich ein Pärchen aus Spanien, das, jeglicher Gefahr von Klischeeverkörperung zum Trotz, die ganze Zeit erbärmlich fror und nur zu einem Doppelwesen verklumpt, die Hände unter die Daunenjacke des jeweils anderen gesteckt, auftrat. So formierte sich, was dir ideal schien, eine Blankosituation, ein Kreis aus einander gleichermaßen Unbekannten; alles den ersten Eindrücken nach sehr umgängliche Menschen, die dich dennoch wenig interessierten, nur als angenehmes und anfangs wohl auch unabdingbares Beiwerk, als Rahmen und Ranken um Kern und Zentrum des Tableaus, die Hauptpersonen Johnny und Loïc, und dir kam gar nicht der Gedanke, man könnte es anders sehen, den Fokus verschieben. Auch den anderen kam dieser Gedanke offenbar nicht, ihr bildetet die unbestrittene Mitte, die sich zunehmend, wo es ging, entzog, von der Bildfläche verschwand, auf die Tanzfläche, in den Park, ins Museum, an den Strand nach Hietaniemi, zu *UFF*, in dessen Wunderkammern dich Loïc überhaupt erst einführte. Das war neu, dieses zentrale und exklusive Dasein, und machte dich high.

Du begannst, die pathetischsten Wörter zu denken und, was sie meinten, für möglich zu halten. Seelenverwandtschaft, allen voran. Verwunderlich war das nicht, hob sich dein Umgang und Sein mit Loïc doch derartig von allen bisherigen Freundschaft geheißenen lauwarmen, abgestandenen, angegammelten Hausmannskostverhältnissen ab, kühlgestellten Resten, die immer weiter in die hinteren Ecken verschoben worden waren, weil niemand sich aufraffen mochte, sie auch nur *wegzumachen*, dass du förmlich abhobst. Nicht zuletzt, weil Loïc sich, wie du es halbironisch für dich selbst nanntest, zu dir herabließ. Und zwar ohne jede Herablassung, vielmehr schien auch er froh zu sein, dem Gewohnten mit dir zu entkommen, dem alten Trott auf edlerem Ross. Er entstammte, wie du nach und nach aus versprengten Informationen ermitteltest, wenn auch nicht gerade großherzoglichen, so doch ziemlich großzügigen Verhältnissen in ihrer bürgerlichen Variante; er hatte Privatschulen von innen gesehen, war mit seinem Vater zu Antiquitätenmessen um die halbe Welt gereist und mit seiner Großmutter zum Skifahren in die Schweiz. Seine Mutter betätigte sich als Schriftstellerin, auch wenn du von ihr noch nie etwas gehört hattest. Er sprach fünf Sprachen mehr oder weniger fließend. Keine von ihnen legte das Studienfach nahe, für das er sich zum Befremden seiner Eltern entschieden hatte, Skandinavistik, und wenig an dieser Fachrichtung ein Auslandssemester *Suomessa*, in Finnland, diesem wenigen aber, der Minorität, gedachte er sich zu widmen, der Historie und Kultur der Finnlandschweden nämlich. Du konntest nur staunen.

Umgekehrt fand er an dir ebenso ein Faszinosum, mutete ihm nicht minder exotisch und exemplarisch zugleich dein bisheriges Leben an, dessen bloßgelegte Nichtigkeiten dich beschämten, ihn jedoch immer aufs Neue interessierten. Du sahst ein, sie rückhaltlos zu erzählen als Methode, ihn mit ihrer offensichtlichen Langweilig- und Geheimnislosigkeit von weiterem Nachforschen abzubringen, funktionierte nicht. Du warst der erste Mensch »aus der DDR«, der ihm begegnete, und zudem noch eine »intellektuelle Proletarierin«, und diesen Titel wollte er dir auch nach verwundertem Kopfschütteln deinerseits nicht mehr aberkennen. Das trug ihm im Gegenzug den *Grafen von Luxemburg* ein, mit dem du ihn in schiefsten Lagen schmetternd auf einem betrunkenen Nachhauseweg aufzogst, auch diese Adelung blieb.

Vom abrupten Auszug deiner Mutter vor nunmehr vier Jahren erzähltest du nicht sofort, um nicht alles, was du sonst von ihr zu sagen wusstest, damit zu verfärben, es stellte sich aber heraus, es war gar nicht so viel. Und es ließ sich an diesem Punkt schon oder vorläufig nicht mehr entscheiden, ob du sie wirklich so wenig kanntest oder einfach das meiste vergessen hattest. Das Vergessen fiel dir sonst noch nicht auf, das kam später, dieses regelmäßige Erschrecken darüber, wie wenig du behieltest auch von den geläufigsten Sachverhalten, welche Halden von Stückwerk sich anhäuften. Damals glaubtest du noch, ein gutes Gedächtnis zu besitzen, irgendwann beobachtetest du, dass erhebliche Teile der sogenannten Erinnerung sich an der Grenze zwischen ihr und dem Nachbarland der freien Erfindung entlangschlichen, und es war selten klar, auf welcher Seite, die Grenze grün wie die Hoffnung, so möge es gewesen sein.

Zum Beispiel erinnerst du es heute so, dass du, abgesehen von ein, zwei Pflichtschuldigkeiten, die sich auf die Fortsetzung deiner anglistischen und historischen Studien an deiner Heimatuni bezogen, eigentlich keinen Gedanken an die Zukunft verschwendetest. Die Anglistik hatte dich hierhergebracht, die Geschichte lag auf Eis, und nun gab es Helsinki im Präsens, und eine andere Zeitform hattest du auch noch nicht gelernt in deinem frühmorgendlichen Finnischkurs, für den du in nächtlicher Dunkelheit deinen Hügel zur Bushaltestelle hinabschlittertest und an dieser *yliopisto*, der wörtlichen Oberlehranstalt, mit Abstand den größten Fleiß aufbrachtest. Es genügte dir vollauf, du warst nicht neidisch auf die, die ein Plätzchen auf den atlantikumspülten Eilanden ergattert hatten, im Gegenteil: Es interessierte dich nicht die Bohne, ob deine anglophonen Fähigkeiten hier genügend gedüngt und in diesem nordischen Brackwasserhabitat günstigen Wachstumsbedingungen ausgesetzt sein würden, entscheidend war nicht das zu Erwartende, sondern das Unerwartete. Du würdest nicht, wie angedacht, nach GB gehen, du würdest nicht noch ein Jahr auf einen freien Platz warten müssen, du würdest mitten im Semester deinem sehr überschaubaren Uni-Tageintagaus den Rücken kehren und in einem verheißungsvoll winterknisternd klingenden Land ein neues anfangen. Ein neues was? Du dachtest an deine Mutter. Aber dich betraf das nicht. Du hattest es ja immer noch nicht mal angefangen – das Leben. Denn so konnte man das nun wirklich nicht nennen, was du in der nächstbesten Stadt mit Universität gemacht hattest. Was mache ich hier, diese Frage hatte dich nicht nur in den Geschichtsproseminaren befallen, wenn du eingeklemmt zwischen eine Horde schmissverzierter strammer Burschen ein mit Polyluxfolien aufgepepptes und mittels Herunterfahren des Vortragstempos auf halbe Geschwindigkeit auf die nötige Länge gestrecktes Referat über die Errungenschaften des Deutschen Ordens über dich hinwegtröpfeln ließest. Du standest im Regen dort, oft, du *jachtetest* auf dem Fahrrad hindurch, vom Wohnheim zu diesem oder jenem Institut zur Mensa und zurück, das Wetter war *zum Zugeben*, das Klima ließ Monat für Monat deutlicher deine Hoffnungen zu einem grauen Eingeständnis verwittern: Dies hier war nicht die Zukunft, dies war die Fortsetzung der Ereignislosigkeit unter der Illusion größerer Wahlfreiheit. Du konntest wählen zwischen verschiedenen Lehren nach Inhalt und Form, hinzugehen oder nicht, am Wochenende dazubleiben oder nach Hause zu fahren zu deiner Restfamilie, einem schulisch und außerschulisch ins Straucheln geratenen und notorisch apathischen Bruder – du glaubtest, dass er unter die Kiffer gegangen war, sagtest aber natürlich nichts – und einem in einer anderen Spielart nicht weniger apathischen Vater, der die Risse in seinem inzwischen den alten Salzteigattrappen im Bäckereischaufenster anverwandelt wirkenden Dasein mit Kreuzworträtseln stopfte. Wenigstens hält er so die vorzeitige Demenz noch auf Abstand, dachtest du, wusstest aber nicht, wie viele verschiedene im Ein-Wort-Befehlston formulierte Fragen es tatsächlich gab, oder ob ein einmal festgelegter Satz an Suchwörtern nicht nur immer wieder zu anderen Mustern zusammengebastelt wurde und die Befriedigung darin lag, sie und die Antwort schon zu kennen. Es gab immer genau eine richtige Antwort, alles andere passte nicht oder nur scheinbar, für eine Weile, bis es den ganzen Rest durcheinanderbrachte. *Hier stimmt wat nich.* Verwandte suchte man sich nicht aus. Freunde aber auch nicht. Es musste mehr als eine richtige Methode zu ihrer Gewinnung geben, aber du kanntest keine. Du hattest brav an allen Erstsemesterfreundschaftsanbahnungsveranstaltungen teilgenommen und dich auch die folgenden viereinhalb Semester lang im Rahmen deiner Möglichkeiten keineswegs unsozial betragen, dir wurden sogleich oder im Laufe der Zeit bestimmte Leute sympathisch und du anscheinend ebenfalls einigen, ihr grüßtet euch, ihr wechseltet Worte über verschiedene Gegenstände und Ansichten über den Lehrkörper, ihr traft euch gar zum Kino, prostetet euch bei Konzerten zu und hieltet Seminarweihnachtsfeiern ab, aber eigentlich feierlich wurde es nicht, kein Trunk besiegelte ein Freundschaftsbündnis, noch nicht mal eine Trunkenheit temporär, es war nicht wie im Film, konnte aber dennoch nicht wahr sein, dass alles so körper- und gegenstandslos blieb, einfach so blieb. Und du bliebst unerkannt und unberührt. Du schlossest trübselige Wetten mit dir selber für oder gegen die Wahrscheinlichkeit ab: wie lange es wohl noch so gehen würde, Jahre, Jahrzehnte, dein ganzes Leben etwa? Je länger der imaginierte Zeitraum, desto absurder schien es dir, es war eine Art Beruhigungsmittel. Ähnlich wie deinen Körper stelltest du dir auch das Leben manchmal als ein eigenständiges Wesen vor, und welches Wesen würde schon in ewigem Stillstand und Langeweile verharren wollen, es musste selbst dem trägsten Schicksal irgendwann zu doof werden. Es wird schon was passieren. Das formte und hielt sich als ein wichtiger Satz. Nur, welchen Unterschied machte es schon, ob die Veränderung – und darunter konntest du dir nur eine Verbesserung, *irgendwas* eben, vorstellen – in fünf oder in dreizehn Jahren einträte? Fünf Jahre waren immer noch eine ausreichend lange Zeit, um von jedem Glauben abzufallen. So sah es aus, Johnny-Maus. Kommt Johnny raus? Seit mindestens zehn Jahren hatte keiner mehr bei dir geklingelt.

Loïc klingelte nicht, er klopfte. Er wohnte nur zwei Aufgänge weiter und die Haustürschlüssel passten in jeder der Türen. Er war immer schon da, wenn er sich ankündigte, du öffnetest ihm in jedem Zustand, mit ungewaschenen Haaren, zähneputzend, aus dem ersten Schlaf gerissen auch noch spätnachts, wenn er nicht schlafen konnte. Als wäre er gar nicht Loïc Schoos, der Graf von Luxemburg. Als wäre er dein Bruder. Der verbesserte Bruder sozusagen.

Du fragtest dich, ob mehr daraus werden müsste, aber mehr was? Du warst nicht so naiv, nicht zu bemerken, dass du heillos verliebt in ihn warst, doch unerfahren genug, um dir sicher zu sein, dass diese Verliebtheit nichts mit der landläufigen Wald-und-Wiesen-Verliebtheit anderer Leute gemein hatte, dass sie sich nämlich jenseits dieser Gemeinheit bewegte, in Sphären, in die niemand euch folgen könnte, und du wusstest nicht, ob du dir selbst folgen konntest. Du liebtest alles an ihm, bis hin zu den zwei Punkten auf dem i, die ein Piktogramm seiner vereinzelten Sommersprossen rechts und links der schmalen Nase darzustellen schienen. Loïc war mehr als ein Tüpfelchen auf dem i. Aber was, was er für dich war und werden sollte, dafür mangelte es dir an Vokabular und Präzedenzfällen. *Something unheard of.* Unerhört, das Ganze, unsagbar, unsäglich jedenfalls der Gedanke, er könnte dein erster Freund werden. Lächerlich. Aufregend bis zum Umkippen, gewiss, aber doch in erster Linie lächerlich und unpassend, du hattest längst ›trifft nicht zu‹ angekreuzt. Mit Loïc ins Bett zu gehen, war einfach unvorstellbar, von Anfang an und täglich mehr, und das lag nicht daran, dass dem Vorgang auch im Allgemeinen für dich etwas nicht bis ins letzte Vorstellbares anhaftete, das heißt: dass *das* jemals die Form realen Geschehens annehmen könnte. Du hattest dich zu sehr an den Irrealis gewöhnt. Und wusstest, das war mehr eine Frage des ungelüfteten Schleiers. Mit Loïc jedoch kam es dir auch schon in der Möglichkeitsform wie Inzest vor. Es ging nicht. Vor allem aber wolltest du es nicht gehen lassen, dich nicht gehen lassen, auf dem Weg des geringsten äußeren – und damit größten inneren – Widerstandes, im Schlabberlook der Anspruchslosigkeit. Eine Rückführung ins Normalsterbliche und Eineindeutige fiel grundsätzlich flach. Zu jener Zeit führtest du, vielleicht in Ermangelung eines sonstigen, vielleicht auch einfach aus Gründen jugendlichen Absolutismus, ein ziemliches konzeptuelles Leben und warst nicht sehr empfänglich für den Lauf der Dinge. Du glaubtest im menschlichen Rahmen nicht an das sogenannte Natürliche, das sich bei genauerem Hinsehen doch stets nur als die primitive Gestalt des Künstlichen entpuppte, das irgendwann mal Ausgedachte und nur mehr Nachgemachte, das dich mit Ekel erfüllte wie die innen knirschigen und außen breiigen Kantinenkartoffeln in Königsberger Schnoddersoße, *der Hunger treibt's rein*. Nein. Konnte nicht alles so bleiben, wie es war, dachtest du in einem merkwürdigen Kurzschluss von Beispiellosigkeit und Konservatismus. Du glaubtest die Zukunft eben gekommen, und sie bestand in der Schwebe, dem ewigen Flirt, der täglichen Ambrosia der Anziehung, der so unerklärten wie unerklärlichen Selbstverständlichkeit geschwisterlich-keuscher Berührungen. Und doch wolltest du dich an ihn schmiegen. Und tatsächlich geschah auch das, spätnachts, als eure Müdigkeit das Steuer übernahm, euch so, wie ihr wart, auf dem als Sofa genutzten Einzelbett niedersinken ließ. Ihr wart ein gutes Team: Wenn du an etwas dachtest, so schien es für euch beide zu geschehen und Loïc diesen Arbeitsgang zu ersparen, er konnte gleich zur praktischen Umsetzung übergehen. Er schmiegte sich an dich, seine Stirn zwischen deinen Schultern. Seitdem kam es öfter vor, und auch da war nichts dabei. Und alles, was folgte, kein Wunder mehr, dennoch nicht zu fassen. Du wurdest vorsichtig mit deinen Gedanken, und die Vorsicht, das sachte, kanalisierte Lüftchen, schürte ihre Maßlosigkeit. Am Ende fühltest du dich allen Ernstes für alles verantwortlich.

Kalendarisch hatte der Frühling begonnen, unzeitgemäß aber, zumal du doch der Gefahren inzwischen gewärtig warst und deine Gangart auf sie eingestellt hattest, legtest du dich noch einmal auf die Nase beziehungsweise das antipodische Gegenstück am letzten Tag des März, des Bodenmonats maaliskuu. Deine Gedanken hatten dich aufs Glatteis geführt. Vielleicht waren sie vier Jahre zurückgeschlittert zu einem Morgen, an dem es überraschend kalt gewesen war in der Küche. Vielleicht aber auch nicht. Du hattest Loïc seit sieben Tagen nicht gesehen, er war nach Turku verreist, nach Åbo, in die finnlandschwedischen Gebiete. Ausgemacht war, dass seine spätabendliche Rückkehr eine Zwischenstation, wenn nicht womöglich sogar Endhaltestelle bei dir haben sollte, und du trafst die Vorbereitungen: die Zubereitung eines Drei-Gänge-Menüs mit einem Topf und einer Pfanne. Eine großzügigere Ausstattung deines Hausstands wäre dir zu jener Zeit nicht nur überflüssig, sondern natürlich auch verdächtig vorgekommen, das Letzte, was du wolltest, war eine Befestigung und unversehene Beschwerung des leichten Gepäcks, ja ja. Manchmal fragtest du dich, warum du dir diese Glaubensgrundsätze so oft wiederholen musstest.

Um neun war alles fertig, Nudelsuppe, Hackfleischpfanne, Schokopudding und du selbst, gewandet in die neueste *UFF*-Errungenschaft, erstanden in Loïcs Abwesenheit nicht zuletzt auch aus Zeitvertreibsgründen und denen der Reminiszenz, und obschon es sich dabei noch nicht mal metaphorisch um das Kleine Schwarze handelte, sondern lediglich ein grün-braunes Karoflanellhemd, befielen dich in jeder weiteren noch irgendwie rumzubringenden Minute stärkere Skrupel, die sich durch ebenso minütliche Spiegelblicke, die dir nur versichern sollten, dass du *doch ganz normal* aussahst, bald nicht mehr besänftigen ließen, im Gegenteil. Du sahst *einfach verdammt gut* in dem Hemd aus, jedenfalls was deinen eigenen Geschmack anging, der zufälligerweise größere Überschneidungen mit dem Loïcs aufwies, und du konntest in diesem wie auch manch anderem Punkt inzwischen vor dir nicht mehr die Ahnungslose spielen. Was sollte das werden? Ein Rendezvous in Tarnfarben? Du schämtest dich schon jetzt. Um keinen Preis sollte Loïc dich entdecken, um keinen Preis sollte es ihn verschrecken, um keinen Preis durfte es etwas bezwecken, dieses Hemd, das du für ihn angezogen hattest. Jedenfalls nicht für ihn. Er sollte es nicht bemerken, was er bemerken sollte. So dumm war er aber nicht. Und plötzlich wusstest du auch, warum. Weil er kein Mann war, das heißt, nicht das, was du unter diesem Begriff bisher kennengelernt hattest, und im gleichen Augenblick kam es dir vor wie eine längst schon bekannte Erkenntnis. Ein

Mann aber, einer von der gängigen Sorte – du wundertest dich über das Bild in deinem Kopf, weil es überhaupt nicht scharf zu stellen war und an den Rändern stark ausflockte, gleichzeitig aber irgendwie doch einer sehr konkreten Wahrheit zu entsprechen schien –, wäre mit deinem Outfit allerdings auch nicht zu beeindrucken gewesen, geschweige denn von dir selbst mit deinem selbstgemachten Jungshaarschnitt. Also bestand doch so oder so gar keine Gefahr. Damit lagst du daneben, das war dir klar. Dabei schien es noch nicht mal ein Rätsel zu geben, sondern alles offen dazuliegen, es stieg jenes Mathegefühl in dir auf: wenn alle nötigen Informationen angeblich dastanden und du sie doch nicht sinnvoll zusammenbrachtest. In Mathe ließ sich mit der Zeit durch Übung einiges ausgleichen. Diese Loïc-und-du-Textaufgabe aber drehte sich um eine Anomalie, und abgesehen davon würde es keine Übungszeit geben. Es würde nur die Zeit geben, die ihr zusammen verbrachtet und in der du keinen klaren Gedanken fassen konntest, und die Zeit, in der du auf dieses Zusammensein wartetest.

Und du wartetest nun schon beinahe eine Stunde. Er hatte einen Zug nehmen wollen, der um dreiviertel neun am Hauptbahnhof ankam, von dort würde es mit dem 71er-Bus noch ungefähr eine halbe Stunde dauern, die, die du jeden Morgen in die Stadt hineinfuhrst, zur Uni, und für die du die verschiedenen Varianten durchprobiert hattest, sogar einer der beiden Zweige der putzigen U-Bahn-Linie ließ sich einbeziehen, am Ende aber warst du doch dem 71er treu geblieben und liebtest diese vorhersehbare halbe Stunde mit Musik aus dem Walkman, den brummenden Transport durch die Abfolge der dir vertraut gewordenen Gegenden, in die du nie einen Fuß gesetzt hattest. Manche muteten wie Löcher im Stadtgebilde an, schienen schon hinaus zu den Wäldern und Buchten und Holzhäusern zu führen, dann tauchten hinter der nächsten Kreuzung doch wieder Wohnblocks auf, die du in jeder anderen Gegend und besonders deiner Heimatstadt trostlos gefunden hättest, hier aber strahlten sie eine eher friedliche und unklotzige Funktionalität aus, sie waren nicht schön und passten gerade deshalb in die Reduziertheit und Halbmelancholie dieser Landschaft. Eine Stadt durchsetzt von Felsen mit neongelben Flechten.

Vor halb zehn wäre mit Loïc keinesfalls zu rechnen, hattest du dir vorher großzügig zurechtkalkuliert, um nicht vorzeitig in dieses luftleere Warten zu verfallen, diesen konzentrierten Zustand reiner Fahrigkeit und Unproduktivität, der sich durch keinerlei Tätigkeiten mehr verdrängen ließ, vielmehr verdrängte er alle Tätigkeiten, die doch sonst auf genau solche Wenn-mal-Zeit-ist-Zwischenräume verschoben wurden. Nun war Zeit, aber unnutzbare, unverfügbare, denn du verfügtest nicht über sie – schließlich war sie völlig unberechenbar und konnte jeden Augenblick abgelaufen sein –, sondern sie über dich. Ihr Griff wurde fester etwa alle zehn Minuten, trieb dich ab halb elf zu rastlosen Fluchtversuchen auf den Balkon im Hausflur, von dem aus sich der Vorplatz und das oberste Ende der Hügelstraße überblicken ließen, als könntest du Loïc auf diese Weise *herangucken* wie als Kind den Bus, und schnürte dir, als dort auch weit nach elf noch kein Loïc aufgetaucht war, schließlich so die Luft ab, dass du zu phantasieren anfingst und kurz vor zwölf überzeugt warst, ihm sei etwas zugestoßen, das ein Wiedersehen für immer unmöglich machte. Es waren die Zeiten noch ohne Handy. Loïc hatte eins von seiner Familie geschenkt bekommen, stopfte es jedoch originalverpackt in eine hinterste Ecke seines Schrankes und schrieb ihnen unverdrossen weiterhin nur Briefe oder Mails. Du sahst ebenso wenig einen Bedarf an ständiger Erreichbarkeit und gabst erst Jahre später einem gewissen äußeren Druck nach, ohne mit diesem mobilen Gerät jedoch einen wesentlich anderen Umgang zu pflegen als mit dem genügend Ambivalenz bereitstellenden Festnetztelefon, mit dem du ebenfalls nicht aufgewachsen warst. In euren finnischen Austauschzimmern befand sich keins, und du warst in der Warteagonie jenes Abends froh über diesen Umstand, denn er ließ die notwendige

Lücke für die Hoffnung, die die Möglichkeiten zur Ausschöpfung der Möglichkeiten, je umfassender sie waren, desto gnadenloser pulverisierten. Ein Telefon, das nicht klingelte, war wesentlich demoralisierender als gar kein Telefon.

Um dich von den nervösen wie nervös machenden Runden auf dem grauen Linoleum abzubringen, knipstest du alle Lampen bis auf die kleine Herdbeleuchtung in der Küchenecke aus und legtest dich aufs Bett mit dem Entschluss, nun doch darüber nachzudenken, wie denn eigentlich deine Zukunft, mit oder ohne Loïc, aussehen sollte. Nicht geleitet von Besorgnissen oder Notwendigkeiten, sondern reinem Wunschdenken, denn es konnte ja schlichtweg nicht sein, dass du wunschlos glücklich warst, und selbst wenn, so würde sich die jetzige Lebenslage nicht bis in alle Ewigkeit konservieren lassen – womöglich war sie mit diesem Abend bereits zu Ende. Dieser Gedanke aus den Kellergewölben des Pessimismus beruhigte dich auf einmal eher, als dass er dich in Panik versetzt hätte, es lag eine perverse Erleichterung darin, wie vor Jahren, noch zu Hause, als Charlie dich gefragt hatte, ob du auch fändest, es wäre einfacher, sie, eure Mutter, wäre gestorben. Anstatt – anstatt was, in diesem Fall, jetzt und hier? Diese Ungeklärtheit, sie war nicht die gleiche, aber durchaus vergleichbar, und du glaubtest für einen Moment zu verstehen, wie du dich selber hinters Licht führtest, indem du Ungeklärtheiten in negative, unerträgliche und positive, erhebende schiedest, deren Schwebe dich eben auch in einer solchen hielte, einer unfestlegenden Leichtigkeit – und dass das wahrscheinlich Humbug war, der dich keine geringe Willensanstrengung kostete. Worin das mutwillige Entferntbleiben deiner Mutter dich versetzte, das letztlich mutlose Fernhalten jeder Bestimmtheit zwischen dir und Loïc, ähnelte es nicht beides plötzlich allzu sehr diesem Warten, war es nicht das Warten schlechthin, gekleidet in mehr oder weniger vorteilhafte Gewänder? Zu dieser unformulierten Mustererkennung warst du einen schwach erleuchteten Augenblick lang fähig. Im nächsten klopfte es an deiner Tür.

Loïc warf gegen halb eins seine Reisetasche in deinen Flur und umarmte dich ohne ein Wort. Nicht, dass ihr euch sonst nicht umarmtet, kurz und fest, du hattest das Umarmen, das doch bis dato schon aus Prinzip keine dir zur Verfügung stehende Geste gewesen war, mit ihm gelernt und das Unbehagen daran verlernt. Es schien sich aber nicht in Luft aufgelöst, sondern lediglich verjüngt zu haben, wie du in diesem Augenblick, der schon mindestens den Umfang von fünf Augenblicken hatte, feststelltest. Loïc umarmte dich, immer noch, und momentweise war es so still, so reglos, so dunkel im Ausschnitt seines Mantels, auf dem sich noch ein paar Schneeflocken hielten, dass dir war, als sei die Zeit, die all die Stunden so zähflüssig dahingekrochen war, zu einem endgültigen Stillstand gekommen, nachdem sie sich zu einem letzten Kraftakt aufgerafft und dir Loïc als einen schweren Tropfen gerade noch ins Zimmer und in die Arme abgesondert hatte. Die sich ebenso wenig von ihm zu lösen vermochten wie seine offenbar von dir, ihr verharrtet einfach, so war es also, wenn alles so blieb, wie es ist, und gleichzeitig … Gleichzeitig überkam dich eine namenlose Traurigkeit, die du nicht begriffst, verkehrte Welt. Als wäre tatsächlich etwas zu Ende oder liefe nun unumkehrbar auf ein solches zu. *Eine Straße muß ich gehen, die noch keiner ging zurück*, natürlich, ein nachgereichter Einfall. Da war er nun, dein Winterreisender, der du gern sein wolltest. Du verstandest nichts davon, trotz deines blassen Schimmers von deinem ewigen eklektischen Faible für den ewigen einsamen jungen Mann, *Anton Reiser* auf *permanent vacation*, *in the rye* und *on the road*, *keep the streets empty for me*, durchschautest nicht, dass dein angezogener Blick kein durchdringender war, sondern stets nur auf eine spiegelnde Fläche traf und treffen wollte, die ihn verlustfrei zurücklenkte, und dass dieser Blick, der da zu dir zurückkam, kein erwiderter war und nicht sein konnte, auch nicht bei Loïc, und gleichzeitig … Gleichzeitig geschah genau das, man könnte sagen, sein Blick sprang auf deinen auf. Er vermochte dich vielleicht nicht zu sehen, wie du warst, was man von keinem verlangen konnte, aber wie du dich selber sahst, was mehr war, als man von den meisten sagen konnte. Wie gesagt, du sahst gar nichts, noch immer im Manteldunkel, jedoch mühelos ein, dass dir gar nichts anderes übrig blieb, als dein Warten zu beenden und Loïcs unvermittelte Lippen auf deinen auch deine auf seinen sein zu lassen, sodass euer Kuss sofort und auch später keinen nennbaren Anfänger hatte. Wenn auch eine Anfängerin. Es wurde aber auch Zeit. *Stop before you start, be still my beating heart*, das galt nicht mehr, man konnte es nicht mehr sein lassen.

Selbstverständlich war, was du jetzt in die Beleuchtung des Vordergrunds ziehst, nicht mehr als ein Hintergrundrauschen und das sich damals vordergründig im Schummer der Flurnische und im Licht des nächsten Tages wild in dir Gebärdende noch nicht das, was du später lieber aus schamgezeugter Achtlosigkeit in die Schrankecke der Eigenartigen Episoden schobst, die des Aufräumens nicht recht wert schien. Du zogst dieses Ereignis in deinen diversen fragmentarischen Lebenserzählungen selten hervor, und wenn, dann nur der Vollständigkeit halber. Manchmal gelang dir eine gewisse Amüsiertheit darüber, aber sie konnte sich nicht durchsetzen, weil es damals doch todernst gewesen war, und was bei diesem zeitlichen Mischprozess im Nachhinein herauskam, war eine nicht sonderlich ansprechende, seltsam verhunzte Farbe, aber egal. So deine offizielle Haltung, die versuchte, auf die innere Krümmung keine Rücksicht zu nehmen, und diese Rücksichtslosigkeit verursachte dir einen Schmerz, der nicht auflösbar schien, weil er vielleicht wiederum nicht genug schmerzte, es war ein Fall, der hochinteressant war und dich gleichzeitig und in gleichem Maße eben auch nicht interessierte und auf der Rangliste der gehegtesten Erinnerungen einen eher abgeschlagenen Platz einnahm, was stets ungerecht wirkte. Es war und blieb vor allem eines: komisch.

So ging es ja schon los, folgerichtig, falls sich eine Folge auch rückwärts herstellen lässt. Denn zwar lachtet ihr beide nach jenem ersten

Kuss mit Zunge und Zähnen und gehöriger Leidenschaft – was dir an sich schon etwas verdächtig und nicht ganz richtig erschien, denn pflegte derartig Initiales und Atemberaubendes nicht in schreckstarrem, heiligem Ernst vor sich zu gehen? –, aber sagtet darauf kein einziges Wort zum eben Vorgefallenen, sondern gingt erst mal zur nächtlichen Tagesordnung über. Du schobst es vorläufig auf Verblüffung, Überrumpelung und Verlegenheit und beobachtetest Loïc, wie er den Mantel auszog und die Schuhe, ob dir daran etwas anders vorkäme als bei allen früheren Gelegenheiten, was sich schon deshalb nicht bestimmen ließ, weil er ja meist nur im Pullover, hemdsärmelig, zu dir herübergehuscht kam. Seine Hände zitterten nicht, du verbargst deine in den ausgebeulten Hosentaschen und ergingst dich in einem neuerlichen Schub von Bewunderung für Loïcs Unüblichkeit, der indes einen gewissen Anschub erforderte, du sagtest dir in deine gewiss kleinbürgerliche Irritation hinein: ist doch gut, ist doch super so, wozu wolltest du einordnende Worte, ihr verstandet euch doch wortlos, du verstandest es doch, und wenn niemand sonst das verstehen würde, umso besser, das wäre der Beweis, dass es das Richtige war.

Essen würde das Richtige sein, jedenfalls konnte man es leichter so aussehen lassen als das Rumstehen und Warten auf etwas, das nicht passieren würde. Loïc hatte schon angefangen, von den Fährnissen seiner Reise zu berichten, den Gründen für die Verspätung, einzelne, wie plötzliche Einfälle vorgebrachte Sätze, zwischen die du die Präsentation deiner Speisen einrücktest, in jener etwas überschießenden, hektischen Heiterkeit, die dich in solchen Situationen – und das hieß ja hier: solchen noch nie dagewesenen – gegen deinen Willen erfasste, unwillkürlich wie Weinen. Auch Loïc wirkte, auf seine erfahrenere Art, leicht überdreht, äußerte gleich mehrfach in wenig variierten Formulierungen seine Begeisterung über die nun schon gut abgestandene Mahlzeit und drang in seinen Erzählgängen bis in die feinsten Verästelungen vor, durch die eigentlich nur noch er selbst passte und du Schwierigkeiten hattest zu folgen. Sowieso glaubtest du vor nicht kleinzukriegender Aufregung überhaupt nichts mitzukriegen, wusstest dir aber am nächsten Tag noch über erstaunliche Details Rechenschaft zu geben, im Gegensatz zu allem anderen Erstaunlichen, das sonst noch vorfiel. Wenn ihr euch über dem Essen anlachtet – in etwa der gleichen Frequenz, mit der du vor Stunden am Abend, der doch nicht mehr derselbe war, dein Spiegelbild aufgesucht hattest, und es diente wohl auch dem gleichen Zweck –, so geschah es offensichtlich in Abenteuereuphorie und Verwunderung über das Passierte, aber doch auch so, als wäre gar nichts passiert, jedenfalls nicht das, als hättet ihr lediglich und unverhofft eine neue Ausdrucksmöglichkeit eurer Freundschaft entdeckt, etwas, woran ihr bisher gar nicht gedacht hattet, eine weitere Geste, die nicht das bedeutete, was sie bei Hinz und Kunz zu bedeuten pflegte, und fast überzeugte dich die Schmackhaftigkeit dieser Deutungshoheit. Mit erhobenem Kinn und flatterndem Magen aber fällt Schlucken schwer, sowohl von Suppe als auch Pfanne blieb noch allerhand übrig, der Pudding ein Rührmichnichtan. Man könnte es ja aufwärmen, morgen, dem Tag, von dem du noch nichts wissen wolltest, der dir jedoch spätestens bei den üblichen Badhandlungen vorm Zubettgehen, allein in der gekachelten, fensterlosen Nasszelle, gespenstisch durch den Kopf spukte, als unabwendbarer Anfang einer Zukunft, die irgendwie gestaltet werden musste, es war klar, dass nicht nur sie auf dich, sondern du auch auf sie würdest zukommen müssen. Und du zögertest mitten in der Bewegung und konntest nicht sagen, warum. Du wusstest einfach nicht, ob du einen Grund hattest, dich zu freuen oder nicht. Die hochgehaltene Beispiellosigkeit erwies sich natürlich als Hindernis sondergleichen. Unter Normalbedingungen, und das hieß, unter denen des Films, des Romans und der durchschnittlichen Wirklichkeit, hättest du, selbst bei Berücksichtigung einer gewissen Fehlerquote, die man Unwägbarkeit nannte, einigermaßen gewusst, was vor sich ging, welches Spiel gespielt wurde, was im Großen und Ganzen dazugehörte und wie man sich dazu verhalten konnte; es hätte sich zum Beispiel nicht die Frage gestellt, ob ein Kuss etwas anderes sein konnte als ein Kuss und ob er am nächsten Tag womöglich zu einem freundschaftlichen Drücken des Oberarms erklärt wurde, und zwar, ohne dass irgendwas erklärt wurde, weil es sich ja von selbst verstünde, bei den Erleuchteten. Man hätte, im Normalfall, eine Handhabe gehabt, man hätte eine Erklärung verlangen dürfen, ein Verlangen, das einen in diesem Fall nur völlig disqualifizieren würde. Du fühltest diffus, dass es wohl ein wenig zu ambitioniert war: etwas zum ersten Mal zu machen und dann auch noch ohne Vorstellung davon. Ein Hantieren im Dustern.

Badlichtblind tapstest du zum Bett, Loïc hatte das Licht schon ausgemacht, es war spät und du hattest noch länger als sonst für die müden Hygieneverrichtungen gebraucht, was kein Wunder war bei den ständigen Stockungen durch Gedankenstau. Loïc schlief vielleicht schon, es wäre nicht das erste Mal, und diese Möglichkeit und die Dunkelheit kamen dir ganz recht, parallel zu einer sachten Enttäuschung. Am Bett angekommen, hatten sich deine Augen bereits an das Schneelicht, in dem Loïc schön und schemenhaft dalag, gewöhnt, und etwas an seiner Haltung verriet dir, dass er noch wach war, doch du beschlossest, dieses Wissen zu ignorieren, und glittest, als wolltest du ihn nicht stören, nahezu geräuschlos und schneeflockenleicht unter dein Schlafsackdeckbett. Loïc hatte sich irgendwann eine eigene, etwas muffige Decke mitgebracht und so kamt ihr euch nicht ins Gehege, die Schmalheit des Einzelbettes entsprach eurer eigenen und Berührungen von Rücken und Flanken, Armen und Beinen waren längst selbstverständlich geworden.

Jene Berührung, die da nach einer langen stummen und reglosen Weile geschah, in der du gerne in den Schlaf gedriftet wärest, woran der Schlaf nicht im Traume dachte, gelang es Loïc jedoch nicht, ganz selbstverständlich wirken zu lassen. Sie war weniger als ein Kuss und viel mehr, man konnte sie nicht notfalls einem Übermut zuschreiben, sie war verständlich auch in eurer Sprache. Loïcs plötzliche Hand auf deiner Wange, eine geschlossene Schneedecke, die dich wärmte und dir Schauer der Überwältigung durch den Leib jagte, eine Erfahrung, die dich nicht trotz, sondern gerade wegen all deiner Unschuld nicht überraschte: du warst nie davon ausgegangen, dass körperliche und seelische Sensationen sich aus physisch Sensationellem ergäben, es war dir gar nicht denkbar, dass Art, Intensität oder sozusagen Technik einer Berührung ihre Bedeutung dominieren könnten. Was auf dich wirkte, war stets die Implikation, ohne die dir jeder Hautreiz wertlos erschien. Und die Implikation war enorm. Woher sonst dieses schlagartige Überzeugtsein, das in deiner inneren *Reise nach Jerusalem* mit Loïcs gleichsam Einhalt gebietender Hand auf dem einzigen Stuhl zu sitzen kam und den Zweifel von seinem Stammplatz verdrängte, aus dem Spiel warf und gewann, für diese Nacht. Was folgte, ist ein Gedankenstrich.

Tatsächlich schien mit jedem Streichen eurer Hände über die Haut des anderen ein Gedanke aus deinem Kopf gewischt zu werden, bis so gut wie keiner mehr übrig war, und sie danach, in den folgenden Tagen, wieder einzusammeln, blieb ein wenig erfolgreiches Unterfangen, die fast aussichtslose Rekonstruktion automatischer Handlungen. Nur dass du bisher natürlich geglaubt hattest, was einem in Fleisch und Blut überginge, tue dies durch vielmalige Wiederholung, Übung, von der doch nun wirklich keine Rede sein konnte. Dein Körper, dein alter Verbündeter, kannte sich aus, und zwar quasi an dir vorbei und in einem Maß, dass es dir kurzzeitig unheimlich wurde, dann warst du ihm wieder dankbar und vertrautest dich seiner Führung an, ohne ihm mit Reflexionen in die Quere zu kommen, dann wurdet ihr wieder eins und du spürtest an den kribbelnden Fingerspitzen, die du sonst nur von Blutdruckabfällen bei drohenden Ohnmachten kanntest, dass auch ihm, deinem Körper, etwas gänzlich Neuartiges widerfuhr, etwas Heftiges, das die heftigen Bewegungen mehr zu spiegeln als auszulösen schienen. Diese

Phänomene wechselten in schneller Folge. Aufregung und Erregung hatten sich in dem kurzen Zeitraum deiner sexuellen Evolution noch nicht voneinander getrennt.

Was Loïc betraf, so gingst du davon aus, er wisse wohl, was er tue; du hegtest keinerlei Bedenken und wundertest dich auch nicht, dass anscheinend unter deinem Bett griffbereit ein Kondom lag, jedenfalls nahmst du ihm diese Vorbedachtheit nicht als unromantisch übel, im Gegenteil, das heißt, die Romantikskala blieb, soweit du weißt, völlig unbesehen unter dem gewaltigen Ausschlag der Ereignisanzeige, und deine einzige Furcht war, es könnte zu plötzlichen Spannungsschwankungen kommen, die im letzten Moment alles vereitelten. Loïc, dein feinsinniger Wahlbruder, ging nicht übertrieben behutsam vor, mit keinem Wort rückversichernd, er zögerte nicht. Gerade das machte es dir leicht, denn du hattest keine Angst und wolltest nicht so angesehen sein; es half dir, den erwarteten Schmerz als etwas hinzunehmen, bei dem es eben kurz die Zähne zusammenzubeißen galt für einen höheren Zweck, nämlich die Abschaffung eines lästigen und beschämenswerten Zustandes, und dich dann der gar nicht mal erwarteten Lust unbeschämt zu überlassen. Sie kam dir beinahe etwas unzulässig vor, denn man wusste ja – wurde von frühester Vorpubertät an penetrant schonend darauf vorbereitet –, dass diese heilige Kuh, *Das Erste Mal*, in jener Hinsicht zumindest keine Offenbarung sein würde. Na wie denn auch, mit fünfzehn, oder was inzwischen so als Normalter galt. Plötzlich glitzerte in deinen einundzwanzig Jahren auch ein Vorteil auf, und später, als du natürlich nicht schlafen konntest, musstest du amüsiert grinsen über das wieder mal Typische daran, das Bewegungsmuster deiner Erfahrungen, das darin bestand, sich erst jahrelang scheintot zu stellen und gar nicht zu bewegen, um dann unter Auslassung aller Zwischenstufen einen einzigen großen Sprung zu vollführen. Man könnte das effektiv nennen: vom ersten Kuss zum ersten Mal in weniger als zwei Stunden, alles ein Abwasch. Nebenbei bezweifeltest du, dass auch

Jungs solche prophylaktischen Erwartungsdämpfer mit auf den Weg gegeben wurden, da es für sie ja quasi gar nicht zum Sex kommen konnte bei einem Mangel an Erregung und er bei ihnen außerdem in einem nahezu synonymen Verhältnis zur ultimativen Steigerung dieser Erregung stand. Das Einzige, was dich daher enttäuschte, war Loïcs halb zurückgehaltenes Stöhnen; du wünschtest, es wäre laut gewesen, laut und deutlich. Du hättest gern laut gestöhnt, schon aus purem Übermut, brachtest es aber nicht als Schauspielerei fertig.

Nach einer gewissen reglosen Weile, die dir wie eine Schweigeminute vorkam – denn euer ebenfalls so gut wie wortloses Tun hattest du doch als eine Art lebhaftes Gespräch empfunden, das nun abrupt verebbt war –, löste sich Loïc aus eurer Umklammerung und rollte sich auf den Rücken, das vermutlich blutige Kondom abstreifend, das mit einem dezenten Klatschen irgendwo neben deinem Bett landete. Du warst auf den Anblick bei Tageslicht gespannt. Du wagtest nicht, dich an ihn zu schmiegen, kann sein, dir war auch gar nicht so danach, dir war vielmehr danach, die anrückende Schweigeschwere in einem saloppen Kommentar aufzulösen, etwas wie: nicht schlecht, sollten wir öfter machen, aber in dein Luftholen hinein plumpste bereits Loïcs Satz: »War das jetzt blöd?«

Du richtetest dich halb auf und fühltest dich jetzt erst nackt – und wann warst du es in den letzten zehn Jahren oder so jemals vor irgendwem gewesen? –, schütteltest automatisch den Kopf und sagtest: »Nein!«, warst dir aber alles andere als sicher, was er eigentlich meinte: schlimm, unbefriedigend, unbedacht, überflüssig? Vor allem fandest du die Frage blöd, und zwar in allen Bedeutungen. Nicht unwahrscheinlich kommt es dir vor, dass du dich in diesem Moment schon begonnen hattest, mit dem Johnny-und-Loïc-Niedergang abzufinden, vielleicht in dem Gedanken, dass eben alles seinen Preis habe. Und du um keinen Preis das Geschehene wieder hergegeben hättest, selbst wenn sich damit die alten Umstände hätten restituieren lassen. Das machte dir etwas klar: Du warst neugieriger auf das, was mit dir geschah, als auf das, was mit Loïc und dir geschah, man könnte sagen, diese Nacht befestigte in erster Linie ein Liebesverhältnis mit dir selbst, und du merktest gleich, dass dieses, komme, was wolle, Priorität besäße. Du kamst gut mit dir aus, verstandest dich selbst am besten, langweiltest dich nie in deiner Gesellschaft und würdest dich nie verlassen – es verstand sich, dass dies noch nicht hinreichte für ein erfülltes Leben, jedoch als Grundlage bedingungslos verteidigt werden musste. Später wurde das deutlicher formulierte Gesetz angefügt, dass kein Mensch es wert war, sich seinetwegen zugrunde zu richten. Das müsste doch eigentlich klar sein, dachtest du, etwas, das man schon im Kindergarten jeden Morgen im Singsang wiederkäuen sollte, nur dass in jenem Alter noch keinerlei Gefahr von Zuwiderhandlungen bestand. Wohingegen vielen in späterer Jugend dieses Wissen völlig abhandenzukommen schien und nicht wenige es auch nach überstandener Pubertät niemals wiedererlangten. Vielleicht war auch das ein Segen deines verspäteten Anfangens: dass es dir infolge zunächst fehlender Erlebnisse in deiner zarten Jugend und infolge bereits fehlender jugendlicher Hirnrissigkeit in deinen Zwanzigern nie bis ins Letzte gelang, dich in solche siamesische Desperatheit einzufühlen, die Leute allen Ernstes glauben lässt, ohne einen bestimmten anderen Menschen schlichtweg nicht lebensfähig zu sein. Sie waren es doch vorher auch, und was sprach gegen ein Danach? Du lerntest deine Neugier als ewige Verbündete des Danach kennen. Und was kommt jetzt? Diese Frage rettete dich immer. Dass sie ein ungeheures Privileg sein muss, das dämmerte dir erst in jüngerer Zeit. Das Gesetz aber kam, einmal formuliert, ohne Verzug auf die kleine Liste lebensnotwendiger wie auch -erleichternder Handlungsanweisungen, die immer und ausnahmslos galten und nicht jedes Mal wieder neu verhandelt und geklärt zu werden brauchten.

In den ersten Tagen war es dir deshalb auch beinahe egal, in welchem neuen Verhältnis du nun mit Loïc stecktest, denn wesentlicher schien dir, nicht mehr im alten Verhältnis mit dir selbst zu stecken, die Betonung des dir immer wieder durch den Kopf rasenden Satzes ›Ich habe mit ihm geschlafen!‹ lag eindeutig nicht auf dem Objekt, sondern dem Tätigkeitswort. Und dass dir überhaupt nicht einfiel, die Satzglieder auch mal zu vertauschen und damit trotzdem zu einer wahren Aussage zu kommen, so wie sich ja auch eure Glieder in ihren Positionen vertauscht und verschränkt hatten, Subjekt und Objekt doch gar nicht festgelegt gewesen waren, das sagte nun in der Tat schon fast alles. ›Er hat mit mir geschlafen‹ war schlichtweg inakzeptabel und hätte jegliche Lust an diesem Abenteuer untergraben, und wie meistens war dir mehr nach einem Abenteuer im weitesten Sinn als nach allem anderen.

Händchenhalten kam nicht infrage, dem Augenschein nach veränderte sich nichts, gingen doch die anderen anscheinend sowieso davon aus, dass ihr schon lange insgeheim was miteinander hattet. Wie hätte es auch anders sein können. Das musstest du dich nun allerdings auch fragen, wie die Unschuld vom Lande, der von der Welt plötzlich die Augen aufgetan worden waren, und oh Wunder! Es sah alles so aus, wie es in den Frauenzeitschriften verzeichnet stand. Mit der Zeit lerntest du sogar, mit Loïc zum Höhepunkt zu kommen, was nur heißen soll, in seiner Gegenwart, von einer Gemeinsamkeit im Sinne von Simultanität konnte hier nie die Rede sein, sehr wohl aber von einer der Art und Weise: Es schien euch beiden am leichtesten zu fallen, wenn ihr euch nicht ansaht. Dir auf dem Bauch liegend mit seiner untergeschobenen Hand, ihm deinen Mund überlassen mit geschlossenen Augen. Jahre später hörtest du einen Begriff, der sich umstandslos rückgewandt applizieren ließ auf euer Verkehren: *assistierte Selbstbefriedigung.*

Am ersten April des finnischen Jahres jedoch, als dir der Steiß noch leicht nachschmerzte von der vortägigen Landung auf dem Gehwegeis, konntest du nicht umhin, dich beim späten und allein zu verzehrenden Frühstück – Loïc war Stunden zuvor, ohne Abschiedskuss oder was du dir sonst an sogleich deiner Verachtung zum Fraß vorgeworfenen Romantizismen ausspinnen mochtest, zur Uni gehastet, und du hattest wenigstens noch in einen kurzen Erschöpfungsschlaf fallen können – dich also zu fragen, ob das nun ein Ausrutscher gewesen war, diese nicht ganz glaubwürdige Nacht, ein Aprilscherz. Die eigentliche Frage, die unentschieden daran herumpendelte, lautete aber, an welche Antwort eine Hoffnung, an welche eine Befürchtung sich knüpfen sollte. Du füttertest, unterschlafen und überspannt, mit zittriger Hand dein Tagebuch, was zumindest schon mal die eine Hälfte des Resttages füllte, und tatest die andere Hälfte lang nichts weiter, als auf Loïcs keineswegs abgesprochene abendliche Rückkehr zu warten, eine Aussicht, die dir wilde Bauchschmerzen bescherte, Fluchtgedanken nahelegte und zugleich die einzige darstellte, für die es noch wert schien, weiter zu atmen. Da haben wir's, dachtest du, schon hockt das Weibchen zu Hause und findet keinen anderen Gedanken mehr in seinem Spatzenhirn als den ans ausgeflogene Männchen, von Stund an verblödet. Dabei wusstest du gar nicht genau, ob du eigentlich auf Loïcs schiere Gegenwart wartetest oder eher eine Klärung der Verhältnisse, deren Wahrscheinlichkeit diese Gegenwart allerdings nicht gerade verhieß.

Tatsächlich klopfte es Punkt sieben an deiner Tür, als wärt ihr verabredet gewesen, nur dass Loïc sonst gar keine Neigung zu Pünktlichkeit zeigte. So früh, dachtest du aufgeschreckt, was machen wir denn jetzt bloß den ganzen Abend? Was hattet ihr denn sonst gemacht? Spaziergänge, lesen, Cafés, Museen, Konzerte, Kneipen, Tanzen gehen, rumhängen und reden, reden – alles schien auf einmal verbaut und obsolet. Als hätte es nunmehr seine Funktion erfüllt. Ein ekliger, bohrender Gedankenwurm innerhalb des großen, irren Gefühls, dass doch jetzt erst alles richtig losgehen könnte. Müsste. Aber was *müsste*, würde wie immer nicht stattfinden, das hatte sich als eine ziemlich stabile Regel erwiesen. Was sich nicht von allein herabließ zu passieren, noch bevor man es sehnlichst bis verzweifelt herbeiwünschte, war auch nicht durch ein *müsste* zu erpressen. Loïc würde es nicht zulassen, dessen warst du dir sicher. Zwar glaubtest du auch dich nicht gerade für die strahlende Sorglosigkeit geschaffen, doch Loïc wirkte trotz aller Gutgelauntheit, derer er fähig war, förmlich so, als besäße er keine Lungen für die atmosphärische Zusammensetzung des Glücks, als sei er angewiesen auf eine mindestens fünfzigprozentige Beimischung eines Problemelements. Für den kurzen Moment zwischen Klopfen und Türöffnen ahntest du vielleicht, dass nicht dein Flanellhemd oder die Situation an sich – eine Frau, ein Mann – die Schuld an den jetzigen Wirren trug, sondern Loïc sich mit dir in ein Gebiet mit einer ihm vertrauteren Luft aufgemacht hatte, vielleicht gar in dem Glauben, ihr wärt euch so ähnlich. Als er, ganz offen lächelnd, vor dir stand, vergaßest du das allerdings wieder.

Loïc küsste dich auch diesmal nicht, schlug dir aber, die Begrüßung überspringend, sogleich einen Spaziergang vor, und du beschlossest, dich von den gemischten Gefühlen auf keinen Fall unterkriegen zu lassen, schließlich waren sie nichts Neues unter der Abendsonne, und so schnell wie sie sollte dir der Mut nicht sinken. Sie sank jedoch eher langsam, die nördlichen Tage begannen schon lang zu werden, mit weit ausgezogenen Dämmerungen, die erst recht die wehesten Gefühle aus ihren Winterschlafbauen hervorlockten. Hier war dir mitten im Spätwinter am frühen Abend nicht selten wie Sommer, die goldenen und rosigen Lichtqualitäten ähnelten sich so sehr, dass sie dich an deiner Überzeugung von einer definitiven Unterscheidbarkeit der Jahreszeiten anhand der Lichtverhältnisse inzwischen stark zweifeln ließen. Selbst der Schnee störte, als Dauererscheinung statt als Winterwunder, dieses Kippbild nicht, mühelos sahst du die aus ihm hervorragenden Blaubeerzweige dicht und beerenbehangen an einem Augusttag den Waldboden bedecken. Der Schnee von gestern Nacht hatte sich indes zusammen mit dem tauenden Eisbelag in glitschigen Matsch umgeformt und nur die Wege in dem kleinen Wäldchen hinter eurem Block blieben noch halbwegs gangbar. Dort, wo du vom Fenster aus die Eichhörnchen beobachtetest und oft einen Fasan stolzieren sahst, stapftet ihr nun zwischen den Kiefern die seltsam gebuckelten Pfade entlang, eine Miniaturhügellandschaft, die dich an die etwas gruselig-unproportionalen Illustrationen in deinem alten Christian-Morgenstern-Buch erinnerte. *Es geht ein Mann durch Föhren ... / Sein Schritt ist kaum zu hören ...* Eure Schritte aber waren zu hören, und es kam dir so vor, als sei das Absicht, als würden sie harscher im nassen Schnee knirschen mit jedem Meter, den ihr kein Wort spracht. *Was droben in den Wipfeln rauscht, / das wird hier unten ausgetauscht.* Nur war es ein windstiller Tag. Die Nacht und die Übernächtigung rauschten in deinem Kopf und es schien kein Durchkommen zu einem wie ausgetauscht wirkenden Loïc, der alle Munterkeit wieder eingezogen hatte, nicht mehr der von vor einer Woche war, doch auch ganz und gar nicht der von letzter Nacht, zu dem du doch wenigstens, wenn der alte schon nicht mehr zu haben war, Zuflucht nehmen, an den du dich gewöhnen wolltest: schließlich hatte er dir gefallen, sehr sogar, mit seinen Küssen, seinen Liebkosungen, mit seiner warmen Haut und seinen weichen Haaren auf deiner Brust, deinem Bauch – es durchfuhr dich plötzlich heiß, du hieltest das erst für einen einfallslosen Witz deines Körpers, dass er dir ein glühendes Stück Kohle in deinem Unterleib vorgaukelte, aber es zog dir fast die Beine weg und trieb dir eine nachträgliche Röte ins Gesicht. Du begriffst, dass deine Sehnsucht nach dem alten Loïc zu einer bloßen Theorie verfiel und ein anderes Sehnen mit dem Recht und der Rücksichtslosigkeit des Lebendigen einfach an seine Stelle trat, und du konntest es nicht mal mehr verachten. Du fandest dich bereit, Genuss und Lust mit einem gewissen Abstieg zu bezahlen, doch der, der da neben dir ging, schien nichts mehr wissen zu wollen von diesem Handel und nicht zu halten, was er versprochen hatte vor Sonnenaufgang. Ein Versprecher womöglich, wenn auch ein Freud'scher.

Schließlich fragte Loïc, mit einer Vorsicht, die dich rührte und ebenso empörte: »Wie geht's dir?«

Wäre er – war es denn die Möglichkeit? – der Verunsichertere von euch beiden, wie der Ton der Frage nahelegte, so hätte er mit ihr den Spieß clever umgedreht und quasi dich zur Patientin gemacht. Du beschlossest, es mit dem staksigen Satz zu versuchen, den du dir den ganzen Tag über für ungefähr so ein Gespräch zurechtgelegt hattest, auch wenn er schon nicht mehr stimmte: dass dein seelisches Befinden jedenfalls die miserable körperliche Verfassung mehr als ausgleiche.

Loïc lächelte ein wenig, warf dir einen raschen Blick zu und murmelte, ja, es gehe ihm im Grunde genauso. Da wusste man nun auch wieder nichts Genaues.

»Die eigentliche Frage ist ja, was fangen wir damit an!« Du lauschtest deinem eigenen Satz nach, als erwartetest du ein Geräusch des Aufpralls. Er schien jedoch widerstandslos bis in Loïcs offenen Mund vorgedrungen zu sein und sich wie ein Wattebausch über seine Stimmbänder zu legen, denn alles, was du zu hören bekamst, war ein gedämpftes »hm-m«.

Und damit war eure Aussprache auch schon beendet. *Die eine sagt: knig. Die andere sagt: knag. / Das ist genug für einen Tag.* Auch die Sonne war, wie erschöpft von ihrer frühlingshaften Aktivität, blass und matt untergegangen und augenblicklich wurde es kalt. Du konntest nicht mehr. Und griffst plötzlich nach Loïcs Hand, was dir erst zu Bewusstsein kam, als seine deinen Druck schon erwiderte. Er blieb stehen und ihr umarmtet euch und du glaubtest, durch alle Jacken- und Pulloverschichten hindurch müsse er dein verräterisches Herz klopfen fühlen, aber wieso verräterisch? Mein Gott, dachtest du, mein Gott, warum ist denn das so schwer? Quälend langsam kamen die Küsse, zart und unbefriedigend, wie eine Reihe winziger Vorspeisen, wenn man ausgehungert auf *was Richtiges* wartet, trotzdem sacktest du beinahe weg, hieltest dich an Loïcs Kragen fest und nur ein Eichhörnchen war Zeuge.

Wie ihr wieder in dein Zimmer kamt, daran blieb dir keine Erinnerung, außer Loïcs Arm um deine Schultern. Und es wurde eure zweite Nacht, die die erste schon wegwischte und überschrieb, die du gern zur ein für allemal gültigen Version erklärt hättest und gegen deren Ende Loïc auf einmal zu lachen anfing, laut, übermütig und kopfschüttelnd, und nichts daran schien dir falsch. Du warst in einem Zustand, in dem das Denken schwer-, aber das Reden leichtfiel, und so redetet ihr, bis die Sonne endlich dem Schlaf zu seinen älteren Rechten in diesem Bett verhalf. Und es war, wenn vielleicht auch nicht der Schlaf der Gerechten, so doch der der Gerechtfertigten, denn wenigstens im Großen und Ganzen und dazu mit noch verblüffender Einhelligkeit hattet ihr euch darlegen können, was euch allgemein zu eurer Situation durch den Kopf ging, also zu dem, was landläufig *Beziehung* genannt wurde – und wie sie zu vermeiden wäre. Es ging euch beiden zu deiner Begeisterung nicht um das elegante Umschiffen der in den meisten Seekarten hinreichend verzeichneten Klippen, sondern klipp und klar darum, gar nicht erst in See zu stechen, euch vielmehr in die Lüfte zu erheben und dort zu halten, euch nicht einfangen zu lassen wie die Baudelaire'schen und Karatischen Albatrosse. Was dich betraf, so warst du bekanntlich seit Grundschultagen nicht sonderlich erpicht auf klassische Beziehungsformen, inzwischen aber auch alt genug, um schon hin und wieder die verstörende Erfahrung gemacht zu haben, dass auch felsenfeste Ansichten, und offenbar gerade die, von Umständen unterspült werden konnten, schlichte Strömungsveränderungen ausreichten, um bisherigen Gegenständen des Abscheus einen unerklärlichen Aufstieg zu Objekten der Begierde zu ermöglichen, man denke nur an die mit zwölf beim Durchblättern der elterlichen Jugendfotoalben für abartig befundenen und Gott sei Dank für immer überwundenen Schlaghosen, die nur ein paar Jahre später die nunmehr peinlich altmodischen selbstverständlichen Exemplare mit sich verjüngendem Bein fast schlagartig ersetzten, wofür als einzig rationaler

Grund nur geltend gemacht werden konnte, dass diese ohnehin zu Hochwasserhosen geworden waren, was sogar deinem Vater einmal als blamabel auffiel. Insofern hätte es dich nicht gewundert, dich zumindest *rausgewachsen* zu finden aus lange getragenen Überzeugungen, wenn auch mit der unvermeidlichen Scham erfüllt, die ja die eigentliche, nur ausweichhalber an die abgelegten Dinge und Gewohnheiten, in Wirklichkeit aber an die Tatsache des Gesinnungswechsels geknüpfte war. Man schämte sich für sich selbst, dafür, doch noch nicht das Einzigwahre gefunden zu haben, selbst wenn man die wachsende Vermutung hegte, dass diese Erfahrung in Serie gehen, das Leben sie als Standardmodell endlos weiter produzieren würde. Ungefähr so stelltest du dir auch Beziehungen und ihr Ende vor, den Irrsinn immer neuer absolutistischer Anfänge. Doch bloß, weil dir nun unter der Hand aufgefallen war, dass auch dein hehres Loïc-und-Johnny-Ideal höchstens einen Spezialfall dieses Absolutismus darstellte, hieß das noch lange nicht, dass es deshalb in den Normalfall überführt gehörte beziehungsweise sich selbst des Normfalls überführte. Nein, nein, nein, das konntest du, zu deiner Erleichterung, nach wie vor nicht finden: dass es an einem öffentlich verkündbaren Satz wie ›Ich-habe-einen-Freund‹ noch etwas anderes Attraktives gäbe als die ohnehin heimliche Hauptaussage Ich-habe-Sex-und-zwar-regelmäßig. Denn ansonsten, du konntest dir nicht helfen, wertete es alle, die diesen Satz äußerten, und somit potenziell auch dich vor dir selber ja eher ab, jedenfalls verlorst du ruckartig das Interesse an bestimmten Mädchen, vor allem solchen, in die du diesbezüglich diffuse gegenteilige Hoffnungen gesetzt hattest, sobald sie anfingen, von ihrem *Freund* zu reden, ihn möglichst bald in euer Gespräch an halbwegs passender Stelle einzubauen oder eine rhetorisch aufwendige Scharte für ihn auszuwetzen, sprich mit dir unerfindlichem Besitzerstolz – nämlich im Grunde dem eines enteigneten Gutsbesitzers – kundzutun, *vergeben* und *in festen Händen*, also angebunden, kontrolliert und freier Zeitgestaltung beraubt zu sein. Diese Art von selektiver Frauenverachtung – die im Grunde gar nichts Aktiv-Schmähendes hatte, sondern dir eher widerfuhr: sie blichen urplötzlich aus, diese vergebenen Frauen, vergeblich und unergiebig schien dir fortan der Umgang mit ihnen – hattest du jedoch bisher für nicht vermittelbar gehalten und deshalb auch mit niemandem darüber gesprochen. Es kam dir einfach zu verschroben vor, für die anderen. Aber so ein Mädchen, so eine Frau, wolltest du noch immer nicht sein.

Bei Loïc würde sich ohnehin nicht von *Freund* in dem Sinne sprechen lassen ohne das Gefühl, einen Verrat zu begehen, von jemand ganz anderem unter gleichem Namen zu reden; du erinnerst dich der Schreckmomente, wenn in deinen ersten Schuljahren in aufgeschnappten Mitschüler- oder Lehrergesprächsfetzen der Name Joana fiel und du dich, auch wenn du wusstest, dass es die andere, nicht dich betraf, verkannterweise mitgemeint fühltest. ›Mein Freund, Loïc‹ würde nicht mehr deinen Freund Loïc meinen, deinen Vertrauten, den du so sehr mochtest, auf eine Weise liebtest, die keine Entsprechung finden würde in der Pärchenform. Und nun zeigte sich an euren rauschhaft wachsenden Gesprächsranken, Nachtschattengewächsen, dass sie gleichfarbige Blüten trieben, von gleicher Art waren: Loïc teilte deine Abneigung gegen »die Verklumpung« der Menschheit zu je zwei und zwei, das ewig gleiche Bikomponentenverfahren; er sagte, er habe etwas gegen Anstrengungen, die letztlich nur den Zweck verfolgten, neue Mittel für die wieder gleichen Anstrengungen zur Erreichung des gleichen Zweckes hervorzubringen, jedenfalls auf menschlicher Ebene, das sei eine elende Subsistenzwirtschaft, die ja noch nicht einmal dadurch gerechtfertigt sei, dass einem nichts anderes übrig bliebe. Was gerade zwischen euch passiere, passiere doch offensichtlich, weil ihr beide es wolltet – oder nicht? Du fragtest dich kurz, was wohl passieren würde, wenn du an dieser Stelle den Kopf schütteltest, nur so, denn etwas an diesem ›Wir‹, das doch kein paariges sein wollte, fühlte sich leicht übergestülpt an. Und also könne es doch nicht so schwer sein, nicht passieren zu lassen, was ihr offensichtlich beide nicht wolltet. Das sei vermutlich überhaupt das Problem, der verbreitete Glaube an ein irgendwo über einem schwebendes allgemeingültiges Prinzip, eine Art Netz, das sich unweigerlich im geeigneten Augenblick auf einen herabfallen ließe, stets zwei sozusagen auf einen Streich finge, die zu nahe zusammenstanden. Du dachtest an die Albatrosse und dass in deiner Vorstellung das Netz eher von unten käme, wahllos aus Jux und Neid heraufgeworfen, von *den Menschen*, und du sahst auch nicht zwei darin, sondern jeden in seinem eigenen. Grundsätzlich aber warst du in einem Maße einverstanden mit Loïcs Gedanken und waren ihm deine anscheinend so wenig fremd, dass du wieder an Seelenverwandtschaft und alles glaubtest und überlegtest, ob es nicht vielleicht doch möglich wäre, euren bisherigen Sonderstatus aufrechtzuerhalten, unverändert, denn was war schon passiert? Ein paar Berührungen mehr oder weniger.

Jedoch wurde dir schnell klar, dass es keinen Sinn hatte, sich vorzumachen, dass ausgerechnet die neue Hauptzutat den Geschmack nicht grundlegend verändern würde. Sex war nichts, was nachts oder nachmittags eine halbe Stunde lang stattfand und dich bis zu dem Moment und gleich danach wieder nicht beschäftigte, auch wenn es ansonsten in eurem Miteinander wenig Anhaltspunkte gab, dass er überhaupt stattfand. Das neutralisierte ihn ja nicht gerade. Dein Körper hatte ein weiteres Grundbedürfnis ausgebildet. Und das Einzige, was dir noch zu einer möglichen Loïc-und-Johnny-Rettung einfiel, war die Flucht nach vorn, die Verlegung auf das neue Spielfeld. Vielleicht würde auf dem alten ja derweilen das Gras nachwachsen. Dass eure bisherigen Unternehmungen am Austrocknen waren, war nicht zu übersehen. Sie schienen plötzlich allesamt unter den Verdacht pärchenhafter Umtriebe zu fallen. Aus Gründen der Unabhängigkeit ging jeder tagsüber lieber seiner eigenen Wege, natürlich ohne den anderen über diese in Kenntnis zu setzen, und wenn sie sich an der Uni zufällig kreuzten, zwinkertet ihr euch zu und verabredetet euch nicht zum Mittagessen. Ihr kamt euch sehr gewitzt vor, sehr außerhalb, sehr cool. Es kam so weit, dass Emilia, die Italienerin, dich in der Mensa fragte, ob ihr denn nicht mehr zusammen seiet. Ihr wärt nie zusammen gewesen, antwortetest du natürlich, aber sie glaubte dir nicht. Den ganzen Nachhauseweg über konntest du nicht aufhören, darüber nachzudenken, das Busbrummen, das immer neue Bremsen und Anfahren, die ganze tiergleich stumme Routine machten dich müde und traurig, du glaubtest dir selbst nicht mehr. Worauf ließ sich schon zurückblicken, nach dreieinhalb Monaten, es gab doch noch keine Historie, kein untergegangenes Reich. Aber er war doch dein Bruder.

Das Danach fürchtetest du zunehmend, den Moment eures Auseinanderfallens. Er vollzog sich modellhaft, in verkleinertem Maßstab oder vielleicht auch stückchenweise jedes Mal nach dem sogenannten Liebemachen, ein Wort, das einem geradezu den Glauben an die Einheit des Guten, Wahren und Schönen zurückgab, nämlich ex negativo: Was allen Ernstes so hässlich bezeichnet wurde, konnte nicht das Wahre sein und damit niemals gut genug. Die Liebe ließ sich eben nicht machen, euer Werk zerfiel trotz aller Anstrengung und Schaffensfreude, allen Schweißes eurer Angesichter nach Ende der Arbeit, im Stillstand der Kräfte und Mittel wieder in seine Einzelteile, es hielt nicht, euer hermaphroditisches Produkt, Feierabend, es war nicht mehr feierlich. Es war fremd, es war ungeheuerlich, was da neben dir lag, eben noch in dir gewesen war, war es ein Wesen, du wusstest es nicht, doch besaß es dich immer wieder und ebenso Loïc, denn es war unersättlich, es fesselte euch aneinander und zog das Bündel mit einer Seilwinde einen Ast am Baum der Erkenntnis hinauf, denn so ward es doch geheißen, was euch widerfuhr, und schnitt am höchsten Punkt das Seil zwischen euch durch. Freier Fall, klarer Fall, ihr lagt erledigt am Boden und erkanntet euch nicht wieder, jeder sich selbst nicht. Das Unwesen machte sich zwischen euch breit, du rutschtest unwillkürlich an die Kante des Betts, und drehtest du dich zu Loïc, so zeigte es dreist auf einzelne seiner Körperteile und fragte voll Häme: Was ist das? Du wusstest nicht, ob es bei ihm den gleichen Trick anwandte, er hielt oft die Augen geschlossen. Im Nachhinein musst du sagen, es ist davon auszugehen. Es ist davon auszugehen, dass er mitunter glaubte, das Wesen seist du.

Es kam der Tag. Natürlich keiner, mit dem du gerechnet hattest. Mitte Mai, der Helsinkier Frühling brach aus und ihr schient euch zu fangen. Saßt zu zweit auf den Stufen zur Kirche am Senatintori, in der Nachmittagssonne vor dem Café auf der Pohjois Esplanaadi, seit einer Woche oder so hattet ihr nicht miteinander geschlafen. Was anderen ein Symptom des Verfalls gewesen wäre, dir leuchtete es als Silberstreif am Horizont, die Erhebung aus der Horizontalen, das Wieder-in-Gang-Setzen alter Bewegungsmuster. Du erinnerst dich an einen Abend im Kino, du erinnerst dich an das Konzert in der Sibelius Hall, bei dem Loïc eine ganze Weile deine Hand gehalten hatte, daran, wie du auf dem Nachhauseweg dachtest, vielleicht würde sich alles einpendeln. Und wenn ihr dabei auch zu einer Art Paar würdet, äußerlich kaum unterscheidbar von anderen, na scheiß drauf, es ging doch hier nicht um Äußerlichkeiten.

Als du am nächsten Morgen aus dem Bad kamst, saß Loïc vollständig angezogen auf der Bettkante, in Jacke und Schuhen, du fragtest: »Musst du schon los?«

»Ja«, sagte er. »Ja, Johnny, ich muss gehen.«

Und bei diesem Drehbuchsatz wusstest du, dass alles gelaufen war. *No distance left to run.* Keine Distanz mehr, die sich überbrücken ließ. Du sahst ihm dennoch mitten ins Gesicht, in das schöne Gesicht von Loïc Schoos mit den winzigen Sprenkeln über der frischen Röte, die wie ahnungslos und gewöhnlich seine Haut überhauchte, und du versuchtest, dein Zittern unterhalb des Halses zu stoppen, dass es dir nicht in die Augen geriete, zwischen die Stimmbänder.

»Was heißt das?«, fragtest du.

»Ich fahre nach Schweden.«

»Und wann?«

»In drei Stunden.«

Dieser Tobak war denn doch ein bisschen zu stark. Du bissest dir die Zunge wund, denn die folgenden Fragen, die mussten noch sein, weil du wusstest, er brächte es fertig, sie an allen Enden offen zu lassen und du stündest ewig im Zug. Das kanntest du aber schon. Dein steifer Nacken hatte mit Stolz nichts zu tun. »Und wann kommst du wieder?«

Er holte tief Luft, er sah dich an, als hätte er mehr von dir erwartet. Ja-a, so einfach ist das aber nicht, Herr Graf. Du musst dich schon herablassen, es deutlich auszusprechen. Deine Gefährtin, lieb Schwesterlein, sie ist – sagen wir mal –, etwas schwer von Kapee, wenn auch nicht von Natur aus.

»Ich komme nicht wieder, Johnny.« Und dann, ohne dass du die zweite Frage stellen musstest, sagte Loïc, die Augen zur Decke gerichtet, mit schwankender, leiser und wie einen Fluch bändigender Stimme: »Ich kann nicht immer weiter so tun, als wärst du ein Junge.«

Du kapiertest es zuerst wirklich nicht. Warst nur bestürzt über die beiden Tränenrinnsale, die sich jetzt links und rechts der schmalen Nase geräuschlos ihren Weg bahnten, als er dir zum ersten Mal an diesem Tag, zum ersten Mal seit Wochen, schien dir, in die Augen sah. Im nächsten Moment drücktest du seinen Kopf an deinen Bauch, hieltest ihn fest, und das Verstehen sickerte heiß in dich ein wie die Tränen in dein Hemd. Natürlich. Natürlich! Aber. Aber wenn … Auch du weintest längst.

Du entschiedest dich gegen alle weiteren Fragen und stelltest nur die noch, ob du ihn zur Fähre begleiten dürftest. »Johnny –«, sagte er, aber er konnte dich nicht auch noch darum bringen. Auf dem Weg zum Hafen merktest du selber, dass es keine gute Idee gewesen war. Dir fiel absolut nichts ein, was du noch sagen könntest, die Sprache verschlagen, die Zunge zerbissen. Trotzdem war dir, als redetest du so stumm ununterbrochen auf Loïc ein, gleichzeitig akrobatisch damit beschäftigt, den Gedanken an das unmittelbar Bevorstehende, die Vollstreckung des Urteils, wenigstens so weit auf Abstand zu halten, dass du nicht auf der Stelle verrückt wurdest. Loïcs Satz wühlte schubweise deine Eingeweide auf und verursachte dir in diesem frühen Stadium nichts als brennende Scham. *Ich kann nicht immer weiter so tun, als wärst du ein Junge.* Du versuchtest, das Brennen mithilfe der Phänomenologie zu mildern, die Methode schlug aber erst Tage später langsam an. Das Interessante daran. Das Interessante daran war, dass er es so herum gesagt hatte. Alternativen hätte es gegeben, wenn auch unattraktive: hetero, auf Frauen stehen, solche Eineindeutigkeiten, die Loïc nicht liebte. Du auch nicht. Deshalb erleichterte dich sein Satz auch irgendwie, du warst ihm auf eine schräge Art dankbar dafür. Denn offenbar hatte er in dir nie in erster Linie eine *Frau* gesehen, eine typische Vertreterin deines Geschlechts, und das hieß, er hatte durchaus genau hingesehen, nicht halb an dir vorbei, im Augenwinkel den schemenhaften Jungen. Andererseits kränkte es dich, das war die Schamseite. Denn hieß es nicht auch, nicht genug zu sein, in gleich beide Richtungen? Nicht genug Junge, um ihn zu überzeugen und wirklich anzuziehen, und nicht genug Frau, um ihn erst gar nicht auf die Idee kommen zu lassen, dich zu überzeugen und dich auszuziehen. Dabei wolltest du ja auch keins von beidem in so einem Maße sein, das Problem war, dass du dich auch vor die Wahl gestellt gar nicht hättest entscheiden *können*: Es reichte weder für das eine noch das andere ganz. Du wärst nur deshalb lieber ein Junge gewesen, um keine *Frau* sein zu müssen, um bei Loïc bleiben zu können, nicht nur ungeduldig geduldet, *second best.* Und du wärst es doch nicht gern gewesen und nur deshalb lieber eine Frau, weil das ohnehin vorherrschende männliche Prinzip in dieser Welt dich anstank, weil es Verrat gewesen wäre, weil es nicht sein konnte, dass man nur dann das bekam, was man wollte, wenn man ein Junge war. Das war ein irrer Gedanke in diesem Zusammenhang. Nur leider ein absolut zutreffender, in leider dem einen Zusammenhang, der dich näher anging.

Am Länsiterminaali jedoch, auf dem zugleich leer und unübersichtlich sich im harten Sonnenlicht ausbreitenden Gelände, war es nicht mehr als ein einziger Wust. Westhafen, Terminal, Grenzland, Sonnenuntergang, *mein Himmel wurde krank und auch mein Wetter.* Du heftetest deinen blinzelnden Blick an die Fähren und hättest am liebsten zu Loïc gesagt, *lass man*, ich geh schon, wärst am liebsten losgerannt, auf eines der gerade ablegenden Schiffe gesprungen, und kein Blick zurück. Du wärst am liebsten eingezogen auf einer dieser schwimmenden Burgen und darin jahrelang über die sieben Meere gegondelt, sieben Jahre lang oder so lange es eben brauchte, bis Loïc Schoos ganz und gar ausgelüftet war aus dir, die ganze Loïc-Chause verwittert und zerfetzt vom Mast geholt werden und du endlich unter anderer Flagge irgendwo anlanden konntest, schwankend noch neues Land betreten. Es war nicht so, dass du glaubtest, die Erde sei eine Scheibe. Auch Loïc würde nicht über ihren Rand fallen, das wiederum war der Nachteil. Und im Moment hattest du nur das Nachsehen. Loïc am Bordkartenschalter, Loïc im Warteraum, Loïc in der Schleuse zum Schiff. Ihr könntet euch ja hin und wieder schreiben, hatte er auf dem Weg gesagt, aber du warst kaum darauf eingegangen. Die, die fortgingen, schrieben nicht oder hörten doch sehr bald damit auf. Sie hatten Besseres zu tun. Loïc hatte entschieden Besseres zu tun, als an einen halbherzigen, von vornherein zum Scheitern verurteilten Versuch zurückzudenken. Das grause Wort ›Fehlwirt‹ kam dir in den Sinn, eher später, als dein Kopf die Ausfallerscheinungen offenbar überzukompensieren versuchte. Wie in Bio fand dabei auch eine Fehlzuordnung in deinem Empfinden statt, du ekeltest dich weniger vor dem ungebetenen Gast in diesem Wirtshause als vor dessen Inhaber, nennen wir ihn Johnny. Als hätte er es sich selbst zuzuschreiben, als sei etwas Minderwertiges an ihm von vornherein, hatte er es doch nicht vermocht, sich des Eindringlings zu erwehren. Das könntest du nun wirklich niemandem erzählen, dachtest du, als Loïc für immer verschwunden war und der Druck seiner Wange auf deiner noch nicht.

Was du ihm nicht verzeihen konntest, war der Anblick seines Rückens, wie er dir im Sich-Entfernen unverwandt wiederholte: Du kannst mir nicht helfen.

Trouble, oh trouble, move away, I have seen your face, and it's too much for me today.

Und einen komischen Moment lang, als du dort noch unverrückt standest in der Wartehalle, dachtest du: Wo genau war eigentlich das Problem? Es kam dir plötzlich so ausgedacht vor, ohne Not, eine theatralische Überreaktion. Ja, da hauste die flausige Verliebtheit in dir und heizte dir ein, hustete allen Versuchen einer Austreibung was, war der eigentliche Parasit. Aber das war doch deine Sache. Und es war doch nicht so schlimm, es würde schon werden, du lebtest doch quasi in Symbiose mit ihr und warst längst abgehärtet, genügend gewöhnt an eine unerwiderte Verlaufsform, du würdest es überleben. Du könntest dich arrangieren und würdest bestimmt nicht jammern. Das war eure Chance! Warum war Loïc, bis eben dein nächster Verwandter, so blind für diesen Ausweg, diese Möglichkeit eines nicht nur behaupteten, sondern realen Ideals, von Schicksals Gnaden, der Ahnung Erfüllung, woher sonst diese Erleichterung, diese vom Herzen abspringenden Bande, der davonrollende Stein. *Heinrich, der Wagen bricht! / Nein, Herr, der Wagen nicht.* Heinrich, Hinz und Hans, der Johann, auch genannt Johnny, sie wussten Bescheid, die Grafen und Prinzen aber, die Ludwige, die sahen wie gewöhnlich nicht durch. Ach, du wärst gern sein Junge gewesen, auf dem Trittbrett, es hätte dir doch gar nichts ausgemacht. *With no direction home* trolltest du dich, wolltest du alle Busse verpassen und dich bei *Stockmann* einschließen lassen, trottetest bald aber doch treulich mit drei teuren deutschen Zeitungen unterm Arm zur Haltestelle des

71er, dir war nicht so nach Weinen in der Öffentlichkeit, du brauchtest wie für andere körperliche Bedürfnisse auch einen stillen Ort zur Verrichtung deiner Notdurft.

Hattest du eigentlich geglaubt, dass mit jenem Tage und seinem durchheulten Abend die Talsohle, quasi nach unfreiwilliger Rutschpartie auf losem Geröll, erreicht sei und du dich von nun an täglich ein bisschen mehr aufrappeln würdest, wieder hinaufkraxeln, dezimeterweise? Diese Sohle erwies sich zu deinem Ärger als ein paar Nummern zu groß für deine ungeduldigen Rekonvaleszenzansprüche, Loïcs Größe sechsundvierzig, die dich durch die Tage stolpern und deine Metaphern herunterkommen ließ, der Bewältigung der Gegenwart konnte nur noch ein ›mangelhaft‹ bis ›ungenügend‹ bescheinigt werden, Noten, mit denen du nicht auf vertrautem Fuße standest. Du versuchtest es mit Musik als probatem Schmerzmittel, und sie wurde genau das, ein Mittel des Schmerzes, und es ließ ihn nicht mehr süßsauer schmecken wie in den Tagen selbstgemachten Teenageressigs.

Trouble, oh trouble, can't you see, you're eatin' my heart away, and there's nothing much left for me.

Nach Loïcs Abgang walzten dich Schmerz und Schmach allabendlich nieder, ensuite, und zwar wie zu erwarten anders als erwartet, zum Beispiel übernahm die Hauptrolle als Femme fatale ganz entgegen deinen Besetzungsabsichten eine quälende Körpersehnsucht, die Negativform der guten alten Fleischeslust, und schockierend daran war gleich zweierlei: dass diese imposante, aber drittklassige Entzugserscheinung dazu in der Lage war, alles andere auf Nebenrollen zu verdrängen – und dass es ihr unverhohlenerweise gar nicht sehr darum ging, in welchem Stück sie spielte, sondern nur, dass sie spielte und möglichst viel Text bekam. Möglichst viel Sex bekam, dachtest du in Selbstbefremden und konntest dir doch keinen Einhalt gebieten und musstest dir wie einen Trost, der nur nach weiterem Trost verlangte, wieder und wieder die Sexszenen der vergangenen Wochen vorspielen. Du wusstest schon, dass auch sie nur drittklassig waren, dass es dir kaum um den jugendlichen Liebhaber zu tun war, um deinen Loïc Schoos, sondern nur um die Strichfassung, auf Deutsch gesagt, deinen Schoß, um die Akte, in denen neben ihm alles verblasste. Du fragtest dich, wie du dieses herrschsüchtige Monstrum je wieder von der Bühne kriegen solltest, und gleichzeitig, wann du je wieder ihren Ansprüchen Genüge tun könntest. Wer sollte denn da noch kommen? Nun also doch, doch wieder Loïc *the one and only*, und das war schon mehr nach deinem Geschmack, es flötete zart aus den Kulissen die jugendliche Naive, der alle anderen *Männer* ein Graus und ein Unding waren. Auf deinen wenigen Gängen nach draußen taxiertest du verstohlen Männerhände, an der Kasse bei *Alepa*, im Finnischkurs, die der Zeitungsleser im Bus, und es schien dir undenkbar, mehr noch widersinnig als widerwärtig, dass solch ein Händepaar dich je wieder berühren sollte in der Weise, die du nun so entbehrtest.

Dass es zu früh war, dies zu beurteilen, wusstest du wohl, dennoch haftete den Ergebnissen dieses wieder und wieder fast zwanghaft durchlaufenen Tests etwas Irreversibles an, du meintest, etwas über dich herausgefunden zu haben. Eine ganze Weile lang warst du überzeugt, dich ausschließlich in Männer verlieben zu können, die sich nicht in Frauen verliebten, und so, wie dies eine – wenn auch nur im Mindestsinne des Wortes – anerkannte grundsätzliche Disposition darstellte, so hieltest du auch, was deinen Fall anging, eine solche nicht für gänzlich undenkbar und genauso wenig verwerflich. Im Grunde sollte es dich nicht wundern, es erklärte einiges und passte gut zu deinen sonstigen Symptomen, zum Beispiel solchen, mit denen du zum Arzt gingst, bereits ahnend, dass sie sich nicht auf eine wohlbekannte Krankheit würden zurückführen lassen; du warst selten krank gewesen, aber wenn, dann nicht selten auf diese unbefriedigende Art. Dir taten die Zähne beim Kauen weh und waren doch ohne Befund; nach einer Italienreise befiel dich ein

Jucken am ganzen Körper mit stellenweisem Ausschlag, deine Hausärztin diagnostizierte auf den ersten Blick die Krätze und verschrieb die entsprechenden harschen Bekämpfungsmittel, die nicht halfen und dich zu einer anderen Frau Doktor führten, die alles für Quatsch erklärte, ein Hautarzt fand keine Ursache und sandte dich bis nach Rostock zur Tropenmedizin, interessant, aber umsonst. Es gab sich von alleine, wie schon die *unerklärlichen* ständigen Bauchschmerzen in der Kindheit. Bis heute jedoch blieb dir die lästigste Merkwürdigkeit, eine motorische Handschreibschwäche, die damals begann und dich seither, mal stärker, mal schwächer ausgeprägt, nur mehr verkrampfte Krakel im Schneckentempo zu Papier bringen lässt, mit deiner Hand aber sei natürlich *alles in Ordnung*.

Da hattest du es nun also wieder, etwas, das wie eine eingebildete Krankheit aussah, dem man dennoch eine schlichte Evidenz nicht streitig machen konnte und das dir irgendwo zwischen Ursache und Auswirkung angesiedelt schien. Nur dass eben mit diesem Erkenntnisgewinn kaum etwas gewonnen war, sich mit dieser Diagnose nicht das Geringste anfangen ließ, jedenfalls keine Liebesbeziehung. Damit sahst du nicht nur deine amouröse Zukunft völlig durchkreuzt, sondern auch deine jüngste Vergangenheit durchgestrichen. *Einmal ist keinmal,* dieses Gefühl, deinem Erfahrungskonto lächerlich wenig gutzuschreiben zu haben, hätte sich sicherlich auch unter gewöhnlicheren Affärenumständen eingestellt, so aber zerbröselte gleich die ganze Gleichung zu nichts, denn was war keinmal? Sie ließ sich nicht umdrehen, es war nicht einmal, und auch in hundert Jahren würde es sich nicht märchenhaft verwandelt haben in Es-war-einmal. Keinmal lag im negativen Bereich. Das Außergewöhnliche war ein Pfund, mit dem man, ganz im Gegensatz zur gängigen Meinung, nicht wuchern konnte, wenn es denn wirklich außerhalb lag und nicht bloß eine Steigerung, sozusagen die Luxusversion, des Gewöhnlichen darstellte. Bestenfalls rief es Neid hervor, meistens Hohn und Verachtung. Du verachtetest dich selbst für diese kleingeistigen

Erwägungen, warst du doch auf der anderen Seite mehr als dankbar für das ausgefallene Geschehnis und eigentümlich stolz darauf. Nur eben auch wieder einigermaßen mutterseelenallein damit. Ob du es mit einer Mutter, und zwar deiner, hättest erörtern können, darüber regten sich gewisse Zweifel in dir, andererseits ließ sich eine solche Eventualität schlecht extrapolieren aus einer sich zumindest deinem Empfinden nach immer mehr ausdünnenden Datenlage aufgrund sich erschreckend mehrender Zugriffsverweigerungen. Als wäre am Tag ihres Verschwindens in dir ein dezentes, aber durchgreifendes und nicht mehr anhaltbares Vergessensprogramm angesprungen, *nur zu deinem Besten*. Es gelang dir immer weniger, ihr siebzehn Jahre lang entwickeltes Bild scharfzustellen, geschweige denn das noch unentwickelte, das im Irgendwo entstanden war oder im Nirgendwo entstanden wäre. Wer weiß, vielleicht wärt ihr ja doch noch zu einem passablen Mutter-Tochter-Gespann zusammengewachsen und zu ganz neuen Umgangsformen aufgelaufen. Du musstest dich auf die Seele verlegen. Du musstest es mit dir selbst ausmachen. Ja. Schon gut. Der eingespielte und ausgeleierte Mechanismus.

Trouble, oh trouble, please be kind, I don't want no fight, and I haven't got a lot of time.

Selbst ausmachen musstest du auch deine universitären Bahnen, die dir ebenso längst wie Sackgassen erschienen, das heißt, du hattest, mit der Unlust als Hauptantrieb, entschieden, dass es welche waren. Die lediglich in ein hinkendes Perpetuum mobile münden würden, das immer mehr Energieschulden anhäufte. Du hattest, noch in einem Loïc-Zwischenhoch, ein kompliziertes Bücherbestellverfahren an der Unibibliothek in Gang gesetzt, dich nun endlich aufgerafft, vor Ort nachzufragen, was daraus geworden sei, und standest nur wieder desorientiert in ihren Hallen. Schließlich zu einer halbwegs zuständigen Mitarbeiterin vorgedrungen, stellte sich heraus, dass das von dir mehr pflichtschuldig Georderte als sehnlich Gewünschte ausschließlich der Lektüre im Lesesaal zugedacht war.

Du warfst einen Blick hinein, in den sonnenaufgeheizten, staubteilchendurchflirrten hohen Raum, in dem sich Emsigkeit und Schläfrigkeit nicht gegeneinander aufzuheben, sondern zu einer speziellen Stickigkeit zu addieren schienen, und fandest, sie konnten mal alle ruhig dort bleiben, die Bücher und deine Altersgenossen, du konntest es nicht.

Es ging bergab, die Unioninkatu an der Tuomiokirkko hinab, und so eins mit dir selbst hattest du dich selten gefühlt, so angstlos beschwingt vielleicht noch nie. Du warst in einem Augenblick mit dir übereingekommen, im wörtlichen Sinne: Die niederen Chargen des Bauchraums, bei denen es anscheinend längst beschlossene Sache war, deine Studien an den Nagel zu hängen, hatten die Gunst der Stunde genutzt und sich endlich mit den angeschlagenen Befehlshabern da oben kurzgeschlossen, die in Ermangelung irgendeiner anderen auf die Schnelle verfügbaren Großentscheidung, mit der sich Autorität und Würde wiederherstellen ließen, mit den Handlangern gemeinsame Sache und diese zu ihrer eigenen machten. Du verließest das schulische Dasein. Indem du endlich Gebrauch von dieser Möglichkeit machtest. Zwölf Schuljahre lang war das undenkbar gewesen, du hattest dich kaum jemals getraut, auch nur eine Stunde zu schwänzen, und danach hatte sich zwar dein Anwesenheitsimperativ gelockert, jedoch kaum der eingetrichterte und antrainierte Glaube ans Durchhalten, Durchziehen, Durchbeißen. *Da beißt die Maus kein' Faden ab.* Du bissest nun aber in einer simplen, sonnigen, solitären Nachmittagsstunde im Frühlingswind dieses Gängelbändchen durch, und siehe, es war mürber als gedacht, es gab nur ein kurzes spannungslösendes Knacken, und schon zog sich, was dich so lange gehalten hatte, mit einem Rutsch zurück, und du musstest aufpassen, dass du nicht vor Schwung und Übermut in Gegenrichtung über deine eigenen Füße fielst. Natürlich würde es Konsequenzen haben – aber wenigstens würde es mal welche haben, das heißt, merkliche, ungewohnte, nicht absehbare. Denn Konsequenzen würde ja alles haben, das Aufhören wie das Weitermachen, und sie schienen dir wie überhaupt das meiste im Leben eine Frage des unverhandelbaren Geschmacks. Ob man Gefallen daran fand, dass alles *seinen sozialistischen Gang* ging oder eben nicht. Mit Entscheidungen tatest du dich für gewöhnlich schwer, sie fühlten sich oft wie eine Verstopfung an, weil du noch alles zu einer Frage des Prinzips erhobst. Einmal getroffen aber, akzeptiertest du das Ergebnis umgehend und ohne Federlesen als den neuen Stand der Dinge, das Entscheidende schien zu sein, sich überhaupt zu entscheiden. Dieses Muster des plötzlichen Umschlagens, des abrupten Gangartwechsels von der zerrissenen Heuhaufeneselei ins zufriedene Grasen war dir immer rätselhaft, weil der Umkipppunkt im Dunkeln blieb, amnesisch verborgen, und das erfüllte dich lange Zeit mit Misstrauen, auf der einen oder der anderen Seite konnte etwas nicht stimmen. Wenn das Resultat letztlich zweitrangig war, wozu dann der ganze selbstmarternde Gedankenaufwand? Dann meintest du eines Tages gedankenblitzartig dahintergekommen zu sein: Der Aufwand musste sich notwendig antiproportional zum Gewicht der Entscheidung verhalten, denn ein langwieriges Hin und Her, Für und Wider bezüglich der jeweiligen Optionen konnte nur bedeuten, dass der Unterschied in puncto positiver oder negativer Auswirkungen zwischen ihnen bestürzend gering war, dass beides Vor- wie auch Nachteile mit sich brächte, die sich mehr oder weniger gegeneinander aufheben würden, und die Schwierigkeit, sich zu entscheiden, mehr darin bestand, dies zu akzeptieren: dass es keine einwandfreie Lösung gab. *Gehopst wie gesprungen.*

Als du nun die Unioninkatu aber förmlich hinabsprangst, wusstest du gleich, dies war der andere Fall. Denn du konntest dich eines eigentlichen Entscheidungsfindungsprozesses gar nicht erinnern. *Kurzer Prozess.* Was also nur bedeuten konnte, dass es nichts abzuwägen gab. Dass die Sache sonnenklar war. Dass es die richtige Entscheidung war. Die sich eben daran erkennen ließ, dass erst gar nichts anderes infrage kam. So dachtest du in dieser glücklichen Stunde im Unglück.

Beschwipst von deinem Wagemut, fiel dir erst gegen Ende des Busrückwegs ein, dass du schon wieder vergessen hattest, beim Finnair-Büro gleich neben dem Bahnhof vorbeizugehen und deinen Flug umzubuchen. Falls es nicht die Welt kostete. Und selbst wenn. Das Auslands-BaföG war nach mehr als vier Monaten endlich eingetrudelt und sah nach einem ungewohnten Batzen Geld aus, und obschon du ihn nun erst recht für die schlechten Zeiten einer finanziell jeglicher Grundlage entbehrenden Zukunft aufsparen musstest, musstest du doch andererseits gar nichts; ein Monat Finnland weniger, und die Umbuchungskosten hätten sich amortisiert, und immerhin waren das gerade auch schlechte Zeiten, die du in einem teuren Land verbrachtest, ohne zu wissen, wie, jetzt und die nächsten fünf verbleibenden Wochen lang. Du hattest dir das so gedacht, weit vor Antritt dieses Auslandssemesters, dass du nach Ende der Vorlesungen Ende Mai noch Zeit haben wolltest, dieses Ausland ein wenig mehr zu erkunden, etwas herumzukommen in der so angenehm spärlich besiedelten Weltgegend. Am besten alleine. Denn zu dem Zeitpunkt würdest du dich ja eingelebt haben, würdest du wissen, wie der finnische Hase läuft und wie er auf Finnisch heißt und noch allerhand mehr. Du würdest Erfahrungen gemacht haben, die dir helfen würden, geübt und mit links weitere Erfahrungen zu machen, denn du wärst, wie konnte es ausbleiben, eine andere Johnny geworden als die, die sich in ihrer Kleinstadt diese Dinge ausmalte.

Womit du indes nicht gerechnet hattest, war die lähmende Wirkung des Halb-und-Halb. Dir war, als hättest du, wärst du doch ganz und gar unverändert die alte Johnny geblieben, immer noch mehr Schwung und Mut zu Unternehmungen auf eigene Faust gehabt als jetzt, in diesem stockenden Übergangsstadium, einer irgendwie schiefgegangenen Verpuppung. Du fühltest dich so alleine, so abgesprengt von allen anderen und vor allem einem anderen, dass die Aussicht auf noch mehr Alleinsein in finnischen Wäldern, an finnischen Seen, umschwärmt nur von Trillionen Mücken, keinerlei Verlockung mehr besaß. Denn zugegebenermaßen hatte sich dein Plan unter der Hand gleich von Anfang an schleichend modifiziert, bis zum Stadium einer ausgewachsenen Quasihochzeitsreise, also dem für das Liebes-Nichtpaar L plus J angemessenen Äquivalent. Das war keine Alternative gewesen. Du konntest jetzt nicht so tun, als existierte, nachdem die geheimen Entwürfe für dieses Vorhaben geschreddert worden waren, noch irgendwo die Ursprungsversion. Es gab sie nicht mehr, weil es die zu ihrer Hervorbringung und Aufrechterhaltung notwendige Johnny-Version nicht mehr gab. Aber auch noch keine neue, die zumindest schon als Betaversion funktionieren würde.

Das Einzige, was dir einfiel zur vorläufigen Vermeidung weiterer Blitzeinschläge, war die Entfernung deiner selbst vom freien Felde, der temporäre Rückzug in die heimische Schutzhütte, in der schon seit Jahren die gleiche vertraute postapokalyptische Ereignislosigkeit herrschte. Die, auch wenn eine Rückkehr zu Väterchen und Brüderchen nach einem schon im Voraus restlos abzuhakenden Sommer klang, dir zumindest hinreichend Grund und Dringlichkeit für einen erneuten Aufbruch bieten würde. Vielleicht konntest du noch mal von vorn anfangen, *einmal ist keinmal*, indem du dich wenigstens äußerlich zurückversetztest. Und *Umwelt formt den Menschen*, wie dein Vater nicht müde wurde anzubringen, ohne daraus irgendwelche persönlichen Schlüsse zu ziehen. Dieses Finnland, es gefiel dir. Aber du hattest förmlich das Gefühl, diesem Gefallen nicht mehr gerecht werden zu können, du schämtest dich, dass die Fremde dich zunehmend anstrengte, dass du letztlich überhaupt nicht den Versuch unternommen hattest, dich ihr alleine zu stellen, sie auf eigene Faust zu erkunden, obwohl du dir genau das anscheinend die ganze Zeit, die ganze Zeit an der Seite eines Jungen, vorgemacht hattest.

Du wachtest am nächsten Morgen wie an einem ersten Ferientag auf, spät und erst von einem Geräusch der Außenwelt, die sich durch den Briefschlitz in dein Zimmer stahl, einem kantigen Klatschen, das unmöglich von den üblichen Prospekten stammen konnte, den Sonderangeboten bei *Alepa*, sozusagen Schleichwerbung, so schlaff und unauffällig wie sie hinein- und ein Stück über den Linoleumboden zu gleiten pflegten. Mit ihnen verfuhrst du grundsätzlich anders als mit den Loseblattsammlungen auf dem heimischen Küchentisch, die sich dort über Tage und Wochen unbesehen aufhäuften, bis dein Vater den Befehl zu ihrem Abtransport in die Papiermülltonne zwei Straßen weiter gab. Nur er selbst blätterte sie hin und wieder in abwesender Automatik, jedoch seltsam zögerlich durch, und du glaubtest an seiner Stirn ablesen zu können, dass dahinter eine labile Wechselwirkung ablief, die der gewohnheitsmäßigen Handlung und des Handlungshemmers in Form der Frage, ob die Gewohnheit die Aufrechterhaltung wert war oder man sie gleich mit *in die Tonne kloppen* sollte. Es war ein allsonnabendliches Ritual deiner Eltern in seltener trauter Zweisamkeit gewesen, das allerlangweiligste, das du dir vorstellen konntest, doch wie sie studiertest du nun die Supermarktwerbung, wenn auch allein und nicht in erster Linie zu Unterhaltungszwecken. Sondern, vor allem anfangs, als eine Art Vorschule für den Einkauf, damit du nicht immer ewig rätselnd den Wagen vor den Regalen hin- und herschieben und das Misstrauen der Angestellten auf dich ziehen würdest. Nebenbei konntest du dich jedes Mal an den drolligen Produktnamen ergötzen, die meist einen ganz anderen Inhalt vermuten ließen, dich mitunter aber auch durch sofortiges Verständnis und Einverständnis für sich einnahmen. Zum Beispiel befriedigte es dich ungemein, dass hier die Mettwurst noch sein durfte, was sie bei euch immer gewesen war, was man sich jedoch später angewöhnte nur noch vornehm Salami zu nennen. Wiederum schien sich, in dieser *meetvursti*, eine geheime Vetternschaft zwischen deiner Heimat und diesem nordischen Osten zu offenbaren.

Was da statt der bunten Einkaufshilfen in deinen leeren Tag gerutscht kam, ein knittriger weißer Brief, schien dir zunächst wenig hilfreich. Du konntest die vage bekannt wirkende Handschrift nicht zuordnen, doch dass es nicht die zwischen Schönheit und Unleserlichkeit balancierende Loïcs war, sahst du sofort, auch hätte er deinen Vornamen kaum zu einem *J.* verkürzt. Wenn er dir auch den Jungen nicht zugestand, Johnny war nie in Zweifel gezogen worden. Du hattest ihm einmal den unwillkommenen Vorgänger, deinen Dokumentennamen, genannt, einfach so, ohne dass er gefragt hätte, und das war dir nun in den zwei Wochen, die du seit seiner Out-of-the-blue-into-the-blue-Flucht bereits nutzlos vor dich hin vegetiertest, wieder in den Kopf geraten, natürlich mit dem Schluss im Schlepptau, dass es ein entscheidender Fehler gewesen sei. Zwar glaubtest du das selbst nicht recht, aber das konnte auch bedeuten, dass du es nur nicht glauben wolltest: dass es besser war, auch in puncto Man-Selbst bei einer Version zu bleiben. Das kam dir allerdings erbärmlich und beschissen vor.

Beschissen auch die Enttäuschung darüber, dass es kein Brief von Loïc war, der nicht an ein Mädchen namens Joana schreiben würde, denn das, das war doch die eigentliche Erbärmlichkeit. Ja, du wolltest jetzt endlich wütend sein, ein großes, gefräßiges Zornesfeuer in deinem Inneren entfachen, Brandopfer und Läuterung, aber nichts da. Du bliebst nur enttäuscht, so enttäuscht, dass du durch Tränen und Rotz hindurch zwar den Absender entziffern konntest, dir aber zunächst gar nicht auffiel, dass ein Brief deines Bruders ein mindestens ebenso unwahrscheinliches Ereignis darstellte. *Charlie Wolkenzin*, stand da, uneingespart und unangefressen und dennoch mehr als ungewohnt. Das zumindest ließ sich erklären, denn es handelte sich um die allererste Post deines Bruders an dich überhaupt, abgesehen von einer Karte aus dem Ferienlager in der ersten oder zweiten Klasse mit etlichen orthographischen Phantasievorstellungen, anhebend mit *Leibe Joana*, und das erklärte wohl auch die *J.*-Verlegenheit gleich mit. Er hatte den Namen, den er dir verpasst hatte, niemals schriftlich fixiert, es existierte für ihn nur die mündliche Tradition und das hieß, so gut wie gar nichts.

Ungefähr auf diese Bilanz kam auch eure bisherige Kommunikation über die Ostsee hinweg. Da sich euer Vater nicht zum Schreiben von Briefen und schon gar nicht von Mails befähigt sah, hattest du ungefähr alle zwei Wochen mal deine Telefonkarte benutzt, die zugleich ein für beide Seiten bequemes, weil zutreffendes Argument darstellte, die Gespräche nicht über die Fünf-Minuten-Grenze hinauswuchern zu lassen. Manchmal hatte Charlie abgenommen und dann hattet ihr ein bisschen Konversation gemacht, du hattest nach seinem Zivildienst gefragt und, wenn er allein war, auch, ob »bei Papa« alles in Ordnung, das heißt, unverändert sei, und Charlie hatte dich eigentlich gar nichts gefragt, außer einmal aus einer offenbar bekifft-albernen Laune, wie viele Finnen du nun schon abgeschleppt hättest, die müsse man doch wahrscheinlich nach einer halben Samstagnacht nur noch einsammeln. »Paljon kiitoksia!«, hattest du gemurmelt. Und es ihm auf seine gegackerte »Was?«-Frage mit »Halt die Fresse!« übersetzt. Gern hättest du ihn mit der Gegenfrage angeekelt, denn das ging bei ihm noch immer leicht, der Beischläfer wie vieler Omas er denn inzwischen gewesen sei, doch hatte der Knabe wieder mal unverdientes Glück gehabt und keine Stelle in einem Altenheim, sondern quasi dem Gegenteil angetreten, nämlich einer Jugendherberge auf Rügen, die für die letzte Sommersaison dringend einen Ersatz gesucht hatte für Charlies Vorgänger, der sich kurz vor Ende seiner Dienstzeit wieder für wehrtauglich hatte erklären lassen und abgedampft war, mit guten Aussichten darauf spekulierend, in der verbleibenden Restzeit nicht mehr einberufen zu werden. Und in wie vielen Betten dieser Herberge Charlie nun schon gelegen haben mochte, darauf wolltest du lieber keine Antwort. Soweit du wusstest, hatte er seit Thea keine Freundin mehr gehabt und schien dennoch nichts zu entbehren, und das ließ bei einem Jüngling seines Alters und Schlags eigentlich nur eine Schlussfolgerung zu. Spätestens seit diesen zwei auszehrenden Wochen, befallen von inwendigem Liebesunverträglichkeitsausschlag, gestandest du dir ein, dass du ihn beneidetest, wieder mal. Warum war es für halbwegs gutaussehende Jungen so leicht? Du sahst nicht schlecht aus, im Grunde sahst du fast genauso aus wie Charlie, und trotzdem war es undenkbar. Waren Mädchen so schnell zu überzeugen, »einzusammeln«? Na ja, siehe Loïc. Vielleicht solltest du das mal probieren, blöderweise würde es dafür nicht reichen, sich als Junge zu verkleiden. Im Grunde musstest du dich nicht verkleiden. Siehe Loïc. Und außerdem. Ja, was. Du warst doch kein Kind mehr. Mit flacher Brust und flacher Luftmatratze auf dem Dachboden.

Die Mutterfrage verkniffst du dir meistens, obwohl du dir nicht sicher warst, dass Charlie oder dein Vater dir irgendwelche Unregelmäßigkeiten in der nun schon seit Jahren lediglich zu euren Geburtstagen und merkwürdigerweise zu Ostern unterbrochenen Funkstille in jedem Fall mitteilen würden. Es handelte sich stets um mit gewissen Geldbeigaben versehene kurze Nachrichten, die euch in kaum variierten Formulierungen immer aufs Neue ihres Wohlergehens versicherten und ihrer Hoffnung, euch gehe es ebenfalls gut, und anfangs auch noch ihrer Überzeugung, dass es für alle so am besten sei, wie es sei. Die österlichen und damit quasi anlasslosen Botschaften regten dich Jahr für Jahr am meisten auf. Obwohl du dir denken konntest, dass es ihr dabei lediglich um eine Gleichverteilung der Lebenszeichen über den Jahreszeitraum ging, lag dieser Frühlingspunkt doch auch immer in perfider Nähe zum Tag ihrer sogenannten Befreiung, auf den sie sich sicherlich alljährlich ein Gläschen einschenkte. Und dass der Fuffi-Ablasshandel nicht funktionierte, wussten doch wohl beide Seiten nur zu gut. Es war und blieb unbrauchbares Geld. Hattest du zuerst noch danach getrachtet, es möglichst schnell und möglichst unüberlegt loszuwerden, in Akten der Revolte für Sachen auszugeben, die du nicht brauchtest, so ging dir bald auf, dass du das unwillkommene Geld nur in unwillkommene Dinge und damit erst recht in raumgreifende Tatsächlichkeit verwandeltest. Du schwenktest auf die entgegengesetzte Methode um: Jeden neuen Schein schobst du umgehend, in einer Automatik, die du dir extra dafür antrainiertest, den Deckel nur einen Spaltbreit lüftend, in eine Schachtel hinter dem Pulloverstapel in deinem Kleiderschrank, *Klappe zu, Affe tot.* Mochte der Tag dafür kommen. Oder auch nicht. Nur einmal hattest du sie seitdem hervorgeholt, Anfang des Jahres, um sie in Euro umtauschen zu lassen, was den Stapel noch mal angenehm verschlankte.

Oh Johnny Boy,

was hältste davon, wenn ich nächste Woche dann mal bei dir aufschlage? Also die Frage ist mehr so rhetorisch, weil Finnair schon klargemacht. Landung am 31. dreizehn Uhr 35. Vantaa, was wohl Helsinki heißt.

Ich hab extra Urlaub genommen, also extra keinen genommen die ganzen abgedrehten 10 Monate lang auf dieser Insel, bei der man nicht merkt, dass es eine ist, und dafür jetzt alles am Stück, eigentlich bloß, um diese Heinis hier zu ärgern. Aber jedenfalls war das ja abgemacht und du mit deinem guten Gedächtnis hast das bestimmt nicht vergessen. Du brauchst mich auch nicht abholen, ich brauch nur deine Adresse, und wenn du grade nicht da bist, kannst ja den Schlüssel untern Fußabtreter legen, falls du so was da hast oder denk dir was anderes aus und sag Bescheid, ich bin da totaaal flexiiibel. Oder wenn du grade dann mit deinem Lover oder weiß der Fuchs welchen Spinnerfinnen unterwegs sein musst, dann muss ich eben erst mal inner Jugendherberge pennen, damit kenn ich mich inzwischen so was von aus.

Na ja, ich hoffe mal, du hast noch keine(n) feste(n) Freund(in), der-die-das uns in unserer trauten Zweisamkeit stören könnte, und außerdem lohnt sich so eine Anschaffung sowieso nicht, das lass dir mal gesagt sein (von deinem weisen Bruder, weißte).

Ich wollte noch sagen, ich freu mich echt, auch auf dich, ist nämlich ziemlich langweilig mit dem Alten alleine, und was da so auf des Deutschen Reichs allergrößter Insel rumkraucht – na ja, wenig Gescheites bei.

Sag mal, soll ich was mitbringen? Anderthalb Kilo hast du frei. Geld hab ich n bisschen was zusammengescheffelt, und wenn's nicht reicht, dann müssen wir in Lappland aufn Strich gehen. Falls die da ne Straße haben.

Ich schick dir jetzt noch ein Gedicht mit, denn ich glaub, du liest heimlich Gedichte, es ist von Heine:

Schattenküsse, Schattenliebe,
Schattenleben, wunderbar!
Glaubst du, Närrin, alles bliebe
Unverändert, ewig wahr?

Was wir lieblich fest besessen,
Schwindet hin, wie Träumerein,
Und die Herzen, die vergessen,
Und die Augen schlafen ein.

Hab ich in so nem Schmöker hier im Aufenthaltsraum (»Lounge«, eh!) gefunden, in den nie einer reinguckt (ich mein, in diesen alten angegilbten Pageturner, der Raum ist nagelneu pissgelb). Ziemlicher Knaller, fand ich.

Also, bis demnächst, kannst schon mal Wodka kaufen,
C

Du kamst dir wie immer bei Charlie gelinde verarscht vor, es ging ja schon mit der Anrede los. Aus diesem ganzen Brief sprach noch genau der gleiche Wannabe-sophisticated-Rotzbengel, den du in Erinnerung hattest als denjenigen, der es erst für »komplett irrelevant« befand, in der Zwölften in die düstersten Kellergeschosse des Notendurchschnitts zu rauschen, im Wortsinne sozusagen, dann, als hätte es sich um Verhinderung durch höhere Gewalt gehandelt, irgendwann erklärte, die Klasse »auf jeden Fall« zu wiederholen, um nach monatelangem Genervtsein von jeder noch so kleinen Störung seiner höchst ernsthaften ranklotzerischen Bemühungen mit durchpaukten Nächten ein paar Wochen vorm Probe-Abi, während deiner Wintersemesterferien, endgültig alles hinzuschmeißen, und zwar mit dem Argument, ohnehin Freie Kunst studieren zu wollen, »wenn überhaupt«, und dafür brauche man kein Abi. Euer Vater explodierte. Und haute mit beiden Bäckerfäusten zugleich auf den ewig kippelnden Abendbrotstisch, dass Mett- und Teewurst einen kleinen Satz machten, simultan auf ihn zurollten und das schwankende Hindernis der Bierflasche beinahe aus dem Weg geräumt hätten, hätte euer Vater sie nicht wie nebenbei stabilisiert, während er Charlie anbrüllte, dann solle er mal zusehen, wo er bleibe, er werde ihn jedenfalls nicht durchfüttern, »kannste dir abschmatzen«, und wie er so zornesgebläht da thronte, mit dem Bierflaschenzepter in der Hand, die Wursthunde bei Fuß, wirkte diese Ansage durchaus glaubhaft.

Du sahst, dass es Charlie ein bisschen mitnahm, denn als die klassische Besetzung für den Vater-Sohn-Konflikt hatte er sich bis dato wohl eher nicht gesehen. Aber er hatte sich besser im Griff als du in solchen Situationen, worum du ihn natürlich ebenfalls beneidetest, er konnte den Kloß runterschlucken und mit halbwegs normaler, das hieß, normal abschätziger Stimme zu eurem Vater, einem Acht Klassen-Schüler, sagen: »Macht mich das jetzt in deinen Augen zu einem schlechteren Menschen?« Seinen Mund umzuckte ein Grinsen, das auch deinem Vater nicht entging.

»Menschen?! Du bist 'n stinkendes Faultier und sonst nix!« Er stand auf und fing an, den Tisch abzuräumen, als Erstes Charlies

Brett mit der angebissenen Stulle, die schneller, als Charlie gucken konnte, unterm schnappenden Deckel des Mülleimers verschwand. »Und Kunst kommt von können, du Scheißer!«

Dich indes machte der Vorfall in den Augen deines Vaters nicht unbedingt zu einem besseren Menschen, er stellte dich nicht als Vorbild hin, denn in einem Englisch- und Geschichtsstudium lag für ihn nichts Nachahmenswertes, vielmehr eine etwas edlere Form der Verfehlung – wo du doch, *mit dein'n Zensurn*, auch einen guten Posten bei der Sparkasse hättest ergattern können. *Da haste ausgesorgt!* Stattdessen blieben die Sorgen, die du dir nicht machtest, nun an ihm hängen und der BaföG-Höchstsatz, den du bekamst, eine ebenso zweischneidige Sache wie die höhere Bildung. Wenn man sich damit mal nicht ins eigene Fleisch schnitt. Ein paar Tage später sagte er zu dir, aus einem immer noch brodelnden Inneren heraus: »Du nimm dir ma bloß kein Beispiel an dem!«

Als du, Charlies Brief vor dir, diese Szene noch einmal Revue passieren ließest, wurde dir klar, was du gerade im Begriff warst zu tun. Zwar lag dir Handeln nach Beispielen aus deiner eigenen Familie fern, das änderte aber nichts am Ergebnis dieses Handelns, und für deinen Vater zählte, wie du dir denken konntest, das Ergebnis. Sein bestes, weil letztes Pferd im Rennen, ein etwas unterernährtes Langbein, aber brav, mit dem man immerhin noch auf Platz, wenn auch nicht auf Sieg laufen konnte, schwenkte gerade mir nichts, dir nichts von der Bahn ab und trabte ziellos von dannen. Well done. Schöner Mist. Das waren sie nun, die Früchte des Kein-Früchtchen-Seins, sondern eine Art Johanniskraut. Deine Lust auf eine baldige Heimkehr, zu Erklärungsnöten und Vorwürfen, die langsam in ein chronisches Enttäuschtheitsschweigen übergehen würden, verflüchtigte sich, und Charlies unverfrorenes Vorhaben, das dir eben noch auf den Magen geschlagen war, begann dir langsam zu schmecken. Vielleicht ließe sich mit ihm sogar reden, über diesen Sachverhalt und andere. Dass eurem Vater eine anwesende Familie aus Versagern immer noch lieber sein könnte als eine, die ihn völlig im Stich ließ, dieser Gedanke drang kaum durch, und wenn, dann wischtest du ihn weg mit dem Argument, dass es ja nicht nur nach ihm gehen könne. Und dass Kinder, die mit Anfang zwanzig zu Väterchens Gesellschaft zu Hause rumhockten, einfach ein Unding seien. Hattest du dir nicht in deiner sogenannten Jugend von ihm andauernd anhören müssen, du gehörtest mehr raus, unter Leute, was auch immer er sich darunter in einer Kleinstadt vorstellte? Nun, jetzt war sie gekommen, die Jugend, die Jugend des späten Mädchens, für das es vielleicht endlich an der Zeit war, einem Altersgenossen, blutsverwandt hin oder her, als zumindest potenziell erwachsenem Menschen zu begegnen statt als ewigem Archetypus des Kleinen Bruders, ein Umgang, der dir stets nur ein, wenn auch abhärtendes, Wechselbad der Gefühle von Über- und Unterlegenheit bereitete. Gerade versuchtest du, dem des Briefes zu entsteigen. Die Unheimlichkeit in fliegenden Tropfen abzuschütteln, in die das Gedicht dich getunkt hatte. Charlies Riecher auch mit einem Meer aus Wochen und Unerwähntem zwischen euch. Ach was, sagtest du dir. Erstens passte Heine fast immer. Und zweitens hatte da vielleicht auch einer mehr mit sich zu tun, als er in seinem Image unterbringen konnte.

Also riefst du zu Hause an, also sagtest du, alles klar, also fuhrst du am 31. Mai gegen Mittag raus zum Flughafen, auch wenn du dir bis zuletzt nicht vorstellen konntest, gleich Charlie zu begrüßen, und wie diese Begrüßung überhaupt ausfallen sollte. Geschweige denn, ihn drei Wochen zu beherbergen. Auch ein Unding. Aber wenn es schiefging, konntest du ihn immer noch rausschmeißen und an ein Hostel verweisen, schließlich gab es kein geschwisterliches Recht auf Kohabitation.

Als du ihn in der Ankunftshalle entdecktest, überkam dich eine eigenartige Rührung, ausgelöst offenbar durch die Unvermitteltheit eines durch und durch vertrauten Anblicks, einer Verwandtheit, die nicht gewählt werden konnte und die, wie du wohl spürtest, mehr mit dir selbst als deinem Bruder zu tun hatte. Eure fast zwillingshafte Ähnlichkeit hatte, wie dir in dem Moment auffiel, mit den Jahren überraschenderweise eher zu- als abgenommen und lenkte den Blick daher immer auf dich selbst, du sahst ihn dort suchend, sich orientierend in der Menschenmenge, aber du sahst zugleich auch dich an seiner Statt, es war unheimlicher als jedes hellseherische Heine-Gedicht, stärker mit dir verknüpft als Doppelgängerei und dabei doch etwas, das sich auf der anderen Seite so unspektakulär in- und auswendig anfühlte, dass es dir ganz selbstverständlich vorkam, sich davon wegzubewegen und du dieses Beinahespiegelbild in all den Monaten kein einziges Mal vermisst hattest. Im nächsten Moment, als Charlie dein Winken wahrnahm und es mit dem unvermeidlichen Augenbrauenlüpfen quittierte, fragtest du dich, was du dir da gerade wieder für einen Schmus zurechtphantasiert hattest.

»Na?«, sagte Charlie und kniff dich in die Wange. Damit war zum Glück die Frage Umarmung-ja-oder-nein vom Tisch, im selben Moment, in dem er diese unerwartete Geste ausführte, schien aber auch er zu merken, dass sie aus einem anderen Repertoire herübergerutscht war, für das es wohl nur gerade keine Empfängerin gab. Es folgte bereinigungshalber ein unsortierter Wortschwall von Flugreisebeobachtungen und Vergleichen zu gewissen Jugendherbergsbegebenheiten, durch den hindurch du Charlie genauer inspiziertest. Bis auf ein paar kleine Formulierungsmacken, die er sich zugelegt hatte, fandest du ihn zu deiner Überraschung fast unverändert – aber was hattest du auch erwartet nach viereinhalb Monaten. Nur, dass du dich eben selber reichlich verändert fandest, was er dir trotz aller Kaschierungsmanöver doch auf den ersten Blick ansehen müsste, ungefähr so, als hättest du fünfundzwanzig Kilo zugelegt und versuchtest, die hervorquellenden Fettpölsterchen unauffällig in deinen bisherigen Klamotten unterzubringen. Aber Charlie guckte nicht so.

Er ahnte die Dinge entweder, ohne sie groß in Augenschein nehmen zu müssen, und wusste sie dann mit einer Sicherheit, deren Ungewöhnlichkeit ihm selbst gar nicht bewusst zu werden schien – oder er blieb vollkommen blind für sie. Vielleicht tat er auch nur so. Diese Mischung oder vielmehr Nichtmischung – in der Art, wie sich Wasser und Öl nicht mischten – machte den Umgang mit ihm jedenfalls etwas unberechenbar. Nicht unbedingt zu rechnen gewesen war auch mit einer Frage wie dieser im Bus: »In welchem Schuppen gehn wir denn heute tanzen?« Es war Freitag, klar, aber als Partylöwen hattest du deinen Bruder nicht in Erinnerung, vielmehr hatte es bisher zu den Dingen gezählt, die du als am ungerechtesten, nämlich vertauscht zwischen euch verteilt geglaubt hattest: Während du für dein Leben gern tanztest, dafür aber für den größten Teil deiner Jugend auf alleiniges Zuhausesein oder den Dachboden, bei gedämpfter Musik und gedämpftem Spaß, angewiesen gewesen warst, hatte Charlie sich der allwochenendlichen Einladungen zu Partys oder Dorfdiscoausflügen kaum erwehren können, ohne dort jemals das Tanzbein auch nur ansatzweise zu rühren, nach dem, was man so von Thea oder auch ungebetenerweise den anderen zu hören bekam: *Schade, dass er nicht tanzt. Warum tanzt er denn nicht. Du tanzt doch auch.* Woher sie das wohl wussten, wenn sie dich nie mitnahmen. »Seit wann tanzt'n du?«

»Na schon immer!«, sagte Charlie und griente. »Warst ja nie dabei.«

Du fühltest die ohnmächtige Charlie-Wut in dir aufwallen, aber weg damit, du hattest zwar noch keinen Ersatz gefunden für all die Abschaffungen, die es vorzunehmen galt, aber vielleicht war dazu auch erst mal eine Grundreinigung nötig. Du wolltest ihn doch, in deiner Version von Erwachsenheit, als einen erwachsenen Menschen behandeln, und beides erforderte einen gewissen Vorschuss, du müsstest aus einem angenommenen Zustand der Geklärtheit agieren, auf dessen Eintreten du in Wirklichkeit erst noch hofftest, und du müsstest auch Charlie einen Grad an Gereiftheit zugestehen, in einem nonchalanten Als-ob, der bei ihm wahrscheinlich noch nicht einmal Gegenstand irgendwelcher Hoffnungen geworden war. In der Hoffnung auf eine Umwandlung von Möglichkeiten in Wirklichkeiten vermittels einer Art Placebo-Feedback, einer Einspeisung durch Spiegeleffekte. Ein bisschen waghalsig vielleicht, aber was konnte schon passieren. Zunächst jedoch musstest du Charlie einen Dämpfer verpassen in puncto Großjährigkeit: »Dich lassen sie sowieso nich rein.«

Charlie guckte mit einem großonkelhaften Ich-hör-wohl-nicht-recht-Blick an dir herunter: »Aber dich, oder was?«

»Ja. Denn im Gegensatz zu dir bin ich einundzwanzig.«

Er griente und brubbelte sich etwas in den lückenhaften Zweitagebart, »sprich dich ruhig aus«, sagtest du, und er, sich komödiantisch räuspernd, laut und vernehmlich für alle im Bus: »Ich sagte, die spinnen, die Finnen!«, unter Auslassung des ersten Teils, den du gleichwohl verstanden hattest, und das wusste er auch. *Na, wenn das man reicht.*

Es ging dann so aus, dass ihr tatsächlich als Zwillinge auftratet, als schließlich in der Schlange vor dem auserkorenen Club nach euren Ausweisen verlangt wurde, das heißt, sie verlangten nach Charlies und hätten dich umstandslos durchgewunken, aber du zeigtest deinen vor und erklärtest, »he's my twin, you see – same age«, und wer wollte da widersprechen. Zwar war es nicht logisch, dass ihr als ungleichgeschlechtliches Zwillingspaar euch ähnlicher sehen solltet denn als gewöhnliche Geschwister, der Zauber des Wortes wirkte aber, wie du wohl wusstest, trotzdem, sogar bei dir selbst. In der Zone der populären Irrtümer triumphiert auch bei hoher Aufklärungsrate im Allgemeinen die Unverbesserlichkeit.

»Doch bloß, weil du ne Frau bist«, kommentierte Charlie dann noch deinen Erfolg beim Einlass und machte dir eine passende Antwort schwer, weil deinem Widerspruchsgeist eine unvermutete Geschmeicheltheit in die Quere kam, sich paarend mit der des anstandslosen Für-alt-genug-Gehaltenwerdens: darüber, öffentlich und privat zumindest als kein *Mädchen* mehr zu gelten. Und das bei deinem Bruder! Zweck und Richtung deiner Reflexreplik wurden dir selbst nicht ganz klar: »Wieso, seh ich etwa so aus?«

Charlie, wohl auch im Unklaren, enthielt sich denn auch einer Antwort. Und du, du lebtest plötzlich auf in der temporären Gewissheit, dass seine Gegenwart und dieser Ort dich wenigstens eine Nacht lang von weiterem Nachdenken über dieses irgendwie chronisch gewordene Frage-und-Antwort-Spiel abhalten würden. Bei Charlie konntest du so geschlechtslos bleiben wie immer, Johnny seit eh und je, und das schien dir im Moment das geringste Übel, und das Tanzen, es kam auch seit jeher einer festlichen Steigerung des Zustandes gleich, in dem du dich befandest, wenn du mit dir allein warst: unbehelligt von den unentwegten Forderungen, geschlechtlich Stellung zu beziehen.

Du konntest nur staunen. Mit welcher Eingeborenheit sich Charlie durch das Gewirr aus unterschiedlich beschallten Räumen und unterschiedlich betrunkenen Menschen bewegte. Und wie langsam er tanzte. Ersteres lerntest du von ihm, vermutlich schon in dieser einen Nacht. Letzteres wolltest du nicht lernen, es strapazierte schon beim Zugucken deine Geduld. Um vier ging das Licht an. Hartes, weißes Deckenlicht in allen Räumen, du kanntest es schon, das Signal des allgemeinen Kehraus, als hätte der Club nun lange genug eure lautstarke Feierei ertragen und fordere seine Nachtruhe ein. Wie üblich blinzelten sich alle wie orientierungslos resignierende Fledermäuse an, und bloß Charlie glaubte noch an so etwas wie einen Filmriss, der gleich behoben sein würde, und war nur schwer zu Einsicht und Abschied zu bewegen. »Das hättste mir auch eher sagen können!«

»Wieso? Hätt es dann mehr Spaß gemacht, irgendwie intensiver, sozusagen mit der Endlichkeit vor Augen?«

»Nee, dann hätt ich schneller getrunken.«

Du hattest Charlie vier oder fünf *Lapinkulta*, das Gold Lapplands, trinken sehen und warst verblüfft, dass er noch kein bisschen lallte. Vermutlich bildete er sich auf diese Trinkfestigkeit bereits etwas ein. »Ist meine Gesellschaft jetzt schon nicht mehr nüchtern auszuhalten?«

»Ach, spinn nich rum!«

Du glaubtest aber doch kurz zu spinnen wie auch an die Richtigkeit deiner Unterstellung, als du am nächsten Vormittag schon wieder von einem Briefklatschen auf dem Linoleum geweckt wurdest, über Charlie in seinem Schlafsack hinwegstiegst, um den Posthappen zu begutachten, und plötzlich seine zupackende Hand um dein Fußgelenk spürtest, was dich zusammenfahren und fast hinstürzen ließ. Du warst nahe daran, ihm eine zu scheuern. »Mann, eh, hast du noch alle!«

»Könnte für mich sein«, raunte Charlie unbeeindruckt und – noch immer dein Bein festhaltend – auf eine Art, die dich annehmen ließ, er habe zu oft den *Paten I–III* geguckt. Ungewohnt behände – jedoch hattest du seine Fähigkeit, aus dem üblichen Zeitlupentempo eidechsenhaft auf blitzschnell-elegante Präzision umschalten zu können, schon öfter bemerkt – wand er sich an dir vorbei, hob die sich unförmig beulende kleine Versandtasche auf und verfiel, ganz gangsterboss-unlike, in ein quietschvergnügtes Lachen. »Hat ja geklappt!«

»Oh toll«, sagtest du. »Wäre es wohl unter Umständen möglich, und ich hoffe ergebenst, es ist nicht zu viel verlangt, eine Auskunft über den Inhalt dieser postalischen Sendung zu erhalten, deren Adressatin ich bin?«

Charlie sah dich hochmütig an. »Unter Umständen.« Und griente schon wieder.

Du konntest es dir ohnehin denken und legtest schon mal innerlich die Stirn in Falten. Mit Charlie zog das Lotterleben ein, das hieß, eine neue Variante davon, die du bisher als zu profan verworfen hattest, außerdem hättest du keine Lust gehabt, dich aufwendig und zwielichtig um die Beschaffung dessen zu kümmern, was er nun in eine Kassettenhülle verpackt aus dem Umschlag hervorholte. Ein Tütchen grünlich-krümeligen Inhalts und etwas, das aussah wie ein in Alufolie eingewickelter Batzen Torf zum Beheizen einer Puppenstube. Charlie ging etwas fehl in der Interpretation deines konsternierten Blickes, der weniger an der verbotenen Substanz als an ihrer *verbotenen* äußeren Hülle haftete, dem mit pinkfarbenem Fineliner beschrifteten und großzügig mit dem Doppel-T-Logo verzierten Leerkassettenetui.

»Ey, nu mach dir ma nich ins Hemd. Die Post is schon der sichere Weg. Mehrfach getestet.«

»Mit meinen Kassettenhüllen?«

»Ach so, na ja. Lag halt grad griffbereit rum, und ich dachte so, über die Milchbubis bist du doch nu bestimmt hinweg.«

»Was liegt'n sonst noch so griffbereit in meinem Zimmer rum?«

Charlie verdrehte die Augen. »Och Johnny! Ich hab dir kein Geld geklaut oder so. Na gut, 'n Fuffi. Aber kriegste wieder.«

»Zu großzügig!«

Du sahst es an Charlies Blauaugenblitzen, er war prächtig in Stimmung. »Sag ma, was hast'n eigentlich in dieser ollen Armeekiste Geheimes versteckt? Deine gesammelten Werke?«

In der Tat. Und etwas Wertvolleres als diese Tagebücher besaßest du nicht. Weshalb dir auch das Geld für die zwei Vorhängeschlösser und die massive Fahrradkette nicht zu schade gewesen war.

»'n kleinen Bruder, your age. Hab ihn abgemurkst, als er zu frech wurde. Du bist bloß das Replikat, brauchst dir also nix einbilden. Replikate gehn beizeiten an inhärenten Defekten zugrunde.«

Charlie lachte und vollführte ein paar konvulsivische Zuckungen. »De-e-e-es-ha-alb … hrg-krx … bra-auchen sie … hhrhchzzzkrrpspssiiiiiiii … Dope!«

Du konntest ein Losprusten nicht unterdrücken. »Und ab und an leichte Betätigung im Haushalt. Los, koch ma Kaffe!«

»Ich trink kein' Kaffe.«

»Tja, da haste dich wohl im Reiseziel vergriffen. In Finnland gibt's nix andres.«

Immerhin fing er an, ein bisschen in deiner Küchenecke herumzuhantieren, hielt aber plötzlich inne und sagte, fast ernst: »Ey, Johnny, findste nich auch, dass unser Drogenkonsum irgendwie total charaktermäßig verteilt is?«

Du überlegtest, ob Charlies Drogenkonsum Ursache oder Folge solcher Verbalpreziosen war, andererseits war es nicht so, dass dieser Gedanke dir nicht auch so oder ähnlich schon gekommen war. Du wolltest es ihm trotzdem nicht ohne Weiteres durchgehen lassen. Beziehungsweise warst du neugierig. Denn direkte Einblicke in Charlies Schwestern- wie auch Selbsteinschätzungsabteilung besaßen Seltenheitswert.

»Entschuldigung, Herr Privatdozent, aber könnten Sie das ein wenig genauer ausführen?«

Charlie schien erst etwas in Richtung Bredouille zu taumeln, warf sich dann aber in deinen Schreibtischstuhl, drehte zwei Runden, überkreuzte im Austrudeln schwungvoll die Beine und sagte mit lässig auf den Lehnen platzierten Armen, wobei er das Kinn zwischen Daumen und Mittelfinger aufstützte und den Zeigefinger bedeutungsvoll an die Wange legte: »Aber selbstverständlich!«

»Ich höre.«

»Ja, wissen Sie, Fräulein Johnny, äh, Wolkenzin, es ist nämlich so, ohne Ihnen zu nahe treten zu wollen, dass Sie ja, wie soll ich sagen, nun ja, nicht grad so … die Spritzigkeit in Person sind, ne, verstehen Sie, aber ja doch immer so … so gradeaus, so – vernünftig, sagen wir mal, also … straight forward, so … straight halt –«, Charlie machte eine nach vorn schießende Bewegung mit seiner ausgestreckten Hand und musste lachen, »also, ja also, wo war ich … ah ja, sehen Sie, und da haben unsere Studien gezeigt, dass die Probanden, alles so Leute wie Sie, versteht sich, versteht sich … äh, äh, dass die so als, na, äh … Mittel, also, ich meine … Aufputschmittel ihrer Wahl, ja, also, am liebsten, am meisten das Koffein da so wählen. Hrh-mh. – Verstehn Sie?«

»Klaro«, sagtest du. »Aber was is mit den andern? Wieso kiffen die sich die Birne weg?«

»Na, na, na, das möchte ich jetzt aber mal überhört haben, Fräulein! Voreingenommenheit hat in der Wissenschaft nichts, aber auch gar nichts zu suchen! Nehmen Sie sich ein Beispiel an mir –«

»Aber Papa hat gesagt, ich soll mir kein Beispiel an dir nehmen.«

»Echt jetz?« Charlie rollte mit den Augen, und mit weit ausholender Geste: »Papa! Wer ist schon Papa! Keine Konifere, äh, -phäe, äh Kory … Koriander, von dem ich je gehört hätte! Irrelevant! Also, junge Dame, Ihre Unwissenheit ist erschreckend – er-schre-ckend, sage ich! Aber nicht hoffnungslos. Wenn Sie sich meinen väterlichen Rat – ja-hah«, rief Charlie in dein Lachgrunzen hinein, »zu Herzen nehmen: Probieren geht über Studieren! Ansonsten … gut Nacht, Marie – Joana!« Er griente, von einem Ohr zum andern.

Du musstest schon sagen, er war nicht ganz doof, dein kleiner Bruder. Eher schon eine coole Sau – manchmal. Sein Problem war, dass er dachte: immer. Oder dein Problem.

Er wiegte seine Habseligkeiten in der hohlen Hand. »Müssen wir uns gut einteilen – schätze ma, du hast hier keine stabile Quelle.«

»Wir?«

»Na willst du vielleicht zugucken?«

Das stimmte, das hattest du noch nicht so recht bedacht. Außerdem, wenn sich nun schon mal die Gelegenheit zur wenn wohl auch kaum Bewusstseins- – siehe Charlie –, so doch Erfahrungserweiterung bot, wolltest du sie nicht feige verstreichen lassen. Du hofftest, es würde bei dem Rauschversuch ungefähr so laufen wie bei deinem Rauchversuch: möglich, aber nicht nötig.

Charlie schlug vor, deine Initiation in Lappland zu zelebrieren.

»Lappland?«, fragtest du.

»Na da wo wir morgen sind.«

»Aha. Und du hast bestimmt auch schon einen gastfreundlichen Sami kontaktiert, der uns auf seinen Rentierfellen für umsonst schlafen lässt, nachdem wir uns mal eben schnell da hingebeamt haben.«

»Wieso? Ich dachte, das hier wär so ein hypermodernes Land. Mit Eisenbahn und so.«

Also begabt ihr euch zum *rautatieasema*, der als ›Bahnhof‹ zu verstehenden ›Eisenwegstation‹, um dort um zwei mobile Schlafplätze in eisernen Wagen vorzusprechen. Auch die Betten selbst waren aus Eisen gefügt und ebenso hart, wie ihr am selben Abend schon feststellen konntet. Ihr hattet entweder Glück oder es zog um diese Zeit, zwischen Skisaison und zivilen Temperaturen, einfach niemanden nach Lappland, auch eure bescheidene Unterkunft, ein Holzhüttchen am Ufer eines Flusses beim Weiler Kaamanen, war innerhalb einer Stunde im Universitätscomputerraum zu organisieren gewesen. Den Rest des Tages konntet ihr mit dem Beschaffen von Vorräten für die Wildnis verbringen. Charlie zeigte wenig Interesse an den üblichen Touristenanziehungspunkten dieser Stadt, er hatte dazu eine seiner kategorischen Aussagen parat, nämlich dass er sich keine Sehenswürdigkeiten angucke, das sei ihm zu billig, er mache auch aus Prinzip keine Fotos davon. Wie er wohl wusste, ließ sich dagegen nichts einwenden, das einen nicht sofort als Spießer entlarvt hätte, und das wiederum war dir zu billig.

Wie erwachsene Menschen balgtet ihr euch nicht um die obere oder untere Koje im Doppelstockbett, und das war beinahe langweilig, bis bei Charlie wieder die anfallsweise Neunjährigkeit durchschlug und er sich grimassierend und an den Gestellstangen rüttelnd in seinem oberen Bett zu gebärden begann wie kurz vorm Ausbruch aus der Anstalt. Du konntest dir nicht helfen, seine Albernheiten fanden ihr Gegenstück in deinem Gelächter, du warst sozusagen von passiver Albernheit befallen, bist es bis heute. Ihr richtetet euch ein für eine Nacht in eurem polwärts rollenden Kämmerlein mit plastikorangenem Waschbecken, Charlie Musik hörend, du lesend, und als ihr euch schlafbereit glaubtet, machte die Nacht schon Anstalten, in den Tag zu verblauen. Es war nicht so spät, es war noch nicht mal richtig dunkel geworden, da wurde es wieder hell, und das war der Norden.

Rovaniemi, Endstation. Es hätte irgendein halbherzig renoviertes Bürogebäude in eurer Heimatprovinz sein können, hätten nicht die weiten, gefälligen Lettern überm Eingang so verheißungsvoll den Eintritt ins Reich der Mitternachtssonne verkündet. Hier schien sie noch nicht, aber nach den dreihundertfünfzig weiteren Kilometern, die ihr noch vor euch hattet, würde sie nicht mehr untergehen, ihr hattet euch informiert. Diese Überraschungslosigkeit war eigentlich schrecklich, und kurz dachtest du: Was wollen wir hier. Aber wie einstudiert steuertet ihr auf einen der beiden Busse auf dem Vorplatz zu, den mit Destination Ivalo, wie verabredet öffnete der Fahrer für euch die Gepäckklappe, und ganz, als würdet ihr diese Expedition allmonatlich unternehmen, machtet ihr es euch auf den Sitzen im ansonsten völlig leeren Bus bequem, Charlie rechts vorne, du links des Ganges, und ließet Stunde um Stunde die schwarzgrün-graubraune Einöde an euch vorbeiziehen, ein paar Rentiere am Straßenrand dann und wann. Woher rührte diese Routine? Und wie kam es, dass dein Bruder dir nach nur zwei Tagen schon zum selbstverständlichen Reisegefährten geworden war? Nachts, im Helldunkel, im Halbversteck der verschiedenen Stockwerke und rhythmischen Zuggeräusche hattet ihr auch noch geredet. Lauter Dinge, die dir heute vermutlich unsäglich spätpubertär vorkämen, die ganz großen, noch behandlungsbedürftigen Fragen. Waren sie es denn jetzt nicht mehr? Du erinnerst gar eine Grundsatzdiskussion über Selbstmord, natürlich, was sonst, kannst dir aber nicht mehr vorstellen, dass du es damals ernst meintest. Du wolltest zu keinem Zeitpunkt deines Lebens sterben. Jedenfalls nicht länger als ein paar Minuten. Das zumindest lässt sich festhalten, daran lässt sich schon ein Halt gewinnen. Aber dieser Gedanke wäre dir, in altersgemäßer Melancholie und Abgeklärtheit die lappländischen Kiefernwälder als serielle Bestätigung eines Lebensgefühls vorüberrauschen lassend, suspekt gewesen. Du standest nun einmal auf Kriegsfuß mit allen Zufriedenheiten, ein Ortsname wie Sodankylä aber vermochte dich zu erschrecken. Das hieß doch ›Kriegsdorf‹. Kurz hinter diesem einzigen fahrplanmäßigen Halt auf der Strecke stoppte der Bus plötzlich wieder inmitten von Nichts, ein schmaler Waldpfad gerade erkennbar. Eine alte Frau stieg ein, lächelte euch leicht entrückt an, grüßte vernehmlich, »Päivä!«. Vielleicht konnte man unter diesem hellblauen Himmel mit den tiefen Wolken und der Gewissheit, dass im Umkreis von zweihundert Kilometern oder mehr eher mit Tieren als mit Menschen zu rechnen war, zu einer Art unverdächtiger Zufriedenheit gelangen, aber du fühltest dich wie ein Eindringling, wie die entscheidende Existenz zu viel, die das zarte Gleichgewicht dieser Gegend kippen ließ.

Charlie focht das nicht an. Als du ihm diese Gedanken später darlegtest, während er den ersten Joint zusammenbaute, und wohl nur zur Übertünchung deiner Nervosität, sagte er bloß: »Nu nimm dich ma nich so wichtig.«

Und weil du darauf nichts antwortetest, wieder mal eingeklemmt zwischen den Reaktionslagen, murmelte Charlie ein »Na ja, ich weiß schon«, bevor er mit flinker Zunge die Klebefläche des Papiers anleckte und dir dann das fertige Produkt wie einen Blumenstengel hinhielt, mit noch geschlossener Knospe. »Ich glaub, du brauchst mal ein bisschen Entspannung.« Und dir unvermittelt einäugig zuzwinkerte.

Mit deiner Entspanntheit war es zumindest so weit gediehen, dass du Charlie nur noch wenig übel nehmen konntest. Etwas in dir hatte angebissen, hatte Vertrauen gefasst zu Charlies hakigen Sätzen, von denen er vielleicht gar nicht wusste, dass sie wie Köder wirkten. Andererseits, und das mochte der Hauptgrund sein, wollte er dich ja offenbar auch anlocken. Also konntest du ihm schon mal nicht bloß wie der kleine grätige Kaulbarsch erscheinen, der die Sache nicht wert war.

Ihr saßet auf dem Bänkchen vor eurer lediglich mit zwei Betten, zwei Stühlen und einem kleinen Tisch möblierten Holzhütte mit Blick auf den Fluss in der Abendsonne, falls man das so nennen konnte, und du zittertest ein wenig und warst dankbar, dass Charlie von »Arschkälte« sprach. Bei eurer Ankunft hatte es geschneit. Er wollte, dass du den ersten Zug machtest, aber so viel Exponiertheit à la wie-wird-sie-sich-anstellen ging dir wie immer gegen den Strich, und so sagtest du: »Menschen lernen durch Nachahmung«, und gabst ihm das fast faltenfreie Musterexemplar zurück. Übung machte natürlich auch hier den Meister, nur interessierte dich diese Art von Meisterschaft nicht die Bohne, höchstens als interessanter Beweis dafür, dass sich auch bei Kiffern Ehrgeiz nicht einfach verflüchtigte, sondern sozusagen sublimierte, zurückschlug in kindlich-zweckfreie Ambitioniertheit. Charlie zuckte nur mit den Schultern, zückte das Feuerzeug und ein dezentes Knistern und Verschmurgeln ließ sich wahrnehmen, verbranntes Papier und ein fremder Geruch, und das alles fügte sich erstaunlich gut ein in die sachten Wind- und Wassergeräusche, akzentuiert durch das plötzliche knatternde Aufflattern zweier Enten, das euch, noch vor jedem Rausch, in Heiterkeit versetzte wie eine gelungene Slapstick-Einlage. Ob nun eigentlich von Rausch die Rede sein konnte, als du, Charlies väterlichen Hinweisen Folge leistend, ein paarmal so tief du konntest inhaliert hattest, oder nicht doch eher von einem gewöhnlichen Nikotin-Flash, darüber trautest du dir keine Entscheidung zu. Jedenfalls passierte nicht sonst was. Dir wurde ein bisschen komisch im Magen, ein bisschen schwindlig wie von einem leichten Blutdruckabfall, und erst am nächsten Tag konntest du feststellen, dass wenigstens das Zeitgefühl davongedriftet war, du kriegtest keine Chronologie und kaum Erinnerung zusammen, aber die Sonne schien auch hell und klar nachts um halb drei und da würde es jedem schwerfallen mit der Rekreation und Rekonstruktion. Und aus der Entfernung von Jahren vermagst du erst recht nichts anderes mehr zu erkennen als einen einzigen langen Polartag, rhythmisiert durch Motivwiederholungen von Schlafen, Wachen, Spaghettikochen, Streifzügen durch den borealen Nadelwald, der stellenweise schon schütter wurde, in Tundra überging. Den Bus für einen möglichen Trip zum Nordkap versäumtet ihr regelmäßig. Es spielte keine Rolle, neunundsechzig Grad nördlicher Breite waren an sich genug, und wer hätte es sich jemals träumen lassen. Dass du allein mit Charlie, dass ihr zu zweit die menschenleere Landstraße am Rand der Welt entlangwandern würdet, einen Joint hin- und herreichend, jeder Wechsel ein Fingerstreifen, im sanften Einverständnis friedlicher Gesetzesbrecher, die zwei oder drei Kilometer bis zur nächsten Tankstelle, die eine Art Dorfzentrum darstellte, wo ihr euch ein Eis teiltet, mit Moltebeerengeschmack. Schamlos kichernd über das keine Miene verziehende Verkäuferlein in seinem speckigen Siebziger-Jahre-Vollsynthetik-Hemd, die aufgedonnerte Mittfünfzigerin, die pausenlos aufgebracht auf ihr Handy oder tatsächlich jemanden am anderen Ende einredete, und den abgehalfterten Schnauzbartrocker, der, beide Daumen in seinen Nietengürtel verhakt, die Tür mit der Schulter aufschubsend hereinstolzierte, sich die Hose zurechtrückte und mitten im Raum wie plötzlich angefroren stehen blieb.

»Der überlegt noch, wen von beiden er heute aufreißt«, kommentierte Charlie und ihr konntet euch nicht mehr halten und bautet die Geschichte noch eine Weile weiter aus. Du merktest, es schlich sich also so von hinten an. Kein bunt wirbelnder Rausch, nur ein heimliches Herunterschieben der Kontrollregler. Das gefiel dir. Was nicht ging, war die Kombination mit Bier. Dann kollabierte dein System.

Du fragtest dich, was mit den Wolken am Pol geschähe. Denn sooft du auch den Blick gen Himmel wandtest, immer schienen sie nordwärts zu ziehen, und schnell, schnell, wie magnetisch angezogen, komprimierte, windschnittige Cumuli, in niedriger Höhe über euren Köpfen hinsausend. Ob, was darin vor sich ging, von ebensolcher Anziehung auf einen Mittelpunkt hin erfasst wurde. Ihr schient jetzt oft das Gleiche zu denken, einer sprach aus, was im anderen vorging, und das relativierte ernüchternd und entschlackend eng verwandte Erlebnisse mit Loïc. Andererseits war Charlie ja auch dein Bruder, und mehr, dein leiblicher, wie du etwas verwundert dachtest, denn hier begannen sich die Zugehörigkeiten schon wieder zu vertauschen. Was hatte dein Bruder mit deinem Leib zu tun und was dein Leib mit einem, den du zu deinem Bruder hattest erklären wollen? Unanständig das alles, aber wie für eure Gedanken, so bildete auch für deine Impulse eine Art Unerlaubtheit den Pol, Ungeklärtheit zumindest dessen, was wohl geschehen mochte.

In der Tiefe einer der vier oder fünf Nächte, als die Sonne für eine halbe Stunde hinter dem zweiten Horizont eines Wolkenstreifens verschwand, erzähltest du Charlie ohne Einleitung von den leibhaftigen Erlebnissen der jüngsten Zeit, die dir nun schon wieder wie über Nacht gealtert vorkamen, angegraut und abgelegt, aus der Mode.

Du sagtest: »Ich hatte da neulich so eine – Beziehung. Genauer kann ich das nich benennen. Hat mir aber ganz schön was bedeutet, mehr, als die ganze Sache vielleicht wert war. Andererseits … was für ein Maßband soll man da anlegen.«

Charlie sagte: »Ja.«

Es lag viel in diesem Ja, eigentlich alles. Das Gespräch war schon vollständig. Alles Weitere Zugabe. Also leicht, und du wolltest weitersprechen. Und Charlie auch. »Is doch immer so.«

»Keine Ahnung. Wahrscheinlich.«

»Und von wem hast du dir das abgeguckt?«

Du verstandest nicht gleich. »Was?«

»Na, du hast doch gesagt, Lernen durch Nachmachen und so.« Charlie boxte dich vorsichtig in die Seite. Du wusstest, dass er wusste, dass auch das ein erstes Mal gewesen war. Du schämtest dich erstaunlich wenig. Es war doch auch egal.

»Na, von keinem. Hab ich alles alleine hingekriegt. Und is ja dann auch prompt schiefgegangen.«

Ihr lachtet beide. »Na, nu vertell ma vom Urschleim an, oder muss man dir den ausse Nase ziehn?«

Also erzähltest du, bis an die Grenzen der Züchtigkeit, und Charlie wunderte sich nicht sehr, vor allem nicht über den Ausgang der Geschichte. Er lachte und bat dich dann um Verzeihung, »Verzeihung« sagte er und nicht ›sorry‹, aber auch nicht ›Entschuldigung‹, denn das wäre nicht mit der nötigen Note geschwisterlicher Ironie zu sprechen gewesen. Und wohl weil er sah, dass du schon wieder ins Gleis der Grübelei zu rutschen drohtest, zog er die Weiche noch mal nach. »Ach Johnnylein, das's doch nich deine Schuld. – Na ja, i maaen, vleicht loag's a bisserl am Noamen, manch aaener is da a bisserl simpö g'strickt, waaeßt?«

Schon hatte er dich wieder, du gackertest, und wo kam jetzt das wieder her, das fast akzentfreie Schmähimitat?

»Ach, so a G'schichterl. So a Jugendherbergsg'schichterl.«

»Mit a fesches Maderl?«

»Naa – nee. War mehr so wie bei'er EAV: *Es ist Samstagabend, und die Dinge stehen schlecht …*«

Dass er sich daran erinnerte! An etwas, das du selbst fast vergessen hattest. Aber was fiel dir eigentlich ein, davon auszugehen, dass nur du ein Speichermedium für eure gemeinsame Vergangenheit besaßest.

»*… ich bin auf der Suche nach dem weiblichen Geschlecht*«, ergänztest du unter weiterem Gelächter. Als Kinder hattet ihr das am laufenden Band gehört und tollkühne Hopser dazu auf den Sprungfedermatratzen eurer Betten, die nur sogenannte *Liegen* waren, vollführt. Immer noch textsicher spultet ihr dann mit wachsender Begeisterung auch die restlichen Strophen in dieser vom *Märchenprinzen* bisher garantiert völlig ungeküssten Landschaft ab, inklusive aller schon immer mit Summen überbrückten dialektdunklen Textstellen, am Ende hopstet ihr über die Wiese vor eurer Hütte, und dir war, als federe der Boden ein wenig mit.

Beim Einsteigen in den Bus zurück fiel dein Blick auf eine Kiste mit Briefen, offenbar fuhrt ihr mit einer Art Postkutsche. Obenauf die Karte, die ihr eurem Vater vor zwei oder drei Tagen geschrieben hattet, und es war befremdlich, noch einmal wiederzusehen, zum Greifen nah, was du längst ganz woanders geglaubt hattest. Ein Leichtes wäre es gewesen, diese paar Sätze, dürftig und halbironisch und für euren Vater wenig mehr als ein Lebenszeichen, zurückzunehmen, diesen Gruß ungeschehen zu machen. Jene Geschichte deiner Mutter kam dir in den Sinn, die inzwischen beinahe wie eigene Erinnerung wirkte, was nicht nur der wiederholten Erzählung – du dachtest: man könnte fast Ausstrahlung sagen, so fernsehfilmhaft sahst du sie vor dir – geschuldet sein konnte, sondern auch dem Abhandengekommensein der Erinnernden; weil es aber eine Erinnerung ohne Subjekt nicht geben konnte, hattest anscheinend du die Stelle besetzt, sahst du damit eine Mischfigur in der retrospekiven Szene agieren, die aussah wie deine Mutter mit achtzehn und sich fühlte wie du.

Alles hatte sich abgespielt auf dem Postamt deiner Heimatstadt, wo das Mädchen Roswitha Hund als Lehrling im zweiten Jahr seine Fähigkeiten im Kleiderwerk erweitern und erweisen sollte und nebenbei kurzlebige Bekanntschaften unterhielt mit wechselnden Jünglingen. Einem, dem sie durchaus geneigt war, nicht himmelhochjauchzend, doch *besser als gar nix*, hatte sie das Verhältnis schriftlich kündigen wollen. Die Umstände erforderten es, und die Umstände waren so, dass das himmlische Glück in Gestalt des hienieden und noch dazu in den Niederungen städtischer Drittklassigkeit tatsächlich wandelnden Adonis Helmut Rüsch nach ewigem Darben und Verzehren doch noch zu winken schien. Ob er sie am Wochenende abholen dürfe, war sie tags zuvor bei etwas, das heute Smalltalk genannt wurde und früher vielleicht Verlegenheitsgespräch, in der Kaufhallenschlange von ebenjenem gefragt worden, und er hatte ein Auto und es war kein Trabant. Und ja, sie taten ihr leid, die daraus nun zu ziehenden Konsequenzen, aber was gab es da schon groß zu überlegen. So schrieb sie am selben Abend noch im zugigen Dachkämmerlein die in der Mittagspause fieberhaft ersonnenen Abschiedsworte an den Freund nieder, der gut zu ihr war, doch nicht gutaussehend und keinerlei Aussichten hatte.

Wo gehobelt wird, fallen Späne, in den Briefkasten vor der Post fiel der nicht holzfreie, halb durchscheinende Umschlag, das gute, das mit grünen Ranken gezierte Papier wurde aufgehoben für die Liebesbriefe an Helmut. Helmut! War er's oder war er's nicht, da auf der anderen Straßenseite, aus dem *Café am Markt* heraustretend, ein Mädchen hinterdrein, jetzt die Straße querend, das Mädchen, eine Blondgelockte, natürlich Dauerwelle, bei der Hand nehmend, mit ihr schamlos über den Markt schlendernd und fühllos für die bohrenden Blicke in seinem Rücken? Ja, so war es, so war es wirklich wahr gewesen. Roswitha, sie wusste es noch wie heute, *machte auf dem Absatz kehrt*, stürmte in die Post, bestürmte die Postangestellte, bitte, ach bitte, diesen Brief, eben erst eingeworfen, sie müsse ihn dringend, unbedingt, ausnahmsweise zurückhaben. Wo kämen wir denn da hin, wenn da jeder ankäme, das hätte sie sich besser vorher überlegt und aus Fehlern würde man klug, es war kein Durchdringen durch die Plexiglasscheibe ins plastekalte Herz der Schaltersfrau. Es half auch kein Heulen, Tränen heißer Wut mehr als heißer Liebe zum Adressaten des Lebewohls, ein Wohlleben war es mit ihm indes doch gewesen vergleichsweise zu den Aussichten mit dem Halunken Rüsch und denen des düpierten Alleinseins. Da blieb nur noch eins, *was blieb mir denn andres übrig*. Die Zeit der Kastenentleerung, sie nahte schon, nur noch ein knappes Stündchen, zu vertrödeln zwischen den dünnen Angeboten der umliegenden HO-Verkaufsstellen mit verheulten Augen und Fassung zu sammeln für die finale Demütigung dieses Tages im Leben einer angehenden Näherin. Sich *zum Narren zu machen* nämlich vorm Briefkastenentleerer und der halben Straße, auf der damals doch noch entschieden viel mehr Leben herrschte als in den späteren Zeiten postwendischer Ausgestorbenheit und Hauptpostleerstands.

»Na, nu doch kein Kind unterwegs – oder von nem andern?«, posaunte *der Kerl, und so ne Fahne*, und studierte mit seinen *stierigen Augen* ausgiebig den Ausweis. »Roswitha Hund – Hund, na, eher Hündin, wa – Ravelinstraße zwölf.« Reichte den vorerst in Verwahrung behaltenen Brief hin, zog ihn im Moment des Ergreifenwollens wieder zurück. »Und wat krich ick nu dafür?«

Da hab ick mich umgedreht und bin losgegangen, da war mir alles egal.

Blökte der ihr hinterher: »Hier, Frollein, hier haste deinen falschen Liebesbrief. Weiber!« Und der Brief ward geschnappt und in Stücke gerissen und die Stücke in den Fluss geschmissen, »ey!«, riefen die Angler.

Und es wurde alles wieder gut und als wär nichts geschehn noch für ein paar Wochen.

Eine abgeschickte Mail blieb uneinholbar, und es war nicht ganz klar, ob darin nun eine Zuspitzung der Alltagsdramatik lag oder im Gegenteil durch den Verlust jeden Spielraums alles ganz gleichgültig wurde. Wenn nichts mehr zu machen war, machte man auch nichts mehr. Höchstens noch eine Mail hinterherschicken, und das Unglück nahm seinen Steigerungslauf.

Aber wem denn eigentlich? An dieser einzelnen Postkarte für deinen Vater fiel vor allem eins ins Auge: dass dir niemand anderes eingefallen war, dem du eine hättest schicken können. Was nichts anderes hieß, als dass du keine Freunde hattest, die Erasmus-Bekanntschaften zähltest du nicht, kaum hattest du dich einmal wegbegeben aus Helsinki, schienen sie dir schon aufgelöst und ein Wiederanknüpfen ermüdend und sinnlos. Und obschon du dich damit in einer bekannten und auch nicht ungewohnten Tatsache wiederfandest, verblüffte sie dich. Mehr, als dass sie dich traurig stimmte. Was für ein Mensch musste man sein, dass einem in Sachen Soziabilität so wenig gelang und auch wenig gelegen war an umfassender Einbindung, ohne dass man sich deshalb schon direkt als Unmensch vorkam? Wieder das Gefühl, was du wolltest, das gebe es gar nicht. Du müsstest es alles erst erfinden. Und dann auch noch von der Nützlichkeit dieser Erfindung jemanden überzeugen, oder auf das hoffen, was sich doch manchmal ereignete, parallele, voneinander unabhängige Erfindungen. Ob du für die Liebe geschaffen warst, dazu wechselten deine Ansichten und lagen bisher zu wenig Daten vor; dass du es für die Freundschaft offenbar nicht warst, schien dir erwiesen, denn es konnte doch nicht immer bloß an den anderen liegen. Im Grunde glaubtest du nicht an die Möglichkeit tiefer und damit einzig lohnenswerter um nicht zu sagen aushaltbarer Verbindungen zu mehreren und verschiedenen Menschen, wie sollte das gehen, ohne Abstriche auf die ein oder andere Art? Schon die Vorstellung stresste dich. Alle seichteren Gewässer aber auch. Dieser Ekel vor pisswarmen Seen, die ewig flach blieben, in die man nicht eintauchen konnte, das lange, missliche Waten, halbnackt, im schlammigen Grund, der keinen Halt bot, Herauskommen noch beschämender. Deine Sehnsucht war groß und ziehend wie ein Zahnschmerz, aber es war doch die nach einem einzelnen Menschen, es zog dich zu der einen Bezugsperson, die dir noch nicht untergekommen war, oder nur halb, nur kurz, einseitig und ansatzweise, und das war doch ein Widerspruch in sich. Und dieses Sehnen hatte nichts mit einer anderen, einer *besseren Hälfte* zu tun, du wolltest keine Ergänzung, sondern eine Erweiterung. Jemanden zum Reden. Und jemanden zum Anfassen. Und kein Entweder-Oder. Keine Ersatzhandlungen. Erst so auf den Punkt gebracht ging dir die fast schon erniedrigende Normalität des Ganzen auf. So ein Mensch musste man wohl sein: dass man nicht bekam, was man wollte, während man sich nach dem sehnte, was man nicht wollte. Aber es konnte doch nicht immer bloß an dir liegen.

Vorerst nahmst du dir Urlaub von den drängenden und drangsalierenden Fragen der Schicksalsbeeinflussung und überließest Charlie das Ruder der Gegenwart. Gegenwehr schien dir der Mühe nicht wert, als er dich kurz nach eurer Rückkehr aus der Einöde zu einer Abendgestaltung zu überreden versuchte, die du dir normalerweise als noch eintöniger als die Kiefernmonokultur imaginiert und rundheraus ausgeschlagen hättest: ein elektronisches Konzert. Mit den dir bekannten Formen technoider Musik hattest du bis dato nichts anfangen können und rechnetest auch nicht damit, dass sich für den Rest deines Lebens daran etwas ändern würde. *Aber hier, wie überhaupt, kommt es anders, als man glaubt*, hattest du deinen Wilhelm Busch nicht gelesen? Charlie hatte das Plakat in der Innenstadt entdeckt und auch ohne einen Brocken Finnisch sofort entschlüsselt, gewisse Internationalismen, *konsertti*, *elektroninen*, machten's möglich.

Die Adresse des Clubs, oder was immer euch da als Lokalität erwarten würde, sagte dir nichts, sie befand sich auf Lauttasaari, bis wohin du nur ein- oder zweimal vorgedrungen warst. Während der etwas länglichen und schweigsamen Busanfahrt hättest du die Sache am liebsten wieder aus dem Programm genommen, denn was sollte das für ein Abend werden, außer einem, in dem man sich nur mit raschem Betrinken und gedanklichem Abdriften noch einen leidlich unterhaltsamen Winkel einrichten konnte. Ihr wart eher schon deutlich zu spät als zu früh dran, als ihr den unscheinbaren Keller endlich ausfindig gemacht hattet, in den ihr von einem keine Miene verziehenden Jüngling eingelassen wurdet und der in seiner Rundumverfliesung wie der Kühlraum eines Fleischers anmutete. Kühl indes war es in diesem nur spärlich besiedelten Raum nicht, es herrschte eine etwas modrige Schwüle, noch unterfüttert von der orange-rötlichen, unerwartet hellen Beleuchtung, zumindest hattest du dir ein weniger anheimelndes und unübersichtlicheres Ambiente vorgestellt. Du fragtest dich, ob es allen anderen auch so ging, so wie sie sich an die Wände oder in die Sitzgelegenheiten der ebenfalls voll ausgeleuchteten Nischen drückten, nach einem letzten bisschen Deckung suchten und die Mitte des Raumes, den Kreuzungspunkt aller Sichtachsen, völlig frei ließen, oder ob es sich einfach um typisch finnisches Kellerkonzertverhalten handelte und niemand etwas dabei fand.

Du holtest für Charlie und dich ein Bier und hofftest, es möge seine bisherige Gesprächigkeit wieder in Gang setzen und nicht gänzlich rausgeschmissenes Geld sein, denn ob an diesem Abend sonst noch etwas passieren würde, das diese Investition halbwegs rechtfertigte, da hegte dein automatischer Wahrscheinlichkeitsrechner hochgradige Zweifel.

»Abwarten«, sagte Charlie. Nur wartetet ihr schon so unersprießlich lange, dass selbst du mit deinem miserablen Gesichtergedächtnis alle vierzehn Anwesenden auch nach Jahr und Tag auf der Straße noch wiedererkannt hättest, so oft hatte dein Blick inzwischen die Runde gemacht, immer an der Wand lang. Bis auf die sich wild windenden Kabelschlangen, herniederhängend aus einem Dschungel von Gerätschaften, die du in ihrer Mehrzahl nicht zu benennen gewusst hättest, und festgebissen in diversen Verteilersteckdosen, zeugte nichts von einer Absicht, den Aufenthalt der Hergelockten noch zu etwas anderem nutzen zu wollen als dem Verkauf von Bier und billigem, aber teurem Wein, die womöglich von einer ähnlichen Veranstaltung mit ähnlichem Zulauf übrig geblieben und lediglich mit Gewinn zur Deckung der Stromkosten wieder in Geld zurückverwandelt werden sollten. Du verstiegst dich aus purer Langeweile immer tiefer in solche Aufdeckungsphantasien, bis auf einmal die von dir mehr als Geräusch klassifizierte Endlosschleifenhintergrundmusik abbrach und ein menschenverachtendes Rückkopplungsgedröhn alle aus ihrem Dämmerschlaf auffahren ließ. Es ging offenbar los. Dein Wohlwollen bewegte sich in einem Bereich, aus dem es sich mit keinerlei Wundererscheinung wieder hätte hervorkitzeln lassen, selbst ein echter Groll gegen Charlie ließ sich aus dieser Indifferenz nicht zusammenbrauen.

Ohne jede Ansage begannen sich drei Personen an den Geräten zu schaffen zu machen, zwei davon männlich, bei der dritten warst du dir nicht so sicher. Das vermochte zumindest die Reste deiner Aufmerksamkeit zu bündeln, erstaunlich, welche Vexation von solcher Unklarheit ausging. Sie lenkte dich minutenlang ab von dem, was nun zu hören war, was du dich weigern würdest, Musik zu nennen, was dann, als du schließlich doch dein Ohr neigtest, nicht so direkt aus der Hölle der Eintönigkeit zu kommen schien wie erwartet. Es – hatte was. Du wusstest nicht, was, und wipptest wider Willen mit dem Fuß, was Charlie bestimmt schon bemerkt hatte, als du wie schuldbewusst einhieltest. Verstohlen schieltest du zu ihm hin, er aber schielte ganz woanders hin, in der Verlängerung seiner Sichtachse sahst du zwei Mädchen stehen und dachtest, soso. Solche also, immer noch, denn sofort vermeintest du in der einen den Magneten seines Blickes ausgemacht zu haben, eine Thea-Wiedergängerin, mit ihrem dunklen, akkuraten Bob und jener spezifischen Akkuratheit auch in den feinen Zügen. Interessant, wie sich die finnische Stupsnase hier anverwandelte, dies konntest du gerade noch konstatieren, bevor die Schönheit sich ab- und der Tür zuwandte und weg war sie. Es hätte gar keiner direkten Beobachtung bedurft, wie in Astronomie beim Verfahren mit der Sonne durch ein hinter das Teleskop gehaltenes weißes Blatt, so ließ sich auch alles, Sonnenschein und Bewölkung, von Charlies weißem Gesicht ablesen, das noch eine Weile in Richtung des Ausgangs justiert blieb, während dein Blick zum Ausgang der Szene zurückglitt. Du wolltest sehen, ob sich in der anderen vielleicht ein Substitut und Trostpflaster für Charlies Interessen fände, denn davon konnte gut der weitere Verlauf des Abends in puncto Laune und Unterhaltung abhängen; gern hättest du deinen Bruder bei Annäherungsversuchen – für die du ihm auch noch zusätzliche Getränke ausgegeben hättest –, aber auch, als kaum schlechtere Variante, in den Agonien der Schissigkeit beobachtet, im hilflosen Herumwälzen des Zauderns. Beobachtet jedoch fandest du dich höchstselbst. Kaum fasstest du jene andere ins Auge, hatten ihre dich längst erfasst. Im körperlichen Sinne, so war dir, nicht weniger zumindest als angefasst fühltest du dich, auch ergriffen, im Sinne von dingfest gemacht. Unerhört. Schamlos und imponierend blieb ihr Blick auch dann noch bei dir, als er auf deinen stieß, der nicht lange standhielt. *Nicht zum Aushalten*. Diese andere aber, sie kam auf euch zu.

Sie kam auf euch zu, als hätte sie das seit mindestens einer Woche geplant. Charlie kriegte es erst mit, als sie keine dreißig Zentimeter vor ihm stehen blieb und in sein verständnislos aufschauendes Gesicht hinein nach Feuer fragte. Auf Englisch. Du hörtest deutlich den finnischen Akzent. Hatte sie euch auch belauscht? Bloß was denn, kein Wort war in der letzten Viertelstunde oder so zwischen euch gefallen, und wie denn, vom anderen Ende des Raumes, kein Flüsterbogen weit und breit in diesem rechtwinkligen, blutlichtigen Schlachtgehäuse. Du wusstest, wusstest es einfach: dass sie es einfach wusste, und irgendwas löste sich auf und selbst du bedurftest im Augenblick keiner Auflösung dieses Rätsels, du fandest dich in einem unglaubwürdigen Zustand aus Beruhigung und Beunruhigung gleichermaßen.

Charlie zückte, ähnlich benebelt anscheinend, wie automatisch sein Feuerzeug, den Daumen schon am Rädchen, und wurde erst dann gewahr, dass sie ihm keine Zigarette im Mund entgegenhielt. Sie kam ihm überhaupt nicht entgegen. Sie fragte von gleichbleibender Höhe herab, in gerade eben ausreichender Lautstärke und sehr deutlich: »And do you also have a cigarette?«

Ach so, dachtest du und konntest nicht glauben, dass du für diese gedankliche Operation nun mehrere geistesabwesende Minuten gebraucht hattest, die hat abgecheckt, ob ich seine Freundin bin. Ja. Der Nebel lichtete sich, es schien logisch. Aber nicht zusammenzupassen mit der vorherigen Empfindung, jenem plötzlichen Wissen, einem Erkennen ohne Ausdehnung in der Zeit, das wesentlich überzeugender gewirkt hatte.

Welchen Eindruck sie rein optisch, falls das noch ging, auf Charlie machte, war schwer zu sagen, offenbar auch für ihn. Er taxierte sie verstohlen beim Rauchen, doch eher mit Zeichen von Irritation um die Augen. Sie hatte ohrläppchenkurze, im Nacken leicht angestufte Haare, die sich nach vorne hin bis in eine Strähne hinein verlängerten, die sie sich wahlweise übers rechte Auge fallen lassen oder hinters Ohr streifen konnte, dazu noch ein paar unentschlossene Ponyfransen. Hellbraunes Haar, mausbraun schon fast, die orangenen Lichtreflexe herausgerechnet, nichts Besonderes. Ihr Gesicht wäre dir im Vorbeigehen kaum aufgefallen, ein kleines Gesicht mit wenig ausgeprägten, weichen Zügen, nicht typisch finnisch, auf dem eine allenfalls bemerkenswerte durchgehende Ernsthaftigkeit lag, unter rabaukenhaften Brauen. Ein paar Sommersprossen. Ein kleiner, verschlossener Mund, der sich auch beim Sprechen kaum bewegte. Sie sah jetzt zu den Musikern, aber dir war, als hielte ihr Blick dich noch immer fest, am Schlafittchen, fixierte dich, klebte dich auf deinen Platz, den du innerhalb ihres Bannkreises nie wieder verlassen könntest. Blödsinn, dachtest du, weil du merktest, dass stattdessen ja dein Blick wie festgetackert an ihr hing. Nur schien auch das eben aktiv von ihr auszugehen. Du sahst fortwährend ihre Augen, sie hörten nicht auf, dich anzusehen, und spürtest zugleich das kitzelnde Verlangen sich in dir wie Kriechöl ausbreiten, sie möge sich umdrehen und dich noch einmal so ansehen mit diesen unerträglichen Augen. Damit du dir ansehen konntest, was du gesehen hattest und ob überhaupt. Du wusstest nun schon, es kam nicht auf das erste Mal an, sondern auf die erste Wiederholung. In der Literatur wären sie natürlich grau gewesen, weil auch die realistische Literatur sich anscheinend nicht beherrschen konnte, einen Ausgleich für alle Mangelwaren der Realität schaffen zu wollen, in der niemand graue

Augen besaß, in den Büchern hingegen jeder, dessen Augen der Rede wert schienen. Ihre waren wohl eher grünlich, wohl ziemlich, von der Farbe der Algen im verkeimten kleinen Wasserbecken im heimatlichen Stadtpark, in das ein Froschrelief einen dünnen Strahl spie. Als Kind glaubtest du wie selbstverständlich des Königstochters goldene Kugel darin verschluckt und rutschtest am glitschigen Rand aus, nasser Hosenboden.

Du hattest sie vorher, in all der abgesessenen Zeit, gar nicht bemerkt. Aber das ihrer Unauffälligkeit zuzuschreiben, wäre dir nun wie ein weiterer lediglich rationalisierender Schluss vorgekommen, denn in Wirklichkeit, in der Wirklichkeit, die seit ein paar Minuten unkündbar in dir wohnte, war sie so auffällig wie sonst nichts hier. Sie musste in den Momenten der geschlechtlichen Verwirrung aufgetaucht sein.

»May I sit here?« Sie hatte sich euch wieder zugewandt, wie Schülern, die zwischenzeitlich einer Stillarbeit überlassen worden waren. Weit warst du nicht gekommen, und was Charlie von all dem hielt, ließe sich frühestens auf dem Nachhauseweg ermitteln. Wahrscheinlich fand er es nicht halb so abenteuerlich wie du, oder würde zumindest so tun. Ihr Blick wechselte von ihm zu dir. Und blieb wieder. »Sure«, sagtest du eilfertig und zwangst dich, ihn eine Sekunde lang zu erwidern. Und dann, ihn wegzunehmen. Das war ein schlimmes Spiel for sure, wenn überhaupt etwas, merktest du das. Und konntest dir dann dennoch ein Grinsen nicht verkneifen, weil eine Art der Euphorie dich flutete, mit der du von nun an erst genauere Bekanntschaft schließen solltest, die dein ureigenes Rauschmittel wurde und ihre Wirkung auf dich nie verlor: die der unwägbaren Interessantheit und des illusorischen Wagemuts. Und außerdem, weil auch bei ihr ›sit‹ auf dem besten halben finnischen Wege der Verwandlung in ›shit‹ war. Als versuchten sie an den falschen Stellen ihr Sch-Defizit wettzumachen. Es half dir, etwas Abstand zu gewinnen, für einen Moment.

Aber es war wie mit der Zigarette: denn da stand kein Stuhl. Sie zog sich einen drei Meter entfernt stehenden heran.

»By the way, my name is Tuomi.«

Charlie musste nachfragen. Sie fragte nicht nach euren Namen, als verstünde sich deren umgehende Bekanntgabe von selbst, und das tat es ja für gewöhnlich auch, nur wart ihr gerade nach Ungewöhnlich versetzt worden, wo Spielregeln herrschten, die du noch nicht kanntest, bloß dass es gänzlich andere sein mussten, das war dir gewiss. Auf ihrem Gesicht lag keinerlei Erwartung, und als ihr eure Namen dann nanntet, schien sie kaum hinzuhören. Als erzähltet ihr etwas schon zum zweiten Mal.

Einen Augenblick später aber lächelte sie, zum ersten Mal, als wäre ihr etwas aufgefallen, und sagte mit einem Kopfnicken in Richtung der geschlechtsambivalenten Person am Keyboard oder was es war: »That's Carlo. She's a friend of mine.«

Der Name war deines Wissens auch im Finnischen trotz einiger auf o endender weiblicher Vornamen kein solcher. Vielleicht eine schicke Verkürzung von Carlotta? Das Pronomen bot erst recht keinen sicheren Anhaltspunkt, wo dir doch im Laufe der Zeit schon aufgefallen war, die Finnen nahmen es nicht so genau mit ihnen, sie verwechselten die Geschlechter, da sie selbst nur ein ununterscheidendes für beide besaßen. Und ja, heute müsstest du dich pflichtschuldigst korrigieren: für alle. Wie sollte man jemals wissen, von wem die Rede war, hattest du anfangs gedacht, wer war *hän*? Und es dann in Ordnung gefunden, ganz und gar in Ordnung in der immerwährenden Unordnung der Frage *Wer?*.

Damals warst du noch nicht allzu sensibilisiert in der Besorgnis, die eine neue Bekanntschaft heute für dich regelmäßig wie ein lästiges Jucken mit sich bringt. Die Frage nämlich, wie sich das neue lose Verhältnis über den Augenblick hinaus gestalten solle, in Zukunft, und meistens inzwischen, wie eine solche Zukunft rechtzeitig zu verhindern sei. Denn es liegt auf der Hand, dass aus Bekanntschaften in den seltensten Fällen echte Freundschaften erwachsen, und recht gewachsen fühlst du dich ja nicht mal denen. Und eine Bekanntschaft bis Halbfreundschaft stellt nicht etwa die unaufwendiger zu handhabende Lightversion dar, sondern deinem Empfinden nach den Gipfel der sozialen Zwänge, die reine quälende Zeitverschwendung. Man hat sich nichts zu sagen und sieht sich trotzdem gezwungen, Kontakt und Verbindlichkeit aufrechtzuerhalten, zu Geburtstagen zu erscheinen und insgesamt so zu tun, als befände man sich miteinander in einem ewig hoffnungsfrohen Schwellenland der Freundschaft. Die Aussicht auf diese Anstrengung legt dir stets nahe, beizeiten die Kurve zu kratzen. Vor jedem Austausch von Handynummern, ein heikel zu kalkulierender Zeitpunkt.

Damals jedoch warst du noch begierig auf die Möglichkeiten, die im Strandgut zufällig angespülter Menschen stecken mochten, du warst als ein genügsames und einfallsreiches Kind aufgewachsen und glaubtest oft, man könnte aus hier und da Aufgelesenem noch was Schönes zusammenbasteln. Heute glaubst du das nur noch von Dingen, indes auch das meist umsonst. Man kommt einfach nicht dazu. *Jederein mööt so verbrukt warn as hei is.* Der Wahlspruch Oma Metas, er erwies sich als wahr und brauchbar in mehr als einer Hinsicht. Es ließ sich nicht aus allem und jedem etwas machen. Die einen taugten zu Bekannten, und damit dir zu kaum was, die anderen zu Geliebten. Es ließ sich meist am Anfang schon alles ziemlich absehen. Wenn man nicht vom Wollen besessen war.

Was du auf keinen Fall wolltest, war, dass das hier mit ihr, mit Tuomi, dass diese interessante, euch vor die Füße gerollte Situation, einfach weiterkullerte, sich entfernte und im Sande verlief. Ihr durftet sie nicht *verschwenden.* Es stellte immer noch eine deiner Hauptängste dar: Wer weiß, wie lange man sonst wieder auf ein *Ereignis* warten müsste. Zwar wünschte etwas in dir dringend die Befreiung aus dieser Seltsamkeit, diesem, wie dir schien, irgendwie mutwilligen Beieinander, in dem man nur alles falsch machen konnte. Ein Vorgefühl von Vergeblichkeit kroch dich an: Du würdest es nicht aufnehmen können mit ihr und nicht gegen sie an. Mag sein, du legst dir diese Karten erst wieder im Nachhinein. Etwas aber war auf Kippe geraten, mit angespanntem Beckenboden hingst du halb auf deinem Stuhl, halb umklammertest du ihn, als müsstest du dich gegen ein Abrutschen stemmen. Du versuchtest, einen anderen Blickanker zu finden, wie wäre es zum Beispiel mit dem Grund eures Hierseins, der Musik und ihren Erzeugern, doch wie anfangs in einer fremden Stadt, zum Beispiel Helsinki, eichte sich dein Orientieren auf ein unübersehbares Wahrzeichen, den leuchtend weißen Turm der *tuomiokirkko*, des Doms, dessen Bild ihr Name von selbst hervorrief.

Was du aber auch nicht wolltest, in schnellem Zurückrudern von deiner Ursprungsidee, die sowieso schon irgendwie vom verkehrten Ende her angefangen schien, war, dass diese Tuomi Charlie *übermäßig* gut gefiele. Zuerst dachtest du, in der Sofortanalyse, zu der es dich drängte, es läge an deiner dann unweigerlichen Degradierung zum fünften Rad. Nur handelte es sich dabei um einen viel zu erprobten Zustand, als dass er dich noch wirklich hätte schrecken können, und wie du wusstest, bot er auch sonst kaum vorhandene Freiräume. Was dir jedoch derart gegen den Strich ginge bei einer solchen Entfaltung der Möglichkeiten, das vermochtest du beim besten Willen nicht zu benennen, etwas daran schien dir gefährlich. Was denn? Du musstest doch deinen kleinen Bruder nicht beschützen vor den Fallstricken der Damenwelt. Und doch regte sich zunächst am stärksten dieser Impuls. Weil Charlie so maulwurfsblind wirkte.

Tuomi stand, wie auf einen plötzlichen Einfall hin, auf und fragte, was ihr trinken wolltet. Charlie, überrumpelt, aber ungeniert, hob seine leere Flasche und brauchte kein Wort zu verlieren, sie lächelte. Dich hatten selbst Langeweile und Nervosität nicht zu schnellerem Trinken bewegen können, ein Rest, für die Nacht zu wenig, zum Verkommenlassen zu viel, stand noch vor dir.

»And you?« Sie sah dich so ernst an, dass du es kaum noch ernst nehmen konntest. Es lag etwas Zudringliches in diesem *you*, Nähe und Distanz zu gleichen Teilen, und beides beschämte dich. Der hinterste Winkel deines Schneckenhauses entwickelte plötzlich einen so starken Sog, wie aus tiefen Kindheitstagen, dass du es einfach nicht fertigbrachtest, genau wie Charlie deine Bierflasche zu schwenken und irgendeinen Hinweis dazu zu geben, in deiner Verfassung konnte das nur zu Missverständnissen führen, außerdem, wer war sie, wer warst du, dir ein Bier spendieren zu lassen, und so sagtest du bloß wie die Fadheit in Person: »Nothing. Thank you.«

»Nothing«, wiederholte sie, nicht als Frage, und lächelte ein winziges beleidigendes oder auch nur mitleidiges Lächeln.

»Was hast'n du nu wieder für'n Stock im Arsch?« Charlie war überhaupt nichts zu wünschen außer richtig auf die Fresse zu fliegen, und nun flehtest du dieses Mädchen oder Fabelwesen innerlich doch wieder an, ihm das Mark aus den Knochen zu saugen.

»Behalt deine Doofheit für dich«, sagtest du, aber noch bevor die Sache vielleicht heilsam eskalieren konnte, kam Tuomi mit den Getränken zurück und stellte ein Glas Wein vor dich hin. »I thought you might like that better.«

Auch dies klang eher nach einem wohlmeinenden Befehl, trotzdem warst du so gerührt, so angeschlagen eben, dass du nur mit Mühe die Tränen in ihren allzu schlecht schließenden Gefäßen zu halten vermochtest und mit dem letzten gerade noch zu mobilisierenden Trotz, egal, wie das nun wirkte, herausbrachtest: »Thank you, but I think I'm gonna go home.« Sollte Charlie doch allein den Busweg zurück finden oder auch nicht.

Tuomi, sie griff nach deinem Unterarm. »No. Please stay.« Wieder dieses Verhaftungsgefühl. Aber du spürtest auch die unerwartete Wärme, wie etwas bis zum Verlernen Entbehrtes, durch deinen Ärmel hindurch. Sie ließ dich in eine Art Tragstarre verfallen, du rührtest dich nicht. »This is not going to be a rendezvous«, sagte sie, kurz die Brauen hochziehend. »Would be boring anyway.«

Charlie, der bis dahin alles betont amüsiert beobachtet hatte, warf nun, im Versuch einer Aufrechterhaltung von Launigkeit, ein: »You mean, I'm boring?«

»Not you«, antwortete sie prompt und unbeirrt und ein bisschen, als würde sie eine aufdringliche Fliege verscheuchen. »A rendezvous.«

Ob du wolltest oder nicht, es nahm dich ungeheuer für sie ein. Nicht bloß, dass Charlie indirekt eins auf den Deckel bekommen hatte, sondern gleich das ganze Prinzip romantischer Zweieinigkeit dazu.

Also bliebst du, sankst zurück auf deinen Stuhl, und als wolle sie etwas wiedergutmachen, fing Tuomi umgehend ein Gespräch mit Charlie über Musikvorlieben an, dich nicht weiter beachtend, als sei die Rebellion fürs Erste im Keim erstickt und das kleine Reich wieder unter Kontrolle. Sobald Charlie fest am Haken hing und vor Gefallsucht zappelte, warf Tuomi dir bei allem, was sie sagte, scheinbar rückversichernde Blicke zu, du versuchtest zu folgen und nicktest als Spiegelbild deines Bruders und kamst dir vor wie ein Clown. Am Ende lächelte sie von einem zum anderen, als sei euch mit ihrer Hilfe etwas Besonderes geglückt, euch dreien eine gelungene Vorstellung. Im Sinne ihrer Vorstellung.

Ihr wart in das Klatschen um euch herum eingefallen, als das Konzert zu seinem Ende gekommen war, was ihr gleichwohl kaum registriert hattet. Erst nach einer Weile fiel dir auf, dass nun offenbar irgendwer, du konntest gar nicht sehen, wo, Musik auflegte, die, je weiter der Abend in den Morgen ging, immer mehr vom Wege abkam. In die Strenge des kaum bekannten Klangterrains brach Vertrautes ein, Poppiges, von dem du erst meintest, dein leichter Weinrausch verleite dich, Wunschgemäßes zu beschwören, wo du in Wirklichkeit vielleicht nur Ähnlichkeiten hörtest. Aber schon, nicht zu sagen, wie, hatte Tuomi dich auf die Tanzfläche befördert. Sie musste dich an die Hand genommen haben, aber konnte es sein?

Es konnte sein, dass sie keinen Widerstand gespürt hatte, du fast unfühlbaren Fingerspitzen, die bittend unter deine glitten, gefolgt warst. Charlie schien erst gar nicht infrage gekommen zu sein. Ihr tanztet, als wäre das eben ein Mädchending. Du fingst seinen Blick auf und er rollte mit den Augen, dünkelhaft und nachsichtig. Macht ihr mal. Bei *Girls just wanna have fun* wagtest du nicht mehr, ihn anzusehen. Tuomi griff deine Hand, jetzt wirklich und fest, und wirbelte dich zweimal um dich selbst. Lachte dich an, du sahst ihre kleinen, ebenmäßigen Zähne. Fingen so Freundschaften an? Du hattest keine Ahnung.

Draußen dann, im frühen Licht nahender Mittsommerlichkeit, stand eine erste Verabschiedung an. Beschwingt davon, diesen Abend nicht unter Zeitverschwendung verbuchen zu müssen, sondern so ziemlich in der gegenteiligen, übersichtlichen Kategorie, warst du ganz einverstanden mit dem Umstand, dass Tuomi einen anderen Nachhauseweg nahm. Du warst erschöpft, vom schieren Übermaß der Möglichkeiten, einem Potenzial, in dem Verpuffung und Entpuppung dicht nebeneinander angelegt schienen. Es war deine Passivität, die dir gleich in diesen ersten Stunden auffiel, die du immer wieder wettzumachen hofftest, dir vornahmst, durch irgendetwas, nächstes Mal, doch stets war der Zug schon angerollt, konntest du nur noch einer winkenden, vielleicht nicht mal heranwinkenden, Tuomi hinterherlaufen und bestenfalls aufspringen, dein Schnaufen mit lässigem Lächeln kaschieren. Sportlich wolltest du es nehmen von Anfang an. Um deine Kondition war es ganz gut bestellt. Um deine Nervenstärke weniger. Ein Wadenkrampf geradezu, der wiederholte Wunsch, an entscheidender Stelle Entscheidendes zu sagen, einen Satz zustande zu bringen, aus dem Stand einen Satz zu machen statt stets nur vor dem Rätsel des *Ick-bün-all-hier* zu stehen. Am Ende wie am Anfang. Da gedachtest du noch zu einem halbwegs respektablen Abgang zu gelangen, dich ganz im Sinne des Wortes zu empfehlen, Tuomi aber war flatternden Haares, das »Goodbye« noch nicht ganz aus dem Munde, schon davongesprungen, sodass selbst Charlie nur ein »tss-s« wie heiße Luft entwich. Just in dem Moment, als ihr euch umdrehen wolltet aber, tat sie es. Und warf euch wie ein Seil die Worte zu: »Are you interested in books?«

Was blieb euch, als sich ihr zu nähern, in der Hoffnung einer näherungsweisen Bestimmung dieser Frage auch, denn was war das für eine Frage! Doch eine, die nur als Ausweis ihrer eigenen Angstlosigkeit diente, denn *es gibt keine dummen Fragen*. Dumm wäre nur jede Antwort gewesen.

»Do you have time tomorrow?« Das war schon was Genaueres. »I want to show you something.«

Es mag mit dem Gesamtmassiv der Erinnerung zu tun haben, aus dem sich dieser Splitter nicht ohne schnittscharfe Kanten herausbrechen lässt, aber du wunderst dich, wie wenig genervt du damals warst, nur windelweich geschmeichelt im Grunde, ein Kleinkind noch in Sachen Tuomi'scher Tricks. Du glaubtest ihr, das war alles. Und wahrscheinlich war sie ja sogar ehrlich, im Sinne von: ganz sie selbst. Das Wild&Free-Spiel innerstes Bedürfnis. Das leuchtete dir lange ein, du hast es später selbst damit versucht, in deiner Lonesome-Cowboy-Johnny-Version. Ja, reichlich Raum und Rahmen für solchen Schaum gewähren die goldenen Zwanziger, es setzet sich aber alles als Scham am Grunde ab.

Ihr fandet euch ein wie verabredet anderntags an der Metrostation Kulosaari, in fast schon heißer Junisonne. Du schwitztest, gleichzeitig jagte der frische Wind aus den Meeresbuchten dir Schauer über die Haut. Dir war nicht ganz wohl, als versuche dein Körper sich mit den Schweißtröpfchen des Restalkohols zu entledigen, du vertrugst aber auch gar nichts. Charlie dagegen mopsfidel. Diese dir durch die Glieder kurvende Merkwürdigkeit – ihr kurz vor einem Nachmittagsausflug, über den ihr nichts wusstet, mit einem Mädchen, das ihr kaum kanntet, und dieses ›kaum‹ wirkte so viel schwerer anzugehen als ›nichts‹ – schien Charlie nicht das Geringste anzuhaben. Ausgenüchtert nicht anders als im halben Morgenrausch, nur ein paar Stunden zuvor, weshalb schon da nicht mit ihm zu reden gewesen wäre, du hattest die sich formenden und formierenden Worte eins nach dem anderen wieder runtergeschluckt, als Charlie auf dem Nachhauseweg unverwandt über Gegenstände bramarbasiert hatte, nämlich seine angeblich hoffnungsvolle musikalische Laufbahn in der Vergangenheit betreffend, die sich nur mit auffälliger Gewalt in die erhoffte Richtung hätten umlenken lassen, und verhaltensauffällig werden wolltest du in dieser Sache auf keinen Fall, also blieb alles nur verhalten, hieltest du es dir an, bis du selber infrage stelltest, ob du überhaupt so dringend musstest. Denn was hätte es schon zu verhandeln gegeben. Tuomi, sie war etwas eigen, aber doch kein Grund für Bauchkneifen wie vorm Musikunterricht in der zweiten Klasse. Du musstest nicht vorsingen. Und wenn nicht mal Charlie aufgeregt war, brauchtest du es nicht stellvertretend zu sein. *This is not going to be a rendezvous.* Und so richtig nach Freundschaft roch es auch nicht.

Als Tuomi eine Viertelstunde nach der vereinbarten Zeit noch nicht aufgetaucht war, wolltest du die Sache abblasen, eher erleichtert als enttäuscht. Charlie jedoch, in seiner Paraderolle als Entspanntheit in Person, sprach sich für weiteres nichtstuerisches Rumhängen am Metroeingang aus und die Belohnung für solche Ergebenheit folgte auf dem Fuße. Dieses Mädchen hatte ein sagenhaftes Timing. Stand wie aus dem Nichts neben euch, strahlte euch an und übernahm die Führung der Exkursion in dieser Villengegend, von der du bisher höchstens gehört hattest. Du schämtest dich immer mehr deiner Ortsunkenntnis, was hattest du nur gemacht in all den Monaten? Dafür, dass du dich selber zum Schlage der Einzelgänger zähltest, wurde dein Leben zu auffallend großen Teilen von anderen Menschen bestimmt. Und das hier, das würde wohl auch wieder so eine Geschichte werden, wenn du nicht aufpasstest. Nur was hieß das? Dein Alles-oder-nichts-Modell war ein bisschen unflexibel, was Zwischenstufen anging.

Je länger ihr gingt, desto mehr konntest du dich des Eindrucks nicht erwehren, dass ihr alle drei nicht wusstet, wohin eigentlich. Tuomi hielt an jeder Ecke kurz inne und überlegte, ein paarmal verfolgtet ihr bereits eingeschlagene Wege wieder zurück, du fragtest dich zwischendurch, ob das zur Show gehörte, und dann, wie du darauf kamst. Wahrscheinlicher war, dass ihr am Morgen etwas wieder eingefallen war, das sie selbst nur einmal gesehen hatte und das ihr, vielleicht weil sie sonst nicht recht wusste, was mit euch anfangen, geeignet schien für den Ausbau des Eindrucks, den sie auf euch zu machen gedachte. Womöglich litt sie ja unter einem ähnlichen Originalitätszwang wie du, doch welche nicht völlig langweilige Person tat das nicht in eurem Alter, nur mit dem Unterschied, dass tatsächlich und mühelos, wie es aussah, etwas dabei herauskam. Trotzdem brachte es sie dir für einen Moment nahe und du nahmst ihr die Umwege gar nicht übel, höchstens, dass sie sie, genau wie die unerklärte Verspätung, nicht im Geringsten zu genieren schienen.

Was ihr wohl redetet? Erhebliches kann es nicht gewesen sein. Vermutlich bliebst du ziemlich stumm, schon, weil du dir selber so ungern beim Smalltalk zuhörtest. Auf Englisch wurde alles noch schlimmer, du verfielst in einen internationalen Zwitscherton von ungeahnter Verbindlichkeit und kanntest dich selbst nicht mehr. Genau das machte es so anstrengend, füllte dich im Laufe der Jahre mit einer Müdigkeit an, die dich neuen Bekanntschaften zunehmend aus dem Weg gehen lässt, denn du wunderst dich nicht mehr, dass es mit angesammelter Übung nicht leichter wird, und siehst nicht mehr, warum du dir etwas abverlangen solltest, für das du nicht gemacht bist. Ganz vermeiden lässt es sich ohnehin nicht.

Tuomi stapfte durch hohes Gras auf das letzte Haus einer losen Reihe zu, das sich, wie du beim Näherkommen dachtest, am Kipppunkt zwischen aufrechtem Stand und Zusammensacken befand, das Dach hing bedenklich durch, die Fenster wirkten erblindet. Sie legte dennoch Hände und Stirn an die Scheiben und winkte euch heran. Du brauchtest eine Weile, bis du begriffst, was deine Augen sahen, denn zunächst schien es nichts zu sehen zu geben außer einem staubbleichen Interieur. Es bestand jedoch aus nichts als Regalen voller Bücher, nicht bibliothekssäuberlich geordnet, sondern in weiten Teilen stapelweise herumliegend oder durcheinandergewürfelt, manche wie von einem durchs Zimmer fegenden Wirbelwind wahllos aufgeweht, manche mit einzelnen heraushängenden Seiten, was ihnen ein ähnlich einfältiges Aussehen verlieh wie Katzen, denen die Zunge in ihrer ›Flehmen‹ genannten Eigenart aus dem Maul guckt. Womöglich versuchten ja auch diese Bücher mittels eines besonderen Organs Rückschlüsse über ihre seltsame Situation zu ziehen, die du dir jedenfalls nicht erklären konntest.

»That's it«, sagte Tuomi, und ihr nicktet anerkennend, fast andächtig, was dir auch schon wieder halb geschauspielert vorkam. Ihre erratische Erkundigung am Ende der Nacht schien sich angesichts dieser fleddrigen Bücherstapel plötzlich lediglich auf etwas Äußeres, den installativen Charakter der Ansammlung, zu beziehen, und du fühltest dich wie durch eine Fangfrage reingelegt, gleichzeitig enttäuscht und so etwas wie, ja, entzückt. Trotzdem kam dir der Aufwand nicht ganz gerechtfertigt vor, du hattest dich im Verdacht, den Ausflug nur möglichst interessant finden zu wollen, um das ganze Unterfangen nicht noch befremdlicher finden zu müssen. Gefielst dir aber in beidem nicht: nicht als die Johnny, die den Stock im Arsch hatte, aber auch nicht als die, die sich selbst in eine Lockerheit hineinzureden versuchte, die der Nachmittag von allein nicht hergab, im Gegenteil. Du wolltest alles gut finden, eben weil du sie gut fandest, Tuomi, und zwar, als hättest du sie für euch ausgesucht und nicht umgekehrt. Dabei hättest du dir doch wohl eigentlich niemals eine Person ausgesucht, vor der du so viel Schiss hattest. Und außerdem, was sollte das heißen, du fandest sie gut – es war dir wie eine familiäre Verschlusssache vor dir selber rausgerutscht, und mit dem gleichen Kitzel – wenn du dich doch gleichzeitig gegen ihre Manöver verwahrtest?

Sie ging um das Haus herum und du stiefeltest ihr wie am Bande hinterher, sie rüttelte an der Tür, als hätte sie tatsächlich gehofft, sie offen zu finden, nur dass es eben nicht stimmte. In was für einer Aufführung glaubte sie sich? Oder rechnete sie einfach ganz anders als du, nämlich mit Unwahrscheinlichkeiten? Du erinnertest dich plötzlich, dass ihr miteinander getanzt hattet, vor wenigen Stunden, unter anderen Lichtverhältnissen. Hier draußen war es wie das Aufblitzen eines Traumfetzens, unwirklich und aufregend. Ob sie noch daran dachte? Wenn du sie so ansahst, kam es dir nicht sehr wahrscheinlich vor. Sie sah aus wie eine, für die ›gestern‹ eine sehr variable Größe war. Das Ganze hier konnte ein bloßer Vorwand sein, doch ein Vorwand für was? Jedenfalls nicht für etwas Eindeutiges, eher für etwas entschieden und absichtlich Uneindeutiges.

Es gab aber kein Zurück mehr. Du hättest nicht gewusst, wie, wie Nein sagen, wie absagen, wenn sie euch für den nächsten oder übernächsten Abend eine Kneipe vorschlug, einen weiteren Spaziergang, gar ein Orgelkonzert in der Sibelius Hall, die du seit Loïc nicht mehr betreten hattest. Da wäre ein Punkt, den du angeblich nicht fandest, gewesen, Einhalt zu gebieten, nur fandest du für dich selbst keine vertretbare Begründung, Sakralisierung von Leid konnte es ja nun auch nicht sein. Im Gegenteil, eher lag ein kleines balsamisches Rachegefühl in der Aussicht profaner Überschreibung. Bloß dass du dich für die Profanität albern lange nicht entscheiden konntest, was du anziehen solltest, und diese Entscheidungsschwäche vor Charlie zu verbergen suchtest. Und dann zwischen ihm und Tuomi in dem kleinen und für diese Zwecke dir gar nicht sehr geeignet erscheinenden Orgelkabinett saßest und Tuomi beständig näher zu rücken schien, sich millimeterweise in deine Richtung neigte, bis du ihre Wärme wahrzunehmen glaubtest, nicht nur ihren Geruch, bis du merktest, dass es ein Aufeinanderzudriften aus zwei Richtungen war: Unwillkürlich hattest auch du dich geneigt. Und widerstandest mit Leichtigkeit dem schamhaften Impuls der Korrektur in eine aufrechte Haltung. Vielmehr warst du von Neugier besessen, wohin sie wohl führen würde, diese Haltlosigkeit. Was geschah noch gleich, wenn zwei Erdplatten aufeinandertrafen – ›Herdplatten‹ musstest du komischerweise mitdenken –, Geographie war zu lange her, aber schob sich nicht eine unter die andere? Du sahst kochende Lavaströme hervorschießen, Verwerfung und Vertilgung, aber das mochte allein durch die sich plötzlich in ein Tosen hineinwütende Orgel induziert sein, nicht durch Tuomis sich sacht auf deine Schulter herabsenkende Haarsträhne, ihre deiner um diese Haaresbreite nur noch entfernten Schläfe, als sie leise fragte: »Do you like it?«

Ja. Die Antwort wäre in jedem Fall ›ja‹ gewesen. Du nicktest. Und wolltest endlich den Kontakt schließen, deinen Kopf an ihren lehnen, den letzten Zentimeter überwinden. Denn sie rückte nicht gleich weg, nach deiner Zustimmung. Jedoch einen Augenblick später, dem, in dem du entschlossen warst. Und der letzte Ton kaum verklungen, als der Beifall sie wegriss. Begeistert lächelte sie dir zu. Du versuchtest, eine Spur von Verschwörung in diesem Blick auszumachen, doch alles eben noch Präsente schien schon abgeräumt, es würde vergestern wie das Tanzen, weiter abgetragen zum Vergessen.

Warum aber grämte dich das so? Die Frage von heute aus ist natürlich: Stelltest du sie dir? Du warst doch nicht die Unschuld in Person, wenn auch nicht gerade das Gegenteil. Wiederum begannst du, was dir widerfuhr, als eine Ausnahme zu begreifen, wenn überhaupt. Es war klar, dass etwas dich befallen hatte, und sei es auch aus dir selbst heraus, aber es trug allein den Namen Tuomi Virtanen.

Schwer zu sagen, womit ihr sonst die langen Tage jener Zeit fülltet, sie füllten und erfüllten sich durch die immer häufigeren Treffen mit diesem finnischen Mädchen, das zwar Freunde in der Stadt besaß, sie euch auch vorstellte, zu dessen Hauptbeschäftigung jedoch ihr avanciert schient und umgekehrt. Diese Treffen zu dritt, die in der Reduktionsform eines Zu-Zweit noch gar nicht denkbar waren – in deinen Händen und Füßen fiel schlagartig die Körpertemperatur ab, stelltest du dir so einen Abend nur auf dich angewiesen mit Tuomi vor, als hätte das alles nicht recht Hand noch Fuß –, diese Dreisamkeiten also, sie strahlten zeitlich aus, wuchsen in die Gespräche zwischen Charlie und dir ein beziehungsweise brachten sie erst hervor, gemeinhin auch Auswertung genannt. Nur verstreuten sie anscheinend so viel Saat, dass des Aufgehens noch Schlafstunden und tuomilose Tage später kein Ende war, fortgesetzt erinnerte sich einer von euch eines bemerkenswerten und bisher noch unverdauten Details, denn jede Begegnung mit Tuomi bescherte ein reichhaltiges Angebot, was einfach daran lag, dass eure Welt so etwas wie sie noch nicht gesehen hatte, und ›so etwas wie‹ wäre dir natürlich damals ganz falsch vorgekommen, du hättest nur das ›sie‹ als Singularität sondergleichen gelten lassen, und Charlie schien zumindest nicht weit ab davon, was sich schon allein in diesem Sondergesprächsbedarf zeigte, der das anfänglich aufgelegte Make-up der Unbeeindrucktheit längst hinter sich gelassen hatte. Das linderte deine zeitweilige Befürchtung, er könnte sich an einem dieser Tage spontan umentscheiden und dich allein zu einer Verabredung gehen lassen, in welchem Fall du dir dann mindestens mit Absicht hättest einen Zeh brechen müssen, um dich von ohnmächtiger Angst abzulenken, ein Gesprächsthema mit Tuomi zu haben oder andernfalls vor Charlie entschuldigt zu sein, vor dem du dir noch weniger als vor Tuomi eine Blöße geben wolltest. Manchmal erwogst du daher, dich ihm zuvorkommend selber spontan gegen dein Dabeisein zu entscheiden, nur hätte das für ein nächstes Mal vielleicht erst recht eine ebensolche Eigenmächtigkeit Charlies provoziert, nein, nein, solche Freiheiten durften ihm gar nicht erst als Flausen in den Kopf gesetzt werden, es hatte hier gefälligst jeder bei der Stange zu bleiben, denn nebenbei hättest du es auch gar nicht fertiggebracht, ein Treffen mit Tuomi grundlos zu versäumen. Du hattest nicht gerade etwas Besseres vor. Und die Geister, die man rief, waren doch zuerst Menschen gewesen.

Es sagte euch zu und ihr sagtet zu. So ließe sich fassen, was im Schummer der Kneipe als kaum fassliches Glück geschimmert hatte: den Sommer mit Tuomi in den Wäldern bei Tampere zu verbringen, in einem blauen Holzhaus, das ihre zerfallene Familie noch besaß, aber nicht mehr bewohnte, über das die beiden Töchter verfügen konnten nach Belieben. Dass Tuomi eine Schwester haben sollte, war dir unbegreiflich, du hofftest, ihr nie zu begegnen, andererseits interessierte dich ein Abgleich brennend; du warst dem Lebensstadium, das die Relativierung scheute und sich dabei nach ihrer Linderung sehnte, noch längst nicht entwachsen. Der Schönheitsfleck an eurem umstandslosen Ja zu Tuomis Vorschlag – tatsächlich wart ihr fast unisono in Begeisterung ausgebrochen – bestand in dessen Alternativlosigkeit. Ein Makel eigentlich, der in dieser Saison zu einem Must-Have erklärt wurde: dass sich keine auch nur annähernd so attraktive Sommergestaltung bisher abgezeichnet hatte – du sahst euch schon zu Hause in der Wollweberstraße hocken –, schien die Schicksalhaftigkeit und damit Richtigkeit des Vorhabens nur zu bestätigen. Der Mietvertrag für dein Zimmer in der Vuolikiventie lief Ende Juni aus und es wäre eures Bleibens in diesen Breiten sonst wohl kaum länger gewesen. Über euer Bleiben im blauen Haus wurde kein begrenzendes Wort verloren, alles begab sich in die dir schon bekannte elegante Tuomi'sche Schwebe und ihr euch mit Sack und Pack Tage später schon nach Tampere. Die relative Gepäcklosigkeit Tuomis unterstrich nur immer weiter ein Verdikt, das euch vergleichsweise zu erdenschweren Klumpen machte, vor denen sie den Hügel in die Waldsiedlung hinauftänzelte, eine Elfe. Juhannus, Mittsommer, stand unmittelbar bevor, und Tuomis Anordnung, diese Tagnacht auf dem Lande, falls man das eine halbe Busstunde von Tampere gelegene Eigenheimareal so nennen konnte, zu verbringen, war nichts entgegenzusetzen gewesen. Charlie als Packesel nahm dir noch eine Tasche ab und so gelangtet ihr triefend zum Traumhaus, denn als ein solches war es dir in der Nacht zuvor erschienen, mit dir als einziger Bewohnerin allerdings, und es hatte geschneit. Die Wirklichkeit war großzügiger geschnitten, ihr wart zu dritt und konntet euch auf die drei Schlafzimmer im oberen Stockwerk verteilen, unten gemeinsam in der Küche weilen oder in den beiden miteinander verbundenen Wohnräumen, auch Stunden im struppigen Garten gestattete das Wetter. Über die Sauna im Keller wolltest du, solange es ging, nicht nachdenken, du hattest diese erzfinnische Einrichtung bisher vermieden, denn auch zu Hause wärst du nie auf den Gedanken verfallen, deine Zeit in so einem Schwitzkasten abzusitzen, nackt mit anderen Leuten. Über finnische Saunagepflogenheiten wusstest du so gut wie nichts, nur dass du nicht ausgerechnet mit deinem Bruder und diesem vermutlich völlig hemmungslosen Unikum von Mädchen mehr darüber herausfinden wolltest. Jede mögliche Konstellation besaß ihren eigenen Schrecken. Alleine, alleine in diesem Haus, hättest du es aus Neugier gewagt, ein einsamer Kreislaufkollaps schien dir allen Peinlichkeiten vorzuziehen. Also wer war hier das Unikum?

Vielleicht, um dieses chronische, offenbar unheilbare Alleinsein nicht allzu fühlbar werden zu lassen, entschiedest du dich für das kleinste der oberen Zimmer, eine Kemenate eher, in der lediglich ein altmodisch kurzes, von einem Überwurf in Filethäkelei bedecktes Bett, ein dagegen funktional-modernistisch abstechender eingebauter Kleiderschrank mit Milchglasschiebetüren, ein grüner Samtsessel sowie ein niedriges Regal Platz gefunden hatten, in dem sich nichts als Reise- und Sprachführer aneinanderreihten. Im Schrank fanden sich unordentlich über Bügel geworfen ein paar Sachen teils aparter Natur, die du sogleich Tuomi zuordnetest. Du hättest sie gern anprobiert, befühltest sie mit Ehrfurcht und Furcht vor dem Überstreifen dieser fremden zweiten Haut, als gälte es, einer drohenden Verzauberung zu widerstehen. Vorerst bestandest du die Probe und gingst in deinen eigenen, dir inzwischen reichlich profillos vorkommenden Klamotten am nächsten Abend mit Charlie und Tuomi zum Johannisfeuer auf der Waldlichtung. Ihre Anwesenheit in deinem Leben hatte aus all dessen nicht mit ihr in Verbindung stehenden Aspekten und der ganzen Vergangenheit die Farbe gesogen, gesättigt erschienen nur noch die mit einem großen dunkelblauen T unterlegten Bereiche, und nicht nur, dass dieser Buchstabe bei dir wie alle seit jeher eine definite Farbe besaß, es war auch deine Lieblingsfarbe. Dein eigenes J hingegen, auch da konntest du dich keiner Wahl erinnern, blieb immer an ein lichtes Hellgrau gebunden. Das dem Ton des Himmels über den Tannen- und Fichtenspitzen an diesem Abend nahekam, Nacht musste man ja fast schon sagen, in der nur am Grund der Pfade, die Tuomi euch führte, ein wenig Dunkelheit herrschte.

Ihr vernahmt die Feierlichkeit schon von Weitem, sie klang zunächst nicht anders als jedes x-beliebige Dorffest abzüglich wummender Schlagermusik, denn Musik gab es zu deiner Verwunderung und wachsendem Unwohlsein überhaupt nicht. Würdet ihr euch etwa die ganze Nacht lang, in das Palaver der anderen einfallend, unterhalten müssen und am Ende nur noch unverantwortbaren bekenntnisduseligen Blödsinn reden, weil nichts blieb, als Bier und Wodka in euch hineinzukippen, während die Morgenfeuchte euch ankroch? Du hattest dir irgendwie mehr versprochen von diesem zweithöchsten Feiertag. Auch Charlie wirkte leicht enttäuscht. »That's it?«

»Don't be so impatient«, wies Tuomi ihn, und dich mit, auf ihre übliche leise Weise zurecht, und wie im Vorbeigehen gemurmelt.

Ihr hocktet euch auf einen der im Kreis angeordneten Baumstämme und beobachtetet, was vor sich ging. Viel war es nicht. Nicht mal besonders angezogen wirkten die Leute, außer euch offenbar alles Bewohner der Siedlung, die sich untereinander kannten, Familien mit Kindern, etwas abseits und abgesondert von ihren Eltern die üblichen verdächtigen Jugendlichen, die du am meisten fürchtetest und für die du am meisten Verständnis aufbrachtest. Sie waren hier, weil sonst nichts los war und sie noch nicht alt genug, um gänzlich unbeaufsichtigt in der Stadt zu feiern, in den Vorortträumen ihrer Eltern mitgefangen, mitgehangen. Wie Tuomi mit vierzehn gewesen war, war auch wieder schlecht vorstellbar, kälberhaft-albern in Grüppchen rumstehend, nein.

Sie zog sich die Schuhe aus, grub die Zehen ins Moos und ermunterte euch mit einem Kinnzucken, es ihr gleichzutun. Du folgtest, Charlie nicht, es freute und ärgerte dich. Deine Sohlen bereuten nichts, der Moosboden schmiegte sich weich und feuchtkühl ins Fußgewölbe, schob sich prickelnd zwischen die Zehen, die die zarten Polster aus purem Übermut packen und ausreißen wollten. Es erinnerte dich an die Übungen im Kindergarten nach dem Mittagsschlaf, die dein Defizit des Nie-Schlafen-Könnens halbwegs wieder wettmachten, denn darin warst du gut, am besten sogar: das Taschentuch mit den Zehen zu greifen und damit zu winken, bye bye, Langeweile pflichtgemäßer Reglosigkeit. Und wenn es auch nur an deinen krummen Zehen lag. Alles war zu irgendetwas gut. Oder es war schon an sich gut. Was Tuomi betraf, so wünschtest du dir natürlich diesen unmittelbaren Spatz in der Hand, das heißt in Wirklichkeit, dass er eine Taube war. Das Hier und Jetzt, nicht wieder nur die vertröstende Aussicht auf einen höher hockenden Sinn, der sich irgendwann zeigen würde, dessen ja aber doch nie ganz habhaft zu werden war. Du wolltest es so sehr, hier und jetzt, dass du dich bereit erklärtest zu einer tiefgreifenden Umgestaltung deiner selbst und sie sogleich in Angriff nahmst, indem du von dir aus ein Gespräch mit Tuomi anfingst, das aus mehr bestehen sollte als deinen sonstigen eingestreuten Bemerkungen. Und weil du dich immer noch mit herzlich wenig auskanntest außer dir selbst und deiner Familie, fiel dir nichts anderes ein, als Tuomi heranschleichend nach ihrer zu fragen, es mochte zumindest naheliegend erscheinen am Ort ihrer Kindheit. Der es, wie sich gleich herausstellte, gar nicht war. Auf die Frage, ob sie Mittsommer immer hier verbracht habe, gab es nur ein lapidares: »Actually, never« zu hören, bis auf die letzten zwei, drei Jahre. Sie sei ja »almost fifteen« gewesen, als ihre Eltern das blaue Haus zur neuen Stätte ihres Wohnens und letzter Versuche zur Kittung ihrer Ehe erkoren hatten, »didn't work out«. Sie selbst habe jede Gelegenheit zur Flucht »back to Tampere« ergriffen, mit und ohne Erlaubnis, bald auch nach Helsinki, wo sie eine »love affair or something like that« unterhielt.

Du horchtest auf. Es war das erste Mal, dass sie eigene Liebesangelegenheiten erwähnte, abgesehen von ihrer Ex-negativo-Bemerkung am ersten Abend, mit der sie zumindest den gängigen Formen eine Absage erteilt und weiteren Nachforschungen einen Riegel aus Coolheit vorgeschoben zu haben schien, den man nur mittels Uncoolheit würde antasten können, und so weit warst du noch nicht.

Tuomis Vater, ein Musiklehrer, der auch Privatstunden gab, hatte sich ebenfalls immer öfter unerlaubt von zu Hause entfernt und war halbe und ganze Nächte ausgeblieben. Alle seien sie alt genug gewesen, um sich den Grund selber denken zu können, und deshalb habe dieser auch nie direkt zur Sprache kommen müssen, jedenfalls nicht vor ihr, sondern als belgische Studentin in einer winzigen Einraumwohnung darauf warten können, dass Herr Virtanen ernst machte mit seinen Versprechungen, was er denn auch tat, denn er sei ein ehrenwerter Mann. Vorübergehend zog er, mit wenig mehr als einem Turnbeutel bepackt, bei ihr ein, und das blaue Haus erlebte die erste Stufe seiner Entkernung.

»And your sister?«, fragtest du etwas zusammenhangslos, als wolltest du die Benelux-Regionen schnellstens wieder verlassen und Tuomi doch noch auf die Schliche kommen, an einem unkontrollierten Zucken des Augenwinkels deine Phantom-Phantasie bestätigt sehen. Aber nichts dergleichen, sie antwortete so prompt wie zurückgelehnt: »She's older anyway«, als würde das alles erklären.

Wahrscheinlich aus dem Gefühl, in die entstehende Lücke eine Gegenleistung werfen zu müssen, hörtest du dich plötzlich von deiner Mutter erzählen, das heißt, deiner Nichtmutter, dem Einbüßen eines Elternteils deinerseits, denn es war schäbigerweise das Interessanteste, das sich hervorkramen ließ. Auf einmal wurde dir bewusst, dass du diese Story für den Rest deines Lebens immer wieder erzählen würdest, sie bekenntnisgleich immer wieder ablegen beziehungsweise anlegen müsstest beim Überschreiten der Freundschaftsschwelle. Gerade die vermeintliche Tatsache des Ein-für-allemal aufseiten deiner Mutter führte auf deiner Seite zum genauen Gegenteil. Allerdings hättest du es dir zumindest einmal ersparen können, nämlich dieses eine Mal, da Tuomi sagte, jawohl, das habe ihr Charlie schon alles erzählt.

Das war ja wieder mal typisch, wenn auch nicht für Charlie, und ab welcher Länge von Bekanntheit ließe sich das über sein Gegenüber sagen? Damals warst du wohl doch eher perplex. Wann denn, lag dir auf der Zunge, auf die du dir bissest. Wart ihr nicht immer zusammen, zu dritt gewesen? Mal eben in der Spanne eines Klogangs ließ sich dieser Biografieklotz schlecht unterbringen. Tuomi ging auf dein abruptes Verstummen nicht weiter ein, als sei es ganz normal, Privatgespräche mit nur einem von euch beiden zu führen und den anderen darüber im Dunkeln zu lassen. Andererseits, was sollte daran nicht normal sein; wärst du die eine und nicht der andere, wäre es dir normal vorgekommen. Im Sinne von richtig rum. Aber warum? Weil Frauen miteinander über Vertraulichkeiten plauschen? Wohl kaum. Schon dass du dir diese sonst verabscheute Umgangsform, jedenfalls den vertraulichen Teil daran, mit ihr wünschtest, sprach gegen jede Üblichkeit, und das übliche Frauenbild gaben nun weder du noch sie ab.

»Do you miss her?«, fragte sie schließlich dennoch in deine gedankliche Abgelenktheit hinein und wirkte selber abgelenkt, wie sie zwischen dir und ihrem Blick einen stumpfen Winkel aufspannte. Eine Antwort schien der Mühe kaum wert und so sagtest du nur: »I think so.«

»You think so«, wiederholte sie, als merke sie kaum, was. Nach kurzem Zögern entschlossest du dich, das Gespräch im Ignorieren zu begraben.

»But what do you feel?« Sie drehte sich zu dir zurück und sah dich an, mit dem grünlichen gründlichen Blick, den du nun schon bis zum Überdruss kanntest und trotzdem noch nicht für möglich hieltest.

And I don't wanna look at you / guess you feel, feel the same way, too / well, I've lost, lost that game we play / build it up, throw it all away. / No I don't wanna talk to you / won't explain what I gotta do / and I can't tell you what I feel / 'cause I don't think that you're for real. / No, I don't, don't think you'd understand. / I ain't that kind of ...
Mann! Wie konnte sie einem einfach so eine Frage zuspielen, wie einen der vielen Bälle im Sportunterricht, die du nicht fangen konntest beim gefürchteten Zwei-Felder-Ball, beim verhassten Volleyball nicht annehmen, vor denen man sich nur ducken oder drücken konnte und in Reimereien einer vergessenen Indie-Band flüchten, die du damals oft hörtest, als dir psychedelisches E-Gitarren-Wabern trotz Drogenabstinenz noch nicht auf die Nerven ging, vermutlich gar nicht auffiel. Aufgefallen war dir indes der Name der Band, der, über die Bande eines kalifornischen Strandes gespielt, punktgenau auf deinen traf, das Rauschen der Wellen im Auslaut von *Redondo Beach* so reduzierte, dass *a girl named Johnny* im neuen Jahrtausend darauf tanzen konnte, Redondo Beat.

Nichts als die Wahrheit kam dir über die Lippen. »I don't know.« Was du empfandest, war dir nicht bekannt in seiner Zusammensetzung noch als Sorte jemals begegnet, es lag dir wie ein Nachgeschmack auf der Zunge und konnte doch erst ein Vorgeschmack sein.

Tuomi murmelte etwas, das »better find out« lauten mochte, und sah wie zu deiner Bestrafung zu Charlie hinüber, der derweilen bereits mit den Ortsansässigen fraternisierte.

»Your brother is quite different from you.«

Aah. Und was will uns die Beobachtungskünstlerin nun damit sagen? Aus Bockigkeit widersprachst du einfach: »No.« Denn verglichen mit der Differenz, die zwischen Tuomi und euch beiden bestand, wart ihr, Charlie und du, euch geradezu zum Verwechseln ähnlich, nicht nur äußerlich.

Sie lächelte. Es war das längste Lächeln, das du je an ihr gesehen hattest, und vielleicht Hauptursache deines Zutrauens fürderhin, mehr als der Aussagesatz, der sich anschloss. »I like you.«

Ein Satz, der jedes Nachfragen verbot. Der sich einerseits doch von selbst verstand, sonst wärst du, wärt ihr kaum mit ihr hier, und der andererseits unverständlich blieb bis in grammatische Kategorien. War hier von dir die Rede oder von euch? Die unwillkürliche Freude vergeudete sich lieber an unwillkürliche Zweifel als womöglich deine Zeit. Aber ganz klein kriegtest du sie nicht, den Abend über züngelte sie immer wieder auf wie die Flammen des Johannisfeuers. Und auf ein Warum würde es sowieso nie zur Frage passende Antworten geben.

Gegen Morgen lagst du mit Füßen, die sich anfühlten, als wäre bis über die Knöchel für immer alle Wärme aus ihnen gewichen, in dem zu kurzen Bett und bliebst wach, mit Eisbeinen hattest du noch nie einschlafen können; wie es sich auf die Dauer mit halben Küssen verhalten würde, müsste man sehen.

Der Tanz ums Feuer, zu der Musik, die dann doch auf einmal dagewesen war, Gitarren, Geigen gar und ein Akkordeon, hatte euch mitgerissen, ihr wart, du weißt nicht, wie, hineingeraten in den pausenlos und immer schneller rotierenden Strudel, gegen die Fliehkraft hieltet ihr euch an den Handgelenken, dein linkes umfasst von einem fremden Mann, deine andere Hand schien an Tuomis Arm zu zerren wie sie an deinem, doch war sie es, die zog, oder Charlie, an ihrer rechten Seite? Bis ihr nicht mehr konntet. Da ließet ihr euch ins nasse Gras plumpsen, japsend und lachend, und Tuomi lachte dich an oder aus, du entschiedest dich für an, und dann: beugte sie sich über dich, du kannst es noch jetzt wie damals im kalten Morgenbett beliebig oft in Zeitlupe abspielen, ohne dass in aller Deutlichkeit etwas deutlicher würde, du spürst nur wieder ihre Hand auf deinem Ohr, ihre Haarspitzen an dem anderen und die kurze Wärme ihrer Lippen zwischen Mundwinkel und Wange. Die klamme Kühle an deinem Rücken, als du dich ganz auf dem Boden ausstrecktest und alle viere von dir und erschöpft aussehen konntest und anfangen mit dem Abspielen jener Szene. Was? War? Geschehen? Verfehlt, Frage und Antwort. Aber in welche Richtung? Wo hatte er denn hin sollen, der Kuss, war er verrutscht gen Mund und hatte dabei gerade noch so die Kurve am Gasthaus Zur Unschuld gekriegt, oder doch eher vorm *House of the Rising Sun* aus Angst vor der eigenen Courage haarscharf abgebremst? Und wer sagte denn, dass es ein Kuss war? Wer wollte das Gegenteil behaupten: Was sollte es denn sonst sein? Moment. Diesen Punkt überspringen wir, denn er wurde schon vor Monaten an anderer Stelle bearbeitet und so viele Besucher von fremden Sternen konnte es nun auch nicht geben, Tuomi war höchstens möchtegernextraterrestrisch, sie benahm sich zu auffällig. Okay, ein Kuss. Okay. *Let a gambler lead me astray.*

Du hörtest Charlie aufs Klo schlurfen, erkanntest ihn an seinem angewöhnten Husten und hättest ihn für einen Moment gerne in deine Kemenate gerufen, aber er wäre wahrscheinlich wenig begeistert gewesen, weil vor halb zwölf maximal im Standby-Modus. Außerdem, was hätte er schon für eine Hilfe sein können, alles andere als hilfreich wäre gewesen, ihn wissen zu lassen, dass eine von Tuomis Exzentrizitäten – die er doch mitbekommen, aber offensichtlich nicht mal eines privaten Kommentars für wert befunden hatte – dich in einem solchen Gedankenkarussell herumschleuderte. Ebenso wenig gebrauchen konntest du eine seiner Blitzanalysen, du hörtest ihn schon: Vielleicht steht sie auf Frauen. Was du brauchtest, war eine belastbare Analyse.

Was lag dir daran? Was lagst du hier rum und wurdest nicht

warm mitten im Sommer? Die Frage lag nahe: ob bei dir irgendetwas nicht stimmte, erst Loïc und jetzt das, streng genommen hatte es wohl schon mit Kai angefangen. Oder noch früher? Mit Vorliebe die Unmöglichkeiten jedenfalls. Und zwar exakt die, die zwischen Machbarkeit und Hirngespinst siedelten. Diese Tuomi-Sache, sie passierte doch wirklich, zumindest in den nicht glattzubügelnden Momenten wie heute morgen, du dachtest dir das nicht aus, und gleichzeitig war es nicht auszudenken, was weiter geschehen könnte, diese Momente setzten dein Denken in Gang und ließen es dabei bewenden. Eine Art Hospitalismus befangener Gedanken, die ruhelos am immer gleichen Zaun entlangtigerten und in den Kehrtwenden nichts vollzogen als die Abkehr von einem Gedankengang zugunsten des jeweils vorhergehenden. Nichts zu machen – lautete so das Gebot?

Zunächst mal verlangtest du dir in Klartext zu denken ab, warst du nicht lesbisch. Das schien dir, halb bedauernd, halb erleichtert, die logische Schlussfolgerung aus den bisherigen Daten: Nie war dir ernsthaft in den Sinn gekommen, du könntest dich in Mädchen verlieben, und es war auch nie geschehen, also, in wen denn auch? An deinem inneren Auge zog die Reihe deiner Schul- wie Pappkameradinnen vorbei, und es wurde dir einigermaßen blümerant beim Gedanken, eine von ihnen anders als en passant zu berühren; sie verkörperten selbst in ihrer coolsten Variante die zopfigen Prinzipien der Mädchenhaftigkeit. Dieses ganze Eingecreme, Angetusche, Zurechtgemache, Getuschel und Gelache, *oh no, oh no, oh no no no no.* An den fernen Nachmittagen mit Madlen war jede Verliebtheit bloße Spieltheorie gewesen und die näheren Verliebtheiten dann selbst ein zu ernstes Spiel, jenseits der Theorie zu wenig befestigt, als dass sie einen verdrehten Wind aus der Kindheitsrichtung hätten dulden können. Mehr noch als falsch wäre es dir faul erschienen, im Ganzen gegen die Regeln: einfach da weiterzumachen, wo du mit elf aufgehört hattest. Es hätte, wie damals, nicht gezählt. Und jetzt, elf

Jahre später, sah die Sache nicht allzu anders aus. Als wärst du dir selbst und der Welt erst einen Beweis schuldig: dass du auch ganz normal sein konntest, um dann, von Johnnys Gnaden, irgendwann, auch ganz anders sein zu können. Was du dir ja ebenso und sowieso schuldig zu sein glaubtest.

Der Satz, den du für Charlie erdichtet hattest, ausgelagert in seinen Mund, er gewann mit jeder Runde an Ansehen und Wahrscheinlichkeit, wuchs unaufhaltsam an, bald hatte er sich verdichtet zu einer massigen Kugel, die alle anderen Gedanken scheuchte und beherrschte, dir schneefrische Schauer der Aufregung das Rückenmark hinab trieb und eine Unwucht in deinem Kopf erzeugte, jedes Mal, wenn du ihn Tuomi zuwandtest. Was bei dir nur eine Ausnahme sein konnte, es musste bei ihr regelrecht und wesensecht bestehen, erstens, weil es zu unwahrscheinlich war, dass ihr just mit dir die gleiche Ausnahme widerfuhr, zweitens, weil du wie üblich den Wankelmut der anderen mehr fürchtetest als deinen eigenen, in all deinem Schwanken benötigtest du eine Art Gleichrichter, einen Pol mit stabilem Magnetfeld. Nicht, dass Tuomi dir besonders geeignet erschien, sie erschien dir nur geeicht auf einen Bereich, den du kaum vom Hörensagen kanntest und in dem du auch jetzt keine Bewanderung anstrebtest, sondern eine Spezialisierung auf das Teilgebiet Tuomi. Dass du mit ihr etwas erfahren könntest, das dir mit einem Mann, egal, welchem, auf ewig verwehrt bliebe, dämmerte dir nicht als Offensichtlichkeit, vielmehr als Offenbarung, es breitete einen Strahlenkranz aus Überlegenheit um sich aus: Plötzlich schienen die Paare, die du sahst, dir nichts mehr voraus zu haben, im Gegenteil, die gängige Gegengeschlechtlichkeit wirkte überholt und sterbenslangweilig. Sie taten dir geradezu leid.

Du lebtest in einem labilen Zwischenhoch, lautlos jauchzend und auf der Lauer, und womöglich fiel dir zuerst gar nicht auf, dass nichts weiter passierte, einfach, weil du aus alter Gewohnheit dich samenkorngleich aus dir selbst nährtest, vollauf beschäftigt mit dem neuesten Kapitel der Johnny-Werdung. Tuomis hieroglyphische Blicke, du glaubtest sie nunmehr entschlüsseln zu können, sie verschreckten dich nicht länger, vielmehr versuchtest du umgekehrt, ihnen Zutrauen einzuflößen, indem du dich in Mimikry übtest, deinen Blicken das Flüchten abgewöhntest. So argwöhntet ihr euch oft sekundenlang an, immerhin muss es so ausgesehen haben für einen unbeteiligten Beobachter wie, sagen wir, Charlie.

Die täglichen Fragen. Die dich nicht beschäftigten und dir nur wie Ablenkungsmanöver vorkamen, die mühsam gefügten Dominoketten deiner Gedanken durchbrachen, sodass du wieder von vorn beginnen musstest. Was machen wir heute? Was kochen wir heute? Wer kommt mit zum See? Du sahst Tuomi im Badeanzug, auch halbnackt, und dachtest dir: ihr Körper interessiert mich nicht. Was unterhalb des Halses ist, das geht mich gar nichts an. Eine leichte ästhetische Betretenheit schien die Ausnahmen-Annahme zu bestätigen: Ihre Brüste beschämten dich durch eine, wie du meintest, dreist-unwürdige Form, fast wurstig standen sie vom Körper ab und waren mehr Brustwarze als alles andere, ihr Hintern knabenhaft und nicht der Rede wert. Zu deiner eigenen Überraschung fandest du dich schöner, es dürfte dir zum ersten Mal passiert sein. Ein Trick deines Unbewussten vielleicht, denn hättest du sonst überhaupt noch den Glauben an eine immerhin mögliche Berührung durch die Hände dieses überlegenen Wesens aufrechterhalten können? Diese zarten Hände, an denen dein Blick stets als einer letzten Zuflucht hängen blieb. Deren Finger deine Lippen streiften, als sie dir eines Abends beim Gemüseschneiden in der Küche ein Stück Gurke in den Mund schoben. Vom folgenden Essen schmecktest du nichts.

Wie viele Aufforderungen brauchtest du noch? *It's your turn*. Ihr spieltet alle im Haus vorhandenen Brett- und Kartenspiele durch, es wurde für Tage zu einer Manie, als hofftet ihr, aus der Vielzahl der Spielregeln ein universales Set extrahieren zu können, anwendbar auf alles. Um wenigstens aufs nächste Feld zu gelangen. Das nächste

Feld aber war das Feldbett deiner immer zuchtloser kampierenden Sehnsüchte; weil du nicht einschlafen konntest nach den Tagen der unverrichteten Dinge, musstest du ständig aufs Klo und standest danach in nächtlicher Endlosschleife am Scheideweg: nach links die zwei Schritte zurück in dein leeres Gehäuse oder geradeaus über deinen mondlichtlangen Schatten direkt in die Besinnungslosigkeit. Du standest, sekunden-, minutenlang. Es endete stets mit den gleichen Bedenken. Sie zu erschrecken. Charlie zu wecken.

Du legtest dich wieder hin und wehrtest dich nicht, in dein Weinen drang der wirre Trost der Erregung, ohne zu zögern zogst du sie aus, Tuomi Virtanen mit den komischen Brüsten, eine Zumutung, die deine Lust in unbekannte Bereiche peitschte, *ohne einen Faden am Leib* stand sie da, wie nie dir vor Augen, Verben schossen dir auf die Zunge, reiben, lecken, saugen, deren Gebrauch deine Haut bei Tageslicht hätte schamerglühen lassen, jetzt nur erglühen, und was du berührtest, unter deinen Fingern spürtest, war kein Teil von dir. Du warst gut darin, leise zu sein, doch diesem Keuchen ließest du seinen nicht ganz stummen Lauf, es kümmerte dich kaum, wer wollte am nächsten Tag behaupten, dass es kein Traum gewesen war.

Es reichte nicht. Dir ein Gemüsestück in den Mund stecken zu lassen wie einem Kind, das quengelig zu werden droht. Charlie ging dir auf die Nerven, der nächste Verwandte, den du nicht einweihen konntest, dessen Anwesenheit nur alles verhinderte. Andererseits, ja ja, wärst du ohne ihn gar nicht hier. Und einreden konntest du dir viel: denn alleingelassen mit Tuomi an einem trüben Tag – Charlie wollte beweisen, dass es sich auch bei Regen, besonders dann, gut schwamm – tat sich ebenfalls derartig nichts, dass du bloß noch wie verblödet schweigen konntest. Sie hatte sich, bei offener Tür, in ihr Zimmer gesetzt und zeichnete. Und auf dein Eintreten, deine äußerste Überwindung der Wegstrecke bis zum Schreibtisch am anderen Ende des Raumes, ihrem dir zugekehrten Rücken zu, auf deine Hand, die ein Handmagnet auf die Stuhllehne zog, wusste sie keine Antwort als: »Maybe later«. Du wusstest kaum noch, welche Frage du gestellt hattest. Tee oder Kaffee? Du löstest dich ab, wie immer bei der Trennung von Magneten glaubtest du im Widerstand des Ziehens ihren Schmerz zu fühlen, löstest dich auf in die diesige Luft jenes Nachmittags. Blauer Dunst, *Kalter Rauch*. Charlie fand dich mit einer seiner Zigaretten, die er nur vor und mit Tuomi rauchte, auf der Außentreppe. Er sah dich an mit dem Schweigen des Sees um seinen Mund und zusammen ließet ihr euch noch ein bisschen die Haare vernieseln.

Dann das. Aus alltäglicher Unschlüssigkeit inspiziertest du zum wiederholten Mal die Reihen der Bücher in den unteren Räumen, kurz erfreut, wenn du dir einen Titel deuten konntest, das Vertraute in der Verkleidung erkanntest, *Maan valo*, ah, *Weltlicht*, ja. Du fuhrst zusammen, als Tuomi vom Garten aus ans sonnenstaubige Fenster klopfte und lachte, glaubtest dich momentweise versetzt in das verlassene Haus in Helsinki, auf die andere Seite geraten, zwischen die vergessenen Bücher, und so, wie ihr nicht hineingekommen wart, schien dir nun der Weg nach draußen versperrt, müsstest du ewig ungelüftet und vergilbend deine Tage verdämmern, und ab und zu würde jemand wie Tuomi auftauchen und dich durch die Scheibe ihren neuesten Begleitern zeigen. Aber die Haustür ging auf, sie öffnete nach innen, und herein spazierte Tuomi mit leichten Sandalenschritten. Du sahst sie verwundert an. Auch, weil sie schnurstracks auf dich zukam. Sich wortlos neben dich stellte, so dicht, dass die Härchen auf deinen Armen eine Berührung vorwegnahmen, die nicht stattfand. Stattdessen ging Tuomi in die Hocke und packte, als sie aus dem Gleichgewicht geriet, dein Bein. Ein angekettetes Gefühl, angenehm und ungenügend. »Strong calves!«, sagte sie, und du konntest in dieser fortgesetzten Uneindeutigkeit, dieser Masche, für die du heute nicht aufgelegt warst, nur ironisch und zugleich dieser Ironie müde auf ihren Scheitel herablächeln.

Sie zog einen schmalen blau-weißen Band hervor, der deiner Aufmerksamkeit – oder vielleicht warst du gar nicht besonders aufmerksam, wenn du an den Regalen entlangstreiftest, deine Gedanken schweiften – bisher entgangen war, obschon einer kleinen Ansammlung von Rücken entnommen, die alle den gleichen Autorennamen trugen, den einer gewissen Mirkka Rekola – es war doch eine Frau? Plötzlich fiel dich ein Zweifel an, du dachtest an Mika und Pekka.

»She's my favourite poet«, erklärte Tuomi in einem leisen, bekenntnishaften Ton und sah dich, prüfend, wie es dir wiederum schien, an. Du wichst auf das Cover des Buches aus, das sie dir hinhielt, bemerktest erst jetzt, dass es einen deutschen Titel trug. Eine zweisprachige Ausgabe vom vergangenen Jahr, die vielleicht aus Gründen der Vollständigkeit in Tuomis Sammlung gelangt war. Länger bliebst du am Foto der Poetin hängen, eine Frau, ja, doch mit Schiffermütze und Karohemd unter der Wald-und-Wiesen-Jacke, ein zutiefst vertrauenerweckendes Gesicht, dessen vorspringende Bäckchen dich an das deiner Uroma erinnerten, deine Oma immerhin hätte sie vom Alter sein können, diese Mirkka, deren Name so jung klang.

»Bitte sehr«, sagte Tuomi, als du schon blättertest, in den Gedichten zu lesen anfingst, und, als du verdutzt aufsahst: »No, I don't speak German.« Du sagtest: »Kiitos.«

Ihr tauschtet die Plätze, Tuomi verschwand in ihrem Zimmer, du mit den verdeutschten Gedichten zwischen den Unkräutern im Garten, nahmst den einzigen Liegestuhl ein und fühltest dich auf einmal ganz wie zu Hause. Inklusive des Alleinseins. Du wünschtest dir, Tuomi würde von oben ab und an einen Blick auf dich werfen, womöglich gar dich zeichnen, obwohl du wusstest, dass das Fenster ihres Zimmers zur anderen Seite ging, aufs Gehöft des Nachbarn. Sie hätte in dein Zimmer gehen müssen, und du wünschtest dir auch das.

Du kamst so weit aus dem Norden,
daß der Blick zum Himmelsrand ging,
und ein einziges Wort, das ich dir hinterließ,
ließ mich kalt werden.

Ich bin für dich ein leeres Pfand hier,
ich bin eine entlassene Welle des Windes,
und du darfst zusehen.

Dein Finnisch reichte bei Weitem nicht hin, Qualitäten des Originals und Güte der Übertragung zu vergleichen, doch zogen sie dich an, die Zeilen, und oftmals deine Neugier hinüber auf die linke Seite, ob du, so muttersprachlich gestützt, nicht auch den unverwandten Worten beikommen könntest, und manches verstandest du. Anderntags, in aller Frühe allein am Küchentisch über dein Frühstück und das Buch gebeugt aber erst dies: dass der Übersetzer sich entschieden hatte, und zwar für die ungediegene Variante. Denn eine Vereindeutigung war ihm abverlangt worden an jenen Stellen, die von Pronomen der dritten Person Singular eingenommen wurden, und wenn es auch nicht viele waren, da die Autorin, das lyrische Ich, ja ja, zumeist per Du mit ihrem lyrischen Gegenüber umging, womöglich schon eingedenk des heiklen Dimorphismus fremder Sprachen, die nur Entstellung oder Entblößung brächten, so erregten sie doch sogleich deine ungläubige Aufmerksamkeit, handelte es sich ja um, so weit du sahst, Liebesgedichte. In denen *hän* niemand als *sie* war.

Du liefst, Entdeckerinnenenthusiasmus in den Gliedern, zurück zum Bücherregal, fandest ein weiteres Foto, ein Beweisfoto geradezu, wie du fandest. Mirkka, nur wenig älter als du, auf der Rückseite eines frühen Bandes. Keine aufgerüschte Fünfziger-Jahre-Schönheit, eine Erscheinung gleichwohl, bemerkenswert modern: mit der zurückgekämmten Kurzhaarfrisur über dem ungeschminkten, fast noch kindlichen Gesicht, die runden, weitgeöffneten Augen in eine ferne Höhe gerichtet, Entschlossenheit um den Mund. Der aufgestellte Kragen eines weiten Hemdes.

Ein schwer beschreibliches Glücksgefühl durchrieselte dich, eine Art triumphale Demut, wie mitunter beim Anblick von Landschaft aus dem Fenster eines noch kühlen Zugabteils nach sehr frühem Aufbruch oder bei sinkender Abendsonne im Sommer.

Sanon rakastettu, kaivattu; / ja hän on mennyt. Ja hän on täällä. Ich sage Geliebte, Ersehnte; / und sie ist fort. Und sie ist hier.

Was solltest du davon nun halten? Du überlegtest, wie Tuomi auf deine Entdeckung anzusprechen wäre, alle Ansätze aber und schon das Ansinnen kamen dir plump vor. Schließlich, nach einem zerzauderten Tag, an dem keine nonchalante Höhe mehr zu gewinnen war und du nur weiteres Absacken in die Mutlosigkeit verhindern wolltest – keine Ermunterung hatte sich finden lassen in ihren Zügen, nur ein fragender Blick, der alles Mögliche bedeuten konnte –, brachtest du spät noch den Müll raus und trafst Tuomi wie erwartet auf der Bank im Vorgarten sitzend, konntest dich zu ihr gesellen. Du wartetest, bis sie sich eine Zigarette angezündet hatte, überraschenderweise auch dir eine anbot, was sie sich doch längst abgewöhnt hatte. Zerstreut schütteltest du den Kopf, ärgertest dich über dich, nahmst es trotzdem als gutes Zeichen. Ob sie englische Übersetzungen der Gedichte kenne, fragtest du.

Sie sah dich an und antwortete nicht gleich, als überlege sie. Während du zu zittern anfingst vor Kälte, keine Nerven. »Maybe two or three«, sagte sie schließlich, verschleppt auch im Ton. »Why?«

Das hattest du befürchtet. »Well – because Finnish works so different in some ways …«

»Yes, they're not as good as the original«, fiel sie dir entschieden ins Wort. »Of course«, fügte sie gleich selber hinzu.

Du nicktest. Du hattest ein Einsehen, du wusstest Bescheid. Es war wie mit dem Patti-Song, du warst allein mit deiner sagenhaften Entdeckung und überhaupt und alles konnte nur Einbildung sein.

Dir sei kalt und du würdest nun reingehen, sagtest du. Tuomi aber zog ihren grüngemusterten Pullover aus, warf ihn dir zu, der Fangreflex funktionierte, dann stockte es wieder, du standest etwas schafsköpfig mit dem Wollpulli da, wehrtest ab, »oh, no«.

»Put it on«, befahl sie. Und du tatest, wie dir geheißen. Tuomi'sche Wärme hüllte dich ein. Sie zündete sich eine weitere Zigarette an, du sahst zu, wie sie den Rauch ausstieß, betrachtetest ihren Kopf im Mischlicht von Abenddämmerung und Straßenlaterne, es war ein vollkommener Anblick. Dieser Kopf so sehr Teil deines inneren Reiches, dass du dir nicht vorstellen konntest, wie er das nicht wissen sollte. Als deine Hand, du konntest sie zeitverzögert verfolgen, sich dem Kopf näherte, drauf und dran, die ewige Strähne hinters Ohr zu streichen, besann sie sich halb im letzten Moment, bog ab Richtung Zigarette, an der Tuomi gerade zog, ergriff und entführte sie, Mundraub, im Taumel von Traute und Nikotin sogst du zitternd zwei Züge ein, gabst sie ihr dann zurück.

Es fiel kein Wort. Die Finger deiner anderen Hand spielten mit den jungen Trieben einer kleinen Tanne oder Fichte, ein Irrläufer sicherlich, vom Wald herübergekommen und im Vorgarten geduldet, ein Anker, ein Blitzableiter. Kein Lächeln ist dir erinnerlich, lediglich Tuomis genuschelter Satz, sie müsse nun mal aufs Klo. Du musstest auch, und zwar wirklich. *Die Fichte sticht, die Tanne nicht.* An der Tür traft ihr auf Charlie, der hinauswollte, fragte, ob ihr schon schlafen gingt. »I'll be back«, sagte Tuomi mit heller Stimme, als hätte ein rauschendes Radio plötzlich klaren Empfang. Im Aneinandervorbei auf der Treppe zupfte er dir am Pullover, hob fragend die Augenbrauen in die spöttische Höhe. »So kalt?« Du gabst dir erst gar keine Mühe. Mochte er das Rätsel selber lösen, und wenn schon. Beweisen ließe sich ja sowieso nichts, wie es aussah.

Du warst aber unbelehrbar. Zwar bliebst du im Haus, weil du begriffst, dass der Moment vorbei war, mit Charlie nicht fortsetzbar, und außerdem, und außerdem. Legtest dich aber trotzdem mit Tuomis Pullover ins Bett, saugtest im Dunkeln ihren Geruch ein, bis nichts mehr zu riechen war, hörtest ein Auflachen aus dem Garten, dann nur noch das Knacken des Hauses.

Verschwitzt wachtest du auf und alle Mückenstiche fingen gleichzeitig an zu jucken. Du lüftetest den Pullover im offenen Fenster aus, mit dem Gefühl, Teilnehmerin an einem, wenn auch gewissermaßen humanen, Menschenexperiment zu sein. Und es nahm ja kein Ende. So viele Sommertage du hier auch verbrachtest, vertatest, zu keinem Ende würden sie führen. Tuomi legte eine Ausdauer an den Tag, die zu unterstellen schon auf die ganze verkehrte Perspektive wies, an deren verkürztem Ende nicht sie, sondern du standest. Die du Absichten hegtest statt ihrer. Aber was hegte sie dann? Interesseloses Wohlgefallen?

Nachmittags unternahmt ihr einen Spaziergang durch das unermessliche Waldgebiet, in dessen sich abseits der Hauptschneisen fein verästeltendem Wegenetz man sich in kürzester Zeit verheddern konnte. Du versuchtest, dir die Abzweige einzuprägen, für alle Fälle, die in deiner unverrückbaren Vorstellung allesamt darin bestanden, auf dich allein gestellt zu sein. Es war aber, als hättest du einen Verbündeten in der Gegend, als wüsste der ganze Wald längst Bescheid und die Vögel pfiffen es von den Wipfeln und die Wege leiteten euch Hilfestellungen zu. Jedenfalls überraschte es dich kaum, an einer Hüttentür eine Botschaft geschrieben zu finden, ihr blicktet alle drei darauf: *Kimi Järvinen on Homo*. Dazu brauchte es nicht viel Finnisch. Ihr saht euch an und Tuomi zog die Augenbrauen hoch. Hatte sie sich das von Charlie abgeguckt? Der stellte nur eine Charlie-Frage: ob sie den kenne, diesen Kimi. Sie verneinte, war schon weiter. Du hättest gern noch ein Wort verloren über diese Inschrift mitten im Walde, an einer Hütte, die noch bewohnbar schien. Zum Beispiel darüber, dass das Eigenschaftswort großgeschrieben war, wie ein zweiter Name, ein Alias. Und warum Charlie, unbewandert im finnischen Vornamenverzeichnis, sogleich von einem männlichen Namensträger ausgegangen war. Dessen Nachname vom ›See‹ her stammte und gar nichts mit dem Besitzer der Hütte zu tun haben mochte, du hofftest es, sahst einen schmalen Schüler vor dir, der vielleicht am anderen Ende eurer Siedlung sein Außenseiterdasein im Dachzimmer des Eigenheims einer ahnungslosen Familie fristete. Auch du gingst von Klischees aus. Tuomis Familienname aber entsprang dem ›Fluss‹, eher schon einem ›Strom‹, der auch ein elektrischer sein konnte; das wusstest du damals noch nicht, als dir für dieses Gewässer nur das Wort ›joki‹ geläufig war, das in steter Verwechslungsnähe zur ›Irgendein‹- und ›Jedermann‹-Sippe lag, *joka, jokainen, jokin* und *joku. Joko – tai,* entweder – oder. Auch ›Virtanen‹ war ein Allerweltsname und gab einen guten Grund ab für eine seltene Rufnamenwahl: ›Tuomi‹ meinte einen Baum, wie sie euch selbst erläutert hatte, in eurem Umkreis fand sich jedoch kein Exemplar der Art. In deiner neuesten Lektüre schon – verblüfft starrtest du auf ein kurzes Gedicht, dessen letzte Zeile lautete: *tuomi, pihlaja.*

Er ist hier,
wie ein Knoten im weißen Tuch,
der Winter,
und blüht in meinem Sommer,
Traubenkirsche, Eberesche.

Warst du nicht, als ihr euch begegnetet, die Bewohnerin des ›Ebereschenhügels‹ gewesen? Du musstest es Tuomi unter die Nase halten, mit Fug und Recht. Aber was du damit sagen wolltest, ließ sich damit nicht sagen. »Yes«, nickte sie bloß. »Now you know.« Sie lächelte dich kurz an, senkte den Blick wieder auf ihren Kaffee. Du zögertest. Es rollte dir aber doch von der Zunge. »Know what?«

Sie sah auf, eine Zehntelsekunde Bestürzung im Gesicht. Dann runzelte sie rasch die Stirn, diese Schauspieleinlage kanntest du aber schon. »The meaning.«

Du sahst sie noch einen Moment an. »I'm not sure«, sagtest du.

Sie versuchte, deinen Blick zu fangen, festzuzurren, als es nicht gelang, wandte sie sich ab. »You'll see«, sagte sie, kryptisch und bestimmt und unbestimmt verärgert.

Die Gewöhnliche Traubenkirsche, auch Sumpfkirsche genannt. Monate später schlugst du sie nach. Durchdringender Duft von zwittrigen Blüten und bitteres Fruchtfleisch, viel dran war sowieso nicht, du hattest gekostet. Ansonsten giftig in allen Teilen durch Abspaltung von Blausäure aus Amygdalin. *Äpfel, Nuss und Mandelkern / fressen fromme Kinder gern*, das Fürchten lehrt sie, die Amygdala, wohl auch die Lust. Im Nachhinein kamst du dir vor wie die spezialisierte Motte, die das Gewächs bis zur Unkenntlichkeit mit ihren Gespinsten umfängt, wie Räupchen oder Mädchen zu Hunderten schlüpften die Illusionen.

An den reinen Wahn glaubtest du dennoch nicht, tust es bis heute nicht, eher im Gegenteil. Dir gebrach es an Mut und an Können, gewiss, doch vor allem an einer Möglichkeit – denn ihr, ihr gebrach es an anderem, und zwar auf dem Gebiet des Wollens. Und das verwirrte dich so gründlich: mit einem Wesen umzugehen, das keine Unbedingtheit kennt. Das im Zweifelsfall mit einem Schulterzucken auskommt. Ihr wart euch ähnlich in einem Punkt, dem der Neugier als einem Hauptantrieb, gucken, was passiert. Aber du wolltest gucken, was mit dir passiert. Und sie: auch. Und das bildete den Hauptunterschied zwischen euch: Sie konnte flüchten, in ihren Spieltrieb, eine Ersatzhandlung. Den anderen Film.

Du hörtest Charlie pfeifen, seit Tagen, in denen dir immer banger zumute wurde, ohne dass das Gefühl, ihr würdet auf Unausweichliches zulaufen, sich an etwas festmachen ließ. Wahrscheinlich der bevorstehende vorläufige Abschied: Charlie und du, ihr hattet den Plan gefasst, zu einer baltischen Rundreise aufzubrechen, Estland, Riga, die Kurische Nehrung, um euch sodann auch mal wieder in der Heimat blicken zu lassen und über eure Zukünfte zu befinden, denn hinter dem finnischen Horizont musste es irgendwie weitergehen, und zwar möglichst, bevor der letzte rote Heller unter ihm versunken war. Im Winter aber, komme, was wolle, würdet ihr wiederkehren, das blaue Haus zum Zweiten, so war es abgemacht mit Tuomi, und du bemühtest dich, Hoffnungen zu hegen, eine von euch beiden möge sich bis dahin besonnen haben, entweder du dich eines Besseren oder sie sich eines noch Besseren. Womöglich könntest du mit wachsendem Abstand dich sogar wieder mit Charlie verständigen, denn diese Pfeifsprache, sie ging dir doch auf den Keks. Als verkörpere er dein abgespaltenes zweites Ich, dem es noch gelang, im Walde zu pfeifen, während das erste diesen Wald vor lauter Waldeinsamkeit gar nicht sah. Um das Hören war es besser bestellt, wenn du dir auch nicht gerade Hellhörigkeit attestieren konntest; immerhin aber bemerktest du Muster in Charlies Waldvögeleingesang, Strophen, die sich wiederholten, und sie kamen dir eigentümlich bekannt vor.

»Sag mal, was pfeifst du da eigentlich die ganze Zeit?«, bemühtest du dich möglichst neutral zu fragen, als du in das größere der beiden offenen unteren Zimmer tratest – das Sonnenuntergangszimmer, wie du es des auch jetzt wieder vorhandenen schweren Lichtes wegen nanntest –, aus dem Charlies Flöten tönte und in dem Tuomi sich neuerdings bevorzugt zum Zeichnen installiert hatte. Du konntest sie, hieltest du dich im anderen, im Morgenzimmer, auf, von hinten beobachten, und du bildetest dir eine Absichtlichkeit dahinter ein, denn es kam vor, dass sie sich umdrehte und dir kurz und aufmunternd zulächelte.

Charlie griente, als habe er diese Frage erwartet, auf sie gewartet. »Erkennst du's nich? Du hast doch sonst so'n Elefantengedächtnis.«

»Ich komm nich drauf.«

Und ohne sich lang zu zieren, nur mit einem raschen Seitenblick auf Tuomi, deren Rücken jedoch in aller Diskretion kein Zeichen der Teilnahme an eurer muttersprachlichen Unterhaltung zeigte, hob Charlie an zu singen: »Charles und Johnny waren zwei Brüder, / sangen als Kinder die gleichen Lieder-er, / jagten gemaaa-insam in den Wää-ä-äldern. / Doch aus Bruderliebe und Freundschaft / wurde eines Taa-ges bittre Feindscha-aft, / als sie sahn, / sie liebten beide dasselbe Mää-ä-ädchen.«

Albany. Noch so ein Kindheitshit. Dein Bruder grinste und presste gleichzeitig die Lippen aufeinander, heraus kam die größte Verlegenheitsgeste, die du je an ihm gesehen hattest. Du warst so vor den Kopf gestoßen, dass du darüber fast deine eigene Verlegenheit vergaßest, ein Zittern ergriff dich und wieder diese schlagartige Unterkühlung, die du Charlie als Coolbleiben unterzujubeln versuchtest: »Ich glaub, es war ›Gordon‹.«

Und er, schon wieder erholt und ganz der alte: »Oh, was hab ich denn gesagt?«

»Was Falsches.« Du hättest ihm jetzt gern in die Magenkuhle gehauen. Aber es war wie früher, er war dir zuvorgekommen.

Bühnenreif sah Tuomi von ihrer Arbeit auf, Richtung Charlie: »Nice!«

»Not nice!« Du konntest keinen von beiden angucken und konzentriertest dich auf einen Riss in der Tapete.

»What is it?«, fragte Tuomi, mit ihrem Stirnrunzeln auch in der Stimme, du brauchtest gar nicht mehr hinzusehen, aber Charlie, der glaubte, alles zu verstehen, verstand alles falsch: »Roger Whittaker.«

Und Tuomi, sie ließ sich leicht ablenken. »Oh, him! He used to be popular in Finland, too, he had this song, I think, *Finnish Whistler* or something, I can't quite remember, but they used it for a cooking show on TV – how funny!«

Wie lustig. Zum Schreien.

»So what about cooking dinner for us tonight – sweetie?« Das sagte sie allen Ernstes, du hattest dich nicht verhört. Und konntest nicht anders, als böse aufzulachen: »Na dann hyvää ruokahalua! He can't even cook an egg!«

Dein Fehler fiel dir erst Jahre später auf, beim Verzehr eines Straußeneis. Den Kopf in den Sand zu stecken, hattest du jedenfalls nicht vor. Und Charlie, er wollte ungeniert Widerspruch einlegen, aber Tuomi beschwichtigte ihn schon, in einem widerwärtig privaten Ton: »I can teach you.«

Da warst du ja wohl entbehrlich. Stakstest blind durch ihr Spalier, auf den Flur, zwängtest die Füße rabiat in die beim Abstreifen nicht aufgeschnürten Schuhe und ranntest in die Wälder.

Keine zwei Wochen später standest du auf schwankendem Boden im Zausewind und mustertest die tiefblaugraue bewegliche Weite ringsum, als seien am ehesten von dort erste Anzeichen einer Veränderung zu erwarten. Doch sie blieb sich gleich wie deine Stimmung, diese baltische, bald heimische See, ein leichtes Auf und Ab zappelnder Wellenverbünde, es beruhigte dich auch.

Das Umbuchen der Überfahrt war noch das geringste Problem gewesen, und du sahst bald, warum: Auch jetzt, im Hochsommer, befanden sich nur wenige Passagiere auf der Fähre, die sich, begegneten sie sich wie aus Versehen doch einmal in den Gängen, verschämten Blickes aneinander vorbeischoben. Fast ausschließlich Männer, von denen die meisten in einer Art Arbeitskluft zu stecken schienen, der du keinen eindeutigen Beruf zuordnen konntest. Einige fanden sich ab dem späten Nachmittag in der spartanischen Bar ein, sonst gab es außer ein paar Spielautomaten keinerlei Unterhaltung auf dem Schiff, das Restaurant war geschlossen, wer weiß, wie lange schon. Fliegen war offenbar eine Option geworden, die du auch kurz in Erwägung gezogen hattest, aber als zu schnell verworfen. Du konntest dir nicht vorstellen, innerhalb von zwei, drei Stunden alles abzuschütteln und wiedereinzutreten in eine heimische Realität, die noch immer so aussah, als wäre nichts passiert.

Die Zweibettkabine belegtest du nun allein, diesen Punkt der Buchung hattest du einfach beibehalten, aus Angst, als nunmehr Alleinreisende in ein Vierer- oder Sechserkabuff zu wildfremden Leuten gesteckt zu werden, was dir schon in einem Normalzustand, falls es den überhaupt noch gab, schwer erträglich gewesen wäre. Du wolltest nicht völlig desolat, das heißt, auch noch übernächtigt, deinem Vater unter die Augen treten. Er wusste noch von nichts, erst von Sassnitz aus würdest du ihn anrufen, in der Hoffnung, dich bis dahin etwas gefangen zu haben. Du durftest dann nicht mehr heulen und glaubtest, das auch hinzukriegen, *Arschbacken zusammenkneifen* und gut. Wohin aber mit der Wut? Die dich in schäumenden Wogen dann doch überspülte, und du fühltest, es könnte sich erst richtig was zusammenbrauen und als lange lastendes schweres Sturmtief die nächsten Wochen verwüsten. Noch bewegtest du dich in einer Art Traumastarre, oder bewegtest dich nicht, rutschtest von einem Tag in den nächsten, und es waren erst drei oder vier. Seit Charlie. Seit dein Bruder – dein Ex-Bruder – dir an dem Hostelmorgen in Riga jenes Gesicht präsentiert hatte: eine Betroffenheitsmaske, die er sich selbst wohl mehr noch als dir schuldig zu sein glaubte und durch deren Ritzen, fadenscheinige Stellen der gloriose Triumph radioaktiv hindurchleuchtete, alles verstrahlte. Seine Lippen zwei sich konvulsivisch krümmende Regenwürmer, die sich endlich paarten, nachdem das Hindernis des zu Sagenden überwunden war: sie habe ihm geschrieben, Tuomi. Es sei nun, wie es sei. Sie wolle seine Rückkehr. Und er, er wolle sie auch. Und auf keinen Fall nach Hause. Und auf jeden Fall diese Frau, etwas anderes könne er sich gar nicht mehr vorstellen.

›Frau‹!, dachtest du befremdet, von wem sprach er. Immerhin war er nicht einfach abgehauen. Und hatte einen Zettel hinterlassen. Obwohl es dir eigentlich lieber gewesen wäre.

»Johnny! Ich weiß, es is scheiße – für dich.«

»Nee – von dir!« Charlie Arschloch, fügtest du in Gedanken hinzu, benommen. Du littest auch darunter: dass du dich immer noch nicht trautest, in einem Wutausbruch deine ganze und von Charlie doch längst aufgespürte Gefühlslage zu offenbaren. Diese Scham: nicht nur, den Kürzeren zu ziehen, sondern dies zwangsläufig zu tun, aus einer von vornherein irgendwie illegitimen Position. Charlies mangelhaftes Unrechtsbewusstsein schien dir das nur zu bestätigen.

Du hast ihm dann eine gescheuert. Als ließe sich damit noch etwas klarstellen. Und warst auch danach weder erschrocken über diese Tat, noch tat sie dir leid, Charlie aber sah dich an, als hättest du das ultimative Sakrileg begangen, in seinem scheinheiligen Pazifismus. Fassungslos und menschlich tief enttäuscht.

Er würde dann mal gehen.

»Zeit wird's«, murmeltest du, sodass er es gerade noch mitbekam. Du fragtest nicht, wohin. Zum Flughafen wahrscheinlich, auf schnellstem Wege, nach Helsinki, vielleicht sogar per Direktverbindung nach Tampere. In die Arme dieser Falschspielerin. Du erwartetest ihn spätestens Anfang Oktober zurück in der Wollweberstraße, grün und blau von Frust und Wodka. Bei Tuomi ging alles sehr fix, nur das Fixe, das ging mutmaßlich gar nicht. Um diese Zeit aber würdest du dir das Elend nicht mehr lange mitangucken müssen, sondern bereits auf dem Sprung in ein neues, ein erstes Semester eines noch zu erkiesenden Studiums sein oder, wer weiß, vielleicht könntest du dich aus bAföGbedingter Bredouillle ja doch noch mal für die Fortsetzung des alten unter frischen geographischen Winden, weiter weg, erwärmen, und Bruderherz würde eures Vaters Schweigetiraden solo über sich ergehen lassen können.

Es stellte sich heraus, alles war schon in Papier und Tüten, Socken und T-Shirts und Aftershave in der Stille der Nacht im Rucksack gelandet, als du arglos schlummertest und Charlie spät vom Internetcafé gegenüber zurückgeschlichen kam. Im Herzen gestiefelt und gespornt überbrachte er dir das Notwendigste. Das du nicht gebrauchen konntest.

»War das euer beschissener Plan, oder was? Die überflüssige Dritte so erst mal außer Landes zu schaffen? Was sollte diese ganze Heuchelei von wegen besser so und beide im gleichen Boot? Hättste dir echt klemmen können!«

Wenn du jetzt heultest, und du heultest schon, tatest du es eigentlich nicht um Tuomi. Für euch, dich und sie, hätte es wohl unter keinen Umständen eine Chance gegeben, es schien dir selbst abstrus, für dich und Charlie unter anderen Umständen schon. Du mochtest ihn, du mochtest ihn trotz allem, auch wenn du ihn hasstest. Dafür, dass du auch bei ihm keine Chance hattest. Unter anderem. Dabei hatte dich echte Hoffnung erfüllt, auch Trost, als ihr zusammen abreistet, nach den etwas zusammengeschusterten Umarmungen mit Tuomi auf dem Bahnhof endlich im Zug saßet, erst recht auf der Fähre nach Tallinn. Ein gemeinsames schweres Erlebnis im Gepäck. Eine Woche Estland, mehr hattet ihr nicht zustande gebracht, eine schöne melancholische Woche am Ufer des Peipussees. Tuomi war kaum ein Gesprächsthema gewesen, während ihr durch die Gegend streiftet und baden gingt und die kunstvollen Handschuhe anguck tet, die Omis zum Verkauf anboten, und euch die Mückenstiche blutig kratztet, und was Charlie dazu sagte, hatte ausgereicht. Er sei doch froh um euren raschen Aufbruch, es sei ja nun kein Zustand mehr gewesen, für euch beide, und vielleicht gar keine so gute Idee, noch eine Winterreise zu unternehmen. Es solle ja nun nicht so kommen wie in dem Lied. Welches Lied, hattest du kurz verwirrt gefragt und Lindenbaum und Wetterfahne vor Augen gehabt, *der Wind spielt drinnen mit den Herzen, wie auf dem Dach, nur nicht so laut*, Charlie aber das *stolze Schloss seines Clans*, Roger. *Alles Roger*, wie euer Vater gern sagte, wenn er mal guter Dinge war.

Und da hattest du noch so für dich gedacht, auf einem stillen Nebenkanal: *Dat wåhl wy uns bedenken*, wenn du nicht, ich schon, mochte Charlie doch hinterm heimischen Ofen sitzen bleiben im Winter, du wolltest doch den Kamin im blauen Haus befeuert sehen und alles andere. Du maßest mit zweierlei Maß, eklatant, und noch immer fühltest du dich im Recht.

Charlie schnürte ungerührt den Rucksack. Beteuerte, bis gestern keinen Plan gehabt zu haben. Nur war er nicht gerade für seine Wahrheitsliebe bekannt, sondern mehr für mittelschwere Flunkerei.

Am Ende versuchte er tatsächlich, dich zu umarmen. Aber du konntest nicht. Standest nur steif da, halb tot, halb lebendig, das Herz schlug dir in der Kehle, wohl wissend, dass du dich selbst in Verdammnis stürztest.

»Na dann eben nich.« Charlies verschlossenes Gesicht hallte überlange in dir nach. Irgendwann hattest du nur noch eine Reaktion darauf: na dann eben nicht.

Es war einfach Verrat, Verrat, Punkt. Charlie Wolkenzin hatte extrem verschissen.

Du lagst in deiner Koje und das Motorengeräusch, das stete Tuckern und Rucken des Schiffes trugen dich durch die Nacht, aus dem Fenster sahst du mit überstrecktem Genick schwach die Sterne zwischen Memel- und Pommernland.

3. SEPTEMBER

Sie war noch einmal zu dir gekommen, in eine dir unbekannte Wohnung, die dich vage an die Wohnung in einem DEFA-Film erinnerte, jedoch wie halb ausgeräumt wirkte, und du wusstest wohl auch nicht, ob deines Bleibens dort noch viel länger sein würde. Sie aber wollte nun bleiben, hatte gar ein Geschenk mitgebracht, in einer Schatulle, die einen Zwilling deines brandmalereiverzierten Kästchens zu Hause hätte abgeben können, und das kam dir nicht passend vor, wie ein falscher Baustein, der sie unwillkürlich verriet, und sie entschuldigte sich denn auch gleich, aber für den Inhalt, dessen, wie sie es deutlich erinnerlich bis in den Tonfall nannte, *inappropriateness*. Du scheutest dich, es anzunehmen, es beschämte dich noch vor dem Öffnen, gerade weil es dich auch rührte, und beides, weil es kein Geschenk sein konnte, denn es war ja bereits deins. Als stecktest du nun in der Haut deiner Eltern, denen du als Kind zu Weihnachten Dinge eingewickelt hattest, die sich längst in eurer Wohnung und ihrem Besitz befanden. Und wie unbegreiflich und urkomisch, dass dich die Frage nicht im Geringsten tangiert hatte, was sie dazu beim Auspacken wohl für ein Gesicht machen sollten. Dich beschlich vor allem Beklemmung: darüber, etwas mir nichts, dir nichts rückgängig gemacht zu sehen, was dich viel gekostet hatte. Und traumtiefe Trauer: nun nicht mehr gebrauchen zu können, was Gegenstand so viel Sehnens gewesen war. Die Zeit dieser Möglichkeit war verstrichen, du hattest es verpasst, oder sie. Und konntest diesen jenseitigen Raum nicht mehr verlassen, verlassen musste sie ihn. Als hättest du auch hier die Seiten gewechselt, hätten sich die dich in Abständen heimsuchenden Träume verkehrt, in denen stets du es warst, die nicht in die jeweilige, scheinbar anderen Naturgesetzen unterworfene Welt gehörte, was man dir unter sachten Vorwürfen zu verstehen gab, nicht aber, wie das fremde Umhergehen, der Irrtum zu beenden sei, wie hinauszugelangen. Anscheinend gedachtest du, gemäß deinem bewährten Verfahren, die Dinge selbst in die Hand zu nehmen, es besser zu machen. Und mühtest dich, in wiederholten Anläufen einer letzten Szene, sie aus der altbau-unübersichtlichen Wohnung zu komplimentieren, hinauszubugsieren. Der Traum war luzide geworden, doch deshalb noch nicht leichter handhabbar. Mit einem Gefühl von Abgekämpftheit schlugst du die Augen auf.

What's the time? Ob dich das im Leben noch mal jemand fragen würde, jemand von der anderen Seite des Bettes? Du streckst dich mit beiden Armen nach rechts aus, auch wenn sie dort nur die teilnahmslose Kühle der Unberührtheit empfängt, hotelglattes Bettzeug. Ein Luxus aber, alles allein zerwühlen zu dürfen, den du nicht voll auszukosten wagst. Es scheint dir trostlos und eine Verschwendung. Wovon? Ach, witzlos nur. *What time is it?* Du willst lieber eine andere Sprache lernen. Wieder bestürzt über die Tatsache, dass du es trotz schuljahrelang attestierter Sprachbegabung nicht weiter gebracht hast als zu dieser einzigen *fließend* beherrschten Fremdsprache, in der dich das Fremde, das wenig mit anderen Lautfolgen und Grammatikregeln zu tun hat, bis heute beherrscht, stocken lässt, es liegt am Widerwillen.

Das Handy zeigt eine Zeit nach 16 Uhr an, doch du bist schon ganz da, Berlin, Nähe Hauptbahnhof, und die Kopfrechenfunktion noch intakt, wenn sich auch alles andere anfühlt wie ungefähr in Renatas Alter angelangt. Keine Ahnung, wie man sich dann wirklich morgens fühlt. Fakt ist, es ist morgens, der Tag noch nicht verloren, das Frühstück nicht versäumt, da kann das andere Ende der Welt nun machen, was es will, die bescheidene Zeitmaschine hat funktioniert, du bist entkommen. Was nun? Seit den Air-Berlin-Schokoladenherzen – du hast dir, längst im motorischen und sonstigen

Delirium, beim Ausstieg gleich drei gegriffen und sie während des elendigen Gewartes am Gepäckband, schwächehalber auf dem nackten Boden hockend und in kaltem Schlafentzugsschweiß gebadet, leidenschaftslos und systematisch verzehrt –, seitdem also entbehrt dein Magen feste Nahrung und richtige seit zwei Tagen. Damit erweist sich wenigstens die Frage des unmittelbaren nächsten Schrittes als beantwortet, und solltest du noch weitere tun können, böte sich ja vielleicht ein kleiner Gang durch diese Metropole an, in die es nun angeblich alle aus Nah und Fern zieht, insbesondere aus Fern, die dir nah ist aber als einfach die übernächste Stadt und Einkaufsmöglichkeit. Es hat sich keiner groß was gedacht, wenn ihr, so zehn, zwölf Jahre ist's her, sonnabends in den Regionalexpress stiegt und am Zoo aus, erst mal bei McDonald's gegenüber ohne zu bezahlen aufs Klo gingt, nutztet, was der Ku'damm zu bieten hat, zuvörderst *WOM* mit dem Glitzerboden, von dem einem stets etwas übel ward, ob es das noch gab, um dann spät mit fetter Beute und ohne Abschiedsschmerz zurückzuzuckeln zum heimischen fast vernagelten Bahnhof ohne Bahnhofslokal, wo euch niemand erwartete. Das geschah alle Vierteljahre und ergab noch kein Gesprächsthema auf dem montäglichen Schulhof. Dass du diese Stadt kennst, davon kann die Rede nicht sein, du kennst nur das Gefühl von Normalität, hier umherzuschlurfen und sich von den frechen Bewohnern nicht die Butter vom Brot nehmen zu lassen, das kann man üben, dabei hilft der andere Zweig nördlicher Wesensart, die Sturheit.

Gleich den nächsten Zug zu nehmen, diese Rückfahrt zurückzulegen, *dann is das erledigt*, treibt dich nichts. Am liebsten würdest du hierbleiben, wo keiner weiß, dass du da bist. Dein armes Väterchen, es wird wiederum vor vollendete Tatsachen gestellt werden, das hat schon Tradition, und die Mehrzahl trifft zu, denn es ist kaum im Bilde über dein Gewesen- und Gewordensein an mehr als zweimal tausend Tagen und überhaupt, wähnt dich noch im Lande von *Crocodile Dundee* und *chances are high*, dass für das, was du zu sagen haben wirst, erst noch eine Wilfried-Wolkenzin-Synchronfassung erstellt werden müsste, damit er wüsste, wovon in aller Welt die Rede ist. Die Vatersprache, sie weist jedoch Lücken auf wie das Plattdeutsche, das am Aussterben ist, keine Aktualisierung mehr verfügbar. Auf Charlie ist nicht zu rechnen. Dass er ihm schon was beigebogen haben könnte, nö, du hörst ihn förmlich: *Is doch deine Sache.* Und im Subtext: doch gar nicht der Rede wert. Denn machte man erst viel Bohei um etwas und eine Art Geständnis daraus, brauchte man sich nicht zu wundern, wenn der andere es auch tat und einen schuldig sprach. Es ist etwas dran. Und doch nicht so leicht. Für Charlie ist die Welt noch immer eine der Gleich-Gültigkeit. Und damit ist die Sache für ihn erledigt. Das hat er nicht gerade von eurem Vater.

Euer letztes Gespräch ist länger her. Es wurde ja wieder halbwegs mit euch, nach ungefähr fünf Jahren Sendepause, Verhandlungen kaum des Notwendigsten, mit einrostenden Waffen eines abgekühlten Krieges. Aber nicht so, dass du das Bedürfnis verspürtest, deinen Bruder auf dem Laufenden zu halten. Genaugenommen verspürst du dieses Bedürfnis gegenüber niemandem. Es hülfe auch nicht weiter, nicht in der Frage, wie man es anstellt, von jemandem erkannt zu werden, *gekannt*, also verstanden. *Reden ist Silber, Schweigen ist Gold?* Auch das nicht. *Wie man's macht, macht man's verkehrt.* Ja, ja, aber dieses Selbstmitleid ist die Krätze und hätte doch gar nicht erst mit ausreisen dürfen, zumindest in Quarantäne verbleiben müssen, jetzt steh endlich auf.

VATERLAND

Du fuhrst auf, weil du glaubtest, das Weckerklingeln überhört zu haben, und nun würdet ihr den Bus nach Nida verpassen, auf die Nehrung, im nächsten Moment überholt von der Gewissheit, dass es von nun an auf unbemessene Zeit nichts mehr zu verpassen gab. Du ließest dich in die ausgeblichene Bettwäsche mit dem Matrosenmotiv zurücksinken, die neu gewesen war, als du, Vorschulkind, mit aufgeschlagenem Knie heulend auf der Bettkante saßest, noch dazu ohne Schlafanzughose, es durfte ja *nix rankommen*, und einer von deinen Eltern per Auslöser Schmerz in Schmach verwandelte, du siehst das Foto gestochener vor dir als die Erinnerung.

Rührung hatte dich angefallen gestern abend angesichts dieser Bettwäsche, die dein Vater aufgezogen haben musste irgendwann zwischen deinem Anruf vom Sassnitzer Bahnhof und deinem Eintreffen am heimischen, eine fast irreale Vorstellung. Aber natürlich musste auch er selbständiger geworden sein in den Monaten des Alleinseins, sozusagen wie ihr erwachsen, und gelernt haben, wo die Bettwäsche zu finden war und wie man sie handhabte, was indes noch von Zeiten *bei der Fahne* her sitzen mochte. Bestreiten würde er diese Entwicklung allerdings bei jedem von euch, und ungefragt verblieb sie in einer Nichtwahrnehmung. Er *kam schon immer klar* und bereitete nicht der schiffbrüchigen Leichtmatrosin, sondern seinem Kinde im *Kinderzimmer* das Bett mit der ihm einst zugedachten Wäsche, die doch seit Jahren ein fast vergessenes Dasein als unterste Etage des Bettbezugturms gefristet hatte. Kurz musstest du lachen bei dem Gedanken, wie dein Vater ratlos vor dem Stapel hauptsächlich ehelicher Doppelbestände noch vom Jahre der Hochzeit her sich fragte, worin jahrein, jahraus du bloß deine Nächte zugebracht haben mochtest, und es auch nicht wagte, dir mit Charlies, der *Jungsbettwäsche*, aufzuwarten.

Das Bruderzimmer nebenan bildete einen toten Hohlraum, du glaubtest förmlich, es von dort tropfen und widerhallen zu hören, stelltest dir vor, wie alles langsam eine Schicht feuchtgrüner Flechten und Moose ansetzte, ein glitschiges unbetretbares Biotop, das man nur noch trockenlegen konnte. *Sieh zu, dass du Land gewinnst.* Eigentlich könnte man jetzt die Wand wieder einreißen, dachtest du, entschädigungshalber alles deinem Reich zuschlagen, denn Charlie hatte sein Wohnrecht verwirkt, du verhängtest die Acht über ihn. Was vorerst nichts daran änderte, dass du dich wie das zur Acht verkrachte Vorderrad fühltest, eierig auf allen Wegen, blieb nur noch Schieben.

Deinem Vater hattest du beim Abendbrot, dessen Wurst- und Schinkenzusammensetzung nebst etwas Tilsiter und Tutower Senf die Zeitläufte nichts hatten anhaben können, natürlich nur die halbe Wahrheit serviert, sie schien auch mehr als hinzureichen. Nicht, dass er keinen *sechsten Sinn* besaß für Verschwiegenes, dessen Vorhanden- und Verborgenheit nicht ahnte, er befürchtete und fürchtete es prophylaktisch und war es zufrieden, ja, dankbar offenbar, ließ man ihn im Dunkeln, behelligte ihn nicht. Seine Paraderolle bildete die des mitgeschleiften Zuschauers, der im Zuschauerraum gern streckenweise einnickte, manchmal tief dünne Luft holte und ansonsten aller noch so behelfsmäßigen Schauspielerei wohlgesinnt war.

Charlies außerplanmäßiges Ausbleiben wurde als neueste halbstarke Spinnerei abgetan, in dieser Hinsicht herrschte Egalität: So wie du für euren Vater den Status der unmündigen Tochter nicht ernsthaft ablegen konntest, war auch Charlie zu ewiger Jugend von etwa fünfzehn Lenzen verdonnert. »Der is schneller wieder da, als er gucken kann. Wenn die erst ma mitkricht, watter fürn Hallodri is …«

Du wolltest ja nun nicht unbedingt mit deinem Vater in eine

Kerbe hauen. Nicktest aber, denn an Verbündeten herrschte kein Überfluss. Und hinter diesem Horizont ging's leider erst mal nicht weiter, du sahst keinen Weg, deinem Vater real existierendes weibliches Hallodritum plastisch und plausibel zu machen, schon gar nicht als Angelpunkt der aktuellen Malaise. Du spieltest in deinem Kopf mögliche Szenarien der Totaloffenbarung durch, was, wenn du von Verliebtheit und Eifersucht sprechen würdest, schon das hochnotpeinlich, dann aber auch noch mit einem Mädchen als Quelle der Plagen? Dieses Bild blieb ebenso unausmalbar wie das einer Tatsächlichkeit mit Tuomi, etwas in dir sträubte sich gebührlich, die zaghaft gestrichelte Skizze weiter auszuführen. Es wäre wohl ohnehin mit einer Reaktion zu rechnen, die der auf moderne Kunst ähnelte: wie, das soll Kunst sein, und ein ratlos-abschätziges Mundwinkelverziehen. Was konnte er auf solche Eröffnungen schon sagen? Ham die da keine Kerle? In jedem Fall würde es als *überkandidelt* verbucht werden, desolates Resultat, *nu ham wir den Salat*, deines Studierens und Fremde-Länder-Probierens, in der Sparkasse wär dir das erspart geblieben. Das alles ließe sich verkraften. Nicht aber der heimliche Ekel, die Scham und in die eigenen Schuhe geschobene Schuld, nicht die weitere Wucherung der Sorgen. Es wäre alles zu viel, weil alles zu viel war. So wichtig war sie nun auch nicht, diese Anomalie. Du verdächtigtest dich schon jetzt einer deiner klassischen Überreaktionen, heute noch sturmumtost, zwei Wochen später den Wind nicht mehr wert, den du um die Sache gemacht hattest, die dann, so entblättert, entblößt, dir nichts als Verlegenheit einflößte. Diesmal gedachtest du schlauer zu sein und von vornherein Contenance zu bewahren, gerade auch vor dir selbst.

Es klappte so mittelgut und abends meistens gar nicht. Zwanghaft wanderten deine Gedanken um das blaue Haus, und zwar im Stechschritt. Was darin nun vor sich gehen mochte, es versuchte und verdarb dich wie Schlüssellochguckerei. *Der Lauscher an der Wand hört seine eigne Schand.* Ob du Bestandteil ihrer Unterhaltungen warst?

Welcher Unterhaltungen überhaupt, du konntest dir deinen Bruder und Tuomi nicht konversierend imaginieren – aber erst recht nicht kopulierend. Sie waren wie verstummt in dir, eigener Regungen unfähig, eine Allmachtsphantasie in der Ohnmacht vielleicht, nah verwandt dem Gefühl der Unmöglichkeit eines Fortgangs der Welt nach dem eigenen Tod, eines achtlosen zudem. *Unmöglich* war das. Momentweise zweifeltest du selbst Tuomis Existenz an, ein nicht ohne Weiteres abzuschüttelnder Schwindel der Irrealität, als hättest du sie dir nur ausgedacht. Nur, dass du sie dir besser ausgedacht hättest. Ach ja, wie denn? Das, was dieses Bedürfnis hervorbrachte, hättest du dir doch gar nicht ausdenken können. Du warst einfach entsetzlich enttäuscht: Da hattest du dich so weit aufs Glatteis eines unbekannten Gewässers locken lassen, mit kaum beherrschten Schlittschuhen wohlgemerkt – die noch immer irgendwo in deinen unausgepackten Taschen lungerten –, aber dann war es doch nur ein trüber Wintertag gewesen und die Anstifterin lief dir gekonnt davon, du schlingertest mühsam zum Ufer zurück und brachst kurz vor Erreichen ein an einer übersehenen dünnen Stelle, nicht gefährlich, nur kläglich, zum Lachen geradezu, stünde man als Beobachter auf festem Ufergrund. Der Mut wurde nicht belohnt und sah aus wie Dummheit.

Eigentlich dumm daran war aber nur, dass du immer noch knietief in Schlamm und Halbgefrorenem stakst und keine Anstalten machtest herauszusteigen, als wartetest du, dass doch noch jemand käme, dich zu bedauern, und in der Zwischenzeit machtest du es dir gemütlich in der Misslichkeit. Wärmtest dich abwechselnd an siedenden Wünschen und brodelnden Verwünschungen.

Es gab einfach zu wenig Ablenkung, krampfhaft suchtest du nach Dingen, die deine Aufmerksamkeit minuten- oder bestenfalls stundenweise von dem Wust, dem um und um gewendeten Gewölle in dir abziehen konnten, und erneuertest deinen Stadtbibliotheksausweis, obwohl du inzwischen andere Bibliotheken gesehen hattest und wenig Hoffnung hegen konntest auf Neuerwerbungen in den wohlbekannten Regalen dieser seit Jahren an der Abschaffung vorbeischrammenden Kultureinrichtung. Solche Mühen und Absichten aber, sie blieben ein Ding der Halbherzigkeit, denn Unvermögen und Unwillen hatten sich wie so oft zu Verbündeten zusammengefunden, deine Desertionsversuche zu untergraben. Doch was gab es noch auszukämpfen auf verlorenem Posten, *love's labour's lost.*

Sämtliche Shakespeare-Stücke zu lesen, zuallererst die, die in Schuljahren und Studiensemestern kaum Erwähnung gefunden hatten, wurde dir zur rettenden Idee und hätte zu einem ehrenwerten Unterfangen heranwachsen können, wenn dir nicht das leidige Gebrechen des mangelnden Durchhaltevermögens dazwischengekommen wäre, das insbesondere in den Hundstagen seine auslösenden und günstigsten Bedingungen fand. Du fragtest dich, ob überhaupt ein Mensch verschont davon bliebe, die Durchseuchung musste jedenfalls hoch sein, und doch gab es sie, diese fleißigen *Bienchen*, die sich im Geiste anscheinend weiterhin ihr Wappentier in die ihr Lebtag lang fortgeführten Unterstufenhefte stempelten. Was sie von dir unterschied, war überdies wohl auch die Aufgabenstellung, die sich erst gar nicht in Bereiche des Megalomanen verirrte, und sei es auch bloß, weil Phantasie und Selbstvertrauen nicht hinreichten, wohingegen bei dir *Seid bereit!* und Bewältigbarkeit in keinem direkten Zusammenhang standen, im Gegenteil fandest du dich viel eher zu Sachen bereit, denen jede Berechenbarkeit abging. In diesem Fall kam noch hinzu, dass dir die Lektüre der dritten oder vierten Komödie – du hattest dich überredet, mit ihnen anzufangen, obschon dir der Sinn eher nach Blutrünstigkeiten gestanden hätte – zu viel zu denken gab und du danach nicht mehr wusstest, was du wolltest. Die reine Zerstreuung war es von vornherein nicht gewesen, sondern doch das, was du stets in der Literatur suchtest und was dich Bücher, die dies nicht zu bieten hatten, bald beiseitelegen ließ: Identifikation. Spiegelung und Kommentar, bestenfalls Erhellung der Dinge, die dich angingen. *Twelfth Night or What You Will* jedoch schien dich nur foppen zu wollen, an deinem Bein zu ziehen, wie es hieß, und zwar am Standbein. Ein verschollener Zwillingsbruder, a girl in disguise, Viola und Olivia und Malvolio, wohl Wahlverwandte, und dann noch ein Graf, der vorliebnimmt mit dem Mädchen in Männerkleidern? *O Zeit, du selbst entwirre dies, nicht ich; / Ein zu verschlungner Knoten ist's für mich.* Es wurde denn doch auch alles nur so hingeschummelt in Ordnung und Hergebrachtheit aufgelöst, die Liebesobjekte vertauscht und einander zugeschoben, Hauptsache, Geschlecht und Gesicht stimmten. Was aber, wenn der Herr Bruder nie wieder aufgetaucht wäre?

Und was, wenn auch noch dein Vater von der Bildfläche verschwände? Anwesend wirkte er sowieso kaum. Falls er sich Gedanken machte, merkte man es ihm nicht an. Bis mittags hattest du die Wohnung für dich, und zuerst versuchtest du, nicht zu spät aufzustehen, um dieses Ungestörtsein, wie früher in den Ferien, in denen allerdings immer Charlie dazwischenkommen konnte, auszukosten, nur zeigte sich bald, die Zeit wollte gefüllt sein, und es stand nicht allzu viel Füllmaterial zur Verfügung. Du schliefst immer länger, ganz wie dein Vater, der sich nach dem Mittagessen, für dessen Materialisation nun du verantwortlich warst, umgehend in die Mittagsruhe begab und sie nicht selten erst gegen halb fünf wieder verließ. Vielleicht wird er alt, dachtest du, aber konnte Ende vierzig überhaupt einen Platz als nennenswertes Alter beanspruchen? Es kam dir kaum verschieden von Ende dreißig vor, nur noch farbloser, noch stärker dem Stillstand geweiht. Dein Vater war kein Mann für eine Midlife-Crisis, in denen er sich neue Gemütsleiden und teure Hobbys zulegen könnte, er schien mit Eintritt ins Erwachsenenalter vielmehr in eine lebenslängliche Krise geraten zu sein, was du irgendwie verstehen konntest, bloß wünschtest du, es wäre wenigstens mit der Herausbildung irgendeines stinknormalen Väterhobbys einhergegangen, und wären es Zierfische oder Modelleisenbahnen gewesen. Herr Duwe, der Vater von Madlen, hatte sich damals auf eurem Hof ein Kabuff neben der Waschküche abgeschlagen und eine Drechselwerkstatt eingerichtet, das hattest du todlangweilig gefunden. Spähtest du durchs staubige Fensterchen hinein, gab es dort nichts zu sehen außer unordentlich aufgehäufter gedrehter Möbelbeine, deren ästhetischer Sinn und Zweck sich dir nie erschloss. Im Nachhinein beneidetest du jedoch Madlen um dieses Steckenpferd ihres Vaters, mit dem sonst nicht eben viel los gewesen war, gern hättest du deinen in seinen bäckerei- und schlaffreien Stunden in einem Bastelkeller gewusst statt in der dumpfen Fernsehgruft. *Fernsehen bildet*, sagte er gern und nicht ohne ironischen Anflug, und an sogenannter Allgemeinbildung mangelte es ihm nicht, gravierend aber an Gelegenheiten ihrer Anwendung, jenseits von Kreuzworträtseln; sie verblieb als stete stille Reserve auf der hohen Kante seiner sparsamen Persönlichkeit und wurde nur selten gesprächsweise angezapft, was auch der Seltenheit von Gesprächen geschuldet war. Du mühtest dich redlich, welche in der Zeitspanne der drei Stullen, die er verzehrte, zustande zu bringen, zur Abendbrotszeit mindestens ein Thema – unverfänglich, unpolitisch (oder höchstens weltpolitisch), unintellektuell und unbedingt unpersönlich – parat zu haben, und sei es das Wetter. Das Wetter interessierte deinen Vater sehr, um keinen Preis wollte er den Wetterbericht auf N3 um fünf vor acht versäumen, weshalb eine etwaige Ausuferung von Gesprächen von vornherein nicht zu befürchten stand, bereits dreiviertel acht wurde sein Blick Richtung Uhr abgelenkt. Undank aber war auch der bedürftigen Welten Lohn, du wundertest dich bis zur Ärgerlichkeit, dass deine Gesprächsanstrengungen auf eher verhaltene Resonanz stießen, offenbar nicht die willkommene Abwechslung boten, als die du sie konzipiertest, sondern für deinen Vater ebenfalls vor allem eins zu sein schienen: anstrengend. Kann sein, er erkannte sie einfach als das, was sie waren: Almosen. Stärker als je gewannst du den Eindruck, dass es deinem Vater gelang, ein echtes Paradoxon zu leben: sich täglich zu plagen mit dem Herumbringen wacher Stunden, die doch nur eine andere

Form von Schlaf darstellten. Sich gnadenlos zu langweilen, dabei aber keineswegs gestört werden zu wollen.

Der sonntägliche Doppelkopfabend war längst gestorben. Jetzt blieb nur *Tatort*, und aus Solidarität, diesem Gemisch zweier Betroffenheiten mit verschiedenen Präpositionen, über und von, gucktest du oft mit. Wenigstens konntet ihr dabei einhellig die Defizite dieses Formats beklagen, *die wolln uns wohl für dumm verkaufen*, und das ›uns‹ übte auf dich kurzzeitig die Wirkung eines vorgewärmten Handschuhs aus, eine im Gegensatz zu vorgewärmten Sitzplätzen oder Klobrillen nicht unangenehme Empfindung in einer Zeit, in der es das einzig verfügbare war. Du hättest mittendrin problemlos umschalten können, denn ab neun, seiner werktäglichen Schlafenszeit, schnarchte dein Vater so durchdringend, dass auch ein Heavy-Metal-Special auf MTV nicht irritierend an sein Ohr gedrungen wäre. Die spätere Ritualfrage, nachdem du ihn schließlich geweckt hattest, auf dass er den Schlafplatz wechseln konnte – *und, wer war't nu?* –, hättest du allemal beantworten können, denn sie zog nie eine weitere zu Handlung und Hergang nach sich. Du probiertest es aus und nanntest manchmal aufs Geratewohl irgendeine der Figuren, dein Vater reagierte entweder bass erstaunt, *der??*, oder völlig unbeeindruckt mit *hab ick mir gleich gedacht*, was sich jedoch ganz arbiträr und ohne erkennbares Muster auf sowohl Wahr- als auch Falschaussagen verteilte. Lediglich einmal, als du bei einer Eifersuchtsstory mit totem Ehemann als Mörderin die Kommissarin nanntest, nahm er es dir nicht ab – du lachtest, »war'n Scherz« –, verdächtigte dich aber keiner weiteren Vergehen. So sah deine Abendunterhaltung aus. Im Übrigen bliebst du stets bei der Stange und tatest dir den *Tatort* ohne Fluchtversuche an, in einer Art höherer Treue.

Das verschobene Wochenende, den blauen Montag hatte dein Vater beibehalten, wenn auch aufgrund der abgeflauten Kartenkumpanei mit Herrengedeck nicht mehr in der flauen, blassblauen, also blümeranten Spielart, sondern seit Jahren in den gedeckten Farben eines chronischen Katers, und das ganz ohne Ausschweifung. Die Bäckerei hatte marktwirtschaftslogisch gleichwohl geöffnet, den Laden schmiss sowieso Frau Fleischhauer, die sich ihrer namentlichen Vokation zwar hatte entziehen können – von der sich höchstens ein allusorischer Widerhall in der beherzten Weise fand, wie sie die Brotlaibe ergriff und zerteilte –, einem anderen Ruf jedoch nicht, nämlich zu Zeiten der *Hafenschenke* selig, besser bekannt als *Kurtchen*, angetan mit wenig mehr als ihrer fleischlichen Hülle auf den speckigen Tischen *mit Hackenschuhn* getanzt und derart nicht nur *auf die Kacke*, sondern manchem Kneipengänger, wenn er *frech wurde*, auch *eins übern Dassel gehaun* zu haben. Den Kneiper hingegen mehr übers Ohr, doch mochte man nicht so weit gehen, die Wurzel des schankwirtschaftlichen Ruins in ihr, *Walburga*, zu sehen, vielmehr hatte sie ja *Kurtchens* Klientel so selbstlos bei Sauflaune gehalten wie seit Langem bei Kauflaune die Kunden der *Bäckerei Wolkenzin*, auf *Walli* war Verlass. Vor ein paar Jahren noch hattest du vor Verschüchterung kaum ein Wort herausgebracht in ihrer Gegenwart, die vor allem die Gegenwart ihres gigantischen und an lediglich lose Zügel – sie schauten ihr, von den Schultern geglitten, unter den Ärmeln hervor – gelegten Busens bedeutete, der seinen wogenden Schatten auf die Eierschecken und Liebesknochen warf. Inzwischen betrachtetest du auch sie als Relikt, als übrige Figur in einem Stück, in dem es nicht weiterging, pausenlos wurden die gleichen Türen geöffnet und geschlossen, traten die Rolleninhaber auf und ab und wiederholten ihre jeweiligen Sätze, doch was gespielt wurde, war vergessen.

Dem *Stift*, der längst ausgelernt hatte, bei deinem Vater aber weiter unter diesem Namen firmierte, und einem jüngst hinzugekommenen Azubi, den er für mäßig begabt, vor allem aber *arbeitsscheu* hielt und deshalb keiner hergebrachten Bezeichnung wert – *wer nix will und wer nix kann, der geht zum Bau oder zur Bahn*, verkündete er jenem in einem Moment der Ungehaltenheit »erklärt« zu haben –, diesem Gespann also ward die Montagnachtarbeit aufgetragen, aus Langeweile schaute der Bäckermeister dennoch vormittags vorbei und den *Schlawinern uffe Finger*.

Derweilen du aus Überdruss neue Szenen ersannst, Einbrüche in die Kruste aus sedimentiertem Verlust. Eigentlich hättest du nichts dagegen gehabt, wenn Frau Fleischhauer für deinen Vater in einem Akt der Selbstvergessenheit Walburga geworden wäre und die Hitze der Backstube beider Leiber ergriffen und vermengt hätte, wenn Wilfried ein, wenn auch sehr zeitweiliges, Wollen entwickelt hätte, ein Triebmittel, das nicht nur den zähen Arbeitsteig gelockert, sondern das Leben selbst erst wieder kau- und verdaubar gemacht hätte; und du warst dir sicher, auch Frau Fleischhauer hätte eigentlich nichts dagegen gehabt. Es hieß aber, sie besäße einen Dauerverlobten in Friedland. Falls sie die nächtlichen oder nachmittäglichen Träume deines Vaters anreicherte, und wie sollte ihre ausgreifende Leiblichkeit nicht bis in Innenräume quellen, so schüttelte er diese Gesichte, Spukgeschichten, hinterher wohl als *Humbug* ab und hielt sich für den Rest des Tages an die magere Unabänderlichkeit.

Der Sommer war halb rum, es lohnte sich nicht mehr, einen Garten anzulegen. Genau deshalb versuchtest du dich trotzdem darin, denn das ledrig gewordene Blatt deines Befindens wendete sich in den trockenen Sommerwinden hin und her und zeigte mal die Ober-, mal die Unterseite als Antwort auf die Dürre des Lebens, an die man zwar die grünsten Hoffnungen hatte abtreten müssen, der man aber dennoch etwas Luft und blauen Dunst abtrotzen musste, sonst konnte man sich ja gleich *die Radieschen von unten angucken*. Ein paar würden schon noch reifen, Salat allemal. Mit dem Fahrrad fuhrst du zum Baumarkt und kauftest Saat und verbilligte Stauden. Neben der Bibliothek war es dein liebster Ort, mehr noch als dort konnte man sich zwischen den Regalen verlieren, und der Geruch des Holzes barg Verheißungen, die denen, die in den Ausdünstungen seiner höchsten Verarbeitungsstufe lagen, nicht nachstanden. Ein

Versprechen auf sinnhafte Tätigkeit, selbständige Erschaffung neuer, sowohl brauchbarer als auch ansprechender Gegenstände, im Kopf wie mit den Händen ging von diesen wie jenen *Bastelmaterialien* im besten Sinne aus. Selbst die *Eisenwaren*, im Gegensatz zur einstmals so geheißenen HO-Verkaufsstelle, in die dein Vater dich auf dem Nachhauseweg vom Kindergarten zu deinem Missfallen manchmal mitgenommen hatte – es gab dort nichts von Interesse für dein fünfjähriges Mädchen-Ich und roch nach der werktätig-heimwerkerischen Sphäre männlicher Erwachsenheit, nach Metall, Öl und Bierfahnen –, zogen dich, mit dem Gefühl neugieriger Unbefugtheit, jetzt an, das Geschlecht der Schrauben in seiner Gestaltbreite, die Vielheit der Feilen, die Winkel und Scharniere als Ausweis einer wohlgeordneten Welt, in der an alles gedacht war. Den Höhepunkt aber, dem du dich hinauszögernd in ausholenden Schleifen nähertest, bildete das angegliederte und wie von bloßer Nützlichkeit separierte Gartencenter mit seiner grünen Luftfeuchte und, in aller Bescheidenheit, sachten Anmutung eines botanischen Gartens. Stärker aber als bei einem solchen blieben deine Besuche von Ambivalenz durchzogen, einem Zoogefühl. Dich trieb dort ein steter Impuls um, allen möglichen Pflanzen, besonders denen, die schon *die Ohren hängen* ließen, aufzuhelfen, sie zu *retten*; spätestens bei den Kakteen überwältigte dich ein sonst unbekanntes Helfersyndrom, malträtiert, wie sie dir da unter die Augen kamen, überwässert, vergeilt und nicht selten immer noch mit durch die Epidermis ins gegen solchen Angriff unbewehrte Fleisch gestochenen Strohblüten geziert wie umgekehrten, nach innen gerichteten Stacheln. Dornen, musste es heißen, botanisch, und Stacheln bei Rosen. Anders als bei ihnen stellten sie keine bloßen Auswüchse oberer Schichten dar, leicht abstreifbar, sondern reichten bis ins Mark zurück als Umbildungen einstiger Organe. Um die Opuntien mit ihren Glochiden machtest du einen Bogen, denn was wie gelbe oder rostrote Samtbüschelchen aussah und zum Darüberstreicheln einlud, enthüllte schmerzhaft seine wahre Natur als winzige Dornenhärchen, widerhakig in die Haut gebohrt und nicht mehr loszuwerden, weil jeder Ergreifungsversuch sie nur abbrach. Einst hattest du ein Gewächs dieser Gattung morgens auf dem Geburtstagstisch vorgefunden, auch deine Mutter war, noch bevor sie im Blumenladen ihrer ungelernten Arbeit nachging, nichtsahnend seinem Charme erlegen, berührt haben konnte sie es jedoch nicht, andernfalls hätte sie dich doch gewarnt. Oder war sie ausnahmsweise der Ansicht gewesen, jeder müsse seine Erfahrungen *wie hundert Nadelstiche* selbst sammeln, ein wenig haarige Realität schade nicht?

Wie mochte ihre inzwischen aussehen? Die Frage erwies sich gleich als beinahe sinnlos. Dir wurde bewusst, dass es keinen Unterschied machen würde, ob man dir heimlich aufgenommene Sequenzen aus dem jetzigen Leben deiner Mutter oder welche von vor einem, zwei, drei, vier Jahren vorspielte, du hättest sie vermutlich kaum zeitlich unterscheiden können, nur als gleichermaßen entfernt empfunden. Du würdest auf ewig nur einen Vergleich zu *früher* ziehen können, und selbst das blieb dir realiter verwehrt. Und wozu auch? Beide Zeit-Räume waren gleichermaßen unbetretbar, es konnte nicht darum gehen, den genehmeren zu wählen, für dich, und auch deine Mutter hatte ja keine Wahl mehr. Sie lebte mit den Konsequenzen wie du, egal, was noch geschah, die Fortbewegung ließ sich nicht ungeschehen machen. Ihr krocht von einem Tag in den anderen, du mit jeder Stunde eine Stunde weiter weg vom Mutterleib, eurem gemeinsamen Ursprung, denn davor, vor dir, war auch vor ihr, war sie nicht deine Mutter gewesen, sondern eine verborgene Frau, womöglich die, die sie jetzt wieder sein wollte, dazu musste sie sich bedeckt halten, versteckt, *weckt sie nicht, bis sie sich regt, / ich habe mich in ihren Schatten gelegt.*

Als allzu schattig erwies sich auch die nördliche Ausrichtung deines Hilfsjugendzimmers für die auf dem Fensterbrett, das höchstens abends von etwas spätem Sonnenlicht gestreift wurde, aufgereihten Kakteen, die du im Laufe des Sommers ansammeltest wie die Gartenpflanzen, auf Gedeih und wohl eher Verderb dem durchwachsenen Hinterhofboden ausgeliefert. Du siedeltest sie in die Küche und sogar das Schlafzimmer um, wo sie dem übrigen, seit Jahren unveränderten Pflanzenbestand Gesellschaft leisteten, der auch nach Dezimierung eurer Familie um ihre Anschafferin kaum Verluste erlitten hatte, im Gegenteil, unter dem Regime eurer Mutter waren viel mehr Pfleglinge *übern Jordan* gegangen, wenn sie ihrem Daseinszweck, der ein rein dekorativer gewesen war, nicht mehr nachkamen. Wollten sie keine neuen Knospen ansetzen oder verloren sie Blatt um Blatt, was ihnen, versetzt in die letzte, sonst *doch so nackte* Ecke des Raumes, nicht zu verdenken war, war der Geduldsfaden deiner Mutter kurz. Sie schickte die mickernden Gestalten für eine Weile auf Kur, in die Sonne, ans Licht, setzte sie nicht selten an die Luft, in den Hof, was mehr einer Verbannung der Moribunden glich, und wollte es auch dann nichts werden mit ihnen, gingen sie den Weg allen Hausmülls, zusammen mit den Regenwürmern und Blattläusen, die inzwischen ein gutes Auskommen bei dem Topfgeschöpf gefunden hatten.

Die bedenkenlose Verschwendung einst blühenden Lebens musste begonnen haben mit dem regelmäßigen Einfall einer Sorte von Schaustellern, die glaubte, den Händlerberuf mit ihren Showbiz-Aspiranzen überein bringen zu können zwecks Übertölpelung einer als ausgehungert und zurückgeblieben geltenden Bevölkerung, und tatsächlich ließ diese es sich nicht entgehen, sich das Spektakel auch anzusehen, denn anzuhören war es nicht, was sonnabends stundenlang durch die kurz vor ihrer Umwidmung stehende Thälmannallee drang, das Geschrei der *Marktschreier*, das einem durch Mark und Bein fuhr und dich gepeinigt von einer Plumpvertraulichkeit mit holländischem Akzent das Handgelenk deiner Mutter ergreifen ließ, um sie fortzuziehen von der *Bauernfängerei*, wie dein Vater Attraktionen dieser Art abtat. Deine Mutter aber, Bauerntochter mit Stadtschliff, stand, noch fast jungmädchenhaft schlank, in ihrem wildgeblümten

Rock über schwarzen 20-den-Strumpfhosen und Riemchensandaletten mit Pfennigabsatz, wie alle anderen, gebannt, vor der Rampe des Lasters, von dem herab es tropische Pflanzen zu Schleuderpreisen regnete, ein jeder sich monströse Yuccapalmen und Drachenbäume andrehen ließ, als wäre anders kein Entkommen mehr aus dem zum Regenwald verhexten Stadtpark. Deine Mutter hieß dich schließlich, die paar Hundert Meter nach Hause zu laufen, um deinen Vater herbeizuholen, auf dass er mit anpacke an der soeben *für fuffzehn Mark!!* erstandenen Dattelpalme. Da würde der gute alte Gummibaum verdattert dastehen, er machte es denn auch nicht mehr lange. Als ihr zu zweit wiederkamt und dein Vater sich demonstrativ das lasterseitige Ohr zudrückte, sobald der *Schreihals* aus den niederen Landen wieder anhob, war deiner Mutter noch ein passender grobgeschnitzter gelber Holzpapagei nebst Bambusschaukel zugeflogen, den du allerdings mochtest. Als Charlie an dem Tag vom Spielen nach Hause kam, hörtest du ihn zum ersten Mal ein Wort aussprechen, das er bei der *BMX-Bande* aufgeschnappt haben musste und vor dem du, trotz ähnlicher Verehrung für den Film – ihr saht ihn, der neuesten Anschaffung namens Videorekorder sei Dank, wohl an die zehn Mal –, betreten scheutest wie vor so vielem euch so plötzlich Angetragenem, aber Charlie kannte da natürlich keine Berührungsängste: *wooow!*

Dein Vater musste die Überlebenden also zumindest mit Wasser versorgen, was dich zuerst überraschte, dir dann aber einleuchtete, stellte es doch eine verlässliche Größe in Sachen Zeitrumbringen dar, eine irgendwie sinnhafte Aufgabe. Die Dattelpalme zählte nicht mehr zu seinen Schützlingen, nur der Papagei baumelte noch verstaubt und sonnenbleich im Fenster des Schlafzimmers und bewachte den schweren Schlaf seines in Dekodingen gleichgültigen Herrn und Meisters.

Du warst drauf und dran, ihm vorzuschlagen, die Zimmer wieder zu tauschen, wenn schon nicht durch Einreißen der *Mauer* zwischen

Charlies westlichem und deinem östlichen Reich – in welchem Fall zwar nicht der Osten, aber quasi eine dritte Macht den Westen annektieren würde –, so vielleicht unter Abschaffung des zu großen, des Ehebetts, allein, dies war der heikle Punkt daran. Ob er noch auf die Rückkehr seiner Ehefrau, Roswitha, hoffte? Er hatte sie stets so angeredet, mit vollem Namen, allen drei Silben, und nicht in irgendeiner Abkürzung oder gar Koseform, kein Rosi, Hasi, Mausi, Schatz. Umgekehrt auch nicht; von Kumpels mochte er Willi genannt werden, sie mochte das nicht und ließ es gar nicht erst einreißen, es blieb vom ersten und bis auf Weiteres letzten Tag bei Wilfried. Das rechnetest du ihnen hoch an. Doch selbst wenn – wenn diese Hoffnung noch in ihm lebte und wenn sie sich eines Tages als berechtigt erweisen sollte –, müsste nicht auch er zu dem Schluss kommen, dass ein Neuanfang nicht auf der alten ehelichen und zuletzt ja schon länger halbverwaisten Schlafstätte beginnen könnte, ja, dass eine Entfernung derselben die offensichtliche Entfernung von ihr mildern würde und sie ihm wie auch, irgendwann vielleicht, ihr nicht wie ein altes, nie abzuschüttelndes Verhängnis unter die Nase reiben?

Der Anblick dieses hineingequetschten Bettes bedrückte dich, gerade jetzt im Sommer. Musste es ihm nicht sowieso viel zu warm sein im sonnenaufgeheizten Nachmittagsschlafzimmer? Deine Mutter hatte damals weiße Laken als Hitzeschild vor die südseitigen Fenster gehängt, eine Mühe, der sich dein Vater nicht unterzog, er zog nur die halb durchscheinenden roten Übergardinen zu beziehungsweise meist gar nicht erst auf und lag so, in mütterliches Reliktlicht getaucht, wie in einem Brutkasten, ein Riesenbaby.

Du musstest an die Luft, mit dem Fahrrad die Stadt, die nur ein vergrößertes Abbild dieses stickigen Schlafzimmers schien, hinter dir lassen, es war nicht schwer und gefiel dir am besten an deinem Geburtsort: dass man in fünf oder zehn Minuten, je nach eingeschlagener Richtung, schon halbwegs auf freiem Felde stehen konnte. Und sei es unter Durchquerung der *oben* gelegenen – *-berg* genannte Sträßchen führten hinauf – Südstadt, des *Ghettos*, des der Stadt in den Siebzigern angewachsenen Buckels, der damals jedoch als Schönheitsideal gegolten hatte und den sie die Besucher heute immer noch runterrutschen hieß, kamen sie von Süden oder Westen her, um die unbedeutende Ansiedlung auf dem Weg in die Kaiserbäder rasch hinter sich zu lassen, vielleicht lediglich einen Blick in die Marienkirche mit den spät wieder freigelegten Pfeilerfresken zu werfen.

Die stille Kühle ihres Inneren bot dir anders als früher keinen Trost. Erquickung, dachtest du, und dass du sie gut gebrauchen könntest. In der sonnenlichternden Gedämpftheit und Selbstgenügsamkeit des leeren Kirchenschiffes aber wirkte die Zeit nur noch stärker stillgestellt, nichts rührte sich mehr, und nichts rührte dich an. Wie in plötzlicher Amnesie, in absonderlicher Totalvergessenheit der jüngsten Vergangenheit, ergriff dich ein heißes Sehnen nach einem Abenteuer, befeuert von der Furcht, wieder zurückgestuft zu werden in die Ereignisunmündigkeit der Jugend, der Vorstoß ins tatsächliche Leben stand auf wackligen Füßen. Es war unmöglich, Ereignisse aus sich allein heraus zu generieren, und dieses Angewiesensein stank dich an.

An einem Abend, zu sommerlich zum Drinnenhocken, schlugst du den selten gewählten Weg nach Norden ein, über die Brücke, den Fluss, durch den nie gänzlich mit der Stadt verwachsenen Teil, der halb kleinbäuerlich-tagelöhnerischen Existenzen, halb realsozialistischen Villenträumen Grund und Boden geboten hatte, neben ein paar zerbröckelnden und irgendwie unbehaust wie ihre nur noch vereinzelten Bewohner wirkenden Mietshäusern, einem Riegel aus properen Dreißiger-Jahre-Siedlungsbauten und als Schlusspunkt zwei sich in friedlicher Koexistenz erprobenden Autohäusern. Hier hatte sie gewohnt, Joana die Andere, in dem ausgehöhlten Gründerzeithaus mit Flussblick und wie faulige Zähne aufragenden schwarzen Dachstuhlstümpfen, blinden Augen. Tatsächlich erinnerten die schief zugenagelten unteren Fenster an Joana Möllers zeitweilig abgeklebtes eines Auge, was das Schielen beheben sollte, du konntest nicht sagen, ob es geklappt hatte. Und verwundertest dich über die auffällige Ein-Makel-kommt-selten-allein-Verteilung in diesen, ja, wie sollte man es nennen, Kreisen, Schichten, *Assi*familien? Dass deren Nachkommen es wie Joana nicht bloß in der Schule schwer hatten, sondern außerdem Ungeziefer am Körper, je nach Suffpegel unbrauchbare Mütter und nicht lange fackelnde Väter, in speckigen, altmodischen Klamotten herumlaufen mussten und die Hänseleien der anderen für alles zusammen auf sich zogen, ließ sich noch soziologisch begreifen. Aber warum nicht wenige schon im zartesten Alter, als Babys gar, als regelrecht hässlich auffielen und nicht selten irgendwelche Gebrechen, und sei es bloß schlimmes Schielen, mit sich herumschleppen mussten, das blieb dir ein Rätsel. *Inzucht*, würden deine eigenen, herkunftsmäßig eigentlich nur um Haaresbreite begünstigteren Eltern vermutlich denken und auch sagen.

Was aus Joana geworden war, du wusstest es nicht. Ob sie die Hilfsschule geschafft hatte und was man damit anfing. Wahrscheinlich hatte sie *früh angefangen* und schlurfte nun irgendwo, womöglich immer noch hier, bereits mit drei oder vier Kindern durch die Gegend, du rechnetest nach, es war nicht undenkbar. Du sahst sie förmlich vor dir, genauso alt wie du und doch viel älter, ein dümmliches Kind an der einen Hand, an der anderen den Kinderwagen, mager wie damals, indifferent und zäh, mit den strähnigen hellblonden Haaren und immer noch einem Pflaster auf dem Auge hinter der dickglasigen Brille. Unansehnlichkeit nämlich schützte vor Vermehrung nicht. Das war ebenso auffällig. Und dich fiel ein kleiner Neid an auf die Unbekümmertheit und Anspruchslosigkeit solcher Paarungen, die in ihrem Bäumchen-wechsel-dich unangefochten schienen von Ideen wie Seelenverwandtschaft, frei von romantischen Aufladungen der Sorte, die alles verunmöglichten. Zwar ahntest du, dass auch das nicht ganz stimmen konnte, dass diesen Zweisamkeiten nur eine Unfreiheit anderer Art innewohnte, trotzdem imponierte dir bei allem Abgestoßensein das anarchische Moment darin: als schlügen sie good old Darwin ein Schnippchen, von wegen Auslese, Hauptsache *ficken, ey*, irgendeiner war besser als keiner, und *ruff uff die Alte.* So ein Leben wolltest du nicht, aber deshalb noch lange nicht das Gegenteil, den bürgerlich-intellektuellen Entwurf, im *Tatort* konnte man sehen, dass auch das zu Mord und Totschlag führte, und zwar in Eigenheimen oder Villen, in denen auch ohne Gewalt der Erstickungstod drohte. Blieb die Boheme, nur kam sie dir irgendwie etwas ausgestorben vor, selbst an der Uni waren sie dir, mit wenigen aufmerksamkeitsheischenden Ausnahmen, alle unerwartet brav vorgekommen, bedacht auf Scheine und die möglichst reibungslose Erlangung des Kleinen Latinums. Blicke blieben reiner Zufall, Unfälle im U des Seminarraums. Wie es in dieser Atmosphäre zu Paarbildungen, geschweige denn dem Eigentlichen, dem Zusammenfinden zweier Gefährten, kommen sollte, war dir schleierhaft geblieben, auch auf den Partys in der Mensa, im Physikerkeller oder wohin immer du dich allein aufrafftest, schien sich nicht viel abzuspielen, fast alle deiner wenigen Bekannten, Wohnheimmitbewohnerinnen, hatten in ihren Heimat- oder anderen Unistädten einen *Freund*, eine *Freundin* deponiert, mit dem oder der sie abends immer noch telefonieren mussten. Das musstest du nicht und wusstest zumindest diese Freiheit zu schätzen, die jedoch nichts aufwog.

Von der Holzbrücke, deren eines Ende man, stand man am anderen, nicht sehen konnte, was zu müden Scherzen à la *längste Brücke der Welt* Anlass gegeben hatte, ließest du dich ungebremst in die Hauptstraße jenes Viertels hinabrollen, auf der du dich kaum erinnern konntest, je ein Auto fahren gesehen zu haben, höchstens als Kind, als anstelle der Nachwende-Holzbrücke noch eine für den Autoverkehr existiert hatte, die abgerissen und ein paar Hundert Meter weiter durch eine modernere Konstruktion ersetzt worden war, von der es dezent herüberdröhnte. Ansonsten herrschte die Stille der Ausgestorbenheit.

Du fragtest dich, ob wohl die andere der beiden Kneipen noch existierte. Die lange verriegelte *Hafenschenke* mit ihren türkisblau gekachelten Fensterumrandungen, den graugelben Gardinenfetzen, die kein Lüftchen mehr bewegte, den dichten Spinnweben in den Ecken stand dir deutlich vor Augen, noch bevor du auf ihrer Höhe angelangt warst. Undeutlicher erinnertest du dich der anderen, kaum weniger traditionsreichen Spelunke schräg gegenüber, deren Name dir nun nicht einmal einfiel. Du beschlossest, sollte sie ihren Betrieb entgegen aller Wahrscheinlichkeit – denn wer verirrte sich hier noch her, wer hatte hier noch Geld oder Unempfindlichkeit genug – doch noch aufrecht erhalten haben, würdest du diese Resistenz würdigen und zum ersten Mal in deinem Leben allein eine Kneipe betreten und einen Schnaps verlangen, Wodka am besten, zur Not aber auch Klaren. Außerdem war dir gerade wirklich danach, zufälligerweise klapperte sogar etwas Kleingeld in deiner Hosentasche, weil du eigentlich den Radweg bis ins nächste Dorf hattest fahren und gucken wollen, ob vorm Haus des Imkers noch das Tischchen mit den Honiggläsern stand, der *Kasse des Vertrauens.*

Auf die *Hafenschenke* war jedenfalls Verlass, ganz wie du sie in Erinnerung hattest und noch nicht abgerissen, trutzte sie nahe am Zusammensacken zwischen zwei in nur geringfügig besserem Zustand befindlichen Häusern, die sie zu stützen schienen wie einen altgedienten Saufkumpan. Alles beim Alten war aber auch bei der einstigen Konkurrenz: Du glaubtest deinen Augen nicht zu trauen, die Tür zu *Bannert* offen zu finden. Sofort von Angst vor der eigenen Courage erfasst, nähertest du dich in einem zögerlichen Bogen und versuchtest, durch die unbeleuchteten, aber geraniengezierten Fenster einen Blick ins Innere zu werfen. Zu hören war nichts, weder die einschlägigen Geräusche der trinkenden Männerwelt noch sonstige Anzeichen von Leben. Es ermutigte dich, einen Vorstoß zu wagen, du lehntest das Fahrrad, ohne es anzuschließen, an die Hauswand. Und fandest dich in einem dunklen und trotz des Durchzugs, denn auch die Tür zum Hof stand auf, unvermeidlich muffig riechenden Hausflur wieder, von dem aus gleich rechts ein Durchgang in das eigentliche Lokal führte. Von der Sommerabendhelligkeit blieb in diesem niedrigen Schankraum nichts übrig außer dem dich zunächst mit halber Blindheit schlagenden Rest in deinen Augen. Als sie sich gewöhnt hatten, gewahrtest du dort im Dämmer neben dem Tresen auf einem Stuhl hockend ein schwammiges Weib, dessen Beine, breit aufgestellt und aderbeulig, bis über die Knie unter dem etwas nach oben gerafften Synthetikrock in Siebziger-Jahre-Hellblau hervorschauten.

»'n Abend«, sagtest du auf gut Glück. Und sondiertest verstohlen die Ecken des Raumes, ob etwa noch jemand anwesend wäre. Denn dass diese Frau unklaren Alters – sie schien dir eher, als dass sie alt war, aus einem anderen Jahrhundert zu stammen, und genau genommen traf das ja auch zu –, alleine und offenbar mit nichts als Sitzen beschäftigt, in dieser ebenfalls überlebten Kneipe die Stellung hielt für zufällige und auch an allen anderen Abenden, da warst du dir sicher, niemals erscheinende Gäste, das war dir nicht recht vorstellbar. Dennoch wirkte sie kaum überrascht über dein Eintreten, auch in keinster Weise aufgestört.

»Bitte?«, sagte sie, wie erwartet nicht übermäßig freundlich und mehr lauernd, und an ihrer Stimme hörtest du ihr tatsächliches Alleinsein, nämlich deren längeren Nichtgebrauch, ein Räuspern klang mit.

Du nahmst diese den unnötigen Schnörkel der Begrüßung überspringende Aufforderung als Aufnahme deiner Bestellung. »Einen Wodka, bitte.«

Ohne sich zu rühren, kaum sahst du ihren Mund sich regen, erfolgte die prompte Antwort: »Nee.«

Du fandest nicht gleich zu einer Reaktion, weil du nicht entscheiden konntest, was dir in dieser Abschlägigkeit mitgeteilt worden war: Nee, weil es keinen Wodka gab? Nee, weil du nicht volljährig und trinkbefugt wirktest? Nee, weil sich hier generell geweigert wurde, für irgendeine Nichtstammgasterscheinung, noch dazu weiblich, einen Finger krumm zu machen?

»Oder 'n Klaren«, schobst du ermunternd nach, doch es nützte nichts, die Antwort blieb in Vehemenz und Tonfall exakt die gleiche, und wärest du nicht bereits Ohrenzeugin eines anderen knappen Wortes geworden, hättest du sie für eine Nee-Maschine gehalten. Andererseits waren solche Existenzen zumindest früher, im anderen Jahrhundert, in der versunkenen Welt, gar keine Seltenheiten gewesen, im Spektrum der Äußerungen fehlte lediglich noch ein *Hamwänich*. Dass dieses implizit war, von dir ein Mitdenken erwartet wurde in einer Art, die du schon immer unerträglich gefunden hattest, ging dir erst im weiteren Verlauf der sparsamen Verhandlung auf. Nach einigem Hin und Her, bei dem du bemüht warst, dich nicht in deine Kinderschüchternheit zurückdrücken zu lassen – denn zweifellos hattest du es mit einer Vertreterin der gefürchteten Gattung *Haare-auf-den-Zähnen* zu tun –, war klar, dass bei *Bannert*, jedenfalls solange diese Matrone über den Laden wachte, kein Schnaps welcher Provenienz auch immer zu bekommen sein würde. Das schien dir von einer Absurdität, die man am besten akzeptierte, ohne weiter nach Gründen zu forschen, um sich wenigstens an ihrer abstrusen Schönheit erfreuen zu können. Du fragtest dich zwar, ob die in der Tat recht eingestaubten paar Flaschen auf dem Regal wirklich alle leer und nur noch Deko in Reminiszenz an ein unbestimmtes *Früher* waren, verließest die leere Hülle des Lokals jedoch gleichmütig mit der Information, dass allenfalls Bier zu haben sei, aber noch nicht kalt. Vielleicht, dachtest du, als du wieder ins Helle tratest und dich die Lichtreflexe auf den blauen *Hafenschenke*-Kacheln blendeten, hatten die beiden Kneipen in einer Art Symbiose existiert – du sahst förmlich ein unter der Straße verlaufendes geheimes Geflecht –

in gegenseitiger Bedingtheit, und seit die eine den Geist aufgegeben hatte, hauchte auch die andere den ihren unweigerlich aus. Oder, allmählich musstest du lachen, sie hatten bei *Bannert* noch nie der hochprozentigen Trinkerei und dem Schnapsleichentum Vorschub leisten wollen, sich aufgrund der Konkurrenzsituation jedoch jahrzehntelang in einer Zwickmühle gefangen und nun die Chance gesehen, nach dem zeitigeren Ableben der anderen sich nicht nur im Nachhinein moralisch bestätigt zu finden, sondern auch endlich selbst verwirklichen zu können als Hort des Anstands und gemäßigten Genusses.

Du schwangst dich, seltsam erfrischt trotz des Schweißbades und etwas schwach von dich durchzuckendem Lachen, zurück aufs Rad. Die Heiterkeit indes verging dir gleich wieder, als du am Ausgang der Siedlung, am Ende der Stadt, der abgemähten Wegränder ansichtig wurdest. Raspelkurz und vertrocknet auf Hunderte Meter hin alles, was sich noch vor Tagen als das blühende Leben im Sommerwind gewiegt hatte. *Nazischnitt*, dachtest du. Der Ungeist war diesem Land nicht auszutreiben. Was nicht sein durfte, das konnte nicht sein. Das Unkraut gehörte vernichtet, das Gras gestutzt auf eine praktische Leblosigkeit. Du wolltest den Leuten nicht begegnen, die so etwas schön fanden. Mit Sicherheit waren sie selbst das Gegenteil von schön und in ihren Augen wohnte der Hass. Diese Begegnungen aber ereigneten sich täglich und unausweichlich und legten dir seit jeher ein Einsiedlerdasein nahe. Du fuhrst, innerlich verstummt, das Abendlicht nur noch wie durch blitzblank geputzte Scheiben wahrnehmend, den vorgenommenen Weg ab. Höhnisch ließ sich aus einem der Dorfgärten ein Rasenmäher vernehmen. Und Honig gab es auch nicht mehr.

Ein paar Tage später stand dein Geburtstag an. Es war dir leider nicht gelungen, dieses Datum wenigstens bis zu seinem Eintreten zu ignorieren, zeitrechnungslos zu leben in einer Zeit, die andererseits doch wie dafür gemacht schien, in einem antriebslosen, staubschweren und gleichgültigkeitsleichten Driften, das zum gar nicht mal unangenehmen Daseinszustand an sich geworden und dessen Ende unabsehbar war. Der vierzehnte August aber gemahnte dich an einen Anfang sowie auch lebhaftere Abschnitte dieses Daseins, die jetzt in der Tat wie von dir abgeschnitten wirkten. *Ich hatte eine glückliche Kindheit*, hörtest du dich als alte Frau bereits eine Behauptung wiederholen, die du von anderen, gar nicht näher benennbaren alten Frauen, irgendwelchen Zeitzeuginnen von irgendwas zumeist, gehört hattest, nur dass bei ihnen das, was nach dieser glücklichen Kindheit kam, in unausdenklichem Unglück und schweren Zeiten bestand, bei dir aber in der Folge nur von peinlich-banalen Vorfällen, die die Bezeichnung Ereignis nicht verdienten, Verpassen, Vermasseln und Vergessenwerden die Rede sein könnte.

Du wurdest zweiundzwanzig Jahre alt und kamst dir wie immer bei diesen Gelegenheiten steinalt vor. Wenigstens hattest du einen der Hauptsandsäcke für dieses niederziehende Gefühl abwerfen können, du stiegst zum ersten Mal nicht mehr als Jungfrau ins nächste Lebensalter auf. Und darin lag, so albern du es selbst zu finden versuchtest, tatsächlich ein Trost, umso mehr, als er den einzigen darstellte und vielleicht auch einen Beweis, als nötige Befeuerung eines Restes an Zuversicht, dass sich doch etwas Reales und *ganz Normales* zutragen konnte in deinem Leben, wenn auch auf inzwischen völlig irreal anmutende und irgendwie unnormale Weise und der siebente Himmel so unerreichbar wie eh und je zu bleiben schien.

Dein Vater schob dir wie üblich Geldscheine zu und offerierte, dich abends *zum Griechen* einzuladen, »schmeckt doch da immer ganz gut, oder?«. Du überlegtest, worauf sich dieses ›immer‹ bezog, wann ihr zuletzt dort gewesen wart. Am zweiten Weihnachtstag letztes Jahr, als das Gerippe der Ente nur noch einen barbarisch-kümmerlichen Anblick geboten hatte und du eigentlich kein Verlangen nach einem weiteren Fleischgelage verspürt, dich aber von deinen beiden nächsten Verwandten mitschleifen und überdies zum Bestellen eines Hauptgerichtes – »Salat! Doch nich bloß Salat!« – hattest nötigen lassen, über dessen Reste sie sich mit ihrem bodenlosen Männermagen nach Verzehr der eigenen Herkulesplatten hergemacht hatten. Das Mal davor musste indes noch zu viert stattgefunden haben, also vor ungefähr hundert Jahren, und in seltener Einigkeit hatten deine Mutter und du einzig den Salat vorher und den Ouzo nachher des aushäusigen Speisens für wert befunden. Du mochtest *den Chinesen* lieber, gingst aber auf den Vorschlag deines Vaters ihm zuliebe ein: wenn er denn schon mal einen – indirekten – Wunsch äußerte. Und fragtest dich, wie sich die Besuche auf der *Akropolis* wohl perspektivisch gestalten würden, ob sie sozusagen konsequenter perspektivischer Verkürzung unterlägen und die nächste Bestellung nur noch von deinem Vater allein aufgegeben würde – ein Bild, zu trostlos-schön, um Wirklichkeit zu werden.

Vermochtest du, was geschah, was ausblieb, nur noch ästhetisch zu bewerten? Poetisch, würdest du heute sagen, und kannst es kaum verwerflich finden angesichts des Übermaßes an Unpoesie, das täglich anfällt bei der Beseitigung aller Unklarheiten. *Poesie entsteht aus Ungewissheit*, lerntest du später im Kino, doch war das eigentlich nichts Neues, ein Zuspruch sehr wohl.

»Charlie?« Es war mit Sicherheit der ungewisseste Moment dieses Sommers. Wer spricht? Und mit wem? Angesprochen fühltest du dich, aber nicht gemeint, oder war es umgekehrt? Wie in Kindertagen wurdest du rot bis an die Haarwurzeln, glaubtest du dich doch immer noch schuld an jedem dich betreffenden Verhaken der Wirklichkeit, und wann jemals mit mehr Recht als an diesem Vormittag vor dem Ladentisch des Uhrmachers im sogenannten *Center*, dem nur noch lückenhaft mit Geschäften wie einzelnen wackligen Zähnen bestückten Nachwendeklotz mitten in der Stadt, ein *Sozialfall*. Und ein solcher widerfuhr dir, noch mit der Armbanduhr, die du zur Reparatur hattest bringen wollen, in der Hand, gewandet in eins von Charlies alten Hemden, auf das du schon immer geschielt hattest, und mit seiner Frisur von vor vier Jahren. Du drehtest dich um. In der offenen Tür, alles Glas hier, eine Unbekannte. Und sie fing an zu lachen, und du fühltest dich ausgelacht.

»Ach Gott, du bist das! Ich glaub, ich sollte doch mal meine Brille aufsetzen!«

Erkannt hast du sie an dieser Lache. Und lächeltest sie an und sogar aus echter Wiedersehensfreude, wahrscheinlich weil du dich in einem, was Bekannte, Freunde gar, geschweige denn Verwandte, anging, so depravierten Zustand befandest, wie selbst du ihn nicht für möglich gehalten hättest. Und weil sie Charlie verlassen hatte. Thea.

»Bist du wieder hier?«

Du wurdest den Eindruck einer fortgesetzten Verwechslung nicht los, denn sie war es, die diese Frage stellte. Was wusste sie denn eigentlich über dich, weniger doch noch als du über sie. Und was solltest du darauf antworten? Du grientest etwas schief und kamst dir ungewaschen und verschwitzt vor. »Na, und du?«

Da musstet ihr beide lachen. Als fröhliche Person hattest du sie gar nicht in Erinnerung, was du indes wiederfandest, war das Gefühl, sie, die um zwei Jahre Jüngere, wäre die Ältere von euch beiden. Sie trug die Haare anders, der ikonographische Bob war einer Kurzhaarfrisur gewichen, die sie noch erwachsener aussehen ließ. Die alte Scheu befiel dich, und die nächste Frage hatte gerade noch gefehlt.

»Was treibt Charlie?« Die Wortwahl war typisch für sie, immer eine Spur neben, über dem Erwartbaren, früher hatte sie dich damit beeindruckt.

Unzucht, hättest du am liebsten geantwortet. Mit dem *devil in disguise.*

»Wer weiß«, sagtest du, und das genügte offenbar schon, um dich in den Stand einer würdigen Gesprächspartnerin zu erheben. Neugierig und elektrisch blitzten ihre dunkelblauen Augen und animierten dich. »Macht Dummheiten in Finnland.«

Ihr Lächeln zog sich, genießerisch langsam, immer mehr in die Breite. »Du musst mir alles erzählen.« Sie legte eine kleine Pause ein, die nicht zum nächsten Satz passte und ihr anscheinend dazu diente, dich noch mal fester ins Auge zu fassen. »Ich bin grad etwas – in Eile. Aber sag mal, hast du für heute Abend schon Pläne?«

In deinen Ohren der reine Hohn, doch dafür konnte sie ja nichts. »Ausnahmsweise nicht.«

Die Ironie gefiel ihr, du sahst es und du hattest es darauf angelegt und warst erstaunt über dich selbst, wie leicht es dir gelang, dich auf sie einzustellen, sofort im Spiel zu sein, und das gefiel dir.

Leutselig wie nie übergabst du der Angestellten deine alte Uhr. Womöglich ließe sich die Zeit ja doch noch wieder in Gang setzen.

Ihr wart für acht im *Sansi-Bar* verabredet. Wo auch sonst. Kaum zu fassen, du gingst in deiner Heimatstadt aus, oder so eine Vorform davon, und zwar mit der Ex deines Bruders, was andererseits nicht außergewöhnlich war, und trotzdem, du konntest noch immer nicht umhin, sie dir beim Sex mit Charlie vorzustellen.

Dein Vater staunte auch nicht schlecht. »Ick dacht, die is in Amerika.«

»Das war vor vier Jahren, Papa.«

War seitdem eigentlich irgendetwas passiert, das hieß, irgendetwas, das man erzählen konnte? Was wolltest du ihr auftischen? Die Nachmittagsstunden vergingen dir zäh und aufgekratzt, trotzdem freutest du dich wie blöd auf diesen Abend, der nach allen Regeln der Erwartung also nur eine Enttäuschung werden konnte.

Als du ankamst, nicht übermäßig pünktlich, fandest du Thea noch nicht vor, und die drei oder vier Gäste am einzigen besetzten Tisch drehten dir wie choreographiert ihre Köpfe zu und musterten dich so kleinstädtisch, dass du es für besser hieltest, draußen auf sie zu warten, vor allem für den Fall, dass sie gar nicht käme, was du plötzlich für den wahrscheinlicheren hieltest. Und wonach würde das wohl aussehen, wenn nicht nach einem geplatzten Rendezvous.

Als du sie schließlich um die Ecke biegen, ohne erkennbares Lächeln auf dich zukommen sahst, befiel dich beinahe etwas wie Prüfungsangst und du gingst die paar zurechtgelegten Wendungen und Themen noch mal in aller eher zu Konfusion als Konzentration führenden Eile durch. Ach was, dachtest du dann, ich muss doch hier nicht die Familienehre retten. Und außerdem hattest nicht du dieses Treffen arrangiert.

»Da bist du ja«, sagte sie, als hätte auch sie nicht damit gerechnet, dich anzutreffen.

Die Kleinstädterhälse verrenkten sich ein weiteres Mal, und Thea rollte dir zugewandt mit den Augen. Da fasstest du Vertrauen in den Abend. Sie war wieder ganz in Schwarz, in die geradlinige Thea-Eleganz gehüllt, und du wusstest, du konntest genauso gut aufhören, darüber nachzudenken, wie du gegen sie wirktest, der Vergleich würde einfach niemals zu deiner Zufriedenheit ausfallen. Und Schwarz dir nicht stehen. Denn es handelt sich um einen allgemeinen Irrglauben, dass diese harte Nichtfarbe schlichtweg jeden kleidet.

Ihr steuertet ohne Absprache auf den Tisch zu, der von der neubegierigen Gesellschaft am weitesten entfernt lag.

»Was trinkst du?«, fragte sie, noch bevor du einen Blick in die Karte werfen konntest. Du hattest keine Ahnung, doch es klang so, als müsstest du eine haben. Denn sie selbst gehörte offenbar schon mit zwanzig zu den Leuten, die nicht nur über einen definitiven Stil, sondern auch definitive Trinkgewohnheiten verfügten, während du wohl auch für den Rest deines Lebens zu den ungefestigten Existenzen zählen wirst, die die Karte von vorn bis hinten und wieder zurück studieren, ohne dass sich dabei eine eindeutige Entscheidung formte, und die dann aufs Geratewohl irgendetwas bestellen, von dem sie im nächsten Augenblick überzeugt sind, es nicht haben zu wollen.

Als der Kellner blasiert auf euch niederblickte – mittellose Möchtegernerwachsene, die sich den ganzen Abend an einem Getränk festhalten –, verlangte Thea ein Glas Weißwein, »aber trockenen, bitte«, und du beschiedest dich mit einem kleinen Bier.

»Magst du keinen Wein?«, forschte sie sogleich. Du wusstest es nicht so genau. Und fandest sie allmählich ein bisschen anstrengend. Wenn sie dich den ganzen Abend so ins Verhör nehmen wollte, würdest du nicht lange durchhalten und einen frühen Müdigkeitsanfall vortäuschen müssen. Andererseits gefiel dir ihr Interesse auch, die ungewohnte Zugewandtheit einer Geschlechtsgenossin, in der nichts Doppelbödiges zu liegen schien wie bei Tuomi, sie machte eher den Eindruck, als würde sie allen Rätselratereien schon im Keim maliziös lächelnd den Garaus machen. Gern hättest du sie aufeinandertreffen sehen, die alte und die neue Flamme, und deinen Bruder zum Zuschauer gemacht. Du warst überzeugt, dass Thea, wenn schon nicht bei Charlie, so doch insgesamt den Sieg davongetragen hätte, weil sie eine Eigenschaft besaß, die dir zu jener Zeit wünschenswert erschien: Unbeeindruckbarkeit. Oder doch zumindest Unanfälligkeit für faule Tricks.

Sie stellte im Laufe eures zunächst eher stockenden, mit etwas Alkohol in den Adern bald aber doch verflüssigten Gespräches so einige dieser forschen wie forschenden Fragen, in deren Umstandslosigkeit du das Pendant für deinen Hang zu ungeschminkten Auskünften entdecktest. Die dir umso leichter über die Lippen gingen, als es sich um Auskünfte über jemand anderen handelte. Du hattest keinen Augenblick das Gefühl, Charlie in die Pfanne zu hauen, wahrscheinlich weil dich keinerlei Rücksichten mehr davon abhielten. Und in der Charakterisierung Tuomis, dachtest du, konnte man ja kaum übertreiben, denn die Wirklichkeit war in jedem Fall bizarrer, als du in der Lage sein würdest darzustellen. Auch glaubtest du, je verständnisloser deine Schmähreden ausfielen, desto mehr Verständnis würde Thea für sie aufzubringen vermögen und desto weniger Verdacht aus ihnen schöpfen, was deine eigene Rolle in dieser nördlichen Groteske betraf. Du sahst dich bestätigt durch Theas amüsiertes Lachen, ihr Nicken und ihr abschließendes »oh weh«, ihr Kopfschütteln, bei dem ihre vielgliedrigen Ohrringe leise klirrten. Im nächsten Augenblick jedoch fragtest du dich, ob das eine Bier deine Wahrnehmung schon merklich verzerrt hatte beziehungsweise der Weißwein die Theas, denn du hörtest sie seufzen und resümieren: »Dein armer Bruder hat offenbar eine Schwäche für Frauen, die nicht ganz seine Kragenweite sind.«

Was dich auf der Suche nach einer passenden Reaktion an einer solchen hinderte, war die Unklarheit darüber, ob an dieser Stelle Lachen erwünscht sei. Du hieltest es nur mit Mühe zurück, aber in Theas Gesicht zeichnete sich nichts ab, was nach einem gerade losgelassenen Witz aussah, eher nach einem losgelassenen Furz, von dem sie kraft ihrer Hoheit und Unantastbarkeit annehmen durfte, dass niemand ihn zu bemerken wagen würde. So zogst du nur vage die Augenbrauen etwas in die Höhe und legtest den Kopf schief, Thea aber lächelte dich halb harmlos, halb überlegen und ein wenig müde an. Eher so, als gehörtest du mehr oder weniger zur gleichen Kategorie wie Charlie und wärst ebenfalls zu einem höchstens anstaunenden Umgang mit den Alpha-Vertreterinnen des weiblichen Geschlechts fähig. Und in der Tat stauntest du: denn kam das gerade nicht auch einer Solidaritätsbekundung mit Tuomi gleich? Mit der Frau, und ›Frau‹ war schon absurd, die verschiedener von ihr nicht sein konnte? Aber vielleicht sahst du das falsch, verkanntest ihre Verwandtschaft: Womöglich gehörten sie trotz ihrer so differenten Art und Gestalt letztlich wie Fee und Kobold doch der gleichen und von der euren gänzlich geschiedenen Sphäre an. Es schauderte dich etwas.

Was Thea im Folgenden dann, ohne dass du groß nachfragen musstest, von ihrem Jahr »in den Staaten« erzählte, gewann ambivalent dein Zutrauen zurück, denn die Schilderung ihrer Verirrungen mit Bradley und Co. gelang ihr auf einnehmende, weil tatsächlich witzige Weise, die nicht mal allzu sehr nach Erprobtheit und Ausgefeiltheit klang, sondern frischer als alles, was du bisher von ihr zu hören bekommen hattest. »Er sah verboten gut aus, und dass er sich für mich interessierte, war auch verboten – er hatte so eine sterbenslangweilige gestriegelte Freundin, na ja, und ich, du weißt ja – also, wie hätte ich da Nein sagen können?« Du lachtest, in Sympathie mit der Unbekümmertheit. Die dir im nächsten Moment wieder etwas zu nahe rückte. »Aber so verklemmt war Charlie jedenfalls nicht gewesen.« Jetzt lachte sie.

Um nicht dein Liebesleben vor ihr ausbreiten zu müssen, das zwar nicht von Verklemmtheit, aber Verkanntheit gezeichnet war, stelltest du ins Blaue hinein weitere Fragen zu ihrem amerikanischen Sein, dem sie etwas mehr nachtrauerte, als du erwartet hättest. Denn erwartet hättest du, dass ihr inzwischen zahlreiche weitere Abenteuer widerfahren wären, die den Mississippi längst hätten alt aussehen lassen. Ihre helle Begeisterung noch im Nachhinein befremdete dich, denn es handelte sich schließlich um die USA, denen gegenüber man doch schon prinzipiell nicht die Haltung von debil in die Hände klatschenden Dummlacktouristen einnehmen konnte. So viel Affirmation war enttäuschend, gerade bei Thea. Andererseits breitete sich eine gewisse Beruhigung in dir aus, da auch sie von dem einen großen Erlebnis auf Jahre zu zehren schien, in denen auch bloß mit Wasser gekocht wurde, was dann als die übliche Hausmannskost auf den immer noch elterlichen Tisch kam, denn so verhielt es sich ja, sie wohnte, zumindest derzeit, immer noch oder wieder bei ihren Eltern in der Burgstraße. Im Übrigen gab es gar keine Burg in der Stadt und so musste man auch hier von mehr Schein als Sein ausgehen.

Sie absolvierte für ihr im Vorjahr begonnenes Journalistikstudium ein Praktikum bei der Lokalzeitung, freiwillig. Dir die Semesterferien mit irgendeiner nicht obligatorischen studienbezogenen Tätigkeit zu zerschießen, wäre dir niemals in den Sinn gekommen. Jetzt jedoch beneidetest du sie um die Beschäftigung, neidetest sie ihr regelrecht, ihr, die im Gegensatz zu dir doch sicherlich keine

Schwierigkeiten gehabt hätte, den Sommer auf andere Weise herumzubringen, vermutlich verzichtete sie gar auf eine Reise mit Freunden, Zelten an der Ostsee oder am Balaton, Wandern in den Pyrenäen, für diesen popeligen Berufsschnupperkurs. Natürlich hättest du gar keine Lust darauf gehabt, zu irgendwelchen Dorffesten, Gemeindevertretersitzungen, Spielplatzeinweihungen oder Rassekaninchenausstellungen zu zuckeln, um ein paar Zeilen für die Randspalte des Lokalteils herauszuschinden und zwischendurch den zuständigen Redakteuren, deren Journalistenlaufbahn in diese Sackgasse gemündet war, Kaffee zu kochen. Jedenfalls berichtete Thea nichts wesentlich Interessanteres und überhaupt wenig, es schienen sie von vornherein nicht der schiere Enthusiasmus, sondern mehr die verinnerlichten Predigten zum Thema aufgemotzter Lebenslauf in die den sauren Dunst der Vergeblichkeit atmenden Fabrikationsräume des Käseblattes getrieben zu haben. Ob diese nun ihre erste, bequeme Wahl darstellten oder nicht vielmehr das, was nach abschlägigen Bescheiden aus höheren Regionen übrig geblieben war, bedeutete keinen Unterschied für deinen sich verdichtenden Eindruck, dass Thea ihre besten Zeiten bereits hinter sich hätte. Oder lag es an dir? War sie dir vielleicht nur an Charlies Seite so strahlend, so besonders erschienen, und zwar nicht, wie man annehmen könnte, weil dein Bruder neben ihr blass gewirkt hätte, nicht aufgrund einer kontrastiven Wirkung, obschon sie farblich einen reizvollen Kontrast gebildet hatten, sondern eher als Ergebnis einer Verstärkung, denn obwohl du Charlie schon damals nicht selten als Kotzbrocken empfunden hattest, warst du gleichzeitig mit Sicherheit seine größte Bewundrerin und bis heute überzeugt, dass Thea niemals wie du in der Lage gewesen war, seine Vorzüge, seine ganze spezielle Geartetheit zu erkennen; was auch immer sie an ihm anziehend gefunden hatte, es konnte nicht das gewesen sein, was ihn *in Wirklichkeit* ausmachte, denn das war nur dir bekannt, wenn auch unbenannt, unbenennbar wie alles Wesentliche. Du hattest sie als seine Freundin bewundert, als das, was er sich erwählt hatte, und du kanntest ihn als ziemlich wählerisch, denn zum Beispiel du hattest ja stets einen schweren Stand bei ihm gehabt und eher willkürlich Wohlwollen oder gar Begeisterung geerntet. Es funktionierte höchstens bei gemeinsamen Unternehmungen, und auch aus diesem Grunde hättest du ihn jetzt gern mit am Tisch gehabt, auf dass ihr hernach eure Thea-Eindrücke auf dem Rückweg durch die nächtlich endgültig erstorbene Stadt hättet auswerten können, mit dem ein oder anderen Extraschlenker am Fluss entlang oder durch den Park, wo *die Tiere* in ihren Gehegen reglos sich dunkel vorm Dunkel abzeichneten. War es nun eine andere, verwandelte Wut? Oder wurde dir erst jetzt deutlich, worin sie bestand, jetzt, da dich auf der roten Kunstlederbank dieser jämmerlichen Lokalität vis-à-vis mit Charlies Vergangenheit die Erkenntnis ereilte, dass du in der Tat um ihn und nicht um Tuomi trauertest? Du betrauertest eine Verblendung, die möglicherweise eine doppelte war: dass dein Bruder sich, was Tuomi Virtanen anging, auf dem Holzweg befand, das bedurfte für dich keines Beweises, denn es träfe auf schlichtweg jeden zu; weder be- noch widerlegbar aber schien dir auf nunmehr unbestimmte Zeit die Frage, ob Charlie wirklich aus dem Holz geschnitzt war, für dessen Güte du dich verbürgt hättest, dessen Maserung du auswendig zu kennen glaubtest. Oder ob da nicht der Wurm drin war oder du nie genau genug hingesehen hattest, ihn nie berührt, um zu entdecken, alles nur Furnier. Du wolltest es nicht glauben und wusstest nicht, warum nicht, so nahe wart ihr euch doch nie gewesen. Du verlorst doch keinen Vertrauten. Aber was dann?

Ein Gefühl, als müsstest du nun wieder mit dir vorliebnehmen. Und Thea auch. Und du mit ihr. *Ich bin, was aus des Vaters Haus an Töchtern / Und auch an Brüdern blieb.*

Den Schnaps wolltest du ihr nicht abschlagen. Sie hatte einfach dem Kellner gewunken, dir zuraunend: »Der kann mal was tun für sein Geld«, und zwei Wodka bestellt, sich erst dann bei dir rückver-

würdest du dich nicht verweigern, der Wodka bot eine gute Grundlage. »Auf deine Verantwortung«, sagtest du.

Auf dem Weg verständigtet ihr euch kurz – denn auch sie tat hier offenbar etwas ihr nicht völlig Geheures außer der Reihe – über die besten Strategien, aufdringliche »Schwanzträger«, wie sie sich ausdrückte, abblitzen zu lassen. Es schien dir die Antizipation eines realen Problems, das dir bisher gleichwohl nur fiktional zur Kenntnis gelangt war; kein Typ hatte dich je belästigt, und es wunderte dich nicht. Das war nicht dein Verdienst, sondern dem Umstand geschuldet, dass du nicht ganz als Vertreterin des schönen Geschlechts durchgingst. Es fehlte dir an jeglicher Übung, du warst dir ziemlich sicher, dass eine solche Situation dich wehrlos treffen würde, und mehr noch, dass du aus Ungläubigkeit nicht in der Lage wärst, sie ernst zu nehmen, du sahst dich schon lachen. Und womöglich würde gerade das dich retten. Für Thea hingegen stellte es eine Frage geradezu kriegstaktischer Überlegungen dar, sie hatte einiges parat bis hin zu gezielten Akten von Gewalt, oder auch solchen: »Zur Not müssen *wir* eben miteinander rumknutschen.«

Das meinte sie nun nicht ernst, oder? Jedenfalls konnte man nicht ernsthaft annehmen, damit schmierige Mannsbilder zu verschrecken, im Gegenteil, es würde sie und ihre dummen Sprüche doch erst recht anlocken wie die Schmeißfliegen. Warum sie mir nichts, dir nichts solche Ideen äußerte, das fragtest du dich damals gar nicht, sondern nur, ob sie mit deren Umsetzung wohl Erfahrung hätte. Es strichelte unvermutet eine weitere Parallele zu Tuomi, und dir wurde etwas mulmig. Du mochtest sie nicht, diese mit allen Wassern gewaschenen Frauen, vor allem nicht, wenn sie nur so taten.

Komischerweise erwartetest du immer noch halb und halb, auch nach all deinen glücklich bestandenen finnischen Ausgehabenteuern, die sich jedoch in einer besseren Welt und nicht halb in der Vergangenheit zugetragen hatten, von irgendeinem bärbeißigen Türstehertypen abgewiesen zu werden, und zwar entweder begleitet von einer geschmacklosen Bemerkung oder völlig kommentarlos beiseitegewunken. Es hatte, wie du dir dachtest, weniger mit einem vermeintlich mangelnden Selbstwertgefühl zu tun, denn schließlich standest du bei dir selbst in nicht gerade geringem Ansehen, sondern mit der dir unumstößlich erscheinenden Tatsache, dass man in gewissen Zusammenhängen einfach nicht bestehen konnte, wie auch immer man sich anstellte.

Natürlich geschah nichts dergleichen, jedem Subjekt, das anspruchslos oder verzweifelt genug gewesen war, seine Schritte bis vor die Pforten des *Club* zu lenken, wurde Einlass gewährt, um sein geringes Scherflein zu entrichten. Und genau das war ja wohl auch das Problem. Drinnen gewahrtest du nichts anderes als die Entsprechungen deiner inneren Vorwegnahmen, Vertreter und Vertreterinnen aller Sorten Proletariat, vereinigt in ungebrochener Stillosigkeit. Die kurze Reflexsorge auf dem Weg, ob du für dieses ungeplante Ausgehen eigentlich passend angezogen wärest, erübrigte sich. Man konnte hier nicht underdressed sein, genauso wenig aber overdressed, da das vorherrschende Erscheinungsbild zumindest der Damenwelt Elemente aus beiden Kategorien auf so generische wie intrikate Weise kombinierte, dass man, was dich betraf und in anderer Form auch Thea, sich nur auffällig davon abheben konnte, und dass Auffälligkeit hier keine Währung war, die besonders hoch im Kurs stand, wusstet ihr beide. Wenigstens herrschte eine gewisse Altersdiversität, denn ihr wart auf die in ihrer Benennungsschlichtheit dem *Club* in nichts nachstehende *Oldieparty* geraten, die hier, solange du dich erinnern konntest, alle vierzehn Tage ihren vermutlich invariablen Verlauf nahm, und man musste wohl von Glück reden, denn die einzige Alternative zum *Besten der 50er, 60er und 70er* wären die schlimmsten Chartsverbrechen *von heute* gewesen, und so geringes Vertrauen du auch darin setztest, dass *DJ Rico* schon wissen würde, was das Beste war, so überschaubar schien dir auch die Gefahr eines hirnschmalzverzehrenden Totaldesasters, immerhin wiesen die *50er,*

60er und 70er selbst in ihren abgenudeltsten Hits noch ein Maß an Allgemeinverträglichkeit auf, das seit den 90ern endgültig in Vergessenheit oder Misskredit geraten war, und irgendetwas machte dich seltsam sicher, dass mit den Musikauswüchsen deiner Jugend keine Oldieparty der Zukunft zu bestreiten sein würde, und sei es allein deshalb nicht, weil alle, die in diesen akustischen Exkrementen ausgiebig genug herumgewühlt hatten, um sich stilecht als DJ betätigen zu können, bis dahin an ihren Pestilenzdünsten eingegangen wären. Aber man wusste ja nie, vielleicht hätten sich inzwischen Mutationen herausgebildet, denen die Lebensfeindlichkeit dieser Kreationen nichts mehr anhaben konnte.

Was die Harmlosigkeit der jetzigen Oldies anging, so wolltest du dein Pauschalurteil gleich wieder zurücknehmen, als die ersten Töne der vermaledeiten *Jugendliebe* deine Gehörgänge penetrierten. Dieses Lied hatte dich seit eh und je gepeinigt in einer kaum aufzudröselnden Mischung aus Ekel, Fremdscham, Verachtung, Traurigkeit und Neid. Es war wieder mal nicht mitanzusehen, wie Leute aus der Generation deiner Eltern, und unbegreiflicherweise auch ein paar deiner Generation, sich in kollektivem Wehmutsdusel auf der Tanzfläche wiegten, befangen in einem Erinnerungswunschbild, das entweder mit dem tatsächlichen Amourenmurks ihrer Jugendzeit nicht viel zu tun hatte oder an Erlebnisse geknüpft war, die ihr jetziges Dasein, gelinde gesagt, nicht mehr zu bieten hatte. Da schwooften sie dann mit ihrer bis zur Unkenntlichkeit aus dem Leim gegangenen Jugendliebe oder einer, die nie das Zeug dazu gehabt hätte, durch irrlichternde Discofarben und erregten fast gegen deinen Willen dein Mitleid, in dem sich noch immer deutliche Spuren von Selbstmitleid fanden. Wenigstens konnten sich die enthusiastischen Anhänger dieses Schlagers, zu denen natürlich auch deine Mutter zählte, einer Augenwischerei hingeben, für die dir einfach jegliches Material aus erster Hand fehlte, denn beim besten Willen, Kai Richter reichte nun wirklich nicht hin. Niemand hatte dir *große Worte* geschworen oder dein *Haar* gestreichelt und *traumhaft schön* war's allerhöchstens mal im Traum zugegangen; du fühltest dich diesem Lied ausgesetzt wie einer niemals abklingenden Beleidigung, *haha*. Das Perfide war ja, dass du trotz Erlebnisleerstelle genau wusstest, was dir entgangen war, denn imaginieren lassen hatte es sich ohne Weiteres inklusive leerlaufender Gefühlsaufwallung, dem Fernsehen und der Bibliothek sei Dank. Du musstest an Loïc denken und wie wenig auch er sich, trotz eindeutiger und, mehr oder weniger, gegenseitiger Verliebtheit und, wenn auch fortgeschrittener, Jugend zur *Jugendliebe* geeignet hatte. Was dir, und wahrscheinlich auch allen anderen hier, quasi retrospektiv vorschwebte, war etwas ganz anderes und möglicherweise rein Fatamorganisches. Man konnte es in Filmen sehen, ja, aber musste es doch auch dabei mit Destillaten aus dem eigenen Gefühlshaushalt auffüllen, sonst verstünde man ja gar nicht, worum es geht. Also wo kamen denn diese hochprozentigen Gefühlsschnäpse her, welcher eigene Saft wurde denn dazu, und in welchem Alter, an der eigenen Bewusstseinspolizei vorbei, vergoren, oder war doch alles eingeschmuggelt?

Die Rettung kam als Elvis' *Hound Dog* angeprescht. Ob sich nun dem untalentierten DJ oder einer auf Zufallsmodus gestellten Playlist dieser abrupte Übergang verdankte, war dir schnurz, und schnurz auch alle Jünglinge, die nie etwas von dir gewollt hatten, mochten sie ahnungslos sterben oder sich mit Mitte vierzig hier über den klebrigen Boden schieben zu 90er-Jahre-Oldies, du würdest jetzt jedenfalls tanzen, und das ging immer noch am besten ohne einen, der einen festhielt. Thea ließ sich nicht lange bitten, auf den ersten Wink von dir sprang sie auf, dabei hättest du sie kaum für eine Tänzerin gehalten. Doch sie warf sich anlauflos in Bewegungen, die in eurem heimatlichen Kulturkreis als ekstatisch gelten mussten und auch dich von Resthemmnissen befreiten, und du dachtest, an Charlies Stelle hätte dich das am meisten für sie eingenommen. Mit jemandem tanzen zu können, der die eigene Lust daran spiegelte, ohne über Coolnessbestrebungen zu stolpern und auch ohne dass dieses Aus-sich-herausgehen-Können nur ein Segment im wedelnden Fächer sonstiger nerviger Extrovertiertheit bildete, das hatte schließlich Seltenheitswert. Wobei du es eher als ein In-dich-Hineingehen empfandest.

Anscheinend hatten alle außer euch zumindest die Anfangsgründe der Tanzschule durchlaufen, auch die Jüngeren – von denen vielleicht sowieso nur die da waren, die auf direktem Wege in die Fußstapfen ihrer Altvorderen treten wollten – verschweißten sich meist zu Tanzgespannen mit beweglichen Scharnieren, und du konntest nur staunen, wie behände sich die sonst Behäbigen im Discofox-Takt herummanövrierten, mit welch unvermuteter Leichtigkeit sie die Drehungen vollführten. Es sah nicht kompliziert aus, und trotzdem hättest du diese paarige Synchronleistung niemals erbringen können, wäre es einem eingefallen, dich aufzufordern, aber solche Einfälle hatten sie hier zum Glück nicht. Als damals in der Achten das Volkshochschulangebot eines Standardtanzkurses in eure Oberschule geflattert kam, hattest du, eingedenk der Gruselgeschichten deiner Mutter von picklig-schwitzigen, auf einen zustürzenden *Bengels* und Mauerblümchendemütigungen, innerlich sofort die Biege gemacht und dich für die andere Weiterbildungsofferte entschieden, einen Schreibmaschinenkurs. Falls das, was man in den Folgejahren auf den diversen Schulbällen an Zusammentanzaktivitäten besichtigen konnte, irgendwie repräsentativ für die Lernerfolge jener Tanzbeschulung gewesen sein sollte, so hattest du jedenfalls nicht den Kürzeren gezogen mit den Schrittfolgen des Zehnfingersystems, in denen du binnen Kurzem bei reichlich beats per minute auf der Tastatur tänzeln konntest, von wegen eins-zwei-tipp.

DJ Rico hingegen verfolgte sein eigenes erratisches Muster: Ob es nun mangelnder Berufung zuzuschreiben war oder fortgeschrittener Desillusionierung in Sachen Karrieresprung, sobald es ihm gelungen war, die Tanzfläche drei oder vier Titel lang – und schon wiegte man sich in der Illusion, er habe sich gefangen – beachtlich zu füllen und auch noch den zögerlichsten Gelegenheitstänzer vom Barhocker loszueisen, vergraulte er mit einem Griff ins pophistorische Klo alle Angelockten und Zutraulichgemachten wieder. Es setzte teils ein nahezu fluchtartiges Wegströmen ein, und DJ Rico war kein Mann der halben Sachen, zumeist setzte er noch eins drauf und zwang so auch die hartgesottensten oder alkoholerweichtesten Dauerschwoofer in die Knie, und wieder fragtest du dich, wie übrigens auch bei allen Schulfesten und etlichen Parties-yet-to-come, welch perverse Neigung eigentlich dahinter steckte, den Tanzboden so gnadenlos leerzuspielen. Im *Club* indes mochten die profanen Gründe näher liegen als ein profundes Seelenleiden, wahrscheinlich war dem guten Rico der Zweck seines Künstlerdaseins an diesem Hause gründlich eingebleut worden, nämlich die Leute bei Laune, aber nicht vom Trinken abzuhalten.

Auch euch blieb nichts anderes übrig, für eine Fortsetzung der Unterhaltung war es ohnehin zu laut. Es erleichterte dich eher, denn du hattest keine Lust, den ganzen Abend lang geistreich zu tun, drohende Blößen zu umschiffen und Gesprächslücken zu stopfen. Diese immer gleiche Aufgabe beim näheren Kennenlernen neuer Menschen dämpfte dein Verlangen danach nicht unerheblich, weshalb du dir schon damals die Frage stelltest, ob es nicht ebenso gut auch anders gehen könnte, es bedürfte doch, bei Lichte betrachtet, dazu lediglich eines allgemeinen Konventionswechsels, der vielen das Leben leichter machen würde. Die Wochen bei deinem Vater hatten dich jedoch so maulfaul wie gedankenarm werden lassen, und du sagtest dir, dass es heute Abend nicht mehr darauf ankäme, praktikablere Umgangsformen zu ersinnen, sondern nur, sich aus Unbehagen mit den gängigen nicht sinnlos zu besaufen und einen nicht allein zu Hause verdösten Abend wertzuschätzen, so gut es den Umständen entsprechend ging. Und es ging ja ganz gut, nicht nur dank der Getränke, die Thea tatsächlich dem Barkeeper, der sich eher vage an sie zu erinnern, aber offenbar gewohnheitsmäßig eine Chance zu wittern schien, abschwatzte. Du kamst dir dabei zwar vor wie die aus Mitleid mitgenommene unscheinbare Freundin, doch erstens warst du gar nicht ihre Freundin, zweitens uninteressant höchstens in den stierigen Augen des Barkeepers, und alles andere hätte auch Anlass zu ästhetischer Besorgnis geboten, und drittens stand Theas Loyalität bei ihren rein utilitaristischen Flirtmanövern keinen Augenblick infrage, sie grinste dich jedes Mal verschwörerisch an, und gemeinsam lachtet ihr euch kaputt über die so hoffnungsfrohen wie tölpelhaften Charmeabsonderungen jenes Höhensonnenanbeters, der es in puncto Berufsverfehlung locker mit DJ Rico aufnehmen konnte.

Im Laufe der Nacht sanken eure Standards – der Mensch ist ein Wunder an Anpassungsfähigkeit –, und ihr wurdet weniger wählerisch, tanztet bald nonstop zu allem, was aus der nach permanenter Übersteuerung klingenden Anlage dröhnte. Wiederum erstaunten dich deine stillen Konditionsreserven, du bewegtest dich mühelos mit einer Ausdauer, die kein Dauerlauf dir hätte abverlangen können; fürs Tanzen brauchtest du kein Training. Außerdem gab es zumindest doch eine Gemeinsamkeit mit den finnischen Tanznächten: Dich kannte ja hier keiner. Das war absurd, aber Tatsache, du warst so fremd an diesem Ort, wie du es immer gewesen warst, und selbst falls du jemandem bekannt vorkommen solltest – aber wem? –, so bräuchte derjenige nicht auf Gegenseitigkeit zu hoffen, denn deine Fähigkeit, Leute nicht wiederzuerkennen, war phänomenal. Was dich so oft in die Bredouille brachte, hatte auf der anderen Seite das Leben in einer Kleinstadt überhaupt erst erträglich gestaltet: Du sahst nicht an jeder Ecke Leute, die dir in irgendwelchen Kleinstadtzusammenhängen untergekommen waren, denn du sahst sie gar nicht, und jene Zusammenhänge speicherten sich als einzelne Ereignisse in dir, nicht aber als ein Geflecht aus Kontexten, verbunden durch Besetzungen mit dem immer gleichen Personal; was dir in Filmen mit Schauspielern nicht gelang, wollte dir beim erhöhten Schwierigkeitsgrad des Alltags, in dem man niemanden ausgiebig begutachten, sondern am besten schon aus dem Augenwinkel zweifelsfrei zuordnen sollte, erst recht nicht glücken. Mit der Zeit wurdest du etwas gewandter im Identifizieren, bliebst aber gleichzeitig gut im Ignorieren und erspartest damit dir und anderen Begegnungen, die keiner heiß ersehnte. Am ehesten erkanntest du Menschen an Kleidung wieder und wärst, im Widerspruch zu deiner sonstigen Befürwortung modischer Abwechslung, mitunter dankbar gewesen, wäre es zugegangen wie bei den *Peanuts* oder *Familie Feuerstein*, wo alle egaleweg das Gleiche anhatten. Haltbarmachen kann dein Gedächtnis anscheinend nur Zahlen und Farben, Anordnungen und Chronologien. Du weißt nicht selten genau, mit Datum, wann etwas in welcher Reihenfolge stattgefunden hat, und meist auch noch, was du und andere dabei auf dem Leib trugen. Niemals jedoch hätte man dich zur Erstellung eines Phantombilds heranzuziehen brauchen. Dein Gehirn behalf sich mit der schwankenden, aus unbelebten Bereichen exportierten Eselsbrückenkonstruktion der Kategorisierung, die überhaupt deine wichtigste technische Errungenschaft gegen die stets herandrängenden Fluten des Chaos bildete: Ungeputzte Bäder, ungemachte Betten, ein stilistisches Sammelsurium aus Möbelstücken, sich türmende Abwasch- wie Bügelberge und wuchernde Zimmerpflanzen, all das kratzte dich nicht, daran konntest du lange vorbeisehen, was dir jedoch peinigend ins Auge stach und dir die Ruhe raubte, das waren die unkategorisierbaren Dinge, die auf Tischen, Sesseln, Regalen und schlimmstenfalls in Betten und auf dem Boden herumlagen, stete Versetzte und Vertriebene von einem Ort zum anderen waren, weil sie an keinen gehörten, ein Dasein als seltsame Einzelexemplare fristeten und es einfach keinen Platz gab, an den man sie hätte sortieren können; das mühsame, aber wohltuende Prinzip des Aufräumens war auf sie nicht anwendbar, man hatte nur immer weiter Mühe mit ihnen.

Die Mühe, die du mit Menschen im weiten Bereich der flüchtigen Bekanntschaften und des *Vom-Sehen-her* hattest, versuchtest du also zu lindern, indem du beim ersten Aufeinandertreffen mit ihnen wie mit den *guten* Dingen verfuhrst und sie bereits bestehenden Merkmalsgruppen zuordnetest – dunkle Haare, lange Haare, falsche rote Haare, Brille, Steghose, Schnauzbart, Fünfzig-plus, aufgedonnert, mondgesichtig, berufsjugendlich, Öko-Lagenlook, Lederhaut, Künstlerschal, Sah-früher-bestimmt-mal-gut-aus –, aus denen du sie im Wiederbegegnungsernstfall hervorzuholen hofftest, nur funktionierte dieses Boxensystem in der Praxis mehr schlecht als recht, weil sich in der Box lediglich schematische Abbilder befanden, von denen nicht etwa keines der tatsächlichen Person abstrakt entsprach, sondern leider, je nach Reduktionsgrad, mehrere bis alle, was das Problem des Wiedererkennens bloß verlagerte und in gewisser Weise verschärfte, von seliger Unwissenheit zu schwelender Ungewissheit: ist er's oder ist er's nicht, Frau Wiehlke oder Frau Kowalowski, denn Namen unterlagen nicht in gleichem Maße dieser Ausfallerscheinung, und das machte es auch nicht besser, sondern schuf eine Situation vergleichbar der, wenn man in einer Fremdsprache kundtut, ebendiese Sprache nicht zu sprechen.

Die Katze biss sich in den Schwanz, deine Methode warf dich auf die Schwachstelle zurück, deretwegen du auf sie verfallen warst, so unbewusst wie in eine Fehlhaltung. Es zeigte sich, du hättest für jede Person eine eigene Kategorie benötigt, genau wie für die ungeliebten, die *problematischen* einzelnen Dinge. Genaugenommen müsste es nicht *Individuum* heißen. Sondern *Incollectivuum*, oder wie immer Inhaber des Großen Latinums es zusammenbasteln mochten.

»Time to go?«, hatte Thea gefragt, als auch du gerade über Ende und Aufbruch nachdachtest, und wieder an der frischen, noch immer lauen Luft der Spätsommernacht, mit dem Nachfiepen in den Ohren, mittlerer Besoffenheit in Kopf und Gliedern – tatsächlich fühlten sich alle Bewegungen ja dann wie die eines Kopffüßers mit Gliederschmerzen an, oder umgekehrt – war dir, als bedürfe der Abend noch einer Abrundung, einer Häkelkante oder eines Schlussakkords, jedenfalls wolltest du nicht einfach Tschüss sagen und Richtung Wollweber abdrehen, du erwartetest wohl etwas, das diese miteinander verbrachten Stunden zwischen euch befestigte, zur Grundlage weiterer Treffen machte, wo ihr nun schon mal beide nicht so freiwillig, wie ihr tatet, den Sommer mit Logis in euren Kinderzimmern verbrachtet.

»Was dagegen, wenn ich dich noch bis zu dir bringe?«, fragtest du, etwas schwerzüngig. »Ich könnte noch bisschen frische Luft gebrauchen.« Thea hatte nichts dagegen, »nee, cool«, sagte sie und setzte sich, ebenfalls leicht schlingernden Schrittes, in Bewegung, musste lachen. »Oh je – war wohl ’n bisschen too much.« Du lachtest mit, sie legte dir den Arm um die Schulter und versuchte, euch Schub zu verleihen. »Na los, Charlies Schwester!«

Und merkwürdigerweise fühlte sich Johnny kein bisschen zurückgesetzt von dieser Anrede, weder verkannt noch verkackeiert. Im Gegenteil. In deinen halbbetäubten Ohren klang es ernstgenommen und anerkannt, geradezu – verstanden. Es war okay, wenn sie ein wenig Charlie in dir sehen wollte, aus Nostalgie oder was auch immer, sehr okay sogar, warum auch immer, vielleicht aus Utopie. Du merktest, du gingst in eine neue Stellvertreterrolle über, von der deiner Mutter zu der deines Bruders, und du spürtest viel weniger Widerstand, tatsächlich die Beflügelung eines guten Vorsatzes: nunmehr euch beide verkörpern zu wollen. Ihm gerecht zu werden, und das hieß nicht, zu sein, wie er war, sondern eben bestenfalls sein könnte – und zwar, um damit gleichzeitig als die, wie du glaubtest, eigentlichere Version von Charlie dir selbst, Johnny, gerecht zu werden, von ihm gesehen und erkannt zu werden, was nichts anderes meinte als die Anerkennung jener unauflöslichen, unersetzbaren Verbundenheit zwischen euch, die für dich einfach eine Tatsache war und für Charlie, wie’s aussah, etwas Zufälliges, das sich unter Umständen ergab. Und unter anderen nicht. War es ein *Splitter in deines Bruders Auge*? Was schmerzte dich so?

Thea sagte halblaut in deine Gedanken hinein: »Ich hab einen von den Togolesen kennengelernt, also, ich treff mich ab und zu mit ihm. Er ist so – höflich, muss man vielleicht sagen, so alte Schule, du weißt schon. Man denkt, der kommt aus einer Diplomatendynastie oder so was, aber er ist der Erste in seiner Familie, der studiert, irgendwas mit Wirtschaft. Na ja, im Moment studiert er nicht.«

Du kamst nicht ganz hinterher. »Wo – also wie seid ihr euch denn begegnet?«

»Ich war für die Zeitung da« – du hattest nur eine ungenaue Vorstellung, wo »da« eigentlich war, wusstest aber, dass sie das Asylbewerberheim meinte –, »sollte die Leute befragen, wie's ihnen hier geht und so weiter, was sie hier gut finden, also eigentlich, was sie hier *besser* finden als in ihrer Heimat, aber das hab ich nicht gemacht, das fehlte ja grade noch! Jedenfalls, da war dann auch Edem dabei, und er war gleich so nett, er hat auch versucht zu übersetzen, auf Englisch, wenn ich das Französisch nicht verstanden hab. Klingt natürlich anders als das, was sie uns in der Schule eingetrichtert haben.«

Du erinnertest dich sogar an die ein paar Wochen zuvor erschienene Umfrage in der Zeitung, aber natürlich nicht an das Gesicht dieses jungen Mannes, nur daran, dass du es gut gefunden hattest, dass mehr Frauen als Männer zu Wort gekommen waren – oder herrschten bei ihnen am Ende ähnliche Gepflogenheiten wie in euren Breiten, wurden hier auch die Frauen vorgeschickt, wenn es öffentlich und offiziell zu werden drohte?

Sicherlich wartete Thea darauf, dass du weitere Fragen stelltest, doch obwohl dich die Neugier drängte, wagtest du es nicht recht, weil jede schon eine Interpretation der Situation enthalten hätte. Was erzählte sie dir denn eigentlich?

Als wolle sie dir helfen, sagte sie: »Es ist nichts weiter passiert oder so – mal abgesehen von ein bisschen Händchenhalten und zwei, drei Küsschen neulich. Echt, als wär man noch mal vierzehn. Irgendwie gefällt mir das. Auch, dass es so ein teenagerhaftes Geheimnis ist – na ja, bis eben. Aber ich geh mal davon aus …«, sie blickte dich an, und du nicktest schon. »Wem sollte ich auch was erzähln!« Du lachtest. »Mit der Hälfte meiner Familienmitglieder verbindet mich ja nur noch Schweigen. Und mit dem Rest – irgendwie auch.«

Sie ging nicht weiter darauf ein. »Obwohl, wär mir eigentlich auch scheißegal, wenn irgendwer das wüsste. Solln sie doch doof glotzen. Ich will bloß Edem nicht in Schwierigkeiten bringen. Und meine lieben Eltern verschon ich natürlich mit diesen Neuigkeiten.«

Euch war beiden klar, dass »doof glotzen« noch das absolut Harmloseste gewesen wäre, in dieser Stadt.

Sie hatte es erzählt wie etwas, das sie auch hätte für sich behalten können, es war nicht geschehen, um dich zu beeindrucken oder gar zu schockieren, und das rückte sie dir nahe, sodass du auf einmal sogar dachtest, schade, sie wäre doch gut für Charlie gewesen, und Charlie – doch womöglich auch für sie. Vielleicht waren sie sich einfach zu früh begegnet.

Ihr standet vor Theas Haustür und lachtet noch über irgendetwas, wohl darüber, dass die Heimlichtuerei vor den Eltern nie aufhöre. Du sagtest, das Problem daran sei, dass man sich damit selber immer wieder zu dem mache, was sie anscheinend nicht aufhören können in einem zu sehen, das unmündige Kind, und warst selbst überrascht über diesen nächtlichen Extrakt deines in diverse Schnäpse eingelegten Hirns. Auch sie sah dich etwas verblüfft an und sagte: »Ja, stimmt eigentlich.«

Damit gerietet ihr noch einmal ins Reden, in unbemerkte Lauthalsigkeit hinein, bis Thea zur ersten Fensterreihe hochblickte und den Finger auf den Mund legte, »pschscht!«, was euch auflachen, dann tatsächlich wie auf Befehl verstummen ließ, und als wäre es das, was in solchen Fällen folgt, umarmte dich Thea, ihre Wange an deiner. Diese plötzliche Wärme, die menschliche Haut tunkte dich kopfüber in den Kübel deiner Bedürftigkeit, du wusstest, es wäre gleich wieder vorbei, mit der Berührung, nicht aber mit der Sehnsucht, und wolltest beinahe schon losheulen, denn ja, allzu heulig war dir auf einmal, als Thea dein Flehen in Betracht zu ziehen schien und deinen Kopf zwischen ihre Hände nahm, ihre Stirn an deine legte und dir aus unschärfster Nähe in die Augen sah, eure Nasenspitzen berührten sich. Du wusstest nicht, was es sollte, nur aufhören sollte es nicht. Sie küsste dich, recht vorsichtig, auf die Lippen. Das wusstest du diesmal gleich, dass es ein Kuss war. Und dass du nicht lange zögern durftest. Du küsstest sie zurück. Ein klein wenig nachdrücklicher, wie du meintest, doch nicht so, als wäre es etwa an dir, die Regie zu übernehmen, du spürtest, dass das bei Thea nicht notwendig war, und bekamst recht in einer Kusserwiderung wie -erweiterung ihrerseits, die deine nur als Grundlage, als Einverständniserklärung zu nehmen schien. So hattest du noch mit niemandem rumgeknutscht. Vor Aufregung wich dir das Blut aus Fingern und Zehen, die zu kribbeln anfingen, zugleich amüsierte dich dieser Zwischenfall, wolltest du mithalten, wild und entschlossen gingt ihr aufeinander los, fuhren Hände über Ohren, in Haare, rangen eure Münder miteinander wie im Wettbewerb. Ebenso plötzlich, als wäre der Kampf abgebrochen oder ein Ziel erreicht, entschlüpften dir Theas Zunge und Lippen, küsstest du ins Leere, ließ sie dich los, blickte dich an und wischte sich schmunzelnd mit dem Handrücken den Mund ab. Du spürtest kalt verdunstend die Feuchtigkeit um deinen, wolltest aber nichts nachmachen. Versuchtest ein Lächeln, als Frage, als Aufforderung. Sie blieb jedoch bei ihrem eigenen. Strich dir mit dem Daumen über die Wange.

»Charlies Schwester – wir sollten jetzt wohl mal in die Heia.«

Es lag eine Trägheit auf ihrer Stimme, die selbst dich ein Einsehen haben ließ, oder doch fast so etwas, zumindest sahst du, dass eine Fortsetzung des Geschehens nichts mehr hinzufügen würde, sondern ein Kipppunkt erreicht war. Für einen Kopf voller Filmschnipsel und Off-Kommentare genügte es bei Weitem.

Bereits auf dem Weg in die Wollweber, wo es nun nur noch mehr zu verschweigen gab, nach einem unsentimentalen Gutenachtsagen mit Thea, das für ein paar Augenblicke alles neutralisierte, was dich wider Erwarten nicht unfroh stimmte, schlich sich Deckung suchend ein Gedanke an, der anderntags leider vom Ansturm vermeintlich interessanterer überrannt und erst viel später mehr tot als lebendig auf wüstem Felde wiedergefunden wurde. Konnte es sein, dass du Thea auch deshalb geküsst hattest, um eine Erfahrung deines Bruders zu kopieren, wohl wissend, dass es beileibe nicht die gleiche, sondern eher eine entgegengesetzte sei, womit wiederum genau dein Ansinnen getroffen wäre, in seine Haut zu schlüpfen und sie gleichzeitig abzuwerfen, gehäutet, geläutert, neu hervorzutreten als die Inkorporation dessen, was euch verband?

›Weil sie sich von ihm getrennt hatte‹ – deine Instant-Sympathiebegründung vom Morgen legte plötzlich eine Dimension zu: nicht, weil Thea ihm damit einen vielleicht heilsamen Dämpfer verpasst hatte – das übernahmst in deiner Phantasie ja nun schon du, durch Pervertierung seiner einstigen Intimhandlung –, sondern weil sie, wenn auch ihr selbst kaum bewusst, damit seine grundsätzliche Andersartigkeit anerkannt hatte, mit der sie nichts für ihn war und er nichts für sie, neigtest du dich ihr zu. Sie hätten sich gar nicht früh genug begegnen können für dieses Eingeständnis.

Auch dir schwebte mitnichten nach dieser Nachtmenagerie aus Übermut, Befremden und Wärme ein Ausbau eures jungen Verhältnisses in Richtung Liebesbeziehung vor, schon ein *Verhältnis* im üblichen Verlegenheitssinne schien dir verfehlt. Du warst nicht verliebt, sondern beschäftigt mit der Neuigkeit. Es ging also: eine Frau zu küssen. Und obwohl du dir nicht vorstellen konntest, dass Thea daran irgendetwas ernster gemeint hatte als du, war es doch auch nicht aus purer Spiel- und Versuchslaune so weit gekommen, dazu wart ihr zu sehr bei der Sache gewesen, hattet ihr zu wenig gelacht, es gelang dir auch am nächsten Tag nicht. Und siehe, keinen penetranten Kerl hattet ihr als Anlass und Publikum benötigt. Was aber war denn nötig gewesen? Bloß sommerbleiche Kleinstadtlangeweile und ein bisschen Fusel? Du glaubtest es nicht ganz, zumal es bei Thea doch offenbar nicht halb so langweilig zuging wie bei dir. Es war nichts Halbes und nichts Ganzes, es war formlos und nahm dennoch Formen an in dir, dass du abends drauf und dran warst, Thea anzurufen und indirekt um eine Wiederholung zu bitten. Bis dahin hattest du dir natürlich trotzdem vom zu frühen Aufwachen an probehalber alles Mögliche ausgemalt bis hin zu Charlies möglichen Reaktionen, und gerade die Abgeschmacktheit eines Techtelmechtels mit der Ex deines Bruders reizte dich zu immer neuen Phantasieanläufen, die noch aus dem Geist der Spätpubertät geboren wurden, jedoch rasch hineinwuchsen in das Zeitalter der Ratlosigkeit. Selbst wenn es noch geholfen hätte, was solltest du dir wünschen? Alles schien gleichermaßen mit Tücken behaftet und auf welchen Krücken man sich durchs Leben humpelte, mehr eine Geschmackssache, aber du hattest da keine Präferenzen, und das vielleicht, bedachtest du dein Alter, angebrachte ›noch nicht‹ kam dir vor wie ein ›nicht mehr‹. Insofern sprach nichts dagegen, eine Affäre mit einer angehenden Provinzjournalistin, die gut küsste, zu unterhalten, und wenn überhaupt etwas, dann wünschtest du, Thea sähe es eine Weile lang, die bis zum Ende des Sommers dauern mochte, genauso. Du ahntest, es würde wohl nichts daraus werden, verstandest aber nicht, warum nicht, und das war es, was dich verstimmte.

Du hattest doch keine großen Ansprüche. Du wolltest nur etwas vom Mädchengeruch einatmen, der über ihrer Oberlippe lag und den du wiedererkanntest wie andere Gerüche der Kindheit, unvermittelt und mit dem Gefühl, eine gültigere Variante des Lebens für immer eingebüßt zu haben. Du wolltest ihre Zunge spüren und noch einmal das Gefühl haben, dein Mund sei nur eine Dependance deines Unterleibs.

Am folgenden Nachmittag rief Thea an. Du gingst sonst nicht ans Telefon; seit deine Mutter ihre wahre Bestimmung an einem anderen Ort gefunden hatte, waren weder Rügen für dieses Fehlverhalten noch für sie bestimmte Anrufe zu erwarten und damit im Grunde gar keine. Das schrille Diskantklingeln – Charlie hatte einst versucht, einen verträglicheren Ton einzustellen, das Telefon ließ sich jedoch genauso wenig umstimmen wie eure Mutter – schreckte dich derart auf, dass du nur wolltest, dass es aufhörte und nicht noch deinen Vater weckte, dem im Gegensatz zu seinen verlotterten Sprösslingen noch die alte Gewehr-bei-Fuß-Haltung zu eigen war, die ihn aus den entlegensten Winkeln der Wohnung und des Schlafes zum Telefon hasten ließ wie zu seinem Herrn und Gebieter, um dann einen winzigen Moment lang andächtig davor zu verharren, der der Sammlung und sozusagen einem innerlichen Rockglattstreichen dienen mochte, um erst dann den Hörer abzunehmen und mit einer Stimme, die nun ihrerseits so gebieterisch klang, dass in niemandem am anderen Ende das Bild eines verschwitzten Bäckers in Unterhosen erstünde, ansteigend-lauernd zu intonieren: »Wolkenzin …?«

Der Würde dieses anständigen Telefonbeantworters hätte es in seinen eigenen Augen jedoch keinerlei Abbruch getan, sich anstandslos danebenzustellen, wenn du seine Pflicht übernahmst, und die ordnungsgemäße Ausübung des Telefoniervorgangs von Anfang bis Ende zu überwachen mit auf Bäuerinnenart in die Hüften gestemmten Armen und einem Blick, der indes mehr nach innen und ins Versonnene zu gehen schien. Während du mit Thea sprachst, blieb dein freies Ohr deshalb beständig gen Schlafzimmer ausgerichtet, aus dem sich jedoch nur die Schnarchfanfaren siegreichen Schlafes vernehmen ließen. Es hätte ja auch Charlie sein können. Das zogst du erst später in Betracht, womit es aber nur denkbar und nicht wahrscheinlicher wurde. An deine Mutter zu denken, verbot sich einfach. Das war jetzt nicht dran. Jetzt war Thea dran und du hattest es beim ersten Klingeln gewusst.

»Na?«, sagte sie einfach und schwieg dann, als hätte sie nach dem Einfall, dich anzurufen, nun keinen weiteren mehr.

»Na?«, sagtest du. Und weil auch du plötzlich außer ein paar Fakten nichts mehr wusstest von der Frau, mit der du sprachst: »Musst du heute gar keine Zeitung machen?«

Sie lachte. »Doch. Ist aber grad nix zu tun. Ich sitz hier im Büro, mit den Füßen aufm Schreibtisch.«

Das brachte dich gleich wieder ins Stocken. Zwar gingst du von ihrem momentanen Alleinsein in diesem Büro aus, trotzdem war etwas daran ungeheuerlich. Auf was für Ideen die Leute so kamen. Außerdem verlorst du sogleich den Glauben an ein Bedürfnis ihrerseits, jedenfalls eins, das übers Pausenfüllen hinausging. Oder sie gehörte einfach schon jener neuen, sich bald rapide mehrenden Sorte von Menschen an, die den öffentlichen Raum für ihre Privatgespräche anscheinend nicht nur nutzten, sondern unabdingbar brauchten, für die ein solches Telefonat allein mit sich und ihren vier Wänden eine beängstigende Zumutung darstellen musste. Du wundertest dich manchmal, wie es Hunden verschiedenster Rassen gelang, wenn zum Beispiel Deutsche Dogge auf Pekinese traf, einander als derselben Spezies angehörig zu erkennen. Vielleicht ging es ihnen aber ähnlich wie dir und sie *konnten es einfach nicht fassen*.

Thea, die sich in ihrem doppelten Nimbus aus Arbeit und Arbeitsgammelei recht cool vorkommen konnte, was ihr überhaupt erst den nötigen Schwung Richtung Telefon gegeben haben mochte, hielt sich nicht mit weitschweifigen Annäherungen ans Thema auf. Vielleicht hatten sie ihr das schon in den Journalistikseminaren beigebracht.

»Wegen neulich – ich hoffe, das war okay. Ich meine, du hättest sonst was gesagt, oder?«

Wie denn, mit einer Zunge zu viel im Mund, dachtest du. Und sprachst mit doppelter Zunge: »Das hätte ja nix genutzt.«

Sie stutzte kurz und lachte dann. »Übrigens bist du nicht die erste Frau, die ich geküsst hab.«

»Hätte mich auch gewundert.« Es war die ehrlichste und auch einzige Antwort, die du ihr bieten konntest, schmeichelhaft genug, und zu mehr, wie etwa Neugier, warst du nicht bereit.

Thea schon. »Und bei dir?«

»Auch nicht.« Das kam ebenso prompt, und es klang in dem Moment nicht mal für dich besonders gelogen. Du vernahmst ein Schmunzeln am anderen Ende, das du nicht ganz zu deuten wusstest.

»Na ja«, meinte Thea, und ihr stets etwas überlegenes Lächeln drang mit durch die Leitung, »man kann sich das ein bisschen angewöhnen. Aber ehrlich gesagt sind Männer mir schon lieber, dafür.«

Und dir, überrumpelt von dir selbst, mischte sich ein stiller Ärger in die Stimme: »Mir nicht.«

Worauf Thea ein frohlockendes Ausatmen hören ließ, wie nach einem geglückten Trick. »Hätte mich auch gewundert.«

Vielleicht hättest du nachhaken sollen, aber es steckte manchmal noch genügend kindliche Schneckenhäusigkeit in dir, um Menschen wie Thea ihren Blick auf dich widerstrebend zwar, doch unwidersprochen durchgehen zu lassen. Das Problem war, dass du nicht wusstest, wo mit dem Widerspruch ansetzen. Es waren ja nicht direkt Unwahrheiten.

Noch immer auf ein Anliegen wartend, den greifbaren Zweck ihres Anrufs, schwiegst du, was nur zu weiteren Missinterpretationen Anlass gab.

»Weißt du – ich glaub, ich bin da nicht ganz die richtige Person. Verstehst du?«

Was solltest du nun sagen zu so viel Selbsteinsicht? Natürlich war sie nicht die richtige Person.

»Thea – es ist alles in Ordnung.«

Du wusstest, der Zug war abgefahren, um nicht zu sagen, ausgefallen. Und dein Interesse an der Fortführung dieses Gesprächs so gesunken, wie dir am liebsten die Hand, die den Hörer hielt, herabgesunken wäre, mochte er einsam an der Schnur baumeln und Geräusche in die Nachmittagsleere des Zimmers absondern, du warst längst woanders.

Etwas von Reiseplänen bekamst du noch mit, das Praktikum ging zu Ende und sie wollte irgendwelche Freunde in Frankfurt und Stuttgart besuchen, Orte, die dir gleichermaßen fremd und bundesdeutsch-öde in den Ohren klangen, und so stelltest du dir auch die Freunde vor. Sie fragte nach deinen Plänen für den Rest des Sommers und du sagtest, du hättest keine. Zum Glück machte sie keine Vorschläge, wahrscheinlich fand sie es längst der Mühe nicht mehr wert bei dir, der kauzigen Anverwandten ihrer verblichenen Gymnasialromanze.

»Na dann – mach's gut«, sagte sie zum Schluss, und du brachtest nicht mehr hervor als: »Ja.«

Nun, das war *eine rechte Hundstagstollheit.*

Du gingst runter zum Fluss. *Der Amazonas des Nordens.* Was wart ihr denn dann – die Amazonasindianer des Nordens? Halb bekehrt schon zu den Götzendiensten des Westens, halb noch anhängend den primitiven Anschauungen des Ostens? Eure kleinen Städte indes gedachten sich südliches Flair anzuschminken mit Pizzerien, Bistros, *Arcaden* und *jährlich mehr Sonnenstunden als Mailand.* Ganzjährig gebräunten Bewohnern allzumal. Du erwartetest förmlich die weitere Umbenennung von Straßen, nun nicht mehr aus politischen, sondern ökonomisch-zeitgeistigen Gründen, denn wer konnte noch was mit Wollwebern, Badstübern, Samaritern oder Ravelinen anfangen, die meisten ihrer Bewohner stachen in ihren mit allerlei Schriftzügen auftrumpfenden Kleidern inzwischen sowieso gar seltsam gegen sie ab. Sollten nun auch die Straßen der Gegenwart ihren Tribut zollen, so mussten sie fortan heißen West-Investoren-Straße, Immobilienmaklerstraße, Centerplanerstraße (im Volksmund bald Gelbe Elendstraße), Bodenversieglerplatz, Discounter-Ring neben der Gartensparte *Blühende Landschaften e. V.*, einmündend in den Schnäppchenweg, wo die Wände geziert wären mit den neuen Maskottchen *Kik, Knick und Kack*. Supermarkt, Baumarkt und, entlang der in Ungnade fallenden innerstädtischen Plattenbauten, Allee der Wärmedämmer, später nochmals umbenannt in Allee der Revisionäre, denen die Ehrennadel *Zurückbauer des Sozialismus* verliehen würde. Nicht zu vergessen den Kurzen und den Langen Abstieg, die beide aufs Arbeitsamt zuliefen. Einzig könnten vielleicht der Diebssteig und die Koloniestraße belassen werden. Die Umgehungsstraße war schon länger in Planung.

Inzwischen wünschst du dir, dein Heimatstädtchen möge sich, wie es nun Mode ist, auch eine *Mall* zulegen, am Mall-Wall, versteht sich. Dann würden die Dinge, wie es dem Plattdeutschen eigen ist, endlich bündig beim Namen genannt. *Dei sün wohl mall.*

Eine ganze Weile sahst du den Schwänen und Enten auf dem kaum erkennbar fließenden Wasser zu. Früher wart ihr sie im Winter füttern gegangen, dein Vater, Charlie und du, an verhangenen, feucht-frostigen Sonntagvormittagen, noch ganz unbekümmert mit altem Brot, das meist reichlich anfiel, und erst heute wunderst du dich, dass dein Vater das Werk seiner Hände so bereitwillig und achtlos in die Menge des gierig nach den Brocken fischenden Federviehs warf. Wie ihr schien er eine Befriedigung daraus zu ziehen. Und du und Charlie und die Enten, ihr hättet es im Chor bestritten, dass von solcher Alimentierung zumeist doch die Geber mehr hatten als die Empfänger.

Es war auch in jenem Sommer, dass du deinen Vater eines Abends nach einem deiner Fahrradstreifzüge schallplattenhörend auf der Couch ausgestreckt entdecktest. Vivaldi, du erkanntest es gleich, wenn auch nicht gleich, in welcher der *Vier Jahreszeiten* er sich befand, zu groß war deine Verwirrung, Bestürzung, hättest du auch sagen können. Es war fast, als hättest du ihn weinend vorgefunden. Er wirkte jedoch völlig in Ordnung, nur sein Gesicht weniger verschlossen als sonst, seine Stimme weder verdruckst noch unterschwellig ungehalten über das Aufgestörtwordensein, als er sagte: »Is ganz schön.« Im Grunde schien er gar nicht gestört, sondern gänzlich zufrieden, als er aufstand und in die Küche ging, um sich ein Bier aufzumachen. »Auch eins?«, fragte er, und du bejahtest.

An den folgenden Abenden versuchtest du, ihm Schach beizubringen. Nicht, dass du selbst jemals über ein mehr theoretisches Grundlagenwissen hinausgelangt wärst. Das Spiel hattest du mal auf einem Kirchenflohmarkt für ein paar Mark erworben, die Ecken waren bestoßen und der Filz unter den Figuren ausgeblichen und fusselig, aber es gefiel dir in seiner unedlen Antiquiertheit. Ein weißer Turm fehlte, ihr hattet ihn durch einen Damestein ersetzt, in dem Sommer nach deinem Abi, als ihr hin und wieder eine Partie mehr durchgestanden als gespielt hattet, Charlie und du. Beide wart ihr so ahnungslos wie skrupulös und brauchtet jeweils ewig, euch zu einem nächsten Zug durchzuringen, das heißt, dessen mögliche Konsequenzen im schachlich ungeschulten Kopf durchzurechnen, doch angelangt bei Möglichkeit drei oder vier, war die erste schon wieder vergessen und musste mühsam rekapituliert werden. Beide wart ihr zudem in erster Linie auf Verlustvermeidung aus, was euch früh in ergebnislose Stellungskämpfe mit zu viel Personal verwickelte, doch während du hauptsächlich negative Folgen deiner Züge zu antizipieren versuchtest, wagte Charlie ab und zu einen Vorstoß – der immerhin zu mehr Platz auf dem Brett führte und dazu, dass meistens du gewannst. Du versuchtest ihm die lahme Bemerkung »na ja, Glück im Spiel …« zu untersagen, denn was hieß hier ›Glück‹! Aber es nützte ja nichts. Das Schicksal sah es genauso.

Deinem Vater war die Sache wieder mal *zu hoch*: Nach ein paar fruchtlosen Versuchen überließest du ihm das Feld, und er setzte wie zehn oder fünfzehn Jahre zuvor, als er dich für reif genug crachtet hatte, dich in ein unbuntes Spiel jenseits *Mensch ärgere dich nicht* einzuführen, die runden schwarzen und weißen Steine in versetzter Dreierreihenformation auf die dunklen Quadrate, und der einst zu Höherem berufene Damestein fand seinen Weg zurück ins angestammte Regelwerk. Anders als früher, als es lange darum gegangen war, deinen Vater das erste Mal zu schlagen – und er war keiner, der Kinder gutmütig gewinnen ließ –, spieltest du jetzt manchmal nur neunzig Prozent und rangst nicht um den Sieg, lieber überließest du ihm dieses kleine Erfolgserlebnis. Und hegtest mit der Zeit den Verdacht, er mache es genauso.

Und so hätte der Sommer vielleicht doch noch friedlich wie im Altersheim in fliegenumsummter Stille und Ambitionslosigkeit zu Ende gehen können, wenn euch nicht wiederum ein Brief in den stellenweise angerosteten petrolgrünen Metallkasten geflattert wäre, *von der Mutter ein Gruß* aber war es nicht, und die Schrift erkanntest du diesmal sofort, vergewissertest dich nur mit einer Mundbewegung, von der du selbst nicht wusstest, ob sie auf Ingrimm oder Erleichterung beruhte, beim Absender. Und betrachtetest dich noch vor Öffnen des in Format und Qualität vertrauten und sowieso viel mehr zu dir als irgendwem sonst hier gehörenden Umschlags als alleinige Adressatin. Und nach dem Öffnen erst recht. Gewiss, es handelte sich auf dem nördlich großkarierten Papier in kurzgehaltenen Sätzen um ein sachliches Ersuchen – das du zunächst gar nicht recht begriffst. Was du indes gleich kapiertest, aber so ist dein Sensorium zum Erfassen von Welt und Wirklichkeit nun mal kalibriert, war das, was nicht da stand, noch nicht mal zwischen den Zeilen, sondern was einfach der Brief als solcher besagte, als Medium der Unnahbarkeit. Und du konntest nur den Kopf schütteln und enttäuscht sein über diese Nachahmung von Feigheit im rauschenden Gewande stolzer Unabhängigkeit, doch anscheinend guckten sich auch noch die ausgewachsenen Jungtiere allerhand von ihren Elternteilen ab, und zwar just das, was sie nur wenige Zeit zuvor noch für unter aller Sau befunden hatten. Angeredet wurde, an den Stellen, an denen es sich nicht vermeiden ließ, in der zweiten Person Plural, selbstverständlich kleingeschrieben, aber mit deinem Vater hatte das gar nichts zu tun. Fast ohne Gewissensaufmucken unterschlugst du Charlies Brief.

Und was hatte dringestanden? Eine neue Seltsamkeit. Etwas, das nur auf fortschreitende Sinnesverwirrung zurückzuführen sein konnte, denn was zum Kuckuck wollte er jetzt mit seiner Geburtsurkunde? Heiraten oder wie, mit zwanzig? Sich einbürgern lassen? Das ging doch nicht so fix, schon gar nicht da oben in ihrem Wohlfahrtsstaat. Diese Sprache würde der faule Hund nie lernen, er konnte jetzt vielleicht auf Finnisch vögeln und die Zigaretten für danach kaufen, aber anscheinend hatte ihn auf diesen Wegen noch nicht durchschlagend die Erwägung ereilt, es könnte sinnvoller sein, nicht immer wieder wie verhext ins blaue Haus oder wo immer sie inzwischen hausten zurückzukehren und etwas Besseres mit seinem jungen Leben anzufangen, als sich an diese Spielernatur zu ketten. Hatte sie sich etwa von ihm schwängern lassen oder ihm gar das gravierende Resultat prinzipieller Leichtfertigkeit untergejubelt? Fertig kriegte sie es, davon warst du überzeugt, denn ein Gewissen stünde ihr jedenfalls nicht im Wege. Es war alles erschreckend denkbar, auch wenn sie nach nichts davon aussah. Genau deshalb ja. Das immerhin glaubtest du durchschaut zu haben: dass ihre Hauptlust darin bestand, die Leute in jeglicher Hinsicht an der Nase herumzuführen, ganz besonders in den Annahmen, die sie aufgrund von Optik und Verhaltensweisen über sie hegen mochten, und vor allem aus diesem trollhaften, jedoch ganz und gar nicht drolligen Grunde wurden sie überhaupt so penetrant an den Tag gelegt, gelegt wie Fallen. Ihr wart beide hineingetappt, Charlie und du, nur mit dem Unterschied, dass Charlie, so noch nicht geschehen, bald richtig in der Patsche sitzen würde, während deine Füße langsam trockneten, kaum mehr als ein leichtes Taubheitsgefühl zurückgeblieben war und dann und wann ein Kribbeln des Unmuts über euer beider Dummheit.

Also schickt mir mal dieses Ding und möglichst noch vor Weihnachten. Ich meine, am besten gleich. Und zwar per Einschreiben oder so was. THANK YOU!!

Bitte? Bitte nicht. Sorry, not sorry. Es konnte nicht sein Ernst sein, und falls doch, stand es ernst und es musste für die Umnachteten zu ihrem eigenen Besten entschieden werden. Dokumente, mit denen man sonst was anstellen konnte, durften auf keinen Fall herausgegeben werden, schon gar nicht, wenn man diesen Fall gar nicht vor Augen hatte und auf eine Ferndiagnose angewiesen war. Geburtsurkunde! Piept's oder was? Der wusste doch bisher nicht mal, wie das buchstabiert wird, in seiner Privatabstammungslehre war er ja mehr oder weniger vom Himmel gefallen, aber doch nicht durch Geburt auf diese schnöde Welt gekommen. Du hattest eine schwache Ahnung, wo sie sich befinden könnte. Aber dein Wille nachzusehen war schwächer.

Nach spätestens einer Woche hattest du die Angelegenheit erfolgreich verdrängt. Dann aber überschlugen sich, gemessen am sonstigen lokalen Tempo, die Ereignisse. Eines Nachmittags, als du deinen Vater routinemäßig die Berge und Täler der Schlafkurven durchwandernd wähntest, unter Absägung einiger Wälder unterwegs, und deshalb geräuscharm die Wohnungstür aufschlossest, blickte er dir stattdessen alarmierend ernsten Gesichtes in direkter Sichtachse vom Küchentisch entgegen. Zuerst glaubtest du nur, er sei dir auf die Schliche und hinter die Unterschlagung gekommen, doch konntest du dir dies kaum als Ursache schwerer Verstimmung vorstellen. Und seltsam verstimmt wirkte er, mehr als alles andere. Er war aber an jenem Tag nur eher am Briefkasten gewesen als du. Und sagte zu dir, sobald du in die Küche tratest: »Opa is tot«, wobei der Knöchel seines Zeigefingers wie zum Beweis einmal kurz und vernehmlich das Schriftstück anschlug, das mehrere Seiten zu umfassen schien.

»Welcher Opa?«, fragtest du automatisch und verwirrt, denn du hättest mit ganz anderen Dingen gerechnet, ohne dir genauer ausmalen zu wollen, welchen, und in den Sinn kam dir nur jener unsympathische, teils beängstigende und deines Wissens längst unter der Erde befindliche alte Mann, den ihr als Kinder zwar ›Opa‹ genannt hattet, wenn auch, soweit du dich erinnern konntest, nie in direkter

Ansprache, der jedoch recht bald aus eurem Leben getilgt worden war durch den endgültigen Kontaktabbruch eurer Mutter zu ihren Eltern, harten, so verlorenen wie gewalttätigen Leuten, die in einem abweisend wirkenden Straßendorf keine halbe Stunde von euch gelebt hatten, wo ihr, fünf- oder sechsjährig, mit den Kindern der Brüder eurer Mutter auf einem Hof mit staubigem Gras und einer leeren Hundehütte, Sentas einstigem Unterschlupf, gespielt hattet, ohne sie besonders zu mögen. Diese Besuche, die zu irgendwelchen Gelegenheiten anfielen und an denen das Beste die Nachhausefahrt im Bus durch die Dunkelheit gewesen war, das Auftauchen der vielen in geometrischen Mustern angeordneten Lichter der Südstadt, sie waren dir wie eine Strafe vorgekommen, nicht für bestimmte Vergehen, sondern mehr wie ein unausweichliches Bußgeld, das man dem Leben an sich schuldete und dem rätselhafterweise alle unterworfen waren, insbesondere die ständig seufzenden Erwachsenen, denen es vielleicht dadurch, dass ihre Kinder einen kleinen, für sie durchaus zu stemmenden Teil der Schuld, zum Beispiel mittels dieser lastenden Besuche, auf sich nahmen, etwas leichter werden mochte. Wenn sie sich nicht gerade unterdrückt stritten nämlich, eure Eltern auf der Heimfahrt, pflegten sie ganz besonders großzügig euch gegenüber zu sein, eure Mutter drückte euch mitunter an sich, dass es dir schon wieder zu viel wurde und Charlie erst recht, und meist gab es dann noch etwas Leckeres zu essen zu Hause, das nicht alle Tage auf den Tisch kam und schon durch die verschobene Abendbrotszeit herausgehoben war und zudem bewirkte, dass ihr länger aufbleiben durftet. Es fiel etwas von euch ab an jenen Sonnabend- oder Sonntagabenden und irgendwann endgültig, als jene Besuchsfahrten nicht länger Teil eures Jahreskreises waren, womit indes auch die besondere Stimmung der Abende ersatzlos entfiel.

Auch zu euren Cousins und Cousinen, den Onkeln und angeheirateten Tanten waren im Laufe der Zeit die immer spärlicher fließenden Kontaktrinnsale gänzlich versiegt, was in einem proportionalen

Verhältnis zum immer ungehemmteren Fließen der Spirituosen und Ressentiments stand, denen sie, ganz der Vater, jener Opa, zusprachen. Erstere haben, soweit du weißt, diesen mütterlichen Teil der Familie inzwischen um Großcousinen und -cousins vermehrt, doch was interessiert dich das, wo die letzte leibhaftige Anbindung dir abhanden kam. Es könnten jetzt irgendwelche Leute sein, und das sind sie ja auch, erkennen würdest du sie sowieso nicht.

Während dir all das in einer Art bildgebendem Stenographieverfahren durch den Kopf flog, sagte dein Vater: »Na mein Vadder. Der drüben.«

Du starrtest ihn sprachlos an, nicht aus Verwunderung, sondern Aufgeschmissenheit, denn dir fiel nichts auch nur halbwegs Passables ein, das du sagen könntest. Es handelte sich nicht nur um das erste Mal, dass jemand dir den Tod eines nahen Angehörigen mitteilte, sondern auch, dass dieser Angehörige zugleich ein so ferner war. Dieser Jemand aber wiederum war dein naher Angehöriger, weshalb es in genealogischer Logik auch der Verstorbene sein musste, nur dass dir das nicht minder weit hergeholt vorkam wie dessen ganze Existenz, eine angeblich wahre Geschichte, die schon die Kinder, denen man sie auftischte, nicht ganz schluckten, doch spielten sie mit und feixten ihrerseits über die Täuschung der Eltern.

Zudem warst du noch mitten in einem Alter befangen, in dem man glaubt, originell sein zu müssen auch und gerade zu völlig unoriginellen Gelegenheiten, in den Standardsituationen des Lebens. So wie du dir die ganze Schulzeit hindurch über der Formulierung von Geburtstagsglückwünschen den Kopf zerbrochen hattest, denn keineswegs konnte es nur *alles Gute* und schon gar nicht *alles erdenklich Gute* sein, was man den sogenannten Freundinnen wünschte, und was, nebenbei, oft auch gar nicht recht der Wahrheit entsprochen hätte, denn in Wahrheit wünschte man ihnen ja das baldige und klägliche Scheitern ihrer so unerträglich besitzerstolz vor sich hergetragenen neuesten Liebeleien, so konntest du dir auch jetzt nicht vorstellen, etwas wie *herzliches Beileid* über die Lippen zu bringen, doch nicht gegenüber deinem Vater, zumal der ganze Ausdruck unrettbar ironieverseucht war, hattet ihr es doch oft genug, insbesondere Charlie, zueinander gesagt zum Zeichen eurer vollkommenen Mitleidlosigkeit oder Missachtung für die Belange des anderen.

»Tut mir leid«, brachtest du schließlich hervor, und selbst das kostete dich einige Überwindung, nicht nur, weil du nicht fühltest, was du sagtest, und noch ganz ungelenk warst in Sachen höflich-funktionaler Kommunikation, infiziert mit dem in deiner Jugend aufgetauchten Virus der Authentizität, sondern auch weil es gar keinen Empfänger solcher Bekundungen zu geben schien, weil er entweder nicht in einer Welt lebte, in der man sie austauschte, oder keinen Anlass für solche Einlassungen zugestand. Dir ging auf, warum er das verwunderliche ›Opa‹ verwendet hatte für einen Mann, dem du nie begegnet warst. Weil er nicht ›Vater‹ sagen konnte, ohne von mindestens ähnlichen Gefühlen heimgesucht zu werden wie du eben. Womöglich in der Hoffnung auf Übertragung durch Benennung hatte er eine Bezeichnung gewählt, die abwegig war, wie zu dir so auch ohne Beziehung zu ihm, und am Ende verhielt es sich noch perfider: Indem er dir diesen Unbekannten als *Opa* anhandelte, ihn dir zuschob, hielt er ihn sich vom Leib. Genau das aber, oder wenigstens die empfundene Notwendigkeit dieser Transaktion mit Selbstbetrug, bildete wohl die Ursache der Verbiesterung in seinem Gesicht, der Missgelauntheit über eine Trauer, die sich nicht einstellte, gegen die man sich jedoch gleichzeitig ohnehin verwahrt hätte. Es gemahnte an die übelsten Formen der Missgunst: wenn man anderen etwas neidete, dessen sie sich erfreuten, obschon man selbst damit gar nichts hätte anfangen können und es, zumeist aus Verachtung, niemals hätte haben wollen.

»Dat brauch dir nich leidtun«, raunzte dein Vater denn auch. »Kannst dich eher freun, guck ma hier. Der hat nämlich ganz schön wat zusammengescheffelt gehabt oder von seine reiche Alte geerbt, die is ja uch nich mehr, wusst ick gar nich.«

Du tratest näher, dicht neben ihn, und folgtest seinem Blick auf das sehr schwarz mit vielen Zeilen und ein paar Zahlen gefüllte Papier. Großen Zahlen. Du lasest, zwischen den Zeilen hin und her springend, und verstandest sogar, einigermaßen, wovon da auf Amtsdeutsch die Rede war. Begreifen aber, begreifen konntest du es noch lange nicht.

»Der hat nämlich 'n Testament gemacht, der Alte, schon vor zehn Jahrn oder so – hier, zehnter Neunter zweiundneunzig, fast uffn Tach genau. Musste allet seine Ordnung ham bei dem. Und dat is jetz amtlich. Nu ham se uns ausfindig gemacht. Gestorben isser schon im Juni, hat wohl keiner für nötig gehalten, ei'm dat mitzuteiln.«

»Wärst du denn zur Beerdigung gefahrn?«, fragtest du in einem plötzlichen Anfall von Aufmüpfigkeit und um von diesen schwindelerregenden Zahlen wegzukommen.

»Na ja, wohl kaum«, gab er zu, allerdings in der Intonation der gänzlich Gerechtfertigten. »Aber trotzdem.« Und wandte seine Aufmerksamkeit wieder der Amtlichkeit zu.

»Hier – vierunddreißigtausend Euro und 'n paar Zerquetschte krichst du, und Charlie, der Halunke, uch. Na ja, und ick denn dat Doppelte, wat man bloß der Pflichtteil is, da kam er nu nich drumrum. Uch wenn dat ja viel is, Mann, so viel hätt ick doch sonst im Leben nich zusammengekricht, ach Mensch, bei Weitem nich, da hätt ick doch bloß von träum'n könn'n! Und ick gönn euch dat, nich, dat du denkst, ihr könnt dat gebrauchen. Na, und wer weiß, wat mitte Rente wird, dat leg ick schön beiseite, ick hör ja desweg'n nich uff zu arbeiten, aber da weiß ick jetz, wenn't hart uff hart kommt, denn is wat da, dat is doch gut. Könnt man sich uch irgendwann 'n neues Auto von kaufen – bar! Dat stell dir ma vor!«

Dein Vater, er hatte sich das alles schon überlegt, in seinem Kopf zurechtsortiert und damit die ersten Schockwellen abgeleitet, die ihn doch weitaus stärker noch als dich durchbebt haben mussten. Es war alles in allem verständlich. Aber es stank dich an, wie ihr da beide wie die Aasgeier über den Überresten eines Lebens kauertet, an dem das Entscheidende für euch der Tod war.

Außerdem zählte sich dein Vater diese Dinge lediglich auf, gegen den Missmut vermochten sie anscheinend nichts auszurichten, er saß noch immer da in einem unwilligen Brüten und unterdrückten Wüten, das nahe Verwandtschaft zur Reaktion nach dem Flüchtigwerden deiner Mutter aufwies und dessen Auslöser nicht eigentlich der Verlust zu sein schien, sondern eine persönliche Zumutung, die Konfrontation mit Umständen, von denen er seiner Ansicht nach wohl *von Rechts wegen* hätte verschont bleiben müssen.

Der Missmut speiste sich, konntest du dir vorstellen, auch aus der Dankbarkeit, die er jenem Vater nun nachträglich schuldete und die sich ebenso wenig wie echte Trauer über dessen Ableben einstellte, wie denn auch, über etwas, das lediglich für einen abfiel; mochte es noch so viel sein, es wiederholte, gerade ob seiner Menge, die mit harter Handfläche wie -rücken ausgeteilten doppelten Ohrfeigen der Kindheit. Als erstaunlich bis zur Rätselhaftigkeit und auch deshalb kaum glaublich beschäftigte dich hingegen, dass sich der Groll, oder was immer es gewesen sein mochte, nicht bis ins nächste Glied forterbte, vielmehr es eben erbte, eines bewussten Entschlusses halber, was doch in keiner Weise zu erwarten stand solchen Personen, die sich in gänzlicher Unbekanntschaft mit dem sogenannten *Erblasser* befanden, ein Wort, so herrlich zwiefach les- und betonbar, und in seiner Zweifaltigkeit doch ein und dasselbe bezeichnend, dass man den Amtsschimmel höchstselbst wiehern zu hören glaubte. Ob solcher Unwahrscheinlichkeit jedenfalls konnte man schon mal kurz erblassen. Und Wasser lassen gehen, um fünf Minuten nachzudenken.

Bei Rückkehr war dir jedoch auch noch nichts Besseres eingefallen als zu fragen, warum für das, was nicht unter die Pflicht fiel, nicht andere erkoren worden waren, zum Beispiel Angehörige jener zweiten Frau.

Dein Vater zuckte mit den Schultern. »Dat war ne kinderlose Witwe. Wahrscheinlich hat er se sich deshalb geangelt.«

»Papa! Dat weißt du doch gar nich!«

»Kann'ck mir aber gut vorstelln bei dem, du kennst den nich! Der hat schon immer geguckt, wo er bleibt, dat war so'n richtiger Ich-Mensch.«

Er schien sich selbst einen Moment nachzuhorchen, den Blick wieder aufs Schriftliche geheftet. »Wat denkst du, warum ick 'n Einzelkind bin? Der wollt keine fünf Mäuler stoppen müssen, und schon eint war dem ei'ntlich zu viel, da hat er sich nich groß verstellt, aber ganz ohne Stammhalter, dat ging nu uch nich, und da wollt er sich denn so'n braven Sohnimann ranzüchten und dem seine Weisheiten einimpfen, haste wat, biste wat, aber nich mit mir! Im Sozialismus konntste sowieso nich reich werden – aber dafür uch nich uffe Straße landen, arbeiten mussteste ja in je'em Fall, war ja uch gut so, aber extra abrackern für drei Piepn mehr, damit de dir wat im Intershop kaufen kannst und denn damit angeben, dat hab ick gar nich eingesehn. – Anschein'd wollt er trotzdem, dat dat Geld inner Familie bleibt, und da war nu nich viel Auswahl … Na, is ja uch richtig so – dat ma wat umverteilt wird in'n Osten, wa?« Er lachte kurz auf.

So lange Reden hattest du deinen Vater nie halten gehört.

Die Nacht konntest du kaum schlafen, obwohl dieses ganze fremde Geld noch längst nicht da war und etwas in dir sowieso davon ausging, es würde euch niemals erreichen. Vielleicht nur, um die Gedanken wieder loszusein, was man nun bloß damit anstellen sollte – oder alles anstellen könnte. Zum Beispiel sich doch nie wieder an die Uni zu schleppen und stattdessen – ja, was? Eine Weltreise zu unternehmen? Es war das Einzige, was dir spontan einfiel, und dabei hättest du gar keine Lust dazu gehabt. Dieser Aufwand. Damit ließe sich vielleicht der Tortur der Hausarbeiten mit Fußnoten entkommen, aber nicht den eigentlichen Anstrengungen, im Gegenteil, denn das waren die des Alleinseins und du nicht der Typ, der *on the road* mühelos Leute aufgabelte. Und auch nicht der, der aufgegabelt wurde.

Außerdem war das doch alles scheiße. Geld erben. Es kam dir vor, wie eine schlechte Charaktereigenschaft zu erben. Es musste irgendeinen Haken haben. *Glück im Spiel*, damit schien es am ehesten verwandt, aus dieser halbseidenen Sippe halsabschneiderischer Vorteile musste es stammen. Als würdest du mit Annahme dieses im wahrsten Sinne unverdienten Batzen Geldes endgültig eine Verzichtserklärung auf jegliches anderweitige Glück im Leben unterzeichnen. *Geld oder Liebe.* Und du hörtest dich schon krampfhafte Ausreden erfinden für deine künftigen Kommilitonen, von denen natürlich kein einziger ein Auge auf dich werfen würde, geschweige denn, sich in dich verlieben, schon gar nicht die, in die du dich, es war unvermeidlich, verlieben würdest, die wechselweise erklären sollten, warum du mit niemandem liiert warst, sondern geradezu lädiert in dieser Hinsicht, nicht mal eine klitzekleine Affäre vorweisen konntest, mithin ein quasizölibatäres Dasein führtest, das kaum Leben zu nennen war – und auf der anderen Seite, wie du dieses unstudentische Dasein als Zweitstudentin aus den neuen Bundesländern, lies: ohne elterlichen Goldschatz, finanziertest ohne Studentenjob. Denn allein aus Alibigründen einen anzunehmen, das ginge nun wirklich zu weit. Wofür dein Alibi wiederum war: Es wäre unsolidarisch gegenüber denjenigen, die wirklich einen brauchten.

Als es anderntags klingelte, noch immer mit dem durchdringenden Rrrrrinnnggg, das zum Sound deiner Kindheit gehörte, nicht aber in die Gegenwart, den ganzen Sommer über hatte es geschwiegen und erschreckte dich jetzt wie ein Schrillen aus der Vergangenheit, wolltest du erst nicht aufmachen. Doch war es ungefähr die Zeit, zu der dein Vater von der Arbeit kam, vielleicht hatte er seinen Schlüssel vergessen oder mitverbacken; vor Jahren war ihm einmal eine Zigarette, die er sich hinters Ohr geklemmt hatte, was er sonst nie tat und was bewies, dass auch Leute in der Generation deiner Eltern für Coolnessattacken anfällig waren, nur nannte man es bei ihnen noch Eitelkeit, in den Brotteig gefallen und umgehend von den wuchtigen Knethaken eingearbeitet worden. Der Stift hatte, als er das Gesicht deines Vaters sah, losgegackert, was ihm nicht gut bekommen war, wie bei Dornröschen hatte dein Vater, wie er sagte, schon ausgeholt, sich dann aber eines Besseren besonnen und den Stift den ganzen Knettrog leeren und säubern lassen, woraufhin die Bäckerei an jenem Morgen in einen Dornröschendämmer fiel und es Brot erst am späten Vormittag gab, Gefluche noch zu Hause.

Du gewahrtest einen Schemen vor den Riffelglasscheiben der Wohnungstür, der nach einer reichlich abgespeckten Variante deines Vaters aussah, aber es konnte täuschen. So glaubtest du denn auch deinen Augen nicht zu trauen, als dein Bruder vor dir stand. »Tach«, sagte er.

Tür auf, Tür zu, das war Theater, aber besser eine geborgte als gar keine Reaktion. Wirklich versuchtest du, ihm die Tür wieder vor der Nase zuzuknallen, er war jedoch schneller und kräftiger, packte den Knauf. »Na, na, na!«

Für einen Moment schien er tatsächlich wütend werden zu wollen, das kanntest du nicht an ihm. Hatte sie ihn schon so verändert? Dir wurde schlecht. Ohne auch nur ein überlegenes Lächeln, eine hochgezogene Braue, zwängte er sich an dir vorbei, der leicht zu überwindenden Türhüterin. Steuerte auf sein Zimmer zu und du überlegtest schnell, ob du darin etwas verändert hattest. Als ob er das bemerken würde. Demonstrativ schloss er die Tür hinter sich, du als Ausgesperrte aber wolltest dich nicht auch verkriechen, sondern dein Revier verteidigen und postiertest dich in dessen Zentrum, der Küche.

Lange warten musstest du nicht, gleich darauf kam Charlie wieder aus seinem Gemach hervorgeschossen, den Kühlschrank im Visier. »Habt ihr irgendwas Kaltes zu trinken da?«

Du konntest dich nur wundern. »Wir«, sagtest du in Pluralis-majestatis-Betonung, »haben, so weit Wir wissen, keinerlei gekühlte Getränke vorrätig, hätten Uns jedoch möglicherweise um ihre rechtzeitige Bereitstellung bemühen können, wäre es Uns vergönnt gewesen, im Voraus von Eurem Eintreffen zu erfahren.«

Charlie zeigte dir einen Vogel. Es war alles kaputt.

Er füllte sich ein Glas am Wasserhahn, nicht ohne vorher provozierend lange das Wasser laufen zu lassen, dabei kam es bei euch so kalt aus der Wand wie nicht mal in Finnland. Du sagtest nichts. Er pflanzte sich mit dem Glas Wasser, aus dem er ganz undurstige, kleine Schlucke trank, an den Tisch. Du bliebst stehen. Das Theater warf, Tür auf, Tür zu, den dritten Darsteller auf die Bühne. Gespannt hattet ihr beide in Richtung der Schlüsselgeräusche an der Wohnungstür gestarrt, als hegtet ihr Hoffnungen oder Befürchtungen, ein anderer als der unter den *Dramatis Personae* verzeichnete könnte erscheinen. Dich hätte gar nichts mehr gewundert.

Dein Vater überschaute die Szene erst auf den zweiten Blick. »Ach!«

»Hi«, sagte Charlie.

»Hast't wohl gerochen, wa? Wenn't wat zu holen gibt, isser da!«

»Wieso? Ich hatte euch übrigens nen Brief geschickt!«

»Wat für'n Brief? Wir ham'n ganz andern Brief gekricht, du! Kannst du nich ma anrufen?«

Charlie sah dich, nun doch zurück zur hochgezogenen Augenbraue, fragend an. Du zucktest ungerührt mit den Schultern. »Is wohl verloren gegangen unterwegs.«

Ob er dir glaubte oder nicht, war dir schnuppe. Mehr noch, deine Genugtuung lag gerade in der Dreistigkeit und Durchschaubarkeit deiner Lüge, die sich jedoch nicht beweisen ließ. Charlies Feindseligkeit beruhte, wie dir langsam dämmerte, auf einem Paradox: Zwar war er siegreich aus eurer stummen Schlacht um Tuomi hervorgegangen, konnte sich dessen jedoch nicht freuen, geschweige denn rühmen, es war ein ehrloser Sieg und es war einer, der ein unliebsames Nebenprodukt abgeschieden hatte, nämlich die erstarrte Materie des schlechten Gewissens in Gestalt seines Beinahezwillings. Das ließ dich bei aller Unbill frohlocken. Nicht, weil du dich an der Versalzenheit seiner Suppe weidetest, oder nur als Futter für die hungerbösen niederen Triebe, sondern weil es etwas bedeutete, und du bist nun mal ein Bedeutungsjunkie. Es bedeutete, dass er dich hasste, weil er dich – nun ja, vielleicht trug auch ›hassen‹ wie sein Gegenteil zu dick auf, oder du lungertest für solche Worte schon zu lange wieder in deiner Heimat herum. Wie auch immer, er hätte es nicht abstreiten können, dass euch mehr verband, als aus dem gleichen Stall zu kommen. Und damit er es nicht tat und nicht aus Trotz anfing, sich die Gleichgültigkeit zu glauben, durfte man ihn nicht darauf ansprechen. Er durfte nicht wissen, was er wusste, und schon gar nicht, dass du es wusstest, auch wenn er selbst das wissen sollte. Du vergaßest das leider immer wieder: dass bestimmte Dinge nur sein konnten, wenn sie nicht waren, nicht zu sehen waren jedenfalls, oder falls doch, man wenigstens der Versuchung widerstand, mit dem Finger auf sie zu weisen.

Das galt auch, verschärft noch, für mögliche Eintrübungen des deutsch-finnischen Liebesverhältnisses. Du würdest schön die Klappe halten selbst bei den augenfälligsten Anzeichen eines Nieder- und Untergangs, denn es würde Charlie schwer genug werden, mit dir und den geleisteten Schwüren von der Unvorstellbarkeit einer Alternative zu *dieser Frau* im Hinterkopf, sich von seinem Brüderchentriumph zu verabschieden, und ein Wort, ein Blick nur von dir mochten genügen, dass er es sich noch mal anders überlegte. Und das wolltest du denn doch nicht verantworten, zwanzig Jahre Ehehölle oder hundert Jahre Einsamkeit.

Charlie schien das angebliche Hauptanliegen seiner Reise wenn nicht komplett zu vergessen, so doch wie plötzlich etwas inkommodiert von einem zurechtgeschusterten Beweggrund großzügig hintanzustellen, sobald er über die neuesten familiär-fiskalischen Entwicklungen in Kenntnis gesetzt war, was es dir verwehrte nachzuhaken, wozu um alles in der Welt er jene angeforderten Dokumente zu gebrauchen gedachte. Ohne Umschweife behandelte er die bevorstehende Auszahlung einer Geldsumme mit Todesursache wie einen Sechser im Lotto, und genau wie dein Vater erging er sich sogleich in konkreten Phantasien, was mit diesem *hübschen Sümmchen* alles ins Werk gesetzt werden könnte. Du musstest fast lachen, denn eine Weltreise war auch darunter, exemplarischer Ausweis eurer Ähnlichkeit bei gleichzeitiger Gegensätzlichkeit. Auf dem Fuße gefolgt von einer Armada an Gerätschaften, die eher jahrelanges Zuhausebleiben und ununterbrochene Stubenhockerei nahelegten und mithilfe derer es mit dem *Musikmachen* nun doch noch endlich ernsthaft was werden könnte. Ebenso drängte sich der Gedanke an einen altmodischen Sportwagen auf, »aus den Siebzigern«, als Autos noch »Stil« hatten, »mit Ledersitzen«.

»Nu mach ma halblang«, sagte dein Vater.

Es mochte nur Charlies maulfauler Heikelkeit in diesen Dingen geschuldet sein, ließ dich aber dennoch gewisse Hoffnungen schöpfen, dass sich unter all den weitreichenden Plänen keinerlei finnische fanden, nichts, was auf Hausstandsgründung und Schaffung einer Ernährungsgrundlage hindeutete. Vielleicht handelte es sich aber auch bloß um das letzte Aufzucken jugendlichen Freiheitsdrangs oder bereits einen vorgezogenen Schub von Ausbruchslust aus dem Ehegatter. Du drücktest die Daumen, konntest dich aber doch nicht durchringen, zur Anschaffung des Sportwagens zuzuraten – *der fährt sich bloß die Ohrn ab* – und auch nicht zur Weltreise, denn dass er sie mit dir würde unternehmen wollen, war unwahrscheinlich, und du hattest von deiner eigenen diesbezüglichen Idee nicht Abstand genommen, damit die einzige Option, die es gegeben hätte, sie doch in die Tat umzusetzen, diese Tat auf eigene Faust unternahm oder, nicht auszudenken, *mit seine Ische.* Dass diese Person, vermutlich ohne jeden Skrupel und mit einer Art anarchopolitisch verbrämter Wollust, das großväterliche Erbe durchbrächte, war so absolut vorstellbar wie absolut unerträglich, aber was lag dir denn auf einmal an diesem *Erbe*?

Was dich befallen hatte, ist von heute aus unschwer erkenn- und benennbar, es muss dir doch auch schon damals aufgefallen sein, aber du erinnerst dich an keine Diagnose. Du hattest dir eine seltene Krankheit eingefangen: die Doppelte Eifersucht.

Wie alle Infektionen dieser Klasse ging sie mit rezidivierenden Verstandestrübungen einher. Nur so ist es zu erklären, dass du doch wieder einen schweren Diplomatiefehler begingst – andererseits sollte man dich sowieso nie in irgendeinen diplomatischen Dienst eintreten lassen, du würdest innerhalb kürzester Zeit noch zwischen den friedliebendsten und lethargischsten Ländern ganz unbeabsichtigt Vernichtungskriege anzetteln. Wenn du nicht konntest, dann konntest du nicht: mit deiner Meinung hinterm Berg halten. Und zwischen Charlie und dir bestand da sowieso keine Tradition.

Also erklärtest du an einem der folgenden Tage direkt in Charlies mampfendes und vor Sorglosigkeit dampfendes Gesicht hinein, dessen Backen direkte Vertretungen der weiter unten angesiedelten schienen: »Du freust dir ja wohl grad 'n zweites Loch in den Arsch! Oller Heuchler! Wenn das irgendwem anders passiert wär, vor allem irgendwem, den du nich leiden kannst, den hättste ja noch nich mal beneidet, den hättste so richtig verachtet! Von Opis Angespartem leben und so. Du fandst ja sogar Thea doof dafür, dass die damals den Goldschmuck von ihrer Großtante geerbt und – stell dir vor – auch noch getragen hat!«

»Was hat'n jetz Thea damit zu tun?«

Du hattest es dir nicht ganz verkneifen können. Und nicht übel Lust, ihn auch noch über ganz andere Dinge in Kenntnis zu setzen, befürchtetest aber, dass dieser Schuss allzu leicht nach hinten losgehen könnte. Wie du zu der Schmuckinformation gekommen warst, und wer weiß, zu welchen sonst noch, schien ihn fürs Erste genug zu beschäftigen. Und du warst gerade in Fahrt, um kategorisch zu werden.

»Immer wird rumgejammert, dass im Osten keiner was erbt. Mann! Der Osten sollte froh sein, nicht Teil dieses Dreckssystems zu sein! Besitzstandswahrung, Vermögensvermehrung, diese ganze beschissene Auf-dem-Geld-Hockerei, auf dass die Enkel es angeblich mal besser haben. Guck sie dir doch an, diese armseligen Wessiwürstchen, die alles in den Arsch geblasen kriegen. Erst von Mami und Papi, hauptsächlich von Papi, weil Mami ja nix verdient hat und am Herd verblödet ist, aber trotzdem so tut, als wär sie wunder wer, und dann den richtigen Batzen von Omi und Opi absahnen, wenn die endlich abgekratzt sind, und damit sind sie dann saniert und brauchen nie wieder selber zu denken, bloß wissen sie nich, was stattdessen anfangen mit dem Leben, außer Zeug anhäufen. Die denken, wenn sie über ihre Befindlichkeiten und die neue Einbauküche reden, hätten sie damit schon was Intressantes erzählt. Aber mehr is ja auch nich. Keine Substanz, weil niemals irgendein Mangel, außer ständiger Unterforderung, weshalb dann ja auch alles ne Zumutung und Überforderung darstellt. Und so geht's immer weiter. Arbeiten gehn die ja trotzdem, falls man das so nennen kann, was die da Unbenennbares machen. Nen guten Job kriegen. Heißt: noch mehr Schotter anhäufen können. Privat, alles privat, alles meins, alles sparen für später oder ausgeben zum Angeben oder am besten: anlegen. Und dann rennen sie zu ihrem Psychodoktor oder in ihre Yogakurse, weil sie sich so nutzlos vorkommen. Und keiner sagt denen: Ihr seid's ja auch!«

Du musst Charlie so aufgebracht angeguckt haben, als wäre er höchstpersönlich für den Spätkapitalismus und seine Folgen verantwortlich. Er aber entgegnete bloß: »Woher kennst'n die alle?«

Hätte es sich nicht gerade um dein Gespräch gehandelt, sondern eines, das du nur vom Nebentisch aus belauschtest, wärst du von solcher Replik natürlich begeistert gewesen. Jetzt nicht gerade. Nicht gerade jetzt. Gerade jetzt nicht.

»Jetzt komm mir nich so! Du weißt genau, was ich meine!«

Er lehnte sich zurück und gefiel sich im Störrischsein. »Nee, weiß ich nich.«

»Gedächtnisverlust, oder was? Mann, Charlie! Früher – na was heißt früher, noch vor nich gerade allzu langer Zeit wärn wir uns da einig gewesen: dass Erben scheiße is! Und es geht ja nich bloß um ne Brosche.«

Dein Appell zerspellte an seinem spöttischen Mundverziehen, Grienen konnte man das noch nicht mal nennen. »Na willst du's vielleicht – ausschlagen?«

In der Tat hattest du mit diesem Gedanken gespielt, und zu der Zeit warst du kaum anders drauf als Charlie, was Reaktionen auf Ein- und Anwürfe anging: Du sahst dich momentweise geradezu gezwungen, dies nun zu tun, auch gegen besseres Wissen, so wie man eben ein Duell nicht ablehnen konnte ohne tödlichen Ehrverlust und Eingang in die ewigen Jämmerlichkeitsgründe. Es war aber wie mit der Weltreise. Es ging nicht, dass nur einer verzichtete, ohne dass es den anderen kratzte. Mit dem Verzicht ist es so eine Sache: Meistens nützt er weder denen, die aus Geknicktheit oder Angeekeltheit oder bessermenschlerischem Hochmut auf irgendwas verzichten, noch insgesamt, sondern spielt nur denen in die Hände, die von solchem freiwilligen Rückzug der anderen umso feister leben können. Es hat, fast paradox, etwas von Feigheit vor dem Feind.

Nun wolltest du deinen Bruder nicht gleich für einen solchen Bösewicht halten. Dir fiel nur rechtzeitig deine bis auf Weiteres nicht oder ebenfalls nicht mit moralisch einwandfreien Mitteln behebbare Mittellosigkeit wieder ein. Und auch du fingst an zu rechnen: Bei deinen damaligen monatlichen Ausgaben von 400 oder allerhöchstens mal 500 Euro – das reinste Märchen heute – würdest du mit diesem unversehenen Geldvorrat locker durch ein vollständiges zweites

Studium kommen und Urlaub war auch noch drin. Du würdest es also weder sparen noch verprassen noch vermehren können, sondern lediglich deinem Vater nicht auf der Tasche liegen und keinem dieses Studium ins Schwanken bringenden Job nachgehen müssen.

Allerdings zogst du es nun vor, dies alles gegenüber Charlie nicht weiter zu thematisieren. Es wurde Zeit, nach Leipzig zu fahren, um dich zu immatrikulieren und dir endlich eine Bleibe zu suchen, das hieß, für drei Tage ein billiges Pensionszimmerchen zu beziehen und in ungefähr zehn WGs vorstellig zu werden, auf dass es dir gelänge, dich überzeugend anzubiedern als unverzichtbare neue Mitbewohnerin oder jedenfalls eine, die pünktlich ihre Miete zahlte, ihren gerechten Anteil am Abwasch übernahm und kein sozialer Totalflop war, sondern im Grunde deines Herzens doch für jeden Quatsch zu haben, was wollte man mehr. Die vorangegangenen Tage hattest du, froh um die Wichtigkeit ausstrahlende Ablenkung von Charlies Tun und Lassen, das vor allem, doch jedes Mal aufs Neue angstschweißklebrig, die von eurem Telefon bisher ganz ungeahnten Ziffernkombinationen aus den umkringelten Anzeigen des *Kreuzer* gewählt, dessen aktuelle Ausgabe du unter langwierigen Seufzern der Buchhändlerin, die am liebsten eine reine Weigerung geworden wären, in jener Kalendersprücheundschmonzettensammelsuriumsverkaufsstätte bestellt hattest.

Dein Vater legte, nachdem er seinen einzigen Einwand losgeworden war – »wat willst'n jetz bei'e Sachsen, die solln sich ma erst ma ihre Zunge bügeln lassen« –, großzügig und augenzwinkernd Reisegeld auf den Tisch, »na, wir ham's ja«.

»Wir auch«, sagtest du und legtest den Umschlag mit deinen angesammelten Fünfzig-Euro-Scheinen, unter denen noch immer der von Charlie entwendete fehlte, und leider konntest du ihm in diesem Moment keinen Blick zuwerfen, das Leben war eben doch kein Film, daneben.

»Lass ma stecken«, meinte dein Vater und schob dir, seit Langem unbewandert in der weiten Welt, die drei weiteren braunen Scheine zu, du stecktest sie zu den anderen.

Was hatte dich auf Leipzig gebracht? Du würdest fast sagen, du hast es vergessen. Es gab keinen zwingenden Grund, keine Zugangsbeschränkung, kein Angetansein von einer Stadt, die du noch gar nicht kanntest, höchstens mal am Kopfbahnhof ein wenig Aufenthalt. Das gefiel dir, dieses leere und ausreichend große Blatt aus Restbeständen des holzhaltigen Heimatpapiers. In dieses würdest du dich einschreiben, aus Denkbarkeit und *aus Daffke*, eine Bewohnerin werden von *klein Paris* und Studentin des DaF. Das aus reiflicher Überlegung nach dem Ausschlussverfahren, das nicht halb so lange gedauert hatte wie deine wochenlangen Liebäugeleien mit Meteorologie oder Zentralasienwissenschaften, für die du zwar gehörige Begeisterung mitbrächtest, nicht aber die nötigen Fähigkeiten, die zumindest in mehr Fleiß und Durchhaltevermögen bestehen würden, als du von dir realistischerweise erwarten zu dürfen glaubtest. Alles andere fiel sowieso flach, trotz breiter Interessenlage oder vermutlich gerade wegen dieser, du interessiertest dich für fast alles und deshalb für nichts mit der Ausschließlichkeit oder wenigstens alles andere in den Schatten stellenden Neigung, geschweige denn Ehrgeiz, die für mehr Berufung als Fach darstellende Disziplinen wie Philosophie, Jura, Medizin oder Theologie unabdingbar wären; für das modische Allheilmittel BWL fehlte dir die entsprechende Krankheit, für die Naturwissenschaften die asketische Passion, für die Künste die Begabung, fürs Soziale das Soziale, und eine weitere Sprache würde dir vier Wochen lang Freude bereiten, vier Jahre Zweifel, ob du nicht eine andere hättest wählen sollen, und dir nicht weiterhelfen in der Frage, wie der totalen Erosion deines Kontostandes nach Beendigung des Studiums entgegengewirkt werden könnte.

Deutsch als Fremdsprache, das schien dir von Anfang an metaphorisch genug, um es zugleich aus Überzeugung wie mit leicht ironischem und phänomenologischem Abstand betreiben zu können, denn wenn dich auf dem Gebiet des Wissenszuwachses je etwas stärker zu fesseln vermochte als alles andere, dann war es, Tiefenbohrungen ins vermeintlich Selbstverständliche vorzunehmen und Vertrautes aus der Distanz einer quasiaußerirdischen Perspektive zu betrachten. Und näher als alle anderen stand dir nun mal deine Muttersprache, weshalb sie dir auch die einzige unbedingt zu erlernende Fremdsprache schien. Den Gedanken daran, dass diese Art Sprachpsychoanalyse nicht zuvörderster Gegenstand des Studiums, sondern Mittel zum Zweck war, der in deiner Gestalt irgendwann tatsächlichen Nichtmuttersprachlern zugute kommen sollte, hieltest du dir erst mal ein wenig vom Leib, er schreckte dich noch nicht mal, sondern bildete einen zusätzlichen kleinen Reiz der Herausforderung und Zukunftsunschärfe.

Was die nächste Zukunft anging, wolltest du aber doch lieber scharfsehen und fragtest Charlie am Morgen deiner Abreise, ob er wohl noch anzutreffen wäre bei deiner Rückkehr.

Und was er darauf sagte, war dies: »Schaun mer mal«, nebst angedeutetem schiefen Grinsen. Er wusste einfach nicht, wann das Maß voll war. Keine Anstalten zu Umarmungen oder sonst was. *Sonst noch was.* Leck mich am Arsch, dachtest du, und womöglich hat er es gehört. Du wünschtest, gleich in Leipzig bleiben zu können.

Umso mehr, als du dort die ersten Schritte tatest. Schon auf der ausladenden Treppe, die in die hohe, taubendurchflatterte Osthalle hinabführte, überkam dich eine Euphorie der Richtigkeit, die nicht zu verwechseln war mit zum Beispiel einer Liebeseuphorie, sondern genaugenommen ihr Gegenteil und Korrektiv darstellte, auch wenn sie ihr Geschwister sein mochte, führte sie doch nicht geradewegs in die Abhängigkeit, sondern in die Ungebundenheit, ins Offene und die Weite der noch unabsehbaren Möglichkeiten, denn irgendetwas würde hier schon passieren, darum trugst du plötzlich keine Sorge mehr. Es bedrängte dich nichts und drängte nichts und doch tanzte quicklebendig die Neugier in dir, es war das beste Gefühl, das du kanntest. Du gingst mit ihm durch die Straßen in Plagwitz und Schleußig, Anger-Crottendorf und gar Eutritzsch, und dich vergnügte die Vorstellung, an einem dieser wie illustrativ fragwürdig klingenden Orte ein neues Leben zu beginnen; es trug dich auch durch die Wohnungen und WG-Küchen-Examinationen all der Leute, die dann doch nicht deine Mitbewohner werden sollten, und ließ dich nicht verzagen, als du am letzten Tag vor dem Schwarzen Brett im Uni-Hauptgebäude standest, hin- und hergerissen zwischen den zu studierenden Anzeigen, um doch noch ein Unterkommen zu finden, und dem ängstlichen Wunsch, in den ersten real existierenden Paternoster deines Lebens zu springen und aus Spaß drei Runden herumzufahren. Sondern nahmst es als natürliche Fügung, von dem schon eine Weile sich ebenfalls vor den Aushängen herumdrückenden jungen Mann angesprochen zu werden, einem Männchen eher, einen halben Kopf kleiner als du, von zarter Statur und nickelbebrillt, ein Klischee fast, ohne dass man genau sagen konnte, wovon. Ob du vielleicht noch ein Zimmer suchtest. Das konnte man wohl sagen. Denn er, er brauche für die Wohnung, sie befinde sich in Gohlis, in der er selbst nur temporärer Untermieter sei, nach Möglichkeit noch einen zweiten, oder eine zweite, was er mit einem Lächeln, aber so gänzlich unanzüglich hinkriegte zu sagen, dass es dir nicht ratsam schien, den alten mutterpflichtigen Einschärfungen à la *geh nich mit fremden Männern mit* Folge zu leisten, vielmehr umgehend mit einem, der sich ohne Mühen deinerseits auf den ersten Augenschein hin vorstellen konnte, die Wohnung mit dir zu teilen, den Weg zu dieser zurückzulegen. Sein Name sei übrigens Peter. Du zögertest kurz, denn dies war das neue Leben, und du hattest in den WGs den Eindruck gewonnen, durchweg Irritationen auszulösen, wenn du dich mit deinem richtigen, aber ungeläufigen Namen vorstelltest, selbst unter dem Zugeständnis der Erklärung, es handele sich um eine in die Kindheit zurückreichende Prägung, die nun nicht mehr rückgängig zu machen sei. In jenem Moment, als Peter dir arglos seinen fast schon altmodischen Namen nannte, der dir stets als Inbegriff braver Durchschnittlichkeit gegolten hatte, erwogst du jedoch, es zu tun, wieder Joana zu werden, und das nicht nur, weil dir aufgegangen war, dass das Johnnysein bis ans Ende deiner Tage mit dem Durchstehen solcher Situationen verbunden bleiben würde, sondern weil dieses nie alle werdende Aufzutischende letztlich von Charlie eingebrockt war, und wieso sollte dein Bruder noch aus fernster Ferne darüber bestimmen, dass man dich schief anguckte. Aber du konntest nicht, das hieß, du wolltest nicht. Denn wäre es nach Charlie gegangen, so hättest du den Namen niemals behalten. Es war aber nach dir gegangen, und so wolltest du es auch weiterhin halten.

»Ich bin Johnny«, sagtest du. »Meine Mutter hat mich Joana genannt, aber das hat sie längst vergessen. Und alle anderen auch. Kannst du auch so machen.«

Peter musterte dich kurz und seinen großen Mund umzuckte Amüsiertheit. »Passt«, sagte er. »Du sahst gleich nicht so aus, als würdste Steffi heißen.«

Wenn das Zimmer nur halbwegs bewohnbar war, würdest du dort einziehen.

In der Straßenbahn bemerktest du etwas an einem seiner Finger, du schieltest genauer hin. Es mutete wie ein dünner Ring an – doch er bestand aus Haaren. Seine eigenen konnten es kaum sein, die waren raspelkurz, es sei denn, er hatte sich erst vor Kurzem von einer Mähne getrennt und welche zum Andenken behalten, was farblich zwar hinkommen mochte, aber wahrscheinlicher war doch etwas anderes. Es erleichterte dich und enttäuschte dich gleichzeitig ein wenig, was du dir umgehend ausredetest und als bloßen Neid klassifiziertest, schließlich wolltest du doch keine Lovestory mit diesem Peter, du mochtest keine großen Münder und würdest mit ihm in derselben Wohnung wohnen. Das stand schon mal fest, und dafür würdest du sogar Haarringe in der Dusche tolerieren.

Es stellte sich heraus, dass Peter Germanistik studierte, Germanistik und Philosophie, und da dachtest auch du: passt. Um die Germanistik beneidetest du ihn ebenfalls, denn eine Kombination mit DaF erwies sich als nicht möglich, das hattest du dir zu schön gedacht. Also flugs das Nächstliegende zum zweiten Hauptfach gemacht, die Allgemeine Sprachwissenschaft; selbst die generative Transformationsgrammatik konnte dich nicht verschrecken.

Peters über den Küchenstuhllehnen trocknende Unterhosen auch nicht. Die Wohnung, trotz Ausblicks vorder- und rückseitig auf Hinterhöfe, war gut geschnitten und bestand aus gemütlicher Küche und Bad mit Tanzfläche, zwei halb möblierten Zimmern, eines davon bewohnte Peter, und einem weiteren bis auf zwei Meter Höhe vollgerümpelten. Dort hatten nicht nur die eigentlichen, derzeit durch Südamerika tingelnden Mieter, deren Untermieter ihr für fünf Monate sein durftet, ihre übrigen Besitztümer verstaut, sondern auch Peters Freundin ihr Mobiliar eingelagert, während sie ein humanmedizinisches Austauschsemester in einem italienischen Krankenhaus absolvierte. Später, als sie einmal auf Besuch kam, lerntest du sie kennen. Sie hatte nicht nur die gleiche Haarfarbe wie Peter und seinen Schnitt, den sie sich inzwischen aus Solidarität oder Sehnsucht zugelegt haben musste, sondern auch vergleichbare Eigenarten, einen ähnlich markanten Hang zu wortspielerischen Verstiegenheiten, permanenter Lektüre – oder zumindest Herumliegenlassen mehrerer Bücher an allen Orten der Wohnung – nebst permanentem Diskussionsbedürfnis über diese Lesefrüchte wie auch zu abergläubischen Annahmen, was den Verzehr bestimmter Lebensmittel betraf. Sie trug eine runde Brille wie er, überragte ihn um etliche Zentimeter und hieß Gerda. Das wusstest du schon, aber jetzt sahst du es auch. Du warst anfangs geneigt zu lachen wie über Satire: Der Name passte nicht nur zu ihr, er bildete auch zu ›Peter‹ das Pendant schlechthin.

Falls sie irgendein Misstrauen gegen dich hegen sollte, so ließ sie es sich in keiner Weise anmerken, sie wirkte auf ihre intelligenzbestienhafte Art so arglos wie Peter und wusste anscheinend ganz genau, dass niemand ein so perfektes Gegenstück zu ihm abgäbe wie sie. An ihren unbefangen ausgetauschten Zärtlichkeiten gucktest du, so gut es ging, vorbei, diese kaum emulgierende Verbindung von Logos und Eros machte dich verlegener, als jedes Paardasein mit offensichtlich erotischer Ausstrahlung und entsprechenden Unbeherrschtheiten es vermocht hätte. So aber hatten die beiden etwas von entlaufenen Ordensleuten, Mönch und Nonne, die die Freuden der Welt mit der gleichen Weltfremdheit entdeckten wie zuvor ein verbotenes Buch in einem toten Winkel der Klosterbibliothek, in der Tat wirkte ihr Umgang miteinander gerade ob seiner Unbedarftheit irgendwie *verboten*. Du stelltest dir vor, wie sie noch im Bett Spitzfindigkeiten austauschten, und dir wurde übel, dein Peter-Verhältnisbarometer bewegte sich erst am Tag von Gerdas Abreise wieder in den Normal-Erquicklich-Bereich, auch wenn er mit verweintem Gesicht vom Bahnhof zurückkehrte. Jedoch fing er sich schnell wieder und abends hocktet ihr zu zweit in der Küche und rauchtet als Nichtraucher die kümmerliche Ernte des Pflänzleins eurer Untervermieter, das du bei deinem Einzug mit einiger Verblüffung auf dem Fensterbrett deines neuen Zimmers vorgefunden hattest, denn die übrige Wohnung ließ keineswegs auf ein Pärchen aus Gesetzesbrechern und *Drogisten*, wie es bei deinem Vater geheißen hätte, schließen. Viel wahrscheinlicher als das Kraut selbst, das ja kaum mehr Sonneneinstrahlung als du in dem dunklen Hinterhofzimmer bekommen haben konnte, versetzte euch die bloße Idee und der Zusammenbau des nur mit Ach und Krach zusammenhaltenden Joints in Heiterkeit, doch dass es keine Wirkung gezeigt habe, konnte man auch nicht behaupten, denn am Ende dieser langen, gelächterdurchzogenen Erzählnacht beschlosset ihr in einem finalen Albernheitsanfall, nun endlich den ganzen über Wochen angesammelten Müll runterzubringen, sodass als Beweis eurer haushälterischen Indifferenz lediglich noch der sich in heikelste Höhen türmende und beim achtlosen Vorbeigehen leise klirrende Abwaschberg übrig blieb.

Der war im September noch nicht sichtbar oder du achtetest nicht darauf, ahntest nur bei Besichtigung der Gohliser Wohnung, dass die endgültige Loslösung von der heimischen Spüle nahe war. Noch als du in den Zug stiegst, tatest du es mit dem Gefühl, nun immer weiter in die Welt hinauszufahren und nicht einfach zurück nach Hause. Dieses Zuhause jedoch gewann im Laufe der vierhundert Kilometer die Oberhand, nicht, weil du dich ihm mit jedem nähertest, sondern es auf einmal immer gleich weit weg zu liegen schien, fast in Sichtweite einerseits, dennoch auf keine Weise mehr erreichbar. Und aus Leipzig und Peters Wohnung mochte nun alles Mögliche werden, doch mit Sicherheit nicht das, was du dir unter einem Zuhause vorstelltest, und das war ja auch besser so, bloß kamst du dir unversehens etwas ausgesetzt vor.

Dass du Charlie bei deiner Rückkehr nicht antrafst, wunderte dich kaum, andererseits, wo konnte er sich schon rumtreiben in eurer Heimatstadt, seine besten Kumpels waren, soweit du wusstest, doch auch über alle Berge. Dein Vater schenkte dir gleich reinen Wein ein, jedenfalls den, der ihm eingeschenkt worden war, wahrscheinlich gepanscht: »Charlie is nich da, der is uff Rügen. Will da irgendeinen besuchen.«

»Wen denn?«, fragtest du, obwohl du dir die Antwort schon denken konntest.

»Keine Ahnung, hat er nich gesagt.«

»Und wahrscheinlich auch nich, wann er wiederkommt.«

»Nee.« Deinen Vater schien plötzlich der gleiche Verdacht wie dich anzukriechen. »Aber er wollt sich ei'ntlich noch ma hier blicken lassen!«

»Hm-m«, sagtest du, »wenn er sein Erbe verschleudert hat und abgebrannt is.«

Dein Vater guckte dich mit übertragener Missbilligung an. »Ach nu hör uff!«

Anfang Oktober waren deine Krümel von Hoffnung zerstoben, Charlie hatte sich, *der Windhund, der Luchti*, aus dem Staube gemacht. Am liebsten hättest du ihm euren kaum noch ein Wort rausbringenden Vater per Postpaket hinterhergeschickt: hier, jetzt bist du mal dran, dich zu kümmern. Du saßest auf gepackten Koffern und konntest nicht länger warten. Mit dem vom *Stift* geliehenen Transporter würde dein Vater dich und deine Matratze, dein Fahrrad und ein paar Kisten nach Leipzig bringen. Es gab nicht mal ein Autoradio, das konnte was werden. Dein Vater fürchtete sich vor den Straßenbahnen.

In der letzten Nacht lagst du in Charlies Bett und konntest nicht schlafen. Dir fiel auf, dass du dich gar nicht hattest entscheiden müssen zwischen einem Abenteuer- und einem Langeweilesommer, dass du nun tatsächlich beides gehabt hattest, und es stellte sich noch die Frage, was schlimmer gewesen war. Zweieinhalb gescheiterte Romanzen in einem halben Jahr, Mannomann, das musste man auch erst mal hinkriegen; so betrachtet, passte es gar nicht zu dir, aber du rechnetest zu der Zeit nicht so, oder nur im Scherz, denn es fiel für dich alles in ganz verschiedene Kategorien, drei gleichermaßen unvermittelbare Superspezialfälle, und das passte wiederum ausgezeichnet in deine Verkorkstheit, auch wenn diese Betrachtungsweise nichts daran änderte, dass es als dreifaches Scheitern zu betrachten war, sich auf der Negativseite doch zusammenaddierte. Du fühltest dich, was die Liebe betraf – du wehrtest dich nicht mal mehr gegen eine egal gewordene, sonst umschiffte Bezeichnung –, so ins Aus gespielt, dass du eigentlich nur noch lachen konntest über diese Akkumulation unwahrscheinlicher Ereignisse, aus denen sich offenbar nur der Schluss ziehen ließ: Dir passierte nichts, es sei denn völlig Abwegiges, das dennoch nicht ins Gewicht zu fallen schien. Man konnte davon so viel anhäufen, wie man wollte, es würde niemals reichen für den Eintritt ins wohlige Reich der kollektiven Erfahrungen, andererseits reichte es aber eben auch nicht für ein echtes Freakdasein, es war nichts Ausgeflipptes daran, es lag genau in dem Maß neben der Normalität, das einen ständigen Wackelkontakt mit ihr verursachte und dich immer unsicherer werden ließ, mit welchen Maßen eigentlich zu messen war.

TERRA AUSTRALIS INCOGNITA

Das willst du dir nicht erzählen. In fünf, in fünfzehn Jahren, mag sein, wenn alles genügend verwittert ist und Raum geschaffen, leinwandfarben, für die Rekonstruktion ad libitum. *Was ihr wollt.* Zu diesem Zeitpunkt aber, verehrtes Publikum – wer sitzt eigentlich im Saal? Ach, nur Johnny. Nicht Sonny? Dann ist es wohl nicht *die letzte Vorstellung* – liegt kaum der Rohschnitt vor. Die Lage ist unentschieden. Du bist mit Vergessen befasst, der *Malessen*, wie dein Vater sagt, wenn er nicht merkt, dass er französisch spricht. Und es handelt sich mehr um *Lappaellen*. Ein Prozess aber muss trotzdem in Gang kommen, und sei es ein Indizienprozess. Auf eine Verurteilung aber soll es nicht hinauslaufen. Also dann nur eine Verteilung. Auf Bruchstücke, rosarotes und graues Geröll aus der Simpsons Gap, durch die die Wallabies hüpften, *wannabes*, hast du gedacht, milde enttäuscht, kein einziges Känguru zu sehen.

Am verlässlichsten stellten sich die Kakadus ein. In der ersten Zeit brauchtest du selten einen Wecker, du hörtest sie angeschwirrt kommen, ihr Getrappel auf dem blechernen Fensterbrett hinderte dich, dich noch mal umzudrehen. Sie galten als Plage wie andernorts Tauben, doch auch gegen Tauben hast du nichts, nur gegen die an martialischer Feindseligkeit nicht zu überbietenden, wie Spieße aufragenden Taubenabschreckungsmaßnahmen auf Bahnsteigen und gar Fensterbrettern. Auch wenn man nicht wählerisch sein konnte, eine solche Wohnung würdest du nicht beziehen. Deine Vormieterin in Rushcutters Bay – die Sydneyer sahen dich anerkennend an, wenn du deine als *better off* geltende Wohngegend nanntest, auch wenn die Halbwelt von King's Cross nur eine Querstraße entfernt lag, doch in dieser Hauptstadt ging man anders mit Entfernungen um, hießen auch die an die Innenstadt grenzenden Bezirke schon *Suburbs* und fuhren die Bahnen gefühlt flottes Schritttempo –, deine Vorgängerin also hatte dir die Tüte Sonnenblumenkerne hinterlassen, eine in Fensternähe postierte Aufforderung. Du kamst ihr gerne nach, mehr noch, du fühltest mit Dankbarkeit die trockenen, glatten Kerne durch deine Finger rieseln, sie bedeuteten eine Aufgabe, die dich vom ersten Morgen an davon abhielt, dich Furcht ausbrütend im Bett zu wälzen und deine Position auf der Erdkugel zu bedenken. Eins war klar und blieb es: Hier wolltest du nicht begraben sein. Noch kein Begriff war dir Ludwig Leichhardt, unbegraben im Outback seit hundertfünfzig Jahren verschollen. Zuerst kam er dir unter als Stadtteil, es berührte und befremdete dich: als sei versucht worden, an einem Menschen, der sich aufs Unbekannte eingelassen, auf unbekannte Weise dort sein Leben gelassen hatte, den Verlust aller Orte wiedergutzumachen, indem man ihn zu einem machte, einem überaus belebten zudem, auch genannt *Dykeheart*. Dachtest du jedoch später an ihn – Australien hielt sein Gedenken wach in Flüssen und Bergketten, Staudämmen und Highways –, erstanden in dir stets nur Bilder von Trebatsch, Mark Brandenburg, wo du doch nie gewesen warst, seinem Heimatdorf, als wäre es dein eigenes. Es lag wohl an die drei Autostunden von deinem Geburtsort entfernt und hätte dort auf keinen Fall als heimische Gegend mehr gegolten, sondern als *Ausland*, doch was waren zweihundertfünfzig Kilometer in Australien, diesem Staat gewordenen Kontinent, in dem auf die Gesamtfläche gesehen so gut wie keiner lebte und man deshalb gleichzeitig Provinz- und Globalmaßstäbe anlegte.

Der Mensch ist ein Gewohnheitstier, und auch das führt zu Gleichzeitigkeiten. Du würdest deine Herkunft nicht ablegen können und was an Gewohnheiten mit ihr zusammenhing. Und doch neue annehmen, bestenfalls ein Paradigma ausbilden, ein Je-nachdem. Vielleicht einen schwachen Abglanz dessen, was früher Weltgewandtheit genannt wurde. Der Gedanke gefiel dir und half dir, wenigstens theoretisch, aus der Klemme des Anpassungsdrucks, jenem nervösen Umherhuschen zwischen zwei gleich nervenaufreibenden Polen: der Furcht, jeden Moment aufzufliegen als eingeschlichen und unzugehörig, und der, selbstverständlich als einheimisch und vertraut mit Idiom und Gepflogenheiten angesehen zu werden, was unweigerlich Ersteres nach sich zöge, es gab kein Entrinnen und keine Tarnkappe, nicht obwohl, sondern gerade weil du dich durch eine unhomogene Bevölkerung bewegtest, in einem sogenannten Einwanderungsland. Aber du warst noch nicht mal eingewandert, auch wenn der Reisepassstempel *immigration* verhieß, abwegig schon die Idee – hättest du dich mit Auswandererplänen getragen, wäre deine Wahl nie auf Australien gefallen, es kam gleich hinter *Amerika* auf der Liste der Unbegreiflichen-Sehnsuchtsziele-der-Anderen. Die Sprache machte es nicht einfacher: In Finnland hatte niemand erwartet, wenn du auf Englisch anfingst, dass du die Landessprache beherrschtest. Auf diesem abgelegenen Eiland aber, sozusagen am Arsch der Welt, erwartete man genau dies. Und nichts anderes. Vorstellungen von Existenz und Charakter fremder Sprachen schienen wenig verbreitet und nebulös, alles in allem überflüssig, denn alle Welt sprach doch Englisch. Wenn es wenigstens Englisch gewesen wäre. Man konnte Glück haben und auf das treffen, was dir wie die Ausgleichsvariante zwischen Britisch und Amerikanisch an die Ohren drang, verständlich und lexikalisch nur hier und da etwas eigen. Und es konnte *Strine* über einen hereinbrechen: Dass man nicht drauf gekommen wäre, um was für eine Schöpfung es sich handelte, sagte schon alles über den Charakter dieses antipodischen Kauderwelsches, einer schmerzhaften Kontraktion von *Australian*. Hatte man Pech also, war *today* ein guter Tag *to die*, so jedenfalls hörte es sich an.

Entlastungshalber adressiertest du die Kakadus auf Deutsch und manchmal Plattdeutsch, auch den regenbogenfarbenen Lorikeets verdarb es nicht den Appetit. Diese exotischen Vögel, sie wurden deine Gewohnheitstiere. Wagten sich vor bis über die Grenze zwischen innen und außen, getrennt ohnehin nur durch eine Scheibe Einfachglas, leicht zu verschieben, die Gummierung mit dem Schnabel ablösbar, ein Spiel- und Turnplatz wie die Wäscheleinen, einbeinig hingen sie daran, lachten dich, wie dir schien, halb schüchtern, halb dreist, Guck-mal-was-ich-kann, an. Sie heiterten dich stets auf. Vielleicht waren die Vögel überhaupt das Beste an diesem Land, nicht müde wurdest du, den melancholischen Tonfolgen der *magpies* zu lauschen, von denen man sonst nur Übles vernahm, hinterrücks stürzten sie sich auf Menschen, es mochte ja stimmen, nur stimmte ihr Name nicht. Der Flötenvogel war keine Elster, nur weil er schwarz-weißes Gefieder besaß. Überhaupt ging hier allerhand durcheinander, wenn auch die Leute nicht gleich auf dem Kopf, obschon sie dir manchmal etwas auf den Kopf gefallen vorkamen. Dann wieder du dir selber. Rhabarber lief unter Gemüse, na gut. *Hotels* waren Kneipen. Der Mond lag auf dem Bauch. *Rhyming slang* blieb *rhyming slang* und man musste dafür Australier sein oder nicht älter als zwölf, und nicht *Charley Wheeler* in *steak and kidney*, *Darby and Joan*.

Du verliefst dich. Das mochte normal sein am Anfang, passierte dir aber immer mal wieder und passte nicht zu dem Orientierungssinn, dessen du dich sonst rühmtest. Auf dem ersten Weg zum Goethe-Institut, deiner, kaum zu glauben, Arbeitsstätte und Quelle von Aufenthaltserlaubnis und Bestreitung deiner von einem Tag auf den anderen exorbitant gestiegenen Lebenshaltungskosten, liefst du eine ganze Weile, ohne es merken, in die entgegengesetzte Richtung. Als du schließlich den Stadtplan konsultiertest – und wie abfotografiert befand sich doch die an sich simple Route in deinem Kopf –, hattest du minutenlang Schwierigkeiten, die Anordnung der Straßenschilder auf der Kreuzung mit deinen Erwartungen übereinzubringen, fast als handele es sich um ein Nichtakzeptierenwollen der offensichtlich total verdrehten Wirklichkeit. Zum Glück sprach dich niemand an, dir war, als hättest du auf *Polnisch rückwärts* antworten müssen. Es konnte nicht sein. Es war einfach falsch. Dass die Mittagssonne im Norden stand. Wer sollte das aushalten, schlimmer als der Linksverkehr. Auf den Verkehr war man schließlich von Kindesbeinen an gehalten achtzugeben. Das Hauptgestirn aber schien nur in der Unterwelt des Bewusstseins – ohne sie freilich zu erhellen.

Auf dem Rückweg hattest du auch Augen für das, was rechts und links deines nun fast täglichen Weges lag, glaubtest ihnen aber wiederum kaum zu trauen. Das Schild an dem griesgrauen Betonklotz kam dir so bekannt vor, und so las sich auch der Schriftzug: *Aldi*. Ob es da etwa billiger war als bei *Coles*? Merkwürdigerweise gingst du nie hin. Es war nicht gerade der nächstgelegene Supermarkt, und etwas daran blieb dir unheimlich, außerdem gingst du auch zu Hause nie zu *Aldi*, nicht aus Snobismus, sondern Gewohnheit. *Aldi Süd* im Übrigen. Logisch, dachtest du. Der globale Süden war das hier jedoch nicht gerade, und handelte es sich nicht auch beim auf einmal nicht mehr nur wie im *Kinderatlas* vorhandenen Südpol eigentlich um einen Nordpol?

Magnetisch angezogen wurdest du von den riesigen Gummibäumen, gegen die lange schon seliger heimischer, der sich doch so stattlich unter eurer drei Meter vierzig hohen Decke ausgenommen hatte, als ein mickriger Strunk gelten musste. Der Name *gum tree* meinte jedoch nicht sie, wovon du wochenlang vollautomatisch ausgegangen warst, sondern die Eukalypten, denen du immer wieder Blätter abzupftest, um sie zwischen deinen Fingern zu zerreiben und an ihnen zu riechen, stets aufs Neue begeistert, dem geheimnisvollen Ursprung der Eukalyptusbonbons und Erkältungsbäder nun in unmittelbarer Nachbarschaft, quasi auf Du und Du zu begegnen. Unter *rubber plant* hingegen konntest du lange nicht anders als dir ein struppig-elastisches Gewächs, angebaut zum Zwecke der Rohradiergummigewinnung, vorzustellen.

Ein wenig wie ein Stück Gummi hatte auch Peters Fingerkuppe ausgesehen, als du sie zwischen den Kartoffelscheiben aus der Schüssel hervorgefischt und auf seinen Befehl hin ins Gefrierfach gepackt hattest. Diese denkwürdige Begebenheit aus der Leipziger Anfangszeit, als euer Zusammenwohnen jedoch schon ein gut eingeschliffenes war und Pläne bestanden, zu zweit in einer neuen, bald ausfindig zu machenden WG unterzukommen, fiel dir wieder ein, als du vergeblich nach einer Reibe in deinem möblierten und bis hin zu Spülmaschine und elektrischem Dosenöffner ausgestatteten Lehrpersonalhaushalt auf der südlichen Hemisphäre suchtest, und du hörtest dich zum ersten Mal seit Tagen lachen. Das war schon keine schlechte Nummer gewesen, wie Peter im Feuereifer des höheren Palaverns, zu deiner und einer seiner Freundinnen Unterhaltung – er schien überhaupt nur weibliche Bekannte zu haben, alle in einen Rock-über-Hose-Look und in schreienden Farben geringelte Strümpfe und filzige Lochmusterschals gewandet, auch Peter trug grundsätzlich nur Socken, die schon auf den ersten Blick kein Paar bildeten –, sich beim Zerkleinern der Kartoffeln mittels einer Art Schneidereibe für euren gemeinsamen Abendessen-Auflauf mit Anlauf das obere Stück des rechten Mittelfingers seiner kleinen, harten Hände astrein absäbelte. Die halbe Kartoffel fiel unter Flüchen der Fassungslosigkeit ungeschnitten zu den bereits zerlegten, später sahst du, dass ein feiner wässriger Blutfaden sie zierte. Du spültest sie ab und die Kartoffeln wurden selbstverständlich noch verarbeitet, am nächsten Tag, zu Bratkartoffeln dann wohl, denn mit Aufläufen kanntest du dich nicht aus und Peter war der Appetit vergangen. Dafür hatte er den Auftritt seines jungen Studentenlebens haben dürfen und einmal ein Mann sein. Die dicken Tränen quollen zwar schon gefährlich über den Unterlidsims, und wer konnte es ihm verdenken, wo doch eine Etage tiefer ein uneindämmbarer Rohrbruch Peter und euer Bad rot überschwemmte, aber er schluckte und schluckte sie doch irgendwie runter und behielt den Überblick. »Ruf mal einer den Notarzt!« Es kam dir, mit Blick auf die zwei Millimeter Fingerkuppe – konnte er vergessen, dass die sich wieder anheften ließe, aber du tatest, wie dir geheißen, und setztest sie auf dem saubersten Teller, den du auftreiben konntest, was schon ein Kunststück war, der Schockfrostung aus, gleich neben dem gefrierbrandigen Spinat –, zwar etwas übertrieben vor, aber die ringelbestrumpfte Freundin hing schon am Telefon und sprach von großem Blutverlust. Im Medizinschränkchen eurer Untervermieter fand sich eine noch passabel aussehende Mullbinde, und du versuchtest dich der technischen Feinheiten eines Druckverbands zu entsinnen, nur konnte sich Peter nicht überwinden, sie auf seinen skalpierten Finger zu pressen, die Schmerzen müssen auch so schon mehr gewesen sein, als er für diese One-Man-Show eigentlich in Kauf zu nehmen bereit war, aber er hielt sich gut. Hielt sich aufrecht am Waschbecken fest, den Arm angewinkelt nach oben wie zum Schwur. Das Hemd, obwohl rasch noch hochgekrempelt, würde auch nicht mehr zu retten sein, ein Jammer, du warst drauf und dran gewesen, es ihm abzuschwatzen, weil Peter kein Blau mochte, also manchmal eben wirklich vom anderen Stern war.

Die Sanitäter nahmen ihn mit, und drei Stunden später – die Freundin war aus Solidarität geblieben und du hattest aus Solidarität den Rotwein mitausgetrunken – kehrte er als dekorierter Kriegsheld aus dem Lazarett heim und konnte noch lange von seiner Schlacht berichten, in der vor allem die beiden ihm rechts und links des Fingers in die Zwischenräume gejagten Spritzen eine schaurige Rolle spielten. An das steifgefrorene Körperteilchen hatte in der Aufregung niemand mehr gedacht, du fandest es ein paar Tage später beim beschlossenen Abtauen des Kühlschranks und stelltest dir vor, es wäre dort ungestört verblieben bis nach eurem Auszug und der Wiederinbesitznahme der Wohnung durch die Kühlschrankbesitzer. Du hieltest es Peter, dem man seitdem alle Hausarbeit abnehmen musste, auf dem Präsentierteller unter die Nase und fragtest: »Kann das weg oder hast du dafür noch Verwendung?« Er guckte das verkrümpelte Ding erst verständnislos an, sich selbst entfremdet. Und ließ dann den Mülleimerdeckel hochschnellen.

Da hattest du nun also den Lernwilligen, überproportional vielen *elder ladies*, deine Muttersprache nahezubringen, zu welchem Zwecke du sie dir erst entfremdet hattest. Ob es irgendeinen Zweck haben würde, blieb allerdings noch abzuwarten, die Resultate der ersten Wochen waren, von zwei, drei Ausnahmen abgesehen, eher zum Alle-Hoffnung-fahren-Lassen, aber was wollte man auch erwarten in einem Land, in dem die Mehrheit der Bevölkerung ihren Erstkontakt mit einer Fremdsprache nie erlebte, und falls doch, dann in einem Alter, in dem an einen Auslandsaufenthalt als Au-pair nicht mehr zu denken war. Du zolltest deinen Damen – im ersten Kurs drückten sonst nur ein beflissener Jüngling und ein Kauz undefinierbaren mittleren Alters die Schulbank – daher Respekt, auch wenn sie sich fast die Zunge abbrachen an den deutschen Konsonantenverbindungen, ihnen beim Anblick zehn- und mehrbuchstabiger Wörter schwummrig wurde und sie entweder mit Schweißausbrüchen oder Gelächter reagierten und für die korrekte Hervorbringung des uvularen R wohl noch mal doppelt so lange hätten leben müssen. Eigentliche Erfüllung fandest du nicht in deiner Arbeit, doch war es auch keine entfremdete, und mit dem Gedanken, dass eine bezahlte Arbeit, die dich erfüllen würde, wohl erst noch erfunden werden müsste, warst du auch noch nicht weitergekommen. Dir genügte vorerst die Befriedigung, die darin lag, eine Monokultur aufzubrechen.

Glück gehabt, so musste man wohl sagen, und dich überraschte deine Leidenschaftslosigkeit. Du hattest es eigentlich gar nicht verdient. Wo andere vor Freude an die Decke gesprungen wären, hattest du mehr oder weniger nur akzeptiert, was dir der strahlende Leipziger Frühlingstag vorm Prüfungsbüro vor die Füße gespült hatte. Du wolltest hinein, heraus trat Tanja, erkannte dich und lächelte dich schief an. Sie als Freundin zu bezeichnen, wäre vermessen gewesen, zur regelrechten Aufnahme solcher Beziehungen war es nie gekommen, jedoch hatte es euch anscheinend beide gefreut, wenn ihr euch in Seminaren begegnet wart und bei Vorlesungen hin und wieder für ein Zusammensitzen gereicht, auch in der Mensa. Bei einer dieser Gelegenheiten hatte sie dir auch ihren Freund vorgestellt und verkündet, sie beabsichtigten zu heiraten. Du wärst fast vom kippligen Stuhl gefallen und hattest nur eine notdürftige Gratulation zustande gebracht. Heiraten mit Mitte zwanzig, wer kam denn auf so was? Darüber würdest du frühestens mit Mitte sechzig mal nachdenken, und zwar ausschließlich aus pragmatischen Gründen. Eigentlich aber hattest du vor, ledig ins Grab gelegt zu werden, *im Felde unbesiegt*, sozusagen, auf wie vielen *battlefields* der Liebe du auch kapituliert haben würdest. Jedenfalls, Tanja. Erzählte dir nun das unausweichliche zweite Kapitel der Gruselgeschichte: Sie war schwanger im dritten Monat und würde Australien sausen lassen müssen, stattdessen im Herbst ihr Kind gebären, ein eheliches obendrein, und was sie daran am meisten bekümmerte, war nicht die verhunzte Gelegenheit, ans andere Ende der Welt zu gelangen, sondern sich gegenüber ihrer Lieblingsdozentin, die ihr diese Stelle beziehungshalber hatte zuschanzen können, als undankbar zu erweisen. Offenbar getrieben vom Wunsch, dieses Versagen oder Versehen schnellstmöglich wieder auszubügeln, trug sie ohne Umschweife dir jenen Posten im fernen Südosten an, und es war nicht so, als hättest du etwas anderes in Aussicht, trotzdem musste sie dich fast beknien. Du schobst, um Zeit zu gewinnen, die naheliegende Frage ein, was denn ihr, äh, Mann im Falle, alles wäre gutgegangen – du konntest dir diese oder eine ähnliche Formulierung nicht verkneifen, doch sie hörte sie, schon hormongedopt, gar nicht –, während dieser Zeit gemacht hätte. Na den hätte sie mitgenommen, lachte sie, und es war ein verwundertes Lachen über deine Lebensferne, »der hätte sich dort irgendwas gesucht«. Als Musikwissenschaftler, na klar. Aber vielleicht war das da *down under* ja eine Art Außenstelle des Landes der unbegrenzten Möglichkeiten. Vielleicht würde es auch dir noch ein paar ungeahnte oder zumindest andere eröffnen, versuchen konnte man's. An jenem Tag trafst du, wo du nun schon einmal dabei warst, gleich zwei Entscheidungen, und die zweite schien dir die wesentlichere. Ab November würdest du dich als Deutschlehrerin in Sydney verdingen, und du würdest nicht mehr mit Martin zusammensein, und das ab sofort. Diese Eheähnlichkeit musste ein Ende finden, bevor Schlimmeres daraus wurde.

Was machte man in der Fremde? Man fütterte zuerst sich selbst und dann sein Tagebuch, so hattest du es immer gehalten. Wie die ersten Engländer auf der Terra Australis Incognita, denen sonst auch kein Trost blieb. Dabei wurdest du zunächst eher von anderen gefüttert und es blieb über diesen mittäglichen und abendlichen Essenseinladungen erschreckend wenig Zeit für die Verzeichnung der Ereignisse. Das Goethe-Institut unterhielt Beziehungen zu den Universitäten der Stadt und es war vorgesehen, dass du auch dort, zu Hospitations- und Unterrichtszwecken und solchen, die sich dir nie, auch während sie stattfanden nicht, erschlossen, hin und wieder in Erscheinung treten solltest. Was ein umfangreiches Kennenlernprozedere mit der Goethe-Mitarbeiter- und Uni-Dozentenschaft in Gang setzte, und entweder waren sie sich alle nicht grün untereinander oder langweilten sich zu Tode, jedenfalls musstest du gleich mehrfach bei jeweils nur ein oder zwei von diesen Leuten zum Dinieren antreten. Das war wahrscheinlich nett gemeint, nur blieb *nett* eben doch die kleine Schwester von, wenn schon nicht *scheiße*, so doch *scheiße anstrengend*, du hörtest Charlie, bloß dass ihm das nichts ausgemacht hätte, er futterte sich zu gerne durch und nahm dafür auch gerne ein bisschen Konversation in Kauf. Du wusstest nicht, was dich daran so fertigmachte, zumal es sprachlich eigentlich ging, du hörtest dich ein ins Englische Subspezies Australisch, oft wurde ohnehin Deutsch gesprochen, aber du konntest danach nur noch erschöpft und seltsam übellaunig ins Bett fallen oder warst für den Rest des Tages nicht mehr zu gebrauchen. Vom Essen an sich hatte man auch nichts, die paar Happen, die sich zwischen den permanent abgeforderten Gesprächsbeiträgen einschieben ließen, geschmacksneutralisierte die Konzentration, die auf die Reden des Gegenübers aufzuwenden war.

Das erste dieser Rencontres war noch das beste. Frau Wollenberg-Jünemann, Leiterin des Goethe-Instituts, Typ Walküre, bat dich zusammen mit ihrer etwas drögen Praktikantin aus Hannover, die sich neben der volltönenden Vollschlanken mit blonder Wallemähne – ob sie bei Goethes ihre Repräsentantinnen deutscher Sprache und Kultur casteten? – erst recht wie eine Kreuzung aus beflissenem Mäuschen und lahmem Entchen ausnahm und deren wie vorm Spiegel einstudierter Zeitlupenaugenaufschlag hinter der modisch schwarzrandigen Brille, mit unter den Brauen gespannter Lidhaut und vorgerecktem Kinn, der wohl besondere Aufmerksamkeit suggerieren sollte und dabei doch alles ahnungslos in Zweifel zog, dich von Anfang an gegen sie einnahm. Das hatte sich die Walküre anscheinend anders vorgestellt, wart ihr doch »genau ein Alter«, doch hatte sie als Backup noch einen gerade im Lande weilenden Schweizer Jungschriftsteller mit fusseligem Kinnbärtchen im Schlepptau, der wie auf Kommando nach dem ersten Glas Wein auf eine irgendwie treuherzige Weise, die zu seinen braunen Knopfaugen passte, mit dir zu flirten anfing, oder jedenfalls konntest selbst du in all deiner Unbedarftheit nicht umhin, seine tapsige Charmeoffensive als das zu interpretieren. Eigentlich wusstest du sie sogar zu schätzen, denn es kam schließlich nicht alle Tage vor, dass jemand sich deinetwegen ein bisschen aus dem Fenster lehnte; es gefiel dir immer, wenn einer sich was traute. Bloß gefiel er selbst dir nicht, und da würde auch mit noch mehr Wein nichts auszurichten sein. Unterhaltsamer wurde es erst, als deine Chefin, so musste man nun wohl sagen, sich, nachdem schon allerhand Schüsseln und Teller mit thailändischen Speisen für das gemeinschaftliche Mahl aufgetafelt und halb geleert worden waren, dazu hinreißen ließ, auch noch das *Steamboat* zu ordern. Die entzückende Kellnerin, von Beginn an Magnet deiner Aufmerksamkeit, lüpfte erstaunt lächelnd die Augenbrauen. Du hieltest sie für eine Inderin, zumindest ihren Vorfahren nach, Studentin, sie trug die Haare kurz und ein weites Hemd, ihre Handgelenke, auf denen sie die Teller balancierte, kamen dir noch schmaler vor als deine eigenen. »Very hot«, gab sie nur zu bedenken und kurz konntest du ihren Blick, ihr Lächeln auffangen. Die Walküre nickte befriedigt, jawohl, das sei genau das Richtige, sie verspüre manchmal so eine unbändige Lust auf Schärfe, es sei fast eine Sucht. Der Schweizer grinste anzüglich in deine Richtung und das hannoversche Mäuschen gab zum Besten, also bei ihr gehe es nur bis zu einem bestimmten Grad. Das glaubtest du ihr aufs Wort, in jeglicher Hinsicht, verzichtetest auf einen Kommentar deinerseits und verfolgtest, als ginge dich das alles nichts an, die sich zwischen den Tischen hindurchschlängelnden Bewegungen der Kellnerin, die schließlich ein orangefarbenes Suppengericht direkt vor Frau Wollenberg-Jünemanns Busen abstellte. »The Steamboat. Enjoy.« Und dich packte ein irrwitziges Verlangen, ihr verschmitztes Gesicht zwischen deine Hände zu nehmen und sie ohne Umschweife auf den Mund zu küssen und ihr Handgelenk zu fassen und mit ihr hinauszurennen in die milde Novemberfrühlingsluft, hinein in die Nacht, immer weiter. Du wundertest dich kaum über dich, nach einem halben Jahr Unberührtheit, ein Zustand, den du während der vier vorhergehenden Jahre fast vergessen hattest, konnte man schon mal auf Spontanphantasien verfallen. Vergönnt aber war dir nur der Anblick der feuerrot sich verfärbenden Walkürenbacken – du warst dir sicher, dass sich alle vier verfärbten – samt filmreifer Schweißströme aus Stirn- und Nasenporen, man durfte erwarten, jeden Augenblick Dampfstöße aus den Ohren entweichen zu sehen. Selbst die ansonsten humorbefreite Praktikantin gestattete sich ein Backfischkichern, und der Jungliterat, der inzwischen seine Versuche umgeleitet hatte, stieß sie noch an, als hätte er seinen rechtzeitigen Einsatz verpasst. Du drehtest dich zum Tresen um, und wie abgesprochen lehnte sie dort, die Hände hinterm Rücken verschränkt, den schönen dunklen Blick auf euren Tisch gerichtet, und grinste.

Die Gehülfin besann sich der Hierarchie und fragte in scheinheiliger Eifrigkeit, ob sie nicht ein Glas Wasser bringen sollte. »Milch!«, presste Frau Wollenberg-Jünemann hervor und verfiel in einen röchelnden Lachhusten, »oder Schokolade. Aber Schweizer!« Und da wusstest du plötzlich, ihr würdet gut miteinander auskommen. Es schien sie prächtig zu amüsieren, dass das Entchen nun nicht wusste, wohin watscheln. Sie warf, schweißglänzend, die Mähne zurück und fasste den Eidgenossen ins Auge: »Na, nu rücken Sie sie schon raus, oder wie deutlich muss eine Dame noch werden?« Die Überdosis Chili hatte sie derart auf Touren gebracht, dass sie nochmals lautstark auflachte. »Sie glauben wohl auch, dass Frauen lieber einen Mann wollen als Schokolade!« Worauf es nun am Kinnbärtchenträger war, so rot anzulaufen, als habe er seine Nase zu tief in die höllische Suppe getunkt, und Entchen klein glotzte beschämt auf ihren Teller. Brunhilde, wie du sie fortan für dich nanntest, wuchtete die Terrine in die Mitte des Tisches, zwei Schüsselchen kippten um. »Hier! Kosten Sie mal alle! Es kann nicht schaden!«

Du wolltest nicht allzu wählerisch sein. Aber es schien doch wieder auf das alte Lied hinauszulaufen. Deine Kollegen – es handelte sich fast ausschließlich um Kolleginnen – wirkten in ihrer Mehrheit nett und das, was deine Mutter *aufgeschlossen* genannt hätte, eine Charakterisierung, die dir in deiner Empfindlichkeit stets wie eine Zurechtweisung vorkam, denn du, du warst es ja anscheinend nicht. Sie machten es dir leicht, zwitscherten dir Floskeln zu und lächelten dich wie auf Knopfdruck an, und ebendas machte es dir schwer. Nämlich in ihnen etwas anderes zu sehen als umgängliche Menschen, auf die du beinahe täglich trafst und die dir dabei fremd blieben, und da halfen auch gemeinsame Mittagessen und Gruppenverabredungen zum Kino nicht weiter. Du wolltest nicht sämtliche Hoffnungen sofort begraben und beteiligtest dich ein paar Wochen lang an diesen Aktivitäten, trafst zwei von ihnen, bei denen du ein gewisses Potenzial zu freundschaftlichen Beziehungen wahrzunehmen glaubtest, auch einzeln, doch richtig warm wurdest du mit ihnen nicht, sie schienen dir allesamt – und du schämtest dich vor dir selbst, weil dir kein überzeugenderes Argument einfiel oder zumindest eine treffendere Formulierung – zu *normal.* Wieder mal wundertest du dich darüber, wie es bei ihnen keine nennenswerte Differenz zwischen Oberfläche, sozialem Komfortverhalten, Konsenskommunikation einerseits und Privatverhalten andererseits zu geben schien, sie hatten das verinnerlicht, empfanden keine Reibung und kamen sich wahrscheinlich *authentisch* vor, und das Schlimmste war, dass es sich dabei vermutlich um die nackte Wahrheit handelte. Das konnte doch nicht sein. Aber es gelang dir nicht, etwas anderes zu entdecken, hervorzulocken, sie hielten mit ihren intimsten Geschichten kaum hinterm Berg, erzählten viel von ihren Familien, über Vorlieben und Abneigungen, entwarfen sich vor dir und den anderen, aber alles breitete sich detailreich auf der gleichen Ebene aus, ohne Dachgeschoss, ohne Unterkellerung, in planer Unverwinkeltheit. Du fandest schwer zu einer Beschreibung deines Unwohlseins damit. Sie kamen dir mitunter vor wie geschmackvolle, luftige, moderne und etwas einfallslose Behausungen ihrerselbst, an denen der Eingang vergessen worden war, sie konnten sich selbst nicht betreten. Kurzum, du gelangtest mit ihnen zu einer Definition von ›zeitgenössisch‹. Das musste es wohl meinen. Eine ansprechende Aufnahme mit Supertele, in der alles außer dem hauchdünnen Schärfebereich in Irrelevanz und Ignoranz verschwamm.

Irgendwie warst du ihnen dankbar für ihre Gesellschaft, hieltest sie aber nur halbe Stunden lang aus, dann wuchs das Bedürfnis, allein und wirklich zu sein, wieder über den kritischen Wert hinaus und du musstest fliehen, zumindest innerlich. Was wolltest du machen? Martin hatte dir, gegen Ende, vorgeworfen, dein Problem sei, dass du zu genau wüsstest, was du wolltest. Ob du denn nicht mal ein bisschen Interesse aufbringen könntest für seine Steckenpferde und Beschäftigungen, ob du dir eigentlich vorstellen könntest, etwas ihm zuliebe zu tun. Du warst drauf und dran gewesen zu antworten, diese ganze sogenannte *Beziehung* fände doch ihm zuliebe statt, du selbst hättest an solchen Lebensformen, wie sich dir nun bestätigt hatte, keinen gesteigerten Bedarf, vielmehr an Lebensreformen, immerhin, einen Versuch sei es wert gewesen. Gesagt hattest du, was solltest du denn da machen, du könntest dich nun mal nicht für Dinge interessieren, die dich nicht interessierten. Und ohne Interessantheit ging es eben nicht, blieb das Leben eine einzige Mühsal.

Noch aus deinem ersten Studium rührte etwas in dir Festgehaktes her, vielleicht, weil du nicht anders konntest oder wolltest, als auch dich – probates Mittel der Abstandsgewinnung – immer wieder wie eine Figur in einem Roman oder Film zu begutachten, dir zuzusehen, deine Geschichte zu verfolgen. Vielleicht nicht gerade ein *page turner* über weite Strecken, dennoch wolltest du stets wissen, wie es weiterging. Zur Theorie erzählender Prosa, *fiction*, jedenfalls hatte sich lehrsatzhaft fast dir eingeschrieben, ein Autor müsse sich über die Motive seiner Figuren im Klaren sein, jeder seiner Charaktere benötige einen Hauptantrieb, aus dem sich sein Handeln und die Konflikte entwickelten. Du fragtest dich bereits damals nach deinem. Es kam dir etwas kaltblütig vor, ihn mit ›Neugier‹ zu bezeichnen, du vertagtest die Frage, *time will tell*. Als du dich ihrer wieder an nahmst, ausgesetzt deinen rätselhaft rätsellosen Mitmenschen, den Mitarbeitern, bei denen du, sosehr du dich mühtest, keinen größeren Antrieb ausmachen konntest als den, nicht aus dem Rahmen zu fallen, nicht von der Karriereleiter und keinesfalls aus allen Wolken, auch und gerade, wenn die des siebten Himmels ihrer jeweiligen *Beziehungen* sich längst zu einem Stratus nebulosus opacus formiert hatten – da also schien dir die Kaltblütigkeit, im Sinne der echsenhaften Wechselwarmheit, der Unfähigkeit, sich aus sich selbst heraus auf Temperatur zu bringen und zu halten, eher eine ihnen zu attestierende Eigenschaft und dein dich umtreibendes Verlangen nach Interessantheit, *action*, auch *fiction* und *friction*, nach Abwechslung auf einem *nicht löschbaren Feuer* zu köcheln. Und dein Drama bestand darin, dass für deinen Geschmack, deine Disposition eigentlich immer ein wenig zu wenig passierte. Was tat man da, als Autorin seiner selbst? Man konnte es nicht herbeischreiben, im Tagebuch.

Die meiste Zeit deines bisherigen Lebens warst du der Fehlannahme aufgesessen und auch jetzt, trotz besseren Wissens, noch nicht vollständig abgefallen vom Aberglauben, deine Wünsche und Phantasien wirkten realitätsverhindernd, was du dir süß oder würzig ausmaltest, würde in der bitteren Wirklichkeit niemals Gestalt annehmen. Die Tatsächlichkeit, der entscheidenden – bloß was eigentlich entscheidenden? – Ereignisse zumal, hatte aus heiterem oder unheiterem Himmel auf dich zu kommen, unversehens und hinterrücks, deine Tagträume als kindische Grillen entlarvend, *I got something better for you*. Das schien geradezu unter die Naturgesetze zu fallen, nur warum, dafür mochte keiner eine Erklärung abgeben. Martin auch nicht, er fiel ja unter dieses Gesetz. Mit ihm hattest du nicht gerechnet, während du hoffnungslos einen Kommilitonen in der Linguistik anschwärmtest und dich mit niedergehaltenen Erwartungen zur monatlichen Studentenparty in die Moritzbastei aufmachtest, weil du jenen hattest sagen hören, er wolle hingehen. Schon das hätte dir zu denken geben müssen, vor allem, was Martin betraf. *Wer geht denn daaa hin?*, hattest du Peter noch im Ohr, auch du mochtest den Ort nicht, pseudoromantische Gewölbe und miserable Musik, gerade das Richtige für Erstsemester aus der Provinz. Eine Jacke, die du dir selbst niemals anzogst, sondern den dunkelblauen Breitcordblouson von *UFF*, etwas oversized, über den Martin sich fortan lustig zu machen pflegte, irgendwann dachtest du, nun reicht es auch mal. Mit der geliebten Jacke nicht, mit den ausgebeulten Bemerkungen. Das Komma *ist wichtig in allen Dingen*. Du ahntest, was ihn daran piekte, sodass er selbst sticheln musste: Das Ding war wenig damen- und auch nicht mädchenhaft, du sahst darin kaum nach seiner Freundin aus, der Frau an seiner Seite. Na pfeif drauf. Du drehtest den Spieß um: »Wieso, schämst du dich für mich?« Er war aber ein Herauswinder und deshalb zum Abwiegeln gezwungen. Die Jacke blieb, bis du gingst. Und um erst gar keine Missverständnisse aufkommen zu lassen, schnittest du dir nach dem ersten Monat die Haare raspelkurz, mit der WG-Haushaltsschere. »Ich hoffe, du magst Mädchen mit Kurzhaarfrisuren«, sagtest du, als du an jenem Abend zu ihm kamst, die Mütze abnahmst. Er lachte, versuchte, sich nichts anmerken zu lassen. Du merktest es aber nachts, als er dir immer wieder, wie, um die Sensation begreifen zu können, durch die Stoppeln fuhr, in denen sich seine Finger nicht länger festkrallen konnten, da gab es kein Halten mehr und die Gewalten eurer Körper rissen euch fort, er wollte es wissen. Was er sich da eingehandelt hatte mit dir, eine Frau oder einen Dämon, er wollte dich besitzen wie nie, wie besessen. Im Bett war es nie verkehrt mit ihm. Aber nie mehr so vollkommen. Die Haare wuchsen nach, wurden lang und länger, im dritten Jahr konntest du Zöpfe und Hochsteckfrisuren tragen. Du weißt auch nicht, warum. Warum das alles überhaupt, du hattest es von Anfang an nicht gewusst und alles auf den Anfang geschoben.

Du warst etwas genervt davon gewesen, wie er dir ständig Platz auf der Tanzfläche weggenommen hatte, denn was konntest du schon tun, als das Beste aus der Geschmacksverirrung zu machen und zu tanzen, nachdem du es aufgegeben hattest, dir die Augen nach dem lockigen Kommilitonen auszurenken, er war nicht da. Louise, mehr als eine Bekannte, weniger als eine Freundin – die Sprache wies gerade in den zwischenmenschlichen Arealen beschwerliche Lücken auf, die sich auf das ganze Verhältnis auswirkten: mal reute einen die Vertraulichkeit, mal die Stocksteifheit –, die du zum Mitkommen ohne Nennung des eigentlichen Beweggrundes hattest bewegen können, flirtete an der Bar mit einem Bierspendierer herum, und du warst dir selbst und den, wie du irgendwann erkanntest, Antanzversuchen dieses erschreckend ausgewachsenen Mannes überlassen. Und du überließest dich ihm und der ohnehin schon in Schieflage geratenen Dynamik des Abends, und sei es nur, um der zeitweiligen Verpaarung Louises etwas entgegenzusetzen. Als du zwischendurch aufs Klo gingst, erwogst du, einen polnischen Abgang hinzulegen, denn auf weitere Verwicklungen warst du eigentlich nicht besonders scharf, instinktiv neigtest du seit jeher zu starken Fluchtimpulsen in Situationen, die nur allzu leicht zu einem selbst ans Bein gebundenen Klotz führen konnten und dem Problem, wie man ihn bloß wieder loswurde. Es hatte aber nichts, wie offenbar bei den meisten, mit einem Zurückschrecken vor emotionalen Verwicklungen zu tun, vor unversehener Überwältigung und Durchwirbelung des Lebens, ganz im Gegenteil: Du hattest keine Angst davor, dich zu verlieben, du hattest Angst, dich nicht zu verlieben. Und was dann. Dann wurde es anstrengend, nichts Halbes und nichts Ganzes, überflüssig wie Bekannte. Die Sache war den ganzen Aufwand nur wert, wenn sie eine große Sache wurde, wenn sie die unvergleichliche Belebung und Transzendierung, den alltagsenthobenen Irrsinn echter Verliebtheit mit sich brachte, die die pure Vernunft und den Ernst des Lebens auf ihre Plätze verwies, ein gewissenlos lachendes Sichentziehen aus allen angeblichen Notwendigkeiten nicht nur ermöglichte, sondern als selbstverständlich geboten erscheinen ließ, die in aller Klarheit vor Augen führte, wofür es sich zu leben lohnte. Eine *Aufforderung zum Tanz*, die man nicht ausschlug.

Brav kehrtest du jedoch vom Klo zurück, auch, weil du Louise nicht in Sorge versetzen wolltest, und jener Mann war immer noch zur Stelle, du hattest es nicht anders erwartet, und diese Sicherheit missfiel dir. Was du ebenfalls erwartetest, und es stellte höchstwahrscheinlich den Hauptgrund für das vorläufige Aufschieben der Flucht dar, war, dass ihr euch, sollten die Dinge einen üblichen Verlauf nehmen, und nichts sprach dagegen, es war gewissermaßen die üblichste derartige Situation, in die du je geraten warst, dass ihr euch also noch in dieser Nacht küssen würdet, und dagegen sprach für dich auch nichts. Du hattest, nach all den Monaten, die du nun schon in dieser Stadt hoffnungsvoll, Tendenz fallend, verbracht und die in dieser Hinsicht nicht das Geringste erbracht hatten, durchaus große Lust darauf, und er, dieser Dunkle, Große, Bärtige, dessen Namen du noch nicht mal kanntest – eine Unkenntnis, die du dir auch, solange es anging, bewahren wolltest, sie schien dir ein Sichtschutz, hinter dem alles Mögliche gefahrlos geschehen konnte –, wirkte dafür nicht völlig ungeeignet, auch wenn du ihn dir, ganz auf dich und deine Wunschbilder gestellt, wohl niemals ausgesucht hättest. Die Knutscherei also, sie dämmerte in euren eng und unmissverständlich gewordenen Tänzen recht deutlich am Nachthorizont herauf, und eine nicht unerhebliche Vorfreude befiel dich, auch Aufregung, denn noch immer warst du ein Neuling in diesen Gefilden, und wohl deshalb verband sich mit der Aussicht auch gleich eine Enttäuschung, denn wenn selbst du es mit solcher Gewissheit vorherzusagen vermochtest, konnte irgendetwas nicht stimmen, und du ahntest vielleicht bereits, was: es ging zu einfach. Ein entscheidender Schritt schien dabei übersprungen zu werden, nämlich der der Ungewissheit. Aus dem die Poesie entsteht. Und damit, wenn schon nicht mit der Poesie, so doch mit ihrem kargen Nährboden, kanntest du dich aus. Und er würde am Ende gleich einem verschliffenen, ausgelassenen Tanzschritt immer fehlen, die Sache würde nicht ganz rundlaufen. *Der Anfang ist wichtig in allen Dingen.*

Martin also, damit konnte man leben. Es hätte wesentlich schlimmer kommen können, wenn auch besser, es war also ganz normal gekommen. Bei der Nennung deines Namens zuckte er erst mal kaum mit der Wimper, du hörtest an seiner Reaktion, warum. »Na ja, soll's ja geben, Frauen mit Männernamen und Männer mit Frauennamen. Sogar in Frauenklamotten, hab ich mal gehört.« Spitzbübisch umzuckte es seinen Mund und du konntest dich des Lachens nicht ganz erwehren, auch wenn du das Gesagte an sich missbilligtest. So ging es dann oft. Erst bei eurem nächsten Treffen gelang es dir, ihm klarzumachen, dass das kein Witz gewesen war, sondern dein ehrlicher Name. Und, um ihn nicht gänzlich in einem Zustand zu belassen, in dem er die Welt nicht mehr verstand, auch in groben Zügen, wie diese Namenwahl, eine Damenwahl, sich zugetragen hatte. Er verdaute kurz daran herum und fragte dich dann, ob er dich nicht »als Einziger« Joana nennen könnte, ob du ihm, er lächelte, dieses Sonderrecht nicht gewähren wolltest. Was bildete der sich denn ein, *als Einziger*! Wahrscheinlich solltest du dich geschmeichelt fühlen, signalisierte diese Bitte doch, dass auch dir bereits ein Sonderstatus bei ihm eingeräumt worden war. Auf keinen Fall, sagtest du, wo solle das hinführen, da könne ja jeder kommen. Martin aber, er kannte dein Verfahren noch nicht, Ernsthaftes scherzhaft zu formulieren, und fragte oszillierend zwischen Indigniert- und Amüsiertheit: »Bin ich jeder?«

»In gewisser Weise schon«, antwortetest du sibyllinisch, und er verstand es nicht, zum Glück, zu seinem Glück, aber auch nicht ganz falsch. Jedermann. Er war nicht beleidigt und beugte sich lächelnd deiner Hartnäckigkeit, überhaupt wies er viel bessere Nehmerqualitäten auf als du, und das nicht aus Schwäche. Er gewann damit, in deinen Augen, du erkanntest ihn an als nicht gleich, aber ebenbürtig, er hatte dir etwas voraus und du fragtest dich, ob es am Altersvorsprung lag. Martin zählte, das hattest du nach den ersten, recht partywüsten Küssen bereits erfahren, quasi zu einer anderen Generation, nämlich dreizehn Jahre mehr als du. Da sich diese Dimension, ein Dasein als Mittdreißiger, das seine Anfänge in den späten

Sechzigern genommen hatte und zeitlich dem deiner Eltern näher stand als deinem eigenen, ohnehin deinem Vorstellungsvermögen entzog, beschlossest du, nicht weiter darüber nachzudenken, denn ändern konntest du es ohnehin nicht, dass Martin Sachen bekannt vorkamen, die dir Neuland waren, dass du über Angelegenheiten in Aufruhr gerietest, über die er hinweglächelte, und falls du ihn langweiltest mit deiner Spätjugendlichkeit, so musste er es weniger dir als seiner eigenen Wahl anlasten.

Es gab kein Geheimnis, von Anfang an lag alles so ausgeleuchtet da wie die Stadt in der Maimorgensonne nach der Party, ihr saht euch schattenlos bei Tageslicht. Genau deshalb warst du hin- und hergerissen und bliebst es, denn Seelenfrieden vermochte dir nur die Uneindeutigkeit zu verschaffen, dann war alles in Ordnung und verständlich, mit deinen Mitteln erschließbar und annehmbar. Du wolltest doch um Himmels willen nicht seine Wohnung sehen. Aber du gingst mit. Louise war noch mit von der Partie nebst ihrem Nachtflirt, Martin lud euch alle zum Frühstück bei sich ein, ging Brötchen holen. Louise griente dich verschwörerisch an. Dir fielen keine Reaktionen mehr ein, du wusstest nicht einmal, wie du nun fandest, was du vorfandest als Junggesellenbehausung, das Einzige, woran du dich klammertest, war Martins Studienfach, Sorabistik. Ethnologie und Sorabistik, wiederholtest du dir wie eine Beschwörungsformel, von der du nicht wusstest, ob du dich damit erlösen oder verzaubern wolltest, oder ob das womöglich übereinfiel. Es interessierte dich jedenfalls, mit Abstand, und auch abstandslos, bei den später, als Louise und Lover sich längst verabschiedet hatten, wiederaufgenommenen Küssen, am meisten. Das Studium hinter sich, versuchte Martin seit Jahren als Teilzeitmitarbeiter auf wechselnden Posten bei einem sorbischen Verlag über die Runden zu kommen und verdingte sich nebenbei hin und wieder auf dem Bau. Die Sorben aber, der Spreewald, hatten in deinem Kinder-Ich durch ein Kinderbuch bleibende Rinnen gezogen, Fließe, auf denen noch heute, anverwandelt, gleich Kähnen die Fragen schaukelten: *Wo ist Milena?* Wer ist sie überhaupt? Wie war sie geraten unter die braven deutschsprachigen Bewohner eines deutschen demokratischen Kinderzimmers, Teddy Wuschel, den Puppentraktoristen Michael und die blonde Lilo, die sich in bräsiger Angestammtheit der nicht nahtlos Einfügbaren verschließt?

Martin stammte aus einem kleinen Dorf bei Cottbus, einer in deiner inneren Topographie nur ungefähr verortbaren Stadt, deren Namen dir, wie andere, Senftenberg, Eisenhüttenstadt, Bautzen, Riesa, Hoyerswerda, dennoch so geläufig waren, wie es nur Kenntnisse sind, die man in früher Kindheit unbemerkt erworben hat, weshalb dir auch nie aufgefallen war, dass du an diese Orte tatsächlich nie gelangt warst. Dein unhinterfragtes Vertrautsein mit ihnen schien auch darauf zurückzuführen, dass ihre Existenz nicht ganz gesichert wirkte, sie gehörten zugleich der profansten Realität und den Dingen an, von denen ständig die Rede gewesen war, an deren wirkliches Vorhandensein aber doch niemand so recht geglaubt hatte, denn in dieser Alltagsambivalenz hatte sich schließlich das gesamte Leben in deinem früheren Heimatland abgespielt, und es mochte nicht ganz verkehrt sein anzunehmen, dass es zunehmend nicht dessen Einwohnerschaft gewesen war, die sich auf diese Wirklichkeit eingestellt, sondern die Wirklichkeit, die die Einwohner auf sich eingestellt hatte, und sicherlich hatte sich in deiner, der letzten, Generation bereits ganz ungestört diese zwischen Einstellung und Fähigkeit changierende Eigenheit entwickeln können, jedenfalls böte sie eine Erklärung für deine entschiedene Bevorzugung des Zwiefältigen und Zwiespältigen.

Du gingst also wieder zu ihm, in seine poststudentische Bude mit dem indischen Bettüberwurf, den sonnenverblichenen Büchern im Fenster und dem Dauerbrandofen, der, eine direkte Linie in dein Kinderzimmer ziehend, als Erstes dein Vertrauen geweckt hatte, auf der Suche nach einem Widerspruch zweiter Ordnung anscheinend, der sich aus deinen durchaus gemischten Gefühlen für Martin, der

Martin-Anomalie, wie du es für dich nanntest, einem nervösen Unwohlsein, dessen Ursache die Normalität bildete, und der Erfahrung einer eindeutigen gegenseitigen Verliebtheit, die es von deiner Seite noch zu entwickeln galt, ergeben würde. Und weil du ihn wieder küssen wolltest, denn das beherrschte er vortrefflich, und man konnte im beginnenden Sommer nicht einfach darauf verzichten. Und auch mit ihm in sein selbstgezimmertes Bett gehen, auch das, *wenn schon, denn schon*. Mit einem Mann, für den du, Namensnarrheit hin oder her, eine Frau warst und sein solltest, und mit den Tücken, die das mit sich brachte, gedachtest du überlegen fertig zu werden. Und war ihm nicht bereits als für sich und ihn sprechendes Verdienst diese mit deinem eigenen Blick auf dich betrachtet nicht gerade naheliegende Wahl anzurechnen? Beide verkanntet ihr einen Umstand, es war das Verkennen. Sich in etwas oder jemanden verrennen. Noch dazu ganz ohne *amour fou*. Es war keine Leidenschaft, die dich hielt, ganze vier Jahre lang. Es muss eher die Abwesenheit von Leiden gewesen sein. Du fandest lange keinen Trennungsgrund und bliebst Martin diesen wohl schuldig noch bei der Trennung. Aber man konnte doch nicht *ewig und drei Tage* das Gleiche machen. Du hattest einfach ausgelernt, für deine Begriffe, und wolltest in diesem Beruf keine unbefristete Stelle antreten, du fühltest dich nicht berufen zu tariflich entlohnter Beziehungsarbeit. Es wurde Zeit für die Selbständigkeit.

Schon Anfang Dezember war die Hitze drückend geworden und hielt sich, dankbar fühltest du die Ströme von Schweiß deinen Rücken hinabrinnen wie eine Ableitung höhergelegener Rinnsale, sie machten es dir leichter, keine weinerlichen Gedanken ans bevorstehende Fest der Familie zu verschwenden. Erstens hattest du hier keine, zweitens hattest du schon jahrelang nur noch so dürftige Rudimente gehabt, deinen Vater und dich, wie zwei noch wacker die Stellung haltende Kuchenzähne in einem gänzlich marode gewordenen

Gebiss, die jedoch so weit auseinanderstanden, dass sich mit ihnen auch der weichste Lebkuchen nicht mehr bequem verzehren ließ, sodass du im Grunde froh warst über die nunmehr völlige Auseinanderbröckelung, es musste sich wenigstens niemand dem anderen zuliebe in Alternativlosigkeit festgekleistert durch die Festtage quälen. Der trübselige Versuch, die Trübsal ersatzloser Weihnachtsabsetzung aus Mangel an Teilnehmern auf Abstand zu halten. Du hattest keinen Schimmer, was dieses Jahr in diesem Land zu dieser Zeit mit dir geschehen sollte, doch wirklich leid tat dir nur dein Vater. Du beschlossest, einen Anruf an einem der Feiertage in Angriff zu nehmen und vorher eine möglichst launige Karte zu schreiben, an der er sich bis dahin hoffentlich aufrechterhalten könnte. Dich packte wieder mal die Wut auf Charlie. Dieser Scheißer, der verheiratet in Helsinki hockte und in den fünf Jahren dreimal in die Wollweberstraße hinabgeschwebt war, wovon zu dir, in Leipzig, stets erst im Nachhinein die Kunde gedrungen war. Was hattest du ihm überhaupt getan? Die Sache war ziemlich durchschaubar: Es war ein schweres Verbrechen begangen worden, zumindest zwischen euch, zumindest daran konnte auch er nicht vorbeisehen, und das versuchte er nun durch Hyperloyalität gegenüber seiner Schnalle, das hieß, gegenüber seiner einmal getroffenen Entscheidung, wieder wettzumachen, und dass du darunter zu leiden hattest, stellte einen nicht ungelegen kommenden Nebeneffekt dar, denn einer musste schließlich für die Sünden büßen, nicht wahr? Charlie übertrug sie ohne Verluste einfach auf dich. Ohne dich wäre es nie so weit gekommen. Was musstest du ihm auch diese Szene machen? Was musstest du dich in Tuomi vergucken? Was musstest du überhaupt nach Finnland fahren und ihn in Besuchsversuchung führen? War doch klar, dass das nicht gutgehen würde. Dass es aber gutgegangen war, bis zum toten Tuomi-Punkt, und zwar gut wie nie, das schien restlos vergessen, mochte höchstens dumpf mal pochen wie eine verflixte und zugenähte Fleisch- und Blutwunde bei unvorsichtigen Bewegungen.

Du richtetest dich auf Weihnachten allein ein und sahst dieser Erfahrung, zumal unter restlos verfremdenden klimatischen Bedingungen, nicht ohne Neugier entgegen, achtetest jedoch darauf, diese stigmatisierendste aller Einsamkeiten nicht den mitleidigen Gesichtern deiner Kollegen auszusetzen, und redetest dich auf ihre Fragen nach deinen *holiday*-Plänen ebenso unbestimmt mit der jeweils anderen Party unter vielen Vielleichts heraus, denn an unverbindlichen Einladungen mangelte es nicht, schließlich betraf fast alle das gleiche familienlose Feierproblem, jedoch entschieden an deiner Lust auf solche Feierlichkeiten. Ganz recht, es handelte sich um *holidays*, also Urlaub: temporärer Befreitheit von allem, was mit Arbeit zu tun hatte, und diese netten Kollegen hatten in mehr als einer Hinsicht mit Arbeit zu tun. Smalltalk unterm Tannenbaum ging über deine Kräfte; was konnte es Trostloseres geben als eine Betriebsweihnachtsfeier, auf der sich alle ganz wie zu Hause fühlen sollten, als Mitglieder einer weder schicksalsgegebenen noch wahlverwandten Familie.

Feige Verdrängung kam aber auch nicht infrage. Du kauftest Weihnachtsdeko und sogar ein künstliches Tannenbäumchen, denn auf etwas mehr oder weniger Künstlichkeit dieses schon vom Ansatz her falschen Weihnachtens käme es nun auch nicht an, und drapiertest unter dem misstrauischen Äugen der Kakadus Lichterketten an den Fenstern. Spekulatius und Pulsnitzer Pfefferkuchen Fehlanzeige. Es gab so etwas Ähnliches. Es schmeckte aber nicht ähnlich. Es war alles viel zu süß und geeignete Zutaten zum Selberbacken ließen sich auch kaum auftreiben. Nicht mal die German Bakery wagte, ihren Kunden Christstollen zu offerieren, vermutlich hätte er ohnehin ein nicht mehr zu stopfendes Loch in dein Monatsbudget gerissen. Vor einer Weinbar hatte noch Anfang November ein Aufsteller mit *Come in for a glass of Glühwein* gelockt, jetzt nicht mehr, obschon ja warme Getränke bei glühenden Außentemperaturen durchaus empfohlen wurden. Nur *German Bratwurst* war noch zu haben, aber wer wollte

Bratwurst an Heiligabend, wo es doch Wiener Würstchen sein mussten mit Kartoffelsalat, von dem sie hier auch nie die leiseste Ahnung ereilt hatte. Du beschlossest, alles über den Haufen zu werfen und dich den Gegebenheiten anzupassen, das hieß, dir für die Festtage bei *Coles* all die kulinarischen Verheißungen zusammenzuhamstern, an denen du bisher mit stiller Wut über ihre unverschämten Preisschilder vorbeigeschlichen warst, und besannst dich auf den Lieblingsweihnachtsfilm deiner späten Jugend, für den regelmäßig sogar Charlie aus seinem Kabuff hervorzulocken gewesen war, unter eingedeutschtem Titel schlicht geheißen *Fröhliche Weihnachten*, der mit einem den Nachbarstölen zum Opfer gefallenen Truthahnbraten und dem Notausweich der Vierziger-Jahre-Familie mit cholerischem Vater in ein chinesisches Lokal endete, wo ihnen ein mageres Federvieh mit verschmortem langem Hals kredenzt und selbiger vor ihrer aller Augen mit beherztem Beilhieb abgetrennt wurde. Ein Entengericht mit allem Drum und Dran vom Chinesen nebenan würde es als Festtagsbraten also auch tun, denn eins musste man diesem reichlich vom Schuss gelegenen Lande lassen, sämtliche asiatischen Küchen ließen einen verächtlich zurückblicken auf das, was in deinem Heimatland so unter diesen geographischen Herkunftsangaben feilgehalten wurde. Jener Film leider war irgendwann in den letzten Jahren spurlos verschwunden aus dem Programm, was du dir zunächst nicht hattest erklären können, denn es war doch neben der Loriot'schen und Familie Heinz Becker die lustigste weihnachtsüberforderte Familie und mit Abstand das Unterhaltsamste gewesen, was an saisonalen Produktionen je über den großen Teich über euch gekommen war. Bis dich der Verdacht einer politischen Entscheidung befiel, einer politisch korrekten nämlich: Entweder war die am Ende fröhlich *Ra ra ra ra ra* statt *La la la la la* trällernde chinesische Belegschaft oder der unpazifistische heiße Weihnachtswunsch des kindlichen Erzählers Ralphie nach einem Luftgewehr der redaktionellen Zensur zum Opfer gefallen. *Du schießt dir das Auge aus.* Die in keinem Verhältnis dazu stehende Gefahr epidemischer Verblödung der Bevölkerung hingegen nahm man offenbar sehenden Auges in Kauf. Das australische Fernsehen machte da keine rühmliche Ausnahme.

Erst mal eingeigelt in deiner immer auf halbem Wege zwischen Behausung und Zuhause steckenbleibenden Wohnung schwand auch das letzte bisschen Lust auf Gesellschaft, sahst du gar keine Veranlassung mehr, dich irgendwohin zu schleppen, die variationslos herabsengende Sonne ödete dich an bis an den Rand einer Sommerwinterdepression, und du fragtest dich, ob du dir eigentlich Sorgen machen müsstest um dich. Aber selbst wenn – Rettung, so viel war klar, könnte nur in Gestalt anderer Menschen nahen, und dieses Problem stellte, wie dir langsam bewusst wurde, kein provinzielles dar, es wurzelte in der Großstadt nur auf anderem Grund. Es standen wesentlich mehr Menschen zur Verfügung – die nicht zur Verfügung standen. Mit der schieren Anzahl erhöhte sich nicht proportional die Wahrscheinlichkeit, auf Leute zu treffen, mit denen du tatsächlich etwas anfangen könntest, denn alle anderen Gruppen von nicht infrage kommenden Leuten erhöhten sich ja mit, das heißt, es wurde zunächst mal nur unübersichtlicher. Zudem herrschte, anders als in sozial ausgezehrten Gegenden, kein erhöhter Bedarf. Man hatte hier und schon in Leipzig und Helsinki nicht gerade auf dich gewartet, zum guten Ton beim Bewegen in der Öffentlichkeit gehörte es ja vielmehr, möglichst blasiert aneinander vorbeizuschielen mit einem Blick, der besagte, du hast uns gerade noch gefehlt. Und es trat, lernte man dennoch jemanden kennen, also freiwillig, mit höchster Wahrscheinlichkeit einer von zwei Fällen ein: Entweder konnte man seine schönen Hoffnungen, die man in Erscheinung und Geartetheit des anderen gesteckt hatte, recht bald wieder begraben, oder sie erwiesen sich als so berechtigt, dass diese Vorzüge auch schon etlichen anderen Zeitgenossen aufgefallen waren, die den sogenannten großen Freundeskreis jenes großartigen Menschen bildeten, und das Äußerste, was sich in diesem Fall anstreben ließ, war, sich darin einund ein wenig hochzuarbeiten, wonach dir der Sinn jedoch zuallermeist nicht stand. Du wolltest nicht eine-Freundin-von sein, du wolltest die Vertraute eines vertrauten Menschen sein, es verlangte dich nach Zweierbeziehungen, es mussten nicht gleich romantische sein.

Als du am Boxing Day deine Mailbox öffnetest und wie erwartet mit Goethischen und universitären Kollegiumsgrüßen überschwemmt wurdest, auf die es wohl die hiesige Höflichkeit geboten hätte ebenso und postwendend zu antworten, womit du jedoch aus Unlust und Prinzip gar nicht erst anfingst, fand sich unter diesem ganzen Plastikstrandgut auch eine echte Flaschenpost, nämlich von der Flasche, die einst dein Bruder gewesen war. Du glotztest auf seinen unmissverständlichen Absendernamen und vermochtest dich nicht als Adressatin wahrzunehmen, fühltest dennoch sogleich kabbelige Wellen aus Freude und Schiss in dir aufschwappen.

Ist bei euch eigentlich auch Weihnachten? Stell dir vor, ich hab das Väterchen dazu gekriegt, sich ins 21. Jh. katapultieren zu lassen, also mit Internetkrams und allen Schikanen. Der staunt Bauklötzer. Vielleicht krieg ich hier ja sogar Skype zum Laufen und ihm das verklickert, dann muss er sich nicht die Finger auf der Tastatur brechen. Ich sag Bescheid, wenn's so weit ist mit der Bildtelefonie. So long.

So long, allerdings. Du wurdest ja nicht wieder. Einerseits warst du tatsächlich erleichtert. Dass es Charlie doch noch gab, für dich, vielmehr dich für ihn. Dass seine Charliehaftigkeit nicht der ehelichen Groteske zum Opfer gefallen war, du ihn auf die Weise wiedererkanntest, wie er diese Zeilen an dich schickte: als handelte es sich bei den kontaktsperrigen fünf Jahren lediglich um eine rhetorische Übertreibung für die gleiche Zahl an Wochen. Andererseits roch solch verschärfte Unberechenbarkeit auch nach Durchtränkung mit den Wassern von Fräulein Virtanen, hieß sie jetzt eigentlich Tuomi Wolkenzin? Das wäre ja wohl die Höhe! Oder Charlie, hatte er sich etwa aller Familienbande entledigt und einen Kuhhandel getätigt, seinem Hang zu schicken Anverwandlungen nachgegeben und sich dabei unter der Hand zu einem finnischen Jedermann machen lassen? Was scherte es dich? Es juckte dich aber gewaltig. Dies und alles, was sich sonst noch zugetragen hatte, endlich aus erster Hand zu erfahren. Obwohl du dir schon denken konntest, dass du mit dem kleinen Finger, den er dir hier reichte, keineswegs auch Charlies Hand zu fassen kriegtest, und von Zugbewegungen war ohnehin abzusehen, würde Seine Heikelkeit Charlie der Erste sich doch damit gleich wieder über den Tisch gezogen wähnen. Charlie bekam es kraft seiner Kargheit hin, dass man sich ihm gegenüber nur aufdringlich vorkommen konnte und sich ganz natürliche Anliegen unter den eigenen Augen in Zumutungen verwandelten. Was lag dir an so einem Tatsachenverdreher? Es musste die Verdrehtheit selbst sein: Nicht obwohl, sondern weil er so sparsam mit sich war, du ihn dennoch aus Verwandtheit kanntest fast wie dich selbst, interessierte dich sein geheimes Leben mitunter mehr als dein eigenes, arbeitetest du dich an einer Art Druckausgleich ab zwischen den Bereichen Nah und Fern, und Charlie tat es, wie du sahst, wohl auf seine Weise, in die die Gegenbewegung stets schon integriert war.

Bevor du dich zu einer übereilten Antwort hinreißen ließest, nahmst du dich erst mal der Fragen an, die hier in Hülle und Fülle schon wieder aufsprossen. Charlie wärmte sich also weihnachtlich am heimischen Herd, wie wohl zu schlussfolgern war, doch auch gleichzeitig an seinem Gattenglück? Hatte er Tuomi mitgebracht, die Braut mit fünf Jahren Verspätung endlich vorgestellt, sie wirklich auf euren Vater losgelassen? Schon der Gedanke, dass es sich bei ihm in diesem Verhältnis um einen Schwiegervater handelte, erschien dir so abstrus und verschoben, verrückt fürwahr, wie du es nur von Träumen kanntest. Von schlechten Träumen. Wo schliefen sie? Hatten sie dein leeres Bett an Charlies gerückt? Du wolltest bitte aufwachen. Das war einfach pervers.

Oder lag hier eine Ehekrise mit Festtagsauszeit vor? Dazu klang er zu munter, Charlie, und würde sich doch lieber jenen kleinen Finger abhacken, als mit ihm ausgerechnet dann das Wasser der euch trennenden Ozeane zu testen, wenn du Oberwasser zu kriegen drohtest und dein schadenfrohes Lächeln den halben Erdball umspannen könnte. Da der direkte Weg der sicherste war, gar nichts herauszukriegen, verlegtest du dich wieder mal auf den indirektesten und wartetest ab. Und siehe, noch am Abend desselben Tages, bei deinem Vater und Charlie aber noch vor dem Mittag, was auf echtes Engagement bei Letzterem oder Antreiben durch Ersteren schließen ließ, ward dir die Bereitschaft zum Skypen mitgeteilt, und so schmissest du alles umgehend an und ließest es klingeln in einer anderen Galaxie. Selbst noch einigermaßen unvertraut mit diesem futuristischen Kommunikationsmittel – du erinnerst dich der kindlichen oder eher schon jugendlichen Zeiten, denn als Kind hattest du nicht mal telefoniert, als ihr euch mit Grusel in der Stimme zugeraunt hattet: stell dir vor, man könnte sich beim Telefonieren sehen! –, befiel dich doppelt und dreifache Nervosität, und als dann tatsächlich deines Bruders Gesicht in minderer Bildqualität, doch erkennbar auch in charakteristischer, dem Anlass keinen Tribut zollender Ernsthaftig-, fast Mauligkeit auf deinem Bildschirm erschien, musstest du dich beherrschen, vor Freude nicht auszuflippen, das heißt, ihn nicht allzu honigkuchenpferdezähnig anzugrienen, schließlich hattest du keine Amnestie erlassen. Deine Furcht, Tuomi könnte plötzlich ebenfalls ihr Gesicht, in dessen Blickfeld, ihren Machtbereich, du nie mehr geraten wolltest, in die Kamera halten, verflüchtigte sich schon in den ersten Augenblicken, etwas an Charlie sagte dir, sie sei nicht zugegen. Charlie sagte einfach: »Tach.« Und du, im adoptierten Tonfall: »Frohe Weihnachten.« Es entlockte ihm immerhin ein einseitiges Mundwinkellächeln. »Willste Papa mal sehen, der scharrt schon mit den Hufen«, wobei er sich grinsend umwandte und du ein entferntes »Spinner!« vernahmst und ein noch entfernteres »Wat muss ick'n jetz machen?«, und Charlies Stimme zum Bild von Charlies Unterleib: »Na dich da hinklucken und wat sagen.«

Und dann schob sich zögerlich und so ängstlich-ernst wie die ersten zu Objekten erkorenen Menschen in der Frühzeit der Fotografie das breite Gesicht deines Vaters mit abgeschnittener Stirn vor das Bühnenbild eures Wohnzimmers, und du musstest fast heulen. Im Hintergrund ein tatsächliches Tannenbäumchen, das dich fix und fertig machte, wer hatte es geschmückt? Du warst dankbar, als kurz das Bild ausfiel, noch bevor dein Vater einen Satz herausgebracht hatte, offenbar auch bei ihnen, du hörtest bloß ein scheu-entrüstetes »Ick hab nix gemacht!« und Charlies Lachen mischte sich in deins.

Was folgte, unterschied sich nicht wesentlich von euren zusammengestolperten Telefonaten, außer dass es dir eher schwieriger vorkam, das Gespräch auf eine angemessene Länge zu bringen, denn was war unter diesen nun kostenbefreiten Umständen angemessen, denen dein Vater zudem zu misstrauen schien wie dem *Nulltarif* bei Fielmann. *Dat kann ja gar nich sein.* Auch löste die Bildebene die Situation nicht einfach in ein normales, wortkarges Miteinander auf, normal war das nicht, sich wie festgenagelt gegenüberzusitzen und sich anzustarren. Und Charlie fiel es gar nicht ein, euch beizuspringen, er hielt sich irgendwo im Hintergrund und nur zwei oder drei Einwürfe widerlegten deine Vermutung einer völligen Verdünnisierung. Nach einer Weile aber, in der ihr wie gewohnt händeringend Berichtenswertes – dein Vater – oder Berichtensmögliches – du – aneinandergereiht hattet, sah dein Vater sein Gesprächssoll erfüllt und meinte: »Na, nu könnt ihr ja noch'n bisschen quatschen«, er gehe schon mal Kartoffeln aufsetzen. Charlie schien diese Wendung nicht einkalkuliert zu haben und gab ein »ääh« von sich, das klang, als solle ihm ein »Moment mal« folgen, ein Hinweis auf die Missachtung der Spielregeln. Ein paar Augenblicke lang tat sich nichts im Guckkasten, und du riefst ins leere Weihnachtszimmer hinein: »Du musst nicht mit mir reden«, worauf Charlie sich umgehend vernehmen ließ mit: »Wieso?« und sich vor dich hinpflanzte, um wieder ins Anschweigen zu verfallen.

»Na?«, versuchtest du, etwas ungeduldig und munter zu klingen, er überhörte es.

»Dann fang mal an.«

»Wieso ich?« Der hatte Nerven, dein Bruder.

»Na du bist doch diejenige, die am andern Ende der Welt lauter Abenteuer erlebt, oder?«

Du hättest gern durch den Bildschirm gelangt und ihn am Schlafittchen gepackt. Viel lieber aber ihm endlich eingebläut, dass das keine Art war, sondern Feigheit, sich dauernd hinter dornigen Neckhecken zu verschanzen, nur war das noch unmöglicher.

»Du etwa nicht?«, gabst du zurück und lauertest gespannt auf die Antwort. Und hättest doch vorhersagen können, dass Charlie sie übersprang.

»Wie lange bleibst du jetzt eigentlich da?«

»Keine Ahnung. Fünf Jahre vielleicht? Ich meld mich dann wieder.«

Aber Charlie bekam es hin, die Annahme zu verweigern und dennoch das Paket zu öffnen. »Also *da* kann ich dich aber nich besuchen.«

»Is bestimmt auch besser so. Besuch macht kluch.«

Er schmunzelte. Du auch.

Die Fragen, die er dir stellte, klangen nach echtem, angesammeltem Interesse an deinem australischen Ergehen, schienen dich jedoch auch davon abhalten zu sollen, deinerseits welche nach seinem borealen zu stellen. Du verzichtetest denn auch auf sie, außer schonungslosen fielen dir sowieso keine ein, und wagtest dich nur an den Rand des gemeinsamen Heimbereichs. »Bis wann bleibst du bei Papa?«

Charlie zuckte mit den Schultern, es wirkte eher untypisch ratlos als typisch unfestgelegt. »Noch'n paar Tage. Dann vielleicht noch nach Rügen.«

»Freunde besuchen?«

»Hm-m.«

»Über Silvester?«

»Mal sehen.«

Du drangst nicht weiter in ihn. Du wolltest ein nächstes Gespräch mit ihm und nicht erst in fünf Jahren. Auch nicht in fünf Monaten. Du fragtest: »Für den Fall, dass dir jetzt nicht gleich Hören und Sehen vergangen ist – demnächst mal wieder?«

»Schon möglich.« Ein Charlie-schiefes Mundwinkellächeln, das dich an diese Möglichkeit glauben ließ.

Es galt, die Möglichkeiten auszuloten, du wolltest dir nichts vorwerfen müssen. Du fühltest dich unbeaufsichtigt, als wärst du in Wirklichkeit noch mit Martin zusammen und den Auflagen des paarweisen Zusammenseins nur temporär entkommen, was eindeutig half, dich aufzuraffen, auch wenn die so imaginär nur an die locker gelassene Leine gelegten Freiheiten sich höchst lächerlich ausnahmen, allein schon ihr Plural, wie ›Götter‹. *In der Fremde wagt, zu Hause zagt man.* Es konnte aber nicht im Rahmen braver Silvesterpartys geschehen; geradezu fassungslos, unwillkürlich kopfschüttelnd warst du von einer solchen in der ersten Stunde des neuen Jahres schon nach Hause gekehrt, schwer genug war es dir gefallen, überhaupt bis Mitternacht auszuharren in dieser gepflegten Konversationsfalle, in die du dich nicht ahnungslos zwar, doch auch nicht gleich das Schlimmste befürchtend hineinbegeben hattest. Die Begeisterung über dein Erscheinen hätte nicht größer sein können; du fragtest dich nicht mehr, worauf sie beruhte, und konntest sie als kulturelle Gepflogenheitshypertrophie inzwischen automatisch subtrahieren. Auch verfügtest du mittlerweile über einen hinreichend großen Vorrat an durchstandenen Silvestern, um zu wissen, dass sie keinen Kaffeesatz des ausgeschlürften Jahres bildeten, der Kräuselkrepp und das Gekröse verpuffter Tischfeuerwerke nicht zu Eingeweideschauen für die Geschicke und Entscheidungen des folgenden taugten, auch wenn dich regelmäßig eine verzagte Weinerlichkeit bei besonders öden Jahresbeschließungen anfiel, denn sollte man nicht dankbar oder erleichtert leichten Fußes hinaustanzen, ausgelassen oder hoffnungstrunken oder notfalls einfach nur trunken hinein? Verbale Überflüssigkeiten von sich geben konnte man schließlich noch die restlichen dreihundertvierundsechzig Tage lang, und in diesem Jahr sogar dreihundertfünfundsechzig.

So fasstest du als ersten und einzigen Vorsatz, dich um dein Alleinsein nur insoweit zu scheren, dass es dir die nötige Narrenfreiheitsenergie zu Unternehmungen lieferte, es jedoch da, wo es sich in Zaudern und Abhaltung von diesen Unternehmungen umwandeln wollte, eiskalt zu ignorieren. Was konnte schon passieren? Was sollte denn aber passieren? Es verbanden sich damit Wünsche, die sich vor dem Zugriff deines Formulierungszentrums in die dämmrigen Sümpfe des Ach-na-ja flüchteten. *Ich weiß es nicht, und ich weiß es genau, und die Frage danach, und die Antwort darauf lautet: ja.*

Ja, genau, so flößtest du dir ein Mutbier ein, noch bevor der verkehrte Sommer wieder auf dem absteigenden Ast war, wandetest dich in bewährtes Nachtblau und machtest dich auf den Weg, mit etwas kalten Gliedmaßen an einem sehr warmen Abend. Natürlich schwante dir, dass auch solche Nächte hauptsächlich lächerlich ausfallen würden, bis zur Peinlichkeit oberflächlich und so weiter. Du gingst nicht aus, um das festzustellen. Sondern weil es einer anderen Ebene bedurfte, weil du sonst deinen Körper nur zur Fortbewegung und schieren Existenz besaßest, und ein Fan reiner Funktionalität warst du nie gewesen, genauso wenig wie andächtigen Anhörens rhythmischer Musik. Sie sollte, wenigstens an Abenden wie diesen, an viel mehr Abenden, dir ins Blut gehen, durch den Körper kurven, und du wolltest andere erleben, die das Gleiche wollten, und wolltest sehen, ob daraus noch andere Körperlichkeiten erwachsen könnten. Einfach: wie es sein würde, unter diesen Bedingungen. Denn erkoren hattest du dir die *Ladies' Night* im *Bank Hotel*, und mit oder ohne

Apostrophierung verbarg sich dahinter, so viel hattest du jedenfalls geschnallt, etwas anderes als freier Eintritt zur Anlockung weiblichen Freiwilds.

Schon standest du auf der dienstagabendleeren Straße vorm Eingang, und der massige, sonst jedoch umgänglich wirkende Türsteher wollte Sperenzchen machen wegen deiner nicht vorzeigbaren, weil gewohnheitsmäßig in keiner Form mitgeführten beglaubigten Identität. Du konntest aber jetzt nicht wieder gehen. Also stelltest du dich doof und reaktiviertest deinen deutschen Akzent, behauptetest, ihr hättet so etwas nicht, und deinen *passport*, also wirklich, den wolltest du nun nicht überall hin mitnehmen, und außerdem: »I didn't know.« Wahrheitsgemäß gabst du dein über alle bekannten Hindernisse erhabenes Alter an: »I am twenty-seven and a half years old. Sir.« Er taxierte dich noch einmal fragenden Blickes, schätzte dich auf zweiundzwanzig und ließ dich rein. Es ging zwei Treppen hinauf, und oben angekommen, wurde natürlich sofort die ganze Absurdität jener mit Ach und Krach bestandenen Examinierung offenbar: Es war so gut wie überhaupt niemand da, der, vielmehr, die dir irgendetwas nicht Jugendfreies hätte antun können. Auch wenn sich, kaum hattest du dich einmal umgesehen, gleich eine kleine kurzhaarige Frau mit Basecap, die sowohl ihre besten Jahre als auch einige Getränke hinter sich zu haben schien, auf dich stürzte. Du gabst dich auf dem Weg des geringsten Widerstandes, weil sie ansonsten harmlos schien, ohne Umschweife als fremd zu erkennen – oder musste man bereits sagen: aus? – und ließest dir das beste australische Bier empfehlen, das du schon kanntest und das ein anderes war als jenes von der Basecapträgerin georderte.

Umspült von ihrem Schwafelschwall, der die Barfrau miteinbezog und schließlich zu deiner Erleichterung ganz auf sie überging, scanntest du die dunklen Räumlichkeiten. Soweit du sehen konntest, herrschte gähnende Leere, was drei oder vier Leute, deren geschlechtliche Kategorisierung unter Umständen von ihnen anders vorgenommen worden wäre als von dir, weshalb du dich mit der Frage nicht aufhieltest, nicht davon abhielt, sich ausgelassen zur Musik zu bewegen. Am anderen Ende des L-förmigen und ungemütlichen Saales hockten zwei Mädchenpärchen, bei denen du dich fragtest, kraft welcher Überredungskünste die wohl hineingelangt waren, auf zwei übereck stehenden Kunstledersofas jeweils an deren äußeren Ecken und knutschten sich ab. Summa summarum kamst du so, Barfrau, Djane und dich selbst eingerechnet, auf ein Dutzend Seelen und erwogst eine ganze Weile, enttäuscht an deinem Bier nippend, dich klammheimlich wieder aus dem Staub zu machen angesichts einer Gästezahl, die schon bei Wohnungspartys als kritisch gelten musste. Doch war die Musik zu gut, um in schlechte Laune verfallen zu können, und deine Lust zu tanzen zu groß, um gänzlich unverrichteter Dinge wieder abzuziehen. Was soll's, dachtest du dir, verstecken konnte man sich hier eh nicht, jeder Platz war gleichermaßen exponiert, so sollte deiner dann wenigstens auf der Tanzfläche sein. Neben dem Mädchen, der einzigen Frau, wie auch immer, die deine Aufmerksamkeit erregte, weil sie lebhaft und gut zugleich tanzte, deine eigene Idealvorstellung von Tanzen verkörperte und auch sonst eine Art Ideal, das sich in diesem Augenblick, *instantly*, instandzusetzen, zu aktualisieren schien *in a glance*. Du nahmst einen Jungen wahr, der kein Junge war, ein Mädchen jenseits aller Mädchenhaftigkeit, und spürtest, nach langem, was es auf sich hatte mit der Anziehung. Dem Wind aus dem Gebirge. Eichen- oder Espenlaub, das war noch die Frage. Sie konnte aufgeschoben werden. Ausgerechnet dies idealische Wesen hing, wie du, kaum dass du dich ermannt hattest zu Tanz und Trachten, gewahren musstest, mit einer verdreht durch die Gegend staksenden albernen Tussi rum und du resigniertest in der Feststellung, dass sich Gegensätze leider auch in diesen Gefilden anzögen, eine Ernüchterung, die weit über jenen Abend hinausreichte. Das grundsätzlich Andere, das du suchtest, es ließ sich nicht einfach durch ein Übersetzen ans andere Ufer erreichen, auch hier triumphierte die Einfallslosigkeit, schrieben sich die eklen eklektischen Muster fort.

Nach einer Weile tapferen, aber kaum stimmungsanhebenden Weitertanzens ließest du dich auf einem unbequemen Sitzmöbel nieder, einer zu einem Halboval geformten Bank mit hoher Lehne, und kamst mit dir überein, dein Soll an Unternehmungsgeist für heute abgeleistet zu haben und dich auf den Heimweg machen zu dürfen, man konnte vielleicht nicht gleich beim ersten Versuch Wunder erwarten. Sobald du dich erhoben hattest aber, stand der einzige und irgendwie sehr kompakt, fast komprimiert wirkende junge Mann neben dir, mit dem du eine Weile allein auf der Tanzfläche gewesen warst, und fragte dich, ob du noch mit ins *Sly Fox* kämst, dort sei mit Sicherheit mehr los. Du wusstest nicht, worum es sich dabei handelte, du wusstest nicht, worum es sich bei ihm handelte, du hörtest dich sagen: »Why not?«

Auf der Straße stellte sich dir der junge Mann als Simon vor und erweckte weder den Eindruck, schwul zu sein, noch etwas von dir zu wollen, stattdessen erfuhrst du, dass er Mikrobiologe sei und in dieser Stadt an einem Forschungsprojekt beteiligt, eigentlich aber »from the north«. »Me, too«, sagtest du, und empfandest eine gegenstandslose Verbündetheit. Es war, als habe er nun einfach die Führung durch deinen Abend übernommen, sich deiner angenommen, sei schon im *Bank Hotel* nicht um seinetwillen zugegen gewesen, sondern zu deiner Anleitung, einer taktvollen Korrektur. Du schieltest ihn von der Seite an, er war dir sympathisch und sehr unterhaltsam, aber doch nicht das, was du wolltest. Was du wolltest, und auch wieder nicht, erblicktest du, als Simon gentlemanlike und mit nicht besonders ironisch zu verstehender Geste dir den Vortritt durch die Tür des *Sly Fox* ließ, einer Bar, wie es aussah, mit etwas Fläche im hinteren Teil für die Tanzlustigen. Falls dies die Konkurrenzveranstaltung zur *Ladies' Night* darstellte, so hatte sie jedenfalls den Sieg davongetragen: In dem schlauchigen Kneipenraum drängten sich die vergnügungssüchtigen Frauen, auch aneinander, und keine schien auf einen Mann zu warten. Simon reckte kurz den Hals, sagte, er wolle dich jemandem vorstellen, und bahnte sich längs einen Weg durch die Damenwelt, du folgtest ihm einfach auf dem Fuße, als hättest du nicht nur die Gestaltung des weiteren Verlaufs, sondern auch jegliche Verantwortung dafür an ihn abgegeben. Auf der Tanzfläche berührte er ein Mädchen mit dunklen schulterlangen Haaren sacht am Arm, das ihm umgehend um den Hals fiel und auf ihn einzureden begann. Du bliebst in einem unentschlossenen Abstand, der gleichzeitig zu groß und zu klein war, stehen, den Tanzenden im Weg; du konntest es selbst nicht leiden, wenn Leute auf der Tanzfläche herumstanden, und wolltest dich lieber an den Rand begeben, als Simon auf dich wies und dir damit das Nähertreten gestattete. Er nannte dir den Namen dieser Freundin, der kaum bis in deine Ohren drang, und referierte ihr dann alles, was er bis dato über dich erfahren hatte, sie hörte es sich mit unbewegt lächelnder Miene an, oder auch nicht. Dann ließ er euch allein. Das schien dir gegen die soeben erst zwischen euch etablierten Umgangsformen zu verstoßen, und ob das fortgesetzte schweigende, halbe Lächeln der Unbekannten dir gegenüber auf ebensolche Aufgeschmissenheit oder völlige Gleichgültigkeit schließen ließ, hättest du nüchtern nicht besser einschätzen können als nach den drei Bieren. Wie immer warst du der Auffassung, dass eine Unterhaltung aus dem relativen Nichts heraus zu beginnen besser denen überlassen werden sollte, die es beherrschten, und das waren noch immer alle anderen außer dir. Dir fiel zumeist einfach keine Frage ein, das heißt, keine, auf die die Antwort dich interessierte, und alles andere erschien dir simuliert und unredlich. Was solltest du sie fragen: wie sie Simon kennengelernt hatte, ob sie auch Mikrobiologin sei und wie lange schon in der Stadt? Es juckte dich nicht. Von den einzigen beiden Fragen, die dir Sinn zu machen schienen, war die eine eher praktischer Natur, die andere unmöglich. Ob sie etwas trinken wolle. Und wie noch mal ihr Name war. Du gabst ersterer den Vorzug und kamst dir tollkühn vor. Schlugst dich, deine Unerschrockenheit unter Beweis stellend, zur Bar durch mit dem Gedanken: Ich gebe einem Mädchen ein Bier aus! Und gefielst dir absolut in der Rolle des Kavaliers, wenigstens für einen flüchtigen, größenwahnsinnigen Moment. Die Flasche, die du ihr reichtest, nahm sie weiterhin ohne erkennbare Gemütsregung entgegen, ihr prostetet euch zu, und nach dem ersten Schluck beugte sie sich zu dir, ihr Mund nur Millimeter von deinem Ohr entfernt, das ein heißer, teils unangenehmer, teils erregender Hauch streifte: sorry, »what was your name again«? Den Eindruck, sie erstatte dir – eine Aufmerksamkeit gegen die andere – mit dieser Nachfrage den Kaufpreis, schobst du vorerst gutmütig beiseite.

Du hattest selber nicht aufgepasst, erinnertest dich aber, dich ausgerechnet Simon mit deinem Mädchennamen vorgestellt zu haben, dessen anglisierter Version, was dir schon im Moment des Aussprechens völlig durchschaubar für ihn wirkte, als könnte er diese Fehlleistung mühelos dechiffrieren. Was du seiner Bekannten zwar nicht zutrautest, dennoch bliebst du bei der Joana-Version, aus eben entgegengesetzten Gründen, es drohte in nichts als Mühsamkeit zu münden, diesem so unbeteiligten Gesicht ein weiteres Ausholen zuzumuten. Sie nickte und nannte dir auch ihren Namen noch einmal, doch was zunächst eine glückliche Fügung schien, entwickelte sich zu einer ungefügen Kalamität – denn was du verstanden hattest, klang allzu sehr nach deinem eigenen Namen, deinem richtigen. Erst glaubtest du deshalb auch, sie habe ihn doch irgendwie erraten, in die gültige Währung umgemünzt mittels der hiesigen Zwangshandlung der verniedlichenden Verkürzung, und damit alles missverstanden und zurechtgerückt zugleich. Quatsch. Du simuliertest leichte Schwerhörigkeit. »Sorry?« Und unterstelltest sie dir dann selbst, als dein Nachhaken nichts anderes heraufbeförderte als die gleiche Ungestaltheit. Jetzt hattest du einen doppelten Wechselbalg vorliegen als Signifikanten, der sich von allen naheliegenden Signifikaten gleich weit entfernt befand. *Johnny. Joni. Jodie.* Ein Zerrspiegelkabinett, in dessen letzter schon halbblinder Fläche du dich selbst gewahrtest als schreibvariantenkrakelndes Kind, jüngst umgetauft. Doch aller kruden Dinge sind drei und du entblödetest dich nicht, die Namensverwirrerin noch ein weiteres Mal, mea-culpa-lächelnd, um Klarifikation anzugehen, allein, es klärte sich höchstens etwas für sie: Als du kurz darauf vom Klo, zugegebenermaßen einer Minutenflucht zur Sortierung der Peinlichkeiten, zurückkehrtest, fandest du sie einer anderen in vertraulichem Zwiegespräch zugeneigt, den Haarvorhang sorgsam vor den Blick gezogen. Das hatte sich also erledigt und damit das funktionale Trinken, du musstest dir nicht länger die Zunge lockern und die erotischen Ansprüche.

Die Musik war im Grunde nicht tanzbar und erfüllte mehr den Zweck eines Komfortrauschens. Du verfügtest dich ins angestammte Land, an den Rand, die Wand, und ergabst dich, mit letzter Lässigkeit an einem der Stehtische lehnend, den kontemplativen und resignativen Gedanken. Ganz konntest du dich noch immer nicht des Das-gibt-es-also-wirklich-Gefühls, mit dem du eingetreten warst, erwehren. Die Mädchenschar hatte sich bereits ausgedünnt und von den Verbliebenen gefiel dir, um ehrlich zu sein, keine auch nur näherungsweise, dennoch zollte deine Unbelecktheit jeder von ihnen Bewunderung. Sie alle mussten es irgendwann gesagt haben. Ihre Familie, sofern vorhanden, konfrontiert haben mit dem Umstand grundsätzlicher Abweichung und vergeblichen Wartens auf einen Schwiegersohn. Und wie sollte das bei dir vonstatten gehen? Du hattest schon wieder das schiefe Gefühl, etwas träfe nicht ganz auf dich zu, und du wusstest nicht genau, was. Eine Tatsache – oder ein Konzept? Das der Einsortierung in eine Kategorie überhaupt, das dich mit Widerstreben erfüllte. Dabei spürtest du sehr wohl die Verheißung, die der Identifikation und schlussendlichen Richtigkeit, bloß als schlüssig empfandest du sie nicht, sondern nur die Blicke der Mädchen, die dich scheel streiften oder gleich ganz an dir vorbeinavigierten. Es wäre doch nichts als eine Behauptung, dich hier dazuzuzählen, nur weil du hier warst. Und wo war eigentlich Simon abgeblieben? Auch er hatte sich großzügig verrechnet. Du gingst nicht auf in dieser Gemeinschaft, die dir in der Tat gemein erschien, im Sinne einer landläufigen Art, *vulgaris*, du mochtest vergesellschaftet mit ihnen existieren und bestimmte Ähnlichkeiten aufweisen, jedoch dich ihnen der Einfachheit halber zuzuschlagen, bewiese nur, dass Großzügigkeit und Kleingeistigkeit mitunter zusammenfielen, *Pi mal Daumen*, woraus sich Rundungsfehler ergäben, die mit jeder weiteren Runde größere Abweichungen produzierten, dein Weichbild abgleiten ließen in ein Bild des Weichens. Es war Zeit zu gehen.

Und nicht zu wanken. Den undichten Ich-Nachen so sicher, wie es eben ging, durch die aufschwappenden Wellen der Frustration zu steuern, auf ein Taxi zu. Da stand eines gleich ein paar Meter die Straße runter, wie in diskretem Abstand und doch, als hätte es auf dich gewartet. Warum musstest du alles auf dich beziehen. Du stiegst ein, knalltest die Tür etwas zu schwungvoll zu, und der Mann hinterm Steuer fuhr sofort los, fragte erst, nachdem du dich angeschnallt hattest, wohin, als hättest du mit dem Einrasten der Metallzunge einen Sprechmechanismus in Gang gesetzt. Allerdings einen, dem seine Mechanik viel weniger anzumerken war als dir.

»How was your night?«, fragte er dich rundheraus, und du sahst, in einem Zustand, der dir Schwierigkeiten machte, geradeaus zu sehen, keinen Grund zur Erhöhung des Schwierigkeitsgrades durch unverzügliches Hochziehen einer Noli-me-tangere-Trennscheibe, die du dann die ganze Fahrt über hättest festhalten müssen. Offenheit gegenüber einem Fremden, warum denn nicht. Wenn Vertraute so schwer zu haben waren, dass ein solches Verhältnis, entstanden über drängenden Wünschen wie Luftspiegelungen über sengendem Asphalt, genauso gut eine optische Täuschung sein mochte – *man sieht nur mit dem Herzen gut* schien doch eine reichlich aus der Luft gegriffene These –, wenn es also de facto keine Vertrauten gab, weil alle zunächst Fremde waren und die allermeisten es auch blieben und selbst die wie auch immer zu Vertrauten Erklärten einen nie auslotbaren Anteil von Fremdheit behielten, dann konnten die Unterschiede nur graduell und nicht grundsätzlich sein und es also dünkelhafter Quatsch, jemandem, den man nicht kannte, eine harmlose persönliche Auskunft zu verweigern. Es sei denn, man wollte gerade nicht reden, das ließest du weiterhin als übergeordnetes Attest gelten. Aber weshalb hättest du nicht reden wollen sollen, so doll lalltest du noch nicht, nach deinem Dafürhalten jedenfalls, und selten spürtest du so wenig Widerstände dagegen, Worte einfach deinem Mund entgleiten zu lassen, ganz, als entstünden sie auch erst dort, kurz vor dem Lippentor, und es brauchte sich nur zu öffnen.

»Could've been better.«

Ob du niemanden getroffen hättest. Oder: nicht jemanden? Was hatte er gesagt? Anybody, somebody? Du hattest es doch gerade gehört und wusstest es schon nicht mehr, fasstest diesen *taxi driver* im Halbprofil von schräg hinten genauer ins Auge, kurze schwarze Haare, das konnte man sagen, nicht bloß dunkle, und ein schwarzer Oberlippenbart dazu, und wurdest dir nicht klarer über die Stoßrichtung seiner Frage.

»Oh, lots of people«, gabst du harmlos zu Protokoll, was zwar keine ganz zutreffende Antwort war, dir aber in ihrer Unstimmigkeit zur Unbestimmtheit der Erkundigung zu passen schien, allerdings auch die Vorlage zur nächsten oder der gleichen in kenntlicherer Gestalt lieferte: »But no one special?«

»No one special«, gabst du ohne Verzug zurück, einesteils wohl in der befangenheitsgeleiteten Annahme, diesen Stoff eurer Unterhaltung damit zusammenfalten und beiseitelegen zu können, der dich andererseits auf leicht erregende Weise kitzelte, sodass du ihn nicht ungern streiftest. Und so leicht auch nicht abstreifen konntest, denn mit dem nächsten Glied der Fragekette merktest du, dass er ihn längst um dich drapiert hatte.

»But that's what you wanted.« Es fehlte fast, das Fragezeichen.

Offenheit also, ja? Oder nein? »Well, yes, in a way.«

»Which way?« Er lachte und erließ dir damit die Antwort. Fiel dann in ein kurzes Schweigen, als müsse er sich auf den Verkehr konzentrieren, der nicht mehr nennenswert sein konnte, Bilder von dieser Nacht auf den Straßen sind dir kaum vor Augen, obwohl du das Fenster heruntergelassen hattest, den Fahrtwind einsogst, auf dass dir nicht flau oder flauer würde, und in diesem passiven Vorbeidefilieren an den Lichtern der Möchtegerngroßstadt eine angenehme Abgehobenheit empfandest, ein Gelöstsein aus den Zusammenhängen. Welchen, das war dir gleich, oder vielleicht gingst du auch davon aus, dass es gar keine mehr gab. Vertrauliche Fremdlinge mochten das anders sehen.

»A special man – or a special woman?«

Stand dir ab jetzt, kaum hattest du dich einmal rausgewagt, alles auf die Stirn geschrieben, und wann hatte er die gesehen? Verstohlen im Rückspiegel? Du hättest lieber noch einmal nachgefragt, excuse me?, aber du hattest ihn schon verstanden, und es brächte nichts ein außer einem durchsichtigen Aufschub. Selbst die devianteste Antwort auf diese Frage erschien dir, mit Entschiedenheit vorgetragen, immer noch weniger beschämend, dich exponierend, als auch nur den Verdacht einer Unschlüssigkeit zu wecken. Überwinden zur ein oder anderen Festschreibung konntest du dich aber genauso wenig wie sonst zu einer Lüge ohne Not, als die dir jede der Varianten inzwischen irgendwie wieder vorkam, vor allem aber die Festlegung an sich.

»What difference does it make?«, sagtest du schließlich, wie ermüdet von kindlichem Fragespiel, mit einem Anflug von Hochmut und dem vagen Gefühl eines Zitats.

Dein Chauffeur schmunzelte, und du glaubtest erst, er habe vielleicht, im Gegensatz zu dir, die Quelle deiner Replik identifiziert. Und das glaubte er anscheinend auch, nur anders.

»So you're bisexual.«

Und das Merkwürdige war, selbst wenn du gekonnt hättest, du wärst in diesem Augenblick nicht ausgestiegen und kommentarlos, ein bisschen Geld auf den Rücksitz werfend, davonmarschiert, obwohl du dir genau das als angebrachte Reaktion vor Augen führtest. Denn wann hattest du dir jemals Dinge auf den Kopf zu sagen lassen in Worten, die du selbst *nicht mit der Kneifzange angefasst* hättest? Du wolltest nicht in den Hintern gekniffen sein von den Begriffen der anderen, solchem Begreifen in Einfacher Sprache. Dennoch konntest du dich auch nicht prinzipiell gegen ein Gezwicktwerden am Allerwertesten aussprechen, denn was da so wert und hoch gehalten wurde, das niemand drankam, entbehrte doch allzu oft des Humors, die Unangetastetheit schien nur um den Preis der Verkniffenheit zu haben, und der war dir *zu hoch*, auch ganz im Sinne deines Vaters: zu kompliziert. Somit schlug just an dieser Stelle die Unterhaltung in das um, was du begehrt, der bisherige Abend dir jedoch verwehrt hatte: Unterhaltung. Zwar sah er kaum nach deinem aus, der Schatten, der da geworfen, quasi entworfen wurde und dir angeheftet, aber womöglich besser als gar keiner, in jedem Fall und schon in diesem erregte es weniger Aufsehen. Zudem warst du deiner müde, der Johnny, die es permanent aufrechtzuerhalten galt, aber wozu bloß, wozu und für wen, ziemlich überdrüssig. Es gefiel dir, entlastungshalber, eine andere Rolle angeboten zu bekommen, eine schon entwickelte mit mehr oder weniger festem Text, die du nicht erst noch würdest improvisieren müssen, denn darin hattest du vor Publikum noch nie geglänzt.

So hörtest du dich rundheraus Ja sagen, yes, genauso verhalte es sich.

Heavy words are so lightly thrown.

Er schien es zufrieden und damit überraschenderweise plötzlich ablassen zu können vom Thema, enttäuschenderweise, denn da saßest du nun mit deiner angenommenen Identität, und es war nicht klar, wer hier wen ausmanövriert hatte oder ob gar beiden zuteil geworden war, was sie wollten.

Vorerst fuhrst du mit deinem Nachtschatten als bisexuelle Deutschlehrerin durch die neueste Welt zu deiner papageienumschwirrten Adresse in der Waratah Street, und alles daran erschien dir so herrlich erstunken, dass du dir gerne noch ein bisschen weiter zusehen wolltest, auch wenn sich spätestens am nächsten Morgen das Schmetterlingsproblem des Zhuang Zou stellen würde: Wer träumte hier wen? Und was, so dachtest du noch im letzten Moment der Dir-selbst-Überlassenheit, wenn man nun alle mitmenschlichen Zuschreibungen einfach annähme, sich überhaupt nicht mehr wehren, sondern in der ohnehin ja stets herrschenden Ratlosigkeit, wer und wie in aller Welt man denn nun sein wollte, sich schlichtweg dankbar für solche Hilfestellungen zeigen und sie, bei allem Befremden, erst mal anprobieren – *man muss das mal angezogen sehen*, ließ deine Mutter sich vernehmen – und ausführen würde, damit gewissermaßen auch der letzten Verantwortlichkeit enthoben. *Ich hab mir das nicht ausgedacht*. Falls sich auf dieser einsamen Insel sonst nichts weiter zutragen sollte, böte sich damit vielleicht der Freiraum, mit einem solchen immerhin interessanten Selbstversuch über die Runden zu kommen. Blöd wäre nur, und irgendwie stand das aus Erfahrung zu befürchten, wenn es zu den immer gleichen oder ähnlichen Einschätzungen deiner Person käme, die allein aufgrund ihrer Anzahl eine Art erdrückende Beweislast bilden und dennoch in deinen Augen eine Person beschreiben würden, die es nicht gab und die du nun sein solltest. Das wäre schon wieder so langweilig wie die Realität und nicht unterscheidbar von ihr.

»You're sure you wanna go home?«, nahm dein Benenner, als er in die Waratah Street einbog, plötzlich das Gespräch wieder auf, und diesmal schmunzeltest du. Was glaubte er denn, über was für eine Kondition in Sachen Pleiten, Pech und Pannen du verfügtest? Es passierte dir nicht zum ersten Mal, dass du anscheinend nicht den nötigen Ernst an den Tag legtest. Jedenfalls ermunterte es ihn vorzuschlagen, noch woanders hinzufahren. »And have some fun.«

In diesem Moment ging dir auf, dass nicht nur du unterwegs neu eingekleidet worden warst. Auch er hatte sich offenbar hinter dem Paravent deiner Trunkenheit umgezogen. Für den Feierabend. Wieder gelang es dir nicht ganz, die Amüsiertheit mit etwaiger Alarmiertheit beseitezuschieben, außerdem galt es, die Situation mit lockerer Oberhand zu deichseln. Du sagtest, du wollest wirklich nach Hause, für heute sei es genug.

Er fragte noch einmal nach der Hausnummer, hielt auf einen Wink von dir vor dem modernistischen weißen Gebäude, das kein einziges erleuchtetes Fenster mehr zeigte – und startete einen letzten Versuch, drehte sich zu dir um: Er kenne da noch einen Ort, an den man gehen könnte, die Musik sei auch gut, oder ihr würdet einfach noch ein bisschen durch die Gegend fahren, und »let's have some fun«.

Du verstandest ihn schon. Auch die Dringlichkeit. Mit ihr warst du schließlich ausgegangen. Seine Augen, auch sie schwarz im spärlichen bunten Licht der Armaturen, ruhten unverwandt auf dir, nahmen optimistisch deine Entscheidung vorweg und wussten doch um die grundsätzliche Vergeblichkeit. Du schätztest ihn auf Ende dreißig, Anfang vierzig, Martins Alter, und hattest das beruhigende Gefühl, dich damit auszukennen. Hatte er keine Frau, keine Kinder zu Hause, oder gerade deshalb, und warum dachtest du das? Lag es am Schnurrbart? Du beugtest dich etwas vor und lächeltest ihn abschlägig an. »Come on«, sagte er, flüsterte es fast.

»I'm really tired. I need to sleep now.« Das war zweifellos die Wahrheit, hatte als Argument aber noch nie besondere Durchschlagskraft besessen, meist nicht mal für dich selbst. Trotzdem sagte er: »Okay. Then you need to go.« Und im selben Atemzug, noch bevor du Anstalten machen konntest: »One kiss?«

Du musstest auflachen, kaum vor Verblüffung, mehr vor Vergnügen, und er lachte, vielleicht versuchsweise, ein bisschen mit. Du sahst ihn an. Du konntest ihn nicht noch weiter runterhandeln. Und außerdem, ja außerdem. »Okay«, sagtest du.

Und so rutschtest du noch ein Stück weiter vor in den Zwischenraum zwischen den beiden Sitzen, er schob seinen ganz zurück, und während eure Gesichter sich einander näherten, beglückwünschtest du diese bisexuelle Frau zu ihrem wilden Lebenswandel, und dann warst es auf einmal doch wieder du, die die etwas ungeschickten Lippen, die forsche Zunge dieses fremden Mannes spürte, einen Mund, der nach etwas Undefinierbarem, aber doch auch eindeutig nach einem lebendigen, warmen Mund schmeckte, und nie hättest du für möglich gehalten, mit einem Schnurrbartträger knutschen zu können, es genierte dich ein wenig vor dir selbst und elektrisierte dich als Verrücktheit, und der Übermut schoss dir heiß und beglückend durch die Adern. Seine Hand, die dir in den Ausschnitt fuhr, deine Brust knetete, du schobst sie nicht weg. Auch wenn es dich kein bisschen anmachte, auf der unteren Ebene. Auf der übergeordneten schon.

Irgendwann hattest du aber doch genug. Genug Geschehen für die Erinnerung. Du löstest dich von ihm, riefst seinem leisen Widerstand »one kiss« ins Gedächtnis, und nun würdest du gehen. Und ach ja, wie viel du ihm eigentlich schuldig seist. Du schieltest auf das Taxameter und erfasstest doch die Zahlen nicht, war es viel, war es kaum der Rede wert, jedenfalls wohl ohne Standzeit. Und er nannte dir den Preis und du bezahltest. Und fandest es nicht *ganz in der Ordnung*, sondern ausgesprochen unstatthaft. So, als hättest du eigentlich alles längst beglichen und noch anständig Trinkgeld obendrauf gegeben.

Richtig übelnehmen konntest du es ihm aber nicht, auch das wäre dir im Lichte deines leicht schwankenden Hausflurs betrachtet unehrlich vorgekommen. Und bereuen, bereuen tatest du sowieso nichts, au contraire. Small hours, petty crime.

Unmöglich aber, sofort ins Bett zu gehen. Von wegen Schlafen.

Du ranntest durch die Wohnung wie ein aufgescheuchtes Perlhuhn und gabst dabei vergleichbare, immer aufs Neue einsetzende Gackergeräusche von dir. Offenheit gegenüber einem Vertrauten wäre im Moment doch nicht zu verachten gewesen. Du warfst einen Blick auf die Uhr, es ging auf vier zu. Wo du herkamst, war es jetzt auch dunkel, doch machten die Leute gerade Feierabend, ganz offiziell. Und in Finnland lagen sie womöglich schon auf dem Sofa. In einem blauen Haus. Wem es gehörte, war dir einerlei, *Bahne frei, Zuckerei*, Blut war noch immer dicker als alle Wasser, mit denen eine gewaschen sein mochte, und verklebt skyptest du Charlie an. Der Knabe ging aber nicht ran. Ein bisschen Zeit zu innerer Sammlung wolltest du ihm zugestehen, sie konnte auch dir nicht schaden, während du noch ein paar Runden durch die Wohnung drehtest, dir mechanisch Kekse gegen die Ausgehungertheit und Aufgeputschtheit einverleibtest und verkostungshalber Formulierungen einschenktest, die du jedoch gleich wieder in den Ausguss kipptest, sie passten nicht zum Hauptgericht des Nachtmahls, schmeckten zu fad, zu sauer, zu herb, zu sehr nach dem kohlensäurehaltigen Zuckerzeug, das man zu Fast Food reichte. Wahrscheinlich waren auch einfach schon zu viele Getränke geflossen. Du nahmst einen neuen Anlauf, es würde sich schon ergeben. Bloß nicht mehr diese Nacht. Was Charlie sich so dachte, wenn du ihn um diese pazifische Stunde zu erreichen suchtest, das ließ sich wieder mal nicht lüften. *Den wer'n wir lüften*, ein wiederholt vorgetragenes Vorhaben deines Vaters, das doch meist nur das erfrischende Ergebnis zeitigte, dass Charlie ihn in der Stickigkeit seiner Entrüstung sitzen ließ und auf die ein oder andere Weise verduftete.

Was hattest du auch gewollt? Ihm beweisen, dass die ganze Story, in der er selbst immer noch festhing, längst kalter finnischer Filterkaffee war und du jetzt im Besitz einer Espressomaschine?

Du öffnetest das Schlafzimmerfenster, atmetest gegen das Kreisen im Kopf an und lauschtest dem beginnenden Morgenflöten der Magpies. Eigentlich schien es dir widersinnig, so verschoben, ins Bett zu gehen.

Nun guck mal einer an. Du erzählst dir ja doch wieder allerhand. *Läuschen.* Launen, Lügen und Legenden, alles, was den Lackmustest, sei es auch mit losen Enden, einer Geschichte bestehen kann. Eines mehr oder minder nachvollziehbaren Hergangs, und nicht unwichtig scheint hier auch der Singular. Was ist mit Liebe? *What is love? What's love got to do with it? Love will tear us apart.*

Liebe ist … wenn es das Erleben zerreißt wie einen Faden aus stellenweise zu schlecht verarbeitetem Rohmaterial. Es geht stets eine Weile gut, ergibt ein interessantes, gewollt unregelmäßiges Gewebe, man streicht darüber, beleuchtet es von allen Seiten, Licht und Schatten sind ansprechend verteilt. Es erinnert entfernt an ein paar schöne Vorlagen, die man mal gesehen hat, aber ist doch ganz einzigartig, wirkt ganz selbstgemacht. Mitten im Fluss dann die schwache Stelle, der schadhafte Abschnitt. Wie konnte es geschehen. Man muss zurück, auflösen, mühsam zurückfädeln, abschneiden und neu ansetzen, der Farbverlauf ist unterbrochen, die Abfolge der Textur, nun trifft Dünn fortwährend auf Dünn, Dick auf Dick, wellig und klumpig und gestaltloser Murks. Dann fängt es sich wieder, durch einen Trick oder Glück, es geht gut und dann alles von vorne los. Und man verflucht den Tag, den dieses Montagsgarn ins Haus kam. Brütet Alternativen aus, verlegt sich auf einen kleineren Maßstab, fertigt einzelne Teile an und gedenkt sie später zusammenzufügen. Ein Stückwerk, aber schön bunt. Nur passiert es nie, zu viele Fäden wären zuvor zu vernähen und die Flicken sind unterschiedlich groß und eine Heidenarbeit machte das für ein textiles Reim-dich-oder ich fress-dich, nicht vorzeigbar und höchstens in kalten und dunklen Nächten ein Bettüberwurf, ein voluminöses Ding mehr beim Umzug. Am Ende lodert ein Scheiterhaufen. Der Haufen des Scheiterns.

Erleben aber ist Erzählen, sich selbst, das, was geschieht, geschah oder auch nicht. Um das Erzählen kommst du nicht drumrum. Der Fehler liegt woanders: zu denken, Erzählen sei Geschichtenerzählen. Kann es nicht auch Erzählen von Geschichtetem sein, sollte es nicht? Sichten von Ungeschlichtetem, Ungeschlachtem, one way or the other Verbrachtem, Richtungswechseln, so schnell, dass nicht mehr gesichert erscheint, ob ein Sein an zwei Orten zugleich nicht menschenmöglich sei.

By the way: Einen Lackmustest kann man doch höchstens in einer nachlässigen Sprache, sagen wir, Englisch, bestehen.

Aber noch nicht, die Geschichten sind noch nicht ganz alle, *ganz aus*, wie in deinem Kindheitsleib- und -magenmärchen die schlaue Katze sagt zur gutgläubigen Maus. Noch musst du nicht ans Eingemachte.

Zunächst mal meldete sich Charlie. Als ihm dann mal so war. Tat dabei natürlich in keiner Weise deines nächtlichen Anrufs Erwähnung, was schon an sich wieder etwas so Beschämendes hatte, für dich wohlgemerkt, nicht für ihn, dass auch du beschlossest, so zu tun, als hätte sich das Ganze in der Traumzeit abgespielt. Von deren Realität Charlie keine Ahnung hatte. Und du schließlich auch nur, was deine eigenen schmalen *Traumpfade* betraf. Andererseits sahst du ihm mit geschwisterlichem Röntgenblick sofort an, dass ihn doch die Neugier bewogen hatte, aber wer nichts fragte, der kriegte auch keine Auskunft. So hingt ihr nach den Hallos in der Luft, und eigentlich machte es eher den Eindruck, als müsste Charlie dir etwas erzählen. Und wartete darauf, dass du erzähltest, damit er nicht müsste. Leider neigtest du selbst deinem Bruder gegenüber dazu, in Situationen, die sonst nichts hergaben, in denen schweigebedingt das ganze Verhältnis am Rand einer geschiebelehmigen Steilküste zu stehen schien – und bei Charlies Gleichgewichtsschwankungen war stets mit einem Abbruch zu rechnen –, dich um Kopf und Kragen zu schwatzen.

»Übrigens«, fingst du an, »hab ich neulich Quatsch gemacht.«

»Schon wieder?«, gefiel es Charlie zu fragen, was dich gleich aus dem Konzept brachte, obschon es als Dahingesagtes, das übliche brüderliche Überschießen leicht erkennbar war. Eine *Neigung zum Verschießen*, die seine Augen in Sachen Geschwisterliebe stets zeigten. Half man Charlie aus einem Kommunikationsengpass heraus, brauchte man nicht mit Dankbarkeitsbezeigungen zu rechnen.

»Also wenn dich die Berichte von meinen täglichen, um nicht zu sagen, stündlichen Eskapaden langweilen und du dabei irgendwie zu kurz kommst, dann musst du es nur sagen.«

Immerhin lachte er ein wenig. »Na, nee – erzähl ma.«

Seit den Ausgehgeschehnissen war genügend Zeit vergangen, um sie etwas in Form zu bringen, und du legtest ihm in reichlich ironischer Soße lediglich die Filetstücke vor, an denen ihn dann jedoch eher Äußerlichkeiten als der Geschmack zu interessieren schienen oder auch nur sein Hang zur situativen Sabotage. Die Türsteherszene entlockte ihm ein hochmütiges Grinsen – ja ja, Schwesterlein kommt sich wunder wie erwachsen vor in der weiten Welt, sieht aber doch immer noch aus wie zehnte Klasse –, vielleicht als verspätete Retourkutsche für die Helsinkier Schmach, und gerade deshalb fuhr sie an dir vorbei, fühltest du dich trotzdem überlegen, denn, wie du ja gerade durch freiwilliges Erzählen bewiesest, hatte eine falsche Altersschätzung nun wirklich nichts Ehrabschneidendes für dich, eben weil du erwachsen warst, während er, wie schon vermutet, emotional noch immer der Minderjährigkeit auf den Leim ging wie *Hans Huckebein* dem *Knaben Fritz. Fritzchen* geht auf ne Party. Könnte jetzt ein Witz anfangen. Und der Witz ist ja, dass Charlie tatsächlich, sobald du anfingst, von einer und auch dieser Party zu sprechen, sogleich deine Stelle einnahm, selbst du Geschehen und Umstände plötzlich aus seinem Blickwinkel beurteiltest, der ein überspitzter war. Weshalb du vorsichtshalber die Umstände im Dunkeln ließest und vom Geschehen nur so viel preisgabst, wie unbedingt für das Verständnis notwendig. Natürlich wäre alles für ein Verständnis, soweit von diesem jemals die Rede sein konnte, also schrauben wir unsere Ansprüche herunter und sagen, eine Verständigung, notwendig gewesen, das alles und noch viel mehr. So ist aber euer Umgang nicht geartet, vor allem, weil Charlie vollkommen aus dieser Art schlägt, und du möchtest fast ein Gottseidank hinzufügen. Denn dieses Darlegen und Durchkauen von allem, es mag ja von therapeutischem Wert sein, bloß wird dabei die auch den hochgehaltensten Dingen eigene Schattenseite übersehen, welche hier die des Lichts ist. Zu viel Lichts. *Mehr Licht,* das mochte ja Goethe gesagt haben in seinem Sterbesessel, du hättest absichtlich verstanden: mehr nicht. Immer hattest du Räume mit Deckenbeleuchtung lieber gemieden, und zwar aus ästhetischen Gründen. Du konntest nicht begreifen, wie Leute in ihrer eigenen Wohnung die 60- oder 100-Watt-Deckenleuchte einschalten konnten, um dann nicht etwa einer ausleuchtungserfordernden Tätigkeit nachzugehen, sondern sich da einfach hineinzuhocken und fernzusehen oder auch zu lesen. Vielleicht waren es die gleichen Leute, die mit einem Ausdruck der Rechtschaffenheit in den Gesichtern von sich sagten, sie hätten ja nichts zu verbergen. Traurig genug, dachtest du. Auch führte jene zwischenmenschliche Illumination die Illusion mit sich, das Wesentliche vermöchte ans Licht gebracht zu werden. Wenn das jedoch geschehen könnte, geschähe es schon sehr lange nicht mehr, denn die Menschheit wäre längst ausgestorben, bedeutete es doch das Ende jeder Anziehung. Die Frage hierbei lautet, ob man die Menschen in erster Linie als therapiebedürftig oder so begreift, dass die Schönheit ihnen zumutbar ist.

Für Charlie war es keine, sondern von Grund auf entschieden ohne Diskussion, darüber brauchtet ihr kein Wort zu verlieren. Er wollte nur wissen, wie denn die Musik war und welcher Art und womit aufgelegt, und diese Auskünfte musstest du ihm aus Ahnungs-

und Vokabularlosigkeit – denn du benanntest lieber nicht als falsch, eine unerklärliche Scham – schuldig bleiben. Später: wieso denn dann dieser Simon verschwunden wär, was du ihm ebenfalls nicht sagen konntest.

»Hat dich nich so intressiert, wa?« Und wieder fühltest du dich durchschaut. Hattest du zwischendurch erwogen, die *Joe-le-Taxi*-Tour vielleicht doch ab- oder ganz herauszukürzen, weil deine Erzählung ihm zwar willkommen zu sein schien, doch mehr als eine Form von Zerstreuung, so sahst du dich nun geradezu unter Zugzwang, jedenfalls kam sie dir recht als Gegengewicht und Irrlicht. Ging es immer noch darum, ihn abzubringen vom Pfad der Erkenntnis, führte er denn nicht zu dir? Und hatte er ihn nicht längst zurückgelegt? Dir schien wohl, auf die falsche Art, die hastende und alles am Wegesrand übersehende, oder du nahmst es ihm krumm, dass er sich benahm wie der Igel, stachelig obendrein, und austricksend rief: *Ick bün all hier.* Nicht auszuästen blieb auch die Beweislust: ihm zu Bewusstsein zu bringen, dass du jetzt das aufregende Leben führtest, nicht die Langweilerin abgabst, als die er dich hingestellt hatte, vor sich, ihm wie Juckpulver in den Nacken zu reiben, es hätte sich alles umgewendet und er, tja, *time goes by*, längst beendet, was du gerade erst begannst. Zwar wusstest du nichts über mögliche Außerehelichkeiten, doch du stelltest ihn dir mit Hauslatschen und erkennbar verschärften Geheimratsecken hinterm ungeheizten Kaminofen vor Faulheit frierend und auf den ein oder anderen Bildschirm stierend vor, während sein Eheweib in der City Personen beiderlei Geschlechts verführte, denn die Katze würde das Mausen nicht lassen, auch wenn er sie Mausi nannte.

Du endetest also mit allem dir zur Verfügung stehenden Aplomb auf dem Kussakkord, wenn auch ohne Applaus. Pause. Dann: »Bist du bekloppt?«

Was du vergnügt als Fahrtgewinn für dich verbuchtest. Und erst in Charlies entgeistertem Gesicht als Untiefe erkanntest, bei der du auf Grund zu laufen drohtest. Und so legtest du dir nach Tagen die frische und doch leicht brackig riechende Frage vor, ob das nun eine sogenannte gefährliche Situation gewesen sei, und hattest keine Antwort.

»Sag ma, wo bist du eigentlich?« Dein Blick nämlich hatte etwas abfallen müssen und ging nun vorbei an Charlies Ohr in die Tiefe des Raumes, dessen hintere Begrenzung eine farblich zwar unauffällige weißverputzte Wand bildete, deren angeschnittene Behängung jedoch nach keiner dir jemals untergekommenen aussah und schon gar nicht nach Charlie. Die Wände des blauen Hauses aber waren seiner- und deinerzeit dort, soweit du dich entsannst, alle in zurückhaltenden Mustern tapeziert gewesen, was sich kontrastiv genug ausgenommen hatte gegen seine Hauptbewohnerin. Und zu Hause, da hättest du jeden australischen Dollar drauf verwettet, herrschte wie eh und je das Regime der Raufaser, noch in den von eurer Mutter für passend und peppig gehaltenen Tönen, pastellgelb in der Küche, einwandig terrakotta in der *Stube*, gebrochenes Weiß zum Schlafen, mintgrün im abgezwackten Badezimmer Marke Eigenbau und auf dem Klo, wie um sie näher aneinanderzurücken und ihre eigentliche Union zu bekräftigen, orange in Charlies und graublau in deinem Halbgemach, weil die Aufteilung erst umgekehrt vorgesehen gewesen war, die Tochter näher an der Wohnung Mitte und eingebunden, der Sohnemann auf dem eigenen Wegen zugänglicheren Außenposten und abgehärtet an der Außenwand, ja ja, Charlie aber hatte nichts einzuwenden gehabt gegen die *warme Farbe*, und dir blieb zu befinden, dass es, wie deutlich von Zimmer zu Zimmer, schlimmer hätte kommen können.

Wo steckte der Bengel?

»In Putbus.« Selbstverständlich.

»Wo?« Es handelte sich um kein akustisches Nachfragen. Dir fielen die Freunde auf Rügen ein. Denen ging er aber ganz schön oft *aufn Keks*.

»Putbus auf Rügen.«

»Was du nich sagst.«

»Hattest ne Eins in Geo, wa?« Er zog den einen Mundwinkel hoch.

»Nu ma nich ablenken.« Du würdest ihn jetzt zutage befördern, den Popel, der ihm schon die ganze Zeit aus der Nase guckte. Und dann könnte er durchatmen. Im Moment konnte er nur hörbar ausatmen.

»Alsooo … pass uff«, hob er an und schob ein schwachbrüstiges Grienen ein, »es is nämlich so, dass sich da was geändert hat in meinem verkorksten *life*. – Ich bin nich mehr in Finnland.«

»Das seh ich.«

»Ich mein, Tuomi, ne, du weißt schon, und icke, also, wir sind nich mehr das, was wir warn … *noch vor Jahrn.*«

Du musstest *fast lachen.* Er auch.

»*Schatten?*«

»Sonne.«

Du glaubtest es ihm aufs Wort. Und lächeltest ihn an ganz ohne Falsch. »Denn hol dir mal nich gleich wieder 'n Sonnenbrand.«

Das Grienen hatte nun *was zuzusetzen.* »Na, ich denke mal, Miss Johnny, da ist euereins so direkt unterm Ozonloch gefährdeter als meine Wenigkeit.«

Und so gelangtest du endlich zu aktuelleren Kenntnissen über deinen Bruder, doch, wie sich zeigte, mit nur geringfügiger Verspätung, und die Jahre des Schweigens wirkten, etwas nachträglich erdeutet zwar, doch gerechtfertigt, vertretbar zumindest, eine lange Leitung, sonst nichts. Was hättest du durch sie auch hören wollen. Er hatte es dir erspart.

Mit den Rügenbesuchen und Gegenbesuchen der Rüganer im blauen Haus bei Tampere hatte es zunehmend etwas auf sich gehabt. Du warst bisher davon ausgegangen, diese Freunde seien Kumpels gewesen. Doch auch Kumpels konnten Schwestern haben, und diese hieß Sylvia. Sylvia Klüver aus Sellin, dreißig Jahre und Mutter eines vierjährigen Knaben Max. Der, als sie an einem Silvesterabend vor

Jahren verheult in ihres Bruders Freundesrunde auf- und deines Bruders Lebensweg erstmals kreuzte, noch ein rechter Hosenscheißer und Schreihals gewesen war und Charlie zu nichts veranlasst hatte. Auch Tuomi sei mit von der Partie gewesen und hätte sich als Trösterin und Frauenversteherin versucht und dabei Sylvia angelegentlich über die verklebten Wangen gestreichelt. »Du hättst ihren Blick sehen sollen! Das hätte dir gefallen.«

»Wessen?«, fragtest du sicherheitshalber nach.

»Na, den von Sylvia.« Echt stur. So könnten nur Fischköppe kieken. Das sagte nun der Richtige. Und mit unbewegter Miene habe sie den Kopf dann weggedreht aus Tuomis Hand und dazu gesagt: »Lass man.« Und Tuomi hat ihn angesehen, Charlie, und er hat es ihr nicht übersetzt. Sondern etwas grinsen müssen. Und von da ab habe er mit ihr reden wollen, Sylvia, der großen Schwester seines Freundes René, aber noch nicht gewusst, wie. »Das kam alles später.« Und sie hätten sich Briefe geschrieben.

»Briefe?« Du konntest dich nur wundern und konntest es dir doch vorstellen und auch, dass du weit weg gewesen warst, du, die Schwester. Es versetzte dir nur einen verhältnismäßig geringen Stich, du warst schon eingenommen für Sylvia Klüver.

»Ja, Briefe. Keine Mails.« Mitunter von Tuomi wohl aus dem Kasten geholt und wortlos vor ihn hingelegt. Auch das war durchaus vorstellbar. Mit welcher Wortlosigkeit. Unverletzt, unbeleidigt, in mädchenzarter Dezenz, die Provokation in Person. Er war aber doch Charlie Wolkenzin geblieben, also ein stummer Bewohner des Landstrichs, in dem die Rechenschaft unbekannt ist. Dies wies euch als Verwandte aus, über das Blut hinaus: Am Ende machtet ihr, was ihr wolltet, und es ging keinen was an.

Sylvia, sie wirkte am Stralsunder Theater als Bühnenbildnerin, und wohl noch. Auch das weckte dein Zutrauen in seiner künstlerischen Bodenständigkeit, und du vernahmst förmlich deinen Vater in dir denkend: *wat Reelles.*

»Und wieso nun Putbus?«

»Na hier gibt's auch 'n Theater. Die gehörn zusammen, Greifswald auch noch. Und am selben Ort zu arbeiten, das wär ja nu vielleicht 'n bisschen too much.«

Du setztest es in deinem Kopf zusammen. »Du arbeitest am Theater?«

»Sag ich doch. Nu guck nich so. Ich bin hier so was wie der Hilfstontechniker vom Dienst, ich mein, ohne Aus-bil-dung und so, aber was die hier zusammenmurksen, dat kann ick allemal. Hab ich Sylvia zu verdanken, die is denen hier ziemlich aufn Senkel gegangen, dass se mich nehmen, aber sie kennt die alle, war vorher lange hier, vor Stralsund, deswegen auch die Wohnung.« Er warf einen Zeigeblick über die Schulter.

»Du wohnst bei ihr?« Warum dich das so in Erstaunen setzte, wusstest du selbst nicht genau, schließlich hatte Charlie noch keine einzige eigene Wohnung besessen. Wahrscheinlich gucktest du dir das gleich aus Sylvias Augen an und du konntest sie dir nicht leichtfertig und überredbar mehr denken.

»Wir wohnen zusammen.«

»Und Max?«

»Der wohnt auch hier.«

Du nahmst es als Hinweis, es gut sein zu lassen für diesmal. Noch nicht zu forschen nach der unversehenen Vaterschaft, von der du dennoch sofort ein Bild hattest als versehener und nicht nur als Hilfsvater vom Dienst. Das ließe sich aufteilen auf weitere bildtelefonische Unterredungen. Irgendwann würdest du auch fragen nach einem Foto. Vorgegriffen: Charlie zeigte dir eins aus freien Stücken schon beim übernächsten Mal. Ein tatsächliches Licht-Bild. Du erkanntest ihn kaum wieder, den Arm um die schmächtige Schulterspanne eines weizenblonden Kindes gelegt, unschief lächelnd, im Blick des Kindes schon Schabernack. Dann auch eins von der Mutter, ein nachgedunkelteres Blond in den dichten, wie von leichter

Brise gewellten, lose aufgesteckten Haaren und helle, nicht grüne, nicht blaue Augen, ein fester und warmer Ausdruck um den Mund einer erwachsenen Frau. Da hatte dein Bruder mal wieder ein unverschämtes Glück gehabt. Aber was hieß, mal wieder.

Es war komisch. Wie manchmal unvermittelte Umschläge in den Verhältnissen, Neuigkeiten also im altmodischen Sinne, viel weniger verwunderlich und ganz und gar einverstandener annehmbar waren als solche, die sich länger abgezeichnet hatten.

»Un wat seggt uns Vadding dåtau?«

»Wat soll er sagen.«

»Is er nu eigentlich Opa?«

»Musst ihn ma fragen.«

»Besucht ihr ihn?«

»Zu Ostern. Kurz ma.«

Du lachtest, ihr wusstet beide, warum. Er war nicht gerade als Kindernarr verschrien, euer Vater. Und als besucherfreundlich.

»Damit wär Mama denn ja jetzt auch Oma.

»Na nu wolln wir ma nich gleich übertreiben.«

»Mal was von ihr gehört?«

»Wenn man das so nennen kann.«

»Denkst du, das geht nu immer so weiter?«

»Nö.«

Und damit hatte er sicher recht. So im Allgemeinen. Es versetzte dich gleichwohl in ungerichtete Aufregung.

Und du schicktest dich in die Wüste. Acht Monate weiltest du im Lande, es wurde doch Zeit, dass du etwas vom Landesinneren zu sehen bekamst. Dieser Erdteil erschien dir wie ein ausgehöhlter Kürbis, die besiedelten Küstenstreifen eine harte, unermesslich viel Frucht suggerierende Schale, die sich jedoch um nichts als leeren Raum, Entferntheit, Entkerntheit wölbte. Es mochte nicht ganz zutreffen, ein künstlicher Kern zumindest war dir bekannt dem Namen nach, Alice Springs, und dorthin musste man, wenn man überhaupt irgendwohin wollte in the middle of nowhere und sich nicht auskannte wie ein paar übriggebliebene Menschen, Nachfahren derer, die nicht gefragt worden waren, als man ihnen die Kleinstadt in Wildwestmanier auf ihr Land gebaut hatte. Das Beste an Kleinstädten war dir indes wohlbekannt: Es gab meist ausreichend Landschaft drumherum, in die man schnell gelangen konnte. Du gedachtest dich nicht groß aufzuhalten zwischen diesen an Hässlichkeit schwer überbietbaren, touristisch aufgemotzten Flachbauten, die ihre Abkunft von der Wellblechhütte nicht verhehlen konnten. In einer solchen hattest du, etwas außerhalb, in einer Art Jugendherberge, Quartier genommen; jetzt im Juni war es gut auszuhalten, tagsüber, nachts hieß es sich in alle verfügbaren Decken zu rollen. Den anderen Gästen, unter denen du dir verdächtig alt vorkamst, gingst du, so weit es sich machen ließ, aus dem Weg, nachdem sie dich in der Gemeinschaftsküche gemustert und dann gelangweilt gefragt hatten, wo du herkämst. Sydney, hattest du geantwortet. »You're from Sydney?«, hatte irgendsoein Jungspund aus dem WASP-Bilderbuch nachgehakt. »Exactly«, hattest du gesagt, dir deine Milch aus dem Kühlschrank geschnappt und der internationalen Jugend den Rücken gekehrt. Du hattest keine Lust auf Smalltalk, nie, aber manchmal noch viel weniger. Eine von deinen Goethe-Kolleginnen, Freundinnen konnte man wohl kaum sagen, als Reisegefährtin zu erwählen und zum Mitkommen zu bewegen, hattest du erst gar nicht erwogen, auch niemanden außer Charlie in Kenntnis gesetzt, wo du die paar freien Tage zu verbringen gedachtest. Und wie, niemanden. Charlie fand es »cool!«, dass du dich ins Rote Zentrum aufmachtest, und von diesem Prädikat wolltest du nicht gleich wieder die Hälfte einbüßen an zwei hochgezogene Augenbrauen. Denn einen Ortstermin zumindest hattest du, wenn auch am Stadtrand, und er hatte dir den nötigen Impuls verpasst für Flugbuchung und Reiseplanung, denn du merktest, ähnlich wie in Finnland schobst du mit jedem weiteren Monat des Wohnens in diesem Land weitere Landeserkundungen auf, drücktest dich mehr oder weniger vor ihnen. Doch kaum, weil du dich als Einheimische zu fühlen begannst, auch wenn das allmähliche Auskennen an einem Ort in der Fremde selbst dir auf der Oberfläche als erfülltes Soll diente. Ansonsten eher im Gegenteil: Das fortgesetzte Auf-dich-Gestelltsein hielt dich von einem Einleben ab, auf das du es ohnehin nicht besonders abgesehen hattest. Du fürchtetest es vielmehr, beargwöhntest es zumindest und hättest dich nur, sollte es überhaupt möglich sein, aus einem einzigen Grunde notfalls darauf eingelassen: damit die Anstrengung nachließ. Du verstecktest es vor dir selber, versuchtest täglich daran vorbeizusehen, und schon das war anstrengend genug: dass du jeden Morgen, bevor du aufstehen konntest, die Frage beiseitewälzen musstest, was in aller Welt du hier eigentlich machtest, denn gefallen, das musstest du zugeben, gefallen tat es dir wenig. Du sahst jeden Tag zu, etwas Gutes, wie zum Beweis, dass deine Flugreise um die halbe Welt zu einem Arbeitsplatz kein totaler Fehlschlag gewesen war, aus deinem Hiersein herauszuschlagen, es schien nicht an sich gut zu sein, von sich aus zu überzeugen. Es wollte ständig gerechtfertigt sein, und diese Rechtfertigung konnte doch nicht bloß in einem Mangel an Alternativen bestehen, der auch erst noch zu beweisen gewesen wäre. Undankbar kamst du dir nicht dabei vor, du warst niemandem ein Glücklichsein über Australien schuldig.

Dass du mit dieser Außenstelle angelsächsischer Lebensart, oder was man nach sieben oder acht Generationen noch dafür hielt, nicht warm wurdest, dir die vorrechtliche Selbstverständlichkeit, mit der sich hier breitgemacht worden war und die nun als geschaffenes Faktum die Grundlage von Nationalstolz und Identität bildete, nicht einleuchtete, war das eine, das andere und Eigentliche aber, dass du dich auch mit und in dir selbst nicht mehr wie in der Westentasche zurechtfandest, dass dir ein Ort als fragloser Hintergrund abhandengekommen war und dir die Wohnung, die du in dir selbst hattest, immer mehr wie eingerichtet mit Zufälligkeiten vorkam, Ergebnissen von Entscheidungen, die du ohne innere Notwendigkeit getroffen hattest, weil solche Notwendigkeiten, das früher gar nicht anders vorstellbare Gefühl der Konsistenz, der Konformität mit dir selbst, irgendwie nicht mehr auftauchten, und es konnte gut an dir liegen, denn wie sollte sich etwas Passendes einstellen, wenn nicht klar war, wozu es überhaupt passen sollte. Es fehlte zunehmend an verlässlichen Gegenstücken in dir. Dieses Zögern, diese Unsicherheit mit dir selbst wie mit einer Person, die du nicht gut genug kanntest, sie waren dir neu, und du fragtest dich, ob das von nun an dazugehören würde, nicht mehr wegginge, eine weitere, bisher unerkannte Schlagseite des Erwachsenseins darstellte, oder ob es nicht genau andersherum hätte sein sollen.

Ausschließlich in den Skype-Telefonaten mit Charlie lagen Innen und Außen wieder, wie es sich gehörte, übereinander, sahst du die Umrisse scharf, die Linien nicht gegeneinander verschoben wie beim Abpausen verrutscht, erkanntest du dich als die Entität, in der du lebtest und im Prinzip auch leben wolltest, nur leider ein bisschen zu gut. Ein schrumplig gewordener Luftballon, in den jemand mal frische Luft pusten müsste; es reichte nicht, ihn aufzuknoten und in den Wind zu halten, der meistenteils daran vorbeistrich.

In the desert you can remember your name? Jedenfalls konnte es nicht schaden, dich in der namenlosen Seltsamkeit dieses Lebensjahres wenigstens einmal an einen anderen Ort zu begeben, der im Grunde gar keiner war, mehr eine seit hundertdreißig Jahren bestehende Fata Morgana in der Ortlosigkeit. Die Wüste hattest du dir natürlich immer ganz anders vorgestellt, trotz des seit dem *Bildatlas* hinzugewonnenen Wissens; das Urbild blieb unveränderlich und damit der Eindruck, mit allen anderen Wüstenformen als denen aus hohen Sanddünen und sonst nichts bestehenden irgendwie abgespeist zu werden, doch nicht in die echte Wüste gelangt zu sein, obwohl du nicht hättest sagen können, was du dort gewollt hättest, schon heißer Strandsand ödete dich an. Und hier, in diesem sogleich süchtig machenden Ziegelrot fernab aller Ziegelbauten, das jede Vorstellung, beinahe auch jede Erinnerung an die Bauernhäuser und die Backsteingotik deiner Heimat pulverisierte und dessen bewegende Wirkung vielleicht einfach in der eines starken Kontrastes zwischen dem Erdenrot, dem Himmelsblau und dem gestrüppigen Gelb und Grün, nicht angemischt von Menschenhand, bestand?

Du warst dir selbst zur *Terra nullius* geworden, gehörtest niemandem an, in einem Maße, dass du mitunter sogar Martin nachzutrauern begannst, ihm als Instanz. Du trugst an den angenehm frischen Tagen dieses südlichen Herbstes und Winteranfangs nun öfter die blaue Lederjacke, die er dir vor gut einem Jahr, erst, es konnte kaum sein, in einem noch kühlen Frühling, einfach so, geschenkt hatte. Sie passte *wie angegossen*, bloß verschossen, das war höchstens noch er gewesen, oder mehr, wie du glaubtest, wollte er es noch sein, hätte es auch steif und fest auf alle Nachfragen behauptet. Du bogst dich weg unter seinen Küssen, lachtest und dachtest, *Amanda Herzlos* und traurig, er sollte nicht mehr so große Investitionen machen.

Hier aber fiel es viel weniger auf, dir selbst, denn in der relativen Menschenleere allein zu sein und darin allein unterwegs, übte wie früher in den kleiner bemessenen Weiten des heimatlichen Umlandes keinerlei Bedrückung aus, im Gegenteil. Es war das Alleinsein unter Mitmenschen, das dir zu schaffen machte. Gab es eigentlich ein Gegenteil oder waren Menschen automatisch Mitmenschen? Auch die Antipoden? Diese Überlegung rief das Bild eines immer weiteren Herauszoomens aus dem Fleck, auf dem du dich befandest, auf die Umgegend, ganz Australien, schließlich die weite Welt mit einem ungeheuren Gewimmel menschlicher Individuen hervor, die gleichwohl als solche nicht mehr erkennbar waren. Und es wurden täglich mehr. Und du, du konntest dich noch nicht einmal beklagen, du hattest Platz und Nahrung. Trotzdem schauderte es dich, denn dieser schieren Masse wohnte, auch wenn jedes einzelne Leben sinnerfüllt sein mochte, etwas Sinnloses inne, eben weil sie nicht in Betracht gezogen wurde, weil jeder nur an sich selbst, seine eigene Fortpflanzung dachte und diese Vermehrung im Ganzen nicht den geringsten lindernden Einfluss auf die Einsamkeit besaß. Sie wurde höchstens verschoben, weitergereicht an die nächste Generation und dabei nicht selten vervielfältigt, immer mehr Menschen standen vor dem immer gleichen Problem unter immer verschärfteren Lebensbedingungen, die ihre bloße Anzahl, ihre unabweisbaren und ihre globalkapitalistisch anerzogenen Bedürfnisse erst schufen. Ja, es war nicht die ganze Wahrheit. Aber doch ein Teil, eine nackte Tatsache, an der gemeinhin verschämt vorbeigeguckt wurde wie an plötzlich ins Blickfeld geratenen freigelegten Genitalien fremder Leute. Wer wollte ihnen das Recht auf deren Gebrauch absprechen? *Seid fruchtbar und mehret euch.* Bis an welche Grenze? Die mochte wieder keiner festlegen. Der sogenannten Dritten Welt glaubte man mit Erziehungsmaßnahmen auf diesem Gebiet kommen zu können, in den begüterten Weltgegenden aber herrschte Wehklagen über niedrige Geburtenraten, unternahm man die aufwendigsten Anstrengungen zur Erfüllung *ganz natürlicher* Kinderwünsche für die Aufrechterhaltung der unnatürlichsten Zustände, als handele es sich tatsächlich um eine den terrestrischen Gesetzmäßigkeiten enthobene, von der restlichen abgehobene Welt, deren Bewohner samt ihrer ein oder zwei Nachkommen für den Planeten nicht ins Gewicht fielen. Obwohl gerade sie, wie jeder wusste, es ganz unverhältnismäßig taten. Du verstandest sie nicht, diese Welt.

Und machtest sie mit, die Tour zum Uluru, den Kata Tjuta, zusammen mit den anderen Weltenbummelanten morgens in frostiger Nochdunkelheit auf den gebuchten Bus wartend. Fünf Stunden hin, fünf Stunden zurück, minutiöses Aus- und Eingesteige mit fünfundneunzig Prozent Sitzanteil. Die beiden Tour Guides gaben sich alle Mühe, versorgten euch halbstündlich mit mehr oder weniger Wissenswertem, das du am nächsten Tag wieder vergessen hattest, und fanden in ihren blindwütigen Witzigkeitsbemühungen hin und wieder wirklich ein Körnchen Witz, das auch dich erheiterte. Idiotischerweise versuchten sie euch allerdings auch einzureden, ihr seiet auf diesem Ausflug keine Touristen, sondern *explorer*. Es ließ sich nur *unter Ulk verbuchen*, ignorieren wie aufdringliche Reklame und wie diese nie ganz unschädlich machen. Der junge Mann, der auf dem Hin- und dann auch auf dem Rückweg vor dir saß, betrug sich nicht aufdringlich, drängte dir aber doch die Unsicherheit auf, was mit seinen in Abständen nach hinten geworfenen Bemerkungen anzufangen sei. Es war nett immerhin, nicht völlig übersehen zu werden, denn sonst sprachst du mit fast keinem, trottetest auf den abgezirkelten Gängen um die Felsen nur mit und versuchtest, zu einem Eindruck des Gesehenen, gar Betasteten zu kommen. Es gelang dir auch bei dem schüchtern-gesprächigen Vordermann nicht, und du reagiertest freundlich und stelltest keine Gegenfragen, stießest lächelnd und so unverfänglich wie möglich mit ihm an, als ihr beim Sonnenuntergangsblick auf den flammenden Berg ganz in *explorer*-Manier den verheißenen *champagne*, ein Schaumweingesöff, eingeschenkt bekamt in Plastikgläser, ein gefürchteter, nach allem aber nicht unwillkommener Programmpunkt. Auf der Rückfahrt mimtest du größtenteils die Weggenickte und sahst doch das Kamel, das haarscharf vorm Bus die Straße gekreuzt hatte, in der Finsternis verschwinden. Auch sie gehörten nicht hierher, waren nun aber da.

Als ergiebiger erwies sich wieder das Losziehen auf eigene Faust. Gleich am nächsten Tag liehest du dir eines der Fahrräder des Hostels und brachst mit so viel Wasser und Proviant, wie du deinem Rücken zutrauen konntest, auf zur Simpsons Gap, einem der Durchbrüche der die Stadt beidseitig einkeilenden MacDonnell Ranges. Bis zum Versinken der Sonne warst du geheißen, zurück zu sein, das hatte dir Steve, der Herbergsvater, in wiederholten Mahnungen eingeschärft, und die Sonne sank schnell hier und es wäre

»not safe« in den nächtlichen Straßen von Alice, ganz und gar nicht, und du musstest, bevor du das Wellblechdach wieder überm Kopf haben würdest, noch über den Todd River, das eukalyptenbestandene, ausgetrocknete Flussbett, an dessen Ufern abends, wie tagsüber auf den Bürgersteigkanten der Stadt, die hockten, denen du nicht in ihre dunklen Gesichter zu gucken wagtest. Du wolltest diese Aufteilung nach Hautfarben und Herkunft in die Unbescholtenen und die Tunichtgute nicht, und Steve, er wollte sie auch nicht und nannte nichts und niemanden beim Namen, aber es war hier doch ein Scheitern des Staates Australien auf ganzer Linie und schon vom Ansatz her zu betrachten.

Fünfundzwanzig Kilometer unter sengender Sonne entbehrten jeglichen Erfahrungswerts, und du legtest dich vorsichtshalber ins Zeug, gestattetest dir nur knappe Trinkpausen. Und ein verwundertes Absteigen neben den Lebewesen am Wegesrand. Denn um Steine handelte es sich doch nicht. Was aber tranken sie, diese kugeligen grüngelben Früchte, die einem verdorrenden Stengelgeflecht anhingen, über die rote Erde verteilt wie Bälle auf einem verwilderten Tennisplatz, die du bei eingehenderem Ansehen nicht anders konntest als für eine hartgesottene Art von Melonen zu halten? Die herbe Schale gab sicherlich kein Tröpfchen an die Verdunstung preis, doch irgendwo musste er hergekommen sein, der achtel Liter oder wie viel jede von ihnen enthielt; Hunderte, Tausende gar säumten allein diesen Radweg durch die monatealte Staubtrockenheit.

In der Schlucht gab es Wasser, in der Schlucht war es kühl und sehr still. Du tapptest auf dem rosafarbenen Geröll, so weit du konntest, bis zu der Stelle, an der das Wasserbecken von Steilwand zu Steilwand reichte, und sammeltest ein paar Brocken des warm und unwirklich getönten Gesteins auf. Dir fiel ein, dass Gefängniszellen mitunter in Rosa gehalten waren, wie es auch für Kinderzimmer empfohlen wurde, es wirke besänftigend.

Außer dir war nur ein älteres Paar anwesend, das dich nickend anlächelte, wie um jeden Laut zu vermeiden. Später trat die Frau auf dich zu und fasste dich sacht am Arm, wies mit der anderen Hand auf die gegenüberliegende Seite. »Look!«, flüsterte sie. Da seien sie, die Schwarzfüßigen Wallabies. Und wirklich nahmst du dort nun ein wenig Bewegung zwischen den Felsbrocken wahr, setztest dich auf einen auf der schattigen Seite der Schlucht und verengtest die Augen, um die grauen Tiere sich schärfer von den Steinen abheben zu sehen. Ein Bogen aus Vorsicht spannte sich zwischen den Ufern auf, du vermiedest alle unnötigen Regungen und wachtest wie wohlwollend, bittend über die zaghaften Zeitlupenhopser der kleinen Kängurus. Bis eine Gruppe lärmender Trampel auftauchte, die sie in die Flucht schlugen. Mitmenschen.

All das und noch ein paar unzusammenhängende Merkwürdigkeiten würdest du Charlie als Reiseinhalt vorlegen, auszugsweise auch deinem Vater. Den letzten Tag behieltest du für dich. Am letzten Tag spielten die Bands. Und du besaßest ein Ticket seit Wochen. Und kanntest keine von ihnen, nicht mal dem Namen nach. Und fühltest dich jetzt schon eines Vergehens schuldig, nämlich einer Entscheidung für Kunst aufgrund des Geschlechts. Aber nicht sehr. Dir war, wenn du dieses *Desert Festival* bedachtest, als müsste es auch eine weibliche Form von ›Band‹ geben. Denn stellte sich nicht automatisch eine männliche Besetzung vors innere Auge, eine gemischte allerhöchstens? Sechs oder sieben Bands nacheinander, wie wahrscheinlich war es, dass Auftritt für Auftritt kein Mann auf der Bühne erschiene? Undenkbar unter den Bedingungen der freien Wildbahn, umgekehrt natürlich nicht, umgekehrt konnte es deshalb auch einfach ›Festival‹ heißen, dieses hier aber, wie im Sport so auch in der Sparte Musik, wurde als Frauenbandfestival deklariert, *all-female.* Du hättest dich sonst auch kaum dazu hinreißen lassen.

Wie immer bei Unterfangen, die in dir mit einem bemerkenswerten Aufwallen von Euphorie begannen, einer fast manisch gesteigerten Aktivität, alles, so schnell es ging, in die Wege zu leiten, befiel dich kurz vor der Konjunktion von Plan und Wirklichkeit wieder eine derartige Unlust, dich der eingerührten Situation tatsächlich auszusetzen, dass du erwogst, sie sausen zu lassen, so zu tun, als wüsstest du von nichts. Das war nicht nur Schiss, das war auch die Abneigung gegen Termine aller Art, plötzlich schienst nicht mehr du selbst Zeit, Ort und Anlass für dich ausgemacht zu haben, sondern was auch immer dich da geritten hatte, und diesen Reiter wolltest du nur noch abwerfen. Und wieder frei sein. Trotzdem hinzugehen, wozu du dich ja doch meist überredest, mit kaum überzeugenden Argumenten, kommt einer kleinen Erniedrigung gleich, einer Einwilligung ins Prinzip der Terminkalender. Du aber willst nichts vorhaben, *schon etwas Besseres vorhaben* kann für dich, *more often than not*, nur meinen: nichts, dein Königreich heißt Unverplant. Es scheint dir kein Widerspruch zu bestehen zu deiner dauerhaft laufenden Klage über den Mangel an Ereignissen. Ereignisse müssen sich schon ihrem Namen nach eben ereignen, man kann ihnen nicht wochenlang entgegensehen, und *Event* stellt wahrhaftig keine Übersetzung dar, nur den Versatz.

Du bekamst, so desillusionierend organisiert ging es zu, ein violettes Bändchen ums Handgelenk und sahst dich als ein Schaf durch einen Gattergang auf die Festivalwiese getrieben, wo du dich abseits der Herde am Rand hieltest, eher hinten als vorn, doch die Bühne noch gut im Fluchttierblick. So voll war es letztlich auch nicht, eher schon etwas unbehaglich in der Lückenhaftigkeit, und du wusstest nicht, was du dir nun vorgestellt hattest, wogende Massen, *all-female*, für ein paar unbekannte musizierende Frauen in der Provinznachmittagssonne.

Deine Stimmung reichte anfangs nicht mal für ein Bier, du dachtest an den Ticketpreis und wie lange du dem Ganzen hier eine Chance geben müsstest, bis du ihm halbwegs gerechtfertigt vor dir selbst wieder den Rücken kehren dürftest, ohne diese Rechnung noch durch weitere Posten verungünstigen zu müssen. Du warst absichtlich etwas zu spät gekommen, die erste Band verließ bereits die Bühne. Bis zu einem bestimmten Punkt am frühen Abend, von dem du nicht weißt, wie du ihn überhaupt erreichtest, vielleicht, indem du es den hoffnungslosen Gestalten in den Rinnsteinen von Alice gleichtatest und einfach hocken bliebst, schien sich das Publikum auf eher münchhausensche Art bei Laune zu halten, an den bunt gefärbten Haaren sich aus dem musikalischen Morast in die schwindelndste Hochgestimmtheit zu ziehen. In der Sydneyer Oper vor Kurzem war es nicht anders zugegangen, bei jenem seifigen *La Bohème*-Verschnitt von knapp anderthalb Stunden mit Pause, der sogleich von besinnungslosem Beifall zugeschüttet worden war, ein Akt der Gnade vielleicht, mehr aber doch der Gnade der Einbildungskraft: Man applaudierte dem, was bestenfalls hätte sein können, und sich selbst als kunstsinnigem Menschen, Mitglied der Gemeinde des gleichen Kultus.

Dann geschah, worauf du nicht gewettet hättest, an diesem Abend nicht und nie im Leben: Es rettete dich eine Coverversion. Drei Akkorde, dir wohlbekannt von einer heimischen Schallplatte. Und vier Damen schwangen sich auf in die Gefilde von fünf Herren, deren Hit selbst deinem sonst nur zweisprachigen Vater – er beherrschte Platt und Dialekt – in lockeren Momenten als geflügeltes Wort auf die Zunge flog. *Teek it iesi.* Mit kräftiger Countrystimme und einem Lächeln, das sich um Coolness nicht scherte, sandte die in einen ganz aus Jeansstoff gefertigten Anzug gewandete Sängerin die ersten Zeilen in die wie du plötzlich aus Wunschträumen erwachte Menge, und sie hatten die Wirkung eines korrekten Passworts. *Well, I'm running down the road, tryin' to loosen my load, I've got seven women on my mind*, und hätte dein Bruder dir nicht mal etwas Anständiges wie das Pfeifen auf zwei Fingern beibringen können? Dann hättest du jetzt miteingestimmt. Denn diese märchenhaften sieben Frauen, mit denen du sonst wenig hattest anfangen können, sie schienen auch deiner auf einmal zu harren, du blicktest wie in eine Zukunft, von der du dir selbst bereits erzähltest, und sie sah nicht so eintönig aus. *Four that wanna own me, two that wanna stone me, one says she's a friend of mine.*

Du bemerktest, dass auch die übrigen Bandmitglieder in diesen wie maßgeschneidert sitzenden kragenlosen Jeansanzügen steckten, so akkurat über hochgeschlossenen, jedoch karierten Hemden, dass du dir zunächst keinen Reim darauf machen konntest, bis die Erkenntnis mit Beginn des zweiten Songs zusammenfiel und dir auch der vorschnell als Albernheit beiseitegeschobene Bandname wieder ein: The Beagles. Und The Beagles, Gitarre und Bass, taten sich nun mit tadellosem Harmoniegesang hervor: *Last night I said these words to my girl / I know you never even try, girl*, sodann in sich steigerndem Wechselgesang: *Come on – Come on – Come on – Come on – Come on – Come on – Come on – Come on*, sich seufzend ergießend ins Unisono: *Please please me, oh yeah, like I please you.* Die Leute flippten aus. Und du gewannst dem englischen Wesen, an dem du so wenig wie die Welt genesen würdest, in seiner Ausbreitung und Tradierung, Anhandlung in deiner Privatetymologie, doch noch eine Schmalseite ab, denn hierzulande beherrschte man selbstverständlich den Text. Es handelte sich um ureigenes Kulturgut in den alten Ländereien der Krone. The Beagles konnten ihr Mikro gen Publikum richten und verlässlich tönte das Echo in der vorgesehenen Modulation zurück: *I don't wanna sound complaining / but you know there's always rain in maaa-a-ai heart. – I-in my heart.* Es regnete Herzen, man konnte sich nicht beschweren. Und obwohl spätestens nach dem dritten und vierten Titel, *Is there anybody going to listen to my story / All about the girl who came to stay*, den aus dem Munde der Sängerin mit dem asymmetrischen Kurzhaarschnitt so unerhört glaubhaft klingenden Zeilen *And I found out a long time ago / What a woman can do to your soul*, alles Weitere erwartbar war, der Name striktes Programm, ergriff dich nach jedem Song die Aufregung, welcher der nächste sein würde. Du konntest sie allesamt mitsingen, und du tatest es auch. Deine ungebildete Stimme war nicht zu hören, und du bildetest dir wohl deshalb sein, auch nicht zu sehen zu sein, und die Gesprächslosigkeit des Nachmittags, die Anrempler, die du dir selbst zuschriebst, so abwesend, wie du in der Gegend herumstandest, bestärkten dich lediglich in deiner Tarnkappenphantasie. Dabei wusstest du längst, dass hier meist nur eine Vertauschung der Geschichten vorlag, ein Verwechseln von Bekleidetem und Bekleidendem: man wähnte sich gehüllt in ein Cape, dessen Eigenheit der Heimlichkeit sich nicht übertrug auf den Träger; nackt stand man da wie der König. Und wurde begafft, auch verlacht.

Verlächelt, das konnte sie sich nur haben, die Frau drei oder vier Meter neben dir, auf die landestypische Art, die dich nicht mehr sehr aus der Fassung brachte, auch wenn sich die alte Verknüpfung eines solchen Gesichtsausdrucks mit der Begeisterung über ein unvermutetes Wiedersehen nicht einfach lösen ließ und du noch jedes Mal, deines kümmerlichen Gesichtergedächtnisses eingedenk, einen Reflexschrecken erst beschwichtigen musstest. Sie kannte dich nicht. Du kanntest sie nicht. Und ob man das wohl ändern sollte? Selbst die übliche Unentschiedenheit im Für und Wider, der Clinch frühester Scheu mit späterer Neugier, überformt von der Angst vor versäumten Gelegenheiten wie der vor übereilt herbeigerufenen Geistern, stellte sich nicht mehr ein, und du begriffst, du hattest einen Punkt erreicht, an dem du auf einen hilfreichen Geist, besser noch geistreiche Hilfe, angewiesen warst, wenn es überhaupt noch ein Fortkommen haben sollte mit deinem Leben. Das gab es, jedenfalls warst du überzeugt davon: dass nichts Wesentliches mehr passierte. Denn woher sonst bezogen all die Leute deiner Heimatstadt zum Beispiel, deren *mittleres Alter* dich jetzt nicht weniger deprimierte als aus dem Sicherheitsabstand früherer Jugend, ihr mittleres Unglück, wenn nicht aus der Unveränderlichkeit, stabilisiert von zwei Seiten: dem passiven Glauben an sie und ihre praktische Umsetzung.

Die Verfasstheit ihrer Weltgegend legte ihnen da keine Steine in den Weg. *Dat bliwt allns so as dat is.* Es war nicht so, dass du sie nicht verstandest, deine Mutter. Aber wer hatte ihr geholfen? Doch natürlich wolltest du dich dem gar nicht erst anheimgeben, solchem Paradigmenwechsel, auf dieses Paradekissen der Prinzessinnen dich nicht betten, das fehlte noch: die Errettung abzuwarten, anzugehen andere um Erlösung, die dein Elend doch nichts anging. Und was hieß hier schon Elend. *Help me if you can, I'm feeling down.*

Du ließest dich, als merktest du es nicht, zwei Schritte zurückfallen, um sie aus der Diagonalen ein wenig ins Auge fassen zu können, und befandest, dass eine gut gealterte Lederjacke und ein wirbeliger blonder Kurzhaarschopf, dazu eine gänzliche Unumgebenheit von Gefährtinnen – vielmehr schien auch sie wie du umgeben von ihrem Alleinsein, sich Standhaftigkeit verleihend mit auseinanderstrebenden Beinen, Hände in den Taschen – einen Versuch wert seien. Du pirschtest dich an sie heran. Im Gegensatz zu sonst fühltest du dich nicht zu Originalität verpflichtet. Als ob sie auch jemals etwas eingebracht hätte: indem du dich klüger stelltest, als du warst, stelltest du dich nur dümmer an als alle anderen. Du wolltest ihr aber nicht auf die Schulter tippen und verharrtest einen Moment hinter ihr in der Überlegung, wie ein peinliches Erschrecken zu vermeiden wäre, überspringend auf eine andere, die ebenso nahe lag: Es war noch nicht zu spät. Es lieber sein zu lassen. Doch auch zu Unterlassungen gehörten zwei, und sie drehte sich um. Und du fragtest sie nach einer Zigarette. Als hättest du sie rauchen sehen.

Oh Johnny dear. Was fängt man nun damit wieder an. Viel eher fändest du dich bereit, Bericht zu erstatten von dieser Neuigkeit deines irdischen Wandelns als von den nördlichen Verirrungen zum Beispiel, alles preiszugeben fiele dir in diesem Fall leicht und vielleicht damit geradezu von dir ab. Du kannst es aber niemandem in einem Vielleichtchen überreichen, auch wenn du es dir genau darin, du möchtest fast sagen, eingehandelt hast, es baumelt dir nun als ein überaus praktischer Gelegenheitskauf in diesem *awoska* genannten Einkaufsnetz am Ellenbogen herum, aber gefragt, ob du endlich gefunden hättest, wonach du so lange gesucht hattest, würdest du mit einer überkommenen Geste abwinken: *ach wo.* Warum geht es dich nun so wenig an, dass dir eine Erzählung die Mühe nicht wert scheint? Gibt es nichts her als einen nackten Fakt? Die Sache ist die: Worauf hättest du warten sollen? Hättest du verschmäht, was dir in die Hände, in den Schoß fiel, wäre stattdessen nichts Besseres passiert. Sondern nichts. Es mochte Leute geben, die das für besser hielten, zu denen zähltest du nicht. Aber die Frage, die sich hier aufwarf, lautete, ob selbst Erlebnisse, die umstandslos in die Kategorie ›einschneidend‹ einsortiert würden, ihre Kategorie unterlaufen konnten, indem sie in einer Art unfertigem Zustand verblieben, ungeachtet der Tatsache, dass sie sich anstandslos ereigneten, sich dem Geschehen sozusagen nicht widersetzten, es jedoch entweder so lustlos absolvierten oder so reibungslos, dass darin letztlich doch ein passives Sichentziehen lag; sie rührten sich nicht von der Stelle, dennoch wurde man ihrer nicht habhaft: weil man selbst sich abwandte. Es passierte einem etwas, was einem nicht passierte. Sondern nur passierte. Schildern Sie ein persönliches Erlebnis: dieses schiede aus. Womöglich musst du dich korrigieren, womöglich stellten jene unglückszüchtenden Zustände jenseits der Jugend gar keine des Stillstands dar, vielmehr des Stillgestandens, des Kadavergehorsams der kasernierten Ereignisse, erwünscht, geplant und umgesetzt, abgesichert und abgehakt, verbucht auf der Habenseite, die die des erfüllten Solls war. Und womöglich gucktest du deshalb, im Weggehen über die Schulter, so scheel und füünsch auf das, was das Land Australien dir dann doch noch lieblos serviert hatte, mit den Dienstleistungsmanieren deines ersten Landes, damit du dich nicht beschweren kannst, in der Sache, weil es einen Schwellenfall darstellte, du dich schon hineinstolpern sahst in den Erfahrungsbereich des Setzkastens. Und umso säuerlicher, als das Setting doch abenteuerlicher kaum hätte sein können. Doch vermutlich saß bereits darin der Wurm. Das Gedächtnis ließ es sich nicht nehmen, den passenden Einspieler dazu zu liefern, vom letzten Jahr aus dem Radio: Da hatte es in einer Buchkritik mokierlich geheißen, es gehe um wenig mehr als junge Leute, die ans andere Ende der Welt jetteten, um dort *irgendwelche Gender-Abenteuer* zu erleben. Du, Australien noch nicht ahnend, hattest darin keine passende Jacke gefunden, dir aber entsprechend gekleidete Zeitgenossen von der täglichen Uni-Kleinkunstbühne her in entfernte Weltgegenden versetzen können und keine Sehnsucht verspürt, ihnen da über den Weg zu laufen, mit anderen Worten, nichts dagegen gehabt, sie ein wenig *ihr Fett wegkriegen* zu hören, trotzdem hatte der Satz auch gleich nach dem eines zu kurz gekommenen Sesselfurzers gerochen, auf dessen Seite du dich aus Prinzip, mochte es auch ein ganz anderes sein, nicht geschlagen hättest.

Und nun, übers Jahr, standest du da. Und *går nix* war klar. Herausgestellt hatte sich bloß: Die landläufigen Erlebnisse konntest du noch weniger gebrauchen als die exoplanetaren, *prost Mahlzeit.* Worauf wartest du. *Wenn man es nur wüsste.*

Also gut.

Erzähle ich es dir wie einem Bruder, dem ich es erzählen könnte.

Bei einem Wüstenfestival habe ich keine Zigarette mit einer fremden Frau geraucht, obwohl ich sie höflich um eine gebeten hatte. Seit wann rauchst du auch, wirfst du nun ein, und ich sage, seit es die Umstände erfordern. Sie kannte diese Umstände anscheinend nicht und das hätte mir gleich zu denken geben sollen. Ich dachte aber nur, umso besser, und hab kapiert, dass es auf das Vorhandensein von Zigaretten gar nicht ankommt, das heißt, auf das Vorhandensein von Zigaretten in der Welt schon, und das denkst du auch, ich weiß, aber das kann man auf zweierlei Art: für dich müssen sie in Reichweite sein. Für mich nur irgendwo, dass ich auf sie zeigen kann, ich meine – du weißt schon, was ich meine. Ja genau, sie haben trotzdem ihren Zweck erfüllt. Und frag jetzt nicht, welchen. Ich schweife nicht ab, das hab ich bei dir doch gar nicht nötig, denn du hörst mir ja unvoreingenommen zu, und wir sind uns verbunden wie Zwillinge, eineiige. Interessanterweise hat sie mich nach ihrer abschlägigen Antwort nicht an die und die da drüben weiterverwiesen, es blieb dann einfach so, ohne Zigaretten, sie hatte das also ganz richtig aufgefasst. Und ging dann gleich von sich aus über zum Vorstellungsprozedere, das ganze Wer und Woher, das brauch ich dir nicht zu beschreiben, du findest das ja so mühsam, dass du nicht erst beim Erzählen lieber schon drauf verzichten würdest. Ich auch, stell dir vor, und das nicht wegen Johnny. Obwohl auch sie erst mal wie schwerhörig guckte, dabei hat sie die gleichen Vokale bis ins Schriftbild. Robyn. Da hab ich dann mal wieder auf dich zurückgegriffen. Erst später ausführlicher, die ganze bürgerliche Arbeiterwahrheit, als ich für ein paar Minuten dachte, man könnte nicht alles von Anfang an so genau absehen, Zeichen und Wunder, you know. Und hätte doch sein können. Das sage ich, hörst du, im Geiste Charlie Wolkenzins.

Wie sie aussah also. Kleiner als ich, gebräunter als ich, bei aller Zierlichkeit nicht dünn, Armmuskeln, die ihr nicht zugefallen sein konnten. Blonde Haare, kurz, ungekämmt, oder jedenfalls sollte es so anmuten, braune Augen. Nein, nicht blondiert, oder sie haben raffiniertere Verfahren da unten. Ansprechende Kombination, das musst du zugeben. Dafür geb ich dir auch was zu: zu diesem Soundtrack all der neu aufgelegten Songs aus alten Zeiten, aber an denen lag's nicht, kam sie mir irgendwie auch wie eine Coverversion vor, oder, du kennst dich da besser aus, ein Sample. Ihre Augen, wie gesagt, die waren keine Spur grün, aber die Verwandtschaft wäre auch dir aufgefallen, dir noch mehr, das Original weißt du auswendiger als ich. Wir wollen es nicht nennen an dieser Stelle und an keiner anderen mehr. Hab ich da gedacht, ich kriege einen zweiten Anlauf, einen Ausgleich oder was, und hab nur lange genug warten müssen? Alles Weitere jedenfalls hatte damit zu tun, ich meine, nicht nur das, was passiert ist, sondern auch das, was nicht passiert ist. *There's gonna be a heartache tonight, heartache tonight, I know.* So weit wollte ich's nicht kommen lassen. Nicht, dass ich es kommen gesehen hätte, aber man weiß ja nie. Das heißt: ich war eigentlich gleich umfassend enttäuscht. Ich nehme mal an, du hast dich in Sylvia Klüver *verliebt.* Ja, jetzt dreh dir nicht die Augen ausm Kopp. Denn siehste, das Komische nun ist, dass wir uns an dieser Stelle näher sind als alle Verliebten, nämlich wirklich zwei Hälften eines Paradiesapfels: Du hast das Gefühl und kein Wort dafür – und kein bekanntes haben zu wollen, bedeutet nur, was Besseres haben zu wollen, oder sein? – und ich hab das Wort und keinen sonderlichen Schiss davor, aber kein Gefühl dazu mehr. Und wahrscheinlich bedeutet das auch bei mir, nur auf was Besseres aus zu sein. Es war und ist, als hätte ich das verlernt. Als könnte ich es nicht mal mehr absichtlich falsch verstehen: mich ver-lieben, verlieren an ein unpassendes Objekt. Und daran sind, so weit ich sehe, nicht der Graf von Luxemburg und ein nordischer Kobold schuld, sondern allenfalls eine Fahnenflucht. Vom *Schlachtfeld der großen Gefühle*, du sagst es mit deinem Udo-Tape. Und da kam ich in ein Camp, das nun alles andere als *camp* war. Dieses Jahr-um-Jahr-Phlegma mit – na, nu spuck's schon aus: *dem Cottbuser Postkutscher.* Ach, wie ungerecht. Und sollte man ja nun meinen, diese Hausmannskost hätte mir ausreichend Appetit gemacht auf Abwechslung, und das schon, aber siehe da, ich hab alle Rezepte vergessen, mir mein eigenes Süppchen zu kochen, und bekochen tut mich auch keiner. Bestricken. Belieben, Dativ an dieser Stelle. Mir passt das nicht, aber wat willste machen. Eine Nummer kleiner kaufen und hoffen, man schrumpft rein? Davon hat Mama ja abgeraten. Nur in einem andern Jahrhundert, und vielleicht stammen meine Ansprüche auch noch daher.

Jedenfalls, um das mal gleich klarzustellen: das war jetzt kein Fehler, bloß weil es nicht das Richtige war. Und du ahnst schon, worauf ich hinauswill. Auf die seit Jahrtausenden ungeklärte Frage, was man macht, wenn das Leben anfängt, nur noch zweite Wahl zu liefern, oder vielmehr Dinge, die man mit Ach und Krach und ganz viel positiver Einstellung – alles eine Frage der Einstellung, sagt das Thermostat, deine Sprüche sitzen – noch auf diese Stufe gehievt kriegt, aber nie und nimmer aufs Siegertreppchen. Und *don't go for second best, baby*, wie schon Madonna sagte. Aber einfach stehen bleiben geht auch nicht, lehrt die Kybernetik. Was tun, spricht Zeus. Ob mit Ausrufezeichen, ist die Frage. Nun hilf mir doch mal und rede mir rein und lass mich hier nicht so rumschwadronieren, als wär ich nicht bei Trost. *Nehmt hin die Welt.* Sehr poetisch.

Aber gesagt, getan. Ich will dich ja nicht langweilen, lies: ich will mich nicht langweilen, und spule ein bisschen vor. Die letzte Band hatte lange noch nicht ausmusiziert, genau genommen kaum in die Mikros gehaucht, da knutschten wir auch schon. Und zwischendurch erklärte sie mir, was es damit auf sich hatte. Mit dem, was gespielt wurde. Denn ich verstand kein Wort. *Above / you shall remember / in our girlhood / we made / for and / the town / facing / endurance / man / all.* So was.

Ungefähr die Gegenreformation zu den Beagles. Back to the roots. The Pleiades. Ich hab mir das buchstabieren lassen. Und wo sind die restlichen vier, hab ich Robyn dann gefragt, als wüsste sie in allem Bescheid. Wusste sie auch: »Burnt out.« Und dafür hab ich sie abgeknutscht. Aber nicht dass du denkst, sie hatte angefangen. Einfach so, wie eine beiläufige Bemerkung, die hier zum Umgangston gehört, und da musste man sich nun wirklich nur umgucken, um zu sehen, that's right. Nein, sie war nicht die erste Frau, die ich geküsst hab. Ach so ja wer denn dann. Fängt mit T an, aber nicht wer du denkst. Ganz andere Vokale.

Nun zu deiner Aufklärung: Was sie da gesungen haben, die Drillinge auf der Bühne, ihrem kurz geschorenen Haarschnitt und den drei E-Gitarren nach hätten sie es sein können, das waren windverwehte Fetzen, herübergetragen von einer griechischen Insel, zweieinhalbtausend Jahre weit weg. Ich weiß nicht, wie es um deine klassisch-humanistische Bildung bestellt ist, falls du eine hast, dann ja nicht aus der Schule, auf die ich auch gegangen bin, wenn sie da Prometheus eingebaut haben in Deutsch, dann hatten sie ja schon ihre Schuldigkeit getan. Welche Schule Robyn durchlaufen hat, weiß ich nicht, aber mit Sicherheit die klassische Ausbildung auf Lesbos. Ich meine – du weißt schon, was ich meine. Sie wusste Bescheid. Zwar in dem Punkt nicht mehr als ich, ja, hier spricht deine eingebildete Schwester. Aber in anderen Aspekten der Schwesternschaft schon.

»They only do this Sappho stuff, exclusively, I mean.«

Das interessierte mich, wirklich. Es war immerhin mal was anderes. Bloß dass Robyn ihr Background-Pulver damit schon ziemlich verschossen hatte und viel mehr nicht kam und es mir auch egal sein konnte, dass sie eine der Pleiades über drei Ecken kannte, sie wurde damit nicht zu deren Background-Sängerin, und schließlich hätte man solche Schnüre übereck dort von jeder zu jeder spannen können, das wage ich kraft meiner Beobachtungsgabe und mehr noch den Gesetzen der Wahrscheinlichkeit nach zu behaupten. Unwahrscheinlich, also schön, war dann wieder, wie sie nach dem letzten Song, und ganz im Stil ihrer unaufwendigen Kussinitiative, noch ein Zitat anbrachte, das ich ihr, ehrlich gesagt, kaum zugetraut hätte. Als könnte bloß ich solche Sachen in meinem Kopf unterbringen.

The moon has set, and the Pleiades.
It is the middle of the night.
Hour follows hour. I lie alone.

Maybe not tonight, hab ich gedacht. Und gesagt. Allen Ernstes, im gehörigen Unernst, es war raus. Sie hat mir über den Kopf gestreichelt, was sich dreimal anders anfühlte. Erst zärtlich, als hätte ich alles richtig gemacht, als Erwachsene, dann zärtlich, als hätte ich etwas falsch gemacht, könnte aber nichts dafür, wie als Kind, dann zärtlich, wie man ein Haustier krault, während man über etwas anderes nachdenkt, womöglich darüber, ob man Gefahr läuft, etwas richtig falsch zu machen, oder nur ein bisschen, einen Fehler zu Unterhaltungszwecken.

Die Pleiades, sie traten noch mal an zu einer Zugabe, aber ob sie nun ihr Repertoire schon restlos ausgeschöpft hatten oder die üblichen Konzertgepflogenheiten ihrer Konzeptkunst nicht für würdig hielten, sie spielten nicht mehr Sappho, sondern Roxette. Und jetzt tu nicht so, als wüsstest du nicht, wovon ich rede, dafür hast du zu viele Dorfdiscos unsicher gemacht, während unsereins zu Hause hockte und auf was Gescheites im Radio wartete. Und ich sag dir, bei Mondlicht betrachtet und hier und da mit Mut zur Lücke, macht sich nicht nur der Sappho-Bruch gut als Poptext, sondern ergeben auch Roxette-Lyrics überzeugende lesbische Papyrusfragmente. *Kissing is a color / Her loving is a wild dog / She's got the look.* Wir konnten das beide mitsingen, wir konnten beide dazu tanzen, und weil ich das ja schon immer heimlich sein wollte, dieses untrügliche unbetrübliche *brown-eyed girl*, mehr als nur der Augenfarbe nach – ich hab ja gesagt, ich erzähl es dir, als könnte ich's dir erzählen –, wollte ich jetzt endlich damit anfangen. Und meinte wohl, sie mir als Beispiel nehmen zu können. Sie nahm mich in ihren einen Arm und wies mit dem anderen den Weg, es sah nicht nach einem weiten aus, bis zu ihrem Caravan. *Of love*, magst du meinetwegen ankuppeln. Es handele sich um einen teardrop trailer, hat sie gesagt und gelacht, damit ich lache. Ich kapierte es erst auf den zweiten Blick. Alles eine Frage der Form. Ich bin mitgegangen, weil sie mich mitgenommen hat. So einfach. *Never was a quitter.* Und du denkst dir jetzt mal einen Strich, einen Gedankenstrich.

Und du, Johnny, könntest dir das auch ersparen. Dir über deine zweite Defloration Rechenschaft abzulegen, denn wurde nicht zu viel Wind gemacht um solche Vorgänge bis hinab in die Sumpfgebiete deutscher Fernsehfilme? Ja, aber. Herrschte nicht unheimliche Windstille um das Gewässer, auf dem du nun in See gestochen warst, sodass kein rechtes Vorankommen war und Vordringen in die Allerwelt so unerquicklich, dass man auch gleich die Segel streichen und es sich auf dem kleinen Eiland unter seinesgleichen gemütlich machen konnte? Nur stelltest du eine Art Flüchtling dar, keine Eingeborene jedenfalls, und ob du heimisch werden könntest an diesen Gestaden, blieb dir auch nach jener Teilnahme an einem Eingemeindungsritus schleierhaft. Du betrachtest dich nicht als befugt, Zeugnis zu geben in Sachen *Frauenliebe und -leben*, weder auf die eine noch auf die andere Art. Es ist dir beschieden, dass dein Name zu voreiligen Schlüssen führen wird, aber sollst du ihn deshalb in den Wind schreiben und werden, was du auch nicht bist? Was heißt auch nicht, vielleicht muss es heißen: auch.

Ja, es ist wahr, du willst es nicht missen. Ja, es ist wahr, als Robyns Brüste Haut an Haut in der Hohlform deiner Hände lagen, passten sie genau hinein und mit weniger wolltest du nicht mehr auskommen müssen; es ist wahr, dass du es Loïc, viel mehr noch Martin, geneidet hattest, ihre Lippen um Nippel zu schließen und waren es auch deine. Den Mädchengeruch über der Oberlippe, auch ihn fandest du wieder, unvergessen, unabweisbar und anscheinend international; auch die Abwesenheit von Bartstoppeln, die zarte Haut und zärtlichen Regungen für ein kleineres, weichkonturiertes Gesicht schienen dir abermals hinreichende Argumente. Was lag dir schon an der Kantigkeit eines Mannes. Robyn, sie wollte gewiss nicht weich und so weiblich sein, wie von Männern gezeichnet, und ebendas wirkte auf dich zusammen ein als Reiz, schlug stets ein wie der Blitz. Es war vielleicht nur in zweiter Linie etwas Geschlechtliches. Hier wollte sich jemand entziehen, dem gültigen Wahn, genannt Norm, nicht Genüge tun, und auf der Suche warst du nicht nach hoffnungslosen Romantikern und lateinischen Liebhabern, sondern Verbündeten, und sie mussten eher zu finden sein unter den *von Natur aus*

Andersgearteten, wobei dein Glaube an solche alleinige Wurzel der Abweichung schwach ausgeprägt war. Ein Nicht-Wollen erschien dir bei Weitem attraktiver als ein Nicht-Können, das essentialistische Argument hat dich nie besonders interessiert. Du bist dir sicher und es kümmert dich kaum, für wie glaubhaft Frau Welt dies hält: Wäre die gleichgeschlechtliche Liebe das Standardmodell, du brächest in Richtung der gegengeschlechtlichen aus. Und ergriffest nicht nur im Zusammensein mit Männern früher oder später die Flucht zu den Frauen und Partei für sie, sondern auch umgekehrt: Aus den trauten All-female-Gefilden zöge es dich in die Fremde, den Raum, den du mit einem Mann teilen konntest, ohne je ganz erkannt zu werden, vor einem Mann warst du in Sicherheit noch ohne einen Faden am Leib, er wusste nicht, wie es ist. Es hatte seine Vorteile für eine Person wie dich.

Kein Festland / hat mich lange beschäftigt.

Es ist wahr, du gerietest nicht ins Schlingern, als deine Finger nur spürten, was sie dich sonst auch empfinden ließen, alles war gleich und damit auch gleich gültig, egal im revolutionären Sinne, und es amüsierte dich auch: als berührtest du eine Außenstelle deiner selbst und konntest dich erstmalig konzentrieren auf die haptische Wahrnehmung. Und gleichzeitig sehr wohl wissen, wie es sich anfühlt und sehen an Robyns geöffnetem Mund, der entblößten Reihe der oberen Zähne, den zwei Falten, von den Mundwinkeln zu den Nasenflügeln sich ziehend. Und das erregte dich. Dass es *verboten* war, weil zu vertraut, der Lust zu wenig in den Weg legte.

Sie hatte so schöne Haut. In ihrem Arm zu liegen hernach und zu lachen, vor Erschöpfung und über das Bild eines wackelnden teardrop trailer, das wird ausgenommen vom Grauschleier, der sich über den Rest gesenkt hat. Auch die sternklare Nacht retten wir, den klapperkalten Gang zum Wohnwagen, ihre Decke mit den Schottenkaros, die um euer beider Rücken gezogen war, jede einen Zipfel in der Hand, und ihr innerer Arm um deine Taille gelegt, deiner ihr um die Schultern. Du weißt noch dein Zittern und auch die Wahrheit, dass es nicht nur der Kälte halber dich überkam.

Morgens wärmte die Sonne schon ein wenig deine eine Seite, als du zum Hostel zurückgingst, mit etwas unsicheren Knien und schmerzhaft verkürzten Wadensehnen, gebührlich unterschlafen, vor einer halben Stunde noch nackt und neuerlich zwiefach in Schweiß gebadet, eine Ersatzhandlung für eine andere, zu der du dich nicht hattest entschließen können. Sie hätte dich auch noch weiter mitgenommen. Versuchte eine Weile, dir zuzureden, als sei es ihr auf einmal, nach dieser Nacht unabdingbar, dass du mit ihr führest, durch die Wüste, über Adelaide, wo es eine Freundin zu besuchen galt, bis nach Melbourne in ihre geteilte Wohnung. Du dachtest an deinen Flug und dachtest, sie redet sich da hinein. Doch konnte man es wissen. Aus Erfrischung und Abenteuerlust, oder etwas, das du gern nachgewürzt hättest, spieltest du das Szenario kurz einmal durch: Du ließest den nachmittäglichen Flug sausen und meldetest dich bei Goethe krank. Schon auf die Umstände dieser Schwindelei hattest du eigentlich keine Lust. Und dann würdest du dich dieser immer noch fast zum Fürchten fremden Frau überantworten und mehrere Tage mit ihr von morgens bis in die Nächte hinein verbringen mit deinem bisschen Gepäck und deinen Fragen im Kopf, was die Flüchtigkeit deiner eigenen Person betraf und ob du sie noch warst. Deine Zweifel rührten am meisten daher, dass Robyn sich das offenbar vorstellen konnte. Doch müsstest du nicht nur genügend Mut aufbringen, es einfach tun, wie letzte Nacht? Woran denn sollte man sie erkennen, die Wendepunkte des Lebens, die großen Chancen, die Keimlinge des Glücks? Am Anfang sahen sie alle gleich aus, Unkräuter wie Prachtstauden. Es kam nicht nur drauf an, was man draus machte. Und das hier, sahst du Robyn an, freute dich dennoch nur um der Erfahrung willen, dazu musstest du sie nicht ansehen. Bloß weil du darauf gewartet hattest, hieß das nicht, dass das Erstbeste, was passierte, dich an sich binden musste in Dankbarkeit.

Quelle idée. Es war noch nicht zu spät. Du sagtest Robyn einen Besuch in Melbourne zu.

Im Hostel schien niemand deine nächtliche Abhandenheit bemerkt zu haben und deine Erleichterung schlug umgehend in sachte Enttäuschung um.

Und was kann ich dir erzählen, Mama? Solltest du nicht auch mal was zu hören kriegen aus dem Leben deiner erstgeborenen Tochter? Die dich sich nur noch erzählen kann, es wird eine Geschichte in der nicht halben und nicht ganzen Geschichte. Die reine Fiktion.

Diese Wüstennacht, nein, nicht *wüste*, so nicht, ich meine die wörtliche Wirklichkeit, obschon sie in deinen Ohren nach *Sodom und Gomorrha* sich anhören mag, hatte ein *Nachspiel.* So geht das schon Jahre. Du gibst mir ein Stichwort und ich drehe es mir im Munde um. Das hast du nun davon. Hast du nicht. Jedenfalls, wir tun jetzt so, als seist du auf dem Laufenden. Denk dich mir zurück. In Sydney. Da war ich nun wieder an Ort und Stelle und auch innerlich kaum verrückt, es war eigentlich ein Jammer. Dazu wieder dieses unnütze Einmal-ist-keinmal, stammt es von dir? Wenn, dann nicht in der spezifischen Johnny-Negativvariante; es muss doch einst aufmüpfig und ermunternd gemeint gewesen sein, also vielleicht eher auf Oma Meta zurückgehen, wenn auch mehr im Hochhalten als auf Hochdeutsch. Und was fällt da nun rein oder drunter, auf welche einmaligen Vergehen lässt es sich anwenden? Hast du das gedacht, als du einmal deine Phantasien mit der Wirklichkeit kurzgeschlossen hast zu einem *neuen Leben*? Hast du nicht. *Auf einem Bein kann man nicht stehen*, ist das das Gleiche? Und das: *I have neither the honey nor the bee*? Red dich nicht auf dein Schulenglisch raus.

In diese Unschlüssigkeit, was das Kappen oder festere Anbinden einer Leine nach Melbourne betraf, platzte dein zweites ungeratenes oder nur unberatenes Kind mit einer Neuigkeit. Und die ging so:

»Setz dich ma hin, liebe Schwester, hier kommt noch wat Familiäres.«

»Ich sitz ja schon.«

»Na dann halt dich fest. Nämlich, wenn wir wollten, dann könnten wir jetzt Roswitha Wolkenzin nen Besuch abstatten. Aber ob die noch so heißt. Oder uns erkennen würd. Also ich bin da erst ma gar nich so scharf drauf.«

»Mama? Du weißt, wo sie wohnt?«

»Papa. Der hat da seit Ewigkeiten drauf rumgekluckt! Der hatte nen Zettel mit ihrer Adresse, seit mindestens sieben Jahren oder so. Isser aber erst jetzt mit rausgerückt. Sollte er natürlich nich. War bloß, wie sie ihm wohl eingebläut hat, ›fürn Notfall‹. Hat er aber nu nich länger eingesehn, sagt er.«

»Aber vorher, oder was?«

»Na weißt doch, wie der is. Außerdem hat er wahrscheinlich gedacht, denn haun wir auch ab, hin zu ihr. Ich hätt das nich gemacht. Du etwa?«

»Ich hab doch da gar nich mehr zu Hause gewohnt. Und ansonsten: keine Ahnung. Ich hätt jedenfalls nich ihren neuen Macker kennenlernen wollen oder so.«

»Denkste, die hat einen?«

»Na was'n sonst! Du denkst wohl auch, ne Frau über vierzig hat mit ihrem Liebesleben abgeschlossen oder was?«

»Liebesleben! – Und was is mit Papa?«

»Der hat sich zu doof angestellt. Oder vorher zu bequem.«

»Du findest das auch noch richtig, oder wie?«

»Na das würde dir ja nie passieren, was? Deine Ehehälfte zu verlassen.«

»Jetz sei nich so ätzend! Der Unterschied warn ja wohl wir. Ich mein: Kinder.«

»Das hast du mit sechzehn aber anders gesehen. Das Letzte, was du da sein wolltest, war 'n Kind.«

»Papa hat auch von Kindern gesprochen. Dass die ein Recht hätten zu wissen, wohin ihre Mutter sich verdünnisiert hat. So seine Worte. Und weißt du, wohin? Nich nach Honolulu oder Paris oder Wladiwostok. Nach: Lüneburg. Potzblitz.«

»Potzblitz passt auch zu Putbus, würd ich sagen.«

»Ey, Johnny, wat bist'n du heute so stänkerig drauf? Ich mein ja bloß. Ob das nun wohl die große Luftveränderung gebracht hat. Und kann ja nicht jeder in Sydney logieren.«

»Eben. Übrigens wär ich grad durchaus lieber in Putbus.«

»Wieso? Hier is nüscht zu holen.«

»Hier auch nich. Aber lass uns ma erst ma diese Geschichte hier zu Ende bringen.«

»Willste die genaue Anschrift?«

Mir wurde noch mal schwindlig. Mit dem gut konservierten Schwindel von vor zehn Jahren, als ich dein erstes Schreiben an uns aus dem Briefkasten gefischt hatte, weißt du noch, wie er aussieht? Ich bin mir sicher. Wir behalten die Dinge im Kopf, wenn auch sonst nichts, und nicht mal nur als verkleinerte Abbilder, kein Photo-Index des Inventars, geh mal in dich und ich sag dir, du wirst alles finden in Lebensgröße. Nimm dies an als ein Geschenk deiner Tochter aus ihrem Erfahrungsschatzkästlein. Nein, ich bin nicht übergeschnappt und ich glaube das auch nicht von dir.

Dieser Zettel lag dann vor mir, lag mir vor. Und was sollte ich nun damit anfangen, die drei Zeilen mit dem Zusatz *GERMANY* übertragen auf einen Briefumschlag? Ein Brief ins einig Vaterland, und das war nun das Mutterland? Ein Brief aus dem Ausland, oder ins? Das kommt nicht alle Tage vor bei dir, nehme ich an. Und du müsstest annehmen, deine Tochter sei weitergegangen als du.

Zurückfliegen kam ja wohl kaum infrage, wir wollen mal nicht gleich übertreiben, wir machen es nicht wie im Film.

Die Briefe habe ich alle entworfen, noch vor dem Aufstehen, eine Schichtarbeiterin, die zu spät zur Arbeit kam. Es war aber nicht deshalb, dass sie mich versetzen wollten. Sie waren nur drauf gekommen, dass ich an sich überflüssig sei. Und es fiel ihnen schwerer, das einzugestehen, als mir. Hier, nur hier, wie es hieß. Frau Wollenberg-Jünemann hätte mich gerne dabehalten, »ausgetauscht«, und auch vor einer Intrige nicht zurückgeschreckt, wie ich und die vier Wände ihres Büros heraushörten, ob sie Ohren hatten, weiß ich nicht. Ich sagte laut und deutlich, das sei schon in Ordnung, ich wollte nicht auch noch der Wechselbalg werden. Sie hatte wohl ein paar mütterliche Gefühle für mich entwickelt. Das sage ich nur so. Und war ihr dankbar für den Satz: »Na, es wird Ihnen schon gefallen in Melbourne.« Für das Siezen, verstehst du, das verstehst du. Sie war die Letzte ihrer Art, mit allen anderen musste man auf dem Duz-Fuß stehen, Goethe-Deutschen, Australiern, Chinesen, Indern, Italienern, selbst Polen und Kroaten, dem ganzen alten Europa, und wen man sonst nicht kannte.

Ich war als Letzte gekommen und musste als Erste gehen, so geht ja die Logik. Aber ob daraus folgte, dass nicht nur Melbourne mir zusagen sollte, sondern ich auch dieser Stadt der Zukunft, um die mich plötzlich alle beneiden wollten, das schien mir noch nicht ausgemacht. Zu bleiben hatte ich nicht vor, das machte mich aus, mehr nicht. Melbourne, kriegte ich jetzt von allen Seiten zu hören, sei viel europäischer, und ausgesprochen wurde es geradezu mit sehnsüchtig verdrehten Augen wie nach einer lange entbehrten Delikatesse, wobei es sich um Mutters Kartoffelsuppe handeln konnte. Mama, deine Supptüften. Ich krieg sie schon hin, aber so zum Vergleich, da würd ich mal wieder deine essen wollen. Wahrscheinlich machst du gar keine mehr, und Stampfkartoffeln nur noch aus der Packung, und wenn du mich fragst, warum ich das annehme, dann vielleicht, weil ich das annehmen muss.

Und wie sollte ich das nun verstehen? Als Schicksal, dem ich folgen müsste, oder nicht entgehen kann? So billig hättest nicht mal du dich davonkommen lassen. Wie der Zufall es wollte. Hatte ich eine

Bekanntschaft gemacht, die mein Herz nicht näher anging. Aber in Melbourne eine Adresse besaß. Das lasse ich dir nicht *in einem Säftchen* beibringen, das stell ich dir als *türkisch* aufgebrühten Kaffee hin, auch falls du bloß noch feinsten Lüneburger Espresso zu dir nimmst, trink oder kipp ihn weg, dann musst du im Kaffeesatz lesen. Anders sah es schon mit der Formulierung aus, es handele sich um etwas für mich Entschiedenes in einem Entscheidungsschwächezustand. Eine Hilfskonstruktion vielleicht, aber ich könnte doch Gebrauch machen von dieser für mich angefertigten Krücke und vorerst etwas von der Stütze leben. By hook or by crook, man kann sich alles zurechtbiegen, wem sag ich das. *Wat nich passt, wird passend gemacht*, wer sagte das. Dein Mann, womit ich nichts gesagt haben will. Und auch der Weisheit letzten Schluss beherzigt, *nix übert Knie* zu *brechen*. Im Vorhinein einen Blick auf Melbourne zu werfen, und auf die Frau Robyn einen zweiten im Nachhinein. Ich kündigte den Besuch an. Das Antwortschreiben ging zwei Tage, ihr im Kopf herum wohl, das stand zu hoffen. *Great you're coming to Melbourne*, schrieb sie und ich wusste nicht, was sie meint.

Sie hatte darauf bestanden, mich vom Flughafen abzuholen. Ich hatte Angst, sie nicht zu erkennen, ihr Gesicht hatte sich in Auflösung befunden seit dem letzten Winken, das bereits anfing, es auszuwischen. Dann sah ich sie aber doch schon von Weitem, und obwohl mich mit allen anderen Menschen um mich herum entschieden weniger verband, kam es mir komisch vor, ausgerechnet auf sie zuzugehen. Als wäre sie eine zufällig entdeckte flüchtige Bekannte, die auf jemand ganz anderes wartete. Ihr Kuss, und zwar nicht auf die Wange, wirkte genauso wie für jemand anderes bestimmt, und dieses Gefühl, in eine Verwechslungskomödie versetzt zu sein, wurde ich dann nicht mehr los. Aber ich setzte mich, als dürfe ich mir nichts anmerken lassen, in ihr Auto und stieg mit ihr vor einem Haus in Brunswick wieder aus. Das wird dir nichts sagen, mir sagte es auch nicht viel, ich hätte es woanders verortet, wenn auch nicht in seiner

Urform bei dir um die Ecke nun, australisch gesprochen. Ihre Mitbewohnerin war vorerst nicht zu Hause und ich wusste nicht, ob mich das erleichtert. Ich wusste überhaupt nichts mehr, die einfachsten Wörter fielen mir nicht ein. Sie lächelte mich die ganze Zeit an, als wäre man das so einem Besuch schuldig.

Ach, Mama, ich hab so das Gefühl, du willst das alles gar nicht hören. Aber siehst du, das ist ja genau der Grund, warum ich es dir vor den Füßen zusammenkehre, das kommt mir nämlich entgegen. Man kann in Begebenheiten geraten, die sind nicht uninteressant, und was hätte ich mich noch vor ein paar Jahren, Monaten vielleicht, nach solch einem Abenteuer verzehrt. Aber ich weiß nicht, was mir nun eigentlich widerfahren ist damit, in mich gefahren oder aus, nur dass diese insgesamt nicht mal drei Tage mit einer Frau, die ich Robyn nannte, als hätte ich Hoffnungen gehabt, diese ausgesprochene Vertrautheit doch noch einholen zu können mit unterfütternder Wirklichkeit – dass diese Tage, einzelne Stunden eher, sich ausnehmen wie etwas Ausgenommenes, ja, denk ruhig an die Weihnachtsente, bloß dass es um die Innereien geht. Also eher etwas Herausgenommenes, aus meinem Leben, hinter dem sich die Wunde schließt ohne die Spur einer Narbe. Oder, nein, die Beziehungen stimmen nicht. Wie etwas vielmehr, das mir nie widerfahren ist. Mir. Etwas Zusätzliches, in meinen Lebensorganismus Eingepasstes, an durchaus passender Stelle, doch an ganz anderer Stelle, die ich nicht kenne, entstanden. Und ich kann es nicht durchbluten, mein Fleisch will nicht, was mein Fleisch wollte, mein Kopf nicht mehr, was er mir nahelegte, und ich meine es so und nicht überkreuz. Im Klartext mal für dich: Es hat nichts damit zu tun, dass Robyn eine Frau nach allgemeinem Dafürhalten ist. Es hat womöglich damit zu tun, dass diese Frau Robyn ist. Und die andere Johnny. Doch vor allem mit etwas, das ich nur als Überdruss bezeichnen kann in Ermangelung eines zutreffenderen Begriffs. Denn er ist ein höchstens entfernter Verwandter des deinen und falls überhaupt, dann als *rebel without a cause*. Ich wusste wohl, was ich tue, und sogar, warum, und deshalb nicht, bis heute nicht, weshalb er mich so überwältigte: dieser plötzliche Interesseabfall. Zurück aus Melbourne, fielen mir die Augen zu wie im Anhörenmüssen eines äußerst langweiligen Erlebnisberichtes einer mir gleichgültigen Person.

Was soll ich dir und mir davon wiedergeben? Wie war Melbourne, haben sie in Sydney gefragt und ich hab gesagt, fahrt selber hin. Dass wir uns nicht missverstehen: es hat mir tatsächlich gefallen da. Das, was Robyn mir gezeigt hat. Ein Gang durch die Hauptstraße von St. Kilda, vorbei an den jüdischen Bäckereien mit nie gesehenen Torten, ein halber Nachmittag am Strand genügten schon, um zu wissen, dass die Antwort auf die Frage, ob ich weiter bei Goethe mein Auskommen haben wollte, aber verschoben an diesen Ort, nur Ja lauten konnte. Und es mochte mit Robyn nun sein, wie es wollte, das gab doch keinen Grund ab für ein *lieber nicht*. Aber Mammamia, ich kam mir nicht bloß ausgesetzt vor. Es gibt noch was Schlimmeres, das erst mal nicht so klingt: abgesetzt. Ich fühlte mich lediglich abgesetzt auf diesem Erdenfleck und das auch noch anders, nämlich abgesetzt wie ein schlecht laufendes Stück, also irgendwie – entfernt.

Sag mal, ich hatte doch früher kein Heimweh. Und dass mir ein Ort vorschwebte, kann ich nicht sagen. Bei Papa wär's mir zu wenig, bei dir zu viel. Bei Charlie wäre ich überzählig und alleine irgendwo niemandem genug. Mir selbst aber will ich durchaus genug sein. Und das war nicht gegeben.

Mit Robyn, du ahnst es, wurde es auch keine Liebe auf den zweiten Blick. Und ich hätte sie noch so oft angucken können, ich hätte sie immer schön gefunden und stumm bleiben müssen auf das Fragewörtchen: Und? Sie schien versuchsweise etwas in Bewegung setzen zu wollen, aber auf die Art, wie man hoffnungsvoll und planlos Knöpfe drückt, einer würde es dann sein. Diese Knöpfe waren bloß nicht an mir angebracht oder mit lauter toten Leitungen. Als hätten wir schon Ehejahre hinter uns. In denen wir aneinander vorbeigelebt haben. Wir verhedderten uns in Zärtlichkeiten, sie lassen sich auch nach dem Ableben einer sogenannten Beziehung weiterhin vollautomatisch ausführen, direkt danach wie von einem kopflosen Huhn, das noch eine Weile weiterrennt, später wie Fahrradfahren, das sich nie mehr verlernt. Erst als sie mir, oder wem, probehalber mit Zukunftsentwürfen kam, legte sich eine Lähmung um meine Hände. Am Abend tauchte die Mitbewohnerin auf und ich war erleichtert. Jetzt war ich zu Besuch bei Bekannten und auch Robyn lehnte sich zurück in ihre Gewohntheiten. Ich muss sagen, ich fühlte mich gut unterhalten, sie waren eingespielt wie ein Tanzpaar nebst Slapstickeinlagen. Ich brauchte nicht viel beizusteuern und konnte mich aufs Gemüseschnippeln konzentrieren. Zum Nachtisch kifften die beiden, ich blieb beim Bier, das sage ich nicht dir zuliebe. Den weiteren Hergang in Robyns Zimmer würde ich dir verschweigen. Wenn's was zu verschweigen gäbe, und du bist ja erwachsen. Ich wollte die Reise nicht ganz umsonst gemacht haben, und Robyn, sie wollte etwas von ihrem Wochenende haben, nehme ich an, das waren nur mäßig gute Voraussetzungen. Nach den ersten paar Minuten, in denen wir uns Hast für Lust ausgaben, befiel uns eine Art körperlicher Gedächtnisschwäche, was wir taten mit Händen und Mündern zeigte alle Anzeichen demenzieller Unsicherheit über die Situation: Wir hatten vergessen, warum wir hier halbnackt mit einer fremden Person auf einem unordentlichen und nicht frisch bezogen riechenden Bett lagen, ich zumindest, und Robyn versuchte sich zu erinnern, was diese nicht auffällig hübsche Frau mit dem deutschen Akzent ihr versprochen haben mochte, oder sie sich, dass sich nun ihre Hand zwischen zwei käseweißen Schenkeln befand.

»Would you mind sleeping now?«

Mama, du solltest auch zu Bett gehen, spannender wird's nicht mehr im Schlüsselloch, vor das ich dich genötigt habe. Nur noch so viel: Am nächsten Morgen nannte sie mich »darling«. Ich konnte kein Zwinkern um das unvermischte Braun ihrer Augen entdecken. Am

Nachmittag sagte sie, sie habe soeben die Nachricht einer Freundin bekommen und müsse mal schnell zu ihr rüber, nur ein paar Straßen weiter, es würde nicht lange dauern. Okay, mehr hab ich wohl nicht dazu gesagt. Sie zog sich schon die Schuhe an. »I mean, you can come along with me – if you want to.« Das hättest du auch nicht gewollt. Das hättest du aber auch nicht zu mir gesagt, damals, morgens, im März. Dazu konnte man nicht Ja sagen. Sie warf sich die Jacke über und küsste mich auf die Wange, »see you later, Johnny«. Ich war allein. Ich aß die Reste vom Abend auf und vertrieb die Zeit zwei Stunden. Die Zeit vertrieb mich. Es war mir zu schade darum, ich sammelte in fahriger Eile, als gälte es, irgendwas aufzuholen, einen abfahrenden Zug noch einzuholen, meine paar Plünnen zusammen, schnallte mir den Rucksack auf und ließ die Tür hinter mir zufallen. Robyn war in die andere Richtung gegangen. Selbst wenn sie mir jetzt entgegenkäme, hab ich gedacht, wär es doch schon fast, wie einer Fremden zu begegnen, der man keine Erklärung schuldet. Aber ich rannte beinahe, mit dem Gebot, mich auf keinen Fall umzudrehen. Erst an der Moreland Station kam ich einigermaßen zu mir, zu Atem, zum Lachen. Der Zug ließ auf sich warten, aber mich selbst, so pathetisch war mir, hatte ich gerade noch erwischt. Bloß kein Kleingeld fürs Ticket, kein Mensch weit und breit, an einem Sonntagnachmittag wollte, schien's, keiner weg aus Braunschweig, Victoria. Ich konnte nur mit den Schultern zucken, ein Hochgefühl ergriff mich und erreichte seinen Höhepunkt, als ein Pärchen aufkreuzte, sich eifrig mühte, mir das Geld kleinzumachen, vergeblich, und mir die drei Dollar schließlich wie einer gerissenen Bettlerin schenkte.

Am Abend hing ich wieder in der Luft und flog nach Hause, zumindest stellte ich es mir vor. Um Mitternacht schloss ich die Akte Melbourne, machte die Augen zu in einem Bett, das immerhin nach meinem eigenen roch.

Die Furcht vor Nachrichten von Robyn verwässerte tageweise

und ich deutete dieses Ausbleiben als so was wie Dankbarkeit. Und Goethe musste es hinnehmen. Dass ich nichts mehr annahm von ihm und zwar »aus persönlichen Gründen«. Oder hätte ich sagen sollen, *aus familiären Gründen*, hätte das überzeugender geklungen? Mir war, als müsste ich einen Entschuldigungszettel schreiben. In deiner Handschrift, die keiner mir abnahm als die einer Erwachsenen. Hast du das vergessen? Hast du nicht.

5. SEPTEMBER

What you're gonna tell your brother? – Oh oh oooh.

What you're gonna tell your father? – Aaa-i don't know.

What you're gonna tell your mother? – Let me goo-o-o-oo-o-o-ooo
Doch wohin in dieser Stadt, durch die es sich gut laufen lässt mit Musik im Ohr, die aber keine Anlaufstellen zu haben scheint für heimlose Durchgereiste – ick bin janz schön durch, hörtest du heute morgen den einen zum anderen Rezeptionisten sagen –, die mal kurz über etwas nachdenken müssen. Und nicht immerzu an der Durchreiche stehen wollen und Geschehen entgegennehmen, Gespräche, das kleinkindhafte Gelärm des Straßenverkehrs, heischend um Aufmerksamkeit. Du hattest selten Cafés aufgesucht allein, in Sydney vielleicht zweimal, es war dir nichts. Du fühltest dich unentwegt beobachtet, dabei konnte man keinen Gedanken fassen, auch sofort enttarnt, identifiziert, als was auch immer, jedenfalls als nicht dazugehörig. Das stimmte ja auch, und mal ehrlich, das Gegenteil hätte dir auch nicht gepasst.

Bei Renata war es genau umgekehrt gewesen, man konnte sich kaum bewegen, ohne Gefahr zu laufen, etwas umzureißen, dafür war man zu Hause, unbeschwatzt und nicht auf der Hut vor den Geschäften der Welt: unversehens in sie hineinzutreten. Abgeschirmt von allen parallelen Gegenwärtigkeiten im befriedeten Land der Vergangenheit, das sich nicht festnageln ließ auf Jahr und Dekade. Bei Renata konnte man nicht dazugehören, *no way*, und deshalb stellte sich die Frage nicht; auch sie selbst einer Gruppe zuzählen zu wollen, wäre misslungen. Bei Renata war man Gast, und zwar nicht zahlender, unter keinen Umständen, *no way, Johnny.*

»Ich hörte, du gehst nach Melbourne«, hatte sie gesagt in ihrem besten glattgestrichenen Deutsch, nachdem sie lange gebraucht hatte, ihre Schreibutensilien zurück ins Federmäppchen zu stecken, den Schreibblock ins richtige Fach der Tasche, sie konnte ihr Alter geltend machen. Mit 76 war sie den anderen um Jahre voraus und wohl berechtigt, als Letzte den Raum zu verlassen oder auch nicht. »Is that right?«

Du lächeltest sie an, deine Musterschülerin. »No, Renata, that's falsch.« Und zu ihrer weiteren Bestürzung: »Nicht nach Melbourne. Nach Hause.«

»Nach Hause? Was bedeutet das?«

»Hast du deine Vokabeln vergessen?«

Ihr kamt gut klar miteinander. Lange musstest du nicht mit dir ringen, obwohl ihr Vorschlag einer von denen war, die man unbesehen abschlägig beschied. Doch hier, das heißt dort und in jenen Tagen, da es auf nichts mehr ankam, konnte es heißen: weil. Ein Besuch in Darling Point, mit Übernachtung, warum denn nicht. »You have to come. Please. Stay with me.«

»My nerves are bad to-night.« Manchmal hattest du dich schlecht im Griff, und musstest auch noch grinsen.

Sie musterte dich kurz, verzog keine Miene. *»Yes, bad. Stay with me.«*

Ihr lachtet beide aus vollem Halse, irritierenderweise stand dir kurz das Bild der zwei sich in ihr diabolisches Gelächter steigernden alten Damen aus *Wenn die Gondeln Trauer tragen* vor Augen. Die Unklarheit dieser Verknüpfung steigerte noch dein Vergnügen.

»And we shall play a game of chess.«

Was gab es da noch groß zu überlegen. Sie drängelten nun eh, dass du die Wohnung bis Ende des Monats verließest, wolltest du nicht auch noch Miete für September zahlen. Die konntest du besser in einen Flug stecken und zogst mit Sack und Pack am letzten Augustwochenende für zwei Nächte in Renatas Haus, in der dritten würdest du deinen Schlaf opfern für den Antritt einer längeren Reise.

Weshalb Renata, die Gesicht und Haartracht nach sonst einfach als eine unauffällige Vertreterin ihrer Altersgruppe hätte durchgehen können, dir überhaupt ins Auge gestochen war, das war zuerst doch etwas Äußerliches gewesen. Von dem aus du dir sogleich Mutmaßungen über die Zusammensetzung ihres inneren Materials erlaubtest. Renata erschien fast ausschließlich in Strickkostümen, Strickkleidern, einem Strickoberteil zumindest, und sie waren nicht von der Stange. Sondern von der Nadel, alles Unikate. Du fragtest sie mal. »Oh, sure«, sagte sie, »and thank you for asking.« Das war ihr schon Kompliment genug. Sie hatte es sich zu einem gemacht. Sie gefiel dir immer besser. Im Tonfall probeweiser Beichte fügte sie noch hinzu: »There's something I cannot resist, that's balls of yarn. Unlike other balls.« Und es war nicht das leiseste Kichern zu vernehmen, nur dein Auflachen. Sie sah dich zufrieden an, wie eine gute Schülerin.

In ihrem Haus, für das der Gebrauch des Wortes ›Villa‹ nicht übertrieben gewesen wäre, war die Zeit stehengeblieben – allerdings von Ecke zu Ecke, Tischchen zu Regal zu Läufer zu Lampe zu Blumenhocker an verschiedenen Punkten auf dem Zeitstrahl des vergangenen Jahrhunderts, der irgendwo vor 1965 abbrach. Natürlich verfügte sie über ein paar moderne Geräte mit allen Schikanen, sonst hätte sich wohl auch schwerlich eine Haushaltshilfe anheuern lassen, jedoch befanden sie sich gegenüber dem unüberschaubaren Arsenal von Gegenständen, die auf mindestens fünf Jahrzehnte gehegter Existenz verweisen konnten, derartig in der Minderheit, dass sie praktisch aus dem Blickfeld verschwanden. »Maybe it looks like a museum to you. But it isn't«, hatte sie bei deinem Eintreten gesagt und das hatte dir zu reichen als Erklärung. Nicht als Erklärung von irgendwas. Als Deklaration. Und das tat es auch, denn du fühltest dich wohl und unverhofft einer Last entledigt von der ersten Minute an, ähnlich wie nach dem Abnehmen der Röntgenschürze beim Kieferorthopäden. Ein Ort, an dem man schiefe Zähne und Geheimnisse behalten konnte.

Von dir aus hättet ihr dieses Haus, zwei Stockwerke, sieben Zimmer, Keller und Dachboden, nicht mehr verlassen müssen, doch Renata bestand darauf, dich zu füttern, und führte dich in ihr favorisiertes italienisches Restaurant am Sonnabend und am Sonntag in ihr liebstes jüdisches, nicht zu vergessen das allerbeste französische Café. Deutsche Gastronomie habe sie, es tue ihr leid, noch nicht entdeckt in der Gegend, aber vielleicht ändere sich das mit dem Erwerb der Sprache. Sie erzählte dir aus ihren verschiedenen Leben. Im ersten war sie das Kind einer Tochter Südtiroler Einwanderer, ihr Vater Italiener, nicht zur Freude der Großeltern. Im zweiten ergatterte sie ein Stipendium, vertiefte ihr Schulfranzösisch – diese Unaufgeschmissenheit fremden Sprachen gegenüber hattest du ihr als Einziger angemerkt – und besserte ihr Italienisch aus, wurde Dolmetscherin und beschloss, allen Heiratsanträgen zu widerstehen, nicht zur Freude ihrer Eltern. Im dritten musste sie nicht mehr arbeiten, sollte auch nicht, nicht zu ihrer eigenen Freude. Du wagtest sie nach dem Foto zu fragen, das über dem Sekretär im Wohnzimmer hing: zwei junge Frauen in T-Shirts und Shorts, übermütig in die Kamera lachend von einem Segelboot aus.

»That's Mary and me. In 1953, I think, in her brother's little boat, the *Swift*, just the two of us. Everyone expected us to turn turtle and drown within the first sea mile but we knew we wouldn't. Not until fourteen years later. In '67 she died, not of sailing, though, no *death by water*. Death by cancer. They didn't tell her until the end but I did, she'd known it anyway. And then I drowned, quite a bit. When I came up again I found myself married to a wealthy man. We had a beautiful yacht but it wasn't the same anymore. My bottom too high above the water and all that. I'll spare you the rest of it.«

Du sahst sie an und sie nickte dir zu, ganz kurz.

»You know, they say that if you want something desperately the universe has three possible answers to that: Yes. – Not right now. – I've got something better for you. But I don't know if the universe is always sober. – Cheers!« Ihr Glas stieß nicht besonders vorsichtig an deins und das Aufklingen bescherte euch Blicke vom Nebentisch, über die Renata hinwegsah wie über eine mindere, nicht der Rede werte Ungehobeltheit von Menschen, die es noch nicht besser wussten.

»Do you sail?«

»No.«

»You're from the seaside, aren't you?«

»Not quite.«

»Give it a try. You'll be good at it, ich kann das sehen.«

Am letzten Abend führte sie dich in ihr Ankleidezimmer, so konnte man es wohl nennen, einen riesigen begehbaren Kleiderschrank, und forderte dich auf, dir etwas auszusuchen. »Take everything you like.« Sie verließ derweil das Zimmer, und du warst den Oberbekleidungsbeständen eines gesamten Erwachsenenlebens überlassen, offenbar hatte sie sich kaum jemals von Sachen getrennt. Sie waren nicht nach Kategorien, sondern nach Farben geordnet, das machte es etwas einfacher, auch wenn dich die Versuchung überkam, den Inhalt deines Koffers komplett gegen eine Kollektion aus Renatas Vintage-Garderobe auszutauschen, ihr musstet sogar ungefähr die gleiche Größe tragen. Am Ende wähltest du einen dunkelblauen, dick mit Zöpfen besetzen Rollkragenpullover im Stil der frühen Sechziger. »Good choice, a nice gansey«, sagte Renata und war nach einigem Hin und Her davon zu überzeugen, dass dein Gepäck die 25-Kilo-Grenze schon im Sinne deiner untrainierten Arme nicht überschreiten sollte. Du zogst ihn gleich an, den »fisherman sweater«, und ihr gingt rohen Fisch essen. Du hattest es dir als Abschiedsmahlzeit gewünscht, denn du wolltest noch etwas zum Vermissen haben von Australien. Sushi, Renata Philips, geborene Mariani, und den Anflug der Kakadus auf dein Fensterbrett.

Sie bestellte dir ein Taxi zum Flughafen, fragte den Fahrer, wie viel es kosten würde, und gab ihm zwanzig Dollar extra. Sie hielt deine

Hände fest und sagte: »See you in Berlin.« Sie wischte sich die Tränen nicht ab. Der Fahrer war von der schweigsamen Sorte.

Du hast nicht direkt ein Redebedürfnis. Es stünde dir wohl auch im Wege. Wie immer interessiert dich mehr die Möglichkeit, das Schlupfloch für die Wirklichkeit, eine andere zu werden, denn diese sich treu gebliebene hält sich doch nur noch kraft ihrer Überlänge, ihrer alle Beteiligten paralysierenden Unverändertheit. Ach, wie gut, dass niemand weiß, du würdest verzagen in der Eingeweihtheit, so aber bist du nicht einmal da. Noch nicht. Es ist Freitag und abends würde sie wohl, so wie du sie kennst, gekannt hast zumindest für den noch überwiegenden Teil deines Lebens, *zu Hause* sein. Das weckt falsche Erwartungen, aber andere kannst du nicht haben. Zu schade, dass *Herzblatt* seit Jahren schon abgesetzt ist, euer einziges gemeinsames Fernsehvergnügen. Du stellst dir vor, du könntest einfach zehn Minuten vor Beginn der Sendung an der Tür klingeln, ihr würdet euch noch schnell ein paar Stullen schmieren, einen Freitagabendwein, *halbtrocken*, na wenn schon, *bis zum Muster* in die scharfrandigen Gläser gießen, die zwar noch bei deinem Vater zuhinterst im Schrank einstauben, aber egal, und damit ins Wohnzimmer ziehen und euch *beölen* über die Kandidaten.

Du siehst plötzlich deinen Vater, Charlie und dich hinter der Wand sitzen, verhört von deiner Mutter. Nach drei Fragen muss sie sich für einen von euch entscheiden und will nicht, sondern lieber abhauen, aber die Regie verhindert es. Sie kommt durcheinander und vertut sich, nennt Nummer drei, das bist du. Oder ist es umgekehrt, sitzt du einzeln auf der anderen Seite und wählst deine Mutter, weil sie noch weniger sagt als die anderen beiden?

Du musst mit dir selber sprechen. Du isst jetzt eine Currywurst und dann geht's los, sagst du dir. Wahrscheinlich hast du nichts Besseres zu tun.

EILAND

Zu dritt werdet ihr euch über die Reling lehnen und hinabsehen auf das schwarze Wasser. Mitte Oktober geht die Sonne auch in den nördlichen Breiten, die sich noch mit Sommertemperaturen anpreisen können, am frühen Abend schon unter und die Fähre wird nicht erwartet im Hafen von Naxos vor Mitternacht. Für ein noch nicht zehnjähriges Kind, gewöhnt bisher nur an Zug-, eher noch an Flugreisen, wird es ein sagenhaftes Abenteuer sein, und auch dreimal so alte Kinder werden sich eine Aufregung eingestehen müssen. Das Kind wird nicht hoffen, jemanden anzutreffen, mit dem es verwandt ist, so klug ist es schon. Es wird nur gesagt haben, es sei doch eine halbe Griechin, und sich empört gezeigt, dass man diesem Umstand noch *niemals nicht* Rechnung getragen habe, »aber Hauptsache, Teneriffa!«. Charlie wird sich immer noch geschmeichelt fühlen, der begeisterten Aufnahme seines dahingeworfenen Vorschlags halber, der nicht mehr wird bezweckt haben wollen als eine charliesk in die Seite kneifende Neckerei, die einen Racheakt verdeckt, und obendrein der zweifelsfreien Annahme seiner Person als unabdingbar. Und du, die du die Verantwortung tragen wirst nicht nur für eure glückliche Rückkehr, mehr noch für euer aller Ausrücken aus der festgefügten Ordnung, du wirst dich schon wieder erinnern.

Wie du am Abend eines Spätsommertages, mit einer leichten Herbstkühle um die Schultern und einem Wackerstein im Bauch, wirklich geklingelt haben wirst an einer nicht weiter gekennzeichneten Reihenhaustür, Nummer 29, und der Name noch gestimmt haben und ausgerechnet dieser kaum anders denkbar gewesene und nun doch irgendwie frivole Umstand dich fast zu einem Rückzieher verleitet haben wird. Und lange wird dir keiner geöffnet haben. Du wirst aber doch vor verschlossener Tür stehengeblieben sein, schlicht aus Uneinsichtigkeit, mit vor Anspannung gelähmten Gliedern und wohin nun mit ihr. Dann doch ein Poltern erlauscht haben, wie eine Treppe hinabgehastet, und die Wand wird an ihrer Sollbruchstelle sich aufgetan haben. Im Türspalt ein Kind. Es wird dich fragend, doch nicht überrascht angesehen haben, und du wirst, nur mit dem Namensschild als Handhabe, sonst aber an nichts mehr glaubend als eine Verwechslung, zu leise gefragt haben, ob nicht eine Frau namens Roswitha Wolkenzin hier wohne. Das Kind aber wird sich umgewandt haben, wobei ein kastanienbrauner Zopf ihm über die Schulter gerutscht sein wird, und in die verschattete Tiefe der Wohnung hinein gerufen haben: »Mama?«

Sie wird zur Tür gekommen sein, schnellen, freundlichen Alltagsschrittes, mit dem Gesicht einer fast Fünfzigjährigen nun, doch frischerer Frisur, Jeans nach der Mode, ihr Blick herausgerissen aus einer Beschäftigung, noch dabei, sich zu akkomodieren. Und sie wird dich nicht angestarrt haben wie *das achte Weltwunder*, sondern mit einem sich ein wenig senkenden, wie wieder nach innen gehenden Blick fast tonlos gesagt haben: »Joana?« Und, ohne dass es dir geglückt sein wird, diesen Blick wieder umzulenken, angefangen haben zu weinen. Ihr werden einfach und zunächst ganz ohne Geräusch plötzlich hervortretende Rinnsale die Wangen hinabgelaufen sein, wie das Wasser einer entlüfteten Heizung. »Joana«, wird sie noch einmal gesagt haben. »Was machst du denn hier?«

Und du, mit gerade noch vor dem eigenen Heulen herausgezitterter Stimme: »Das Gleiche könnte ich dich fragen.«

Das wird ja schlimmer gewesen sein als bei *Bitte melde dich!*; deine Mutter, noch wohnhaft in der Wollweber, hatte keine der von dir stets nur mit Augenrollen und Wohnzimmerflucht quittierten, von Charlie auch mit ätzenden Kommentaren versehenen Folgen des Triefformats verpasst. Doch bevor ihr das ebenfalls in den Kopf gekommen sein wird und das Leben Gefahr gelaufen, die Fernsehkunst zu imitieren, wird das immer noch neben ihr stehende Mädchen mit einigem Unmut gefragt haben: »Mama, wer is'n das?«

Und nur unter mehreren Anläufen wird deine Mutter herausgebracht haben: »Deine Schwester.« Und im ersten Moment wirst du den Impuls gehabt haben, sie zu berichtigen, als sei ihr ein Versprecher unterlaufen, denn du warst doch Charlies Schwester und ihre Tochter, und auch danach, bis jetzt, wird sich das Gefühl gehalten haben, sie hätte sagen sollen: meine Tochter, obschon dir klar sein wird, dass es für Jolanda gar nicht gestimmt haben würde, denn sie war doch die Tochter, Jolanda Wolkenzin, und bis eben die einzige. Auch dies wird anfangs kaum zu begreifen gewesen sein. Mehr noch als die Tatsache einer zweiten Tochter, später Mutterschaft, wird dich diese Namenswahl befremdet haben. Du wirst dich gegen dein Einverständnis bestätigt gesehen haben in deinem Verdacht, sie habe noch einmal ganz von vorn beginnen wollen und alles besser machen. Wobei sich jedoch die Dinge, die ihrer Meinung nach schon gut genug gewesen waren, nicht hatten übernehmen lassen und wenigstens geringfügige Abwandlungen erfahren mussten. Beinahe jedoch, so wirst du gedacht haben müssen, wie früher, wenn einem ein Kind wegstarb und der Verlust mit der Vergabe des gleichen Namens an das nächste übermalt wurde. Das Mädchen Jolanda jedenfalls wird keine Aversionen gegen ihren Namen hegen.

Ein paar Tage wirst du geblieben sein, für den Anfang nicht mehr als drei. Von dort aus Charlie angeskypt: »Du könntest mich mal fragen, wo ich bin.« Er wird dich für verrückt erklärt haben, mit einer Art Erleichterung in der Stimme. Vielleicht nur darüber, nicht selber verrückt zu sein. Du wirst ihn gebeten haben um ein Eintreffen bei eurem Vater zeitgleich mit deinem, denn gleich noch einer Elternteilkonfrontation im Alleingang wirst du dich kaum gewachsen gefühlt haben oder falls doch, so wird es aus erzieherischen Gründen erfolgt sein. Worauf Charlie wird wegwitschen haben wollen natürlich: »Wieso, du hast das doch eingerührt.« Wissend, dass er am Haken hängt: »Nee, du.« Euer Vater sodann: »Ihr macht Sachen!« Und Charlie, der Apfel am Fuße dieses morsch gewordenen Stammes im zweiten Versuch: »Wieso, ich doch nich.«

Erst auf der Fahrt nach Lüneburg wirst du ihn umfänglich in den Stand deiner jungen Kenntnisse versetzt haben, dir nicht im Klaren, ob sie ihn gegen oder doch für die Abtrünnige einnehmen würden. Jolanda, eure jähe Schwester, sei es ja nur zur einen Hälfte und zur anderen leibliches Kind eines wieder gestrichenen Griechen. Welcher dereinst, noch im letzten Jahrhundert, seinerseits einen Verwandtenbesuch in eurer Heimatstadt getätigt hatte, bei Schwester und Schwager, ihres Zeichens Inhaber der *Akropolis*. Und dabei auch am Blumenladen vorbeikam, bald nicht mehr vorbeikam, täglich einen Strauß Rosen kaufte, diesen zu gegebener Zeit nicht mehr mitnahm, vielmehr bei eurer Mutter in der Einsamkeit ihres Ladens beließ. Nach vierzehn Tagen beorderten ihn Geschäfte zurück nach Lüneburg, er fuhr aber ab mit der Telefonnummer des Blumenladens in der Tasche, seine indes befand sich unter dem Ladentisch im Kästchen mit den Blumenfrischhaltepäckchen. Und eure Mutter hatte nichts Besseres zu tun. Als eine Stunde vor Ladenschluss die Verbindung nach Lüneburg zu halten, im Winter 98.

Charlie wird dich angesehen haben, als hättest du dir das gerade eben für ihn ausgedacht. »Papa werden alle seine Herkulesplatten wieder hochkommen, wenn der das erfährt!«

»Der erfährt das nicht.«

»Und wo is der jetzt, Iannis Xenakis?«

»In Hamburg wohl. Sie hat ihn rausgeschmissen. O-Ton: ›Der hatte auch noch andre Weiber, wo er unterkriechen konnte.‹«

Charlie aber, wie hätte es anders sein gekonnt, wird angekommen sein wie ein Westpaket, bei eurer Mutter kaum minder als bei Jolanda. »Ist Charlie dein richtiger Name?« Wer wollte das wissen. Dich wird sie nennen bei deinem richtigen Namen, es wird keine Überredung gekostet haben und sogar deiner Mutter recht gewesen sein, na warum auch nicht. Wohin mit dem Kind in den Herbstferien aber. »Fahrt doch nach Griechenland.«

»Sonst noch was«, wird eure Mutter auf wiederzuerkennende Weise geantwortet haben, hinein in das »Jaa!« ihrer jüngsten Tochter. So leicht aber wird der Ideengeber nicht davongekommen sein, gar nicht. Er müsse doch arbeiten, am Theater zu Putbus, und habe Familie. Noch mehr Familie. Doch wie viel er auch davon aufgestellt haben würde, es wird nicht angekommen sein gegen Jolandas unerschütterliche Gewohnheiten eines Einzelkindes, die Erwachsenenwelt in Dienst zu nehmen. »Mama, wir sind erwachsen – falls du das nicht mitgekriegt haben solltest«, wirst du an einer Stelle der Bedenkenträgerin im Halbmarathon ein Bein gestellt haben. Du wirst dir unter Charlies Schelteblick auf die Zunge gebissen haben, als hättet ihr auf einmal die Rollen getauscht, bloß dass Charlies Zunge unzerbissen durch all die Jahre gekommen war.

Und du wirst dir sogar anhören, was Charlie noch auf der Schiffsreise anzubringen hat an Musikmaterial in deinen Ohren, in die du dir seine Kopfhörer stecken lässt.

I remember Johnny, hey
Johnny come lately
I remember her shoes like a ballerina
A girl called Johnny who
Changed her name when she
Discovered her choice was to
Change or to be changed

Haben wir nicht Eier, so braten wir das Nest Tanzen, ein Mann, eine Frau und ein Kind, einander zum Verwechseln ähnlich, als Schatten über das Achterdeck. Und gucken uns mal genauer an: wie bei Nacht die Wolken ziehn, ohne Land in Sicht.

Zitate aus:

America, *A Horse With No Name*
The Animals, *The House of the Rising Sun*
The Beatles, *Girl*
The Beatles, *Help!*
The Beatles, *Please Please Me*
Jurek Becker, *Amanda Herzlos*
Die Bibel, *Bergpredigt*
Die Bibel, *Genesis*
Blur, *No Distance Left to Run*
Bertolt Brecht/Kurt Weill, *Die Dreigroschenoper*
Wilhelm Busch, *Hans Huckebein*
Cat Stevens, *Trouble*
Bruce Chatwin, *Traumpfade*
City, *Casablanca*
Bob Clark, *Fröhliche Weihnachten*
Heimito von Doderer, *Die Dämonen*
Eagles, *Heartache Tonight*
Eagles, *Peaceful Easy Feeling*
Eagles, *Take It Easy*
T. S. Eliot, *The Naming of Cats*
T. S. Eliot, *The Waste Land*
Theodor Fontane, *Die Brück' am Tay*
Ute Freudenberg, *Jugendliebe*
Johann Wolfgang von Goethe, *Die Leiden des jungen Werther*
Brüder Grimm, *Der Froschkönig oder der eiserne Heinrich*
Brüder Grimm, *Der Hase und der Igel*
Heinrich Heine, *Seraphine*
Brian Hyland, *Ginny Come Lately*
Jim Jarmusch, *Ghost Dog*
Jim Jarmusch, *Permanent Vacation*
Jean Paul, *Intelligenzblatt der Blumenstücke*
Uwe Johnson, *Jahrestage*
Joy Division, *Love Will Tear Us Apart*
Franz Kafka, *Kleine Fabel*
Karat, *Kalter Rauch*
Herbert Keller/Hans Naumilkat, *Unsere Heimat*
Sarah Kirsch, *Leicht*
Dorthe Kollo, *Sind Sie der Graf von Luxemburg?*
Cyndi Lauper, *Girls Just Want to Have Fun*
Udo Lindenberg, *Du knallst in mein Leben*
Udo Lindenberg, *Gegen die Strömung*
Madonna, *Express Yourself*
Thomas Mann, *Tonio Kröger*
Jürgen Marcus, *Eine neue Liebe ist wie ein neues Leben*
Chris Marker, *Sans Soleil*
Christian Morgenstern, *Die zwei Wurzeln*

Christian Morgenstern, *Es geht ein Mann durch Föhren*
Alanis Morissette, *Hand in My Pocket*
Wilhelm Müller, *Die Wetterfahne*
Oasis, *Don't Look Back In Anger*
Puhdys, *Wenn ein Mensch lebt*
Rainbirds, *Blueprint*
Rainbirds, *No Greater Love*
Rainbirds, *We Make Love Falling*
Nicholas Ray, *Rebel Without a Cause*
Redondo Beat, *Not That Kind*
Redondo Beat, *Remember (Walking in the Sand)*
Mirkka Rekola (Übers. Stefan Moster), *Bin ich eines der Elemente, die ich gebrauche ...*
Mirkka Rekola (Übers. Stefan Moster), *Minä puhun sinulle unohduksesta / Ich spreche zu dir vom Vergessen ...*
Mirkka Rekola (Übers. Stefan Moster), *Se on täällä / Er ist hier ...*
Renft, *Als ich wie ein Vogel war*
Rainer Maria Rilke, *Duineser Elegien*
Nicolas Roeg, *Don't look now / Wenn die Gondeln Trauer tragen*
Roxette, *Dressed for Success*
Roxette, *The Look*
Pentti Saarikoski, *Aufforderung zum Tanz*
Antoine de Saint-Exupéry, *Der kleine Prinz*
J. D. Salinger, *The Catcher in the Rye*
Sappho (Übers. Guy Davenport), *Above You Shall Remember*
Sappho (Übers. Guy Davenport), *I have neither*
Sappho (Übers. Guy Davenport), *The Moon Has Set*
Friedrich Schiller, *Die Teilung der Erde*
Robert Schumann, *Frauenliebe und -leben*
William Shakespeare (Übers. August Wilhelm Schlegel), *Ein Sommernachtstraum*
William Shakespeare (Übers. August Wilhelm Schlegel), *Was ihr wollt*
Patti Smith, *Redondo Beach*
The Smiths, *What Difference Does It Make?*
Sting, *Be Still My Beating Heart*
Tom Stoppard, *Arcadia*
Theodor Storm, *Knecht Ruprecht*
Tanita Tikaram, *Good Tradition*
Tocotronic, *Alles wird in Flammen stehen*
Tocotronic, *Ich weiß es nicht*
Tocotronic, *Schatten werfen keine Schatten*
Anton Tschechow, *Drei Schwestern*
Tina Turner, *What's Love Got to Do With It?*
Ludwig Uhland, *Frühlingsglaube*
Volkslied, *Kommt ein Vogel geflogen*
Volkslied, *Will ich in mein Gärtlein gehn'*
The Waterboys, *A Girl Called Johnny*
Roger Whittaker, *Albany*
Erika Wihan/Kurt Schwaen, *Wenn Mutti früh zur Arbeit geht*